La Cruz Negra

Por Omar D. Ríos

ISBN 978-1-7771486-5-2 (e-book)
ISBN 978-1-7771486-4-5 (versión física)

Publicado por Kallpa Publishing Inc.
Visítennos en www.kallpapub.com

Ríos, Omar D.
La Cruz Negra

KALLPA PUBLISHING ©

Lonchoa

Danan

Mánuay

Estú

Trésil

Nuevo
Soctúl

Znta

Klofia

Platae

Drilia

Rimac

Soctul

Peruvia

Nogalia

Chilinia

Las Esbirras

ReinosUnidos de Pantea

Villavia

Pantea

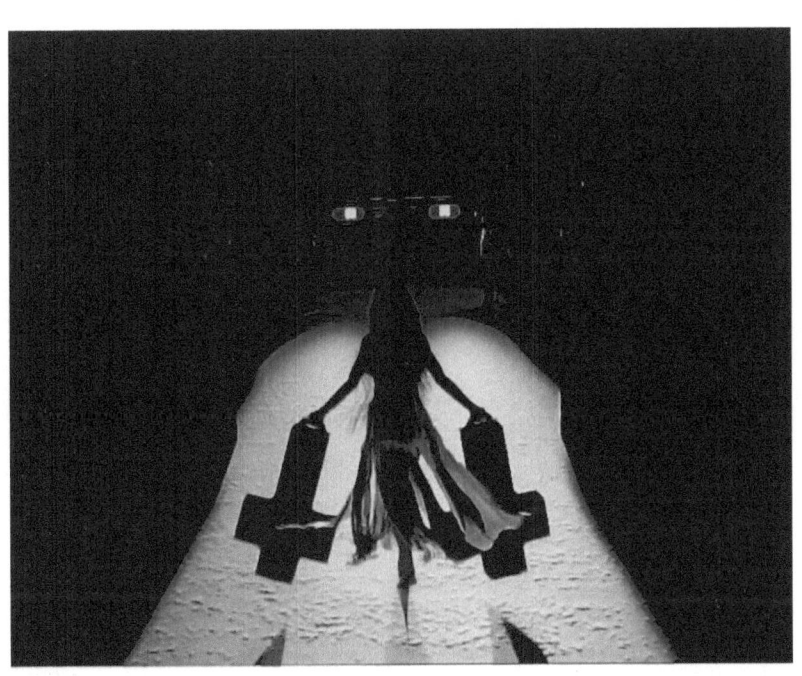

Por aquellos que nunca dejaron de creer en mí

Prólogo

Esos ojos, siempre me observan.

Me siguen a todas partes.

Desde aquella vez que me caí y me raspé la rodilla, los he sentido sobre mí. Son silenciosos como una tortuga y evidentes como el sol. ¿Qué es lo que quieren de mí? ¿A quién le pertenecen? ¿Por qué a mí?

Cada vez que volteo a verlos, estos simplemente desaparecen. Papá siempre me dijo que podría tratarse de mamá viéndome desde el más allá, pero no creo que ese sea el caso. Esté donde esté, sea el jardín o la bodega, allí están, fijos en mí, como si fuese la única persona sobre el planeta.

Tengo miedo. ¿Qué hice para me que pasara esto? ¿Cómo es posible?

Incluso cuando juego con mis muñecas, o mi juego de té, o mi bicicleta, me siguen mirando. ¿Acaso nunca se cansan? ¿Alguna vez se cansarán? Estoy demasiado asustada como para decírselo a alguien más.

Sin embargo, sé que conoceré al dueño de esos ojos que me esperan. De igual manera, yo esperaré por ellos y algún día sabré la verdad.

Algún día, estaré completa.

Tormento del Recuerdo

I

"POR FAVOR... PERDÓNAME... Tengo cuatro hijos... por favor. Quiero verlos de nuevo... ¡Te lo ruego!"

En respuesta, una risa maniática resonó por el pasillo oscuro y manchado de sangre con ella mirándolo a los ojos. Entonces, junto a su cruel sonrisa, esta levantó su arma, usando la mano derecha, y la clavó verticalmente en su cabeza. Los gritos de agonía del sujeto en cuestión vivieron y murieron junto a él.

El sonido ligero de sus pasos era todo lo que el doctor Kelvin necesitaba escuchar. Tenía que irse lo más pronto posible. Siendo el primer, y posiblemente también el ultimo, director rolve de Sanatorium, Kelvin sacó documentos fuera de su escritorio tan rápido como pudo.

"Tom, Hank... lo siento tanto... no había nada que yo pudiese hacer..." murmuró Kelvin. "La haré pagar por esto... lo juro... pero primero... ¡algunas cosas deben venir conmigo!"

El último grito viniendo del fondo del pasillo se escuchaba cerca. Mucho más cerca. Ella llegaría en cualquier momento.

"¡¿Dónde mierda está?! ¡Maldita sea! ¡Vamos! ¡Vamos! ¡No tengo tiempo para esto!" rabió en lo que abría todos los cajones de su escritorio, examinando cada papel a gran velocidad hasta que finalmente encontró lo que tanto había estado buscando. Suspirando profundamente en alivio, puso el documento en su maletín y salió corriendo de su oficina. La oscuridad relativa del lugar hacía difícil discernir las formas que surgían de entre las sombras. Aun así, Kelvin podía fácilmente observar lo que yacía delante suyo: cuerpos mutilados y extremidades regadas por el suelo. Algunos de ellos lo observaban con miradas vacías y expresiones macabras en sus caras. Sus bocas permanecían abiertas, como si trataran de advertirle sobre algo. Sin que lo esperase, una advertencia terminó llegando a sus oídos en la forma de una risa aguda en lo que una sombra se asomaba al final del pasillo.

"¡Tú!" exclamó él al verla.

Ella caminó hacia él, calmadamente, sonriendo. Sus armas letales derramaban un rastro de sangre en lo que ella lo veía… lo inspeccionaba. Kelvin, sabiendo lo que ella planeaba hacer, salió disparado por el pasillo hasta el final del mismo. Después de eso, empujó la puerta de emergencia y continuó su camino bajando las escaleras. Sus pies dolían por el peso que tenían que soportar, y la velocidad que tenía que mantener. En lo que seguía con su descenso, el ruido de las puertas de arriba siendo destrozadas llegaron a sus oídos. Debido a la profunda oscuridad que lo rodeaba, él sólo podía suponer que era un milagro el no haberse tropezado y caído por las escaleras hasta morir. Solo podía desear que sus apresurados pasos y el eco que estos producían no disfrazaran aquellos de su perseguidora, al igual que su aguda y maniática risa.

"¡Que estén aquí por favor! ¡Que ya hayan llegado!" Kelvin rogó mientras miraba hacia el cielo a través de la ventana, como si este pudiese oír sus súplicas. Él había llamado a la policía hace cinco minutos, o al menos eso creía. Ya debían estar en la puerta principal. Eran su única esperanza.

Una vez logró llegar al primer piso, Kelvin empujó la puerta de emergencia, con tal fuerza, que se cayó de cara, ya en el jardín principal. La risa que se aproximaba desde las escaleras lo obligó a ponerse de pie, en tan solo un segundo, para continuar corriendo. Sin embargo, el hecho de que ella lo perseguía sólo a él sólo quería decir una cosa: todos los demás en Sanatorium estaban muertos.

"¡Perdóname! ¡Juro por Kothat que no tuve nada que ver en esto!" Kelvin gritó en vano. La respuesta llegó en forma de una carcajada burlona, una que se oía más y más cerca con cada segundo que pasaba. "¡Maldita lluvia! ¡No puedo ver nada!" renegó en lo que mantenía su velocidad corriendo hacia la puerta principal. Para ese punto, él ya escuchaba cómo la puerta de emergencia, que él acababa de abrir, era hecha trizas de un golpe. *Ya he ganado bastante distancia... ¡aún puedo lograrlo!* pensó con una pequeña sonrisa naciendo en su rostro.

Con sus piernas al borde del colapso, sus ojos se dirigieron hacia la puerta donde vio, con gran alegría, varias luces. Estas lo hicieron sonreír con esperanza ya que tenían los colores correctos: rojo y azul. Estaba tan cerca y a la vez tan lejos.

O al menos eso creía cuando se tropezó con una piedra en el piso.

El manicomio era una vieja edificación después de todo. Tal vez fuese la sabiduría e historia de tal lugar la que había permitido ocurrir tal cosa, o quizás pura suerte. Kelvin pensó en ambos ya que, de algún modo, este accidente inconveniente se había convertido en un salvavidas conveniente. Cuando cayó al suelo, un enorme objeto negro había pasado volando por encima de su cabeza.

Miró sobre su hombro en lo que se reincorporaba y allí estaba: la mujer con piel amarillenta y pelo negro como el ébano, mostrando su sonrisa maliciosa. Kelvin simplemente volvió a posar sus ojos en su ruta de escape. Saltando sobre el arma de la asesina en cuestión, ahora en el piso, este continuó su camino hasta la puerta siempre volteando para ver si esta le lanzaría su arma restante. Una cosa horrenda colgando de su mano derecha. Llegando a su destino, Kelvin observó lo que yacía a sus espaldas una vez más solo para darse cuenta de que ella estaba a punto de hacer exactamente lo que él temía.

"¡Vamos! ¡Vamos!" suplicó a los cielos una vez más en lo que alcanzaba la entrada principal: dos enormes puertas de barras de acero las cuales él empujó para abrir. Por suerte, tenía la fuerza producto de su velocidad, lo que le permitió salir rápidamente. Dichas puertas se cerraron automáticamente detrás de él en lo que su corazón se ralentizaba, bañado en alivio. Al levantar su mirada, se dio cuenta que había oficiales fuertemente armados, apuntándole. ¡Aún había esperanza para detenerla!

"¡Alto! ¡Quieto ahí o abriremos fuego! ¡Levante sus manos y camine lentamente hacia nosotros! ¡Ahora!" dijo uno de dichos oficiales detrás de una van con un megáfono. Esta acción dejo perplejo al hombre rolve quien no sabía si obedecerle o seguir corriendo.

"¡Ayúdenme por favor! ¡Está justo atrás mío! ¡Me va a matar! ¡No puedo detenerme o me agarrará! ¡SE LOS RUEGO!" rogó Kelvin con sus pies temblando y deseando seguir. Los oficiales, escépticos, observaron el área alrededor suyo. No parecía importarles la situación. A pesar de que estos podían ver el terror en la cara de Kelvin, así como el baño en sudor producto de su 'maratón' por la vida y su cuerpo tiritando como si estuviese desnudo en la nieve, junto a sus ojos clamando piedad, seguía sin importarles en lo absoluto.

"¡Siga nuestras órdenes y todo estará bien señor! ¡Ahora venga hacia nosotros lentamente!" continuó el mismo hombre desde detrás de la van.

Su falta de cuidado se contrastaba con su aparente precaución. Daba igual. Kelvin no tenía tiempo para jugar sus juegos, sin importar que tan serios fueran estos. Por lo tanto, sin opciones en las cercanías, tuvo que obedecer reduciendo su velocidad en lo que acercaba a las autoridades. Sabía que estos hombres le dispararían *in situ* si hacia cualquier movimiento 'incorrecto', pero también estaba *ese* otro problema.

El pesadillezco problema detrás suyo.

Esa orate se acercaba y él podía sentirla. Sus pasos ligeros, aunque descalzos, hacían eco en sus oídos. En su mente, sólo quería mirar hacia atrás, pero no podía. Con su cuerpo tiritando cada vez más, podía sentir cómo los pasos de la asesina comenzaban a acelerar. El latido de su corazón se aceleraba al mismo tiempo, como si siguiese el ritmo de los pasos del monstruo detrás suyo. Cada paso que él oía detrás suyo se sentía como martillazos, golpeando su esencia fuertemente. Si esperaba más, no viviría para contarla.

Ya no podía soportarlo más.

Con aquellos pasos, más y más sonoros con cada segundo que pasaba, el miedo de Kelvin se disparó más allá de su control. Un miedo que nunca había sentido antes. ¿Y si ella estaba por lanzar una de sus letales armas hacia él mientras no podía voltear a ver? ¿Y si su arma ya estaba viajando hacia él por los aires? ¿Y si ella ya estaba allí mismo, a un metro detrás de él, mientras se decidía? Sólo había una opción factible.

"¡Alto! ¡Alto o abrimos fuego!" ordenó el hombre detrás de la van. Esta vez era Kelvin a quien no le importaba nada. Prefería tener balas dentro del cuerpo que ser aplastado por una de esas cosas letales. Por lo mismo, este corrió hacia una de las patrullas, llevándose una bala en la pierna derecha y que ralentizó su carrera. Sin embargo, no había mucho más que los oficiales pudiesen hacer. Con la adrenalina moviéndose por sus venas como el combustible perfecto, el efecto analgésico que esta le brindaba era una bendición.

Felizmente, su suerte no podía ser mejor: el auto ya estaba encendido. Probablemente los oficiales no esperaban quedarse allí durante mucho tiempo. Kelvin agradeció al cielo en lo que pisaba el acelerador, provocando el rugido del motor. Importándole poco los policías disparándole, y tomando ventaja del vehículo blindado, huyó a toda velocidad, casi llevándose a dos oficiales de encuentro.

Tan pronto como había aparecido, Kelvin había desaparecido.

"¡Phil Yang reportándose! ¡Un hombre rolve acaba de tomar uno de nuestros vehículos y se dirige hacia el sur!" dijo el hombre detrás de la van con una voz que mostraba un ligero enojo en su walkie-talkie. Un lurno en sus cuarentas. Este sonrió con la respuesta que recibió de su dispositivo. "Muy bien, cambio." Entonces, frunció el ceño ante la siguiente instrucción. "Enten-entendido, señor. Cambio y fuera."

"¿Lo perseguimos señor?" preguntó uno de los operativos cercanos por radio.

"Podemos rastrear a ese idiota con GPS. No llegará lejos," respondió Yang. "Aparte de su domicilio, no hay otro sitio adónde pueda huir." Dicho esto, apuntó su rifle hacia la puerta principal. "Ahora vamos a concentrarnos en la verdadera tarea pendiente... *esa* mujer."

"Es sólo una mujer, señor. Deberíamos poder terminar con esto rápidamente," dijo confiadamente un oficial cercano. Todos ellos parecían estar relativamente en calma. "¡No puedo esperar para llegar a casa de una vez!"

"Nunca subestimes al enemigo, hijo," respondió Yang, tratando de impedir que sus nervios dominaran su voluntad. Ser el comandante de una operación de tal escala nunca era fácil, especialmente cuando el monstruo que estaban por enfrentar ya había matado a mucha gente en Sanatorium. Otros oficiales habían tratado de detenerla, en vano. Tal vez era por las características atribuidas a la misma por el comando central a través de la radio. Eran características que parecían fuera de este mundo, las cuales hacían que la situación resultara completamente absurda. Mientras que Yang no creía en ellas en el fondo, estos detalles sólo provocaban miedo y excitación en los oficiales más jóvenes. Yang sólo quería acabar con esto.

"¡Todos a sus posiciones de ataque! ¡Ahora!" instruyó Yang a través de su flexible megáfono. "¡Aquí viene!"

Todos los oficiales obedecieron y se pusieron detrás de sus respectivos vehículos, apuntando hacia la entrada principal del manicomio. A pesar de que no creían en los reportes del todo, más que nada debido a la falta de evidencia concluyente, los oficiales tenían una idea de qué les esperaba. Incluso teniendo en cuenta que las habilidades de esta mujer fuesen remotamente verdaderas, una cosa era cierta: no se mostraría piedad de ninguna forma. Sus posiciones de ataque significaban que dispararían a matar. Sus miras láser apuntaban a la altura donde la cabeza de un ser humano debería estar en lo que esperaban, concentrados, buscando a su objetivo con visores infrarrojos, con la fría y pesada lluvia golpeándolos como una cabeza de ducha gigante. Incluso con todo ese equipo, la oscuridad era envolvente y hacía la búsqueda más difícil de lo usual. Su concentración tenía que ser absoluta, por lo que se mantuvieron concentrados, al menos hasta que una risa aguda, que venía desde el jardín principal del manicomio, llamó su atención.

Los reportes habían sido claros. Ella tenía que morir para que la operación fuese un éxito. Cualquier otra emergencia podía esperar para después. Por lo tanto, alertas, con sus miras láser buscaron a su blanco dentro del jardín en medio de la oscuridad, como peces buscando la salida de la pecera. Afortunadamente para ellos, la débil luz que proveían los postes cercanos permitía que sus visores infrarrojos funcionasen de manera aceptable, ya que mucha luz sería disruptiva.

"¡Allí está!" exclamó uno de los oficiales, apuntando hacia el medio del jardín con su arma.

Y ahí estaba, recogiendo el arma que había lanzado hacia Kelvin de manera lenta y calmada, como si tuviese todo el tiempo del mundo. En lo que hacía eso, un rayo de tormenta aleatorio iluminó el jardín por unos segundos, permitiendo a los oficiales ver sus horripilantes características más a detalle. Podían sentir su falta de empatía y su locura absoluta con solo mirar su rostro por ese breve período de tiempo

"¡Todos! ¡A mi señal!" anunció Yang en lo que se unía a sus camaradas en este descubrimiento. Las ganas de matar que ella emitía se habían enterrado en los huesos de los hombres, como si el inframundo mismo estuviera poseyéndolos. No podían frenar el sentir que deberían huir sin mirar atrás. Algunas de las miras láser podían mantener su posición vagamente, tambaleando por todas partes. Aun así, ellos resistieron y, incluso cuando su intención de huir se incrementaba uniformemente en lo que este demonio se les acercaba, con ambas de sus armas bañadas en sangre, sus pies se rehusaron a ceder. El vestido blanco que ella llevaba, destrozado, agujereado y cubierto en sangre, resaltaba en la oscuridad. Ella en sí no parecía estar para nada asustada de ellos.

Los hombres quitaron los seguros de sus armas y pusieron sus dedos en sus respectivos gatillos. Yang levantó la mano derecha, listo para emitir sus órdenes, cuando la mujer se detuvo.

Ella simplemente se quedó allí, inmóvil. Algo había llamado su atención al punto de hacerla concentrarse en ello completamente.

"¿A qué está mirando?" se preguntó uno de los oficiales en voz alta en lo que todos siguieron su mirada, encontrando lo que esta observaba como algo extravagante: una pequeña fuente cerca de la entrada principal. Frívola sobre las miras láser bañando su cuerpo, Carmen de la Cruz, tal cual era su nombre, se mantuvo mirando aquella estructura. Los hombres se preguntaron en qué estaba pensando. Lo que sea que fuere, tenía que ser importante. De igual manera, no tenían ni una sola pista sobre lo que podía ser. Sin que ellos lo supiesen, Carmen había entrado en la parte más profunda de su esencia.

Sus memorias.

En lo que las perseguía alrededor de su mente, extendió su mano derecha hacia la fuente, como si sostuviese una copa. De hecho, esta fuente tenía una forma muy similar a una. La oscuridad de su pasado, al igual que la luz del mismo, aparecía frente a sus ojos. Eran sólo la copa y ella. El resto del mundo no existía más.

Ella estaba haciendo un viaje por el boulevard de las memorias. Tiempos felices. Mejores. Había sido, al final, una copa de vino que se había empotrado en su memoria antes de que todo se fuera al vacío.

II

"NO HAY NADA COMO UN BUEN VINO TINTO," dijo ella, mirando embelesada la copa en su mano derecha.

Como era usual, ella disfrutaba profundamente uno de sus vinos favoritos en la bodega de la mansión. Un *Alegre Crianza 1976*. Su sabor y textura, aún meciéndose dentro de su copa, mejoraba su experiencia lectora. Una costumbre muy arraigada en su persona. La oscuridad de la bodega siempre se sentía cómoda, su silencio motivador y su olor recompensante. Era bastante elegante, aunque vulgar, al mismo tiempo. La soledad que esta proveía era, en realidad, demasiado reconfortante para Carmen. Algo que nadie podía entender sobre ella, o sobre su confinamiento voluntario. Aun así, la explicación para sus acciones era mucho más simple de lo que los que la conocían podían pensar. Si tan solo se hubieran fijado en la fecha en la que este nuevo hábito suyo había comenzado…

Cada sirviente de la mansión sabía que toda la familia de La Cruz había fallecido en un accidente aéreo cuando iban a una reunión familiar, antes de que Carmen naciera. Al menos casi todos, a excepción de Don Fernando de la Cruz, el padre de Carmen, quien sólo pudo observar a su esposa morir durante el parto. Sin embargo, debido a que la salud de Don Fernando se había estado deteriorando rápidamente en recientes años, el pensamiento de convertirse en la última La Cruz sobre el planeta frecuentemente pasaba por la mente de Carmen.

Saboreando el delicioso vino seco, sintiendo su alma con su lengua, como solía decir ella, su decimosexto cumpleaños vino a su mente. Sin duda, para el momento en el que cumplió sus dieciséis, ella ya había estado probando y diferenciando los diferentes tipos de vino disponibles en la mansión por al menos ocho años. Una tradición familiar que ella quería mantener con vida. Como una de los últimos propietarios de la reconocida Viñedos y Vinos La Cruz, en el país de Estú, Carmen solía sentirse obligada a continuar tal legado junto al oficio de su familia. Por otro lado, haciendo que su padre sea feliz era también un factor importante para mantenerla motivada en ese sentido, especialmente sabiendo que su padre no duraría lo suficiente como para que ella pueda haber asimilado su partida para cuando llegase su hora. Dado que sus deberes incluían tener que estar preparada para sus tareas futuras como la señora de la mansión, así como la cabeza del negocio familiar, la carga de tales responsabilidades y sus problemas presentes solían desvanecerse con solo probar el vino, para su suerte. En sus propias palabras, tales acciones impedían que llore de desesperación. No obstante, no era como si esa fuese su única fuente de entretenimiento…

Habiendo estudiado en casa toda su vida, Carmen había aprendido todo lo que pudo siendo una ávida lectora. Tal como el vino que le encantaba, la enorme biblioteca familiar también era muy útil en hacer que sus problemas se disiparan por momentos. Tras leer y estudiar temas que ella no entendía al inicio, hasta perfeccionarlos, Carmen también se dio cuenta de una fascinación que nacía de su ser y que nunca entendería. Una misión inacabable por embelesarse, o así solía llamarlo ella. Irónicamente, no le importaban preguntas que no podían responderse, tales como el origen de todo, o el fin de todo. En cuanto a interactuar con personas, ella no podía agradecerles lo suficiente a sus sirvientes, especialmente a Pablo, el más cercano en edad a ella, ya que las palabras no bastaban para perfeccionar sus habilidades sociales, por ayudarla con una materia tan importante para su futuro rol. Carmen solía tener discusiones de negocios con Pablo, quien era el que más conocimiento tenía de la producción de la compañía y sus procesos. Discutir con sus otros sirvientes, ya que estos no tenían conocimiento de este tema en particular, era una pérdida de tiempo.

Aun así, Carmen deseaba que ellos fuesen los únicos dispuestos a hablar con ella.

Dado que la tragedia de su familia era conocida en todas partes, muchos pretendientes hicieron su aparición de la nada. Algunas veces frente a su puerta en lujosas y lustrosas limosinas. La belleza de Carmen, junto a su fortuna, era como un imán para muchos hombres jóvenes. Algunos no tan jóvenes. Estos no hesitarían en probar su suerte con la última de los de La Cruz. Al igual que su madre, la joven había heredado su cabello negro como el ébano, su complexión delgada, sus labios rojos, y como su padre, sus ojos negros, sus pómulos perfilados y su frente despejada. Todo esto, sumado a su piel blanca como el mármol, como era común en la raza frisca, y su tierno rostro, hacían que Carmen provoque la continua insistencia de los hombres ya mencionados. No obstante, estos pretendientes eran siempre rechazados. Carmen frecuentemente decía que no quería saber nada al respecto y que había cosas más importantes que hacer. Dentro de dichas actividades, la que consideraba más importante era el manejo de la compañía, la decadente salud de su progenitor, o su favorita, la celebración de sus onomásticos.

Ella siempre los había celebrado acompañada por sus leales sirvientes, su padre y Spunky, un pequeño perro peludo que había adoptado cuando tenía ocho. Sin embargo, su cumpleaños más reciente había sido completamente diferente de lo usual ya que su padre no podía estar más con ella en ese momento. Él se había quedado en cama ese mismo día, lo cual no permitía que Carmen sonría durante la celebración como solía hacerlo. Por lo tanto, junto a sus sirvientes, Carmen trajo su fiesta, la cual se hacía usualmente en el salón principal en frente del escudo de los de La Cruz, al dormitorio de su padre. Viéndolo tratar de cantar "Feliz Cumpleaños" para ella, apenas pudiendo respirar, rompía su corazón. Aun así, ella había logrado mantener sus lágrimas a raya, sonriendo para él en todo momento. Después, ni bien la celebración había terminado, la joven fue directamente a la bodega buscando su usual forma de olvido. Mientras se preguntaba cómo había logrado mantener la sonrisa, una sola respuesta siempre aparecía en su mente: de no ser por *él*, su vida se habría convertido en un infierno hace mucho tiempo.

Él, quien se había manifestado sólo a través de cartas, era uno de los pilares en los que Carmen sabía que podía contar. La forma de su caligrafía la hacía tener, invariablemente, diversas suposiciones sobre quién podría ser este sujeto. ¿Era Pablo? Imposible, él no podría escribir algo así. ¿Era uno de sus pretendientes? Ojalá que no. Ella conocía muy bien cuál era la *verdadera* meta de esos sujetos.

Esto era completamente diferente.

La forma en la que este hombre expresaba sus deseos hacia ella no podía ser aquella de uno interesado en su fortuna o su dinero. Ella sentía mariposas en el estómago cada vez que abría una de sus cartas. Eventualmente, estas se habían convertido en una costumbre, incluso sintiendo depresión cuando sus cartas no aparecían debajo de la puerta de su cuarto. Esto se debía a que gracias a una carta que había recibido de él en su cumpleaños pasado, su fiesta no había sido un completo desastre. Aparte de sus dulces palabras, estaba *ese* regalo...

A lo largo de su vida, Carmen había recibido varios regalos de diferentes personas, muchas de ellas desconocidas. A pesar de que apreciaba todo tipo de regalos, incluyendo aquellos que los conocidos de su padre consideraban de mal gusto, ninguno de ellos poseía el mismo significado que *ese* regalo. El más dulce que hubiera podido pedir: un osito de peluche que ella rápidamente llamó Derzú. Apareció frente a su puerta aquella horrible noche, cuando su padre se había desmayado tratando de cantar por su cumpleaños, con una nota pegada a su frente. La caligrafía le dijo inmediatamente de quién se trataba. Tras el descubrimiento, Carmen abrazó a Derzú con toda su fuerza en lo que agradecía a su admirador secreto en silencio mientras leía la nota. Era tan simple, pero tan profunda al mismo tiempo...

"Cada vez que te sientas triste, allí estaré. Feliz cumpleaños, Carmen."

Desde entonces, Derzú había sido su compañero durante esas largas sesiones de lectura solitaria en la bodega. Ahora podía sentirse verdaderamente feliz para variar. Ahora podía olvidar sus problemas por un momento cuando el pequeño oso la veía con sus inocentes ojos, haciéndola sonreír, o al menos eso le gustaba pensar.

Spunky no se quedaba atrás en ese tema ya que también le permitía olvidar sus problemas cuando jugaban afuera. Cuando estaba solo, el can solía ir a la bodega para ver a su ama cuando esta leía, desesperado porque le acaricie la cabeza mientras meneaba su peluda cola. Era un lindo amiguito. Su pelaje suave y marrón siempre le recodaba a Carmen que no estaba sola, ni siquiera en la más oscura mazmorra. Por suerte para ella, la bodega no era tan oscura gracias a una pequeña lámpara que traía cada vez que iba allí. Su celular tenía una linterna integrada también, pero nunca era suficiente. Si tan solo la tecnología fuese tan buena compañía como sus libros, tal vez ella no leería en lo absoluto, distraída por las luces de su pantalla como una polilla atraída a la flama. Por lo tanto, aunque tenía una laptop con una batería que duraba alrededor de tres horas, con los más recientes procesadores cinco por cuatro, lo que le permitía tener una buena velocidad de procesamiento que muchos desearían, Carmen siempre rechazaba la idea. Aparte de eso, también odiaba la sensación que le daba cuando veía una pantalla en medio de la oscuridad: Le hacía recordar sobre su futuro cercano.

Ser la última de La Cruz.

Este comportamiento llevó a sus sirvientes a creer que estaría en contra de cualquier cosa que no la sacase completamente de la realidad, en lo que sus sesiones de lectura duraban horas y horas. Aun así, sin que ellos lo supiesen, este comportamiento la había ayudado a comprender mejor a su padre.

Igual que su padre en sus mejores años, Carmen disfrutaba mucho de la poesía. Sus poemas favoritos habían sido escritos por un hombre conocido como el "Bardo," un famoso dramaturgo que había recibido ese apodo tres siglos atrás, pero que era conocido en el mundo entero como el maestro de la literatura de Piedrina. Aquellos hermosos versos la mantenían fuera de la realidad, no completamente, pero sí lo suficiente, para ayudarla a olvidar sus problemas y recordar que su padre seguía ahí, a su lado, sin importar que tan enfermo estuviese. Dado que su enfermedad había sido diagnosticada como desconocida por los mejores especialistas disponibles en Estú, y que la cura también era desconocida, el señor Wright, el doctor de la familia, decía muy seguido que no había mucho que se pudiese hacer por el padre de Carmen.

Como el nuevo doctor oficial de la familia de La Cruz, sucediendo a su padre—el doctor Henry Wright—quien había fallecido no hace mucho, Jason Wright era el único que podía examinar a Don Fernando. Gracias a su ganada reputación y confianza, Fernando de la Cruz creía todo lo que el joven doctor le decía, sin cuestionarle nada. Como ciudadano de los Reinos Unidos de Pantea, o panteano, como usualmente se refería así mismo, tenía un fuerte acento piedrino que hacía reír esporádicamente a Don Fernando de vez en cuando. Por lo mismo, ningún otro doctor sería lo mismo, y Carmen estaba completamente de acuerdo.

Consecuentemente, ella no decía nada cuando el doctor tomaba una decisión, sin importar que tan dura pudiese sonar. Aparte de no querer ir en contra de la voluntad de su padre, la otra razón por la cual ella aceptaba tal exclusividad era que consideraba al doctor como alguien guapo. Aunque él era siete años mayor que ella, lo cual no representaba en realidad un problema, especialmente desde que el doctor tenía una buena imagen con su padre, este pensamiento rara vez dejaba la mente de la joven. Lo mismo no podía decirse de Spunky, quien ladraba furiosamente cada vez que él venía a la mansión. Por otra parte, los sirvientes se habían dado cuenta que la joven había posado sus ojos en Jason desde que tenía doce. Lo que no sabían era si una relación con él era posible o no dadas las circunstancias. Aun así, a ella le gustaba soñar con esa posibilidad. Además, si sus sentimientos no eran correspondidos, ella siempre podía contar con su admirador secreto.

"Por lo tanto, no desmayes... Ya que entraré a pelear por ti en los mares..." ella leía en voz alta. El eco de su voz resonaba dentro de la oscuridad de la bodega. Se sentía un poco tonta identificándose con aquella línea en lo que tomaba un poco de vino, como si un caballero en brillante armadura aparecería de la nada, allí mismo, para rescatarla de su presente pesadilla. Soñaba seguido con eso, y también lo olvidaba al despertar, a propósito, la mayoría del tiempo.

Cuando volteaba la página, Pablo abrió la puerta y trajo una repentina luz en la bodega que forzó a Carmen a cerrar sus ojos y concentrarlos en él, acostumbrándose lentamente a la nueva fuente de iluminación. Una vez sus ojos se hubieron aclimatado, rápidamente deseó que ese no fuese el caso ya que, al ver la cara del sirviente, sólo pudo sentir estrés en su corazón. Este se volvió pesado ante lo que su rostro podía significar...

"¡Señorita Carmen! ¡Señorita Carmen! ¡Don Fernando ha despertado! ¡Por favor venga rápido!" dijo Pablo, quitándose el sombrero de paja que siempre llevaba y mirando al piso. "Él-él... no se ve nada bien..."

Los ojos de Carmen casi se salen de sus órbitas ante el sonido de esas palabras. Inmediatamente se levantó de su silla y corrió hacia el cuarto de su padre, tan rápido como pudo, casi cayéndose por las escaleras, rogando que sólo fuese un susto. Su corazón latía tan fuerte al pensar que su peor pesadilla se había vuelto realidad.

Aún no.

Abrió las dos enormes puertas que conducían al dormitorio de su padre de un empujón. Allí estaba él, echado en su cama y mirando hacia la nada en dirección al techo. En lo que se ponía peor con cada día que pasaba, Carmen frecuentemente comparaba su salud con un viejo edificio que siempre perdía ladrillos. Un día, perdería diez ladrillos de golpe. Al siguiente veinte y así consecutivamente. Por lo tanto, viéndolo en ese estado siempre tenía el mismo efecto en ella: el querer arrodillarse y llorar con desesperación. Y, aun así, una sonrisa era todo lo que su padre obtendría de ella.

Mirándolo de cerca, Carmen se dio cuenta que ni siquiera el rincón más desconocido de su imaginación podría haber producido una imagen como la que estaba viendo allí mismo: echado en la cama como un cadáver, sin poder ver el sol que tanto amaba ya durante cuatro meses, Fernando de la Cruz volteó su cara emaciada hacia la izquierda y observó a su hija. A pesar de que su rostro mostraba una serenidad completa entre las sombras de su gran cuarto, Carmen sólo podía sentir cómo su desesperación se incrementaba en silencio. La impotencia que sentía en ese momento era más fuerte de lo usual, haciendo que apriete los puños con fuerza cuando se acercó a él.

Esto no se suponía que pasaría ahora. Podría pasar en cualquier otro momento, pero no ahora. No estaba lista. Nunca estaría lista. Su padre no se podía ir aún. Ella no lo dejaría irse de su lado.

Fernando de la Cruz la miró con dulzura, sonriendo a las justas. Aunque tenía dificultad para respirar, logró apretar la mano de su hija en lo que esta se arrodillaba al lado de su cama. Su piel suave y su calor se sentían como si no estuviese enfermo en lo absoluto. Iba a estar bien… ¡Estaría bien! Sin embargo, ella sentía cómo estaba canjeando esas lágrimas por de completa resignación. Sólo podía preguntarse por qué. Sólo podía preguntarse si de verdad era el momento que tanto había temido durante todos esos meses.

Pablo se quedó mirando la escena, sosteniendo su sombrero de paja hacia abajo en señal de respeto. Él podía recordar con claridad los momentos que había compartido con su jefe. De hecho, había conocido a Don Fernando toda su vida ya que había sido aceptado en la mansión de La Cruz cuando fue abandonado por sus padres a sus tres años. Por lo mismo, tenía una comprensión más sencilla sobre el porqué su 'hermana' era tan diferente y rebelde para con su 'padre.' 'Los hombres no lloran', algo que Don Fernando le había enseñado, era algo que Carmen consideraba como arcaico y que frecuentemente le alentaba a desafiar. No obstante, ya que Pablo quería ser como Don Fernando, usualmente la ignoraba, y más ahora que diferentes memorias comenzaban a inundar su mente. Muchas memorias que lo mantenían lejos de ver lo que tenía en frente con abstracción pura. Y funcionó, al menos hasta que la voz de Carmen se quebró y lo sacó de sus más profundos pensamientos.

"¡Llama al doctor Wright! ¡Ahora!" demandó Carmen a Pablo en lo que ella salía de su propio trance de tristeza también. "¡No hay tiempo que perder! ¡Hazlo ahora!"

Pablo sacó su teléfono celular del bolsillo tan rápido como pudo, casi dejándolo caer, y marcó el número de Wright. Ya habían llamado a emergencias, incluso sabiendo que el hospital más cercano estaba mucho más lejos que el hogar de Wright. También sabían que todo era inútil desde el inicio, aun así, si por algún milagro la ambulancia llegaba a tiempo… entonces tal vez…

Incluso Carmen tenía presente que el doctor Wright podía hacer poco por su padre, aparte de administrarle analgésicos para hacer su futura partida del mundo menos dolorosa. Era mejor que verlo sufrir así. Cualquier método para aliviar su dolor lo era.

Carmen se puso de pie al lado de su padre, incapaz de decidir qué debía hacer después, perdida en sus pensamientos cuando él, de forma casi inaudible, le susurró unas palabras. "Carmen… mi pequeño angelito…" Carmen se dio cuenta con esto que su padre ya no podía ver ya que miraba a otra dirección en vez de sus ojos. Sus labios se habían vuelto delgados y sus ojos se habían hundido como bolsas de té en agua caliente. Su piel, aunque suave, se había vuelto extremadamente delicada, recibiendo moretones con simples caricias. La enfermedad había consumido su juventud casi por completo.

"¡Papá, estoy aquí! ¡Todo estará bien!" Carmen respondió con un tono positivo en su voz, con toda la energía que podía usar. "¡Estarás bien!"

No sabía si estaba tratando de reconfortar a su padre o a sí misma.

"Eres tan… hermosa…" dijo él débilmente en lo que acariciaba el rostro de su hija.

"No te preocupes papá, el doctor Wright llegará en cualquier momento. ¡Resiste!" siguió Carmen al acercar su cara a la de su padre, tratando de oírle lo mejor que podía. "¡No hables más por favor! ¡Retén tus energías!"

"Sé… la realidad… mi pequeño ángel… estoy acabado… no te preocupes… está… bien…"

"¡No! ¡No digas eso! ¡Estuviste siguiendo las instrucciones del doctor Wright al pie de la letra! ¡Estarás bien! ¡Confía en mí! ¡Por favor!" Carmen alentaba en lo que su corazón se incineraba de pena.

"Tienes… que tener… cuidado… mi… niña… el mundo es… un lugar horrible… para aquellos… que no… se adaptan…"

"¡¿Qué estás diciendo?! ¡No te puedes ir de mi lado después de tanto tiempo juntos! ¡No quiero quedarme sola! ¡Por favor! ¡Por favor!... Por favor… no me dejes…" lloró Carmen con una voz más triste y menos enérgica. El dolor y la oscuridad nublaban su mente y corazón, después de todo.

Y así, sosteniendo su mano, el corazón de su padre dejó de latir. Carmen empujó suavemente el cuerpo de su padre con ambas manos, tratando de deshacer lo inevitable. No importaba, ya que sus ojos se habían cerrado para siempre en ese momento. Ella sólo podía gritar a todo pulmón, sintiendo como su corazón era extirpado de su pecho. Ahora, era verdaderamente la última de La Cruz. Ahora, de verdad estaba sola.

¿Cómo se siente? Parece divertido…

Las puertas principales de la mansión se abrieron en lo que el doctor Wright llegaba y corría hacia su paciente. No obstante, cuando estaba por entrar al dormitorio, Pablo lo detuvo tocándole el hombre derecho. Al sentir su toque, el doctor entendió inmediatamente cuando vio a Carmen con el torso echado sobre la cama de su padre en evidente pena. Tanto Pablo, como Wright, sólo podían observar en silencio. Eran testigos, después de todo, de cómo Carmen finalmente liberaba aquellas lagrimas que había guardado en sus ojos durante todo ese tiempo...

La joven damisela penó durante una semana entera. No quería ver a nadie, ni siquiera quería leer las cartas de su admirador secreto. Con el pasar del tiempo, sus pensamientos recuperando el norte y el dolor convirtiéndose en recuerdo, las últimas palabras de su padre regresaron a sus pensamientos. ¿Qué quiso decir? Carmen se odiaba por no haber sido capaz de entender su mensaje final. En ese momento, esas palabras significaban todo en el mundo para la joven. Sin embargo, sin importar cuánto lo intentara, siempre fallaba en tratar de darle significado. Después de su treintavo intento, decidió que ya era hora de parar su sufrimiento. Aprendió a estar contenta con haber escuchado tales palabras, pensando que las entendería algún día en el futuro. También se dio cuenta de que, contrariamente a lo que su padre alguna vez le había dicho, el tiempo no lo curaba todo. El dolor siempre estaba ahí y se presentaba dentro de su corazón cada vez que veía la habitación vacía de su padre, o su solitario despacho. Al darse cuenta de esto, la joven se obligó a cambiar sus numerosos hábitos, tratando de salir de la mansión tan seguido como pudiese. Claro, llorando esporádicamente aquí y allá cuando estaba sola. Su 'familia' restante, sus sirvientes, la ayudaba en ese aspecto ya que, si la veían llorando, le contarían un chiste o hablarían sobre algo positivo. Ellos no eran su familia de sangre, pero eran la única que le quedaba y ellos eran conscientes de ello. Por otro lado, las visitas del doctor Wright se volvieron menos frecuentes, como si ya no tuviese una razón de peso para ir a la mansión, aunque sí venía cuando Carmen tenía un resfriado u otras enfermedades menores. Durante una de estas visitas suyas, él mencionó que siempre había una pequeña posibilidad de que Carmen desarrollara una enfermedad similar a la que se había llevado a su padre. A diferencia de lo que el doctor esperaba, la joven no estaba asustada en lo más mínimo ante tal posibilidad. Reunirse con su padre, donde fuere que estuviese, no sonaba tan mal en esos momentos.

Y, antes de darse cuenta, ya había pasado un mes. Al mismo tiempo, el comité ejecutivo la contactó, requiriendo que tome su lugar como la cabeza de Vinos & Viñedos La Cruz. Para tal reunión, debía llevar todos los documentos relacionados al respecto. Ya que el aviso había llegado cuando menos lo esperaba, no tuvo más opción que buscar dichos documentos el día anterior. Y así, buscando entre diversos papeles en su habitación, la encontró.

"Esa carta... había olvidado que la tenía aquí..." dijo en un momento de revelación. "Qué mala educación de mi parte..." continuó en su autorreflexión en lo que la abría. Siempre había considerado malos modales el no leer una carta que alguien había hecho el esfuerzo en escribir. Como lo esperaba, sus contenidos trajeron una sonrisa a su rostro:

"Desearía que la caballerosidad siguiese con vida y así esta carta no sonara tan pasada de moda porque, en un momento como este, sería un caballero en brillante armadura. Aunque el día de hoy esto sea considerado meloso, esto sólo les importa a aquellos que no viven así. Desearía poder estar a tu lado. Desearía ser yo en quien te apoyaras. Desearía que esta carta, escrita de esta forma, siempre te recordara que no estás sola ya que, sin ti, yo no sería nada."

El leerla, a pesar de que ya no se sentía triste desde hace un tiempo, seguía siendo bastante relajante. Acto seguido, abrazó dicha carta para luego guardarla donde tenía el resto de dichos documentos: en el cajón del lado derecho de su cama. Este hábito suyo había nacido de su costumbre de leerlas cada vez que se sentía mal, o antes de dormir. Y así, mientras miraba hacia el techo echada en su cama, a punto de dormir, un pensamiento invadió su mente...

¿Quién era?

A la mañana siguiente, en lo que salía de su mansión para la reunión de empresa, decidió visitar la capilla familiar que estaba detrás de la mansión. Siempre sentía lo mismo cada vez que entraba. La frialdad de la piedra y el viento seco de otoño le provocaban miedo y asombro ya que nunca podía dejar de admirar las estructuras de mármol negro en ese lugar. El símbolo de su familia. Tal como se había hecho durante generaciones en la familia de La Cruz, pesadas cruces de mármol negro se hallaban sobre los nichos de sus padres. Cuando sucedió el accidente de avión, todos los miembros de la familia de La Cruz habían sido enterrados en sus respectivas tierras. Su padre le había dicho una vez que había sido así desde la Edad Media. Siempre le parecía gracioso el recordar que una batalla en un valle llamado La Cruz, debido a ser una intersección de dos valles en Estú, resultó en una victoria que provocaría que dos hermanos, llamados Paltro en ese entonces, se cambiaran el apellido a La Cruz.

Para cuando llegó a la reunión de la compañía, era bastante tarde. Por alguna razón desconocida, no parecía importarle al resto de la mesa ejecutiva, como si estuviesen esperando a alguien más. Una vez hubo ocupado su lugar, a la cabeza de una larga mesa, la reunión procedió tal como Carmen había esperado. Nada fuera de lo común, más que nada gráficos sobre cómo las ventas de la compañía subían y uno que otro proyecto que no se molestó en escuchar. Con el pasar del tiempo, la joven se dio cuenta de que sus reuniones no serían diferentes, lo cual la llevó a desear dejar su posición a alguien a quien sí le importara. Sin embargo, sabía que su padre nunca perdonaría tal actitud si estuviese ahí. Desde entonces, cada vez que tal deseo regresaba a su mente, ella se deshacía del mismo recordando a su padre. Y así, con el pasar de los meses, así como de las reuniones y demasiados pretendientes como para contar, su curiosidad aumentó más y más sobre quién era realmente su admirador secreto. Como sus cartas seguían llegando, a veces ella se ausentaba de sus reuniones sólo para tratar de averiguar quién era ese misterioso sujeto y agarrarlo *in fraganti*.

Al principio, pensaba que el sujeto enviaba las cartas por correo regular, y que luego estas eran llevadas a su habitación por sus sirvientes. Se equivocaba enormemente. Las cartas, una tras otra, en realidad aparecían debajo de su puerta sin el conocimiento de sus sirvientes. Tomando en cuenta el comportamiento del remitente, Carmen sólo podía asumir que este conocía la mansión como la palma de su mano. Lo mismo podría decirse de su horario de trabajo. Sólo podía deducir que este sujeto era bastante cuidadoso ya que ni siquiera podía encontrar sus huellas digitales. Dado que no había manera de contactarlo, y que la situación se volvía cada vez más extraña, Carmen comenzó a pensar el peor de los casos: de ser su príncipe encantador, rápidamente se convertía en su príncipe espeluznante.

Así fue hasta que al fin logró darle un vistazo al sujeto en cuestión. Irónicamente, fue por accidente. Ese día, no había planeado su, ahora diaria, vigilancia de la mansión. Aun así, vio una sombra alejarse de la puerta de su dormitorio cuando se acercaba a su cuarto después de lavarse los dientes. Lo persiguió rápidamente, en vano, siguiéndolo hacia una habitación cerrada, usada más que nada como almacén cerca al ático, sólo para encontrar una ventana abierta dentro. Deduciendo que el sujeto había saltado a través de tal salida, ella miró por la ventana para ver si aún estaba dentro de su campo visual. Para su sorpresa, este se había desvanecido completamente. Al mismo tiempo, su coraje también se desvaneció en un solo aliento, igual que sus rodillas que temblaban sin control. Ante tal sensación, se cayó de espaldas. *¿Quién rayos era ese hombre?*

La situación estaba fuera de control, o al menos eso pensó durante los primeros minutos. Si de verdad era su admirador y todo eso ¿por qué todo el secretismo? Tal vez sólo era un asesino en serie o un criminal de esa calaña. Pensó en llamar a la policía, pero con todas las cartas que había recibido, y con lo bien que este sujeto conocía su comportamiento y hogar, él podría simplemente ser más cuidadoso, mientras que la policía sólo le diría lo que ella quería escuchar y no hacer nada al respecto. O peor, que ella estaba de acuerdo con él dada la enorme cantidad de cartas suyas en sus cajones. Por lo mismo, todo el cariño que ella había desarrollado hacia este misterioso hombre se había convertido repentinamente en completo terror. Ahora se sentía como aquellos que estaban a punto de morir en una película de horror. Por lo tanto, mordiéndose las uñas en desesperación, Carmen se puso de pie y fue hacia la puerta de la habitación para salir de allí. Estaba cerrada.

"Oh no... no, no, no..." dijo en lo que trataba de abrir dicha puerta, sabiendo muy bien que era inútil. No pasó mucho tiempo cuando escuchó ruidosos pasos acercándose detrás suyo en lo que golpeaba la puerta con todas sus fuerzas con la esperanza de que uno de sus sirvientes viniera a su rescate. Su sangre corría más rápido que un tren bala en lo que gritaba y gritaba, en vano, cuando una mano cubrió su boca y la volteó, dándole la espalda a la puerta. La oscuridad del cuarto sólo incrementaba su miedo. ¡Aquí acabaría su historia!

"Tranquila. Soy yo, Carmen..." dijo él.

Su voz le era familiar, pero aun así Carmen trataba desesperadamente de golpear su rostro en su confusión sólo para terminar con sus manos atrapadas por las de él. "¡Déjame en paz!" ordenó la joven, también en vano. Al forcejear, tratando de liberarse, el sujeto la soltó sin más preámbulos. Carmen lo observó alejarse de ella lentamente y sentarse en una silla cercana.

"Cálmate niña. Soy Jason," dijo con una voz llena de dulzura.

Carmen colapsó en el piso, mirándolo directamente a los ojos. "¿Doctor Wright...? ¿por qué...? ¿por qué está haciendo esto...? ¿acaso lo envió alguien?"

"Pensé que la razón era bastante obvia," continuó el doctor mientras miraba la luna llena justo fuera de la ventana. "Mira, lamento haberme metido en la mansión a escondidas, pero era la única forma de mantener todo esto en secreto. Nadie me miraría como un hombre correcto si me viesen mandando cartas de amor a una jovencita... sabes a que me refiero..."

El flujo sanguíneo de Carmen regresó lentamente a la normalidad. Después de todo, ella lo conocía desde hace tiempo, aunque nunca se hubiera imaginado que él y su admirador secreto eran la misma persona. En el fondo, esto la hacía muy feliz y, al mismo tiempo, se sentía traicionada. En consecuencia, su miedo se convirtió rápidamente en ira. "¡¿Crees que es divertido jugar con los sentimientos de una chica?! ¡¿Crees que esto es un juego?!" regañó la joven con una voz más y más aguda. "¡¿Cuál es tu problema?!"

"Todo es culpa mía. Lo entiendo," respondió él, ahora mirándola con ojos brillosos. Una mirada que nunca había visto antes. "Pero tienes que entender que esto no es un sentimiento que desarrollé en una sola noche. La enfermedad de tu padre lo estaba destruyendo de adentro hacia afuera y, habiéndote conocido durante una buena cantidad de años de mi vida, verte destrozada, incluso si no llorabas... digamos que despertó algo en mí. Verte tan frágil y triste es lo que empezó todo este lío... sólo... sólo quería que te sintieses mejor..." Tras decir esto, el doctor puso su cabeza entre sus manos en lo que la mirada iracunda de Carmen comenzaba a calmarse. "Fue entonces que... sucedió... y me enamoré de ti."

"Sal de aquí... por favor..." ordenó Carmen para sorpresa de Jason. "¡No quiero verte nunca más!"

Él la miró a los ojos, pero ella volteó su cabeza hacia la derecha, impidiendo que sus ojos se conectasen. En vista de lo sucedido, el doctor se puso de pie, quitó el cerrojo de la puerta, la miró una última vez, y se fue. En cuanto a la joven, esta cayó de rodillas, mirando las viejas tablas de madera que decoraban el piso.

¿Ya estás satisfecha?

Al día siguiente, Carmen sentía que debía quemar todas las cartas. Sin embargo, y en contra de su mejor criterio, decidió simplemente guardarlas en el ático. No podía entenderlo al principio, pero se sentía extrañamente feliz al verlas, aunque, al mismo tiempo, también sentía un odio incrementándose por dichas cartas. Jason había tenido intenciones escondidas desde el inicio. No era mejor que ninguno de sus pretendientes, pero, aun así, su corazón no estaba de acuerdo con su razonamiento, algo que la molestaba mucho con cada día que pasaba, especialmente con las cartas que no llegaban más a su puerta. En lo que aquellos días se convertían en meses, Carmen cumplió los dieciocho, y antes de que se diese cuenta, estaba de vuelta en el ático. Una vez más, y yendo en contra de su mejor juicio, tomó todas las cartas y las leyó una por una, de inicio a fin. ¿Por qué hacía esto? No lo sabía. Estudiando la elección de las palabras usadas, estructura, y semántica, como si fuese una especialista en literatura, llegó a una sola conclusión: él había estado diciendo la verdad todo este tiempo. Sus sentimientos por ella se mostraban así mismos y evolucionaban en frente de sus ojos con cada carta que leía. Otra señal de este hecho era que él era un doctor, uno de los ricos, lo que significaba que no necesitaba de la fortuna de los de La Cruz. Además, ella lo conocía desde que tenía doce. Su corazón latía con fuerza ante su reciente conclusión. Las cartas al final le sirvieron para tener claro algo en su pecho: le gustara o no, lo extrañaba. Extrañaba sus cartas. Extrañaba no tener a alguien que se preocupara por ella de *esa* forma. Extrañaba no sentirse sola. Aunque no estuviese realmente sola, pero este era un tipo diferente de soledad. Jason siempre había sabido qué decir, pero, aun así, no era suficiente. Carmen necesitaba algo más.

Sabía que sus sirvientes la dejarían algún día. Sabía que eran solo trabajadores que estaban allí gracias a un contrato y que su relación con ellos podría cortarse fácilmente el día en que no estuviesen más de acuerdo con su paga, o cualquier otra razón. Ese simple pensamiento la asustaba hasta los huesos. Necesitaba una familia de verdad y Jason podría ser la respuesta a ese problema

¿De verdad amaba a Jason? Ya había leído cientos de libros para ese momento, pero ninguno le mostraba qué definía los síntomas del enamoramiento. Ya que las historias y testimonios que en ellos encontraba eran tan variados, sólo podía adivinar. La felicidad que sentía en su corazón debería ser suficiente ¿cierto? ¿Por qué más se sentiría así? El doctor le había gustado desde hace una eternidad. Podía confiar en él al punto de poner su vida en sus manos. Por lo tanto, sólo había una cosa por hacer…

"Me preguntaba si… te gustaría… emmm…" dijo Carmen en el teléfono.

"Por supuesto. Me encantaría verte en tu cumpleaños… y sobre aquella noche…" respondió el doctor al otro lado de la línea. El mero sonido de su profunda voz hacía a la joven temblar a gran escala.

"Ya hablaremos cuando te vea," siguió él, aparentemente sabiendo que la joven se hallaba temblando ante su seguridad.

"Hasta entonces," Carmen colgó el teléfono fríamente. Ya

sabía la respuesta a sus sentimientos, y al mismo tiempo, no. Era muy evidente en este punto, para cualquiera que la conociese, y para ella misma, que realmente quería a este hombre de vuelta en su vida. En el fondo, sabía que debía darle aunque sea una oportunidad...

Él llegó a la mansión esa misma noche vestido con un traje blanco. Una vez allí, celebró el cumpleaños de Carmen de forma calmada y alegre, algo muy distinto a lo que Carmen había estado esperando ya que esta no decía ni una sola palabra. Los sirvientes se dieron cuenta con rapidez de lo que en realidad estaba pasando, especialmente con el raro comportamiento que exhibía la joven. Por ejemplo, se chocaba aquí y allá con los muebles sin motivo aparente. Los sirvientes más veteranos podían al menos asumir lo obvio, algo que sólo causaba celos en el joven corazón de Pablo.

Después de una deliciosa cena en completa soledad, y en silencio en el salón principal, Carmen invitó a Jason al balcón en el segundo piso. Su lugar favorito más reciente de toda la mansión ya que adoraba ver la luna llena en sus noches libres. Cómo algo tan simple podía calmar su corazón no tenía explicación para los que la rodeaban, pero, aun así, la paz que esto generaba en su rostro era lo suficientemente buena como para no cuestionarlo. Era mucho mejor que quedarse en la bodega subterránea leyendo libros en completa oscuridad y soledad.

"¿Sabes? Siempre me he preguntado cuántos pretendientes tienes en estos momentos," Jason dijo en broma, tratando de romper el hielo. La brisa de otoño acariciaba el cabello de Carmen en lo que sus ojos no se atrevían a encontrarse con los de él, a pesar de que había sido ella la que le había pedido en estar allí. Un *Constanto 1968* rojo fue servido tranquilamente por Jason en dos copas que se hallaban sobre una pequeña mesa redonda en el balcón mismo.

"No tienes idea. Ninguno de ellos parecía interesante. Desearía que tiraran la toalla de una vez," respondió la joven casualmente en lo que se acercaba a la mesita para tomar un poco de vino. "Nadie entiende lo difícil que es tomar decisiones vitales para mi compañía a diario. No tengo tiempo para hombres. Al menos, gracias a mi padre, no lo estoy arruinando todo... aún tengo mucho que aprender..."

"Mira, lamento si lo que hice estuvo fuera de lugar en ese entonces," comenzó a decir el doctor viendo que Carmen claramente evitaba el tema. "Supongo que es del tipo de cosas que simplemente pasan..."

"Yo... las... estudié..." dijo la joven nerviosamente. "Ya sabes... tus cartas... sé que tus sentimientos son sinceros... es solo que... yo... yo..."

Jason se acercó a ella y la miró directamente a los ojos, "Carmen, es más simple de lo que crees. Por favor respóndeme esto: ¿Qué piensas sobre las estrellas sobre nuestras cabezas?"

Los pensamientos de Carmen se detuvieron de golpe. ¿Qué clase de pregunta era esa? Ella adoraba ver la luna, sin embargo, no se había puesto a pensar en las estrellas en mucho tiempo. ¿Por qué estaba siquiera contemplando una pregunta tan ridícula? No tenía ningún sentido. Aunque, pensándolo bien, no era difícil darse cuenta de que había estado muy ocupada con su nueva posición en la compañía y se había olvidado de su existencia. Había estado descuidándolas por un largo tiempo, concentrada en sus problemas más mundanos e ignorándolas completamente de su mente. Por lo mismo, miró hacia arriba y las vio. Dado que el viñedo estaba lejos de la ciudad, la contaminación lumínica no era tan mala y se podían ver las estrellas a simple vista. A pesar de haberlas visto un millón de veces, esta se sentía como la primera en siglos. Eran tan sublimes que ella se sentía perdida en ellas hasta que una confesión vino a su mente. Había más en la vida que la soledad. Tenía que haberlo.

O eso te gustaría pensar.

"¿Sabes...?" Carmen respondió después de bajar la mirada. "Siempre he guardado un pequeño secreto... aunque supongo que para ti no es ningún secreto."

"¿Y qué secreto sería ese?" preguntó Jason con curiosidad invadiendo su voz.

Carmen sacó un viejo osito de peluche de su cartera, uno que Jason inmediatamente reconoció. "Lo he estado abrazando por un buen tiempo. Cada vez que lo hago, recuerdo el día en que me lo diste. Debe ser bastante patético saber que la propietaria de los viñedos La Cruz haga esto, pero es la verdad." Para este punto, la joven se sonrojaba en lo que recordaba que había estado abrazando a Derzú durante todo ese tiempo sabiendo la identidad, y traición, de su admirador secreto.

"Bueno… hay una confesión que también debo hacer," Jason dijo con una sonrisa tímida y mirando hacia abajo. "Aunque no debería ser un secreto para ti tampoco."

"Espero todo tipo de confesiones a estas alturas. Adelante," dijo Carmen con una voz más confiada y curiosa.

"¿Nunca te has preguntado por qué me volví tu admirador secreto?"

"En realidad… siempre me hice esa pregunta…" replicó la joven mientras sus ojos se posaban en el doctor, emitiendo in creciente interés en las palabras de Jason.

"Verás… Desde que me fui de Pantea, he estado solo y por mi cuenta. Cuando te conocí, tenías doce. Perdona si te ofendo, pero en ese momento sólo pensaba en ti como una mocosa que tenía que ver de vez en cuando."

"Esta no es exactamente la confesión romántica que estaba esperando..." dijo ella con una decepción momentánea.

"Pero con los años, mientras crecías, empecé a ver la persona en la que convertirías. Podía ver el respeto que tenías por tu padre y por tus sirvientes… algo que nunca había visto en otras personas… Tú sabes, hablo de gente que tiene un estatus similar al tuyo. Tu trato fue el mismo para mí. Desde entonces, dejé de pensar en ti como una mocosa y comencé a admirar tu futura yo. Supongo que no me equivoqué al hacerlo… "

"¿Y qué esperabas…?"

"Bueno… resumiendo… *tú* eres lo que estaba esperando toda mi vida… y es por eso que tengo una solicitud en mente…"

Carmen nunca había oído palabras de ese tipo, pero, aunque ya las había leído en libros millones de veces, sus ojos siguieron mirándolo llenos de expectativa. "Te escucho."

"Creo que mi solicitud debería ser obvia a estas alturas,

pero lo preguntaré de todos modos. ¿Te gustaría estar conmigo? No, olvida eso... ¿Te casarías conmigo?"

Carmen no sabía que decir. No estaba esperando esas palabras. No obstante, todos esos meses de soledad habían afectado a la joven empresaria. Realmente quería tener una familia de nuevo. Quería sentirse igual que años atrás. La soledad se había tallado en sus huesos y necesitaba deshacerse de ella desesperadamente. Al mismo tiempo...

"De-déjame pensarlo... lo siento..." respondió nerviosamente.

Jason sonrió dulcemente, sin una pizca de sarcasmo en su rostro. "Está bien. Toma todo el tiempo que necesites. Te esperaré."

Luego, este se despidió y dejó la mansión. Carmen lo vio alejarse en su viejo Ghuzzo, un auto manufacturado en el país vecino de Nuevo Soctul. Viéndolo desvanecerse en la distancia, la joven aún trataba de asimilar cómo algo que de verdad la hacía feliz estaba pasando de verdad. Todo lo que había soñado hasta ese entonces eran pesadillas comparadas con lo que acababa de suceder. ¿Era posible? ¿Lo quería siquiera? ¿Cómo podría saberlo a ciencia cierta?

Los sueños son traicioneros y tú deberías saberlo mejor que nadie...

A la mañana siguiente, se armó de valor y llamó a Jason. Pablo sólo podía observarla en completa desesperación ya que esto significaba que nunca tendría la oportunidad de entrar en el corazón de la joven de La Cruz. El resto de los sirvientes podían sentir su dolor; sin embargo, también sabían que todo esto era parte de crecer. El dolor y la madurez iban usualmente de la mano.

"¡H-hola allí!" dijo Carmen con la voz más animada que podía pretender.

"Hola Carmen ¿cómo estás?" replicó Jason calmadamente.

"Estoy bien, gracias..." respondió ella con una voz tímida. "Sabes... sobre l-la propuesta que me hiciste..."

"Soy todo oídos, querida."

"He estado pensando que... tal vez deberíamos..."

"¿Vivir juntos hasta que decidas?" adivinó Jason. Para sorpresa de Carmen, tenía razón. Incluso si ella no tenía amigas de su edad, eran las amas de llaves las que le habían aconsejado sobre esto. La mayoría de ellas tenía más de cuarenta, pero, sobre todo, estaban todas casadas.

Carmen aclaró su garganta. "Sí. Creo que deberíamos ver si… tú sabes… somos compatibles y todas esas… cosas…"

Jason rio a carcajadas. "Lo que esperaba de la chica que tanto admiro. Muy bien ¡así se hará entonces!"

Carmen permaneció en silencio por unos segundos sin saber qué más decir. "¿Cuándo te gustaría que vaya para allá?" agregó Jason alegremente.

Al día siguiente, llegó con dos enormes maletas.

Casi todos los sirvientes aprobaban esta nueva relación, a excepción de Pablo, quien constantemente declaraba a Jason como una amenaza para la paz que había reinado en la mansión durante años. Ya que la impotencia que sentía lo carcomía por dentro con cada día que pasaba, él decidió renunciar voluntariamente después de dos meses para la tristeza y, más que nada, arrepentimiento de Carmen al no saber el verdadero porqué de su partida.

En cuanto a Carmen y Jason, ambos parecían llevarse muy bien. Por lo mismo, el primer beso de la joven no tardó en llegar, al igual que otras actividades más íntimas. Así, sin darse cuenta, un año había pasado y Carmen ya tenía diecinueve. Para ese entonces, ella podía decir con seguridad que Jason ya era parte de su vida. Sin importar qué problema o situación se presentara, él siempre estaba a su lado. Cada vez que necesitaba apoyo, también. Incluso cuando la compañía estaba a punto de irse a la quiebra, también estaba allí. Si ese era su rol, lo estaba haciendo perfectamente. Eventualmente, Carmen llegó al punto de sonreír con solo ver su rostro, lo que le decía que había poco que pensar… ya estaba lista para darle una respuesta.

"¡Sí!" le dijo un día de la nada.

"¿Eh?" él dijo mirándola perplejo en la sala sin levantarse del sofá, donde le gustaba trabajar, tipeando en su laptop.

"¡Sí, sí! ¡Me casaré contigo!" siguió la joven.

Jason la levantó por los aires y le dio vueltas como un loco. Carmen podía ver su amplia sonrisa como una fuente de esperanza, una fuente hacia la dirección correcta para recuperar lo que había perdido: tener una familia una vez más. Las noticias se esparcieron por la mansión como polvorín provocando que Carmen hiciera una fiesta junto a sus amigos más cercanos. Los próximos contrayentes a matrimonio levantaron una copa de *Tintado 1929* para celebrar el brillante futuro que se les presentaba ante todos sus invitados.

Como los humanos dicen, el camino al infierno está pavimentado con buenas intenciones...

La ceremonia se celebró tres meses después. El pastel de tres pisos, la música, la catedral... todo se sentía como un sueño. Jason fue el que había insistido en una ceremonia religiosa, a lo cual Carmen no se opuso. Ella no se consideraba como una dahsitiana, a diferencia de Jason que llevaba un pilifijo alrededor de su cuello las veinticuatro horas del día. Sin embargo, dado que su familia no podía venir a la boda, ella pensó que era lo mínimo que podía hacer. Una vez hubo terminado la celebración, la pareja viajó por Danan en lo que se sentía como un viaje de ensueño. Diferentes lenguas, climas y culturas se sentían como si hubieran caído del cielo justo ante sus ojos. La cereza encima del postre perfecto. Después de una semana, durante el último día de luna de miel, Jason le propuso a Carmen lo que ella sospechaba haría por mucho tiempo.

"¿Te gustaría venir conmigo a los Reinos Unidos de Pantea?"

No era extraño escuchar tal petición. Estú acababa de entrar en un periodo de recesión que había golpeado a la compañía fuertemente. Tal como iban las cosas, la bancarrota podía estar esperándolos a la vuelta de la esquina, de nuevo. Muchos economistas lo nombraron la explosión de la "burbuja inmobiliaria" que, con la falta de medidas de seguridad al otorgar préstamos a la gente para comprar casas, había puesto a todos los bancos del país en una situación complicada. Carmen sabía que sería una transición difícil, pero también sabía que era un cambio necesario para la supervivencia de la compañía. Su corazón sufría constantemente cuando pensaba sobre esa decisión. El mundo que había conocido estaba en Estú, después de todo. Sin embargo, había una gran diferencia esta vez: ya no estaba sola. Sentía como si pudiese comerse el mundo ahora. Al mismo tiempo, la supervivencia de la compañía era lo único que podía hacer para honrar la memoria de su padre. Cada vez que pensaba que la compañía se iba en caída libre en la bolsa de valores, con posibilidades de nunca recuperarse, le era lo suficientemente insoportable. Hasta el pecho le dolía. Esto no podía seguir por mucho más tiempo.

"¿Entonces?" insistió Jason mientras los ojos de Carmen seguían mirando a la nada, sentados en la sala, en el sillón favorito de Jason, el de cuero rojo.

"No es algo que de verdad quiera hacer, pero tienes razón." Carmen sólo podía mirar hacia el suelo al decir esto. "Supongo que no tenemos muchas opciones... ¿sabes qué? ¡Vamos a hacerlo!"

Su última exclamación sorprendió gratamente a Jason quien la abrazó y la besó apasionadamente. Y, aun así, sin que Jason se diese cuenta, una pequeña lágrima solitaria caía por la mejilla izquierda de su esposa. Al día siguiente, comenzaron a empacar sus cosas una vez Carmen había explicado la situación al comité de ejecutivos. Estos, para su sorpresa, resultaron apoyar su decisión en general. Ellos también podían sentir la inminente caída económica del país. Además, aunque todos sabían que la debacle económica de Estú no duraría para siempre, sabían también que la compañía no sobreviviría hasta que la nación volviese a la normalidad. Colmada de noticias en ese aspecto, Carmen se lo dijo a Jason y juntos fueron a explicar la decisión a los sirvientes de la mansión. Algunos de ellos, para tristeza de Carmen, renunciaron allí mismo. Le destrozó el corazón, para lo que ella consideraba, destruir el trabajo y familia que había heredado de su padre. Otros decidieron quedarse, llegando al punto de ir con ellos a los RRUU. Jason se opuso al inicio, sin embargo, Carmen lo convenció de lo contrario. Después de todo, contratar nuevo personal siempre era costoso, especialmente para una compañía que tenía que comenzar de cero en el aspecto logístico. Entonces, ya decididos, fueron a la embajada. Gracias a su unión, los papeles de residencia fueron fáciles de obtener. Incluso Spunky obtuvo una pequeña "tarjeta amarilla," o así la llamaban.

Durante los primeros días en los Reinos, como se les llamaba también a los RRUU, Carmen viajó por todos lados buscando proveedores y clientes para su nueva compañía. Ser la nueva compañía en el mercado nunca era fácil, incluso si algunas veces no lo parecía cuando Carmen se relajaba dentro del auto tras conducir durante días. Rentar habitaciones se había vuelto un hábito para este punto, tomando en cuenta que Jason usualmente iría junto a ella también en búsqueda de trabajo. Mientras viajaban juntos por todo el país, Jason alegremente respondía todas las preguntas que Carmen tenía sobre su patria. Él frecuentemente decía que era conocida como la tierra de la libertad, así como el país más poderoso del planeta en todo aspecto. Poseían el ejército más fuerte, la economía más fuerte y la influencia más fuerte. Si se creaban nuevas leyes o tecnología en esa nación, los demás países no tardarían en imitarla. Jason explicaba que el país en sí era la unión de varios reinos regidos por una monarquía constitucional. Cada reino tenía un gobernador, un parlamento y sus propios ministerios. Por lo tanto, en cada reino, el primer ministro tenía todo el poder ejecutivo y tenía que ser elegido cada cinco años, junto a su gabinete. Aunque Carmen había leído la historia de ese país muchas veces, no era tan fascinante como cuando Jason le contaba sobre el mismo, y con mucho orgullo. Carmen se dio cuenta rápidamente que él no era el único patriota ya que podía ver varias banderas del país flameando en muchos techos.

Eventualmente, Carmen terminó por elegir las afueras de la ciudad de Las Esbirras, en el reino de Friornia, para establecer la compañía, así como también su nuevo hogar. Un reino conocido por su clima soleado todo el año, al lado del mar, y tierras perfectas para la agricultura. Para instalar a los Vinos & Viñedos La Cruz en ese reino, Carmen tuvo que vender todas sus propiedades en Estú. Al menos estaba feliz cuando probó los productos de sus futuros competidores y descubrió que no eran muy buenos. Cualquier ventaja, sin importar lo pequeña que fuera, era siempre bienvenida. Desafortunadamente, pronto descubriría que las uvas de la zona eran la causa de esa calidad, peor aun cuando probó el vino producido por sus propios viñedos y notó que no era tan bueno como el de Estú. Al menos podría competir en el mismo campo que los demás. En cuanto a sus padres, ordenó la construcción de una pequeña capilla junto a una nueva mansión, la cual se veía exactamente igual que la que tenía en Estú. Allí, puso los ataúdes con una estructura entera que los definía. La ponía triste saber que su padre nunca habría aprobado mover el cuerpo de su madre. Afortunadamente para su paz mental, estaba bastante ocupada y no le daba muchas vueltas al asunto. Una paz que no duraría mucho dado que Jason comenzó a ver hasta los más pequeños errores de los sirvientes de Carmen como motivo de despido. Mucho eran despedidos debido a su nueva actitud durante los meses siguientes. Esta actitud era algo que Carmen no podía entender en lo absoluto. Sin perder tiempo, Jason empezó a reemplazar a todos los empleados tan rápido como podía, ignorando las quejas de su esposa. Pasado un tiempo, ella entendió el porqué: era cuestión de tiempo para que renunciaran por su cuenta, o al menos esa era la lógica de Jason. No obstante, para este punto de la vida, perder a sus sirvientes no era tan doloroso como había imaginado. Su esposo simplemente había acelerado el inevitable proceso. De todos modos, por primera vez en muchos años, ella se sentía sola una vez más.

Deberías tener cuidado con lo que deseas...

Eventualmente, después de mucho trabajo y noches sin dormir, los viñedos se recuperaron. ¡Era increíble! La gente adoraba su vino de modo que ordenaban el doble con cada mes que pasaba. Carmen era feliz. No había decepcionado a su padre, es más, podía sentir cómo le sonreía desde el más allá, aliviando su estrés al mismo tiempo. Aparte, tenía otra razón adicional para estar feliz. No tomó mucho tiempo para que Carmen armara su propia sorpresa: estaba embarazada.

Y así, nueve meses pasaron, y sin notarlo, estaba en el hospital. Llamaría ese día el más feliz de su vida ya que nacería su hijo. Su nombre sería Juan Fernando Wright, en honor a su padre. Jason no podía dejar de mirar a través de la ventana que daba a las incubadoras cuando Juan Fernando fue llevado allí. Recibían mensajes de felicitaciones por todas partes, desde sus empleados hasta su más reciente círculo de amistades. Incluso Spunky parecía tener más vida que nunca, moviendo la cola cuando Juan Fernando llegó a casa en brazos de su madre. Carmen sentía que finalmente estaba en el camino correcto, que estaba recuperando a la familia que había perdido hace mucho tiempo…

No todo lo que brilla es oro. Serías sabía en recordarlo…

III

SIN DUDA, aquellas luces que brillaban, que eran de patrulle-ros, se habían quedado clavadas en los ojos de Carmen, rom-piendo su inmersión.

Hubiesen sido intimidantes en otros tiempos, en otro lu-gar. Había enfrentado tantos peligros para ese momento que incluso el arma más poderosa en existencia no la haría siquiera considerar retirarse o huir. Los hombres esperándola estaban muy aturdidos, juzgando por sus sombras, las cuales tembla-ban a más no poder. No temblarían tanto si no supiesen los actos que la Temible, como la habían apodado no hace mucho, había cometido en el pasado.

"¡Alto ahí! ¡Sal con las manos arriba! ¡Ahora!" Yang ordenó con su confiable megáfono, ignorando que ella podía sentir la adrenalina corriendo por sus venas desde su posición. El miedo a lo desconocido. Con su entrenamiento y experiencia, Yang decidió no compartir el sentimiento que tenían sus hombres y mantuvo la cabeza fría, incluso si entendía perfectamente su reacción. Si los reportes eran verdaderos, estaban definitiva-mente en un gran peligro. Aunque ya todos sabían de los in-contables oficiales muertos por sus manos, una parte de ellos se resistía a considerar esta información como real. La mayoría de ellos en realidad esperaba algún tipo de emboscada donde los verdaderos asesinos se mostrarían para ayudar a la Temible.

Por lo mismo, su nerviosismo actual venía en realidad de no saber por dónde atacaría el enemigo, o desde dónde dispararía. De todos modos, había una duda adicional en sus mentes, incluyendo a Yang, que les hacía preguntarse si esta mujer era uno de ellos: una supernatural.

Yang sabía, en lo que compartía su perspectiva con los hombres bajo su mando, que sería mejor terminar con todo esto tan rápido como fuese posible y tomar el menor riesgo necesario. Suponiendo que ella no tuviese ningún refuerzo y que fuese realmente una supernatural, una posibilidad que Yang tenía mucha dificultad en asimilar, entonces no se le podía dar ni la más mínima oportunidad de defenderse. Así tuviese refuerzos, se aplicaría lo mismo. De otro modo, la Cruz Negra, como muchos decían ella se nombraba a sí misma, haría otra masacre en masa con ellos, o, en otras palabras, sin sobrevivientes. Yang era uno de los pocos que había visto las expresiones en las caras de sus víctimas en una redada pasada. Rostros grabados con desesperación que causaban que Yang sintiese el mismo terror reflejado en ellos al punto de hacerlo perder el aliento frente a su oficial superior. No había elección en esto. Ella tendría una última advertencia. Eso sería todo.

Por lo tanto, en lo que el demonio caminaba hacia ellos y salía por la puerta de entrada, Yang emitió su última advertencia. "¡Tire sus armas ahora! ¡Está rodeada Carmen de la Cruz! ¡Si no se rinde, dispararemos a matar! ¡Ríndase ahora! ¡No tiene a donde ir!" Sin embargo, la Temible no se detenía en sus pasos firmes. Sus pasos, lentos y calmados, sólo incrementaban la tensión que los hombres ya sentían desde antes. Fuese ese su propósito o no, no importaba mucho. Era su vida o la de ellos.

Con los seguros de las armas siendo liberados, y sus dedos apoyándose en sus respectivos gatillos, la Temible sonrió maliciosamente para ellos mientras continuaba sus delicadas zancadas. Su cabello, largo y desordenado, cubría sus intensos ojos rojos y su orate mirada, aunque solo parcialmente, lo que no ayudaba a los oficiales con su búsqueda de valor. "Las piedras pueden tratar de detener al río... pero este último siempre las pasará por encima... el orden perecerá si se enfrenta a la Muerte... el orden sabe lo que es evidente... retiraos... y el orden perdurará." Los hombres se miraron uno al otro, incrédulos y confundidos: ella había hablado. Esperaban algún tipo de voz tenebrosa o rasposa, pero era todo lo opuesto. Su voz era maternal, suave y sensual, a diferencia de su risa aguda y orate que era lo único que habían oído de ella hasta ese entonces. Después de oírla, la tensión en sus corazones comenzó a calmarse. Era sólo una mujer ¿no? Sus pómulos huesudos, sus labios rojos, sus delicadas manos y su cabello negro como el ébano les dieron la respuesta. Tal vez eso era razón suficiente para no temer más. Tal vez no.

Con esto visto, los oficiales se sonrieron el uno al otro aliviados. Algunos de ellos incluso bajaron sus armas y la observaron en lo que ella continuaba su avance hacia ellos con su sonrisa maligna. Dado que ya habían confirmado que la mujer en cuestión no tenía a nadie ayudándola, gracias al teniente Ramírez que había hecho el reconocimiento de la zona y había vuelto con ellos, un sentimiento de paz comenzó a extenderse entre los hombres. La gente dentro del manicomio estaba muerta, de acuerdo con sus reportes, pero, aun así ¿cómo sabían si alguien más lo había hecho y esta mujer era sólo una loca que había huido de tan tenebroso lugar? Los pensamientos de los oficiales iban y venían mientras más y más de ellos bajaban la guardia, permitiendo que la Temible se acercase más y más. Sin embargo, a diferencia de ellos, Yang no había cambiado de opinión. No se arriesgaría. Para él, los reportes eran lo suficientemente reales, más aun teniendo en cuenta que esta mujer había huido de este lugar hacia un año.

"¡Hola! No te preocupes chica, todo estará bien," dijo uno de los oficiales condescendientemente para el momento en que la mujer ya se encontraba a menos de un metro de distancia. Tras oír esto, ella se detuvo. Ahora, bajo los postes, podían verla con más detalle. Sus armas eran enormes y parecían ser muy pesadas en sus manos. Por lógica, no debería poder levantarlas y mucho menos hacer algo con ellas. Verla tan cerca provocó que los demás se le acercasen mientras que otros aún le apuntaban con sus armas.

"¿Lo ven? ¡No hay nada que temer!" dijo el mismo hombre en lo que extendía su mano hacia la Temible, tocándole el hombro izquierdo y sonriendo. "Déjanos ayudarte." No obstante, su sonrisa desapareció cuando una bala entro en la cabeza de la mujer, derramando sangre y sesos en el suelo. Acto seguido, ella cayó al suelo, inerte, con los oficiales viendo la escena con terror en sus corazones. Sólo había un arma humeando y era la de Yang. Miradas llenas de ira encontraron la suya en lo que bajaba su arma, aliviado.

"Estaba resistiendo arresto. Tenía que hacerse," argumentó él. Ya que su defensa no era muy convincente, las quejas de sus hombres no se hicieron esperar. Aunque, mientras discutían las repercusiones de haberle disparado a una, aparentemente, indefensa mujer, uno de ellos no podía dejar de mirarla.

"Chicos... ¡chicos! ¡Está viva! ¡Está viva!" gritó este aterrorizado.

Todos voltearon sus cabezas y fijaron sus ojos en ella, incapaces de entender lo que estaba pasando. Sin duda, se estaba poniendo de pie mientras la bala dentro de su cabeza salía de su cráneo y caía al suelo. El titilante sonido que esta hacía al impactar el suelo se sentía como una alarma que los despertaba de un dulce sueño. No pudiendo reaccionar a tiempo, el hombre más cercano a la Cruz Negra cayó presa de sus letales armas. Ciertamente, observaron con horror cómo, sin ningún esfuerzo, ella separaba su cabeza de su cuerpo en un solo ataque. El resto de ellos siguieron mirando la escena, petrificados, sin poder decidir qué hacer después. Hecho esto, procedió ininterrumpida en sus pasos lentos y confiados hacia el próximo oficial. Fueron los gritos de dolor de este hombre que hicieron que sus cerebros finalmente asimilasen lo que acababa de suceder. Entonces, dieron vuelta y se preparaban para correr por sus vidas cuando la voz del lurno los detuvo.

"¡Disparen a matar! ¡Ahora!" ordenó Yang, quien, siguiendo su propia orden, comenzó a dispararle a la Cruz Negra hasta quedarse sin balas. Viendo que la Temible no podía avanzar debido a su velocidad de disparo, y la lluvia de balas penetrando su cuerpo manteniéndola en su sitio, sus oficiales voltearon, obedecieron y bañaron a la horrible mujer con plomo. Una simple y tenebrosa mujer no los derrotaría. Nunca en su vida… o al menos eso pensaban.

Después de un minuto de balacera, todos se habían quedado sin balas. Mientras recargaban, observaban cómo los cartuchos habían creado una alfombra improvisada en la pista alrededor de sus pies. El cadáver de su colega decapitado, rodeado de cartuchos vacíos, les recordaba lo que podía haberles pasado a ellos también. Les gustara o no, los reportes eran correctos. Siempre lo habían estado. Sin embargo, el pequeño alivio que había conseguido no duraría mucho…

"Pero ¿qué demonios?" mencionó uno de ellos a ver con asombro cómo incluso varias balas en la cabeza de la mujer no tenían efecto alguno. Esta seguía de pie, sangrando a riachuelos de los agujeros de bala que bañaban su cuerpo, sonriendo viciosamente. Tal paisaje hizo que su recién recuperada confianza y paz se convirtieran rápidamente en polvo. Sus caras cambiaron de perplejidad a horror en lo que ella retomó su camino hacia ellos, soltando balas fuera de su cuerpo que caían como una cascada metálica alrededor de ella. Incluso sus dientes, de los cuales había perdido algunos debido a alguna que otra bala pulverizándolos, crecían de vuelta al igual que sus ojos. Ella era, sin duda, un monstruo de la peor calaña.

"¡¿Qué hacen idiotas?! ¡Recarguen y disparen de nuevo! ¡Ahora! ¡No la dejen acercarse m-!," el lurno no pudo terminar su frase cuando el demonio uso sus dos armas para aplastar el cuerpo inmóvil del oficial más cercano a ella. El desafortunado hombre había sido muy lento para darse cuenta de que debía huir de la Cruz Negra al tener el terror mismo controlando su cuerpo. La sangre le salía por los ojos y la boca cuando sus órganos internos y huesos era destrozados por los golpes de la Temible. Entonces, su cuerpo cayó inerte al suelo en lo que la Cruz Negra continuaba con su lento paso y su renovada sonrisa diabólica.

"¡A la mierda todo! ¡Sálvese quien pueda!" gritó uno de los oficiales en lo que el demonio cargaba hacia ellos con toda la velocidad que sus piernas le permitían. Esto, a su vez, creó pánico en masa, haciendo que el resto de los oficiales imitaran a su camarada en huida. Aunque Yang no retrocedía, no podía evitar compartir los sentimientos de sus hombres una vez más, teniendo en cuenta que sus propios miedos empeoraban al ser testigo de cómo el monstruo corría a la misma velocidad que ellos, atrapándolos a media huida. El primero en correr se convirtió en el primero en morir en lo que la Cruz Negra enterraba su cabeza en su torso golpeándolo en forma vertical con su arma derecha. Su torso se había hinchado en lo que su cuerpo caía al suelo. Los oficiales restantes se detuvieron al ver esto, dándose cuenta de que habían tirado sus armas durante su huida para reducir su peso y correr más rápido. Sin embargo, fueron los que trataron de sacar sus armas de sus fundas los que habían sido destruidos justo después de los que huían. Y así, uno por uno cayó ante la fuerza bruta de sus armas. Algunos de ellos tendrían el alivio de morir rápido. Otros verían su propio cuerpo completamente cercenado mientras que el siguiente golpe acabaría con su agonía. Otros morirían al no poder soportar tanto terror, siendo hechos pedazos de todos modos en su inmovilidad. Al final, el último que quedaba de pie, el lurno, no había podido mover su cuerpo durante toda la masacre. Sus piernas no lo obedecían mientras su índice seguía presionando el gatillo de su arma sin balas. Sus ojos, ahora dilatados a gran escala, sólo podían mirar cómo la Cruz Negra acababa con el último de sus oficiales y se dirigía hacia él.

La mente de Yang no podía mantener tantos pensamientos juntos. Al fin y al cabo, el único logro de su equipo había sido agregar más manchas de sangre al destrozado vestido del monstruo. ¿Acaso era una especie de fuerza imparable de la naturaleza? Ella parecía calmada con toda la muerte que estaba creando a su alrededor. ¿Podía sentir dolor? ¿Podía sentir culpa? ¿Era humana siquiera? No importaba. Torsos, extremidades o piscinas de sangre, con huesos aplastados alrededor, cubrían el suelo como si una manguera contra incendios hubiese estado esparciendo vísceras por todas partes. Sus muertes habían sido muy dolorosas, de eso no cabía duda, ya que sus voces de agonía habían sido las testigos más presentes del crimen cometido. Podría decirse que la calle aún resonaba con sus gritos de horror. Sus caras aún llevaban dicho horror y dolor con las que habían muerto, al menos en las cabezas que milagrosamente seguían intactas. Yang no podía evitar temblar ante tal imagen. Sus piernas, ahora bañadas en su propia orina, aún se rehusaban a escuchar sus órdenes en lo que el engaño de la Temible se abría paso en su mente.

Ella sabía perfectamente lo que hacía, Yang concluyó. Sus armas se veían extremadamente pesadas, y en sí lo eran, ya que todo lo que hacía contacto con ellas terminaba en pedazos. No obstante, ella había escondido este hecho con su lento caminar, aparentemente forcejeando para cargar esas malditas cosas cuando salía del manicomio. Todo había sido una actuación desde el inicio. Yang sólo podía arrepentirse por no haberse dado cuenta antes. El pánico que ella había generado al decapitar a su primera víctima también había sido efectivo ya que no esperaban algo así, tan fuera de la realidad, incluso si hubiesen creído que ya había sucedido al leer los reportes. Ella había querido causar miedo en sus corazones desde el principio y lo había conseguido.

Mientras sus pensamientos daban vueltas alrededor de este entendimiento, un intenso dolor lo obligó a regresar a la realidad. Se dio cuenta de que había caído al suelo y, en consecuente, miró sus piernas: no las tenía. La sensación quemante que venía de sus rodillas, ahora soltando sangre por todas partes, era demasiado para su consciencia, lo que hizo que grite de dolor. Su vida entera pasó delante de sus ojos en lo que la Cruz Negra levantaba una de sus temibles armas arriba de su cabeza. Sólo un pensamiento adicional vino a su mente.

Si voy a morir, lo haré valientemente. Le debo eso a mi familia… y a mí mismo, pensó él.

"Nunca te lastimaron nuestras balas… ¡te dejaste caer en el suelo para engañarnos! Fue todo mentira ¡¿no es así?! ¡Maldita seas…! ¡Maldita seas monstruo desalmado! Moriré aquí, pero ¡tú también caerás! ¡¿Me oíste?! ¡Perra…! ¡Alguien más me reemplazara y nunca encontrarás la paz! ¡Jajajajajaja!"

"Nada como la transición… de la tranquilidad a la desesperación… en el corazón de un homínido…"

Ella lo miró a los ojos, aún mostrando su orate sonrisa, como si se burlara de sus palabras; palabras que dejaron de salir de la boca de Yang tan pronto como se dio cuenta de que no afectaban en nada al demonio. Entonces, oraciones en voz baja aparecieron en su lugar, probablemente pensando en que reencarnaría en alguien más, y que, de algún modo, le devolvería todo lo que ella había hecho algún día. Muchos lurnos creían que sí. Y así, mientras rezaba, todo acabó.

El demonio destrozó su cabeza contra el piso. La boca del lurno escupía, a su vez, torrentes de sangre en lo que su tez ligeramente verdosa se cubría de rojo. Aun así, contrariamente a su equipo, su expresión facial no era una de horror, sino una de resignación.

La Cruz Negra simplemente rio histéricamente ante tal escena mientras recogía sus armas y las sacudía, esparciendo el líquido carmesí que envolvía a los cadáveres a su alrededor. Simplemente miró a su alrededor y siguió riendo más y más, no pudiendo parar.

"La alegría de la Muerte perdura incambiable bajo los auspicios de la tosquedad," murmuró en lo que sus carcajadas gradualmente paraban. Luego, miró hacia el negro cielo, sonriéndole a la lluvia que lavaba ligeramente su piel y cabello. Lo mismo no podía decirse de sus víctimas sin esencia vital mutiladas en el suelo. Entonces, sin pensarlo más, se acercó al vehículo más cercano. Ignorando los faros de la máquina cubiertos con sangre, y los posibles problemas que esto le crearía más adelante, eligió dicho vehículo. Abrió su puerta y sonrió al ver que las llaves seguían en la ignición. Detalles como este le dijeron a la Temible cuán confiados estaban estos hombres en poder derrotarla. Con el mar de oscuridad que rodeaba su pequeña isla de luces azules y rojas, otro pensamiento invadió su mente. Un pensamiento apoyado por experiencias pasadas. El equipo y armas que ellos habían usado no parecía ser de policías regulares. Sólo podía asumir que pertenecían a la élite de la fuerza policiaca de la ciudad. Revisando la insignia en sus pechos, había una fuerte posibilidad que fuesen de la rama de

Armas y Estrategias Especiales, o AEE en abreviado, la mejor unidad de oficiales que el país podía ofrecer. Al mismo tiempo, había otra posibilidad.

También podría tratarse de *ellos*...

Una vez sus propias explicaciones hubiesen satisfecho su curiosidad, la Temible puso sus armas manchadas de sangre en el asiento de pasajero y procedió a prender el patrullero. La ventana abierta, o hecha trizas, le permitía sentir la fría y agonizante lluvia junto a la fresca brisa, una sensación que adoraba mucho. No podía recordar cuando había sido la última vez que había podido sentirla de esta forma. Mirando por dicha ventana, y acelerando por la autopista 13, observó varios avisos señalando hacia el, ahora sin vida, manicomio detrás suyo. "¡Gracias por visitar Sanatorium! ¡Esperamos verlos pronto!" decía uno de estos paneles. Aún podía recordarlo. Era el mismo lugar que hace un año atrás. El mismo estilo. El mismo diseño. Destruirlo no tendría sentido ya que no ganaría nada haciéndolo. Y, aun así, sonreía viciosamente ante tal pensamiento. Pensar que su visita más reciente había sido la última...

La visibilidad de la pista se hacía más y más borrosa en lo que la intensidad de la lluvia aumentaba y los limpiaparabrisas habían dejado de funcionar. Entonces, mirando por el panel de luces del auto, tratando de encender los faros para aliviar dicho problema, no pudo evitar buscar algo más que le fuese útil dentro del vehículo. Después de una rápida inspección, aparte de un par de esposas dentro de la guantera, no había nada de valor. Asumió que las armas estaban, probablemente, en el capote. No que las necesitara, pero siempre era bueno saber dónde estaban. Sus ojos siguieron examinando los contenidos del auto hasta que se encontraron con una pequeña foto al lado del odómetro. Un hombre en sus treintas cargando a su hijo en sus hombros, abrazando a su esposa, todos sonriendo, felices y sin una preocupación en la vida. Una foto que le recordaba lo que alguna vez había sido de ella: un esposo, un hijo... un mundo para siempre perdido.

IV

"¿CREES QUE SE ESCAPÓ?" preguntó Juan Fernando.

Carmen lo vio parado cerca de la puerta y le pidió que entrara. Era el segundo conejo que se había escapado ese mes. De algún modo lograban abrir sus jaulas e irse, tras lo cual era evidente que encontrarlo era un caso perdido.

"No te preocupes cariño. Lo encontraremos," Carmen replicó cómodamente junto a una dulce sonrisa. Luego, lo abrazó fuertemente, lo cual fue respondido con reciprocidad. Ya tenía casi cuatro años y Carmen no podía sentirse más orgullosa al ver su evolución en inicial. Las estrellas que traía a casa eran consistentes en cantidad, casi cinco por semana. Su premio más reciente lo había ganado tras construir un pequeño proyector con papel crepe y una vela. Junto con otros borradores, logró hacer un 'filme corto' sobre una fresa mágica teniendo aventuras. Desde entonces, Carmen siempre le daría chocolates *Pum* cada vez que llegaba a casa, siendo estos la marca favorita del niño. Frecuentemente imaginaba cómo sería él en el futuro, o cuántas vidas salvaría, o cómo el mundo sería un lugar mejor solo por su existencia en el mismo. Sueños que estaba segura su hijo lograría algún día. "¡Claro, tenía que heredar mi inteligencia natural! ¡Jojojo!" Carmen presumía constantemente cuando la visitaban sus vecinos, o sus empleados.

Ya que no podía llevarlo a la escuela, al igual que su padre, aparte de que el bus escolar que no pasaba por la mansión, Erik, un amigo de Jason, venía a recoger al niño. Junto a sus hijos, Néstor y Lucas, esperaba a Juan Fernando en la entrada de la mansión para luego acelerar hacia la escuela como si no hubiera un mañana. Para calmar la ansiedad que Carmen pudiera tener, Erik siempre le daba su ubicación gracias al GPS integrado en su vehículo.

Por lo tanto, cuando Juan Fernando llegaba a casa, la misma tradición se repetía una y otra vez ya que iría directamente al ático, corriendo, donde encontraba a su madre, quien normalmente se encontraba manejando las finanzas de la compañía, y le daba un beso. Viéndolo entrar en el ático hacía que Carmen mantuviese una sonrisa en su rostro sólo para él. Tenerlo ahí también le permitía no sentirse como un topo, todo el día rodeada de oscuridad, con la pantalla de su laptop como su única fuente de luz, lo que era un hábito que aún le traía memorias placenteras, así como las no placenteras.

"¿Has visto a papá? Dijo que me ayudaría con mi tarea…" siguió Juan Fernando con su pequeño cuaderno azul en brazos, feliz de haber oído la promesa de su madre concerniendo a su conejo. Jason normalmente lo ayudaba en matemáticas mientras que Carmen lo hacía con lenguas y gramática, o al menos así habían acordado. A veces Carmen no podría ayudarlo en lo absoluto, no porque no pudiese, pero por quedarse en blanco cuando veía a su esposo e hijo divirtiéndose juntos. Nunca fallaba en hacerla sonreír. Todo se sentía como una utopía…

Y eso da bastante miedo…

"Creo que está trabajando, cariño," replicó ella. "Creo que vendrá para la cena. Ve y dale un beso de mi parte cuando llegue." Entonces le dio un suave beso en la frente, provocando que su hijo se sonrojara ligeramente.

"Entonces… iré a la sala a dibujar… ummm… ¡algo! ¡Nos vemos mamá!" replicó él con una amplia sonrisa.

"¡Hey! ¡No te olvides de mi beso!" ordenó Carmen, haciendo un puchero de forma afectuosa. Juan Fernando besó la mejilla de su madre tímidamente para luego correr hacia abajo por las escaleras. Su madre lo vio salir y continuó trabajando.

Era durante esos momentos que no podía creer cuanto la había absorbido su trabajo. Podría jurar que había pasado prácticamente todos los días laborales, incluyendo los fines de semana, encerrada en el ático. Jason le había dicho que se relajara un poco y que su laptop no se iría a ninguna parte, a diferencia de los días cuando Juan Fernando era aún un bebé y ella vagamente podía recordar dónde lo había dejado. Aun así, la risa simplemente aparecería en su rostro y seguiría trabajando ya que ahora tenía dos razones muy importantes para trabajar intensamente.

Antes de conocer a Jason, la justificación hubiera sido continuar el legado de su padre. Ahora, también agregaba el futuro de su hijo a la 'mezcla de excusas'. El sacrificio de una madre nunca era suficiente, o al menos eso solía decirse a sí misma, una frase que había oído seguido de una de sus sirvientas, Carolina--la única que ella hubiese querido como madre. Era esta sirvienta la que siempre la regañaba por no pasar más tiempo con su padre en vez de aislarse en la bodega en ese entonces. Un error que no estaba dispuesta a repetir con su hijo… aunque sentía que lo hacía de todos modos.

Por suerte para ella, la compañía estaba creciendo más allá de sus sueños más locos, lo que le permitía estresarse un poco menos y darse más tiempo libre. La forma en que su empresa hacía el vino se hacía notar y provocó un incremento en la popularidad de su producción de una forma que nunca había visto en su vida. Muchas compañías del rubro morían por saber su secreto, lo cual era aparente para Carmen cuando descubrió cómo habían tratado de investigar su compañía a través de espías corporativos. No podían encontrar nada extraordinario, pero, en realidad, lo que pasaba era que Carmen usaba otro tipo de uva que había comprado en Estú y que se podía adaptar al clima de Friornia. Esta táctica le había dado una considerable ventaja sobre sus competidores ya que la compra de nuevas semillas de dicha uva se había incrementado de notable manera, junto a la demanda del mercado por los vinos La Cruz. Carmen incluso había usado las ganancias más recientes de la compañía para comprar tierras adyacentes a la planta de producción principal e incrementar dicha producción. Ella sabía que sus competidores eventualmente descubrirían su secreto, pero confiaba en que su compañía tuviese una ventaja insuperable para cuando eso sucediese.

"¡Estamos en nuestra enhorabuena más longeva!" dijo ella, como siempre, cuando hablaba con sus empleados mientras visitaba la planta de producción. Frecuentemente decía la misma palabra estuana cuando era cuestionada sobre su completa abstracción, cuando trabajaba en el ático, por Jason, o cuando era cuestionada sobre por qué no tomaba ningún descanso. A pesar de que estaba teniendo los mejores días de su vida, no podía evitar mirar por la ventana de vez en cuando. Sin duda, ver a su hijo y a su esposo jugando a través de dicha ventana no siempre le traían una sonrisa...

Al menos Jason había tenido la suerte de tener tiempo libre que ella no disponía. Por supuesto, había logrado obtener un trabajo fácilmente en el Hospital General de Santa Lluvia como médico jefe, por lo cual estaba muy feliz. Esta era una de las tantas razones por las que Jason presumía sobre cómo siempre tomaba las decisiones correctas ya que, aunque había estudiado en la Universidad de Cetep, en otro reino dentro del mismo país, su diploma era válida y reconocida en cualquier territorio de los RRUU. Dado que su universidad también era conocida alrededor del mundo, dicha diploma también era aceptada en, casi, todos los países.

"No es que necesite una..." Carmen respondía a regañadientes cuando Jason mencionaba sus logros. "Algún día yo también tendré una... sólo espera y obsérvame..." se murmuraba a sí misma.

Con el pasar del tiempo en ese nuevo país, ella aprendió bastante sobre su sociedad y cultura, sobre todo gracias a sus nuevos conocidos durante esos años. La gente se veía más atraída hacia el oro, dicho de otro modo. Este sentimiento se hizo notar más en su mente al darse cuenta de que ya no quedaba ninguno de sus sirvientes originales para ese entonces, y que confiar en sus nuevos sirvientes había sido difícil. Debido a que no tenía a nadie más con quien hablar como amigos, se alegraba mucho de aún tener a su abogada de familia, Eliana Tapia.

"¡¿Cómo que no lo recuerdas, chica?! ¡Las dos teníamos cinco! ¡Siempre sospeché que tenías cerebro de pollo! ¡Jaja!" usualmente decía ella burlonamente ante la falta de memoria de largo plazo de Carmen. Aunque odiaba su personalidad cuando la acababa de conocer, quería verla más y más seguido. Eventualmente, Carmen aprendió a lidiar con ella y a apreciar su compañía, o al menos eso le gustaba pensar. "No sé qué haría sin ti…" Carmen decía por teléfono a su amiga después de un largo día de trabajo. Siendo esta la hija de la sirvienta que Carmen quería como madre, Carolina, Eliana también servía como puente para con su 'familia original', ahora en Estú. Al oír a su abogada por teléfono, durante una conversación casual, Carmen recordó cómo había ganado el tratado más difícil de su vida: el de convencer a Eliana de irse con ella a los RRUU.

"Tal vez Estú esté en recesión… pero ¿irse así nomás? Tengo mi vida entera aquí, chica…" Eliana explicó al oír su solicitud. "Dudo que cambie de opinión, chica. Así que ¡no trates de cambiar mi opinión o te odiaré…! ¡Pero de buen rollo, eh!"

Ya que ninguna oferta funcionaría, Carmen terminó por proponerle el convertirla en la abogada exclusiva de su compañía con un salario fijo, el cual podía aumentar dependiendo de cómo le iba a la empresa. "No sé, chica… depender de una sola fuente de ingresos siempre es de locos… déjame pensarlo, chica…" Sin embargo, su retórica cambió cuando Carmen estaba por partir, capitulando sin resistencia. Carmen había asumido que había sido por su madre, quien quería venir, así como el creciente desempleo en Estú, que habían convencido finalmente a Eliana. No obstante, la joven de La Cruz no podía estar más equivocada. Cuando escuchó la verdadera razón, lloró y rio al mismo tiempo.

"Verás… este pequeño amigo aquí me preguntó si quería venir con ustedes… ¡y ya conoces mi debilidad, chica! ¡No puedo resistirme a seres inocentes pidiéndome cosas! ¡Estoy segura de que tú obligaste al pequeño JF a hacer esto por ti! ¡Te odio tanto...! ¡Pero de buen rollo, eh!" Al final, había sido Juan Fernando quien le había dado ese pequeño empujón que le faltaba a Carmen para conseguir su meta. No podía entender cómo no se le había ocurrido antes, especialmente sabiendo que Eliana andaba en bancarrota tras visitar constantemente a niños con enfermedades terminales en el hospital más cercano a su casa; un hábito que había comenzado cuando su pequeño hermano había muerto por cáncer cerebral en ese mismo lugar.

Y así, tal como había prometido, Carmen encontró un bonito departamento para su abogada en la ciudad cercana de Las Esbirras. Para el día siguiente, después de firmar el contrato, Carmen anunció a la abogada oficial de la compañía ante el comité ejecutivo. Por supuesto, Jason no se hizo esperar al tratar de despedir a Eliana repetidas veces, pero ella no acataba tales órdenes. No le aceptaba nada y se lo decía a Jason a la cara. Carmen se sentía feliz al respecto, aunque para ese entonces sentía que Jason trataba de alejar a todos los que ella conocía. ¿Celos, tal vez? Pero eso no tenía mucho sentido cuando se aplicaba a Eliana...

Aparte de su personalidad, la cual impedía que Jason lograra su cometido, también estaba la necesidad de Carmen de oír sus consejos. Ella, siendo constantemente atormentada por el consejo de su padre, trataba de tener a todos felices, o como su padre solía decir, estar en paz con el bien y el mal. Ya que Carmen tenía dificultades aplicando esto, la presencia de Eliana se sentía como una bendición. "¿Sabes, chica? Me agrada 'hablar' con todos tus clientes, pero a veces debo admitir que extraño procesar criminales de verdad..." mencionaba cada vez que Carmen venía a preguntarle sobre alguien infringiendo sobre la marca de la empresa. En realidad, el campo de especialización de Eliana estaba más que nada en el área de homicidios y criminalística, lo que había sido su principal fuente de ingresos en Estú. Sobre este tema, Carmen le preguntaba frecuentemente sobre sus casos o experiencias pasadas ya que las encontraba bastante intrigantes. Sin embargo, algo que Carmen no decía en voz alta era que lo que más quería de Eliana era su compañía más que sus historias, más que nada porque era la única con la que podía hablar en su lengua madre, a diferencia de su hijo al cual no le interesaba aprender estuano en lo absoluto. Era durante estas agradables charlas que recordaba por qué odiaba tanto estar sola.

"¿Alguna vez te has sentido… observada?" Carmen le preguntó a Eliana casualmente un día en el comedor de la mansión. "Como… ¿ojos asomándose para verte?"

"¡¿De nuevo con esto, chica?! ¡Pensé que ya estabas grandecita para esas cosas!" Eliana replicó burlonamente, como siempre. "Tal vez si tuviésemos cinco ¿pero sigues con eso?"

Esos ojos… la otra razón por la cual Carmen no podía decir por qué buscaba abstracción constante era esa extraña sensación que había tenido desde niña. El estar sola y a la vez no. A pesar de que había aprendido a ignorarlo con el tiempo, ese sentimiento siempre volvía durante sus largas horas de soledad en el ático.

"¡Por fin! ¡Ahora puedo darme un descanso!" explicó mientras estiraba los brazos sobre su cabeza para luego cerrar su laptop. "Son más de las ocho… demonios…" Apagó su computadora y, como era usual, fue a ver cómo estaba Juan Fernando a su habitación. Mientras bajaba las escaleras, notó que sólo había silencio en toda la mansión. Normalmente, Noria, la nueva sirvienta jefe, se iba a las siete, al igual que los demás sirvientes. Dado que solían habitar la mansión todos los días de la semana, Carmen les había ordenado tomarse un descanso los solnes, el séptimo día de la semana, en el cual dejaban la mansión. Por lo mismo, no quedaba ni uno solo ese día. Con cada sonido de la mansión desnudo a sus oídos, y no estando cubierto por el sonido que los sirvientes hacían a diario, la sensación de soledad empezó a hacerse notar alrededor de Carmen en el vacío edificio.

Aunque la mansión tenía mucha iluminación, contrastaba mucho con los ruidosos pasos que ella creaba en las escaleras, haciéndola sentir como si se acercara a la guarida de un asesino. Esta era la primera vez que se sentía verdaderamente incómoda de estar sola en su casa. Y así, producto de su ansiedad, empezó a caminar más rápido, de forma inconsciente, hacia el cuarto de su hijo. Una vez allí, abrió la puerta lentamente, de la forma más silenciosa que pudiese. Ya que las luces estaban apagadas, asumió que Juan Fernando podría estar durmiendo. Él sabía que su hora de ir a la cama era a las ocho, después de todo. No obstante, no estaba en su cama. "¿Juan Fernando?" preguntó en voz baja para confirmar que estaba allí. Entonces, rápidamente miró alrededor pero su hijo no estaba. Tal vez estaba jugándole una broma. Para comprobarlo, salió y entró con los ojos cerrados, preparada para el susto. Aun así, después de esperar unos segundos de torpeza aparente, pensando que haría su broma en cualquier momento, nada sucedió. Revisó debajo de la cama, dentro del closet, dentro del baño. Con su ausencia volviéndose un hecho en su mente, terminó por prender las luces y revisar una vez más, en vano.

"¡¿Juan Fernando?! ¡¿Dónde estás?! ¡Ya es hora de ir a la cama!" Carmen llamó en voz alta. No hubo respuesta. Subsecuentemente, salió de dicho lugar y bajó las escaleras, lentamente al principio, asumiendo que su hijo podría estar cerca suyo, pensando que aún estaría ejecutando un elaborada e ingeniosa broma a su costa. De nuevo, sin importar lo que ella hiciera, nada sucedía. Encontrarlo hubiese sido fácil... si tan solo no fuese un solnes...

"De los siete días de la semana, tenía que hacer una broma cuando no había nadie para encontrarlo," renegó Carmen. "Muy listo de su parte en realidad." No podía evitar sentirse un poco tonta al decir eso. Al mismo tiempo, maldecía el día en que había implementado esa regla para sus sirvientes. Se arrepentía completamente en lo que un miedo que nunca había sentido antes, aunque familiar, trepaba por sus huesos. Era un miedo como el que sintió cuando su padre estaba a punto de morir... el de convertirse, nuevamente, en la última La Cruz en el planeta.

Para cuando revisó su reloj de mano, ya eran más de las nueve. ¿El tiempo había pasado tan rápido? El peor escenario comenzó a aparecer en su mente. ¿Y si estaba atrapado en la bodega de vinos? O... ¿si estaba en un lugar en el que no debía?

Dado que Friornia era una tierra susceptible a sufrir pequeños terremotos, a diferencia de todo Estú, Carmen había designado una cámara subterránea que tenía suficiente agua y comida para un mes. Por supuesto, en caso de que hubiese un terremoto poderoso, o de un ataque nuclear directo, llevaría a su hijo a dicha cámara y sobreviviría hasta que llegase ayuda, incluso si eso significaba dormir bajo las ruinas de la mansión. Para reducir el tiempo que tomaría rescatarlos en tal emergencia, Carmen también designó que los cuatro pilares del salón principal, donde se encontraba el sello de la familia de La Cruz, de forma similar a como era en Estú, serían las principales estructuras de apoyo del edificio, los cuales podían fácilmente soportar un terremoto de hasta nueve en la escala de Ritcher. Por lo tanto, si fuesen a romperse, el salón principal colapsaría inmediatamente sobre la entrada de la entrada a la cámara, lo que haría que el rescate más difícil de lograr con éxito. Aparte de este mecanismo, también había una salida de emergencia que le permitiría salir de debajo del suelo losado de la capilla. Ya que esta cámara no sería de fácil acceso, necesitaba una llave especial que Carmen y Jason llevaban en sí mismos. Aunque no había forma de abrir dicha cámara a la fuerza, uno también podría operar el cerrojo de emergencia el cual necesitaba un código de cuatro números que sólo conocían los esposos. Claro, el niño no debería poder lograr algo así... ¿cierto?

Entonces, siguió su camino hacia el salón principal, considerando posible lo imposible. Incluso si Juan Fernando hubiese logrado entrar a la cámara, Carmen recordaba que ella sólo había usado el código una vez cuando el niño estaba en la escuela. Pero... ¿si había visto a Jason ingresándolo? Con preguntas inundando su mente, sus pasos se desaceleraron aun más cuando otra pregunta apareció en su mente. ¿Si había sido secuestrado? Si ese era el caso, el perpetrador podría haber sido cualquier persona. Desde los sirvientes —en los cuales Carmen nunca llegó a confiar--, los competidores de su compañía, hasta simples criminales buscando un rescate. ¿Cuándo llamarían? ¿Cuánto pedirían? ¡¿Quién los contrató?! Repentinamente, Carmen se detuvo y se comenzó a tirar de los pelos. Quería arrodillarse y gritar. ¿Cómo podía estarle pasando esto? Con la desesperación empezando a acomodarse en su ser, salió corriendo por todas partes gritando el nombre de su hijo en vano. Sus llamados rápidamente se convirtieron en alaridos llenos de terror en lo que su juicio comenzaba a flaquear.

"No... ¡no de nuevo!" gritó repetidamente, para luego respirar profundamente tratando de calmarse. Si los criminales no se mostrarían, o si no enviarían ningún mensaje, sólo había una cosa por hacer. Abrió su celular y marco al 611. Cuando el teléfono comenzó a sonar, una voz detrás de ella la sorprendió.

"Carmen ¿qué estás haciendo?"

Ella volteo y vio a Jason con su hijo en brazos. Tal escena regresó su esencia de vuelta a su cuerpo en lo que la voz de un agente respondía a su llamada. Colgó inmediatamente. Sin esperar más, corrió hacia Jason y lo abrazó con fuerza, despertando a Juan Fernando en el proceso. Tras mostrar un gesto tan intenso, lágrimas de alegría cayeron por sus mejillas.

"Mamá... ¿qué sucede...?" Juan Fernando dijo en una voz dormilona, abriendo ligeramente los ojos. Después de que Carmen le diera un beso como respuesta, Jason lo puso en un sofá y abrazó a su esposa. Su hijo los miró a ambos, confundido, sobándose los ojos, quieto, viendo a su madre llorar en voz alta. Eventualmente, esta se calmó gracias a Jason apoyándola contra su pecho.

"Todo está bien..." dijo él con una voz suave. "Lamento no haberte oído antes. Sabes que a veces pongo mi reproductor de música en alto volumen cuando me relajo..."

Una vez Carmen se hubo calmado completamente, y hubiese acostado a Juan Fernando, Jason explicó que lo había encontrado dormido en la habitación sorpresa, o al menos así le gustaba llamar a Carmen a una pequeña habitación al lado de su oficina en el ático. Juan Fernando simplemente se había escabullido allí mientras que su madre se había ido directamente a su dormitorio en el piso inferior. Por lo mismo, no era novedoso que no se hubiese despertado con sus gritos ya que nunca había levantado la voz en el ático. Los cuartos dentro de la mansión de tres pisos eran increíblemente efectivos en mantener fuera sonidos indeseados, una sugerencia de Jason cuando se construía el edificio. Ya que no era amante de escuchar ruidos cuando se iba a dormir, quería que todo fuese a prueba de sonido, de otro modo se despertaría con el caer de una aguja. También explicó que había trepado por la ventana del ático, como hizo alguna vez antes de su matrimonio en Estú, para sorprenderla románticamente como antaño. Sin embargo, cuando entró en la habitación sorpresa, encontró a su hijo profundamente dormido, lo que lo llevó a cancelar sus planes y unirse a su siesta. Carmen sólo podía reír ante tal situación, sintiéndose completamente estúpida. Jason la besó en los labios y la consoló jurando que nunca haría una sorpresa de esas de nuevo. También le dijo que no se desesperase si lo mismo pasaba de nuevo ya que, de todos modos, era lo peor que ella podría hacer durante una emergencia. Además, propuso que los sirvientes se quedaran durante los solnes para prevenir problemas similares en el futuro. Entonces, obedeciendo su consejo e implementando las nuevas reglas, el mes siguiente probó ser mucho mejor, más que nada debido a que la posibilidad de repetir el mismo problema era ahora inexistente. Trabajando en esta paz encontrada, se dio cuenta que un día importante se acercaba a gran velocidad. En el veintidós de septiembre, el séptimo mes del año, y en medio del verano, había nacido Juan Fernando. Normalmente, en años pasados, lo celebrarían de forma privada, o, en otras palabras, ningún sirviente participaría de la fiesta, por lo que estos eran enviados a casa ese día. Había sido así desde su primer cumpleaños, por decisión de Jason. De acuerdo con él, estos nuevos sirvientes eran sólo gente contratada que no merecían sentir la felicidad que su amada familia tenía en ese momento. Carmen frecuentemente recordaría cómo él había despedido a su 'familia' cuando mencionó esto, pero no decía nada al respecto.

En ese día especial, Carmen se levantaría a las seis de la mañana e iría directamente a la cocina. A diferencia de lo que cualquiera que la conocía hubiera pensado, incluyendo a Eliana, Carmen siempre elegía hacer todo lo referente a la preparación de la fiesta ese día, ignorando completamente sus obligaciones para con la empresa: cortar vegetales, hornear, limpiar, entre otros quehaceres. Aunque los sirvientes le dijesen que no era trabajo de ella antes de irse de la mansión, sus palabras llegaban a oídos sordos y se hundían en lo más profundo de la tierra. Carmen no tomaba descansos, como una máquina, haciendo imposible que alguien pudiese entender por qué su mirada parecía no tener vida y su concentración en estas tareas parecía irrompible. Era solo una fiesta ¿no?

Para cuando había terminado eran las siete. ¡Justo a tiempo! Admiró la labor que había hecho mientras se limpiaba el sudor de la frente. El pastel que había hecho tenía el diseño de un dibujo animado que le encantaba a Juan Fernando, el Hombre Sapo. Incluso ella lo había vestido así en la noche de brujas del año pasado, más que nada porque el niño había persistido en tenerlo durante semanas. "Creo… Creo que me gustaría… salvar gente…" Juan Fernando dijo tímidamente cuando su madre le preguntó por qué tenía tantas ganas de obtener ese traje. Muchas veces Carmen se preguntaba si era por esto que su hijo llegaba a grandes extremos para ayudar a sus compañeros de clase cuando estos tenían problemas, una característica que estos agradecían constantemente con tarjetas de regalo por correo que llegaban cada vez que él no iba a clase cuando estaba enfermo. Ese día, Jason llegaría dos horas más tarde de lo usual debido a un caso inesperado en el hospital. Carmen sabía que él no se perdería el cumpleaños de su hijo sin importar el precio, incluso si el hospital fuese a forzarlo a quedarse el resto de la noche, ella no tenía ninguna preocupación de que algo pudiese salir mal con la fiesta. Él siempre encontraba una forma de estar allí.

Gracioso… ¿tal vez?

Cuando todo estuvo listo, Carmen subió las escaleras buscando a Juan Fernando. Llamó su nombre repetidas veces, pero no había respuesta. Esta vez ella fue directamente a la habitación al lado de su oficina, pero su hijo tampoco estaba allí. Quizás se había quedado dormido en otro cuarto. Con el tamaño de la mansión, buscarlo tomaría mucho tiempo para ella sola. Por lo tanto, sacó su celular y llamó a sus sirvientes, disculpándose por llamarlos fuera de su horario laboral, y les preguntó si habían visto al niño. Las respuestas eran variadas, lo cual no era sorpresa. Todos lo habían visto en algún lado de la mansión en algún momento del día. Viendo lo inútil de llamarlos, la ansiosa madre colgó y continuó con su búsqueda. Después de dos horas, el mismo miedo que había sentido hace un mes comenzó a resurgir. Incluso si podía mantener la cabeza fría esta vez, ese miedo eventualmente tomaría el control de nuevo. Cuando su mente se alejaba de su control, simplemente recordaba el consejo de Jason, por lo que empezó a respirar profundamente mientras miraba por todas partes. Juan Fernando tenía que estar dentro de los límites de la mansión, eso era seguro. Mientras pensaba en verificar la cámara de emergencia una vez más, Carmen recordó que el único lugar que aún no había revisado: la azotea. Cansada de haber paseado por la mansión entera una y otra vez, abrió lentamente la puerta que se encontraba en el ático y subió las escaleras al susodicho sitio.

Allí fuera, la brisa de la noche reconfortó sus nervios en lo que, con la ayuda de la luz de la luna, ella se puso a mirar cada detalle. Tras una búsqueda rápida, era obvio que su hijo no se encontraba ahí tampoco. Además ¿por qué estaría allí? Era un niño obediente en ese sentido y la azotea siempre había estado prohibida para él. Carmen había olvidado momentáneamente cómo las historias de miedo de Jason, sobre fantasmas merodeando en ese lugar, habían hecho un buen trabajo en mantener al niño a raya.

Mientras caminaba, aún buscando a su hijo, lo oyó. Podía escuchar gemidos débiles viniendo del jardín de abajo. Gemidos que le recordaban el momento en que Spunky murió, sufriendo y agonizando de dolor mientras que su cáncer cervical lo mataba lentamente, acabando con él en ese mismo jardín. Luego, fue enterrado cerca de la capilla.

Sonidos horripilantes como ese eran una razón mayor para que Carmen sintiese ansiedad más allá de su capacidad. Viendo el jardín más de cerca, encontró lo que había estado buscando. No podía creer lo que veía en lo que endurecía sus nervios y cubría su boca sumergida en terror.

Así que finalmente sucedió...

Corrió por las escaleras tan rápido como pudo. ¿Lo estaba imaginando? Imposible. Esto no le podía estar pasando. No de nuevo. ¡Definitivamente no de nuevo!

En el proceso, se tropezó con un mueble y se cayó de cara. "Estúpida silla de adorno," renegó Carmen en lo que lágrimas querían salir de sus ojos, pero no se rendiría por algo tan tonto. Recordaba ese sentimiento demasiado bien... "No... no... ¡NOOO!" gritó al llegar al primer piso, deseando que el tiempo se detuviese, y apresurando sus pasos caóticamente, lo que hacía que se resbalase aquí y allá. Todo esto sólo aumentaba su desesperación. Después de correr durante un minuto, finalmente llegó al jardín. Aún tenía la pequeña esperanza de que todo estaría bien, al menos hasta que vio lo que realmente había pasado...

Juan Fernando estaba echado en el césped. Tenía que estar durmiendo. ¡Sí! ¡Eso era! ¡Esa tenía que ser la respuesta! ¡Tal vez era una broma! ¡Sí! ¡Estaba bromeando! ¡Una vez se acercara a él, lo cargaría de vuelta a su habitación! ¡Eso sería todo! Sin embargo, para cuando ella finalmente se sintió aliviada con sus propias explicaciones, ya estaba al lado de su hijo. Juan Fernando aún yacía allí, inmóvil, escondiéndose y sin mover un músculo. "¡Levántate, cariño! ¡Es tarde y tenemos que comer pastel! Te compré el muñeco que..." Carmen dijo nerviosamente en lo que lo empujaba suavemente para hacerlo reaccionar. Debido a su falta de respuesta, lo levantó y fue allí donde finalmente lo vio todo.

Un cuchillo bañado con sangre cayó al suelo.

Carmen sintió sus manos húmedas cuando lo sostuvo por el vientre. En reacción, volteó su cuerpo para verlo cara a cara. Estaba muy pálido y su camisa blanca era roja ahora, cerca de dónde estaría el hígado. El pasto debajo de él era ahora rojo carmesí. Carmen sólo podía temblar al sentir la sangre goteando desde su mano. Aun así, manteniendo control de sí misma, decidió echarlo sobre su espalda, con su cabeza sobre su regazo, y revisó si aún respiraba, lo cual el infante vagamente podía hacer. Para este punto, sentía que debía gritar y perder el control, pero no podía permitírselo. No había tiempo que perder, así que, rápidamente, abrió su celular y marcó al 611. Mientras timbraba, dos linternas iluminaron el jardín y apuntaron hacia ella, cegándola, y forzándola a cubrirse los ojos con el brazo izquierdo.

"¡Alto ahí! ¡DPF! ¡Levante las manos en alto ahora!" dijeron dos hombres vestidos de uniforme azul detrás de dichas luces. Carmen sintió su tensión desaparecer en lo que agradecía al cielo que el destino leyese su mente.

"¡Ayúdenme por favor! ¡Ayuden a mi hijo! ¡Alguien lo ha apuñalado! ¡Necesita atención médica urgentemente!"

"¡Aléjese de él, ahora!" ordenó uno de ellos ignorando sus súplicas. "Si no obedece ¡nos veremos obligados a abrir fuego! ¡Aléjese de él!"

"¡Soy su madre! ¡Ayúdenlo por el amor de-"

Un taser interrumpió las palabras de Carmen, la cual se hallaba ahora convulsionando en el piso con la corriente eléctrica atravesando su cuerpo, dejándola completamente indefensa. No obstante, se resistía a perder la consciencia, aunque deseaba no poder conseguirlo al ver cómo los ojos de su hijo perdían vitalidad, sintiéndose impotente por no poder hacer nada al respecto. Al no poder gritar, sólo podía permitirse llorar en silencio ante tal escena. Uno de los hombres se acercó al niño y revisó su pulso. "Ha muerto," dijo este. "Llegamos demasiado tarde…"

El corazón de Carmen se detuvo en ese preciso instante. Quería morir, deseando con todo su corazón que la tierra se la tragase y desaparecer para siempre. Sólo podía gemir con tristeza mientras era cargada hacia un patrullero y esposada por uno de estos hombres. A la distancia, sólo podía observar como el otro, que se había quedado atrás, ponía una bolsa negra sobre su hijo. Una sensación familiar reapareció ante ella después de mucho tiempo. Una sensación que le permitiría ver hacia la nada nuevamente.

"Tiene derecho a permanecer en silencio," dijo el hombre que la había metido en el auto, ahora en el asiento del conductor. "Todo lo que diga puede ser, y será, usado en su contra.

Ahora será llevada a la corte federal de Friornia para ser procesada y…"

Carmen no lo estaba escuchando. Para cuando fue metida en una celda, no se había dado cuenta, aún mirando hacia la nada. Al día siguiente, este suceso estaba en todos los medios de comunicación en lo que las acciones de su compañía caían, substancialmente, ya que su juicio tenía una fecha fijada. No que le importaba ninguna de estas cosas en este punto. Ya tenía suficientes problemas con los que lidiar con sus compañeras de celda, todas dentro de la cárcel temporal del juzgado, las cuales odiaban a los ricachones. Algunas trataron de intimidarla al no poder soportar el hecho de que ella no se defendía de sus ataques, o que tampoco mostraba la más ligera pista de enojo ante sus provocaciones. "Déjenla estar. Esa perra parece un cadáver viviente. Muy aburrida," dijo una de ellas después de intentar en vano. Al ver que no comía ni bebía nada, un doctor fue llamado a verla cuando, inevitablemente, esta se desmayó. Sin embargo, todo este sufrimiento cambió tras su primera visita…

"Mi amor… ¿q-qué sucedió?" Jason le dijo nerviosamente, ambos sentándose en lados opuestos de la mesa de visitas. Carmen trató de levantarse para darle un beso, pero estaba esposada a la silla lo que hacía este gesto imposible de concretar. Al verla, Jason se acercó a ella e hizo lo que ella pretendía. Luego, se arrodilló a su lado y la miró a los ojos, sosteniendo su mano izquierda. Él podía ver claramente la desesperación que ella sentía y el tormento por el que estaba pasando. Su cara también mostraba claras señales de ansiedad y agonía. Esto era evidente al notar que había arrugas adicionales en su frente. Aun así, no soltaba ni una sola lágrima. De la misma forma, Carmen podía sentir su dolor gracias a la fuerza con la que él la abrazaba.

Oh querida, nunca podrías siquiera imaginar lo que está pasando…

"No lo sé… Jason… mi Juan Fernando está… está…" Carmen no podía llegar a la obvia conclusión con el horror invadiendo sus pensamientos. Jason la acarició en lo que ella se tiró sobre su pecho para llorar desconsoladamente. Pasados unos minutos, pudo continuar su historia. "Algún bastardo lo mató..." siguió ella llena de ira. "Tenemos... tenemos que atraparlo... tenemos que impedir que más inocentes mueran..." Su ira desapareció y tristeza pura tomó su lugar con sus ojos comenzando a lagrimear en abundancia nuevamente.

"No te preocupes, estoy seguro de que lo atraparemos," respondió Jason con una voz suave. "Es por eso por lo que estamos aquí ¿cierto?"

"¿Qué quieres decir? ¿Por qué estoy aquí? ¡Perdemos el tiempo!" exclamó Carmen, con su voz cada vez más exaltada, al punto de saltar ligeramente. "¡Tengo que salir de aquí!" continuó mientras sacudía a Jason descontroladamente. Fue entonces que se dio cuenta de lo que estaba haciendo y lo soltó para luego mirarse las palmas de las manos. ¿Por fin estaba perdiendo el juicio?

"Verás... alguien llamó a la policía por los gritos que salían de la mansión..." continuó Jason con una cara que mostraba cierta confusión. "Uno de los sirvientes se había olvidado su saco y regresó a la mansión para recogerlo cuando los escuchó... cuando la policía había llegado, eras la única allí... el arma del asesino tiene tus huellas digitales... Carmen, por favor dime por qué... es todo lo que quiero saber." La voz de Jason parecía estar por romperse en mil pedazos.

Por primera vez en mucho tiempo, Carmen no sabía cómo responder. Mirándolo directamente a los ojos, aunque no al mismo tiempo, su estado de constante de shock la mantenía fuera de la realidad, o, en otras palabras, incapaz de asimilar la situación. Esta inmersión, sin embargo, terminó cuando Jason la tomó suavemente por los hombros, diciendo palabras que ella pudiese oír, pero estas no podían entrar en su mente. Carmen sentía estar en un trance al cual ninguna droga le hubiese permitido el acceso.

¿Quién sabe...?

Para el momento en el que ella volvió en sí, ya estaba de vuelta en su celda. Sus compañeras de celda le dieron miradas de asco ahora que sabían lo que realmente estaba pasando, y para ellas no había peor crimen que matar a tu propio hijo. Era inútil tratar de convencerlas de lo contrario. Tras unas horas de soportar el incesante acoso de sus compañeras, los guardias se vieron forzados a llevarla a encierro solitario. Allí ella pasó tres largos días mientras esperaba su juicio. Se preguntaba por qué estaba esperando si no había esperanza. Nadie querría ayudar a un monstruo, o al menos eso es lo que ella tenía en mente.

"Carmen, por favor dime ¡¿qué carajo está pasando aquí?!" preguntó Eliana en shock al visitarla. "¡¿Cómo es esto posible para empezar?!" Sus rudas palabras y voz desafiante despertaron algo más en Carmen, pues ella sabía que Eliana la estaría cacheteando si no hubiese cámaras de seguridad rodeándolas. Al mismo tiempo, no era la primera vez que veía tal comportamiento. Sin duda, Eliana sólo hablaba mal cuando había algo peligroso cerca, como cuando dijo vulgaridades para hacerla reaccionar y huir de una jauría de lobos en Estú. Carmen entendió, aunque la misma pregunta seguía rondando su mente: ¿Eliana le creía?

"No lo hice," Carmen finalmente respondió. "No sé qué sucedió si te soy sincera. El hecho es que… que… creo que me inculparon. No estoy segura quién pudo haber sido, pero tengo algunas sospechas…"

A diferencia de lo que Carmen pensaba que sería la reacción de su amiga de la infancia, Eliana sonrió. Se veía verdaderamente feliz de oír esas palabras. Tal vez aún la veía como una persona y no como un monstruo, lo contrario a lo que indicaba la mirada de Jason. Acto seguido, Eliana sacó unos papeles de su confiable maletín morado, ahora con una cara llena de seriedad. "Tenemos un problema," Eliana continuó, aún mirándola y cambiando su rostro de uno feliz a uno preocupado. "Todos los cuchillos y utensilios en la mansión tienen tus huellas digitales. Esto es bueno y malo al mismo tiempo." Carmen frunció el ceño ante tal aserción en lo que su abogada proseguía. "Lo bueno es que, con todo teniendo tus huellas digitales, podríamos pedir evidencia concluyente. Si todo tiene tus huellas, será más fácil declarar que alguien te está inculpando por esto. Lo malo es que, al no haber otras huellas en la escena del crimen, esto te pone como la principal, y única, sospechosa.

Incluso si alguien más fuese a declarar que te ha conocido toda su vida, y que no matarías ni a una mosca, no importaría mucho. De todos modos, no te preocupes ¡saldremos de esta antes de que te des cuenta!"

Carmen lloró una vez más, aunque sentía que no debía. Quizás había una solución real a todo este problema. Al verla en ese estado, Eliana la abrazó tratando de calmarla. "Deja de llorar ¿está bien?" pidió ella educadamente. Carmen asintió y se limpió las lágrimas. "Lamento lo del funeral. Será esta noche por decisión de Jason..."

"En-entiendo..." replicó Carmen, aguantando su frustración lo mejor que podía. "No querría ver su cuerpo descomponerse, ni siquiera un poco, así que está bien. Él también entendería si estuviese en mis zapatos... me odio tanto... pude haber prevenido todo esto..."

"No es culpa tuya," Eliana dijo para luego mirar su reloj de mano y rápidamente guardar sus documentos de vuelta en su confiable maletín morado. "Solo recuerda... ¡vamos a dar un buen espectáculo mañana, chica! ¡Confía en mí!" Eliana le guiñó un ojo con una sonrisa llena de confianza, refiriéndose al juicio que llegaría pronto. Tras irse, Carmen recordó viejos tiempos. Mejores momentos. Eliana había dicho exactamente lo mismo cuando actuaba en sus pequeñas actuaciones teatrales para su padre, Juan Fernando, cuando niñas, nerviosa más allá de su control. A pesar de su nerviosismo, sus obras siempre superaban sus propias expectativas. En realidad, aun más que superarlas. Aparte de eso, Eliana también había dicho la misma frase antes de ganar tres demandas judiciales diferentes para una compañía unos meses atrás. Por lo mismo, un viento de confianza y seguridad golpeó a Carmen, lo que, a su vez, hizo que sonriera y se pusiese de pie. Sus ojos estaban ahora emitiendo determinación.

"¡Esa es mi chica!" dijo Eliana a lo lejos, cerca de la puerta de salida. "¡Nos vemos mañana!"

Carmen fue entonces llevada de vuelta a su celda de confinamiento solitario. Allí, empezó a pensar en las posibles estrategias que serían usada en el juicio. Aunque la confianza de

Eliana se le había contagiado, el nerviosismo aún se hacía presente. Ella sentía cómo se venía una terrible tormenta en el futuro mientras se cambiaba. Afortunadamente, sus sirvientes le habían traído unas cuantas mudas de ropa. De acuerdo con dichos sirvientes, su esposo había sido el que había ordenado que le llevasen las mudas. Este pequeño detalle le dio esperanzas de que su esposo aún confiaba en ella. Él tenía que haberse dado cuenta que todo esto se trataba de tirarse abajo su compañía. Era tan inteligente. Siempre lo había sido. Dado que sus más recientes conocidos no vendrían a verla, la sensación de vivir en un mundo solitario empezó a meterse en sus entrañas lentamente. Por lo tanto, en lo que una tormenta negra de enormes dimensiones invadía su mente, se quedó dormida.

Oh sí, es hora de dar un buen espectáculo...

Eran las diez de la mañana cuando Carmen se vio forzada a despertarse y ser llevada a la corte. La prensa y sus cámaras la bañaron con sus flashes hasta que se sentó en la silla del acusado, tan intensos, que pensó que había perdido la vista durante unos minutos. "El famoso caso de La Cruz está por comenzar," declaró un periodista cerca a la puerta de la corte. Sin embargo, sin importar cuánto la cegaran, aún podía ver quién era el fiscal. "¿Jason?" murmuró en shock. Este se veía desolado y confundido, pero, aun así, ella podía entender el porqué de su posición. Aun con sus dudas, ella sabía que el sería el primero en pararse y abrazarla cuando ella ganara el juicio. No sería ilógico asumir que ella pondría sus manos al fuego apostando por ese resultado. Cuando sus ojos se encontraron, llenos de pena y arrepentimiento, Carmen sólo pudo quedarse inmóvil.

"Nos encontramos aquí para proceder con el caso de homicidio de primer grado a manos de la señora Carmen Wright," dijo el juez mientras se ponía lentes y leía un papel que se le había dado, justo en frente suyo. "En el veintidós de septiembre de este año de nuestro señor, la señora Carmen Wright fue vista por dos oficiales de la ley con la víctima en su regazo, junto al arma del culpable que contenía las huellas digitales de la susodicha..." Siguió leyendo después de limpiar sus lentes con un pañuelo. Entonces, se detuvo y alzó la cabeza. "Estos dos oficiales están aquí presentes. ¿Están preparados para testificar sobre lo que sucedió?"

De uno en uno, ambos hombres presentaron su caso. La consistencia y serenidad sobre el tema hizo que Carmen temblara ligeramente. ¿Estaban ahí para ayudarla? ¿O sus testimonios la hundirían aun más? Con sus palabras entrando en los oídos del juez como una alarma en la mañana, Carmen se centró en el argumento que estaban dando. Eliana había explicado poco de su estrategia, lo que significaba que había estado toda la noche creándola. En cuanto a ella, allí estaba, sentada a su lado y mirando con intensidad a los hombres que daban sus testimonios. Con ellas dándole la espalda al resto de la corte, era evidente para Carmen que había mucha gente detrás suyo por la cantidad de sonidos que hacían. Mucha prensa. Individuos sin cara haciendo sus propias asunciones y conclusiones con murmuros que sólo aumentaban su tensión. Jason, por otro lado, parecía estar tranquilo. Siempre lo había parecido, pero, aun así, también parecía estar pensando en otra cosa. ¿En qué estaría pensando? Carmen sólo podía suponerlo. Quería hablarle y estar a solas con él. Quería que esa mirada llena de preocupación desapareciera por completo.

"Carmen, tú puedes, chica," Eliana dijo, trayéndola de vuelta a la realidad. "Pero primero, mira esto." Acto seguido, Eliana le dio un folder manila que ella debía abrir. Dentro del mismo, la primera página estaba escrita a mano. Carmen la leyó y miró a Eliana, perpleja, en lo que esta le tocó el hombro suavemente. "Solo sígueme el juego." ¡¿No estaría hablando en serio?! ¿Este era su plan maestro? Tener un mal presentimiento no le hacía justicia a lo que estaba sintiendo.

¿No es eso lo que todos queríamos?

Tras ver esto, Carmen caminó tranquilamente al podio de testigos. "Su señoría, me declaro inocente de estos cargos. Cuando encontré a mi hijo, este ya había sido apuñalado y no había nada que pudiera hacer por él..." declaró Carmen con ligera desesperación en su voz. Eliana sabía que esto sería muy difícil para ella, pero por eso mismo le dijo que se contuviese y que no llorase, especialmente cuando no quería parecer una desesperada ante el jurado. Al ver que ni el juez ni el jurado parecían estar impresionados con ella, su postura de confianza le dijo a Carmen que todo iba de acuerdo con el plan. Lo que sea que este fuere. Aparte, Carmen se había restringido mucho para no acusar a los agentes por negligencia. Si ellos no hubiesen actuado de esa forma, al menos ella hubiera podido pasar los últimos segundos de vida que le quedaban a Juan Fernando como se debía. Si hubiese tenido aunque sea eso, tal vez estaría más en paz consigo misma comparada con cómo se sentía ahora. El resto de la gente rodeándola la bañaron con el mismo tipo de mirada: una llena de lástima y miedo. Jason también la observó de forma similar. Esa mirada hacía que Carmen temblara pensando en que este declararía cosas negativas esta vez. Lo que sea que fuese, tenía la esperanza de que fuese útil. Con las diversas posibilidades dándole vueltas a su cabeza, el abogado de Jason se puso de pie y se acercó a Carmen. "Su señoría, es imperativo asegurar que un caso como este no se ven a diario," dijo este elegantemente, completamente ajeno a la situación. Probablemente había visto cosas mucho peores. "Si recuerdo bien, la señora Wright ha vivido siempre en las afueras de la ciudad. Por lo que, si me permite, puedo afirmar que esta dama está acostumbrada a matar animales de granja." El corazón de Carmen saltó a su garganta con tal declaración. Eliana sólo podía ver esto como un golpe bajo ya que, no sólo era malintencionada, sino que también podría tocar las cuerdas más ignorantes del juez. "Aunque la defensa pueda argumentar que suena descabellado, debemos dejar en claro que una persona acostumbrada a matar a otros seres vivos es menos sensible a matar en general," continuó este. Por la forma en que Jason lo observaba, Carmen podía ver cierto remordimiento en su rostro. Tal vez el arrepentimiento de haberle contado al abogado sobre el pasado de su esposa que ahora estaba hundiendo más que un ancla cayendo al fondo del océano.

"¡Nunca maté a nada ni a nadie!" explotó Carmen tratando de controlarse en vano. La ira y la impotencia al oír tales palabras casi logran que llore.

"No tengo más preguntas, su señoría," dijo el abogado, sonriendo, en lo que regresaba a su asiento al lado de Jason. Parecía muy confiado de que Carmen caería pronto. Eliana pensaba lo mismo al notar que las tembladeras de Carmen ya eran evidentes. Jason se mantuvo en silencio, confundido. Sus ojos no podían ver los de Carmen. Quizás la razón por la que el ataque a la acusada había parado era que no necesitaban echarle más sal a la misma herida: Carmen haría el resto del trabajo ella sola. Al ver esto, Eliana procedió a usar su as bajo la manga y caminó hacia el frente también.

"Su señoría, por favor permítame presentarle diversos hechos que muestran que el criminal en cuestión sigue caminando libre, ahí fuera, y que, por supuesto, dicho criminal no es mi cliente." El juez asintió y Eliana continuó con una voz neutral. "Es cierto que la evidencia apunta a mi cliente. Sin embargo, hay algo que debe decirse sobre tal evidencia. Incluso si las huellas digitales le perteneciesen a mi cliente, vale la pena enfatizar que todos los utensilios de la mansión, que pertenecen al mismo tipo de arma blanca, también las tenían. Además, ella estaba preparando una fiesta para su hijo, lo cual ha hecho desde que este nació. Esta situación parece demasiado… conveniente, si me permite decirlo, para un crimen de tal horripilante naturaleza." A continuación, Eliana sacó un pequeño sobre y se lo entregó al juez. "Si lee este reporte, verá que Vinos y Viñedos La Cruz ha sido siempre el blanco de constantes amenazas de diferentes fuentes. Desde amenazas de muerte hasta insultos en general, algunas compañías han mostrado su apoyo hacia individuos haciendo esto en los medios sociales, sumado a propaganda con intenciones de difamar a la compañía."

Carmen despertó al hecho de que tan poca importancia les había dado a esos problemas sin saber que eran tantos. Sus ojos se abrieron cuando vio lo grueso que era el documento que Eliana había provisto a la corte. Los ojos del juez les dieron especial atención a estos papeles, y, después de revisarlos rápidamente, giró su mirada hacia Carmen. Su confundida mirada le dio lo que él buscaba en Carmen. Ella, a su vez, también encontró lo que estaba buscando. "Con esta evidencia, la posibilidad de que la acusada haya sido culpada ya no está fuera de cuestión. Por lo tanto, desearía poder continuar con esta sesión cuando haya evidencia más concluyente sobre este tema." El juez luego puso el documento a su lado y estaba a punto de usar su martillo para cerrar la sesión, haciendo que Carmen sonría por primera vez en siglos, cuando un hombre susurró algo al oído del juez. Tras oírlo, puso su martillo de vuelta sobre la mesa para sorpresa de Eliana. "Nueva evidencia ha sido enviada por una fuente anónima," resumió para sorpresa de todos. "Es una cinta de video grabada por las cámaras de seguridad en la mansión de La Cruz. Es extraño que no las hayan revisado antes. De todos modos, sin más esperas, de acuerdo con el decreto real 17.4 que permite cualquier tipo de evidencia ser presentada al jurado en casos de homicidio, esta evidencia será examinada en esta misma corte, ahora mismo. Por favor, proceda." Eliana estaba por protestar por la alta irregularidad de tal proceso, pero Carmen le mostró la palma izquierda ordenándole que no hiciera nada. Eliana no entendía, aún observando a su amiga que seguía en el podio de testigos, con una cara llena de confusión. Un guardia de la corte tomó la cinta, prendió el proyector disponible de la sala, y reprodujo los contenidos. Carmen no podía creer sus ojos. ¿Cómo no se le había ocurrido antes? ¡El verdadero culpable aparecería en la cámara! ¡Era perfecto! Tenía muchas ganas de verlo, incluso si eso destruía su cordura al ver a su hijo siendo asesinado de nuevo, era un precio que estaba dispuesta a pagar. Entonces, lo miró con gran atención en lo que se revelaban los contenidos de la cinta. Allí, Juan Fernando aparecía caminando a través del salón hacia el jardín. Una vez allí, una mujer de pelo negro como el ébano lo recibió con brazos abiertos y un cuchillo en mano. Luego, todos vieron con horror cómo esta apuñalaba al niño repetidamente. Los alaridos del niño no se escuchaban debido que la cámara no había grabado sonidos. Aunque fuese un filme silencioso y en blanco y negro, sus efectos se sentían con fuerza en el jurado, donde uno de sus miembros se desmayó al no poder soportarlo, ignorado por el resto que siguió mirando la cinta. El juez, dándose cuenta de que la evidencia era demasiado, golpeó la mesa con su martillo, sacando a todos de su inmersión, y señaló al guardia para que detuviese su reproducción. "Debido a la naturaleza brutal y grotesca de la evidencia," continuó este con clara tensión e ira en su voz. "Esta sesión continuará en una semana. Uno de los miembros del jurado se encuentra indispuesto debido a dicha evidencia. Se concluye esta sesión."

"No... no puede ser..." murmuró Carmen en shock.

Todos dirigieron una mirada de asco hacia Carmen. Los guardias vinieron y la tomaron de los brazos, esta vez con furia en sus movimientos, algo que se notaba en la forma en la que la estaban tratando. Mientras era arrastrada de vuelta a su celda, pudo ver el horror en la cara de su esposo. No le tomó mucho tiempo para terminar con su cabeza colapsada en medio de sus brazos, mirando hacia el piso. Definitivamente no podría hablar después de ver el video, a diferencia de su abogado que lo consolaba en vano. Esa sería la última vez que Carmen vería a Jason en lo que miraba de vuelta hacia el vacío. Ni siquiera Eliana podía hablarle sin una clara expresión de terror en su rostro. Carmen no podía creerlo, pero las cámaras no mentían.

El culpable estaba en el video sin lugar a duda. Era ella misma.

V

"¡ES ELLA!" dijo uno de los hombres persiguiéndola. "¡No la dejen escapar!"

La habían estado siguiendo por un buen rato. El estar tan cerca los hizo frívolos ante el hecho de que los faros de sus autos los dejaran en evidencia. Aún yendo por la carretera 13, la más larga en el reino de Friornia y que atravesaba el país de oeste a este. Aunque, inicialmente, pensaban que no lo lograrían por la naturaleza desconocida de las habilidades del enemigo, se sorprendieron bastante dado que, siendo incapaces de saber si dicho enemigo los atacaría con armas de fuego o no, siendo esto un factor definitivo, habían conseguido acercarse mucho sin sufrir bajas. Hasta ese momento, ella no había demostrado ser una amenaza para ellos y hasta parecía ignorarlos. Fuese porque no quería pelear con ellos o no, no podían dejarla escapar.

Su misión era clara: neutralizar al objetivo, de una vez y para siempre, si era posible. Sin embargo, sabían lo que les esperaba si la enfrentaban en un combate mano a mano. Eran los refuerzos auxiliares que habían sido enviados para ayudar al primer equipo AEE enviado a Sanatorium. Ya que las llamadas por refuerzos nunca llegaron de dicho equipo, ellos habían asumido equivocadamente que el primer equipo había logrado derrotar al monstruo. El protocolo les exigía recibir una confirmación que eran requeridos en la escena antes de partir. No obstante, ante la falta de reportes que se supone tenían que recibir a la hora indicada, ni siquiera uno declarando éxito en la misión, decidieron llamarlos primero. Al no escuchar respuesta alguna, sintieron que algo extraño estaba pasando, como si ese escuadrón ni siquiera hubiera existido. En el peor de los casos, el primer equipo tenía órdenes de pedir ayuda, incluso si era lo último que pudiesen hacen. "Todo esto me está poniendo nervioso. ¡Nos vamos!" ordenó el capitán David Brown. "Segunda división sale conmigo en T-10."

Para el momento en el que llegaron a Sanatorium, sólo podían mirar con horror los cuerpos mutilados de sus camaradas esparcidos por el suelo. El pavimento se había vuelto rojo carmesí con su sangre. Ante tal escena, algunos no pudieron evitar vomitar mientras que otros buscaban cualquier información que pudiesen encontrar. Por suerte, o tal vez no realmente, pudieron ver lo que había pasado gracias a una cámara en el pecho de uno de los cadáveres. El resto de las cámaras habían sido destruidas junto a los cuerpos mismos. Dentro de dicho dispositivo, vieron toda la masacre perpetrada por la Temible de principio a fin. Esta cámara, la única intacta, le pertenecía al hombre que cayó primero ante sus armas; Seamus McDougall era su nombre. Este era muy conocido en las fuerzas del orden. El resto de los cadáveres estaban tan desfigurados que tomaría días, sino semanas, verificar sus identidades respectivas sin importar si tenían sus tarjetas de identificación prendidas a ellos. El equipo forense no tomó mucho tiempo en llegar, afortunadamente, y ni bien llegaron, Brown ordenó a su unidad continuar con la persecución de la sospechosa. Estaban obviamente iracundos. Algunos hubiesen ido directamente a combatir al demonio sin ningún apoyo, o reflexión, al respecto. Dado que los veteranos tenían más experiencia en el asunto, controlar a los oficiales más jóvenes, los cuales habían perdido la cordura ante tal sangrienta escena, ayudaron a mantenerlos a raya. También eran los que estaban a cargo de los vehículos persiguiendo a la Cruz Negra mientras que los novatos se sentaban en los asientos traseros, ansiosos por disparar. Les decían a los jóvenes una y otra vez que sus órdenes eran específicas, que tenían que esperar por órdenes adicionales y más refuerzos del departamento si querían neutralizar el vehículo en fuga con éxito. Entonces, con suerte, podrían acabar con la Temible, o al menos eso es lo que el hombre también sentado en los asientos traseros afirmaba poder lograr.

Tenía una barba castaña y había hecho su aparición allí mismo, en la entrada de Sanatorium, antes de que pudieran partir y comenzar la persecución. Este se había acercado a ellos silenciosamente y se presentó como la mejor oportunidad que ellos tendrían para atrapar y destruir a la Temible. Tenía un acento neosoctuliano y decía palabras soctulianas de vez en cuando. Parecía estar en sus cuarentas y usaba una camiseta de rayas negras y blancas, uno que Brown había visto usar al equipo de futbol llamado Viellentus, el cual jugaba en Nuevo Soctul. También usaba un buzo gris, zapatillas azules con blanco y una chaqueta de cuero marrón claro. Su voz era fría y ruda, pero, aun así, reflejaba un enorme odio hacia la Temible. Ese odio era, posiblemente, igual o más grande que aquel que sentía la división comandada por Brown.

"Mira, amigo, no necesitamos a civiles involucrados en esto," respondió el capitán Brown a secas, mirándolo directo a los ojos. "Estamos lidiando con fuerzas más allá de nuestra comprensión. De todos modos, valoro tu valentía."

El hombre sonrió retorcidamente. "¿De verdad piensan que tienen oportunidad contra ella? No me hagas reír, *sciocco*. Aquí ves a un hombre que ha enfrentado a esa mujer y que ha sobrevivido para contarlo… ¿Estás dispuesto a tirar por la borda la oportunidad que te estoy dando tan fácilmente?" Su confianza penetró en la fortaleza mental de Brown quien no podía evitar el preguntarse si realmente estaba diciendo la verdad. Sin embargo, mirar al capitán a los ojos fue suficiente para que este hombre raro se diese cuenta cual era la pregunta que el oficial tenía en mente, por lo que continuó. "¿Y si te muestro esto…?" Efectivamente, los ojos de Brown casi se salieron de sus orbitas cuando el misterioso hombre le mostró un dedo saliendo de su cuello. Ese dedo regresó por donde había salido tan rápido como había aparecido. El capitán se quedó inmóvil durante un segundo, incapaz de decidir si debería dispararle o no. Si los reportes eran ciertos, y toda la evidencia era tomada en cuenta, este hombre era como la Temible. Un monstruo. Viendo la evidente confusión del oficial, el hombre siguió. "Si no quieren mi ayuda, me iré por dónde vine. Me aseguraré de recoger flores para sus funerales una vez ella haya acabado con ustedes, *piccoli poliziotti*."

"¡Espera!" Brown dijo, dándose cuenta de que no podría capturar a ese hombre así lo quisiera. Sin duda alguna, si este sujeto era un monstruo como esa desgraciada mujer, no había forma de decir qué es lo que el haría realmente si era rechazado. Lo inesperado no era algo por lo que Brown tomaría riesgos innecesarios. En consecuencia, concluyó rápidamente que era mejor tenerlo vigilado que dejarlo ir a sus anchas. "Muy bien. Acepto su ayuda ¿señor...?"

"Criatura. Puede llamarme la Criatura," respondió este simpáticamente, extendiendo su mano derecha para saludar a Brown. Su agarre firme y su voz no hesitaban en lo absoluto, aunque su 'nombre' provocaba una reacción de perplejidad en el oficial. Lo hubiera hecho explotar a carcajadas si hubiesen estado en otra situación. Brown no sabía si esto era bueno o malo. "Sé que tomará las medidas necesarias por el bien de sus hombres ¿estoy en lo cierto?"

"Sí, exactamente. Será esposado durante el tiempo que tome esta operación. Cualquier información que pueda proveernos será de gran ayuda," continuó Brown, ligeramente aliviado, con la mano pegada a su arma reglamentaria. "Desgraciadamente, no puedo garantizarle el participar en la neutralización de la sospechosa. Los civiles no pueden ser parte de una operación de este tipo. De todas formas, usted será una excepción de la que espero no arrepentirme." Para su sorpresa, la Criatura rio a carcajadas. Esta reacción hizo que el pecho de Brown le doliera por alguna razón.

"Lo que usted diga, oficial... lo que usted diga..."

No es que me importe, en realidad. Tengo una cuenta pendiente con esa cagna. Si ella muere, será por mis manos y sólo mías. Es su maldita culpa que me encuentre en esta situación. Es su culpa que mi vida sea un infierno. De ser un rey pase a ser nadie. Oh, pagará por esto… te lo puedo garantizar al menos eso, grullo.

Para mala suerte del capitán, necesitaría más que simples habilidades deductivas para siquiera tener una pista sobre el pasado de la Criatura. Si alguien le hubiera dicho que acababa de esposar al exrey del crimen de la ciudad de Nueva Zesl, no lo hubiese creído. Posiblemente hasta hubiera estallado de risa. El *Padrone*, como muchos lo apodaban, solía manejar diferentes operaciones en el campo de la venta de drogas y trata de personas dentro de la Gran Pera, como también se le conocía a Nueva Zesl. Nadie se atrevía a desafiar su poder ya que gobernaba con un puño de hierro al acabar con cualquier muestra de desobediencia con fuerza bruta. Eso era, muerte y desapariciones.

Oh, che bei tempi…

Habiendo crecido en Nichia, uno de los barrios más pobres de la ciudad, y abusado por las circunstancias y la gente a su alrededor, la Criatura siempre había buscado poder más allá de su imaginación. Sin embargo, en su búsqueda por una vida mejor, solía pensar que tal vez no había forma de lograr tal meta. Tal vez obtendría un simple trabajo descargando cajas en el muelle y llegaría a casa en la noche hasta jubilarse. No obstante, eso cambiaría para siempre cuando conoció a Don Fabo, quien se convertiría con el tiempo en una inspiración y su mentor en lo que el joven aumentaba su influencia en el bajo mundo de Nueva Zesl. Al mismo tiempo, Don Fabo nunca hubiera adivinado que sería su propio aprendiz quien lo traicionaría y tomaría su enorme imperio del crimen convirtiéndose en el nuevo Rey. Un poder que nadie había osado desafiar en el pasado. Nadie, al menos, hasta que la Cruz Negra se cruzó en su camino.

Todo empezó cuando se suponía que un cargamento mensual de cocaína llegaría a los muelles de la ciudad, como era usual. Oficiales sobornados con sus vidas a cambio de su silencio mientras que sus chicos se hacían cargo de la mercancía, disfrazada como finas botellas de vino neosoctuliano. El *Padro-*

ne recibiría su dinero a tiempo por la 'protección' ofrecida. Nada fuera de lo ordinario.

En lo que el *Padrone* encendía uno de sus cigarros Shift Strike, su marca favorita, cubriendo el fuego con la mano del viento marino, se dio cuenta que comprar su quinta mansión tomaría más tiempo de lo normal esta vez. El nuevo alcalde parecía ser muy 'idealista' para su gusto, lo cual hizo que él y sus chicos se encargaran del problema inmediatamente. Era su ciudad, después de todo. Ninguna posición de poder era superior a la suya. Nadie estaba a salvo de su ira.

Con el cargamento más grande de cocaína de la historia finalmente en los muelles esa noche, un problema inesperado sucedió sin su conocimiento, del cual aprendió al día siguiente. Todos sus hombres habían sido destrozados y su cargamento expuesto a la prensa. Por supuesto, el cabecilla que él había puesto como chivo expiatorio hizo su trabajo, así que ninguna atención se le dio al rey en lo que su *capro espiatorio* era enviado a prisión. Estaría libre en poco tiempo. De todos modos, no dejaría pasar esto como un error menor, incluso si así era. Normalmente, dejarían a las autoridades descubrir cantidades menores como parte de su acuerdo con la policía local. Sin embargo, esta vez acababa de perder miles de millones de wólares en el proceso, algo nuevo para él. La humillación que enfrentaría sería demasiada ya que otros grupos podrían tomar esta pérdida como una señal de debilidad. Cosas que causaban revueltas contra gobernantes nunca eran algo bueno. Por lo tanto, el *Padrone* quería saber quién era, aunque sólo quería su cabeza. Afortunadamente para él, uno de sus chicos apenas había sobrevivido de esta masacre. Había perdido el brazo derecho y mucha sangre. Estaba muerto de miedo de hablar al respecto mientras agonizaba frente a su jefe. Un silencio que no duró mucho tiempo cuando el *Padrone* le apuntó con su arma y se 'decidió' a hablar.

No era lo que el *Padrone* había esperado ya que sonaba como una película de terror. Incluso se rio al oír la historia, preguntando por la verdad sin miramientos. Siempre había odiado *le bugie*. Tras repetir la misma historia tres veces seguidas, el Rey perdió la paciencia y le puso una bala entre los ojos. No le dio más vueltas al asunto después de esto. Asumió que la historia que había oído era producto de las drogas que sus hombres consumían a diario. Aun así, asumir que esta historia era pura ficción o alucinaciones no calmaría su sed de venganza, especialmente para alguien que se había atrevido a desafiarlo en una lucha por el poder. Por lo mismo, buscó en internet. Lo que encontró fueron, más que nada, historias hechas por conspiranoicos que sólo podían ser descritas como una *ridicola assurdità*. El sinsentido más estrafalario era una historia sobre una mujer que sostenía dos pesadas cruces de mármol negro, una en cada mano. Viciosa y salvaje. Frívola para con la vida humana, también descrita como un demonio del infierno. Sin embargo, era la mejor pista que tenía para devolverle el 'favor' dado que esta mujer era la única que encajaba con la descripción de su, ahora difunto, empleado. Al no encontrar ninguna información de fuentes oficiales sobre ella, como si esta hubiese sido convenientemente borrada del mundo, no tenía otra opción. Entonces, hizo una llamada.

"Hola, Patrick ¿qué tal? ¿Cómo van los niños? ¿Todo bien *mio capo*?" Carmelo Barbieri, como se llamaba el Rey de la ciudad, dijo amigablemente. Tras recibir la respuesta del jefe del Departamento de Policía de Nueva Zesl, Rodard Stheno, el *Padrone* procedió. "Me gustaría saber más de esta... *croce nera*. Cualquier información que me den será muy bien... recompensada."

E información en abundancia obtuvo. Le tomó un tiempo asimilarla, sobre todo el hecho de que el jefe había sido 'advertido' sobre declarar dicha información por poderes superiores, por lo cual Stheno se la dijo en código. No le tomó mucho al *Padrone* aprender el concepto de los supernaturales, individuos con habilidades fuera de la comprensión del hombre común y de orígenes desconocidos. Esto le decía mucho y poco al mismo tiempo. Ahora él sabía que este no era un oponente ordinario. Sin embargo, le enojaba más aun que esta 'Cruz Negra', o lo que fuese' su nombre, se saliera con la suya. Por la misma razón, ordenó a algunos de sus chicos informarle si daban con la maquiavélica mujer y su ubicación. Entonces, el iría personalmente para darle el golpe de gracia una vez sus chicos hubiesen hecho el trabajo. Dos días después, sus informantes ya la habían encontrado, así como también la dirección a la que se dirigía. "Como se acostumbra en la *famiglia*, sabes qué haremos... la perfecta *imboscata*... nada más ni nada menos," el *Padrone* les dijo a sus secuaces con una amplia sonrisa, provocando que sus chicos sonrieran también.

Todo sucedería en una escuela abandonada en las afueras de la ciudad. Le gustara al Rey o no, no quería involucrar a niños. Era parte de su código de honor, o al menos así lo definía. Los niños nunca se oponían a su poder después de todo. Aparte, el solo pensar en ejecutar menores de edad le traía dolorosos recuerdos de cuando tuvo que ejecutar a uno. Su jefe, el antiguo Rey de la ciudad, le había ordenado hacerlo. Una experiencia que prefería no repetir. Por lo tanto, el viejo edificio de la escuela del viejo San Marín sería el escenario perfecto: abandonado hace años y ahora lleno de explosivos hasta más no poder. La policía sabía lo que sus chicos estaban haciendo cuando los vieron poniendo las cargas de dinamita, sin embargo, siguieron con su camino al saber que estas actividades eran obra del *Padrone*.

Después de unas horas de espera en una torre de agua cercana, la Temible apareció en el horizonte. Dicho horizonte y el sol poniente detrás de ella hicieron poco para esconder sus terribles características, especialmente aquellas temidas cruces. El Rey de Nueva Zesl observó cómodamente con sus binoculares mientras prendía un cigarro, algo que adoraba hacer antes de ver un espectáculo de fuegos artificiales. "Estás acabada, perra. ¡Te arrepentirás de haberte cruzado en mi camino!" se dijo a sí mismo mientras reía a carcajadas. Tres minutos después, ella estaba en posición. Por supuesto, el *Padrone* nunca tenía consideración alguna por aquellos que lo desafiaban sin importar la edad de los mismos, o al menos si estos tenían más de catorce. El plan era sencillo: una vez la mataran a tiros, cargarían su cadáver a la escuela donde sería 'apropiadamente castigada'. Luego su cuerpo sería detonado junto al edificio. El Rey sonrió al pensar en el hecho de que esta escuela era también su medida de seguridad si no pudiesen neutralizarla a balazos. ¡Era un plan a prueba de tontos! ¡Todos sus planes lo eran! Aunque había algo raro en todo esto…

Mirándola más de cerca, el Rey se dio cuenta que ella tenía una sonrisa diabólica en el rostro mientras caminaba lenta y calmadamente, como Pedro por su casa. Aunque el *Padrone* lo tomó como una muestra de fuerza, sonrió confiadamente ya que todo iba de acuerdo con el plan. Fue entonces que notó *cuál* era el problema.

Mientras ella seguía su camino, el Rey se preguntó por qué rayos sus chicos no habían comenzado con el espectáculo aún. Prendió su walkie-talkie y trató de llamarlos, en vano. "¡¿Qué carajo está pasando?! ¡Comiencen esta mierda de una vez!" gritó este, notando el silencio que venía del otro lado. Se puso los binoculares una vez más y los buscó. En el proceso, una gota de sudor frío bajó por su rostro al ver al monstruo y darse cuenta de que ella había dejado de caminar y que lo estaba observando a él directamente. Sus ojos rojos la hacían más terrible. Fue entonces que entendió lo que había pasado.

Sus malditas cruces chorreaban sangre como riachuelos. Sangre fresca. Gotas en abundancia que habían dejado un pequeño camino detrás de ella. El Padrone no podía creer lo que veía, soltando sus binoculares y sintiendo cómo la desesperación había tomado la raíz de su corazón.

"¿Todo bien, jefe?" dijo uno de los dos hombres acompañándolo.

"¡Esa perra maldita y desgraciada! ¡Los ha matado a todos! ¡Carajo! ¡Carajo!" replicó el Rey furiosamente, para sorpresa de sus hombres. Inmediatamente sacó su confiable revólver *Codeo 50* y apuntó hacia la mujer. "¡El que la mate se lleva un millón de wólares! ¡¿Me oyeron?! ¡Agárrenla ahora!" Los ojos de sus hombres brillaron con la expectativa y sus rostros con ambición. Subsecuentemente, corrieron a toda velocidad a combatir a la Temible. No obstante, la esperanza emergente en la cara del Rey pronto se convirtió en desesperación al ver cómo sus hombres caían como moscas, mutilados e irreconocibles. Mientras veía este espectáculo, sus piernas temblaban de miedo. Su cuerpo se congeló...

Antes de darse cuenta, ella estaba justo en frente de él.

"La familia puede haber tomado una dirección..." dijo ella aún sonriendo con malicia, casi burlonamente. "Como las aves buscando agua... pensando en sí mismas como cazadores... como algo que no son..."

El *Padrone*, confundido al principio, se aprovechó de la inacción temporaria de su oponente y rápidamente le metió un balazo en medio de los ojos. Quién diría que esta recién ganada confianza desaparecería cuando se dio cuenta que esa misma bala salía de su cabeza, tan rápido como había entrado, y que su herida se curaba, tan rápidamente, que parecía nunca haberla tenido antes, encima seguía de pie.

Aterrorizado, el *Padrone* trató de retirarse apuradamente, pero se tropezó con su propio pie, como un niño aprendiendo a caminar. La Cruz Negra se le acercó, como si tuviera todo el tiempo del mundo, y destrozó su pierna izquierda con su arma derecha. "¡Aaarrrggghhhh!" gritó él en lo que ella crujía su brazo derecho después de su pierna. Definitivamente, el Rey no necesitaba mirar donde estaba siendo mutilado ya que sabía que apoyarse en estas extremidades sería muy doloroso. A diferencia suya, la expresión que ella tenía en el rostro describía pura satisfacción y disfrute. Ni siquiera él había sido capaz de sentir algo así cuando cometía actos similares. Incluso después de incontables asesinatos y ejecuciones, siempre se había sentido mal por aquellos pobres bastardos, aunque sea un poco. Pronto se dio cuenta que, comparado con ella, era sólo un niño matando una hormiga cuando se trataba de quién era realmente malévolo. Sin duda alguna, ella estaba en otro nivel.

"¡¿QUIÉN MIERDA ERES?! ¡¿QUÉ ERES?!" siguió gritando mientras ella masacraba sus extremidades restantes. "¡¿QUÉ CARAJO ERES?!" Cuando estaba por desmayarse del dolor, la oyó hablar con una voz maternal.

"Una humana... quizás..."

Luego, su vista oscureció.

"*La notte buia*... siempre recordándome mi fracaso..."

murmuró para sí mismo. "Sigue recordándomelo todo lo que quieras... *il potere* será mío de nuevo... estoy seguro." Aun si no había pasado mucho tiempo desde entonces, cada vez que miraba sus piernas, sentía el dolor que ese monstruo le había infringido en el pasado. En lo que se acomodaba en el asiento del patrullero, acelerando, chequeó sus esposas y miró por la ventana observando los árboles que eran empujados por el viento.

No obstante, esto estaba lejos de terminar. Una vez la hiciese pagar, eventualmente, también estaba *él*. Si odiaba a alguien en el planeta más que a la temida Cruz Negra, era *él*. Si al menos supiese *su* nombre, lo habría rastreado y hubiera terminado con todo de una vez. Fue gracias a *él* que finalmente entendió la lección del porqué era importante con quien te estabas metiendo anticipadamente. Rechinó sus dientes mientras recordaba cómo su propia desesperación había jugado con su mente; cómo esta lo había hecho firmar ese fatídico contrato. Un contrato con el mal mismo.

La Cruz Negra había dicho la verdad en ese entonces. Poco sabía él que ese era todo su mensaje. De haber sabido que el miedo lo iba a paralizar, en ese momento, tal vez todo hubiera sido diferente. Si tan solo...

Para cuando abrió sus ojos, estaba en un cuarto blanco y vacío y se sentía como si lo hubiera atropellado un camión. Sonrió ligeramente al pensar en la posibilidad de que todo hubiese sido una pesadilla. Sin embargo, esta posibilidad se anuló cuando vio a su esposa y a su hijo a su lado. "¡Acaba de despertar! ¡Llamen al doctor!" dijo su esposa con lágrimas bañando su rostro. "Estoy tan feliz... ¡te amo tanto!"

Una vez el doctor terminó de revisarlo, su esposa le dijo que habían estado viniendo a verlo todos los días del mes pasado. Él no sabía cómo responder a esto al inicio, aunque diversas palabras comenzaron a escapar de su boca cuando se observó y se dio cuenta que no tenía extremidades. "No... no..." balbuceó mientras lloraba inconscientemente. Muchos pensamientos pasaron por su mente en lo que su esposa e hijo se unían a él con lágrimas suyas. Abrazado por ambos, solo un pensamiento salió a la luz: su vida se había acabado.

Con el pasar de los días, ya con la rehabilitación iniciada, se le informó que todas sus extremidades habían sido amputadas, no perdidas. Los huesos de estas habían sido pulverizados, por lo que, con una recuperación imposible, el cirujano no había tenido otra opción. Los sollozos de su esposa, cuando el doctor contó la historia, sólo lo hizo sentir peor. No sentía ni culpa ni tristeza, pero sentía molestia: no podía hablar apropiadamente con todo el ruido que ella hacía. Quería que se callara, pero no podía recordar su nombre. "¿Adelaida...? Por favor guarda silencio... no puedo escuchar al doc..." ordenó él, lo que su esposa prontamente hizo. Al mirarla y a su rostro de tristeza, recordó que le había comprado una pequeña tienda de ropa en el centro de la ciudad para que se distrajera, más que nada porque la quería fuera de su vista. Entonces, se dio cuenta que no podía recordar el porqué se había casado con ella tampoco.

"Así que... no todo son malas noticias, señor. Verá, ahora tenemos varios tipos de prótesis que lo ayudarán en su recuperación. No se preocupe, estoy seguro de que su familia estará allí para apoyarlo en todo momento," dijo el doctor, sonriendo incómodamente, tras lo cual salió del cuarto con un paso apresurado. La esposa del Rey se le acercó y lo besó en la frente, algo que no había hecho desde que se conocieron. "¿Por qué?" le preguntó él a ella, ante lo cual ella simplemente le sonrió en respuesta.

Al día siguiente, se sintió verdaderamente feliz por primera vez en mucho tiempo, verdaderamente bendecido, y, al mismo tiempo, verdaderamente maldito. Esta vez fue su hijo, Ítalo, quien vino a visitarlo durante su sesión de rehabilitación. Este parecía molesto con él al ver la intensidad de su mirada. Sus puños apretados le recordaban cómo casi nunca había pasado tiempo con él. "Si... si... si tan solo hubieras venido a verme en las finales del campeonato de fútbol... antes... antes de que todo esto pasara..." dijo con una voz llena de furia y remordimiento. Sus palabras le hicieron ver al Rey que, aparte de los partidos que no había visto con él, habría partidos que nunca podría jugar con él. Los ojos de Ítalo parecían querer salirse de sus órbitas. El Rey quiso darle la mano, pero no podía, incluso si así lo quería. Cuando sus ojos trataron de ver los de su hijo, una nueva perspectiva apareció ante él. Incluso si tuviese que aceptar el quedarse en una silla de ruedas por el resto de su vida, aún había algo más por hacer: si iba a caer, no lo haría solo. Nadie había tomado tanto de él. Todo esto ya había cruzado la línea de lo aceptable. Destruiría a la Cruz Negra de un modo u otro, pero el problema que era más urgente de resolver era el hecho de que ahora era presa fácil, no solo de la Cruz Negra, pero también de sus incontables enemigos, todos con muchas ganas de quitarle la corona.

Entonces, en lo que sus ansiedades comenzaban a dominar su vida, llevándolo a renegar en desesperación y soledad, un hombre rubio vestido de negro hizo su aparición un día junto a la respuesta para todos sus problemas. "Señor Barbieri ¿es usted?" dijo cuando lo conoció en un pequeño jardín trasero del hospital. Usaba lentes de sol y parecía estar en sus treintas. La enfermera los dejó solos tras lo cual el sujeto se acuclilló ante el Rey para que sus ojos estuviesen a la misma altura. "Tengo una proposición que sólo usted puede aceptar. Una proposición que estoy seguro usted aceptará," continuó. Por lo que me dicen los reportes, usted se enfrentó y sobrevivió a la mujer conocida como… la Cruz Negra."

Barbieri tembló al solo oír ese nombre. El sujeto se dio cuenta de ello y suavizó el tono de su voz. "Esa es una hazaña que, en verdad, tiene alta demanda."

"¿Supongo… supongo que tiene información al respecto?" respondió Barbieri, aún dudoso de lo que estaba escuchando. "Des-desgraciadamente hay poco que pueda decirle…" siguió el Rey. Después de verlo más detalladamente, se dio cuenta que ese hombre podría ser policía. No era sorpresa que supiera del demonio. Ya que no sabía a qué división podría pertenecer, pudiendo ser un oficial de alto rango, o, en otras palabras, fuera de su influencia y control, decidió no poner en peligro su negocio aun más, incluso si eso significaba abandonar su venganza contra la Temible, al menos en ese momento. Acto seguido, guardó silencio.

Tan pronto como las palabras del *Padrone* dejaron de ser enunciadas, el sujeto acercó su rostro al suyo aún más hasta el punto de colgar su brazo derecho alrededor de su cuello. "Puedo garantizarle que nuestra proposición va más allá de lo que usted pueda imaginar," continuó el sujeto, sonriendo. "Después de todo, sabemos cuál es su línea de trabajo, señor Barbieri." Estas últimas palabras lo hicieron saltar en su silla. "Permítame presentarme. Mi nombre es Ethan Pint y soy representante de la Fuerza Aérea de los Reinos Unidos, FARU en abreviado. Una de nuestras instalaciones está investigando, lo que llamamos vulgarmente, regeneración para mejora de soldado. Una regeneración que, sin duda, lo pondría de vuelta a sus pies en todos los sentidos de la palabra." El rubio sacó una pequeña tarjeta negra y la puso en el bolsillo de la silla de ruedas. "Si está interesando, por favor no hesite en llamarnos." Entonces, se acercó a su oreja izquierda y susurró, "podemos también ayudarlo a vengarse de… ya-sabe-quién." Luego, se fue.

Le tomó varios días al *Padrone* para decidirse. Incluso si sabía que sólo era cuestión de tiempo para que alguien viniera a quitarle la corona y que, mientras más esperase, mejor preparados estarían sus enemigos para un eventual asalto. Sabía por experiencia en quién desconfiar. El rubio pertenecía a esta categoría de individuos. Eventualmente, y viendo que era poco lo que podría hacer, decidió aceptar el trato. ¿Podía irle peor? Eso lo sabría pronto ya que les había tenido que pagar una alta suma de dinero por el secreto. Le estaban dando acceso a información que era clasificada, o al menos así les gustaba llamarla. Claro, pensaba que este no era asunto para mujeres, así que no se lo dijo a su esposa. Por otro lado, su mente comenzó a darle nuevas consideraciones. Por alguna razón, no quería que su esposa lo viera así. Hace unos días, no le hubiera importado en lo absoluto. No podía entender por qué…

Después de recibir su llamada, el rubio no demoró en aparecer junto a una hoja para que firmara. De acuerdo con este contrato, tendría que pagar toda la tarifa en dos partes. El total era la enorme suma de diez millones de wólares. No era como si él fuese a pagar todo el monto, especialmente cuando estos perdedores no tenían ni idea de con quién se estaban metiendo. Para el *Padrone*, no eran más que herramientas que le estaban dando los medios para amenazarlos. Por lo mismo, el plan era simple: una vez que el contrato, y él mismo, se convirtieran en evidencia de sus hechos, sería libre de sus términos ni bien expusiera todo ante los medios. Si osaban exponer sus negocios, él haría lo mismo con el suyo. Comercio en su forma más pura, o así le gustaba llamarlo al Rey. "No sabrán lo que los golpeó después de desafiarme..." murmuró para sí mismo cuando partía al lugar designado.

El lugar en sí era una pequeña oficina en medio de los tugurios de Nueva Zesl. Una vez salió del carro con el que lo habían llevado, un Hepfu SUV negro, fue escoltado por hombres vestidos de negro tan misteriosos como el rubio. Curiosamente, el sitio estaba rodeado de vagabundos, lo que causaba que el *Padrone* se preguntase si *ellos* los usaban para experimentos también.

"Bienvenido a nuestras instalaciones, señor Barbieri," dijo una joven gentilmente, la cual abrió una gruesa puerta metálica de lo que parecía ser una estructura de acero viejo y oxidado.

Lo que fuere que el Rey había pensado al inicio se desvaneció una vez vio el interior del edificio. Una sala circular, limpia y metálica con una cápsula del tamaño de una persona justo en el medio apareció ante él. Parecía algo salido de una película de ciencia ficción. Y así, antes de que se diese cuenta, le inyectaron una especie de suero azul y lo amarraron a la cápsula. "Le permitimos preguntar lo que guste antes de que cerremos la cápsula e iniciemos el experimento, señor Barbieri," dijo el rubio que se había acercado a él sin que se diese cuenta.

"Entonces ¿qué me va a pasar ahora?" preguntó Carmilo, nervioso, en realidad, pero manteniendo una voz calmada.

"Bueno... Este suero sólo modificará su ADN." La reacción que apareció en la cara de Barbieri invitó al rubio a seguir con una voz más relajante. "No se preocupe, las pruebas han sido exitosas... hasta ahora. Solíamos tener otro tipo de suero para regeneración, uno mucho más efectivo, pero-" decía el rubio cuando fue abruptamente interrumpido por un hombre de negro que le susurró algo al oído. "Desgraciadamente no puedo decirle más… Estamos por empezar, después de todo. ¡Esperemos que todo salga bien!" Antes de que el *Padrone* pudiera abrir la boca para su siguiente pregunta, la cápsula se había cerrado. Allí, sintió cómo el aire era succionado fuera de su prisión temporaria, a la vez que varios rayos rojos aparecieron ante sus ojos y bombardearon su cuerpo. Dichos rayos quemaban hasta sus huesos, incluyendo cada célula. Pensaba que había experimentado la muerte antes, pero se equivocaba terriblemente.

No existían palabras para describir la experiencia que estaba teniendo. Sentía su cuerpo dividirse en sus elementos más básicos para luego rearmarse. Y así, luego de una eternidad de dolorosa tortura, la cápsula finalmente se abrió. El rubio se le acercó y le sonrió. "¡El experimento fue un éxito! Parece que no habrá problemas con sus… nuevas 'habilidades', señor Barbieri," continuó este mientras le quitaba los seguros. Barbieri ni siquiera podía moverse. "Ahora mismo usted debería sentir como si acabara de salir de un horno. ¡No se preocupe, es normal! ¡Después de todo, acaba de ser bombardeado por radiación ionizante!"

"Siento como si una *furgone*… me hubiera pasado por encima… de nuevo…" Barbieri dijo al sentarse. "¿Cómo sigo con vida? Esto no tiene ningún sent-" siguió este mientras sobaba sus ojos. Entonces, se dio cuenta de que sí que se estaba tocando la cara… con su mano derecha.

Su sorpresa superó el ardor que estaba sintiendo al saltar de la cápsula y caer de pie en sus recién regeneradas piernas. No lo podía creer. Llorando de felicidad, se arrodilló y le agradeció a Kothat por el milagro que acababa de experimentar. Sin embargo, mientras hacía esto, los científicos allí presentes lo miraron extrañados para luego tomarle fotos de diversos ángulos y tomar notas. "Parece que ha habido algunos efectos secundarios sin registrar, señor Barbieri," agregó el rubio mirándolo con sorpresa y un poco de asco. "Creo que será mejor estudiarlo durante los próximos días…"

"¿Cuál es el problema? ¡Me siento demasiado bien! ¡Mejor que nunca!" declaró Barbieri lleno de alegría. Acto seguido, levantó su puño derecho en señal de victoria y se dio cuenta de que había algo más en él: un tercer brazo que había salido de su pecho y que imitaba su brazo derecho. "¡¿Qué carajo es esto?! ¡¿Qué es lo que me han hecho?!" Su ira emanaba de sus poros al tomar al rubio por el cuello para sacudirlo violentamente. Casi inmediatamente, varios hombres de negro se abalanzaron contra él y lo redujeron, esposándolo, y manteniéndolo quieto bajo el peso de estos. Barbieri forcejeó inútilmente hasta que el rubio se le acercó nuevamente, esta vez agachado. "Parece que ha ganado un talento especial aparte de una gran regeneración, señor Barbieri," dijo este en lo que empujaba sus lentes de sol desde la punta de la nariz. "Por suerte parece que usted puede controlar estas nuevas extremidades. ¡Esto es sin duda alguna el logro científico del siglo! ¡Lo logramos!"

"¡Quítense de encima, bastardos! ¡Quiero largarme de aquí ahora mismo!" Barbieri se quejó, lo que fue completamente ignorado. Por el contrario, el rubio sacó una jeringa y tomó una muestra de sangre de su cuello antes de que los hombres encima suyo lo dejaran libre. "¡¿Cuál es su maldito problema?!￼ ¡Los voy a demandar! ¡Lo juro, maldita sea!" continuó el *Padrone* hasta que fue liberado completamente. Al pararse, vio que ya no tenía ese tercer brazo. Se tocó el pecho, lleno de incredulidad, en lo que el rubio se acercó una vez más, sonriendo. "¿Lo ve? no es tan malo, señor Barbieri. Sé que su equipo favorito es el Viellentus. ¡También es el mío!" dijo este con una voz llena de simpatía. "Espero que podamos ser buenos amigos… por su bien."

La Criatura aún podía recordar ese día como si hubiese sido ayer. El día en el que pensó que su vieja vida volvería… el día donde todo cambiaría.

Mientras el oficial que manejaba el auto anunciaba que se acercaban a su objetivo, la Criatura empezó a vibrar de la emoción. Ese desgraciado demonio estaba ahí ¡justo frente a ellos! Difícilmente podía esperar para poner sus manos sobre su cuello y estrangularla hasta matarla. ¡Ella pagaría finalmente por toda la miseria que había traído a su vida!

"Cualquier información que pudiera decirnos sería útil en este momento," dijo Brown, que ocupaba el asiento del copiloto. "Es hora de confesarlo todo… ¡¿cómo derrotamos a ese monstruo?!"

"Es más simple de lo que parece, en realidad," respondió la Criatura entusiásticamente junto a una pequeña sonrisa. "Las cruces que usa… Son la fuente de su poder. Si se deshacen de ellas, estará indefensa y su captura será un *gioco da ragazzi*."

"¿Y cómo la matamos?" Brown replicó, no muy convencido mientras alistaba su pistola.

La Criatura sonrió ampliamente. "Lamentablemente, no creo que eso sea posible…"

"¿Qué mierda quiere decir con que no es posible?" Brown parecía perder rápidamente la paciencia. Este se volteó y miró a la Criatura directamente a los ojos, pensando que había cometido un error al traer a este misterioso hombre a la escena. "Tiene que haber una manera… por tu propio bien, amigo."

"*Credimi* en esto," la Creatura insistió, devolviendo la mirada a Brown y sonriendo con complicidad. "Puedo decirle eso al menos. Además, soy el único que puede sobrevivir a ella de entre su *scemi*. De hecho, lo he hecho *dos veces*." Su respuesta sorprendió a Brown y al oficial al lado suyo, que manejaba el vehículo, al punto de casi perder el control de este. Cuando la Criatura había mencionado que había sobrevivido antes, Brown había asumido simplemente que este hombre había sobrevivido sólo una vez, y por casualidad. Sus afirmaciones lo hacían sonar como un loco. "Tranquilo ahí *amico*, no necesitamos perder más vidas por razones estúpidas," agregó la Criatura mirando al conductor.

"¡¿Cómo… cómo es posible sobrevivir a este demonio?!" dijo Brown sin ocultar sus intenciones esta vez. Ya que sus hombres habían comenzado a dispararle a las llantas del auto que manejaba la Temible, provocando que esta perdiera el control a gran velocidad, la Criatura sonrió con complicidad a Brown.

"Bueno, digamos que soy exactamente lo que piensa que soy… un monstruo." La Criatura había aprendido a lidiar con este concepto a la fuerza. Una fuerza que creía que no existía en el pasado. Los ojos incrédulos, condescendientes y exaltados de Brown se lo recordaban…

Aún podía acordarse de cuando dejó aquel misterioso laboratorio después del experimento y llegó a casa. Se sentó en su sofá de cuero favorito en la sala y prontamente vio la liga de futbol conocida como la *Sequenzia A* en la televisión. Viellentus estaba controlando el partido, y justo cuando estaban por marcar un gol, el Rey recibió una llamada. Odiaba las interrupciones, especialmente cuando se trataba de partidos al grado de casi destruir su celular contra el suelo.

Era el rubio. "… entonces ¿pagará el resto de la suma, señor Barbieri?" preguntó este, sonriendo al otro lado de la línea.

"Creo que… el próximo mes…" replicó el *Padrone*, sonando frustrado por el gol que se acababa de perder. "El contrato dice específicamente que el pago debe ser completado en los próximos cinco días," el hombre continuó, haciendo un poco de presión. "Si leyó la letra pequeña, dice claramente que si usted-"

"Mira amigo, les agradezco mucho y todo eso." El *Padrone* quería colgar tan rápido como fuese posible ya que sólo estaba prestando la mitad de su atención al partido en la televisión, lo cual era algo imperdonable para sus principios. "Pero seré honesto. Ni siquiera yo podría pagar tanto dinero en tan poco tiempo. Usted conoce mi *rubro* y-"

El hombre al otro lado de la línea lo interrumpió con una voz amigable. "Sólo recuerde. La letra pequeña es clara. Por favor, no nos decepcione, señor Barbieri. Nos vemos pronto."

Este colgó antes de que Carmelo pudiera pensar en cómo responderle. El Rey tiró el teléfono contra la pared en respuesta y presionó ambas manos contra su cabeza. Después de respirar profundamente, se obligó a calmarse ya que planeaba una gran sorpresa para su esposa, quien no sabía absolutamente nada de su milagrosa recuperación. Un grandioso retorno para el hombre que había sobrevivido al demonio imparable, como a él le gustaba llamarlo. Mientras respiraba hondamente, también recordó ese *otro* gran problema. Había usado todo su dinero restante para pagar a, los ahora muertos, hombres que participaron en la escuela de San Marín, y lo poco que le quedaba había sido usado para contratar a nuevos para un ataque contra el monstruo en un futuro cercano. ¡Tenía que funcionar! Él sabía, a la vez, que si tenía éxito mataría a dos pájaros de un tiro. Otros reyes, de otras ciudades, querían al demonio muerto también ya que esta había estado metiéndose con estos aparte del *Padrone*. Estos lo contactaron cuando oyeron su historia de supervivencia y decidieron darle una mano. Subsecuentemente, con sus refuerzos y fondos adicionales, el *Padrone* podría, en poco tiempo, obtener venganza por su vida y pagaría su deuda con aquellos reyes entregándoles la cabeza del monstruo en bandeja de plata, y a los infelices que lo habían curado. Todo sería perfecto. Su gran regreso. Su gran resurrección.

Esta vez sería en otro lugar. Esta vez el plan era a prueba de tontos de verdad y los chicos estarían en las azoteas colindantes. Ninguno la esperaría en la calle. La maldita Cruz Negra pasaría por la avenida Hawk, en la parte más pobre de la ciudad de Nueva Zesl, el distrito de Csepy. Un barrio cercano a aquel donde el Rey había crecido, Nichia. ¡No había forma de que el fracaso mostrara su horrible cara! ¡Esta vez él ganaría!

Incluso había probado sus nuevos poderes cortándose el brazo izquierdo para luego verlo crecer de nuevo, lo cual sucedió. Claro, esto asustaba a los chicos a más no poder, pero no osaban huir ante tal vista. Adicionalmente, sus propios hombres tendrían que dispararle en la cabeza y en el pecho. Aunque tenían sus dudas al principio, decidieron vaciar sus cacerinas en su cuerpo una vez uno de ellos tuvo las agallas de empezar y el resto simplemente lo siguió. Para su sorpresa, todas las balas salieron de su cuerpo y este se regeneró completamente después de una hora. Al ver esto, el Rey rio a carcajadas cuando ya estaba de vuelta a su cuerpo sano mientras que sus hombres se escondían por el terror que causaba esta escena. Sin duda, se había convertido en un dios inmortal. El dueño de sus vidas para siempre.

Por lo mismo, caminó hacia el medio de la avenida a esperar por su víctima, o al menos eso le gustaba pensar.

Por supuesto, no tomó mucho tiempo ya que, en el horizonte, ella apareció caminando confiadamente, exactamente como la vez anterior, cargando sus cruces. Esta vez, estas tenían sangre seca en ellas. Aproximándose al Rey, este mantuvo su terreno y cruzó sus brazos, y, tal como había planeado, fue el único que saludarla esa noche. "¡Oye perra! ¡Apuesto a que te acuerdas de MÍ!" saludó entusiásticamente. Su voz estaba bañada por un tono efusivo y su cuerpo mostraba la enorme confianza que había ganado hace poco. "¡Esto no terminará como la otra vez! ¡Mis poderes son como los tuyos ahora! ¡Jajajajajaja!" Sorprendentemente para él, la expresión de ella no parecía inmutarse. Ella no se veía sorprendida para nada. Es más, actuó como si él no estuviese allí, ni siquiera poniéndose en guardia. Tal arrogante actitud explotó la paciencia de Babieri, por lo que este rápidamente sacó su arma y le apuntó a la cabeza.

"¡Abran fuego, idiotas!" ordenó y todos los hombres rodeándolo rápidamente obedecieron, y, así, varios proyectiles llovieron sobre la Cruz Negra. El cuerpo de esta tembló y bailó mientras las balas penetraban y destruían su cuerpo con abundantes heridas. Barbieri no podía detener su risa, sonriendo tal como el demonio que estaba masacrando, a la vez, disparándole toda su munición. Cuando terminaron, la Temible cayó de espaldas junto a sus pesadas cruces. El *Padrone* se acercó a ella y la pateó en la cara repetidamente. "¡¿Ahora qué perra?! ¡¿Ahora qué?! ¡Jajajajajaja! ¡Te mostré quién es el que manda! ¡Jajajajajaja!" Tras patearla quince veces, el Rey ordenó a sus hombres bajar para llevarse el cadáver.

"Por fin se acabó… te sobrestimé perra…" concluyó mientras la miraba con aires de superioridad. "Ahora a dinamitarte y- ¡¿qué carajo?!"

Antes de que asimilara lo que estaba pasando, y que sus hombres bajaran de las azoteas, el cadáver empezó a temblar y a hacer ruido, como el de huesos crujiéndose, en lo que su carne se regeneraba más allá de su imaginación y que todo el plomo salía de su cuerpo ensangrentado. Ni siquiera el Rey de la ciudad podía regenerarse tan rápido con su cuerpo nuevo. Todos observaron la escena, incrédulos.

"¡Imposible!" Barbieri dijo, no pudiéndose mover tampoco. En menos de un minuto, la Cruz Negra estaba de pie y sostenía sus terribles armas a la altura del pecho. Su sonrisa maliciosa nunca se desvaneció en lo que sus dientes crecían de vuelta. Ya de pie, miró hacia Barbieri con sus ojos rojos carmesís, llenos de locura y completa maldad. Con sus ojos fijos en los de él, esta comenzó a reír disparatadamente. "¡¿Qué están haciendo, idiotas?! ¡Dispárenle ahora! ¡AHORA!" ordenó Barbieri ahora que sus hombres también estaban en la calle cerca de ella. No obstante, esta vez el monstruo no los dejaría huir. Rápida como el viento, aunque era la velocidad de un humano promedio, usó sus letales armas contra los que había cometido el error de quedarse. La mutilación y el horror en sus rostros hicieron que Barbieri viese que estaba viviendo el miedo a lo desconocido una vez más.

Para este punto, el Rey comenzaba a dudar si podría sobrevivir esta vez mientras veía las extremidades de sus hombres siendo amputadas, así como sus cabezas. El sufrimiento que lo rodeaba parecía durar por mil años en lo que trataba de moverse y escapar, en vano. Una vez los gritos de agonía de sus hombres habían muerto, la Cruz Negra se le acercó y lo golpeó con su cruz izquierda en el pecho, mandándolo a volar con una costilla rota y órganos reventados, hacia la pared más cercana. La fuerza del golpe había sido tan fuerte que su antebrazo derecho había sido arrancado por el impacto. "Sigo... sigo vivo..." murmuró mientras trataba de levantarse con ella acercándosele con el mismo ritmo pacifico que la última vez. Aunque su brazo estaba creciendo nuevamente, y lentamente, un dolor familiar seguía allí... El dolor de la derrota total.

"Dominar... el juego del cual nadie se cansa..." dijo ella con una voz vaga, casi susurrando. "El viento de la desesperación y la felicidad... forcejeando para romper vidas..."

"¡¿De qué mierda hablas, perra?!" Barbieri logró articular, tratando de ponerse de pie. "¡Ahora estamos en el mismo nivel, demonio! ¡No te desharás de mí tan fácilmente esta vez!"

Ella lo aplastó otra vez, simplemente, al punto de convertirlo en una masa gracias a repetidos ataques como respuesta, con su sonrisa diabólica como la única constante. Cuando finalmente había terminado, el *Padrone* no era más que un pedazo de carne molida en el suelo. Todo lo que él podía recordar era que ella se alejaba mientras tarareaba una canción de cuna.

Varias horas habían pasado cuando abrió los ojos. Miró alrededor tan pronto como recordó lo que había pasado, pero no había nadie cerca suyo. Acto seguido, se miró a sí mismo y lloró de felicidad al ver que estaba intacto, que realmente era inmortal. Aun así, incluso si se le había concedido el poder de un dios, ya no era más el Rey y la Cruz Negra se lo había demostrado. De todas maneras, estando vivo y todo eso, se puso a reír celebrando su aparente victoria entre los restos de sus hombres. Rio y rio, pensando en las infinitas posibilidades que este nuevo poder le ofrecía... hasta que recordó el profundo abismo de la ruina en el que se encontraba. Su inversión más reciente se había ido a la mierda ya que no podría pagarle a aquella gente que lo había convertido en un fenómeno, para empezar, y tampoco a sus benefactores más recientes. "¡No importa! ¡Con estos poderes nada importa!"

O al menos eso pensaba.

"¡*Amore mio*! ¡Ya llegué!" anunció ni bien entró a su mansión. Sólo recibió silencio como respuesta. "¡¿Dónde estás?! ¡No es gracioso!" Sólo más silencio llegó a él como una fuente de desesperación mientras corría por todas partes buscando a su familia. Entonces, llegó al salón principal y finalmente encontró a alguien. Era el rubio. Este tomaba té sentado en su sofá favorito. "¡Bienvenido a casa señor Barbieri! ¡¿Cómo ha estado mi estimado caballero?!" exclamó este tras poner la tasa sobre la pequeña mesa al lado del sofá. Luego, se puso de pie y se acercó a él como si tratara de abrazarlo. Barbieri lo empujó y miró alrededor y rápidamente se dio cuenta de que estaba rodeado por hombres usando un uniforme que nunca había visto antes, y que todos iban armados hasta los dientes.

"¡¿Qué carajo está pasando?! ¡¿Dónde está mi familia?!

¡Aún me queda una semana para pagarles, infelices!" explotó Barbieri. Aun así, ninguno de ellos parecía inmutarse en lo más mínimo. "¡¿DÓNDE ESTÁN?!"

El rubio se volvió a sentar en el sofá calmadamente y tomó de vuelta su tasa de té. "Verá, ya sabemos lo que acaba de hacer. *Sabemos* que no podrá pagarnos a tiempo. En realidad, siempre lo hemos sabido. Incluso predijimos sus planes desde el principio. Por lo que, como predijimos, en la letra pequeña, la cual usted no ha leído, dicta que debemos tomar ciertas *medidas*... espero que pueda entenderlo..."

Barbieri trató de ir por su garganta, pero los hombres le dispararon en las rodillas y los pies. Al tratar de levantarse para continuar su ataque, sus piernas no se movían. "¡¿Me dispararon estacas, infelices?!" dijo Barbieri al darse cuenta de que estaba pegado al suelo.

"Verá... Estamos especializados en el campo de lo sobrenatural, lo que ahora incluye a gente como usted, o el demonio que está buscando... ¿cuál era su nombre de nuevo...? ¡ah sí! La Cruz Negra," siguió el rubio, limpiando su boca con un pequeño pañuelo blanco. "Verá, la letra pequeña era bastante específica... específicamente, si esta situación fuese a desarrollarse... bueno, digamos que ahora... usted nos pertenece."

Barbieri lo miró lleno de ira en lo que entendió que, efectivamente, no había leído la letra pequeña y que no tenía idea de que se trataba realmente. El rubio sacó el contrato de un folder a su lado y se lo mostró al Rey a la cara para luego leerlo en voz alta cómodamente. "Si el pago no fuese posible por razones varias, la parte contratada deberá darle una garantía a la parte contratante, sea en la forma de propiedad privada, información confidencial, la finalización de un nuevo contrato, o miembros de su familia hasta que el pago sea completado." Barbieri lo escuchó incapaz de creerlo en lo que el rubio continuó. "En este caso, señor Barbieri, podemos arreglar un contrato especial para usted dado que ya sobrevivió a la Cruz Negra dos veces. Verá, necesitamos a alguien que rastree cada uno de sus movimientos, o sea, un hombre que no pueda ser muerto por ella. El suero que usamos en usted, lamentablemente, no se puede replicar por ahora, así que es usted el único con tales capacidades que tenemos de momento. Su misión será cazarla. Puede utilizar cualquier método que crea necesario para lograrlo," siguió mientras acomodaba sus lentes redondos con su mano derecha. "Si fuese a fallar esta tarea, su familia tendrá que ser… ¿cuál es la palabra…? ¡ah sí! Ejecutada. Además, usted tendría que ser nuestro nuevo sujeto de pruebas para investigar futuras mejoras para nuestros nuevos programas. ¿Tiene alguna pregunta?"

Barbieri rugió como un león encerrado, aún tratando de liberarse de las estacas mientras que el rubio y compañía se iban de su casa. "No esperamos nada más que progreso de su parte, señor Barbieri. ¡Confiamos en usted!" dijo este con una gran, y casi cruel, sonrisa. Cuando cerró la puerta tras de sí, Barbieri finalmente logró levantarse para, acto seguido, ir a por ellos, rompiendo la puerta en el proceso. Miró por todas partes, pero no había nadie. Habían desaparecido tan rápido como habían aparecido. El Rey cayó de rodillas, hundido en la desesperación, triste y derrotado. Subsecuentemente, maldijo su destino pensando en cómo los días del Rey y Señor de la ciudad habían terminado. Ahora, no era nada más que un simple esclavo…

"¡La tenemos! ¡Todos a mi señal!" Brown dijo, preparando su rifle de as alto y sacando a la Criatura de sus pensamientos una vez más. "¡Estrelló su auto contra un árbol al lado de la autopista! ¡No le den oportunidad de defenderse! ¡Nuestras vidas están en peligro! ¡Los errores no serán tolerados! ¡¿Está claro?!"

Es usted toda una inspiración, capitán, Barbieri pensó mientras los veía ponerse lentes de visión infrarroja y caminar hacia el patrullero estrellado cerca de la ruta, rodeados por el bosque, con mucho cuidado y apuntando sus miras láser por todas partes. *Esa cagna sabe exactamente lo que está haciendo… siempre lo ha sabido,* concluyó la Criatura dado que atraerlos dentro de ese ejército de árboles, en medio de la noche, era muy inteligente. Ellos estaban cometiendo los mismos errores que él había cometido en ese entonces: subestimar a su enemigo y asumir la naturaleza de alguien tras sólo guiarse del comportamiento que habían observado. Estaba claro que habían asumido que ella era un monstruo que no podía pensar en nada inteligente, a diferencia de la Criatura. Ella era una supernatural, después de todo, una fría y calculadora, en efecto. *Supongo que olvidé decirle a esos scemi que esto es una trampa… lo lamento*, recordó la Criatura, sonriendo amplia e inconscientemente. *Supongo que no puedo decir que no se lo merecen, pero me dan un poco pietà.*

"¡Capitán! ¡No está en el auto! ¡Definitivamente se fue al bosque!" dijo uno de ellos después de revisar el vehículo destrozado. "¡Sus huellas se dirigen hacia el este! ¡Procediendo con la persecución ahora!"

"¡No hagan más de lo debido! ¡Estamos lidiando con un fenómeno de la naturaleza aquí! ¡Piensen en sus familias y en su futuro en todo momento! ¡Esperen por los refuerzos de Newman antes de atacar!" ordenó Brown, siguiéndolos a su vez. Aun así, este se detuvo al oír un golpeteo que venía de la ventana del patrullero. "¡¿Qué quiere ahora?!"

Brown bajo la venta para oír al exrey apropiadamente con un control remoto, ligeramente sorprendiendo a Barbieri. "Ya que estos son sus últimos momentos ¿le gustaría decir unas últimas palabras?" dijo la Criatura jocosamente, causando enojo en Brown quien simplemente lo ignoró y siguió su camino, cerrando la ventana. En lo que se alejaba, la Criatura sonrió como un tiburón en aguas oscuras a punto de morder a su presa.

"¡Debemos separarnos en parejas para cubrir más terreno! ¡Tengan cuidado!" dijo una voz que venía de la radio integrada en el auto.

"Es tan irónico…" susurró la Criatura viendo que ellos ya no estaban obedeciendo órdenes al obstinarse con su lamentable caza. *Me recuerdan tanto a mí mismo*, pensó este mientras se acomodaba en el asiento. ¿Acaso se había convertido en un monstruo como ella? Tal vez siempre había sido uno sin darse cuenta.

Unos minutos después, y tal como esperaba, los gritos de los oficiales estaban por todas partes. Afortunadamente para la Criatura, su desesperación no lo decepcionó. Podía oír perfectamente cómo las cruces del demonio destrozaban su carne. "Ahh… un nuevo ciclo," suspiró la Criatura, disfrutando de su orquesta personal por la radio dentro del auto. Ellos rogarían por sus vidas, aunque terminarían muriendo de todos modos. ¡Era hermoso! ¡Y la risa de la Temible era la cereza del pastel! "Vaya… media hora… habría jurado que sólo fueron diez minutos…" dijo la Criatura después de ver el reloj cerca al timón una vez los gritos habían terminado. "Supongo que el tiempo pasa más rápido cuando te estás divirtiendo," agregó mientras se columpiaba en su sitio de éxtasis. "*¡É giunto il momento di agire!*"

Acto seguido, produjo dos piernas derechas de su pecho y pateó la puerta, sumado a su pierna real. Para ese momento él ya había experimentado con las ventajas de fuerza agregada a sus golpes normales al multiplicar sus extremidades contra una superficie. Una vez abierta la puerta, hizo que sus extremidades extra regresaran dentro de su cuerpo y liberó la puerta del conductor desde afuera. Entonces, se sentó y presionó el botón debajo del asiento del conductor, abriendo el capote en el proceso, y sacó un arma con un brazo izquierdo que produjo del pecho para disparar sus esposas y liberarse. "Supongo que es hora de tener un poco de *divertimento* ¡por fin!" dijo mientras tiraba el arma hacia el bosque. Era bastante obvio que esa arma era inútil de por sí contra el enemigo que estaba por enfrentar. Sabiendo el camino más probable que tomaría el demonio, decidió esconderse rápidamente detrás del auto de Brown y esperar. Después de unos minutos, tal como había predicho, la Temible apareció y parecía querer abrir la puerta del auto al lado del cual él había salido. Como siempre, ella usaba su desgraciada e inamovible expresión. La odiaba mucho. Además, tenía manchas de sangre fresca sobre sí misma que la Criatura dudaba fueran suyas.

"¡Hey perra! ¿¡Me extrañaste?!" saludó la Criatura mientras cargaba contra ella. A su vez, la Temible reaccionó rápido y arremetió contra él usando sus armas. El exrey recibió el golpe de frente, sin embargo, esta vez produjo extremidades adicionales para amortiguar el impacto. El dolor era casi insoportable, pero decidió ignorarlo completa y rápidamente para producir aun más extremidades, al punto en el que ella ya no podía ver su rostro mientras seguía su carga hacia ella.

"¡Ahora!" exclamó él al agarrarla por el cuello, muñecas y torso con sus brazos restantes. Luego, aprovechando la fuerza que había generado con su tacleada, la empujó dentro del bosque. Segundos después, ya la tenía atrapada contra un árbol cercano, dejándola incapaz de usar sus armas letales. "¡Este es tu fin, perra! ¡Te tengo justo donde quería! ¡Jajajaja!"

O al menos eso pensó.

Tras desaparecer los brazos que consideraba innecesarios, la miró a los ojos lleno de confianza, capturada como estaba, y sonrió diabólicamente al igual que ella. "Finalmente ¡eres mía *cagna*! ¡No tienes adónde ir! ¡Nadie te salvará! ¡Respira tanto como puedas que tu reino de terror termina aquí!"

Tal como esperaba, la expresión en el rostro de la Temible no cambió en lo más mínimo, ni siquiera por un segundo. "Un niño que no entiende el mundo… no puede aspirar a entender a un mortal asociado…" dijo ella llena de confianza, debilitando la de la Criatura.

"¡¿Qué estás planeando ahora, perra?! ¡No importa! ¡Se acabó!" replicó el exrey bañándose con autoconfianza. Entonces, miró las manos del demonio. "¡¿Dónde carajo esta tu otra maldita cruz? ¡¿DÓNDE?!" continuó el mismo, ahora con una aumentada confusión al notar que sólo tenía la cruz de su mano derecha. Esto reemplazó su confianza abruptamente con terror. Silencio fue lo único que obtuvo en respuesta en lo que la cruz faltante cayó del cielo en los brazos que la Criatura estaba usando para sujetarla. Dicha cruz rompió y masacró sus extremidades, provocando que el exrey gritara de dolor. Era obvio que sus gritos eran similares a los de aquellos hombres que acababan de morir en el bosque.

"¡¿En qué momento la tiraste arriba, perra?! ¡¿EN QUÉ MOMENTO?!" gritó él. Su cerebro no soportaba semejante dolor. Distraído como estaba con la insoportable sensación, la Cruz Negra rápidamente cogió la cruz que acababa de aterrizar, con su mano izquierda, y lo golpeó en el pecho con su arma derecha, mandándolo a volar y estrellándolo contra un árbol cercano. Dicho árbol cayó cuando su cabeza se partió en dos con el mismo. Acto seguido, trató de levantarse, aun con su cabeza abollada y sangrando, ya que su regeneración no era tan rápida. Mientras se ponía de pie, tan rápido como podía, fue tirado al suelo de un golpe con su cruz izquierda. Su cabeza fue aplanada rápidamente, así como el resto de su cuerpo con los ataques continuos de su oponente. Para el momento que se había detenido, lo que quedaba del cuerpo de la Criatura no era más que una corteza de carne rodeada de un charco de sangre, al igual que el resto de los hombres en el bosque.

"Únete al aire... y líbrate de él," dijo ella con una voz de ensueño. Sin decir nada más, la Temible regresó al auto que inicialmente iba a tomar y lo encendió. Antes de partir, miró hacia el cadáver, el cual temblaba debido a la regeneración que estaba ocurriendo, con sus huesos y músculos regresando a sus posiciones iniciales. Para cuando la Criatura abrió los ojos, ella ya se había esfumado y los refuerzos prometidos del AEE habían llegado finalmente. Estos fueron rápidos en apuntarle a la cabeza y ordenarle que se rinda, lo cual aceptó sin condiciones. Esposado de nuevo, y reducido en el suelo gracias a tres oficiales, el exrey miró hacia el horizonte, hacia dónde el demonio había ido.

"Mierda... *maledetta donna...*" renegó la Criatura mientras era tomado en custodia para ser interrogado. Sus, ahora rotas, ropas tenían varias manchas de sangre que lo hacían el sospechoso principal del asesinato en masa que había sucedido en la pista. Durante su camino hacia el interior de la patrulla, pensamientos y planes para convencer a esos idiotas sobre la información que él tenía hacían su aparición. Información que sería descubierta tarde o temprano de todas formas. Al menos estaba seguro, al fin y al cabo, que salir sería pan comido. Estos imbéciles no sabían con quién se estaban metiendo, después de todo.

"¡Llévense a esta basura, ahora! ¡Tenemos una bruja que cazar!" ordenó el comandante Newman.

VI

"¡DIJE que se lleven a esta... 'mujer'! ¡Ahora!" ordenó el juez, tratando de asimilar lo que acababa de ver. "¡No me hagan repetirlo!"

El mismo problema de asimilación les sucedía a los otros allí presentes mientras que Carmen no podía dejar de mirar la grabación con horror, ahora pausada donde apuñalaba a su hijo una y otra vez. ¡Era imposible! ¿Cómo era posible que...? ¿Se había vuelto loca? ¿Acaso era una especie de truco elaborado? Lo que sea que fuere, hasta ella estaba creyéndoselo. La evidencia era clara y su suerte estaba echada definitivamente. Mirar al suelo era lo único que podía hacer mientras que los guardias la arrastraban fuera de la corte agresivamente, con el jurado abucheándola sin parar. De la misma forma, los guardias lanzaron a Carmen dentro de su celda. Tras ello, la puerta fue cerrada fuertemente y asegurada con un estruendoso sonido. Los guardias deseaban que le den la pena de muerte, posiblemente, y que fuese llevada a cabo allí mismo. Ya encerrada, los guardias se retiraron apuradamente, como si no quisieran ni siquiera respirar el mismo aire que un monstruo. Carmen simplemente abrazó sus piernas y esperó a que llegara lo inevitable. Ella lo sabía. Todos lo sabían. La pena de muerte estaba garantizada y nada que dijera podría ocultarlo... al menos le quedaba una semana de vida.

¿No es eso conveniente?

Eliana apareció al día siguiente con su cara mostrando la misma estupefacción que el día anterior. Sin pensarlo mucho, decidió sentarse frente a Carmen y le preguntó una sola cosa mientras la miraba fijamente a los ojos en lo que furia supuraba de los mismos. "Dime la verdad... ¿Lo hiciste, Carmen?" La frialdad en su voz lo decía todo. La indignación dibujada en su rostro reducía aun más la casi inexistente esperanza que quedaba en Carmen. Al mantener sus ojos conectados a los de Eliana, lo cual era difícil de por sí, Carmen decidió responderle desde el fondo de su corazón. "No. No lo hice." ¿Acaso su amiga le creería? Carmen sólo podía asumir que sí, ya que no se iba a ningún sitio.

"Hay una sola solución... y no te gustará nada," continuó Eliana. "Como toda esperanza se ha perdido en cuanto a lograr tu libertad y todo eso... me tomé la libertad de traerte a un psiquiatra. Serás evaluada mentalmente y, si mi teoría es correcta, él te diagnosticará con un problema mental. Si tú me entiendes... de esa forma, el juez se verá forzado a mandarte a un manicomio hasta que estés lista para reintegrarte a la sociedad," ella suspiró y siguió. "¿Tienes preguntas?"

Carmen no podía evitar soltar algunas lágrimas. "Eliana... no sé qué decir... no tengo palabras... pensé que tú... me habías..."

"¿Abandonado?" Eliana completó su oración con una voz seria. "Podría haberlo hecho. En realidad, aún lo considero, pero ya me conoces. Cuando mi instinto me dice algo, yo lo sigo. Siempre he confiado en él," ella se puso de pie y puso su silla más cerca a la mesa. "Lo que sea que suceda, espero que sea lo mejor. Confía en mí ¿está bien?" Carmen le dio una sonrisa genuina en respuesta. Eliana no. Con su conversación finalizada, ella se fue de forma apresurada en lo que Carmen era llevada de vuelta a su celda. Entonces, sentada entre las sombras de su prisión, se preguntó qué podría estar pensando su abogada. ¿Podría de verdad confiar en su vieja amiga? No era como si tuviese otras opciones, de todos modos. Sin embargo, el hecho de que Eliana estuviese apostando, no sólo su trabajo, pero su reputación entera en tratar de salvar su vida calmaba sus miedos más profundos. Estuviese loca o no, el psiquiatra tenía que estar absolutamente seguro de que estaba hablando con una mujer que había perdido el juicio.

Muy gracioso.

Tal como había prometido, a la semana siguiente, el doctor Gupta llegó a la cárcel y se encontró con Carmen en una cámara especial designada por el juez para evaluaciones psicológicas. Sus preguntas distaban mucho de lo que Carmen había anticipado, aun así, sus respuestas siempre fueron en una sola dirección. No es que fuera fanática de las películas de horror, pero si podía concluir en qué características importantes mostraban en cuanto a psicópatas, recordando cada detalle que pudiese. Al menos así, el hecho de que sólo estuviese 'fingiendo' la tranquilizaba más que cualquier otra cosa. Tras dos agonizantes horas de interrogatorio, y de haber asentado la cabeza varias veces, el doctor se fue sin decir una palabra más. Carmen sólo podía imaginar, o preguntarse, si había hecho una actuación convincente. En lo que esperaba la respuesta, los días pasaron como los pasos de una tortuga. Fue durante esos días que le hicieron pensar que su actuación había sido tan buena que hasta los guardias le temían. Probablemente creían que estaba loca sin duda alguna. Cualquiera que fuese el caso, una capa extra de seguridad nunca estaba demás.

Mientras leía un libro entero al día, la única fuente de entretenimiento que se le permitía tener, pensamientos de su posible futuro inundaban su mente. Su vida, tal como la conocía, ya no existiría más. Tuviese éxito o no con el plan de Eliana, ya no disfrutaría del cariño y afecto de su esposo o su hijo. Ya no podría mantener la compañía de vinos a flote ya que, en el mejor de los casos, tomaría años, si es que no décadas, el ser libre de nuevo. Años de su vida que nunca volverían. El simple pensar que un destino así le esperaba era suficiente para considerar hacer una cuerda con su propia ropa y suicidarse. Sin embargo, algo siempre la detenía. Una voluntad casi invisible siempre le decía que debería encontrar al verdadero culpable del crimen y que su hijo merecía tener justiciar de su propia mano.

111

Ya que su esposo no la visitaba más, era bastante evidente que él creía lo que había visto en la grabación presentada durante el juicio y no en ella. Pero ¿cómo no habría de hacerlo? Cualquier persona cuerda haría lo mismo. ¿Y si Eliana era la que realmente estaba loca? ¿Y si la estaba ayudando sólo debido a esa misma locura? Si así era, Carmen estaba profundamente agradecida. Y si no, al menos estaba ejecutando sus deberes como su abogada, y como su amiga. Tal vez la locura que sufría Eliana era sólo eso… una verdad conveniente.

Con el día del juicio final aproximándose, Carmen notó que sus manos temblaban de la nada, más y más, con el pasar de los días restantes. También lloraba de vez en cuando, gimiendo con arrepentimiento y tristeza, como si le rogara a alguien que escuchara sus aullidos. Sin duda, el diagnóstico de Gupta aún le era desconocido, junto a su única oportunidad de ser libre, y esto la estaba matando por dentro.

¡Supéralo de una vez!

Para cuando llegó el día del juicio, sus días de aislamiento le habían pasado factura. Las bolsas debajo de sus ojos, negros como el ébano, y su cabello hecho un desastre decían toda la historia, que por suerte era precisamente la que quería contarle Carmen al juez. Desgraciadamente para ella, tan pronto como entró a la sala de la corte, se dio cuenta de que el juez no se creía nada de lo que veía. Su mirada metálica y fría lo decían todo. Carmen sólo podía suspirar ya que ahora todo estaba en manos de Eliana, de nuevo. Para su sorpresa, Jason fue llamado a declarar primero ante la corte. Esto en sí hizo que Carmen temblara a grandes rasgos. "No sé qué pensar… no puedo entender nada… lo que sea que sea… esa no es la mujer de la que me enamoré…" dijo él con su voz quebrándose, bañada de dolor, lo cual rompió el corazón de Carmen enormemente. Podía sentir la misma traición que sentía él. Ya que esta era la última declaración que le faltaba, ella se alegró de que eso fuese todo lo que tenía que oír. Cerró sus ojos para luego soltar lágrimas de resignación. Todo terminaría pronto.

"Muy bien, continuaremos con la sesión interrumpida debido a razones de fuerza mayor," dijo el juez después de golpear su martillo sobre la mesa dos veces. "Hasta ahora, una sentencia ya ha sido decidida y se confirmará si no hay evidencia que pueda probar la inocencia de la acusada."

Carmen lo observó con ojos llorosos. Todo sonaba como una cruel broma con el silencio incrementando la tensión y con nadie teniendo la voluntad de impedirlo. Eliana decidió hablar. "Su señoría, aquí tengo evidencia que muestra que mi cliente no actuaba bajo sus plenas facultades mentales," dijo ella poniéndose de pie y entregándole un folder al juez quién lo miró detenidamente. "Según el diagnóstico del doctor Gupta, jefe de la Asociación Psicológica de Pantea, mi cliente sufre de personalidad bipolar. Este desafortunado incidente fue causado por ella cuando se encontraba en una crisis de personalidad, lo cual puede ser corroborado por esta evidencia que le presento justo ahora."

Carmen se había sorprendido con cómo Eliana había descalificado el asesinato de un crimen horrible a un mero 'incidente'. Estaba aun más asombrada al ver que Eliana había traído un video tomado de la misma cámara hace un mes. En este, se veía a Carmen jalándose los pelos, desesperada, y caminando sin rumbo por la mansión con nadie a su alrededor. El jurado, pero sobre todo el juez, parecían más y más convencidos de que Carmen sí tenía ese falso problema mental. En cuanto a Carmen, ella recordaba claramente el momento en que había sucedido esa grabación: la primera vez que Juan Fernando se había perdido en la mansión, o cuando su desesperación tomó lo mejor de su juicio. Miraba a su abogada sin poder dejar de admirarla como un genio por tener ideas como esta. Ni siquiera su imaginación más desatada la habría podido preparar para el asombro que estaba sintiendo al ser testigo de tal movida. Eliana, aunque mostraba una cara seria, no podía evitar transmitir su energía a su cliente. Una energía que de verdad necesitaba.

El juez, a diferencia de las asunciones iniciales de Carmen, cambió su expresión a una de tristeza y lástima. A su vez, cuidadosamente puso los documentos frente a sí mismo y continuó. "Al recibir tal importante evidencia, debo anunciar que este caso ya no está visto para sentencia dadas las circunstancias que han cambiado toda la perspectiva que se tenía anteriormente. En vista de este desarrollo, declaro un descanso de quince minutos después del cual la sentencia será definida." El juez usó su martillo y todos se retiraron de la sala. Carmen no podía evitar mirar a Eliana con una pequeña sonrisa, pero no se atrevía a hablarle por miedo a arruinarlo todo. Respecto a Jason, este simplemente se quedó quieto, aparentemente confundido, incapaz de mirar a Carmen. Antes de que se dieran cuenta, el juez ya estaba de vuelta en su silla y la sala en orden. Entonces, continuó, "debido a la evidencia provista por la representante de la acusada, la cual prueba un desorden mental, esto cambia el contexto y la naturaleza del crimen. Por lo tanto, este tribunal condena a la acusada a ser ingresada en un manicomio. Una vez ella haya terminado su tratamiento y se le considere apta para volver a la sociedad, será liberada. Caso cerrado." Acto seguido, usó su martillo una vez y se retiró de la sala en lo que los guardias venían por Carmen para llevarla de vuelta a su celda. En el camino hacia allí, esta le dio una mirada a Jason y sus ojos se encontraron de nuevo en lo que Carmen pensó se sentía como un momento en medio de la eternidad. Los ojos de él, por otra parte, no mostraban otra cosa que decepción. Probablemente se hacía la misma pregunta una y otra vez. '¿Cómo pude haber estado casado con esta loca monstruosa?'

Mientras era arrastrada de vuelta, Carmen aún culpaba dentro de su mente a los hombres que la habían esposado en el jardín en ese entonces. Los que pudieron haber salvado la vida de Juan Fernando. Nuevos sentimientos, como los describiría ella más tarde, comenzaban a tomar forma dentro de su corazón en lo que el futuro de su vida era uno de puras pérdidas. Cuando fue encerrada, Carmen se sentó entre las sombras de su celda y comenzó a planear su venganza.

¡Así se habla!

Con las horas yendo y viniendo, esperando su transferencia al manicomio, sus memorias emergieron delante de sus ojos. La risa y alegría de Juan Fernando, cuando se pasaba tardes enteras jugando como si fuese uno de los caballeros de la mesa triangular, un show popular entre los niños, vino a la mente de Carmen. Tiempos por los que ella daría lo que sea por recuperar. Con el tiempo, ya cansada, se echó sobre la cama de su celda y se preguntó si podría dormir del todo. Sus sueños no habían sido nada agradables desde aquel día.

Juan Fernando, corriendo hacia ella y gritando por ayuda, tratando de alcanzar su mano sólo para caer entre sus brazos con un cuchillo atravesando su pecho. Carmen gritando de dolor e incapaz de hacer nada mientras una figura oscura se escapaba. Entonces, en un arranque de ira, Carmen toma a la figura por el hombro, le da la vuelta, y se da cuenta que es ella misma sonriéndole diabólicamente. Carmen se cubre la boca con las manos, no pudiendo creer lo que ve. Retrocede en lo que su otro yo avanza hacia ella con una sonrisa burlona en su rostro.

"¡¡¡NOOO!!!" Carmen abrió los ojos, jadeando repetidamente. "Lo mismo... de nuevo..."

Su celda seguía bañada por las sombras, aun con la luz del sol mordiéndolas desde su pequeña ventana. Carmen se frotó los ojos, aún abrazada a sí misma debido a la falta de calefacción de la celda, y se preparó para lo que estaba por suceder. Acto seguido, un guardia vino a informarle que su abogada había venido a visitarla. Al verla, Carmen no pudo evitar abrazarla con toda su fuerza, dejando a Eliana sin aliento. "Suéltame... ¡cof, cof, cof!" dijo ella al recuperarse de ese 'ataque sorpresa'. "Partirás en... unas tres horas. Sí, lo sé, engañoso ¿no? ¡Culpa estos nuevos juicios! Sólo recuerda que iré a verte en ese manicomio... déjame ver..." continuó Eliana mientras miraba unos documentos, "¡este! ¡Sanatorium! ¡te veré allí en una semana! ¡No te preocupes, todo saldrá bien! Sólo sigue actuando con tu locura..." dijo susurrando estas últimas palabras. No obstante, su expresión de preocupación fue rápidamente copiada por Carmen.

"¿Qué sucede?" preguntó Carmen. "Supongo que es una pregunta estúpida de por sí... sabes, viendo lo putrefacto que esta todo..."

"Sabes... creo... creo que..." Eliana replicó con dificultad al decir sus palabras. "Creo que… no eres la asesina."

Los ojos de Carmen casi se salen de sus órbitas por la sorpresa, aún preguntándose por qué, "tú viste el video. ¿Por qué crees eso?"

"Te lo explicaré desde un punto de vista lógico, chica," Eliana continuó con una voz cálida. Los ánimos de Carmen subieron a gran escala sin que se diera cuenta sólo por haber oído *esa* palabra de antaño. Al mismo tiempo, no podía descifrar por qué su abogada estaba tan preocupada. Por lo tanto, Eliana continuó con su explicación. "Primero, no tenías un motivo de peso para matar a tu hijo. Si lo hubieses tenido, lo cual podría ser cualquier cosa, habrías cometido el crimen mucho mejor. Además, también está el hecho de que estás fingiendo estar loca. Ya que el único motivo posible, tu locura, no existe, sólo me queda una conclusión," tras decir esto, se detuvo para recuperar el aliento, aún dudosa de las palabras que estaban a punto de salir de su boca. "El doctor Gupta me lo dijo todo. NO estás loca, chica… y eso me hace pensar que aquí hay gato encerrado… pero no puedo entender qué es…"

"Pero… eso no es lo que el reporte dec-" Carmen replicó sorprendida cuando Eliana puso su índice izquierdo sobre su boca, silenciándola. Inmediatamente entendió y continuó en forma de susurros. "¿Cómo es posible?"

Eliana le guiñó un ojo. "Digamos que me debía un favor." Su cara permanecía inmutable ya que estaban siendo grabadas por cámaras de seguridad. "No cambia nada, ni un poco. Si mi suposición es correcta… creo que corres un gran peligro, chica." Carmen la miró buscando más información, pero su abogada no diría nada más. "Debo irme, chica. Cuídate ¿vale?" Eliana dejó la habitación mientras Carmen permanecía sentada, con sus nervios a punto de explotar. Un guardia se le acercó y la condujo de vuelta a su celda. Mientras caminaba por el pasillo, podía escuchar los clics y los flashes de varias cámaras situadas afuera. Claramente, la prensa no podía evitar preguntar todo tipo de cosas a Eliana al verla salir, quien decidió permanecer en silencio al respecto. Poco sabrían ellos que la misma saltaría de alegría al llegar a casa. La vida de Carmen había sido salvada. Por alguna razón, fuese o no una buena idea lograr tal hazaña nunca cruzó su mente.

Mas tarde, la transferencia a Sanatorium sucedió como debía. Aun así, Carmen se sentía bastante incómoda, tal vez por la rudeza que exhibían los guardias, o tal vez por el acero frío que esposaba sus muñecas, o el acero frío sobre el cual la habían sentado en camino al centro de rehabilitación, o por la forma en que los hombres escoltándola la miraban, o por la forma en la que fue recibida en la recepción de Sanatorium. Sólo podía mirar a su alrededor, buscando cualquier cara que le resultase familiar, pero ninguna salía a la luz. En lo que le ponían la camisa de fuerza, con manos ajenas tocándola por todas partes, sus pensamientos la llevaron a ver a Jason corriendo en círculos tan rápido como podía.

¿Quién podría culparlo? Debería ser obvio en este momento...

Ya en su nueva celda, esta seguía mirando a su alrededor. Una celda acolchada por todas partes, una que Carmen sólo había visto en películas, usualmente las de terror. Solitaria, pero extrañamente cómoda. Allí, conoció a su doctor, un hombre rolve vestido con un saco de laboratorio, pantalones negros, zapatos negros, una corbata azul y una camisa celeste. Sus ojos eran curiosos, al menos para Carmen. Este sólo presentó una pequeña sonrisa mientras los guardias se iban de la celda, quedándose cerca a la puerta, aunque no por miedo.

"Buenos días, señora Wright," dijo él, rompiendo el hielo. "Es un placer darle la bienvenida a Santorium. Esperamos que el tratamiento que esta por recibir sea una buena experiencia para su rehabilitación y reintegración en la sociedad." Tomó un pequeño cuadernillo junto a un bolígrafo azul y escribió algo. "Estoy al tanto de las circunstancias que la trajeron aquí. Por lo tanto, le haré una examinación con respecto a su salud mental. Sé que ya ha sido examinada, pero es el protocolo de esta institución el hacer un diagnóstico propio. Perdóneme si le causo inconvenientes, pero no se preocupe que se encuentra en buenas manos." Su discurso altanero y manerismos le dieron a Carmen la tranquilidad que necesitaba. A sus ojos, parecía un profesional calificado. Con las palabras de Eliana aún resonando dentro de su cabeza, la actuación del doctor era más que bienvenida, lo hiciese adrede o no. "Me llamo Peter Kelvin, aunque todos aquí me llaman doctor Kelvin. Usted puede llamarme como guste." El tono amistoso en su voz calmó aun más el espíritu de Carmen. Parecía ser alguien en quien podía confiar, aunque sabía que no debería, al menos si seguía el consejo de Eliana.

¿Acaso importa a estas alturas?

"Supongo que ya conoce mi nombre..." dijo Carmen nerviosamente. "N-no sé qué hacer doctor..." agregó, consciente de que su actuación aún no había terminado. Si Gupta había visto a través de su acto, era obvio que no podía repetir el mismo error con Kelvin, ya que una modificación en su sentencia podría llegar en cualquier momento si la descubrían. Por lo mismo, decidió agregarle rasposidad a su voz para lograr el efecto deseado. "Sé que no lo hice..."

Kelvin siguió con su sonrisa. "Por supuesto que no lo hizo, señora Wright, claro que no," dijo él con una voz suave, la que usaban los psicólogos para aparentar ser inofensivos para con sus pacientes. Después de escribir algo más en su cuadernillo, cerró la puerta. "Esperamos que tenga una estadía placentera en nuestra institución. La veré pronto." Entonces, se fue.

Carmen escuchó el cerrojo de la puerta trepando por sus huesos, haciéndole ver que ahora era presa fácil. Si sus enemigos iban por ella, no había mucho que ella pudiese hacer, por lo que decidió dejar de estresarse, o al menos intentar no hacerlo. Acomodándose dentro de la camisa de fuerza, se preguntó si Eliana estaba bien. No era como si tuviese otra cosa en que pensar ya que la celda acolchada poco podía hacer para entretenerla. Con el pasar de los días, y con el aburrimiento comenzando a tomar el control, decidió acercarse al inodoro para averiguar cómo manejarlo, algo que terminó siendo un dispositivo automático ya que con solo ondear sus pies cerca del mismo lo hacía pasar el agua. La camisa de fuerza no ayudó en este descubrimiento, pero al menos era más fácil de lo que parecía. Con el pasar del agua, ella miró hacia el techo y se dio cuenta de que estaba siendo constantemente observada por una cámara desde una de las esquinas de la habitación. Dicha cámara también significaba que su privacidad dentro de su celda era inexistente. Su ojo vigilante le recordaba historias que había oído sobre manicomios, aunque todas venían de historias donde los pacientes eran abusados sin que nadie se enterase. Y, incluso si el paciente lograba hacer oír su voz, su supuesto problema mental, junto a su falta de credibilidad, haría que nadie le creyera. Sin duda alguna, cualquiera podría hacerle lo que quisiera y salir impune. La posibilidad de que esto le sucediese la asustaba a muerte, calmando su deseo de venganza, aunque fuera solo un poco. Aun así, la advertencia de Eliana se tomaba una lenta caminata dentro de su mente, aumentando aun más el concentrado de paranoia inflada que ya estaba experimentando, aislada del mundo. Para su buena suerte, aquellos miedos llegaron a su fin al terminar el mes hasta el punto donde sólo podía preguntarse si estaban tratando de torturarla con la comida que le servían. Simple, sin sabor y casi líquida. Tales sabores le hacían recordar aquellas tardes de vino en soledad. Esa amargura que el vino le proveía y que siempre la había acompañado durante sus mejores y peores momentos. Se sentía incompleta sin él. Lo más parecido que le dejaban tomar era jugo de naranja.

"Odio el jugo de naranja…" usualmente mencionaba ella cada vez que lo tomaba. Cada sorbo le traía recuerdos de cuando le salía el jugo por la nariz cuando Pablo la asustaba en el momento preciso que provocaba esta reacción. Luego, este reiría incesante y fuertemente mientras huía de ella. Claro que lo hacía ya que ella lo perseguiría para 'estrangularlo'. ¿Cómo estaría después de todo este tiempo? ¿Qué pensaría de ella? O, más importante ¿la ayudaría si tuviera la oportunidad? Sabía que las noticias de su encarcelamiento habían viajado por todas partes. Él probablemente ya sabía todo a estas alturas.

¿Y su 'familia'? Con la soledad volviéndose más difícil de ignorar durante los días siguientes, Carmen deseó que la visitaran, aunque sea una vez. No era mucho pedir. Su risa, ahora cincelada en su memoria, resonaba junto a las campanadas de Sanatorium. Por deducción, las campanas deberían estar allí ya que nadie podía tener relojes o teléfonos. Debido a estas campanadas, Carmen solía sentirse atrapada en un monasterio lejano en las montañas, y de una forma abstracta, esta sensación también se debía a cuán lejos estaba el manicomio de la ciudad. Como no podía disfrutar del paisaje fuera de su celda, no se dejaba reparos en imaginarlo. Siempre pensaba que era un paisaje definitivamente mejor, y más bonito, que aquel del que 'disfrutaba' cada vez que abría sus ojos y veía las paredes acolchadas. Cuando cerraba sus ojos para volver a ver dicho paisaje en su mente, los gritos de pacientes vecinos siempre la sacaban de su inmersión. Aun así, gracias a ellos, podía ver que aún no se había vuelto loca. Aún no. Quería ignorarlos, pero era imposible la mayoría de las veces. Y así, los días pasaron...

Para diciembre, o el décimo mes del año, el aburrimiento había superado su paciencia, así como su constante arrepentimiento. El pensar en salir y encontrar al verdadero culpable de su 'crimen' inundaba su mente más y más, sobre todo cuando su impotencia y sed de venganza no se mezclaban muy bien dentro de un lugar tan pequeño. A veces incluso se unía a sus vecinos en sus gritos de desesperación. El dolor no se iba, sin importar cuánto tratara de ignorarlo, especialmente desde que se había enterado de cómo iban las cosas afuera, gracias a las visitas de Eliana, quien había ido a verla dos veces ese mismo mes. Eran unas visitas que Carmen consideraba poco productivas ya que sólo podía ver a su abogada a través de una pequeña ranura en la puerta, constantemente vigilada por Tom y Joe, sus enfermeros asignados. Dicha vigilancia no les permitía hablar como deseaban, o necesitaban, haciendo las visitas de Eliana cada vez más frustrantes. Por lo mismo, Carmen tenía que seguir fingiendo locura en lo que Eliana le hablaba en un código que ambas habían creado cuando niñas. Cada 'ula-ula' significaba peligro, y cada palabra larga, o dicha con énfasis, sólo debía ser tomada por sus consonantes y reordenada. Ellas habían creado este sistema complicado para salirse con la suya si rompían algo en la mansión en el pasado, como unas vasijas carísimas que al padre de Carmen le encantaba comprar y eran atrapadas *in fraganti*. Sus versiones de estos eventos como 'desafortunados accidentes' tenían que ser las mismas cuando eran interrogadas por separado. Gracias a eso, Carmen había evitado un buen tiempo confinada en su cuarto, al igual que Eliana. Por lo tanto, mientras su abogada hablaba usando este complejo código, Carmen podía ver que, según sus reportes, ella parecía estar cerca de información crucial.

"Encontré una 'pasta' que quedaría muy bien con mis colpibilies'…" dijo ella entusiasmada mientras le mostraba a Carmen unos dibujos en una cartulina.

Así que encontró una pista para dar con el verdadero culpable… ¡no puedo esperar! pensó Carmen, pretendiendo escucharla de la forma más ausente posible.

Desgraciadamente, con los enfermeros de Carmen allí todo el tiempo, Eliana no podía darle información más específica, lo que hacía que la curiosidad de Carmen la matara por dentro. Para cuando decidió 'suavizar' su locura para que la dejaran salir de su celda y tener privacidad con Eliana, ya era tarde ya que ella no vino nunca más. Nunca le dio una razón, simplemente dejó de venir. La verdadera desesperación sólo había comenzado a mostrar su horrible cara…

Al menos no todo eran malas noticias ya que nadie del personal parecía darse cuenta de que ella no estaba loca. El descubrimiento de sus talentos como actriz la habían hecho confiada, convirtiéndose en un nuevo pasatiempo que se había forzado a aprender a disfrutar mientras que su vida pendía de un hilo. No sabía si lo disfrutaba porque no tenía nada mejor que hacer, o a la emoción de la posibilidad de ser descubierta. No sabía cuál razón era peor…

Adelante… alégrame el día.

"¿Cómo se encuentra hoy, señora Wright?" Kelvin dijo un día con su usual amplia sonrisa, quedándose cerca de la puerta de la celda. Él siempre se refería a ella como señora Wright desde su primer día allí hace más de seis meses. "Hoy es *ese* día del mes…"

Cada mes, Carmen era examinada como se indicaba en su sentencia judicial. "Claro… doctor," respondió ella tímidamente, mirando al piso.

"Muy bien…" dijo Kelvin, frunciéndole las cejas. "Pero primero, me gustaría compartir esta historia con usted, si no le molesta." Carmen asintió y Kelvin sacó un pequeño pedazo de papel en el que comenzó a escribir mientras caminaba en círculos. Aunque esta vez el tono de su voz era diferente a la usual tranquilidad que esta transmitía. "Dependiendo de la reacción que veamos, veremos si hay mejoras en su condición…" Algo iba mal. Él nunca buscaba sus reacciones, ni mucho menos con tanta frialdad. ¿Qué estaba pasando? "¿Hay algún problema, señora Wright?" continuó él, mirándola de reojo. Su reacción subsecuente a este repentino cambio en su personalidad no necesitaba de actuaciones bien pensabas para ser lo suficientemente realista. De verdad estaba aterrada.

"No… no hay ningún problema…" Carmen sentía un sudor frío cayendo por sus mejillas. Nunca se hubiera imaginado que un simple cambio en su tono de voz iba a producir tal nerviosismo en su ser. "¿D-de qué se trata la historia?" dijo ella tratando de sonar como una loca nuevamente, con una voz rasposa y temblorosa. La cara de Kelvin no mostró ninguna reacción al respecto.

"Esta historia se trata de una pequeña conejita. Me encanta," siguió. "Sobre una conejita que se metió a la madriguera del lobo. Por supuesto, la pequeña conejita no sabía qué estaba haciendo o con *quién* se estaba metiendo," aquí hizo una pausa y se acercó a Carmen para hablarle de cerca en el oído derecho. "Y… no terminó bien para ella…"

Carmen se alejó de él sintiendo terror en lo que él continuaba. "Desafortunadamente para la conejita, el señor Lobo no tenía hambre y… no queriendo que su presa se echara a perder, le prendió fuego." Sus palabras sólo incrementaban el horror en los ojos de Carmen mientras ella se acurrucaba en una esquina sin darse cuenta. Su cuerpo ahora estaba pegado a la pared, temblando como si la hubiesen puesto en una refrigeradora. De alguna forma, dicho panorama placía a Kelvin de gran manera. "La parte triste es que… la conejita tenía una amiga que había sido una enorme mentirosa… ¿sabe cómo se llamaba la conejita?" Esta última pregunta le hizo sentir escalofríos por todo el cuerpo ya que la respuesta era evidente. Sus ojos respondieron a su amplia y diabólica sonrisa. Ella había visto esa sonrisa antes, estaba completamente segura.

Kelvin acercó su mano derecha a su rostro y tocó su mejilla. "¿Por qué está llorando, señora Wright? Esto es sólo una historia…" Los ojos de Carmen se estremecieron en lo que los de él los miraban directamente y alejaba su mano de ella. Carmen nunca había sentido tanto pavor. Ni siquiera se había dado cuenta de que había lágrimas cayendo como cascadas por su cara y que respiraba hondo. Con todo esto, la sonrisa de satisfacción de Kelvin seguía ahí. Siempre había estado ahí. "De cualquier modo, esto sólo confirma mi diagnóstico sobre su caso. Normalmente una persona en su estado mental no debería haber mostrado ningún tipo de simpatía, lo cual es una gran mejora."

Kelvin regresó con los enfermeros, quienes se mantuvieron fuera de la celda, manteniendo la puerta abierta. "Parece que debemos proceder con nuestro nuevo tratamiento experimental que me gusta llamar… 'Acercamiento Humano'. Estoy seguro de que le va a encantar. Es parte de nuestro programa 'De Regreso a la Sociedad', o DRS en abreviado," el doctor siguió mientras que el tono foráneo en su voz activaba todo tipo de alertas en los nervios de Carmen. "Oh, casi lo olvido… el nombre de la conejita era… Eliana."

Esta última oración hizo que Carmen se pusiera de pie rápidamente y se abalanzara sobre él, sólo para ser alejada a empujones por Tom y Joe. Carmen cayó al piso en lo que estos le echaban cerrojo a la puerta. Ella se levantó y lo intentó de nuevo, en vano, golpeándose a sí misma fuertemente contra la puerta acolchada. "No se estrese antes de tiempo, señora Wright. Parece que desea mucho recibir su tratamiento, así que empezaremos mañana. Hasta entonces."

Las palabras de Kelvin se sentían como una daga cubierta con alcohol, apuñalándola repetidamente en el mismo sitio. Acto seguido, una vez de pie, trató desesperada e inútilmente de liberar sus brazos de la camisa de fuerza sólo para terminar sentada en el piso, mirando al vacío. Por primera vez en mucho tiempo, la oscuridad de su celda era cómoda y aliviadora. Con la soledad rodeándola y acercándosele, se dio cuenta que no importaba. La única esperanza y amiga que le quedaban se habían ido para siempre.

La historia tomará su curso... pero sólo el mito puede modificarla...

El día siguiente llegó tan rápido como el ultimo había terminado. Kelvin apareció en su puerta a las ocho de la mañana junto a los enfermeros. La gran diferencia era que, esta vez, Tom y Joe también portaban sonrisas similares a la del psiquiatra. A diferencia de los pasados tres meses, cuando sus rostros mostraban seriedad y profesionalismo, ahora mostraban una especie de felicidad retorcida, la del tipo cruel. Estos abrieron la puerta de un solo empujón, casi golpeándola contra la pared, como si trataran de probar algo. Daba igual para Carmen quien ya los esperaba despierta. Se acercaron y tomaron a Carmen por los brazos bruscamente, ignorando su resistencia y sus protestas, y la sacaron fuera de su celda. No les importaba el llevarla a rastras con Kelvin caminando justo detrás de ellos.

"Impotencia... la peor emoción que puede sentir una persona ¿no es así, señora Wright?" mencionó él al llegar a una habitación con puertas dobles al final del pasillo. "Es por eso que los humanos temen... y DEBERÍAN temer... a lo desconocido."

Él parecía bastante feliz al pronunciar estas palabras. Aunque Carmen ya había asimilado lo que Kelvin había dicho el día anterior sobre su mejor, y única, amiga, aún le quedaban esperanzas, aunque pequeñas, de que todo fuese mentira. Esperanzas que agonizaban rápidamente. Ella trató de usar su nueva amargura para anestesiar su corazón para lo que estaba por sucederle. ¿Cuáles eran los planes de Kelvin? Por esta vez, Carmen prefería quedarse su curiosidad en vez de cambiarla por conocimiento.

Forcejeó y peleó todo lo que pudo, pero era inútil. Ellos rápidamente la sacaron de la camisa de fuerza y la amarraron a una cama dentro de la habitación. Kelvin cerró las puertas y sacó una jeringa con una sustancia que Carmen no había tenido tiempo de observar. Esposaron sus muñecas y tobillos, ajustándolos sólo al grado de restringir sus movimientos, incluyendo su cuello. Kelvin sacudió la jeringa con su índice derecho mientras se acercaba calmadamente hacia ella. "Muy bien, señora Wright, este es nuestro nuevo tratamiento. El que mencioné ayer… estoy seguro de que usted colaborará sin reproches." Luego puso la aguja en su brazo izquierdo e inyectó la sustancia. "Con suerte, su estado mental mejorará aun más a partir de ahora." Una vez hubo terminado, se dirigió a los enfermeros. "Pueden proceder, chicos. Por favor, no sean *muy* duros con ella… es la paciente que más rápido mejora." Su voz se sintió fría y burlona al mismo tiempo. ¿Qué demonios estaban planeando hacerle? Estaba por descubrirlo en lo que su cuerpo se entumecía con cada segundo que pasaba, aunque su vista y cerebro seguían activos, permitiéndole observar todo a su alrededor. En lo que esta nueva sensación se apoderaba de su cuerpo, sentía unas manos descendiendo por todo su ser, quitándole el pequeño sobre que había estado usando como ropa. Sin duda alguna, Tom y Joe se veían como lobos hambrientos mientras la desataban y la sentaban sobre la cama. Carmen quería que esas manos se alejaran de ella, pero no importaba cuánto lo intentara, no podía moverse. Sólo podía sentir cómo sacaban una cuchilla y cómo afeitaban su cabeza. Sólo podía observar la falta de reacción en su cuerpo, el estar a su merced. Se había convertido en su juguete.

Luego, estos se rieron a carcajadas mientras la acercaban a una tubería que colgaba de forma horizontal desde el techo y esposaron sus muñecas a la misma. Una vez asegurada allí, ella sintió el sonido de un látigo, Claro, en poco tiempo la habían azotado durante al menos diez minutos. Aunque vagamente podía sentir algo de dolor, sabía que estos disfrutaban de su hazaña ruidosamente. Unos minutos después, la droga que le habían administrado empezó a perder efecto y ella lentamente comenzó a sentir un dolor abrazador. Imaginaba su espalda, roja como un tomate y con cortes por todas partes. Hubiese llorado si sus ojos la hubieran dejado. A diferencia de su rostro, las caras de Tom y Joe mostraban una enorme satisfacción, y aun así, no contentos con su trabajo, lavaron su espalda con agua helada que causó que Carmen temblara de forma vistosa. Fue liberada después y atada a la cama nuevamente, de la misma forma que antes, sin ofrecer ninguna resistencia de su parte. Esta vez, sin embargo, también la habían amordazado. El dolor al que había sido sometida empezaba a tomar el control al sentir su espalda ardiendo intensamente, agregado al contacto de esta con las sábanas cuyo contacto sólo empeoraba la situación. Sin poder hablar, miró a su alrededor, buscando a alguien que pudiese ayudarla, pero sólo encontró a Kelvin parado en la puerta. Nunca se había ido del cuarto, observándola con una amplia sonrisa. Ella podía sentir el placer que él sentía cuando los enfermeros la desnudaban. Y sonriendo, miró la escena en silencio disfrutando del cómo ambos hombres ultrajaban su cuerpo.

El profanamiento de su santuario entero duró lo que ella sentía era una eternidad. Sólo podía cerrar sus ojos, tratando de olvidar su impotencia mientras lágrimas de desesperación y tristeza brotaban de sus ojos. Cuando terminaron, la desataron y lavaron sus partes íntimas con la misma agua helada que habían usado antes. Carmen no decía nada. Ni una sola queja salía de sus labios. El agua se sentía igual que las manos de los enfermeros paseando por su cuerpo, haciéndola sentir sucia, enferma. No importaba qué tan fría estuviese el agua, aún podía sentirlos encima de ella. Nada le quitaría jamás estos horripilantes recuerdos.

Con el proceso terminado, los enfermeros la secaron con toallas blancas sin dejar una sola área mojada. Su cuerpo se sentía como un trapo que acababan de usar y que limpiaban antes de volverlo a usar. Podía oírlos reír durante todo momento, burlonamente. Para cuando la llevaron de vuelta a su celda, el efecto de la droga había terminado por completo. Ella sólo podía cubrir su rostro con sus manos y llorar para olvidar el dolor que acababa de experimentar...

La camisa de fuerza ya no era necesaria.

Y así, el proceso se repitió una y otra vez durante seis meses. Kelvin incluso había creado nuevas adiciones para su 'tratamiento', una de las cuales incluía el uso de un taser para hacerla bailar al electrocutar sus piernas. Al inicio, su resistencia había sido feroz como la primera vez. No obstante, con la rutina y su impotencia comenzando a grabarse en su ser, eventualmente dejó de resistirse. Rogar no funcionaba, así que, ya que nada cambiaba, dejó de pelear completamente. Ni siquiera hablaba. Su único alivio era el poder descansar los solnes, como si hubiese firmado una especie de contrato laboral podrido. Con las cosas como estaban, esperanza era lo último que tenía en este punto.

Las noticias oficiales de la muerte de Eliana llegaron un mes después del inicio de su tormento. Habían encontrado su cuerpo quemado, junto con su departamento. Carmen apenas podía reaccionar al respecto, con Kelvin y sus ayudantes observándola todo el tiempo, esperando con ganas el verla sollozar. Lo único que no les daría. Era lo menos que ella podía hacer entre sus sesiones de tortura ya que para ellos, no les importaba si ella sangraba o no, seguirían tocando su cabeza rapada sin falta, también su cuerpo profanado. El solo pensar en acabar con todo de una vez por todas, rompiéndose la cabeza contra la manija de la puerta, ya solía visitar su mente frecuentemente.

Sin embargo, como nunca tenía las agallas de hacerlo, esperaba que ellos la terminaran matando. Este deseo por morir se incrementaba por diez cuando Juan Fernando y su asesina aparecían en sus sueños de vez en cuando, recordándole sus fracasos. Recordándole su impotencia. Aun así, sus pensamientos siempre eran interrumpidos por el mismo sonido, el de un clic en el cerrojo de su puerta que siempre la hacía temblar de miedo y contraerse a una posición fetal. No importaba cuanto tiempo había pasado, ellos nunca mostraban señal alguna de aburrimiento o cansancio en su determinación... como si de verdad quisieran que se volviera loca. Tal vez ya lo habían logrado cuando veía que su silencio contrastaba con los gritos de los otros en el manicomio. Para ese punto, Carmen pensaba que esos gritos se debían a que los demás también recibían un tratamiento similar al suyo. De todas formas, aquellos gritos tenían más voluntad por vivir que todo el corazón de Carmen. Al menos no estaba embarazada, lo que la llevó a pensar que las drogas que le inyectaban tenían algún tipo de anticonceptivo. Esta pequeña fuente de alivio no evitaba que se hartara de toda su situación. Cada vez que el clic venía desde fuera, usualmente por las puertas al lado de la suya, ella deseaba su propia muerte sin reparos. Ese sonido de clic siempre traía la misma pregunta: ¿por qué?

¿En serio? ¿Esa es la única pregunta que tienes que hacer? Podrías pensar en una mejor ¿sabes?

Una pregunta que nunca podría responder, consolándose a sí misma respondiéndola con gritos en silencio. La desesperación que traía soledad e impotencia ya había tomado todos sus sentidos. Incluso rezaba para que Jason viniese a rescatarla. Ya no le importaba obtener su perdón. Quien sea que pudiese rescatarla era suficiente, pero entonces, en lo que sus esperanzas florecían en gran abundancia, la verdad vendría a golpearla en la cara sin hesitar: ¿acaso alguien recordaba a Carmen de la Cruz?

En ese plan, solía preguntarse si la prensa se había olvidado de su caso por completo, o si el mundo también. Solía preguntarse si esa era la razón por la que ahora quería hablar con sus compañeros de celda, dejando de lado sus problemas mentales, o hablar con alguien… con quien fuese…

Quizás este era su destino: morir por un crimen que no había cometido. Morir como un juguete sexual que sería torturado por el resto de sus días. No obstante, mientras asumía su destino en silencio, las ideas de rendirse siempre se esfumaban cuando su voluntad por vengar a Juan Fernando aparecía. Una pequeña fracción de fuerza que podía hacerla seguir viviendo sin importar toda la tortura que estaba experimentando. Era como un círculo vicioso que ella no podía evitar reiniciar cada día. Tal vez era ese pequeño deseo que le había permitido mantener la cordura durante tanto tiempo.

Sólo podía preguntarse… ¿por cuánto tiempo podría resistir?

No hay mal que dure para siempre, ni cuerpo que lo resista…

creo que así iba...

Si Carmen hubiese estado contando, se habría dado cuenta que ya había pasado un año. Para ese entonces, Kelvin ya no sonreía al ver el desarrollo de su 'tratamiento'. Él y los enfermeros simplemente continuaban con el proceso como máquinas siguiendo comandos. Carmen pensaba, seguido, que era porque ya no mostraba señales de sufrimiento delante de ellos. Fuese porque se había acostumbrado o no era algo en lo que prefería no pensar.

No obstante, durante el último día de sixtillus, el sexto mes del año, Kelvin parecía más complacido de lo normal. Un placer que enojaba a Carmen enormemente, incluso si no mostraba su enojo. En su mente, sólo podía imaginarse matándolo. Apuñalándolo en el cuello. Ya no le importaba si estaba loca o no.

Como siempre, fue arrastrada a la habitación de 'tratamiento' cuando Kelvin le habló con una voz alegre y sarcástica. "Me gusta que coopere más con nosotros, señora Wright. En verdad, estamos en deuda con usted. ¡Está ayudando a mucha gente! ¡Con este nuevo tratamiento salvaremos miles de vidas!"

Carmen eligió mantener silencio. Que ellos pensaran que tenían el control absoluto sobre ella los había hecho muy confiados, lo que a su vez había hecho que ya no la amarraran ajustándola tanto como antes. Por lo mismo, había planeado, ya durante un buen tiempo, que ese día se liberaría finalmente y usaría la jeringa para clavarles la droga a ellos. En el camino al fondo del pasillo, no pudo evitar sonreír al respecto. Ya sabía que iba a pasar hasta el más mínimo detalles para ese entonces. "Oh... olvidé mencionar... señora Wright ¡volveremos a ajustar sus ataduras como antes! ¿No es emocionante?" dijo Kelvin, disfrutando de la desesperación repentina que se había dibujado en el rostro de Carmen. "¿Acaso pensaba que podía escapar? Tch, tch, tch... los malos pensamientos son cosas que no toleramos aquí..."

A darse cuenta de lo obvio, Carmen decidió intentarlo allí mismo y trató de liberarse de las manos de los enfermeros. Tom simplemente la cacheteó con el torso de su mano, con tal fuerza, que dejó a Carmen mareada, casi dejándola inconsciente sobre la usual cama. En un último esfuerzo por pelear, trató de golpearlo, pero Joe puso sus manos alrededor de su cuello y comenzó a estrangularla. Siendo incapaz de frenar la presión que este ejercía, su cara se puso azul y Kelvin intervino. "¡¿Qué crees que haces salvaje?! ¡No me enerves ¿está malditamente claro?!" gritó este mientras inyectaba la odiada droga una vez más en la sangre de Carmen, deteniendo a Joe y haciendo que se aleje. "Es usted una caja de sorpresas, señora Wright," continuó él suavemente junto a una sonrisa gentil. Entonces, el resto del ritual glorificado de siempre tomó lugar, una vez más.

Desde ese entonces, empezaron a drogarla en la celda para evitar este tipo de 'inconvenientes'. Esto redujo aun más sus casi inexistentes oportunidades de escapar. Esta vez, ella mantendría silencio y cerraría los ojos para evitar proveer cualquier tipo de satisfacción para ellos. Sus dos brazos ahora estaban llenos de agujeros por las constantes inyecciones y el dolor que le causaban era insoportable. Sólo podía darse ánimo en que, si fuese a morir, aunque sea sería bajo sus propios términos. Si ellos la mataban, sería una pequeña victoria ya que habrían fallado en volverla loca. Hasta que la muerte tocase su puerta, decidió resistir. Lo que sea que sucediese primero sería aceptable. No obstante, la realidad frecuentemente la traía de vuelta a la realidad dado que hasta ella sabía que no resistiría para siempre. Algún día caería. Su mente podía soportar un monto de dolor y desesperación limitado, algo que se hizo evidente cuando se dio cuenta que había dejado de actuar hace un buen tiempo. El momento en el que perdería la cordura se acercaba. El hecho de no tener ninguna vía de escape sólo incrementaba su deseo de perder el juicio voluntariamente y unirse a los otros locos que poblaban el lugar. Ya que no podía suicidarse, sólo su esencia de vida moriría en su lugar y ella dejaría de existir en el mundo. Convertirse en una muerta en vida... tal vez no sería tan malo.

Para fin de mes, Carmen fue llevada a rastras de nuevo, aunque para ese entonces Kelvin ya ni siquiera se molestaba en aparecer. Él sólo venía a su celda para despedirse y dejar que los enfermeros hicieran el resto. El proceso comenzaría una vez más. Nada sería distinto. Ella ya no peleaba ni se resistía habiendo asumido su nueva realidad. Sabía que su alma moriría ese día o el siguiente. Nadie la ayudaría. Estaba por su cuenta… o eso creía.

Por favor… alguien… quien sea… sálveme… Carmen pensó, sintiendo la poca cordura que le quedaba desvaneciéndose, mirando hacia el techo blanco y obteniendo su indiferencia como respuesta. No podía llorar, aunque lo intentara. Así que, una vez más, cerró los ojos y se preparó para morir en vida, para siempre.

Mientras tanto, los enfermeros acababan de atarla a la cama y se bajaban el cierre de los pantalones para empezar el 'tratamiento' cuando los parlantes del manicomio comenzaron a emitir una advertencia. "¡Peligro! ¡Peligro! ¡Un intruso acaba de ingresar a Sanatorium! ¡Un intruso acaba de ingresar a Sanatorium! ¡Esto no es un simulacro! ¡Repito! ¡Esto no es un simulacro! ¡Podría estar armado! ¡Proceder con mucho cuidado!"

"¡Genial! ¡Simplemente genial…!" se quejó Tom subiéndose el cierre del pantalón. "¡Sabes cómo odio que me interrumpan cuando estoy por tirar!"

"Tranquilo. Nos comeremos a esta perra muy pronto. Atraparemos a ese idiota en un abrir y cerrar de ojos," replicó Joe. "Te entiendo, hermano. No se me para con ese estúpido sonido de alarma por todas partes."

Tom aún tenía la jeringa entre manos cuando la alarma había comenzado, como si, de algún modo, ese horrible sonido lo hubiese detenido en el momento justo. El sonido tal vez los molestaba a gran escala, y aun así, era un sonido agudo de paz para Carmen. Quizás esta era la señal que había estado esperando todo este tiempo. Ella esperaba que ese intruso fuese un psicópata que podría matarla al fin. Tal vez este intruso podría finalmente acabar con su miseria. Si así era, este intruso se había convertido en su nueva esperanza. Su esperanza de decirle adiós al mundo de una vez por todas. Sin embargo, después de unos segundos sin que pasara nada, y a pesar del horrible sonido, los enfermeros decidieron continuar sus actividades, probablemente porque tenían otros 'tratamientos' que ofrecer. Un hecho que le hacían saber a Carmen frecuentemente cada vez que la ultrajaban. Carmen deseaba poder gritar aunque sea para guiar al intruso a su ubicación...

"No te preocupes, perra. Comenzaremos con tu tratamiento ahora mismo. Esperaríamos por la señal de finalización... ¿sabes...? por protocolo de la institución... pero a la mierda con eso," dijo Tom confiadamente. "¡Sabemos cómo adoras tenernos adentro tuyo! ¡Jajajaja!" Entonces, procedió a quitarle la ropa, con su saliva desparramándose de su boca y con la jeringa en mano. Carmen, como era usual, cerró sus ojos y se olvidó del mundo, tratando de olvidar su destino y las sensaciones que estaba a punto de percibir. Usualmente se concentraba en diversos sonidos que llegara a captar, como el cantar de los pájaros afuera, o cualquier cosa que fuese mejor que cierres abriéndose. Tom procedió a inyectar la sustancia en su brazo, en el lugar habitual, y estaba a punto de presionar el émbolo cuando pasos apurados emergieron detrás de las puertas dobles, seguidos de varios clics de varias manijas de puerta fallando en abrirse. Finalmente, las puertas dobles de la pesadillezca habitación se abrieron en su totalidad y un joven entró. Este se volteó y rápidamente le echó cerrojo a las mismas con un suspiro de alivio, presionando su espalda contra ellas.

"Oh chico ¡eso estuvo cerca!" dijo este, respirando agitadamente, mirando hacia el piso y jadeando. Luego, levantó su mirada y esta se encontró con Carmen y los enfermeros. El horror e indignación tomaron su rostro una vez vio la escena en su totalidad y lo que iba a pasar. "Pero ¿qué rayos...?" murmuró él no pudiendo contener su sorpresa. Carmen lo miró a los ojos rogándole reaccionar en lo que Tom se ajustaba los pantalones.

Tienes que estar bromeando...

Aun así, el famoso peligroso y potencial asesino no parecía ser más que un adolescente mizelas. Tenía el pelo negro como el ébano, como el de Carmen, un cuerpo esbelto junto a una piel cobriza. Su expresión cambió de una de sorpresa a una de ira en cuestión de segundos, pareciendo querer pelear con los enfermeros. Carmen había olvidado la última vez que había visto una ira similar… impotencia… entonces recordó cuándo había sido la última vez que había podido verse en un espejo.

"Por el amor de la Tierra ¡¿qué demonios creen que hacen, monstruos?!" exigió él con una voz de mando. Sus ojos describían una falta de miedo que ella nunca había visto antes. Aunque su cuerpo era pequeño, su presencia inspiraba gran confianza y seguridad. Era claramente más pequeño que Tom y Joe, y muy posiblemente más débil, pero no se veía intimidado en lo absoluto.

"¡Nada que sea asunto tuyo! ¡Ahora sal de aquí antes de que tengamos que lidiar contigo, maldito pies húmedos!" replicó Joe mientras chocaba sus puños. Tom, por otra parte, se acercaba al joven, listo para atraparlo a la vez de estar cerca del extintor colgando de la pared. Dado que este tenía la jeringa, ahora con la mitad de su contenido, Carmen entendía que querían capturar al chico mizelas usando la misma droga que usaban con ella. Por lo tanto, quería aprovechar la situación, pero las cuerdas habían sido ajustadas de forma tan apretada que apenas podía moverse. Y, aun si pudiese moverse, le habían inyectado la mitad de la dosis. No podría hacer mucho. Aparte, el tratamiento, en general, la había vuelto muy débil al grado de tener dificultades en su locomoción, algo que descubrió en su celda acolchada, pudiendo caminar a las justas desde que su desgracia había comenzado. Allí, incapaz de moverse, sólo miraría su última esperanza de libertad ponerse en posición. Una pose cuya existencia ella había olvidado meses atrás.

El chico mizelas exhibía algo que su padre le había contado durante sus días finales. Él lo llamaba la pose de un león acorralado. Cuando era rodeado por hienas, un león pelearía con todo su poder sin importar si ganar era posible o no. El miedo a la muerte se iría de su ser y pelearía hasta que su cuerpo cayera en combate. Las hienas se reirían luego de él, o de su cadáver, pero no se comerían ni lo tocarían. Carmen se dio cuenta, más tarde, de que su padre hablaba de una metáfora ya que nunca encontró evidencia alguna de que tal comportamiento fuese real. Entonces, concluyó que su padre se refería al concepto de un respeto amargo. Una ferocidad que oponentes poderosos odiaban en sus presas. La misma ferocidad que estaba viendo en el cuerpo del adolescente mizelas. Cada movimiento, cada paso, era sólido, como si reclamara su espacio en el mundo. Al mismo tiempo, el joven se había posicionado como un artista marcial defendiéndose. Una pose que Carmen creía sólo pertenecía a las películas de acción. Unos segundos más tarde, Tom había descolgado el extintor y se preparaba para atacar.

"No te preocupes, puta, terminaremos rápido," dijo Tom, mirando hacia Carmen para luego cargar contra el joven junto a Joe. "¡Esto será pan comido!"

Tormento del Renacimiento

I

FABIAN HOOVER había visto muchos desastres en su vida. Desde que un terremoto golpeó su pueblo natal, dónde perdió a su esposa e hija, nada más lo impresionaba, o al menos eso pensaba. Con el pasar de los años, y gracias a sus hazañas en la policía, fue promovido a jefe general del departamento policiaco del condado de Las Esbirras. Como tal, su deber consistía en liderar los refuerzos para capturar a la temida Cruz Negra y apoyar a Newman. Sin embargo, toda la situación era un sinsentido, al menos de acuerdo con la lógica pura. Para sus ojos, todo parecía demasiado ridículo para ser verdad. A pesar de haber visto las grabaciones encontradas dentro de las cámaras portables de los cadáveres que encontraron en el piso de Sanatorium, dónde la Temible había sido vista por última vez, se veían bastante convincentes, Hoover le atribuía esas extraordinarias propiedades a alguna conspiración, o algún plan bien hecho para cubrir algo secreto. Su paranoia había sido una de sus maldiciones dentro de la policía, así como su mejor talento. Sin él, el enorme escándalo de corrupción que enfrentaba la policía no hubiera salido a la luz. Su falta de confianza en los demás lo había llevado a investigar a todos los que lo rodeaban. Por lo mismo, nadie se mostraba simpático con él, ni esperaban nada de su parte.

Con los documentos de los casos sobre su escritorio en

frente suyo, frecuentemente solía preguntarse lo que consideraraba la pregunta más importante de todas: ¿Por qué esa mujer estaba matando gente en primer lugar? Él había visto asesinos en serie más allá de la redención antes, pero, aun así, estos siempre tenían una razón que explicaba sus acciones y esto no era diferente. Con dicha razón aún desconocida, al igual que un camino para explorar la mente criminal de la Temible usando deducción, no podía evitar alegrarse de tener al menos un testigo que había sido capturado allí mismo. Un hombre en sus cincuentas usando una capucha que parecía furioso, frustrado y triste al mismo tiempo. Se llamaba así mismo la Criatura. Tal actitud y ridiculez hizo que Hoover entrara en su estado usual de paranoia. Lo que fuese este sujeto raro no importaba ya que posiblemente era parte de una conspiración. Era el único sobreviviente que había encontrado en toda el área. Dado que todos los oficiales yacían muertos en la pista, el jefe sintió que faltaban puntos que conectar esperando ser descubiertos por él. Si lo conseguía ¡lograría desentrañar una conspiración de verdad! ¡No que las otras no lo fuesen, por supuesto! ¡Seres como Mano Grande, entre otros, existían seguramente! ¡Pero ahora tendría evidencia irrefutable de que había tenido razón todo el tiempo! Sin embargo, no importaba cuanto lo intentara, el testigo no hablaba, resistiendo todas sus tácticas. Parecía no importarle las consecuencias de su falta de cooperación.

"No tengo tiempo para sus estupideces. Díganos lo que queremos saber ¡ahora mismo! Mi paciencia no es infinita ¡se lo advierto!" dijo él mientras prendía un cigarrillo y se inclinaba, acercándose a la Criatura, el cual permanecía sentado en el asiento trasero del patrullero, esposado y sonriente. "Parece no saber cuáles son las consecuencias de ser cómplice de un crimen, amigo mío," dijo Hoover tras golpear el techo del auto tratando de intimidar a este hombre, aun así, la Criatura simplemente rio a carcajadas. Incluso el más temerario de los criminales que había enfrentado antes habría, aunque sea un poco, saltado ante la provocación. Parecía que quien le leía la mente al otro era el hombre arrestado.

"Pierde su tiempo. La está dejando escapar y seguir matando. Es malo en su trabajo ¿no?" provocó la Criatura.

Hoover no le creía. "¿Cómo carajo sobrevivió?" el jefe insistió nuevamente, mirándolo a los ojos intensamente.

"Digamos que… sobreviví… milagrosamente," respondió la Criatura sarcásticamente. "Sólo déjeme ir y lo ayudaré con esto, lo juro. Puede verlo incluso en la grabación. Soy totalmente inocente, *poliziotto*. Les avisé a esos chicos que están ahí… a los muertos, claro."

Hoover frunció el ceño. Le gustara o no, el hombre encapuchado no mentía. Era evidente ya que no podía imaginar razón alguna por la cual este sujeto estuviese tan calmado después de haber visto algo tan horripilante. Nada tenía sentido alguno… a menos que este hombre no fuese realmente un hombre, al menos no del tipo ordinario. Sólo había una forma de estar seguros. "¡Quiero esas grabaciones! ¡Ahora!" Hoover ordenó a sus hombres, aunque sabía que en realidad solamente quedaba una cámara intacta. Los reportes indicaban que la sangre que bañaba el aparato había malogrado sus componentes electrónicos, pero la tarjeta de memoria había sobrevivido ilesa. Una vez ya limpia, la información fue guardada en el sistema principal del precinto policial. Desde allí, fue expuesto con un proyector en una sala dónde Hoover había llevado a la Criatura, rodeándolo de oficiales, y procedió a mirar la masacre. Los que ya habían visto los sucesos se alegraron de que la grabación fuese tan corta ya que los gritos de desesperación les ponían los pelos de punta. Aun así, lo corto del mismo no ayudaba mucho respecto al estudio de los poderes, y capacidades, de la atacante o atacantes. La única información clara que lograron sacar fue que su risa orate le causaba escalofríos a toda la unidad. Al mantener silencio, mirando el video, la risa de la Criatura, que nacía con cada grito de agonía, resaltaba entre ellos.

"Kothatpilisto… Esto podría ser más de lo que tenía en mente…" dijo Hoover al ver el tamaño del problema. Sin embargo, el pánico no podía tomar el control de su unidad si es que iban a detener realmente a tal ser. Por lo tanto, decidió animar a sus hombres. "Está bien chicos, hemos manejado peores sujetos…"

"¿Esa cosa es humana, jefe? ¿Acaso esta mujer es alguna especie de demonio del infierno?" preguntó uno de sus hombres aún en estado de shock. Y, sin duda alguna, era muy difícil de creer. Por cómo se veía, ella golpeaba a sus víctimas con dos pesadas cruces con facilidad, como si no pesaran nada en sus aparentes frágiles manos. Mientras miraba el video, así como la impotencia de Brown y sus hombres al morir en el mismo, una llamada de radio proveniente de uno de los autos fue transferida rápidamente al celular personal de Hoover. "Hoover aquí ¡reporte!" respondió el jefe. Su cara se puso pálida al oír que el otro lado de la línea estaba lleno de gritos. Gritos que terminaban rápidamente, acompañados por una risa femenina histérica. "¡Es ella! ¡Es ella!" dijo uno de los hombres en la sala que había escuchado el teléfono en lo que el pánico comenzaba a tomar el control entre ellos. "¡Mató a la unidad de Newman! ¡Nosotros somos los siguientes!"

Hoover colgó y se dispuso a retomar el control.

"¡Chicos! ¡Hemos llegado lejos! ¡Tenemos que vengar a nuestros hermanos caídos! ¡Ella matará a más y más inocentes si nos quedamos de brazos cruzados! ¡Recuerden que es nuestro deber proteger a los ciudadanos de este hermoso país! ¡Todos nos apuntamos para esto! ¡Y así lo haremos!" Algunos de los hombres recuperaron la compostura, pero no era suficiente.

"Jefe, creo que deberíamos dejar que los reales o alguien más lidie con ese monstruo," sugirió Terry Blossom, el recluta más novato. "Está obviamente fuera de nuestra liga. Sólo moriremos si vamos por ella." Hoover odiaba admitirlo, pero el chico tenía razón. Aun así, esto era lo que su unidad debía hacer. Aparte de eso, la llamada que acababa de recibir venía de los chicos vigilando la ruta hacia el hogar de Kelvin. La muerte de Newman era pura especulación de parte de sus hombres, o tal vez no.

"En todos mis años, nunca he fallado en ver a través de una conspiración," murmuró el jefe. Miró hacia la pantalla de proyección, confundido. Nada parecía poder detener a esa mujer, y pronto este monstruo se estaría enfrentando con los chicos que habían sido enviados a hacer una barricada en la entrada del barrio de Kelvin.

"A ver *capo* ¿no se ha preguntado por qué ella dejó sólo una cámara intacta?"

Hoover lo miró sorprendido al darse cuenta de que esto también había pasado con la unidad de Yang en Sanatorium. "Si quiere agarrar a la *donna maledetta*, debe entender su jodida cabeza... así que tengo una sugerencia para todos ustedes," dijo la Criatura de forma relajada, poniéndose de pie calmadamente. "¿Y si me llevan y derrotamos a esa perra *tutti insieme*? Sé cómo derrotarla."

Sólo parte de la mente de Hoover escuchaba al exmafioso. A pesar de su deseo por ser reconocido, aún le seguía importando el bienestar de los hombres bajo su cargo, al menos más de lo que él consideraba aceptable. También estaban las posibles, y horribles, consecuencias de ver a todos asesinados. Por otra parte, no estaba seguro si podía confiar en este sujeto encapuchado. Con su mente visitando los escenarios que resultarían de llevar a dicho sujeto consigo, el jefe consideró cuatro opciones posibles sobre cómo este hombre había podido haber sobrevivido: Una, se había enfrentado al demonio y sobrevivido ileso gracias a sus propias habilidades, lo cual era extremadamente difícil de creer, por lo que era prácticamente una mentira. Dos, él había visto todo desde lejos y había hecho suposiciones sobre cómo derrotar a la Temible, lo cual significaba que sus consejos eran demasiado arriesgados ya que eran sólo hipótesis. Tres, era un periodista aficionado que se topó con la oportunidad de reportar un crimen en progreso para publicarlo en internet, arriesgándose a sí mismo para sacar dinero rápido, lo cual era muy posible. Y cuatro, que estaba del lado del monstruo y que todo esto era una trampa. Todas las opciones eran igual de malas. Por lo tanto, sólo quedaba una opción sensata, incluso si fuese a arrepentirse de ella más tarde. "Blossom, Erikson, saquen a este payaso fuera de mi vista. Los demás nos iremos a reforzar a los chicos en la barricada."

"Pero, jefe..." se quejó Erikson.

"No acepto peros. Podríamos ser la única posibilidad de

supervivencia para esos chicos. ¡Debemos ir y ayudarlos! ¿Está claro?!"

"¡Sí, señor!" exclamó el joven. Acto seguido, ambos, con Erikson al volante, se metieron a la patrulla junto a la Criatura y lo esposaron en ella. Erikson sabía perfectamente que cuando Hoover mencionaba la palabra "payaso," usualmente significaba una sola cosa: llevarían a este individuo hacia las celdas temporales en el distrito de los Bajos Esbirrinos para un profundo interrogatorio. Con suerte, información más útil saldría de su boca con técnicas más 'complejas' de persuasión. Tras cerrar las puertas del vehículo, Blossom observó al extraño sujeto con el espejo retrovisor. La Criatura estaba mirando hacia el piso con su capucha cubriendo su rostro. Sin embargo, este levantó su mirada y encontró la de Blossom, quien miró hacia otro lado. "Confía en mí, este idiota no es más que un aperitivo comparado con el resto de buenos para nada que conocerás más adelante," mencionó Erikson al ver lo que pasaba. A diferencia de Blossom, quien era un novato, Erikson había estado sirviendo durante dos años. Aunque aún tenía problemas sobre sus conocimientos sobre cómo funcionaba la ley respecto a los derechos del ciudadano, ya había ganado el premio al oficial del mes dos veces. Blosson, por otra parte, había estudiado mucho sobre la ley y el orden ya que las ocho horas de entrenamiento que les habían dado casi no explicaban ninguna teoría. Ambos andaban en la luna en ese aspecto.

"*Ragazzi* ¿por qué nos vamos? ¿Acaso son un montón de *codardi*?" así rompió el hielo la Criatura. Blossom estaba por responderle, pero Erikson no lo dejó. No debido al procedimiento, pero por miedo puro. Había algo intimidante sobre ese hombre, especialmente porque no sabían qué significaban las palabras que decía en otro idioma. "Si no les molesta que pregunte... *le arme* son legales en todas partes aquí ¿no?" la Criatura continuó con su provocación sin obtener respuesta alguna. "Siempre pensé que todos tenían derecho a tener armas, incluyéndome," siguió este con una sonrisa leve. "O a ustedes..."

En lo que ambos escuchaban al sujeto en cuestión, Blossom inconscientemente revisó la funda de su pistola. "Pero ¡¿qué-?!"

142

dijo este buscando su arma en las áreas cerca suyo.

"¿Qué sucede?" preguntó Erikson mirando a su compañero rápidamente, ya que tenía que mantener sus ojos en la ruta.

"¡No encuentro mi arma! ¡Maldición! ¡El sargento me matará!" replicó Blossom completamente desesperado en lo que seguía buscando.

"¿Estás buscando esto?"

Blossom vio a través del espejo retrovisor y su cuerpo se petrificó como una estatua. "¿C-cómo-?" dijo este al ver a la Criatura con su arma en mano apuntándole en la parte trasera de la cabeza. "¡¿Qué mierda está pasando, Blossom?!" preguntó Erikson. La respuesta llegó en forma de disparo, tras el cual vio a su compañero caer encima del panel del auto, sangrando a chorros y cubriendo su cabeza. Erikson inmediatamente sacó su arma sólo para terminar muerto por un tiro detrás de su cabeza también. El auto, ahora sin conductor, cayó por un lado de la pista y se estrelló contra un árbol.

"Eso fue demasiado *superfluo* para mi gusto... ese auto hubiese sido útil, pero no importa," dijo la Criatura mientras usaba un arma para disparar al mecanismo de cerrojo de la puerta y salir. Entonces, ya afuera, abrió la puerta del copiloto y sacó las llaves del cadáver de Blossom con un brazo que produjo de su vientre. "Debí haber tomado las llaves desde el principio... en fin," concluyó en lo que su brazo extra lo liberaba de las esposas. Aunque el patrullero era un desastre, su suerte le sonreía aún ya que el vehículo estaba fuera de vista gracias a la visión limitada que proveía la noche, sumado al monte bajo el cual había caído y que era el escondite perfecto. "*Molto bene...* aún hay un monstruo que atrapar..."

Fue hacia la pista y, para su buena suerte, unos cuantos autos pasaban por ahí, los cuales, juzgando por la hora, eran probablemente juergueros tardíos que corrían hacia la ciudad. Tal paisaje lo hizo recordar cuando era soltero y joven. Frívolo. Tiempos en que nada importaba y nada, ni nadie, podía amenazarlo. A veces deseaba que esta organización, o lo que sea que fuere en realidad, se hubiesen llevado a sus padres en vez de a su familia, dado que su padre lo golpeaba regularmente mientras su madre era constantemente seducida por el alcohol. No los extrañaría en lo absoluto. Por lo tanto, tan pronto como se convirtió en el Rey, los envió a un país del cuarto mundo, un reino subpanteano para ser precisos, y nunca más oyó de ellos.

Le dio una última mirada al vehículo destruido antes de decidirse, por si acaso había alguna esperanza de usarlo de nuevo. *"Qualsiasi or qualunque cosa succeda,"* dijo él en lo que humo negro salía del motor. Viendo que era una tarea sin remedio, buscó por ayuda en la ruta. Sin duda alguna, la ayuda vendría antes de lo esperado cuando un SUV azul se detuvo cerca. "¡Hola ahí, amigo! ¡¿Qué hay en la crola?!" dijo un joven con gorra roja desde el asiento del copiloto. "¿Necesitas ayuda?" siguió el mismo hombre, probablemente pensando que la Criatura no había entendido la primera pregunta. Viéndolo más de cerca, la Criatura se dio cuenta de que había cuatro jóvenes en el auto. *Pan comido*, pensó este al acercárseles. "En realidad sí necesito ayuda. Mi auto se chocó y me perdí aquí en el bosque…" respondió mirando al suelo, escondiendo su mirada maliciosa de la vista de los jóvenes gracias a su capucha. De alguna forma, lo que tenía en mente lo excitaba en abundancia, o, en otras palabras, lo que pensaba hacerles lo excitaba en abundancia. *Fortunatamente, estos idiotas sólo deberían poder ver el humo del auto y no darse cuenta de que es un patrullero*, pensó aliviado.

"¡Vaya! Lamento oír eso. ¿Tu empelote necesita arreglo?" el joven siguió, mostrando preocupación en su rostro mientras el resto de sus amigos tonteaban con sus celulares. *Supongo que esta es su forma de huir de la realidad*, pensó la Criatura ya que nunca había sido capaz de entender el chiste de esa droga, como él la solía llamar, incluso si su hijo hacía lo mismo constantemente. "Creo que no tiene remedio. No sé qué hacer…" respondió la Criatura en una voz aparentemente desesperada, evitando usar palabras en su lengua maternal a propósito. Sabía de la mala reputación que tenía su país, dado que, como estereotipo, sus paisanos eran vistos como miembros de alguna mafia, o al menos así solía explicarlo Carmelo. "¿Quieres hacernos la taba entonces? Pasaremos cerca de la ciudad," continuó el joven. "Te podrían ayudar allí."

"Claro."

Mientras la Criatura se subía en el auto y se sentaba en el asiento trasero, Hoover llegaba a la primera barricada. Lo que vio lo paralizó completamente. Viéndolo de cerca tenía un efecto completamente diferente a verlo en video, incluso si la escena era la tercera de su tipo vista esa misma noche. Sin embargo, esta vez, aparte de los hombres desmembrados y esparcidos por toda la pista, ni siquiera los autos fueron ignorados de la debacle, ya que tenían varias abolladuras en sus carrocerías que parecían haber sido hechas con un duro objeto cuadrado. Hoover podía deducir la causa fácilmente. Afortunadamente, eran las tres y los viajeros yendo al barrio de Kelvin eran pocos, lo que hacía el desviarlos una tarea más fácil de lo que esperaba. "¡¿Quién comandaba a estos hombres?!" preguntó Hoover a un oficial cerca de él que simplemente alzó los hombros. En respuesta, un sonido de aleteo metálico hizo su aparición.

Hoover miró hacia el cielo y vio un helicóptero que los vigilaba como un águila asustado, dudando entre aterrizar o no. Juzgando por los diseños que tenía, tenía que ser de la Policía Real. Juzgando por la jerarquía de poderes en el condado de Friornia, probablemente se trataba de Augusto O'Connell que venía a verificar lo que acababa de pasar. Después de dar unas cuantas vueltas sobre ellos, el vehículo aterrizó cerca de lo que solía ser la barricada. Tres hombres descendieron de este, uno de ellos en sus cincuentas y los otros en sus veintes. Todos ellos temblaban ligeramente cuando Hoover se les acercó, tratando de no perder su sombrero debido al viento generado por las hélices. "Augusto O'Connell ¿supongo?" dijo Hoover extendiendo su mano hacia él. Su mano se quedó sola en el aire.

"Lo-lo siento… es solo que no sé qué decir… nunca he visto nada parecido… algo tan… inhumano…" O'Connell replicó, forzándose a calmarse tan rápido como podía, sabiendo que este tipo de actitud solía contagiarse rápidamente con el resto de sus hombres. "Si los demonios existen, me temo que hemos encontrado uno…"

Hoover había oído de O'Connell muchas veces. Lo llamaban el 'Héroe de Guerra' desde que fue condecorado con tres medallas de Águila de Plata y con el Pilar de la Libertad. Sus heroicas acciones lo habían llevado, no sólo a sobrevivir, sino también a ganar la eterna gratitud de aquellos que él había comandado al matar él solo un búnker enemigo entero, salvando así a su pelotón. No obstante, su fracaso más reciente era demasiado. Dado que algunos de los hombres que había salvado durante la guerra acababan de ser muertos, no podía perdonárselo. Aun así, su asombro sobrepasaba su ira, aunque solo momentáneamente. Durante todos sus años en la fuerza, y en el ejercito peleando en el extranjero, pensaba que había visto todo lo que pudiese ser considerado inhumano. Ahora podía ver cuán equivocado estaba. Sus mejores hombres habían sido diezmados a manos de una loca con dos cruces de mármol. Era ridículo. No tenía ningún sentido. Aun así, sabía qué decisiones tomar cuando algo inexplicable sucedía.

Aunque el resto de los oficiales lo llamasen supersticioso, o simplemente demente, él sabía que meterse con aquello que no era humanamente comprensible era una mala idea. Posiblemente fuese esta la única razón por la que seguía vivo después de la guerra. Podía recordar cómo, durante la Guerra de Wiospan, trataba frecuentemente de evitar encontrarse con enemigos de poderío inexplicable. Y con poderío, él se refería a algún poder que tenían para matar a sus enemigos que desafiaba la lógica. En esos casos, prefería una guerra de desgaste y, dicho sea de paso, había tenido éxito hasta ese momento...

En esta situación, era fácil adivinar que el enemigo no se quedaría en un solo lugar ya que este adversario era un invasor. Por supuesto, los invasores nunca eran sedentarios si querían cumplir su misión. "Supongo que es mi turno de actuar como defensor y no como invasor," concluyó O'Connell. Sin duda alguna, su deber era proteger a los ciudadanos de los Reinos Unidos de Pantea, lo que siempre enfatizaba frente a sus camaradas. Un deber que debía ser cumplido sin importar el precio, incluso si eso rompía su tradición de 'evitar lo inexplicable'. Pero ¿cómo podría detener algo como esto? Por cómo se veía Hoover, parecía que él tampoco tenía la respuesta. Al menos sabía que el monstruo definitivamente iría a la casa de Kelvin, era muy evidente. Probablemente ella había investigado sobre Kelvin antes de atacar Sanatorium, de otro modo el ataque a la institución, el cual había ocurrido cuando Kelvin se encontraba allí, y que supiese su dirección no tenía explicación lógica.

"¿Qué podemos hacer, O'Connell?" preguntó Hoover, dándose cuenta de que la pista se había vuelto resbalosa con la sangre, casi cayéndose de espaldas. "Newman murió junto a toda la unidad que bloqueaba este lugar y que se suponía él reforzaría. Nos estamos quedando sin opciones. Está demás decir que el único con experiencia en estas... cosas, es usted."

"Es bastante evidente," O'Connell dijo, finalmente libre de escalofríos. "Debemos enviar a un nuevo escuadrón de elite para apoyar a los chicos en la segunda barricada en la autopista 13 y acabar con este monstruo de una vez..."

"Creo que deberíamos priorizar la barricada principal, incluso si debemos sacrificar a las demás," dijo Hoover en una subida de fósforo.

"¿Barricada principal?"

"Sí, jefe, la barricada principal y más poderosa que ordené construir alrededor del barrio de Kelvin. Esta es una oportunidad de oro para detener a esa mujer de una vez por todas. Los chicos allí están armados hasta los dientes. ¡No hay posibilidad de derrota!" afirmó Hoover con un creciente optimismo para luego ser visto con asombro por O'Connell.

"No hay posibilidad de derrota dices... ¿cómo la que tuvimos aquí?"

La observación de O'Connell fue respondida con silencio y una mirada de impotencia. Aparte de eso, Hoover podía incluso sentir la furia en los ojos del Héroe de Guerra. Claro, él conocía a cada uno de los hombres que habían muerto en esa barricada. Al mismo tiempo, Hoover podía ver que O'Connell acaba de intercambiar miedo por venganza ya que sus, ahora casi inexistentes, tembladeras fueron reemplazadas por puños prietos.

Esa maldita mujer debe pagar por todo lo que ha hecho, pensó el

Héroe de Guerra. No todos los oficiales tenían un entendimiento similar de eventos como este, pero para O'Connell y sus hombres, estos crímenes eran para ser castigados fuera de la ley. Sin jueces, sin abogados. Solo justicia simple. Por lo mismo, como era su costumbre, O'Connell sacó un pequeño cuadernillo negro y un bolígrafo. Dibujó una casa junto a un montón de equis y cuadraditos. "Perdón, no llegué a saber tu nombre... sargento Hoover ¿no?" preguntó.

"¡Sí, señor!" Hoover respondió determinadamente, algo que fue contagioso también para sus hombres.

O'Connell continuó. "Por lógica, como ya debe haber deducido sargento, estará buscando a Kelvin en su dirección," se sacó los lentes para limpiarlos y prosiguió tras ponerlos de vuelta en su cara —estaban sucios por su propio calor corporal. "Ahora mismo, sus hombres y mi reserva son lo único que queda entre ese monstruo y la sangre de gente inocente. Nuestra máxima prioridad será evacuar a todos los civiles de esa área. Sobre todo, si usamos armas de alta gama esta vez. Para nuestra suerte, no me atreví a poner todos mis huevos en la misma canasta... quiero decir, en esta barricada fallida frente a nosotros."

Hoover desvió la mirada ante el intento del anciano de humor. Cualquiera que fuese el caso, sus huevos estaban en muchos estados menos el bueno. O'Connell siguió. "Debemos alcanzar el hogar de Kelvin antes que ese demonio, o lo que sea que sea ella, llegue. Estamos en una carrera contra el tiempo sargento. Debemos irnos, ahora."

"No podría decirlo mejor, señor," dijo Hoover, forzando una sonrisa de esperanza, en lo que observaba la barricada destruida y cubierta de sangre y extremidades. Una escena que causaba que su deseo por ser reconocido disminuya significativamente, más que nada porque podía ver la reacción de O'Connell. Incluso él sabía que estos hombres eran como familia para él, ya que los trataba como si fueran sus hijos. Afortunadamente, él veía la venganza como un deseo lamentable que no valía la pena. Sin embargo, sabía que esta característica no se aplicaba necesariamente a O'Connell.

Sé cómo derrotar a esta perra… Las palabras de la Criatura resonaban en la cabeza de Hoover. Tal vez había sobrestimado la lógica de sus propios instintos. Si quería acabar con el demonio, tenía que considerar lo contrario. Por lo tanto, confiaría en esa información. "Creo que sé cómo salvar a la familia de Kelvin, jefe," dijo finalmente después de deliberar consigo mismo por unos segundos. Tal respuesta fue recompensada con una mirada llena de esperanza de O'Connell. "Pero… no creo que podamos detener a ese monstruo," agregó.

O'Connell lo miró ahora perplejo. "Explíquese, sargento."

"Debemos limitarnos a ganar tiempo para que escape la familia de Kelvin. No podemos arriesgar más las vidas de nuestros hombres. Esto está claramente más allá de nuestras habilidades," Hoover continuó, tratando de sonar lo más convincente que podía. "Incluso si planeamos demorar al demonio, sería inútil. No podemos seguir repitiendo fracaso tras fracaso. El ejército es quien debe encargarse de esa… cosa."

Estas últimas palabras chocaron con el orgullo de O'Connell, y Hoover lo sabía, razón por la cual las había dicho en voz baja. Aun así, las había dicho y el viejo Héroe de Guerra no las aceptaría. "¿Entonces qué? ¿Dejamos que ese demonio siga libre, matando todo lo que se cruce en su camino? ¿Es eso lo que quieres, hijo?" reclamó O'Connell de forma calmada, aunque regañona, mientras extendía sus manos sobre los hombros de Hoover para mirarlo fijamente a los ojos. "¿Cuántas personas inocentes más tienen que morir? Es nuestro deber perseguir a este monstruo y acabar con él antes de que cause más desvaríos. ¿Está claro, hijo?"

"Sí, señor…" Hoover respondió, resignado a su decisión. Él conocía *aquella* mirada muy bien. Sin duda, O'Connell había renunciado completamente al principio que le había permitido sobrevivir a tantas batallas en el pasado. Estaba seguro al respecto.

Los ojos fríos y azules del Héroe de Guerra estaban consumidos por la venganza al punto de ser contagiosos para Hoover. Sintiendo su deseo, incluso él comenzó a sentir esperanza de que sí podían ganar. *Así que esto es lo que sería un líder efectivo ¿eh?* pensó él. "¿Cuál es el plan, jefe?"

"¡Asprey! ¡Venga para acá!" ordenó O'Connell. Uno de los hombres que habían estado en el helicóptero con él se les acercó. Este aún mostraba signos de shock ya que sus pasos nerviosos casi provocan que se cayera en el camino. "¿Recuerda que auto fue tomado?"

"¡S-sí, señor!" afirmó este, tratando de sonar tranquilo. O'Connell alcanzó sus hombros para darle seguridad. "No te preocupes hijo. Derrotaremos a este monstruo. Lejos de sólo vengar a nuestros hermanos caídos, tenemos un deber que cumplir que nos fue confiado. Hay una familia ahí afuera... en realidad, hay muchas familias allí afuera que pronto serán víctimas de ese demonio. No podemos permitirlo."

Ryan Asprey, quien se había unido a la fuerza hace un año, había encontrado algo de confort en sus palabras. A veces el Héroe de Guerra y él hablaban durante horas sin parar en la oficina de O'Connell sobre diferentes contextos e hipótesis sobre el mundo, lo que significaba ser un héroe, entre otros temas. Por lo tanto, nadie más podía decir palabras más grandes para el joven oficial. *Él es un héroe porque claramente está buscando el bien del país*, solía pensar él. Un día, sería exactamente como él.

"Tenía la placa 1AAA003 e iba hacia el norte," Asprey finalmente respondió en voz baja. A pesar de que las palabras de O'Connell lo habían calmado y hasta lo habían inspirado para dejar de temblar, en el fondo no quería ver al demonio de nuevo. Una parte de él le decía que ese número de placa era en realidad la llave que abriría las puertas del infierno. Una llave que abriría las puertas de una agonía intensa para aquellos suficientemente obstinados como para entrar. "¿Por qué se lo dije...?" Asprey murmuró un segundo después, arrepentido.

"¿Puedes activar su GPS?" preguntó O'Connell con evidente desprecio en su rostro.

"Sí, señor... el auto aún sigue yendo por la ruta 13," respondió Asprey tímidamente.

O'Connell rápidamente tomó algunas notas y formuló un plan dibujando el barrio entero en su pequeño cuadernillo.

"Esto sería el barrio de Kelvin. Debemos tomar cualquier atajo disponible para llegar pronto. Entonces, posicionaremos a nuestros hombres aquí... y aquí..." O'Connell explicó mientras señalaba con su bolígrafo algunas posiciones dentro de su dibujo. Aunque parecía infantil, Hoover estaba impresionado, de alguna manera, mientras que Asprey simplemente desvió la mirada.

"Con el debido respeto jefe ¿habla en serio?" preguntó Hoover, incrédulo. Sí, seguía impresionado, pero por cómo O'Connell había logrado calmarse y bromear en ese momento. Sólo se aseguraba el no haberse vuelto loco él también.

"Hmmm... ya veo... escucha, hijo. Todos los que me ven haciendo esto reaccionan de la misma forma. Así que, no te preocupes. Lo que pasa es que he vivido en ese barrio durante mis treintas y lo conozco como la palma de mi mano," dijo O'Connell sonriendo dulcemente. "Siempre he dibujado antes de enfrentar a cualquier enemigo. Una costumbre que se me quedó de mis días en el frente. ¿No es así, Asprey?"

Asprey seguía mirando hacia el piso. "Así es, señor," dijo con clara resignación. La primera vez que había visto a su jefe dibujando antes de una operación, no lo podía creer tampoco, pero terminó siendo efectivo. Tal vez era la forma en la que O'Connell explicaba sus planes, no lo sabía con certeza. De todos modos, viéndolo dibujar calmaba sus nervios, aunque fuese sólo un poco.

"¡Muy bien entonces, allá vamos!" ordenó el Héroe de Guerra. "Ya envié mis reservas y deberían estar en camino a la casa de Kelvin para ayudar como refuerzos, en caso todo se vaya al carajo. Necesitaré a sus oficiales también, sargento. Necesito a todos los que pueda proveerme para esta operación ¿está claro?"

"Claro..." dijo Hoover.

Entonces, los oficiales partieron hacia la barricada principal. Afortunadamente para ellos, tenían suerte de tener un atajo importante a través de un camino sin árboles por el bosque. En lo que Asprey y O'Connell se subían al helicóptero, Hoover subió a su auto, aún preguntándose... aún dudando...

Sin que se diesen cuenta, otro auto los seguía de cerca. Un auto con un montón de jóvenes muertos dentro. Por supuesto, la Criatura dejaría que la policía lo guiara hacia su presa y lidiara con el asalto frontal, el cual estaba garantizado a fracasar, para entonces aprovecharse de una, con suerte, debilitada Cruz Negra. Era perfecto. Si hubieran cooperado más con él, tal vez hubiera encontrado la forma de mantenerlos con vida. Ya les había contado el truco para derrotarla a los tontos que habían sido 'asesinados' en la barricada anterior. Esos idiotas no le creyeron, así que ¿cómo le iban a creer estos?

Manejando tras los patrulleros a través del paisaje sin vida entre los árboles, con sus faros apagados para no ser descubierto, no podía evitar sentirse un poco mal por los cadáveres que estaba junto a él en el vehículo. El chofer estaba sentado en el sitio del copiloto, con el cuello roto y su cabeza aún mirando hacia la izquierda, mirando a la Criatura con ojos vacíos. Los otros yacían en el asiento trasero, mirando hacia el techo del auto con la boca abierta, aún llevando la sorpresa que la muerte les dejó. Sin lugar a duda, nunca antes había hecho nada parecido, al menos lo que sería matar gente con sus propias manos. Ese era un privilegio que había guardado para la Temible. Normalmente, siempre había utilizado armas de fuego, o cualquier arma en general. La sensación del calor dejando sus cuerpos en sus manos era algo muy diferente a cómo se lo había imaginado. Incluso cuando era el gran jefe, nunca había tenido la oportunidad, aunque no porque no hubiera querido. Inicialmente había pensado en usar el arma que había obtenido antes, pero el pánico que eso hubiera generado en los jóvenes, ya que habría tenido que matarlos uno por uno, hubiera terminado con el auto saliéndose de control y un posible, así como indeseado, accidente que hubiera destruido el auto. Por esa misma razón, simplemente sacó un montón de manos en todas las direcciones. Dos por cuello, y una extra para el timón. Estaba demás decir que funcionó a la perfección ya que los jóvenes nunca supieron que los había golpeado y murieron al mismo tiempo. Produciendo una pierna desde su vientre, empujó la pierna del conductor, aún en el acelerador, y pisó los frenos, casi chocándose con el auto en frente de ellos. Después de eso, el resto había sido muy simple, ya que, habiendo traído la radio de la policía de la patrulla estrellada de la que había salido, podía ver fácilmente cuál era el plan que O'Connell tenía en mente y qué caminos tomaría. Para el momento en el que llegó a la famosa barricada principal, vio el helicóptero que había partido de la barricada anterior observando todo el barrio desde la seguridad del cielo nocturno. Sus parloteos por la radio hacían fácil deducir lo que estaban planeando.

No podía evitar reír a carcajadas por lo que estaba a punto de pasar, claro, el hecho de su horrible destino. La mayoría de estos idiotas iba al matadero cegados por la venganza. Él conocía mejor la situación, mucho mejor ahora. *Cuando empujas a un hombre a su límite, este deja de temerle a la morte misma*, pensó. Ya le había pasado a él y ahora le estaba pasando a ellos. Cuando veía su vida siendo repetida por otros, una sonrisa nunca fallaría en aparecer en su rostro. Era como si estuviera en una competencia para ver si seguirían vivos tras enfrentar a la Temible, como lo había hecho él tratando de matarla ya dos veces. Era como si su hazaña de haber sobrevivido lo hacía de alguna manera especial.

Entonces, siguió escuchando la radio y saltó de alegría cuando parecía que todo se iba a la mierda. Detuvo el auto en las faldas del bosque, lo dejó allí y continuó a pie hacia lo que parecía un pequeño barrio. Podía imaginar a los habitantes de la zona como vencedores que habían logrado el sueño panteano, o al menos así era conocido. Una buena casa, un lindo jardín, esposa e hijos. Perfección que estaba por ser golpeada por una calamidad de calidad más pura. *Desearía haber traído algo de maíz inflado…*

A la distancia, algunos sujetos armados se unieron a los que la Criatura había estado siguiendo y se posicionaron alrededor de los edificios después de haber creado una barricada adicional con sus autos, estos a su vez con hombres armados detrás. No parecían querer posicionarse dentro de las casas. La Criatura tuvo que aguantar la risa con todas sus fuerzas —era demasiado gracioso de observar. Tanto respeto y correctitud serían su perdición. Encima de eso ¿cómo era que algo que claramente había fallado antes iba a funcionar ahora? Entonces, recordó que él había hecho exactamente lo mismo contra el mismo enemigo y su risa de desvaneció completamente.

Treinta minutos después, la protagonista de la *ópera* hizo su aparición con su recién robado patrullero. Los hombres detrás de la barricada abrieron fuego sin hesitación en lo que el helicóptero, volando en el cielo negro de la noche, miraba e iluminaba la escena con una luz brillante. La Criatura se alegraba de no haber tenido que pagar para ver un show de este calibre, incluso si estaba cubierto por las sombras de los árboles cercanos y su asiento no era muy cómodo, era más que suficiente. "*Un spettacolo* que no se ve todos los días..."

"¡Fuego! ¡Fuego! ¡Mátenla!" ordenó O'Connell desde la seguridad de su helicóptero con un megáfono. "¡No la dejen acercarse!"

Es más fácil decirlo que hacerlo, pensó Asprey, también mirando la escena sentado al lado del piloto.

Todas las balas brillaron en dirección hacia el carro embistiéndolos. No obstante, a diferencia de lo que esperaban, la Temible parecía estar disfrutándolo y por una buena razón: el parabrisas estaba hecho de vidrio blindado. Sus ojos no mostraban más que excitación pura, como si el miedo no existiese. Asprey, mirando desde las alturas, sólo podía preguntarse el porqué, o el cómo, esa mujer conseguía mantener esa sonrisa asquerosa todo el tiempo, incluso cuando le habían disparado en la pasada y destruida barricada. Viendo su error, ya que las balas no penetraban el vehículo, los hombres apuntaron al motor, pero ya era tarde. El auto siguió corriendo a gran velocidad, inclinándose a la derecha en lo que la Cruz Negra abría la puerta del chofer para pararse sobre la carrocería. Asprey se dio cuenta que estaba usando sus cruces como contrapeso para lograrlo. Podía ver cómo la escena se repetiría otra vez: la misma barricada, la misma masacre.

Con el pasar de unos segundos, el auto se estrelló con la barricada en lo que la Cruz Negra saltó sobre los oficiales esperándola. Medio segundo después, ya había reclamado su primera víctima, luego su segunda, luego su tercera: todos muertos con sus cráneos hechos pedazos. Aun así, los demás siguieron peleando, disparando y retirándose. Su risa, aguda y orate, sólo incrementaba el pánico extremo que los hombres apenas podían suprimir. En cuestión de segundos, muchos de los oficiales de la barricada habían sido exterminados en lo que los valientes que quedaban con vida se alejaban, junto a los demás que habían decidido violar la ley y ahora se escondían dentro de los edificios. Todos ellos, designados como la última línea de defensa, tenían que dispararle al demonio con armas de alta gama con la meta de destruirla. Hoover estaba entre ellos, preparando su lanzamisiles.

Esto tiene que funcionar... ¡por favor funciona! pensó el sargento mientras recargaba su arma.

"¡Esto lo decide todo! O ganamos todo o morimos intentándolo. ¡¿Listos chicos?!" Hoover animó, apuntándole al monstruo maldito cargando hacia ellos. "¡No se atrevan a fallar ni un solo disparo! ¡Fuego ahora!"

Al unísono, la orquesta de misiles tocó su melodía. Algunos de ellos fallaron en darle, inevitablemente, mientras que otros le dieron al suelo cerca de sus pies, creando una nube de polvo alrededor de ella. Con suerte, algunos de ellos le habrían dado al blanco. Era una guerra después de todo. Todos trataban, en general, de asustar al enemigo, matándolo por accidente y no adrede. Tal había sido la naturaleza humana durante siglos hasta que el entrenamiento más reciente del ejército de Pantea resolvió el problema usando puntería de reacción. Fue gracias a esto que un grupo de ocho soldados panteanos acabaron con 200 enemigos cuando su helicóptero fue derribado en Tenumiu, también conocido como el incidente del Ruiseñor Blanco. Mientras que estos 200 disparaban hacia los soldados sin apuntar, tratando inconscientemente de no matarlos, pero sí de asustarlos para que se rindiesen, los soldados panteanos no fallaron ni uno de solo de sus tiros. Desafortunadamente para Hoover y el resto de la fuerza policiaca, ellos no eran del ejército. Su propia humanidad sería su perdición contra la muerte misma.

"¡Alto al fuego!" Hoover ordenó, tratando de ver si la Cruz Negra había sido exterminada en lo que la nube de polvo era demasiado densa como para confirmarlo a simple vista. Para su horror, pronto se dio cuenta que ese no era el caso ya que sus ojos diabólicos reaparecieron y su carcajada volvió a hacer eco en sus corazones y mentes.

"¡Todos recarguen y disparen! ¡Ahora! ¡Ahora! ¡Ahora!" ordenó Hoover con desesperación en su voz. Algunos de sus hombres no lo soportaron más y repitieron el mismo error que había sido cometido en las barricadas pasadas: huir en lo que el demonio emergía del humo, intacto. Su enorme y triunfante sonrisa, acompañada de sus ojos rojos carmesí, era como una visión del apocalipsis. Su piel amarillenta y sus venas negras, visibles incluso a la distancia, comenzaban a cincelarse en la mente de Hoover. Ante tal escenario, los hombres que no habían huido aún no esperaron la orden. Le dispararon tan pronto como pudieron. Esta vez, sin embargo, la Temible usó sus cruces para desviar los misiles que le hubieran dado, de otro modo, mientras seguía cargando hacia ellos con una retorcida ferocidad dibujada en su rostro la cual era imposible de describir. Hoover, al igual que sus predecesores de esa noche, quería correr también, pero, también como sus predecesores, sus piernas no se lo permitían. "Ahora veo lo que vieron... Newman... Yang... supongo que aquí se termina todo..." dijo él mientras cerraba los ojos para aceptar lo inevitable. Sorprendentemente, el demonio pasó por su lado y el de los hombres cercanos. Hoover pronto se dio cuenta que ella había terminado de perseguir a los hombres que habían elegido huir del campo de batalla. Ella les lanzó sus cruces, amputando sus piernas, sólo para acabar con ellos con la misma cruz que había usado cuando estaban a su alcance. Le tomó alrededor de un minuto el hacérselo a cada uno de ellos. Hoover no podía permitir que esta oportunidad se fuera al tacho.

"¡Retirada! ¡Está distraída! ¡Retirada ahora! ¡Ahora!" Los hombres estaban felices de oír esto. Aunque sentían culpa por usar a sus camaradas como distracción, sabían que sus vidas valían más, incluyendo a Hoover que lideraba la fuga en masa.

Entonces, obedecieron y comenzaron a huir cuando una voz maternal detrás de ellos les habló. "Tuvieron elección... me forzasteis a hacer esto... ¿cuánto vale su oro personal cuando la desesperación toca a su puerta?"

Ellos no respondieron. Ignorándola completamente, incluyendo también los gritos de los caídos, siguieron corriendo. Y en eso, Hoover se quedó sin aliento y tuvo que detenerse. "Esto es... imposible... no podemos ganar..." dijo mientras se volteaba sólo para ver al hombre detrás suyo siendo desmembrado hasta morir. Hoover cayó de rodillas cuando miró a su alrededor y se dio cuenta de que era el último sobreviviente del equipo, sollozando a mares, mientras miraba a la tenebrosa figura acercándosele junto a sus dos letales armas.

"¡¿Por... POR QUÉ?!"

Viendo al monstruo aproximándosele con una enorme sonrisa, vacía de empatía y llena de sadismo, Hoover se limitó a mirar hacia el cielo de la noche y cerrar los ojos.

Lo siento chicos... de verdad lo lamento...

II

POR FAVOR AYÚDAME... por favor... mátame...

Carmen no podía pensar en otra cosa mientras Tom y Joe cargaban contra el jovenzuelo. Ellos sabían que le darían tiempo al mizelas para pensar en cómo salir de la habitación si se acercaban lentamente. Lo habían llamado 'pies mojados', por lo visto. ¿Cómo sabían que ese era su estatus? ¿Acaso lo tenía estampado en su frente? El simple hecho de que tenía un fuerte acento estuano y que huía de las autoridades lo decía todo, incluso para Carmen, quien yacía atada en la cama mirando en silencio, sintiendo lastima, esperanza y miedo al mismo tiempo. ¿Estaría bien? ¿Era él el que venía a terminar con su vida de tortura? Sí era así ¿cómo la mataría? ¿Qué tan rápido? Aunque aún necesitaba descubrir al verdadero asesino de su hijo y al verdadero culpable de su miseria, esos pensamientos siempre estaban allí. A veces la balanza se inclinaría a su favor, y a veces no. Tal vez era cierto. Tal vez finalmente se había vuelto loca.

Sin importar sus pensamientos, la pelea iba en una dirección. El joven podía evitar los golpes de los enfermeros con facilidad, como si supiera hacia dónde dirigirían sus ataques con anticipación. Entonces, él les regresaría los golpes con gran eficacia hasta dejar a los enfermeros con el cuerpo temblando. Por lo mismo, sus captores comenzaron a cansarse sin obtener ningún resultado beneficioso, ya que no podían pegarle. La diferencia entre ellos y el jovenzuelo se hacía cada vez más evidente. Él estaba en muy buena forma y apenas estaba agitado por la conmoción, a diferencia de sus atacantes. Estaba demás decir, el mizelas no parecía cansado en lo absoluto. Por lo tanto, aparentemente no logrando nada, Joe usó una distracción para que Tom lo golpeara en el estómago, ambos ya desesperados. Sin embargo, el mizelas lo evadió saltando tan alto como podía y golpeándolo, rompiéndole la nariz con rodillazo en el proceso y dejándolo inconsciente. Incluso con esta pequeña victoria, el jovenzuelo no bajó la guardia ni por un segundo y se mantuvo en una pose defensiva ante su oponente restante. Joe trató de agarrarlo con un abrazo, posiblemente tratando de atraparlo para romperle los huesos con su fuerza, a lo cual el joven simplemente se agachó y, poniendo sus pies sobre el estómago de Joe, usó los brazos del enfermero como una palanca para tirarlo contra la pared más cercana, en parte gracias al propio impulso cinético de Joe. Este cayó fuertemente de cabeza, la que chocó directamente contra el piso, y quedó fuera de combate. Acto seguido, el intruso miró a su alrededor, como si buscara algo desesperadamente. Carmen asumió que posiblemente verificaba si había más enemigos. Una vez hubo terminado, se acercó a ella. La miró a los ojos y ella a los de él. Su cara calmada cambió completamente, cuando la vio de cerca, a una que mostraba lástima y tristeza. "Esto va más allá de malo…" dijo él en lo que lágrimas salieron de sus ojos y cayeron en la cara de Carmen sin que esta se diese cuenta. Su cuerpo temblaba de miedo en lo que las manos del muchacho comenzaban a acercársele. Viendo todo ese poderío suyo, explotando con cada puñete y patada, la hizo sentir tan insignificante que sabía que él podría crujirla si quisiera. En el peor de los casos, él también tomaría su cuerpo al igual que Tom y Joe. Carmen cerró los ojos mientras la amargura de no poder defenderse aparecía ante ella una vez más, esperando lo de siempre. Y así, esperó con los latidos de su corazón acelerándose y sus nervios preparados. Se preparó para sentir sus sucias manos sobre su cuerpo. La oscuridad que le brindaban sus parpados hacían esta espera aun peor. Entonces, sintió sus manos en sus muñecas...

La estaba desatando.

"No sé qué te hacían esos *cojudos*, pero lo que sea que fuese, incluso yo me doy cuenta de que es algo inhumano. Ven aquí, déjame ayudarte," dijo el jovenzuelo mizelas extendiendo su mano derecha hacia Carmen una vez había terminado de desatar sus tobillos. Algunas de sus palabras penetraban su ser al hablarlas en su lengua materna. Era algo que no había oído en siglos. Aquellas palabras le regresaron a tiempos más felices. El calor de entender y sentir, a diferencia del frío idioma piedrino. El joven usaba un polo blanco y un pantalón de buzo blanco. Era más joven que ella, posiblemente estaba en los finales de su adolescencia. Su juventud hacía que Carmen se preguntara, sorprendida, cómo había logrado un niño como ese reducir a hombres tan poderosos. Había leído sobre delincuentes en sus libros, o, en otras palabras, jóvenes que se convertían en mafiosos y que sufrían terribles consecuencias. ¿Acaso él era uno de esos? O ¿acaso le habían pagado para que la matara? Cualquiera de ellas era posible y dichas posibilidades tuvieron impacto en Carmen en lo que sus diferentes miedos comenzaban a encontrarse en su corazón. Sólo podía permanecer sentada sobre la cama, paralizada por el miedo, sin poder decidir si debía tomar la mano del joven o no. Aparte de todas estas posibilidades, había una mucho peor: el hecho de que alguien tratase de salvarla era demasiado bueno para ser verdad, fuese él o cualquier otra persona. ¿Por qué estaba allí? ¿Otra broma cruel del destino? Carmen tenía muchas dudas, tantas preguntas, mientras que su mano permanecía inmóvil en el aire, a solo unos milímetros de tomar la del mizelas. ¿Y si había sido contratado por el verdadero asesino de su hijo? Este joven definitivamente podía haber matado a esos dos hombres y tenía el potencial de un asesino profesional. Era sencillo imaginar cómo él podría romper su cuello sin mucho esfuerzo a pesar de su edad, especialmente con lo débil que ella estaba. Su mente creó todo tipo de escenarios donde él le daría el golpe de gracia, y todos ellos se reproducían una y otra vez en su mente. De pronto, la realidad la llamó en la forma de sonidos de personas aporreando la puerta.

"¡Estás rodeado, manos mojadas! ¡No tienes a dónde ir! ¡Ríndete pacíficamente y abre la puerta!" gritaron los hombres afuera mientras seguían martillando aquella estructura de madera con todas sus fuerzas, haciendo más ruido. Era obvio que la puerta no soportaría mucho tiempo más.

"Parece que no tengo opción…" murmuró el jovenzuelo en lo que se acercaba a Carmen y tomó su mano. Dado que ella no reaccionaba en lo absoluto, el adolescente la jaló hacia él con fuerza y la cargó en su espalda. Ella estaba tan débil que, incluso si hubiera querido resistirse, no hubiese podido ni intentarlo. En el fondo de su corazón, algo le decía que aquí terminaba todo. Lo que fuere que le deparara el destino, si iba a morir, al menos lo haría libre de ese endemoniado lugar. *Sin importar cómo me mates… Gracias*, Carmen pensó en lo que el joven mizelas se movía alrededor de la habitación buscando una salida mientras que ella apenas se daba cuenta de qué estaba pasando. Lo que sí podía ver era que él usaría su cuerpo en algún momento. Ya lo había aceptado para este punto, incluso su cuerpo lo esperaba también. Toda la humanidad era igual. Primero Jason, quien la había abandonado, luego esos monstruos del manicomio y ahora estaba este jovenzuelo.

¿Una consciencia llena de arrepentimiento? ¿Eso es todo? … esperaba más…

El jovenzuelo tomó una silla metálica y logró romper una ventana cercana después de muchos intentos, aunque el vidrio estaba de reforzado. "¡Qué suerte! ¡Estamos en el primer piso!" dijo el chico, sonriendo ligeramente, cuando se paró sobre el alfeizar y abrió las cortinas. La luz del sol golpeó los ojos de Carmen fuertemente con su brillo, haciendo que ésta cierre los ojos en respuesta. "¡Al menos no pesas nada!" agregó el joven mientras reaseguraba el cuerpo de Carmen sobre su espalda con la mano izquierda. Ella apenas podía moverse, como si fuese un trapo, mientras oía cómo la puerta estaba a punto de ceder. Y así, antes de que se diera cuenta, el adolescente mizelas había saltado por la ventana. Carmen ya no sabía qué estaba pasando cuando la puerta finalmente se abrió con una patada por hombres vestidos con trajes negros, lentes de sol y pistolas. Estos corrieron hacia la ventana, pero ya era tarde. Por lo tanto, sin perder ningún segundo, comenzaron a dispararles inmediatamente. Estaban tratando de matarlos y no parecía importarles la paciente secuestrada. Mientras oía las balas golpeando el suelo a su alrededor, Carmen sólo podía concluir que su puntería era sólo sobrepasada por la agilidad del joven. Podía sentirlo moviéndose de lado a lado, acercándose a los árboles para cubrirse, para luego moverse al siguiente árbol. Fue entonces que recordó qué tan grande era el jardín de Sanatorium en realidad. Eventualmente, y sorprendentemente, el chico fue en dirección contraria de la puerta principal y trepó la cerca de Sanatorium saltando en paredes perpendiculares en la esquina de la instalación. Cuando aterrizó en la vereda, ya afuera, aceleró como si no hubiera un mañana. Fue entonces que Carmen recordó que Sanatorium se hallaba en las afueras de la ciudad, cerca de unos suburbios.

Mientras corría por las calles, Carmen sentía sus pequeños, aunque poderosos, músculos por la forma en que sostenía su cuerpo firmemente en contra espalda, con su sudor impregnando su nariz y ropa. Estaba claro que su cuerpo estaba en su mejor forma, era potente. Sin embargo, si no se veía amenazante para Carmen era debido a que era igual de alto que ella. En vez de peligro, sentía gran determinación con cada paso que él daba. "¡Ya casi estamos fuera de su alcance!" dijo él mientras respiraba agitado, pero manteniendo su velocidad. Su voz calmada y confiada hizo que Carmen se preguntara más cosas, aunque estuviese en camino al matadero. ¿Quién era este chico? ¿Por qué se molestaba en hacer todo esto por ella? Ya que parecía ser menor de edad, incluso si fuese un asesino ¿por qué alguien usaría fuerza letal con él? Nada tenía sentido. Pero, aun así ¿no había visto algunos sinsentidos antes ella misma?

Tras correr por los suburbios, hasta que los hombres armados ya no podían ser vistos ni oídos, el adolescente se metió en un patio trasero que tenía una cerca hecha de arbustos. En cuanto a cómo habían logrado salir en una pieza, y sin ninguna

interrupción, Carmen asumió que los que perseguían al jovenzuelo habían estado diciendo faroles: en realidad nunca rodearon Sanatorium. ¿No eran las autoridades reales? Pensar se
había convertido en algo estresante en lo que el adolescente
bajaba a Carmen gentilmente sobre el pasto.

"Los oigo venir. ¡Escondámonos!" dijo el joven mientras
abría una pequeña ventana que llevaba al sótano de la casa del
jardín en el que estaban. Sin poder moverse, sintiéndose una
vez más como un trapo, Carmen fue arrastrada dentro del edificio por el chico mizelas. Justo después de unos segundos, tras
haber entrado, oyeron los pasos de cuatro hombres furiosos
afuera.

"¿Dónde está ese *manos mojadas*? ¿Dónde mierda se fue?
¡Maldición!"

Después de pasear por la zona, sus pasos se alejaron hasta
desaparecer completamente. Sólo entonces el jovenzuelo suspiró aliviado. "Estuvo cerca," dijo alegremente. Luego, miró a
Carmen de cabeza a pies, con la ayuda de la tenue luz que venía a través de la ventana que acababan de usar para entrar.
"Creo que deberías conseguir algo más que usar," murmuró en
lo que seguía mirando alrededor del lugar de puntillas. El sótano era bastante oscuro, aunque no muy polvoriento, lo que
hacía al adolescente asumir que se usaba regularmente. Para
Carmen, incluso si hubiese estado extremadamente sucio, era
un millón de veces mejor que Sanatorium. "¡Bien!" dijo el jovenzuelo alegremente cuando encontró una secadora de ropa.
En lo que Carmen lo observaba, se dio cuenta del motivo de su
alegría. Parecía que los propietarios del lugar no solían andar
apurados y habían dejado su ropa seca dentro de la máquina.
La sacó y, después de elegir durante lo que parecía un minuto,
volvió con un polo blanco, pantalones azules sueltos y medias
grises para dárselas a Carmen. ¿Acaso este chico era alguien
tan cruel como para darle esperanzas antes de matarla? De otro
modo ¿por qué estaba haciendo todo esto? ¿Qué buscaba realmente? ¿Qué quería de ella? Carmen quería preguntarle todas
estas cosas, pero, aun así, permanecía en la misma posición,
paralizada por el miedo.

Al ver que Carmen no se movía, ni trataba de cambiarse de ropa, mirándolo con ojos fijados en el vacío, el joven se dio cuenta de algo. "¡Oh! ¡Lo siento! Me volteará para que te cambies. No te preocupes," dijo él, dándose vuelta y mirando a la pared. No era que esto le importara a Carmen, ella estaba a su merced de todos modos, pero apreciaba el gesto dado que su cuerpo debilitado le permitía cambiarse a la velocidad de una tortuga. Después de quince minutos, había terminado. "¿Me puedo voltear?" preguntó él pacientemente, aún concentrado en el mismo papel tapiz descolorido.

"Ajá," dijo Carmen con su voz aún bañada con miedo. El jovenzuelo mizelas se dio la vuelta y parecía complacido con la escena, asintiendo con una pequeña sonrisa. Carmen lo miró a los ojos nuevamente, sin embargo, no importaba cómo lo hiciera, no encontraba lo que estaba buscando. En vez de instintos asesinos y una naturaleza sádica, sus ojos mostraban cierta paz y calma. ¿Quién rayos era? Carmen podría haber tratado de decir algo, pero se había mantenido en silencio en el manicomio durante tanto tiempo que... tal vez había olvidado cómo hablar. Sin importar cuánto quisiera decir, ni una palabra salía de su boca. Esta falta de respuesta le sacó una mirada perpleja a su captor, provocando que este se le acerque poco a poco, extendiendo su mano hacia ella, lo que a su vez hacía que ella se acercara a la pared, alejándose de él. Esperando lo que sea que su mente enferma pudiese haber planeado, Carmen se cubrió el rostro con las manos. No obstante, no sucedió nada. Al abrir los ojos, lo vio de cuclillas ante ella manteniendo distancia, con sus manos sobre sus rodillas y una expresión relajada en su cara. El no saber lo que quería, o lo que planeaba, comenzaba a construir desesperación en Carmen, la cual estaba a punto de estallar cuando el joven finalmente habló.

"Mira, no sé qué te hicieron esos tipos. Lo que sea que fuere, parecía horrible. Lo entiendo," dijo poniéndose de pie y alejándose unos cuantos metros de ella. "Sólo para que lo sepas, señorita, no soy de ese tipo de sujetos." No obstante, los ojos de Carmen mostraban incredulidad y el completo terror que él le producía. El mizelas respiró profundamente y prosiguió. "Lo que estoy tratando de decirte es que no te voy a lastimar ¿está bien? Debemos irnos ahora. Esos tipos podrían estar ahí afuera, buscándonos. Ya que no estás en tu mejor momento, te pediré que por favor me aguantes por ahora." En respuesta, los ojos de Carmen se relajaron en lo que la tensión en su cuerpo también bajó unos cuantos niveles. Acto seguido, trató de pararse, pero cayó instantáneamente al suelo. Para su suerte, el jovenzuelo la atrapó en el aire antes de que ella hiciera sonidos indeseados que pudiesen alertar al propietario de que tenía invitados no deseados en casa. El chico mizelas le proporcionó un trapo. "Cubre tu cabeza con esto. Hasta que tu cabello vuelva a crecer, podrías llamar atención que no necesitamos. ¡Oh! Antes de que lo olvide, puedes llamarme Nico."

Acto seguido, la ayudó a ponerse de pie y ambos procedieron a irse del lugar a través de la misma ventana por la que habían entrado. Una vez fuera, podían oír a varios patrulleros a la distancia. Parecían estar rodeando el manicomio, probablemente buscándolos. Tenían que salir de allí lo más rápido posible, pero ¿cómo?

¿Has considerado... cometer crímenes? Tanta cosa para un caballero en brillante armadura...

"Odio hacer esto, pero la forma más rápida de salir de aquí es tomando el auto de alguien más," dijo Nico. "¿Sabes manejar?" agregó, aunque se arrepintió de sus palabras ni bien salieron de su boca al ver el cuerpo decadente de Carmen una vez más. "Está bien, tal vez tenga una mejor idea…"

Cerca de un semáforo, se escabulleron y se metieron en la parte trasera de una pequeña camioneta que esperaba que la luz roja cambiara a verde. Por supuesto, no había vehículos detrás de esta. Tal como lo habían planeado, la noche no dejaba ver mucho a testigos casuales, de otro modo, si alguien veía a una mujer rapada siendo cargada por un joven podría haberles dado problemas, especialmente en la sociedad panteana. Ya en la plataforma de la camioneta, Carmen mantenía su distancia respecto a Nico, aunque esa distancia no fuese mucha debido al estrecho espacio en el que estaban metidos, entre electrodomésticos oxidados, y así se mantuvo ella durante todo el viaje, así

166

el jovenzuelo no intentara nada ni intentara acercársele. En su soledad temporaria, Carmen cerró los ojos y sintió el viento golpear su rostro, disfrutando cada bocado de aire fresco de libertad que pudiera inhalar. *Libre al fin*, pensó ella al abrir los ojos y ver a Sanatorium perderse en la distancia. Al mismo tiempo, ojeó casualmente a Nico, vigilando cada uno de sus movimientos.

Para su sorpresa, el mizelas ni siquiera la miraba. Aunque sus ojos seguían el cielo de la noche, sus brazos y piernas se movían constantemente, fuese tamborileando sus dedos sobre sus rodillas o golpeando la plataforma de la camioneta suavemente con las plantas de sus pies, lo cual hizo durante todo el viaje. ¿En qué estaba pensando? ¿Estaba ansioso? De algún modo, el pensar que él la mataría se convertía en algo cada vez menos posible. Podría haberla matado si hubiera querido en aquel sótano y dejado su cadáver pudriéndose allí. Ella sabía que representaba un estorbo para él, pero, aun así, ahí estaba él. En ese caso ¿qué había hecho este joven para merecer tal persecución? ¿Acaso era traficante de personas? De cualquier forma, la inocencia de sus ojos decía lo contrario. Sin embargo, Carmen había aprendido hace mucho tiempo a no confiar en tan simples características. Quizás no era tan joven como parecía. Esta era una característica que no era difícil de encontrar entre los lurnos, la gente que poblaba vastas áreas del oeste del globo. Los ojos de Nico eran un poco rasgados, lo que significaba que podía estar relacionado genéticamente con ellos, algo que no era difícil de ver en un mizelas tampoco ya que estos tendían a ser una mezcla de varias razas. Ella ya había conocido unos cuantos antes. Por ejemplo, algunos de sus trabajadores venían de Chilinia. Aunque la mayoría de ellos tenían caras diferentes y un color de piel similar, y posiblemente compartían ancestros similares, esto no era cumplido por todos. Algunos eran completamente diferentes de su propia mayoría. Tal vez lo estaba pensando demasiado. Se sentía como una científica haciendo un documental sobre cómo clasificar las especies que se toparan con ella.

La camioneta en cuestión los llevó hasta el centro de Las

Esbirras, lo cual Nico hizo saber a Carmen tocándole el hombro con su índice izquierdo. "Deberíamos bajarnos aquí," dijo mientras esperaba a la siguiente luz roja. Carmen lo miró perpleja, diciéndole con los ojos que ella no sabía qué hacer. Si se quedaba allí, difícilmente podría salir del vehículo por su cuenta dada la condición de su cuerpo. Esta opción la llevaría al destino final del chofer donde este podría o reportarla y entregarla a la policía, o aprovecharse de ella. Por lo tanto, seguir al jovenzuelo parecía ser una mejor opción, incluso si esta pudiera potencialmente terminar de una manera similar. Por lo mismo, asintió con la cabeza y aceptó la elección de su captor, aún sin poder hablar. Sin duda alguna, una vez se detuvo la camioneta, ambos se bajaron tan silenciosamente como pudieron ya que no querían al chofer persiguiéndolos también, creyéndolos ladrones.

La ciudad de Las Esbirras era muy diferente a esas horas de la noche. A la una de la mañana, el lugar se sentía como un lugar inhóspito lleno de posibles atacantes, criminales y asesinos. Carmen incluso sentía que la vereda podría morderle las piernas si caminaba muy lento. El ambiente en si sobrecargaba sus sentidos mientras que Nico la guiaba por las calles sosteniendo su mano derecha. Eventualmente, llegaron a un puente sobre un río terriblemente contaminado.

"Aquí es dónde pasaremos la noche. No es tan cómodo como otros lugares, pero podría ser peor," dijo Nico una vez estaban debajo del puente. Acto seguido, trajo un cartón marrón que había obtenido tras desarmar unas cajas que había encontrado por ahí. Una vez listos, puso los cartones sobre el suelo, como si fueran una especie de cama arcaica. Carmen nunca se hubiera imaginado que su primer día como una mujer libre sería también su primer día como una 'vagabunda', como Jason solía llamar a esas personas. Si su padre la viese ahora, seguramente su decepción hubiera tocado el techo. Tales pensamientos le brindaban tristeza y alivio al mismo tiempo ya que los criminales, usualmente, no dormían debajo de los puentes, o al menos eso había asumido. Era precisamente para no dormir en tales sitios que cometían sus fechorías, después de todo.

El lugar, en general, se parecía a uno de los que usaban en películas de terror con bajo presupuesto. El olor a orina mezclado con alcohol y putrefacción, acompañado de grafitis por todas partes, junto a la falta de limpieza le informaba a Carmen que se encontraba en una de las zonas rojas de la ciudad, definitivamente. Ella recordaba bien esa parte de la ciudad: el distrito de Galera Ida. Recordaba perfectamente las pocas veces que había estado allí: una vez había sido testigo del robo del bolso de una mujer, en vivo y en directo, cuando paró en una luz roja y nadie se inmutó ante el incidente. Carmen sabía para ese punto que había otras señales de alta actividad criminal en el área. Este distrito tenía la población sin techo más alta en Las Esbirras desde los 1970s. Esta realización hizo que Carmen quisiera gritar, pero estaba muy débil hasta para hacer eso. Además, no tenía sentido hacerlo ya que nadie la ayudaría, ni siquiera si lo conseguía. Sólo podía mirar cada movimiento que Nico hacía, quien, a pesar de la situación, parecía muy confiado y tranquilo, un comportamiento del cual algunas cosas le llamaban la atención. Por ejemplo, siempre estaba moviendo alguna parte de su cuerpo sin importar si estaba sentado o echado. También estaba el hecho de que usaba audífonos todo el tiempo. Normalmente esto haría que una persona regular tuviese dificultad para escuchar a la gente, o cualquier otra cosa en efecto, pero, aun así, ahí estaba el escuchando cada sonido a su alrededor. Sonidos rodeándolos que ella ni siquiera podía imaginar. Por ejemplo, si alguien había cerrado una botella cerca de ellos, el joven se ponía en una pose defensiva y esperaba durante unos segundos. Entonces, se relajaba y explicaba, tras ver la mirada de preocupación de Carmen, que pensaba que alguien estaba por tirarles una bomba, aunque en realidad era alguien poniéndole la chapa a una botella de gaseosa. Claro, Carmen no decía nada en respuesta.

Nico también evitaba tocar cualquier superficie durante un largo tiempo, incluyendo sus cartones, volteándolos y sosteniéndolos de diferentes lugares cuando los cargaba. ¿Y si él era como ella? ¿Un fugitivo que había salido de un manicomio con raras costumbres? Era bastante misterioso.

Mientras Carmen se hallaba inmersa en sus pensamientos tratando de entender al adolescente, este se acercó a un basurero cercano y sacó una mochila. Después, se acercó a Carmen lentamente mientras sacaba algo de dicho objeto. Ella, por su parte, levantó los brazos para cubrir su rostro, preparándose para lo peor, cuando sintió la superficie de un plástico suave sobre su brazo. "Toma esto. Creo que te ayudará un poco."

Carmen abrió los ojos y se dio cuenta que le estaba dando una botella de agua. Sin cuestionarlo más, ella arrancó la botella de sus manos y se la tomó toda de un trago. Había olvidado que no había comido ni bebido nada después de escapar. Mientras ingería el líquido elemento, Nico sonreía ante la escena dulcemente. Ya que esto era lo único que podía tomar en ese momento, no podía evitar sentir que el sabor de esta agua era diferente. Se sentía pura, incluso le recordaba sus viejos días en Estú y sus días antes del manicomio. El agua que le daban en Sanatorium era amarga comparada con esta.

"Desgraciadamente, esto es todo lo que te puedo ofrecer por ahora. Me voy a dormir y tú también deberías," dijo gentilmente mientras se tapaba con sus cartones. "Si necesitas ayuda, despiértame. Este lugar es peligroso." Entonces, se quedó profundamente dormido. Sin embargo, a diferencia suya, Carmen no podía dormir, mirándolo, esperando a que algo sucediera. Tal vez revelaría su verdadera cara y sus verdaderas intenciones una vez ella se hubiese dormido. No obstante, todo lo que vio fueron sus pies moviéndose esporádicamente de vez en cuando, como si se tropezara con algo en sus sueños. ¿Acaso dejaría de moverse en algún momento? Mientras lo observaba, recordó que estaban a mediados de quintillus, o el inicio del verano. Esta noción tenía sentido al juzgar la temperatura. Dado que había perdido la cuenta de las fechas y las estaciones del año, no podía ni siquiera imaginar cuánto tiempo había estado encerrada en Sanatorium. Con sus pensamientos rodeando de su mente, así como sus planes de escapar de este salvador reciente por miedo puro, sus ojos lentamente comenzaron a cerrarse y se unió a Nico en la tierra de los sueños.

Mientras dormía, sólo podía ver el asesinato de su hijo una y otra vez en las profundidades de sus recuerdos, siendo incapaz de detenerlo. Jason la miraba cometerlo con sus ojos vacíos.

Jason...

¿Dónde estaba? ¿Sabía de su escape? ¿Acaso había confirmado su culpa al hacerlo? No importaba. El juez había decidido que era culpable hace mucho tiempo, pero no estaba claro para Carmen si ella era culpable ante sus ojos. Esto también la hacía preguntarse sobre cómo la veía el mundo para ese punto. Tal vez lograría obtener un periódico o algo eventualmente, lo cual le diría cuál era la situación actual. No obstante, para hacer tal cosa tenía que huir del jovenzuelo mizelas. Algo sobre él la aterraba, aunque no sabía qué era. Sin duda, no sabía quién era y aún tenía muchas preguntas para él. Sin embargo, la pregunta más importante que vagaba por su mente tenía que ver con su actitud: la forma en la que la trató en Sanatorium y en el sótano con el firme agarre de sus manos cuando la ayudó a levantarse. La determinación que mostraba por cada centímetro de su rostro. Quizás él no era tan malo, pero hasta que sus verdaderas intenciones y su pasado fuesen revelados ante ella, ella mantendría sus precauciones. *Mejor prevenir que lamentar*, pensó ya que sólo eso se podía prometer a sí misma.

Buena suerte con eso...

El sol golpeó su cara en la mañana, despertándola abruptamente. Carmen se palmeó el rostro suavemente para verificar si realmente se había despertado, o si seguía con vida. Temía verificar su cuerpo por posibles intrusiones hechas por Nico, pero no encontró ninguna. Subsecuentemente, miró rápidamente alrededor y lo encontró a su lado, ejercitándose y practicando lo que parecían ser artes marciales. Parecía estar extremadamente concentrado en su actividad, ignorándola por completo, respirando hondo y evitando el sol que ella no había visto en tanto tiempo, aunque unas nubes grises lo taparon instantáneamente unos minutos después, era bonito para variar.

Este espectáculo trajo nuevas preguntas a su mente: ¿Dónde iría después? ¿Cómo sobreviviría? Por más miedo que tuviese de Nico, lo cual le impedía huir, ese mismo miedo le permitía ignorar este tipo de problemas futuros. Por lo tanto, concluyó que, si escapaba, al menos sería con vida para preocuparse por esos problemas más tarde. Entonces, en la quinta mañana, después de recibir comida chatarra de Nico —sin importar de dónde la había sacado— Carmen se sentía lo suficientemente bien como para hacer su jugada.

Así que la comida de Sanatorium era rica en nutrientes, a fin de cuentas, pensó ella tras sólo haber comido una barra de chocolate durante un día entero y sentir cómo la debilidad atravesaba su cuerpo, como si fuese corriente eléctrica.

La primera tarea que cumplir era alejarse de Nico sin que se diese cuenta y luego salir de Galera Ida. Aparte de las incontables historias que había oído del distrito, también sabía que ni siquiera la policía se atrevía a aventurarse en aquel abandonado lugar que era, por mérito propio, bueno y malo para su situación actual: si la policía entraba al distrito y la encontraba, la llevarían de vuelta a Sanatorium mientras que, por otro lado, los criminales de la zona la... prefería no pensar en ello. Aún recordaba las estadísticas que había encontrado una vez en línea y cuánto peligro significaba estar en la Galera Ida, haciendo que recordara cómo sus 'enfermeros asignados' habían llamado a Nico 'sucio pies mojados'. No podía decir que no había oído dicho término antes, por lo mismo, sabía que significaba. No era sorpresa que Nico viviera allí en vez de un lugar medianamente decente. Incluso si parecía un buen joven a primera vista, Carmen no quería nada que ver con él. El crimen de Nico era más que evidente.

Más tarde, aquella noche, se cubrió con sus cartones y pretendió quedarse dormida. En lo que lo hacía, la brisa de la noche le recordaba de aquellos tiempos que parecían tan distantes ahora. El viñedo, su padre, sus sirvientes. Lloraba en silencio de sólo pensarlo. ¿Por qué venían esos pensamientos a su mente en un momento así? Después de tocar su cabeza rapada, recordó una vez más cuál era su realidad ahora. Incluso eso le habían quitado. Nico estaba profundamente dormido cuando ella empacó la poca comida que tenían en una bolsa de papel y se fue. Sin embargo, antes de dejar la 'madriguera', no pudo evitar mirar hacia su salvador por última vez. Sin importar cuáles fueran sus intenciones, había hecho algo que nadie más iba a hacer. Por lo mismo, antes de retirarse, agradeció a Nico susurrando antes de salir de su nueva 'zona de confort'.

Caminar por los oscuros pasillos de la Galera Ida de noche de pronto ya no parecía ser una buena idea. Podía sentir ojos por todas partes, espiándola, esperando. También ruidos en la oscuridad que la asustaban. Sólo podía recordar que ya había estado en el infierno mismo para tratar de quitarse el miedo de encima. *Esto no es nada comparado con esos días... o eso creía.*

Mientras caminaba a paso apurado, mirando a todas las direcciones, se chocó con un hombre barbudo. No entendía qué acababa de suceder dado que no lo había visto venir. No podía verle bien la cara tampoco por la poca iluminación que ofrecían los postes de la ciudad. Por lo tanto, sin decir nada, se distanció rápidamente de él y trató de seguir su camino, pero él la tomó por el brazo y la jaló hacia su pecho.

"¡Estah buenah! ¡Divertirmeh con algoh tan deliciosoh... noh puedoh esperar!" dijo él. Para el terror de Carmen, había dos hombres más emergiendo de las sombras. Acto seguido, forcejeó para liberarse, pero sólo obtuvo un puñete en la cara a cambio, uno tan fuerte, que la hizo caer al suelo. No lo sabía, pero ahora tenía un ojo morado. Al tratar de levantarse, uno de estos hombres tomó su bolsa de papel y la tiró detrás de él mientras que el que la había golpeado la sostenía por las muñecas. Todos ellos se lamían los labios deseosos con anticipación. Era como si nunca hubiesen visto a una mujer antes. Sus miradas llenas de lujuria exponían sus intenciones. Carmen recordó entonces por qué esto había sido una mala idea. Probablemente esta era la razón por la que Nico había elegido tal escondite... así ella no podría escapar. Estos hombres, o salvajes, al menos eso es lo que Carmen pensaba de ellos, fueron rápidos en declarar sus verdaderos deseos. Al hacerlo, recuerdos de Tom y Joe vinieron a su mente. Acababa de escapar un infierno sólo para terminar en otro. Si tenía suerte, la matarían ahí mismo cuando terminasen. El arrepentimiento empezó a llenar su mente dado que, incluso si Nico fuese un terrorista, o un psicópata, o lo que fuere, nunca había tocado ni uno solo de sus cabellos. Fue entonces que se dio cuenta que lo necesitaba más que nunca. La incertidumbre de la situación en la que estaba no daba lugar a ese tipo de esperanzas. No obstante, sabía muy bien que su esperanza estaba más allá de la realidad. Sabía que este sería su último error. Por lo tanto, cerró los ojos para prepararse para lo que vendría cuando escuchó un pie golpeando la cara del hombre que estaba encima suyo, el cual cayó al suelo, liberándola y cubriendo su rostro con ambas manos. Ella tenía miedo de abrir los ojos, pero podía sentir claramente cómo estos hombres eran golpeados al oír sus quejas de dolor. Una vez escuchó a un tercer cuerpo golpear el suelo, abrió sus ojos. En lo que su respiración se volvía pesada, con la sensación de manos sujetándola por las muñecas aún en su mente, vio a Nico allí. Su cara mostraba un ligero enojo. *Supongo que esta fue la gota que derramó el vaso*, pensó ella ya que la posibilidad de rogar por piedad no parecía como una opción que fuera a funcionar. Pero ¿para qué intentarlo? Su fin iba a suceder de todos modos. Por lo mismo, se quedó sentada en silencio, con sus ojos cerrados, esperando el golpe final.

"¡¿Estás loca?! ¿Qué te pasa?" dijo Nico en una explosión de ira mientras se acercaba a ella. Carmen se quedó quieta, aún con los ojos cerrados, esperando su castigo y ejecución. Sin embargo, el joven continuó regañándola con una voz calmada esta vez, para su sorpresa. "Mira, sé que no me quieres cerca de ti, pero déjame ayudarte, al menos por ahora. Alguna vez estuve en una situación parecida. Si te quieres ir, está bien, no te detendré, pero quedémonos juntos por ahora. No te lastimaré; lo prometo." El jovenzuelo extendió su mano derecha hacia ella una vez más, como había hecho en el manicomio y en el sótano. Carmen lo miró perpleja al ver que no parecía molesto en lo absoluto por su traición y que su explosión de ira se había apagado tan rápidamente como había iniciado. ¿Qué quería?

Carmen no respondió al gesto. En vez de eso, se quedó sentada en el suelo en silencio, mirando al piso y tratando de asimilar lo que acababa de pasar. Levantando la mirada para ver a su alrededor, se dio cuenta de que los hombres que la habían atacado yacían inconscientes y respirando. Él no los había matado. ¿Por qué?

Mientras se preguntaba sobre tales dilemas, escuchó los pasos del mizelas alejándose de ella, más y más. Estos sonidos hicieron que su corazón le doliera, provocando que se tocara el pecho con ambas manos. Miró a Nico una vez más. *Mi única oportunidad... no puedo dejarla escapar...* pensó en lo que extendía su mano izquierda hacia él. Esta realización cambió algo en su pecho ya que ahora sentía que algo había comenzado a florecer en él. Una especie de ira. Una motivación. Su familia aparecía ante sus ojos dentro de las sombras que generaba Nico. Juan Fernando le sonría cuando un cuchillo cayó de una sombra en la pared y destrozó su imagen. Un crimen que ella dejaría ir impune.

"¡Espera!" Nico se detuvo de golpe tan pronto como Carmen había dicho esta palabra. "Lo siento... ya no sé en quién confiar... tengo mucho miedo... ¡lo juro! ¡Por favor ayúdame! ¡Por favor! ¡Te lo ruego!"

Nico volteó y la miró a los ojos. Acto seguido, le mostró una sonrisa gentil y dijo con una voz suave. "Como había dicho, estamos en la misma situación." Caminó de vuelta hacia ella y extendió su mano derecha hacia ella nuevamente. Esta vez, sin embargo, ella la tomó sin dudarlo. Esta vez, no lo dejaría ir.

"Carmen... me llamo Carmen..." dijo ella finalmente una vez Nico la había ayudado a levantarse.

"Bonito nombre," replicó Nico, aún sonriendo. Ya con Carmen de pie, recogió la bolsa de papel y sus contenidos esparcidos por el suelo. "Parece que tendremos comida hasta mañana. Estaremos bien, no te preocupes."

Carmen no podía soportarlo más. Si iba a confiar en él, tenía que saberlo. "¿Po-por qué... tú sabes... te están persiguiendo?"

El joven miró hacia el cielo por unos segundos. Entonces, respondió con una voz bañada en pena. "Lo siento, pero no quiero que te involucres en esto, así que... no te lo puedo decir." La miró a los ojos y agregó. "Vámonos a casa. Este lugar me pone los pelos de punta." Acto seguido, tomó la mano de Carmen y la guió de vuelta al puente.

Carmen, sin embargo, no podía dejar de pensar en ello, especialmente desde que, cualquiera que fuese su meta, ella ya estaba involucrada en todo el asunto le gustara o no. Aparte, estaba esa mirada que lo había delatado. Aquellos ojos vidriosos, que se podían ver incluso con baja iluminación, le dijeron que había algo triste en su vida, aparte de la suya. Sin embargo, esa pregunta parecía haberle roto el corazón. Entonces, ella se dio cuenta de que ella lloraba, inconscientemente, cuando recordaba su pasado también mientras volvían a 'casa'. Una vez ya estaban de regreso, Nico se echó sobre sus cartones y se quedó dormido casi enseguida. Tenía una expresión de paz en su rostro que despertaba cierta envidia en Carmen. ¿Cómo podía dormir tan tranquilamente en un lugar como este? Más importante aun ¿cómo supo que había huido y dónde encontrarla? Esas preguntas flotaban en su mente, pero se desvanecieron cuando vio que, como era usual, él movía sus pies mientras dormía. Carmen no lo entendía, pero era terrorífico y tranquilizante al mismo tiempo ya que se sentía protegida, irónicamente, dentro del distrito más peligroso de la ciudad. Incluso si eso significaba que no podría escapar por el momento...

Los días siguientes continuaron con, básicamente, la misma rutina. Nico se iba a las calles a mendigar por dinero después de hacer acrobacias, o malabares, en las esquinas de los semáforos. Los ojos de Carmen brillaban ante sus actuaciones al inicio, hasta que se volvieron monótonas. Normalmente ella lo esperaba escondida en una esquina cercana por miedo a estar sola o de ser atacada debajo del puente. Aun así, sabía que bajo toda esa nueva paz encontrada ella seguía siendo su prisionera, incluso si no la vigilaba ni parecía siquiera querer intentarlo. Era como si él siempre tuviera el control, hasta cuando no estaba. Esta sensación se volvió constante cuando vio cómo él podía sentirlo todo, como cuando otros trataban de escabullirse e ir bajo el puente para dormir, u otras cosas, durante la madrugada y cómo él los expulsaba con palabras o con la fuerza. Tras ver tales acciones alrededor suyo como parte del día a día, Carmen se dio cuenta de que estaba aprendiendo sobre un mundo escondido para ella, así como a su yo escondido.

Aunque al inicio hablaban con una mezcla de estuano y piedrino, terminaron hablando en estuano ya que la nostalgia de Carmen dominaba el ambiente en ese aspecto. A Nico no le importaba, más que nada porque él decía que uno podía ser uno mismo si y sólo si uno hablaba su lengua materna, algo con lo que, con el tiempo, Carmen estaría de acuerdo. Nico lo explicó de una forma sencilla. "Cuando alguien dice 'I love you' ¿qué sientes?" preguntó un día de la nada. Carmen no entendía de qué estaba hablando cuando él mismo lo aclaró sin darle tiempo a responder. "Y cuando alguien te dice 'te amo' ¿qué sientes?" Carmen pensaba ignorar el tema completamente y considerarlo como tonterías que un adolescente con mucho tiempo libre había inventado. Sin embargo, pronto se dio cuenta que sí que había una diferencia. Mientras que la primera frase la hacía sentir bien, la segunda la golpeaba en el corazón. Supuso que era porque un lenguaje era parte de uno mientras uno crecía, fusionándose con la mente del individuo. Curiosamente, los acentos de ambos eran radicalmente diferentes, al punto de que cualquier persona que no hablaba estuano podía ver que no eran del mismo país. El acento neutral de Nico, de alguna forma, fascinaba a Carmen, aunque él no veía nada especial al respecto. A veces él proponía frases que tenían sentido en estuano y las traducía a piedrino, como "te haré la taba" a "I'll be your shoe," que significaba "te acompañaré." Carmen pensaba que era extraño al inicio, aunque, a su vez, también era la única fuente de entretenimiento que tenía con la realidad golpeándola en la cara constantemente. Además, frecuentemente se desesperaba y lloraba incesantemente de la nada, a lo cual Nico no sabía cómo responder para calmarla. No obstante, esto cambiaría un mes después cuando ella estaba teniendo otro de sus ataques de histeria.

Miraba hacia el vacío, sollozando ríos, cuando Nico se le acercó y se sentó a su lado. "Carmen... quería que sepas que tienes un cabello muy bonito..." dijo él tímidamente. Carmen lo miró perpleja en lo que se tocó la cabeza inconscientemente y recordó su existencia. Ella había estado viviendo el Sanatorium tanto tiempo sin él, y sin ningún espejo disponible debajo del puente, que ni siquiera se había dado cuenta que había vuelto, aunque aún era corto. Al menos la policía tendría más dificultad en identificarla. "Y también quería saber ¿qué paso... tú sabes... contigo?" Nico metió sus manos en sus bolsillos, tratando de evadir la mirada de Carmen. Ella sonrió ligeramente, y tras respirar profundamente, comenzó a contar su historia. Esto era algo que necesitaba quitarse de encima desde hace mucho. En lo que hablaba, sus mejillas se humedecieron aun más con un río de lágrimas. Nico no sabía si acercársele o no, o si todo esto había sido una buena idea para empezar. Eventualmente, Carmen terminó su historia, pero siguió llorando sin importar las palabras de consuelo que el joven pudiese decirle. Los ojos de Nico reaccionaron con el tiempo mientras que ella rugía de dolor; sin ninguna otra solución en mente para arreglar la situación, él simplemente la abrazó. Ya que nadie había hecho esto por ella desde hace siglos, ella respondió recíprocamente.

"Gracias..." dijo ella tras limpiarse las lágrimas con su brazo izquierdo.

"¿Sabes...? pensaba que estabas loca de verdad al principio," Nico agregó, riendo ligeramente. "Me alegra que ese no sea el caso. He tenido que lidiar con mucha tensión estando en guardia todo el tiempo aquí..."

Carmen entendió que esa era la razón por la que él actuaba de una forma tan defensiva hacia ella. Sin embargo, él siempre actuaba así, incluso cuando ella no estaba cerca, también en los semáforos cuando hacía sus acrobacias. "Y... ¿qué hay de ti? Te desnudé mi corazón... así que..." dijo ella, dándose cuenta de que estaba usando una de esas expresiones inventadas. Quería decir que le había contado sobre su pasado y secretos. Estaba demás decir que Nico lo había entendido. Este abrió su boca, hesitando, con palabras a punto de abandonar su boca, cuando su cara cambió a una expresión sombría. "No quiero meterte en esto. Sólo quiero ayudarte," dijo mientras caminaba de un lado a otro. "Pero, como eso sería injusto, te dejaré saber unas cuantas cosas... como... hmmm..."

"Como... ¿por qué me ayudas?" completó Carmen. Su más grande pregunta vino de su más grande curiosidad. "Dijiste que estábamos en la misma situación," recordó cuando él la había salvado en ese callejón oscuro. "¿Qué quisiste decir?"

Los ojos de Nico evadieron los suyos una vez más. Se dio la vuelta, dándole la espalda. "Estamos siendo perseguidos por *cierta* gente. Eso es lo que quise decir. Nada más ni nada menos." Su repentina timidez contrastaba enormemente con su actitud usual. Nunca había mostrado miedo ante tipos más grandes que él, fuesen viejos o jóvenes o si tuviesen mejores argumentos. Por la primera vez en toda su vida, Carmen sintió que su edad era un factor aquí. Ella era mayor que él y eso la complacía al poseer al menos una especie de poder sobre él, incluso si dicho poder era insignificante. Recordó cuando su cuerpo solía tener la misma posición agachada que la que tenía Nico en ese momento, mientras que su voz temblaba con debilidad. Por lo mismo, ella decidió seguir presionando.

"¿Por qué harías todo esto por mí?" dijo ella firmemente esta vez al ver que las palabras de Nico se rehusaban a salir de su ser. Ella podía ver que el chico trataba de crear una buena respuesta.

"Sé cómo se siente," finalmente respondió, aún de espaldas hacia ella. "No quiero que nadie tenga que pasar por lo mismo." Nico se giró y la miró a los ojos. "Puedo prometerte eso... que... haré todo lo que esté en mi poder para ayudarte."

"Mira, no sabías nada de mi pasado hasta ahora. ¿Cómo esperas que crea que haces esto por la bondad de tu corazón? ¿No merezco aunque sea una explicación?" dijo ella sin ceder ni un centímetro.

La cara de Nico mostró un poco de culpa. "Lo que pasó fue que... huía de esos hombres cuando me tropecé contigo... y... y... vi lo que esos bastardos estaban por hacerte... y... yo... no podía permitirlo... Digamos que mi corazón no lo soportaría." Ahora miraba al suelo. De alguna forma, sus palabras sonaban sinceras. Era un adolescente, después de todo.

"¿Cuál es tu verdadero nombre?" insistió ella. "Te di el mío." Ella estaba disfrutando de esto, especialmente el poder quitarle su dominancia al grado de hacerlo tartamudear. Su todopoderoso captor parecía ahora un niño pequeño tratando de evitar ser herido por simples palabras.

"Me llamo... Nicolás... Marqués..." continuó él, tímidamente. "Es por eso que... puedes llamarme Nico..."

"¿Por qué me rescataste? Podrías haber noqueado a los guardias, liberarme e irte de allí sin pensarlo dos veces," continuó ella mientras se sentaba derecha, con los brazos cruzados. Estaba tan cerca de la verdad y tan lejos al mismo tiempo...

"N-no... pude evitarlo... sa-sabía que esos bastardos lo harían de nuevo... h-he visto mucha gente como ellos..." explicó Nico con dificultad al hablar. "Esa gente... nunca cambia..." agregó amargamente, apretando sus puños. Esta última reacción se llevó consigo una parte de la recién ganada dominancia de Carmen. "Estabas en un estado desastroso... no podía dejarte allí... y... bueno... me sentía solo... y-"

"¿Así que esa es la verdadera razón para todo ese heroísmo tuyo? ¿Necesitabas a una mujer?" Carmen también respondió amargamente. "¡Eres despreciable!" regañó furiosa.

"Si eso es lo que piensas, vete. Eres libre de hacerlo. Te lo dije desde el principio," respondió él, furioso, para sorpresa de Carmen. Su reacción acabó con lo poco que le quedaba a Carmen de dominancia. Él sabía que ella estaba a su merced. Ella no podía alejarse de él. No así, con la mitad de las fuerzas policiales buscándola. Bailaba en la palma de su mano y lo odiaba por eso. Por lo tanto, decidió permanecer en silencio.

Más tarde, esa noche, tras un largo día de trabajo, el joven recogió sus cartones y durmió alejado de ella. Aunque nunca había intentado hacerle nada, su actitud en general hizo que Carmen se sintiese culpable esta vez. Ella entendía que él había podido jugar con su cuerpo si hubiese querido hace mucho tiempo. *Tal vez esto es bueno*, pensó ella ya que ahora tenía más espacio, o al menos la ilusión de haber ganado más libertad de su captor, sobre todo por el hecho de que ella no sabía si su actitud era para evadir la pregunta que ella había hecho y no contar sobre su pasado, o si era un show de poder. Y, aun así, contrariamente a lo que ella sentía cuando se acostó, con él más lejos de ella, Carmen ya no se sentía segura.

Durante los días siguientes, Carmen evaluó el comportamiento del joven para con ella y el resto del mundo en vez de sólo vigilar sus hábitos y pensar en escapar. Como muchos científicos hacían para atrapar a un espécimen con la guardia baja, ella tenía que estudiar a su presa en todos los contextos. Quisiese una mujer o no, no importaba. Él nunca la había tocado contra su voluntad, hasta ese momento, y había compartido la poca comida que obtenía con ella sin pedirle nada a cambio. Ella había visto estas tácticas en otros hombres que querían meterla a la cama, aun más cuando manejaba la compañía. Al mismo tiempo, él no parecía estar interesado en ese aspecto de la vida. Algo más importante ocupaba su mente y ella tenía que saber qué era. Entonces, incluso si él seguía molesto con ella, decidió insistir una vez más.

"Dijiste que... nunca dejarías que pase por la misma experiencia que tú..." inició la conversación cuando el joven cocinaba sopa instantánea con agua hervida. Parecía querer ignorarla, así que ella se plantó frente a él. "¿Cuál es tu meta, Nico? ¿Qué quieres hacer?"

El joven parecía reacio al inicio, concentrado en su comida. Por lo tanto, ella acercó su rostro al suyo y lo miró a los ojos, presionando con su ataque. "Tengo que salvar a mis padres. Eso es todo lo que te diré," mencionó él casualmente en respuesta. Carmen podía sentir que esas palabras escondían ira en ellas, al igual que arrepentimiento.

"Lamento lo que dije antes... cuando dije que eras... despreciable. Supongo que a nadie le gusta estar solo," dijo ella condescendientemente. "¿Sabes qué? Me siento mejor ahora. Creo que retomaré mi camino para que puedas continuar con esa misión tuya."

La ira de Nico se convirtió en sorpresa y preocupación. "¿Qué vas a hacer? Nadie te ayudará... al menos de acuerdo con lo que contaste. No tienes a dónde ir. ¿Estás segura de que estarás bien?"

"Tengo una amiga… creo que podrá ayudarme…" dijo ella tratando de sonar convincente, probablemente tratando de convencerse a sí misma que de convencerlo a él. Con suerte, Kelvin habría mentido sobre Eliana en aquellos meses, o al menos eso era lo que Carmen quería creer. "Así que no te preocupes por mí, lo tengo controlado."

"Iré contigo entonces," dijo el jovenzuelo tras terminar su sopa de un sorbo, casi quemándose la lengua en el proceso, apenas suprimiendo el dolor. "Te haré la taba hasta que encuentres a tu amiga."

Carmen no pudo evitar mostrar su sorpresa. "¿Por qué haces esto? No tienes que."

"Es que… no sé… supongo que es parte de mi promesa," explicó él con una sonrisa ligera. No importaba cual fuese su explicación, en el fondo, Carmen se alegraba de que quisiera venir. Por alguna razón, había predicho que lo haría. Sin darse cuenta, parecía haber aprendido qué botones apretar para conseguir lo que quería del, aparentemente, inocente adolescente.

"Pero ¿esto no te va a demorar para salvar a tus padres?" Carmen insistió con una voz preocupada. Los cláxones de los autos alrededor de ellos y el río contaminado a su lado orquestaban sus palabras.

Nico respiró hondamente y continuó. "Si hay algo que mi padre me dijo fue que siempre había que cumplir las promesas," explicó. "Digamos que… me hace sentir mejor." Aunque había algo de animosidad en su voz, había también algo de verdad en sus aserciones, sin duda alguna. La ayudaría por puro egoísmo o ¿era este egoísmo una forma de no mostrar debilidad? Incluso si ya lo conocía más o menos, era difícil de decir. Habían estado juntos debajo de ese puente durante un mes y medio. Para ese momento Carmen hasta ya conocía a sus 'vecinos', y lejos de sentirse como una prisionera o foránea, se sentía como uno más de ellos. Claro, eran como una gran familia. Dichos vecinos lo trataban de esa forma, aunque no fuese gratis. Carmen se había dado cuenta desde que vio, en más de una ocasión, cómo Nico había defendido a algunos de estos 'inquilinos' cerca del puente de pandilleros y ese tipo de gente.

Había un anciano llamado el Viejo Joe, o uno de los vagos que andaba por esos lares, en otras palabras, que le había agarrado cariño a Nico. Cuando le preguntaba al respecto, este le decía a Carmen que Nico le había salvado el trasero de unos niños que le estaban pegando hace unas semanas. Ya que esto había pasado dos veces, decidió 'mudarse' cerca al 'hogar' de Nico. Parecía que el jovenzuelo mizelas era muy popular entre esta gente que lo veía como una especie de protector. Estos vagos venían de todos los rubros de la vida y tenían diversos orígenes. La voz se pasó a gran velocidad, lo que terminó haciendo que más y más de ellos se concentraran cerca del puente. Con el tiempo, empezaron a llamar a Nico con un apodo, uno solo, con un toque de respeto.

"¡Hey Inmigrante!" dijo el Viejo Joe a modo de saludo en lo que Nico volvía a casa, sólo cuando estaba sobrio. "¡¿Cómo vas?!" Esto se había convertido en una ocurrencia común, más que nada cuando se enteraron de que Nico no era un panteano, pero un subpanteano. En otras palabras, de uno de los reinos del norte de los Reinos Unidos de Pantea.

"¿No te molesta que *esos* te llamen cosas?" Carmen preguntó un día cuando hervían agua.

"Bueno… no puedo decir que me disguste. Es verdad de todos modos. Además, he llegado a aprender que no todos pueden ser inmigrantes. Aunque desearía no serlo, no puedo evitar sentir algo de orgullo," respondió él con una sonrisa sincera. "Algún día dejaré de ser un inmigrante, pero, hasta entonces, creo que me quedaré con el apodo."

"Entonces… ¿estás planeando volver a casa?" Carmen agregó por curiosidad. Ella también había pensado en eso alguna vez. Volver a Estú aún era una posibilidad.

Nico tomó el agua hervida y la vertió en dos botellas de vidrio que había encontrado. La mejor forma desinfectarlas era ese método, desafortunadamente. "Debo confesar que mis padres habían planeado residir aquí legalmente, al igual que muchos otros. Era eso o quedarme en casa y enfrentar un futuro incierto." Sacudió las botellas y vertió el agua sucia en el río. El crimen de Nico había sido evidente desde *ese* día en Sanatorium. No le tomó mucho tiempo a Carmen confirmar qué crimen era, pero nunca había tenido el valor de preguntárselo directamente, especialmente con su más reciente disputa.

"Con casa… ¿quieres decir?"

"Soy de Peruvia," agregó con una voz nostálgica. "Deduzco que eres de Estú," dijo él sin dudas en su voz. El acento de Carmen era demasiado evidente, así que no era muy sorprendente. En el caso de Nico, y su acento neutral, era difícil de saber. Algo que aún fascinaba a Carmen después de tanto tiempo, incluso si ahora sabía la respuesta.

"Y… ¿quieres volver?" insistió Carmen. Nico cerró las botellas tras lavarlas, ajustando las chapas en sus respectivos lugares.

"¿Ysh quiensh nosh quieresh volversh…?" dijo una voz acercándoseles. Era el Viejo Joe, tropezándose aquí y allá. Parecía estar borracho, como era usual, o, en otras palabras, parecía haberse tomado ocho botellas de cerveza mezclada con agua. "Yosh vengosh del nortesh del paish… yosh…" se detuvo, como si algo hubiese venido a su mente. "Necesito ayuda, amigo…"

Nico no parecía sorprendido. Esto pasaba de vez en cuando. "¿Los mismos?" preguntó tras poner las botellas vacías cerca de su cama de cartón.

"N-no… gransh tiburónsh… lesh debosh dinerosh… a ellosh…" agregó el anciano sin poder ocultar señales de vergüenza en su rostro. "Mesh mataransh… ayudamesh… por favorsh…"

Nico se puso de pie tras tomar aliento. "Muy bien, vamos. Espero poder hacerlo apropiadamente esta vez," dijo el Inmigrante, como le solía gustar ser llamado, y siguió a Joe fuera de su 'base de operaciones', como Nico llamaba a su hogar debajo del puente. Ante tal situación, Carmen no podía evitar criticar al Viejo Joe y a los otros vagos por aprovecharse de la amabilidad de Nico. A su vez, no podía evitar sentir algo de culpa por hacer exactamente lo mismo. En el caso de los vagos, claramente se habían mudado cerca para usarlo como protección, lo cual era, irónicamente, algo que ella también estaba por hacer para ir a casa de Eliana. *Esos imbéciles sinvergüenzas... a ellos no los persigue el país entero como a mí... necesito a Nico más que ellos...* pensaba ella frecuentemente.

En sí, Nico disfrutaba ayudando a otros. Tal vez había un poco de egoísmo al hacerlo para él. Tal vez no. La línea entre el egoísmo y la generosidad se había vuelto difíciles de definir hace mucho cuando se aplicaba a Nico. Afortunadamente para Carmen, la protección que Nico le daba al Viejo Joe y a sus amigos vagos duraría poco tiempo ya que, contrariamente a lo que ella pensaba, Nico le explicó una tarde, de la semana anterior, que se había quedado debajo del puente por tanto tiempo porque sí. Al final, no tenía necesidad de mudarse, a menos que fuese necesario. En realidad, se iba pronto. Carmen sabía, que, en verdad, él lo había hecho por ella. Si sus padres eran su objetivo principal ¿por qué se quedaría allí sin motivo aparente?

Eventualmente, el joven confirmó los pensamientos de Carmen una semana más tarde, más que nada por su incesante insistencia sobre el tema. "Mira, mi plan inicial era investigar esta ciudad y encontrar pistas acerca de la ubicación de mis padres. Pero... digamos que me ha visto *cierta* gente... y que la idea era irme de este lugar luego de una semana, no dos meses," dijo Nico mientras colgaba su ropa para que secara. "Así que, con suerte, encontraremos a esta amiga tuya. Cumpliré mi promesa y tomaremos nuestros respectivos caminos."

Carmen frunció el ceño al oír esta última oración. *Esto es exactamente lo que quería ¿cierto?* pensó. Por lo mismo, no le prestó atención ya que, junto a Nico, había revisado su progreso actual respecto al plan para ver a Eliana. Durante las pasadas dos semanas, habían estado observando los horarios y patrones de las patrullas policiacas. El Viejo Joe y los demás habían sido muy útiles en esta tarea, ya que su información era como una enciclopedia compartida del bajo mundo de Las Esbirras. Carmen nunca se hubiera imaginado que el medio de comunicación más primitiva, pasar la voz, era tan eficiente en ese lugar, dado que los vagos de la ciudad eran su red de inteligencia. Nico tenía sus dudas al respecto. Por más dulce que pudiera ser hacia otros, también podía ser considerablemente frío cuando daba su honesta opinión. Para él, de acuerdo con lo que Carmen le había contado, Eliana estaba muerta y lo dijo así, sin ningún tacto. La sensibilidad de Carmen se manifestó tan pronto Nico dijo tan crueles palabras, razón por la que él tuvo que abrazarla tras notar su error cada vez que lo hacía. De cualquier forma, la lógica de Carmen también apuntaba a la conclusión de Nico, incluso si su corazón no lo aceptaba.

Al mismo tiempo, algo empezó a cambiar en ella. Ya que nunca dejaba ningún favor sin pagar, una lección que aprendió a la mala de su padre, se sentía obligada a darle algo a Nico por haberla ayudado. Podía recordar cómo había aprendido esta lección como si fuese ayer, en los días de su niñez. Claro, nunca le diría a nadie que, cuando tenía siete años, había recibido un regalo de su amiga más cercana—y la que estaba buscando en ese momento—Eliana. No tomó mucho tiempo para que Carmen eligiera dicho presente como su favorito. Una muñeca que nunca había visto antes; la forma de su cara era tan extraña que la fascinaba enormemente, iniciándose así su fascinación por las cosas que no podía entender por el resto de sus días. Sin embargo, la joven Carmen pensaba mucho de sí misma. Por lo tanto, cuando llegó el momento en que debía darle un presente a Eliana, decidió darle algo de menor calidad, o, en otras palabras, un viejo libro que había encontrado en el ático. Cuando se lo mostró a su padre, a punto de envolverlo, él la forzó a regalar la muñeca más cara que tenía en la habitación en reemplazo. Desde entonces, Carmen aprendió que ella no estaba en una posición superior a otras personas y que cada favor tenía que ser devuelto en algún punto.

¿Estás segura de que eso es todo? Bastante… anticlimático…

Tal vez debería empezar a tratarlo mejor… pensó ella en lo que las memorias de su relación entre ambos vinieron a su mente. Hasta entonces, él había sido el único que ganaba dinero de los dos. Si no fuese por él, ella habría muerto de hambre hace mucho ya que no hacía nada por ayudarlo. Por lo mismo, rápidamente asumió que era porque se había acostumbrado a ser tratada como una especie de reina toda su vida. Aunque sentía que era lo mismo que sus empleados, siempre se le había servido, y sin darse cuenta, actuaba de la misma forma con Nico. Él, por supuesto, no parecía darse cuenta, o no le importaba, incluso si, inconscientemente, era su sirviente. ¿Acaso el hecho de que era un hombre era una excusa para convertirlo en una especie de chivo expiatorio por las recientes horribles experiencias que ella había tenido con el sexo masculino? Por un segundo ¿acaso pensó que él tenía que soportar la responsabilidad de aquellos que la habían lastimado? ¿Era él el responsable por su bienestar como resultado? Carmen sabía que su mente le diría no a todas esas preguntas, pero su corazón diferiría. Nunca había tenido la oportunidad de desahogar su ira. La frialdad con la que Nico la trataba hubiera hecho pensar a cualquier otro que ella estaba enojada con él por algo. No sería fácil, pero esto tenía que cambiar. Ella no sería un vago más, como el Viejo Joe, pidiendo protección gratuita. *¡Te pagaré cuando menos lo esperes, mocoso!* frecuentemente pensaba.

Entonces, antes de que ella lo supiera, Nico había vuelto a casa. Intacto, como siempre, algo que nunca cesaba en sorprenderla. ¿Cómo lo hizo? Ella sabía que el entrenaba todos los días por lo menos una hora con una forma de artes marciales que no podía identificar, pero eso no significaba que él fuese invencible o intocable. Al principio, ella asumió que era por sus habilidades de combate, pero mientras más lo veía pelear, más pensaba que había más en él. Algo extraordinario. No obstante, ese era su secreto, y sólo suyo, sin importar que tanto tratara ella de descubrirlo.

"Graciash… ¡eresh el Inmigrantesh!" dijo el Viejo Joe antes de tomar otro sorbo de cerveza. "¿Cómo… puedosh pagartesh?"

"No se preocupe, no fue nada," replicó Nico en lo que desdoblaba sus cartones para la noche.

"¡Vamos chico! Deberiash comersh con nosotrosh unosh desh estosh diash…" dijo el anciano antes de irse tropezándose por todas partes con la botella en mano. Era como si hubiese olvidado completamente lo que estaba haciendo un segundo atrás. Su comportamiento errático preocupaba a Carmen sin parar al inicio, hasta que se acostumbró a él y a sus, aparentemente, inofensivas visitas. Su olor a orines y alcohol la molestaba seguido, pero no como a Nico que se ponía un pedazo de cartón en la nariz cada vez que el Viejo Joe se le acercaba. Carmen se rio cuando se dio cuenta de que siempre lo tenía a mano sólo para las visitas de ese vago. Sin embargo, había algo más sobre los sentidos de Nico que Carmen no podía entender. Lo que sea que fuese su nariz, podía detectar varias cosas y lo mismo iba para sus ojos. En ciertas ocasiones, sabía incluso cuánto era el porcentaje del alcohol que el Viejo Joe había bebido sólo con olerlo antes de llegar a casa con frases como "otra vez con la de 40%." Carmen pensó que bromeaba al principio, pero todo cambió cuando el Viejo Joe se tomó una botella entera y la olvidó allí. El porcentaje era el mismo.

"¿Qué?" preguntó Nico, mirándola. Sin darse cuenta, ella se le había quedado mirando desde que había llegado. En respuesta a su intensa mirada, él rápidamente observó su propio cuerpo. "¿Tengo alguna herida?" preguntó de una forma calmada mientras se observaba. Ella sabía que él sabía que no había ninguna herida.

"Es solo que… te devolveré el favor," finalmente afirmó ella. "Te juro que te ayudaré a encontrar a tus padres y regresarte al buen camino. También…" afirmó finalmente, mostrando dificultad para pronunciar lo que estaba a punto de decir. "Te… te… te ayudaré a partir de ahora. No quiero ser una mantenida."

Nico la miró perplejo, pero sonriente. "Gracias, pero como dije antes, no quiero que te involucres en esto. Te ayudo porque no quiero verte terminar como yo." Miraba al suelo como si recordara algo. "Lo aprecio, igual. Es hora de volver a dorm-"

"¡No!" Carmen insistió. "¡Juré que te ayudaría y lo haré! ¡Te guste o no!"

Si no fuese por el momento de seriedad, Carmen hubiera estallado a carcajadas ante la cara de confusión de Nico. "¿Eh?" logró mencionar él, mirándola fijamente a los ojos esta vez. Ella sentía como si un tigre leyera su mente, imponiendo su presencia en su ser. "Mira, no sé qué piensas que es esto, pero definitivamente no es un juego. Es MI problema. Lo resolveré como vea adecuado. ¿Está claro?"

Nico regresó a sus cartones cuando Carmen lo interrumpió a mitad de camino.

"¡No!"

"¿Cómo que 'no'? ¿Qué piensas hacer? ¿Hacer que te maten para ayudarme?" dijo él con una voz escéptica. Al menos una parte de él estaba escuchando y considerando esta alianza, incluso si sonaba como un mal chiste.

"Una vez recupere mi vida… usaré todo mi dinero e influencia para ayudarte. ¡Al menos eso puedo hacer por ti!"

"Sabes que es muy difícil que alguna vez recuperes tu vida ¿cierto?" contestó, con su fría honestidad pateándola una vez más. "Es casi imposible. No hagas promesas que no puedes cumplir."

"Si no puedo conseguirlo… entonces te ayudaré con lo que sea que pueda hacer… me quedaré a tu lado hasta que lo consigas en ese caso. ¿Trato hecho?"

"¿Podríamos hablar sobre esto más tarde? Estoy muy cansado…" bostezó el Inmigrante, claramente queriendo terminar la discusión. Al igual de dura que la realidad, ella sabía qué quería decir el adolescente. Era casi una completa inútil comparándose a él. Aunque lo mismo no podía decirse de sus conocimientos tras años de leer y escribir, nunca había experimentado la realidad golpeándola en la cara, volviendo su sabiduría inútil de todas formas. Aun así, similar a la razón por la que se había esforzado tanto por hacer el pastel de Juan Fernando por su cumpleaños, incluso si no ayudaba mucho, sabía que había algo que sí podía hacer. Lo mismo que había hecho durante todos esos años que parecían haber pasado hace una eternidad.

"¿Me… enseñarías a pelear?" finalmente pidió, tímidamente.

"¿Por qué?" Nico replicó tras un momento de silencio, moviendo su cuerpo por doquier para encontrar la posición más cómoda. "Verás a tu amiga pronto ¿no?"

"Bueno… porque… no creo que la veamos… al final…"

Nico suspiró. "Parece que tienes más sentido común del que pensé. ¿Lo supiste todo el tiempo?" respondió, frío como siempre.

"Mientras que haya esperanza, no estaré segura de eso. Ella es mi única oportunidad para salir de este rollo," Carmen explicó, sintiendo lágrimas a punto de salir de sus ojos. "Esta vez, sin embargo, Carmen no las dejó salir. "Si está muerta… entonces no hay nada más que pueda hacer…"

"Siempre hay una forma," afirmó Nico. "Ahora, por favor cállate…"

Con eso dicho, el Inmigrante cerró sus ojos, moviendo sus pies incesantemente como era usual. Carmen le hizo caso. *Supongo que podrías tener razón*, pensó. Mientras se cubría con sus cartones, no podía dejar de mirarlo. ¿Cómo era que su rostro podía mostrar tanta paz a la vez que movía sus extremidades como un loco al dormir? No podía evitar que su fascinación controlara su cuello y mantuviera su cabeza en la misma posición, dejándole ver a Nico directamente. A su vez, su mente tenía muchas preguntas sobre la campaña que pronto empezaría. Algo en el fondo de su corazón le dijo el resultado de antemano. Parecía que necesitaría las lecciones de artes marciales de Nico, después de todo. Era evidente ahora que Eliana estaba, probablemente, muerta. Claro, Carmen forcejeó para visitar sus memorias más dolorosas en Sanatorium para ver si todo encajaba: Definitivamente, las visitas de Eliana se habían detenido en un abrir y cerrar de ojos y nunca hizo el esfuerzo de contactarla de nuevo. Para Carmen, tal actitud era impensable y nunca había pasado antes, ni siquiera cuando Eliana se había enojado con ella por cualquier motivo. Además, si estuviese viva, Carmen lo habría sabido de algún modo para ese momento. Algo andaba terriblemente mal.

Al día siguiente, ambos partieron. Eliana debería vivir cerca al centro de Las Esbirras, al menos cómo lo recordaba Carmen. Sus 'ambulantes' aliados les habían dicho que había fuerzas del orden cerca del área, tantas, que ni siquiera estos pudieron acercarse a la dirección deseada por las mismas. Gracias al

Viejo Joe, quien había conseguido ropas extras para que usaran como disfraces, bastante sucios, dicho sea de paso, se veían muy similares a él, como unos Joes regulares, como le gustaba mencionar a Nico. Aunque el calor del verano era molesto con esas vestimentas, no era como si tuviesen más opciones. El olor del alcohol también era parte de este disfraz improvisado con el que Nico parecía tener grandes problemas. "¡Odio esta peste!" se quejaba mientras caminaban en pleno día. Carmen simplemente se reía y se daba cuenta de qué tan equivocada había estado al asumir que los chicos tenían más resistencia a los malos olores. Al parecer, había estado completamente equivocada.

"Está justo a la vuelta de la esquina," dijo Carmen con una voz aparentemente animada y una sonrisa en su cara. Era como si el dolor y los malos tiempos nunca le hubiesen acontecido. Nico no podía evitar que se le contagiara dicha alegría, haciendo que este sonría también, aunque sólo un poco. En lo que se acercaban al hogar de Eliana, bajo la mirada de varios oficiales alrededor de ellos, quienes no parecían inmutarse con su presencia ni los esperaban, Carmen apenas podía contener sus emociones. "Una vez la veamos, te ayudaré Nico, ya lo ve-" Carmen dejó de hablar y se detuvo allí, como una estatua, sin palabras.

El departamento cuya mejor amiga le había mostrado alguna vez, llena de orgullo, estaba ahora completamente quemado. Las paredes externas estaban negras como el carbón cuando eran blancas antes. Sus interiores, ahora a plena vista, también tenían el mismo color. Era evidente que nadie vivía allí. No obstante, el resto del edificio parecía estar en buen estado. ¿Cómo era posible? "El fuego no se extendió... no es posible..." murmuró ella sin poder desviar su mirada. "No... realmente lo hicieron..." Cogió su cabeza con ambas manos, tratando de asesorar la situación. No le tomó mucho a su memoria recordarle palabras que había oído antes.

"... y la conejita ardió..." repitió en voz alta, inconscientemente, mirando hacia el vacío de las paredes negras en exhibición. Nico la observó, sintiendo su dolor. "Él... lo dijo... entonces... no era un farol... no... no..." La voz rota de Carmen llegó al Inmigrante quien se le acercó para que se apoyara en sus brazos cuando ella estaba, al parecer, a punto del colapso. Sin embargo, en lo que iba a ayudarla, un hombre de traje se chocó con él. "Oh, lo siento," dijo este y siguió su camino.

"Está bien," Nico respondió humildemente, tapándose la cara con su mano derecha. No obstante, sus ojos se fijaron en el símbolo que este tenía en el brazo.

"Tenemos que irnos de aquí. Los *tombos* están sospechando," explicó mientras arrastraba a Carmen fuera de vista, de vuelta a la seguridad de la esquina que acababan de atravesar. Carmen no podía quitarse las manos de la cabeza en lo que caía de rodillas. "Parece que *ellos* también están aquí. Vamos Carmen, no tenemos tiempo que perder. Muévete," susurró Nico con una voz suave, tratando de ponerla de pie. Era inútil.

Una lástima... aunque ¡en realidad no!

"Lamento lo que estoy por hacer," dijo el Inmigrante con remordimiento para luego darle una fuerte cachetada a Carmen. Esto, sin duda alguna, la hizo reaccionar, confundida aún, pero de vuelta con los pies en la tierra. Nico tomó su mano y la puso de pie, esta vez con éxito. "*Ellos* nos tienen donde nos quieren. Debemos irnos ¡ahora!"

"¿Por... por qué a ella? No había hecho nada malo... ¿por qué?" Carmen murmuró para sí misma en lo que Nico la guiaba fuera de vista. La muchedumbre se movía mucho a hora punta, y esto, a su vez, los ayudó un poco en ese sentido. Una vez llegaron a un lugar seguro, un terreno desierto en medio de la ciudad, nombrado la 'Tierra Baldía', o así decía el Viejo Joe, por la abundancia de basura que esta tenía, Nico ayudó a Carmen a sentarse sobre unas viejas llantas. Su expresión era aún la misma, congelada en el tiempo.

"Es peor de lo que creía..." dijo el Inmigrante mientras miraba a sus alrededores. "Supongo que tendré que ayudarte hasta el final después de todo." Nico suspiró hondamente antes de seguir. "Parece que... ya estás involucrada."

Carmen ni siquiera lo estaba escuchando, aún tratando de procesar cómo su última oportunidad de recuperar su vida ya no existía más. En realidad, había dejado de existir antes de que se diese cuenta. Si al menos supiera dónde estaba el cuerpo de su amiga, o dónde estaba enterrado. El hecho de tampoco saber ni siquiera dónde estaba enterrado su hijo, agregado a la muerte de Eliana, golpeó a Carmen profundamente. *Ni siquiera merezco el aire que respiro… no merezco estar viva… Todo es culpa mía…* pensó mientras miraba a Nico, buscando una respuesta que él no podía ofrecerle. Entonces, sin darse cuenta, tomó un pedazo de vidrio y se preparó para cortarse la garganta.

"¡¿Qué rayos estás haciendo?!" El firme agarre de Nico no dejaba ir su muñeca. La sangre de Carmen ahora cubría su mano con el vidrio introduciéndose en su palma.

"¡Déjame en paz!" respondió ella tratando de cometer su propósito, en vano. Nico hizo aún más presión en su muñeca hasta que soltó el pedazo de vidrio debido al dolor.

"Pensé que querías pelear. Pensé que de verdad querías limpiar tu nombre y recuperar su vida… veo que me equivoqué." El arrepentimiento en el Inmigrante era muy evidente. "Siempre he visto el camino fácil como la opción errónea. Nada es fácil, pero eso no debería detenerte. Vivir es para los valientes y morir para los cobardes."

"¿Cómo sabría eso un mocoso como tú? ¡No tienes idea alguna de cómo me siento ahora!"

Los ojos de tigre de Nico se fijaron en los de Carmen. Era todo lo que necesitó para calmarla. *Sí, sabe…* pensó Carmen, sin poder mirar a otra parte. Sus ojos siempre le recordaban que a veces era un adolescente tímido, débil, pero, a veces, también era el hombre más fuerte que ella jamás había conocido.

"Supongo que es hora de que explique todo esto…"

Los ojos de Carmen se ampliaron en sorpresa. "¿Qu-qué quieres decir?"

Nico la miró mientras sacaba una botella de vodka barato de uno de los bolsillos improvisados de su disfraz de vago para echarle un poco a la palma herida de Carmen. "Lo que me preguntaste la última vez. Cuál es mi meta y por qué… digamos que no tengo derecho a estar en este país… pero hay más." Las palabras de Nico ardían con amargura, casi tanto como la del vodka desinfectando su herida. "No es la opción más sabia para nadie. Supongo que estábamos ya muy desesperados en ese momento."

El cuerpo de Carmen se paralizó de miedo. Se sentía como si fuese su prisionera una vez más. Su fuerza era intimidante, haciéndola sentir impotente, y lo odiaba. Aun así, se calmó. Había visto a Nico, muchas veces, meditar, siempre a las 3 p.m. sin hablar o escuchar a nada ni a nadie durante unos quince minutos. Por lo tanto, cuando él no estaba cerca, Carmen lo imitaba. No quería que la viera ya que era embarazoso, así que siempre se detenía cuando oía pasos acercándose a su 'hogar'. Ella asumía que sería muy fácil mantener la mente en blanco, pero era más difícil de lo que parecía. Deseaba poder usarla en caso de depresión y desesperación también. Tal vez con algo de tiempo...

"Una vez cruzamos la frontera con un *zorro* que habíamos contratado en el desierto de Silencia. Entonces, él sacó un arma y nos apuntó," Nico prosiguió mientras arrancaba un pedazo de tela de su polo y vendaba a Carmen. La herida ardía más y más en lo que el alcohol hacía su trabajo. "Allí vagamos durante dos días sin rumbo, buscando agua. Aun así, no me haré la víctima. Sabíamos que lo que hacíamos estaba mal," dijo Nico endureciendo su rostro. "Sólo creo que no merecíamos lo que nos pasó después."

Quizás su meditación es su secreto para ser tan fuerte en momentos como este, pensó Carmen.

"Una patrulla de frontera nos vio y vino a por nosotros," Nico se detuvo en seco por unos segundos, como si tratara de desenterrar algo a seis pies bajo tierra. "Estábamos felices de ser deportados. Claro que... eso nunca sucedió."

Quizás, con tiempo, podré usarla yo también con más eficacia, se preguntaba Carmen.

"Fuimos llevados a sus oficinas, creo. Fue allí cuando nos separaron. Nunca nos dieron una razón ni nada parecido. Todo lo que sé es que nos llamaban "manos mojadas" constantemente. Tras cruzar la frontera a través del río, no me sorprendía que llamasen a cada mizelas que veían de esa forma." Nico ajustó el vendaje improvisado en la mano de Carmen, ya ajus-

tado un poco más de la cuenta, causando que Carmen se quejara. Acto seguido, se sentó frente a ella sobre lo que se veía como una vieja caja de cartón. "Me llevaron a lo que parecía un
gran domo blanco en medio del desierto. Allí, había muchos
otros que habían sido capturados en la frontera. Usaban batas
similares a las que usan los pacientes de hospital. Claro, me
hicieron usar uno también tras quitarme todas mis cosas."

Carmen lo miró, escéptica. ¿Estaba de broma? Eso sonaba
como la Gran Masacre que había sucedido en Fiutic hace más
de 60 años. No podía evitar hacer una comparación entre eso y
la historia de los Reinos Unidos de Pantea. Por ejemplo, habían
probado drogas con las comunidades más pobres, en las grandes ciudades, sin que esta gente se diese cuenta, así como también esterilizaciones forzadas de las cuales, aparentemente,
todos habían olvidado ya. Por lo mismo, conspiraciones sobre
la caída de los Castillos Gemelos que decían que había sido
causada internamente no parecían tan irrealistas para Carmen,
ya que estos habían caído casi a la velocidad de caída libre,
algo completamente absurdo. Subsecuentemente, si habían
estado usando inmigrantes ilegales para propósitos ilícitos, o
sea, gente que no tenía forma de defenderse en una corte de
ley, al no tener papeles, era ciertamente posible. Por lo tanto, se
limitó a escuchar la historia de Nico.

"La cosa es que, una vez me metieron a la celda, me moría
de miedo," pausó como si tratara de no agitarse. "No porque
estuviese en esa situación, pero por la gente que me rodeaba.
Los habían mutilado. A algunos les faltaba un brazo, una pierna, o los ojos, o todas las extremidades. Ellos también usaban la
maldita bata blanca. No era difícil deducir quien seguía en la
lista… si al menos hubiese habido alguna obstrucción u obstáculo a nuestra idiotez…"

Carmen vio el terror en sus ojos, como si estuviese revi-
viendo ese momento exacto con gran precisión. "N-no tienes
que continuar. Está bien," Carmen dijo con una voz suave en lo
que se daba cuenta de que era la primera vez que estaba tratando de calmar a Nico. Siempre había sido al revés durante
ese mes y medio debajo del puente. "Creo que ya te entendí.

Eran bastardos enfermos." Esta última declaración también hizo que se sorprendiera a sí misma. ¿Acaso la forma de hablar de Nico se le estaba contagiando? Ella nunca hubiera siquiera podido imaginar que usaría la palabra 'bastardo' bajo cualquier circunstancia. Nico simplemente lo ignoró, o muy posiblemente no se dio cuenta de que había usado dicha palabra. No era muy atento a los detalles, después de todo, o al menos a *este* tipo de detalles.

"Estoy bien," siguió él. "Gracias por preocuparte por mí." Carmen no sabía qué decir. Esta respuesta había sido muy repentina e inesperada. ¿Acaso estaba preocupada por este niño? Simplemente miró al suelo en lo que el continuaba con su historia. "La cosa es que, no tomó mucho tiempo para que me sacaran de mi celda y me amarraran a una cama móvil. Simplemente… no quería mirar. Después, me inyectaron con una sustancia. Mi piedrino no era tan bueno en ese entonces, pero había entendido que querían serruchar mi pie izquierdo. Aunque desistieron por alguna extraña razón." Acto seguido, respiró hondamente para continuar. "En vez de eso, me tiraron dentro de una celda diferente con paredes hechas de plástico transparente. Allí, día y noche, probaron varias cosas conmigo. Me hicieron pequeñas incisiones mientras me conectaban electrodos en la cabeza o me apuntaban con la luz más potente que haya visto antes al punto de dejarme casi ciego. Mis oídos no escaparon tampoco. Después de tres días, me di cuenta de lo que me habían hecho… y no había vuelta atrás."

Se detuvo. Su cara cambió de tranquilidad relativa a terror repentinamente. En un abrir y cerrar de ojos, sacó una pequeña pieza de metal del disfraz de vago de su hombro izquierdo. Luego, la tiró sobre un techo cercano. "Rápido ¡debemos irnos ahora!"

Acto seguido, tomó la mano sana de Carmen y corrió a través del basurero, jalándola con todas sus fuerzas.

"¡*Ellos* están cerca! ¡Pensé que los habíamos perdido! ¡Maldita sea!" dijo él mientras la guiaba por la ciudad, mirando a todas partes. Carmen nunca lo había visto así, tan vulnerable. No era como la última vez, cuando su timidez y falta de autoconfianza lo habían dejado vulnerable. Esta vez, de verdad estaba aterrorizado.

Al acercarse al puente, Nico tomó un camino inesperado y la llevó a un callejón oscuro. Allí, rompió una ventana y entraron en un edificio. Carmen no podía creer lo que veía. ¿Qué rayos estaba pasando? Antes de que ella pudiese pensar en la respuesta, Nico la jaló violentamente dentro de una habitación.

"Nico, ¿qué está pasando?" Carmen mencionó al verlo con seriedad en el rostro. Aunque su depresión había desaparecido, virtualmente, gracias a la situación en la que estaban, ella aún seguía paseando en su mente en lo que sus piernas le dolían por haber corrido por tanto tiempo. Nico también estaba bastante agitado, y eso en sí estaba empezando a ponerla nerviosa. Aun así, él no respondía. En vez de eso, tomó su mano una vez más y la jaló por el edificio. Ignorando sus quejas, Nico la guió hasta el ascensor del edificio, sorprendiendo a todos dentro de este, y así fueron hasta el techo. Entonces, sin aviso, Nico la llevó al borde del edificio y la empujó hacia el techo más cercano, justo al lado del cual habían subido. Ya que ambas edificaciones estaban una al lado de la otra, él también saltó y se unió a Carmen. Parecían estar en una película de acción.

Nico la jaló detrás de unas cajas de madera apoyando lo que parecía ser un minijardín de techo, escondiéndolos fuera de vista de cualquiera que estuviese en el techo sobre el que acababan de estar. "Nico, qué-" la protesta de Carmen fue interrumpida por el índice de Nico en su boca. "*Ellos* vienen," dijo él con una voz vagamente audible. "*Ellos* están a dos pisos de salir. Deberían estar por salir... por lo visto... ahora."

Carmen se quedó perpleja. ¿Cómo sabía eso? ¿Podía leer mentes o algo así? Para el momento en el que decidió preguntárselo, ya podía oírlos también. Abrieron la puerta de una patada y entraron al techo sobre el que habían estado hace un momento. Ella se quedó detrás de las cajas, sin atreverse a siquiera echar un vistazo por el miedo de ser descubierta. Nico tampoco lo hacía. "Están armados hasta los dientes. No te muevas o se acabó," susurró en la voz más baja que haya escuchado jamás. Oírlo así era demasiado raro... más razón para estar asustada de verdad.

"Odio mi vida..." dijo uno de *ellos*. "Se escaparon..." continuó el mismo en lo que su voz parecía más distante con el tiempo. Carmen estaba por revisar si *ellos* seguían allí, pero Nico le impidió pararse agarrándola del hombro. Ella lo miró y encontró un visible terror en sus ojos. Sin embargo, esa no era la razón por la que le impedía mirar. "Ellos aún están allí... saben que estamos aquí," susurró él. Carmen apenas podía creerle. Claramente había oído sus voces y pasos alejarse. Tenía que estar loco o algo así. Pero, aun así, no podía culparlo. Para ese entonces, sabía que no era una buena idea dudar del Inmigrante.

"*Los* dejaré fuera de combate. Espérame aquí," dijo él con gran seguridad. Entonces, silenciosamente, se fue. Carmen lo perdió de vista tan pronto como volteó la esquina de su 'escondite'. Apenas podía oír sus pasos, pero aún estaba allí. ¿Cómo lo haría? Estaba completamente expuesto en ese techo. Apenas había forma de cubrirse. ¿Cuál era su plan? Fue durante sus preguntas internas que oyó un sonido intermitente en el techo donde esos hombres estaban supuestamente. Un segundo más tarde, escuchó *sus* gritos de dolor en lo que sus cuerpos caían al suelo. Ella quería ver, quería atestiguar el espectáculo con todas sus fuerzas, pero, aun así, no se atrevía a desobedecer al Inmigrante.

Ya debería haber terminado, pensó, ansiosa por echar un vistazo. Sin poder resistirse más, comenzó a levantar la cabeza lentamente hasta que una mano tocó su hombro izquierdo desde su espalda. Carmen dio un salto, asustada, casi llorando en voz alta cuando se dio cuenta que era Nico. Parecía agitado. "¡Salgamos de aquí, ahora!" ordenó. La tomó de la mano y la guió de vuelta al otro techo. Allí, ella *los* vio. Los hombres vestidos con trajes negros, tirados en el suelo, aún sostenían sus pistolas en mano.

"¿No deberíamos tomar una de esas?" preguntó Carmen antes de que bajaran las escaleras, señalando sus armas. "Podrían ser útiles en el futuro," agregó. No obstante, Nico simplemente la ignoró. Rehusándose a aceptar su indiferencia, y contra todo pronóstico, ella se soltó de su mano. "¡Debemos tener aunque sea una!" dijo ella en lo que se acercaba a uno de ellos, en cuclillas, cuando Nico la detuvo. Cuando ella se dio la vuelta, sintió algo jalando su falda.

"Jódete... basura..." dijo el hombre con traje negro tirado en el suelo. "Pagarás por esto..."

Nico no le dio más tiempo antes de noquearlo con un puñete en la quijada. Su falta de hesitación impresionó a Carmen ya que era la primera vez que lo veía en vivo y en directo. "Pensé que lo había golpeado lo suficientemente fuerte... lo que sea ¡vámonos de aquí, ahora!" Carmen trató de agarrar una de las armas nuevamente, pero Nico la detuvo una vez más agarrándola por el hombro izquierdo. "Lo siento, pero usar armas podría matar a alguien," explicó. "Incluso si son mis enemigos, yo no mato a nadie."

Carmen lo miró perpleja, de nuevo, sin poder evitar admirar su actitud. Esos hombres lo perseguían y lo querían muerto. Y, por lo que parecía, esta cacería había estado activa durante un largo tiempo. Ella se preguntaba cómo él no había perdido los papeles aún. Sus pasos asertivos guiándola hacia los pisos inferiores le dio una respuesta rápida a esa pregunta. *Supongo que está acostumbrado a esto ahora*, concluyó ella.

Ya de vuelta a las calles, siguieron su camino a casa con un paso acelerado en lo que la noche aparecía en el horizonte. Después de unos minutos viajando en el bus de la ciudad, llegaron rápidamente a la Galera Ida. Carmen no podía resistirse a hacer pucheros con la boca ya que, aunque aún tenía resentimientos con Nico por no tomar ninguna arma, lo respetaba. No obstante, aún no podía entenderlo. Mejor prevenir que lamentar, así era ¿no? O... ¿acaso Nico se veía así mismo como una especie de héroe? Tal vez esto del 'Inmigrante' se le estaba subiendo a la cabeza. Los héroes no existían en la realidad, especialmente no en la suya. ¿Qué era él entonces? Al llegar a casa, decidió simplemente borrar esas preguntas de su mente. Cansados como estaban, Carmen se fue a dormir sin preguntarle nada.

Y así, una vez más, ella no pudo dormir por no poder dejar

de mirarlo. ¿Por qué se había asustado allí y no en los otros lugares? Esos hombres parecían armados y todo, pero no parecían ser tan temibles. Quizás no se sentían como una amenaza sólo porque Nico estaba allí. Tal vez Nico tenía otro motivo para estar asustado que ella nunca sabría. Cualquier teoría que se le viniera a la cabeza era insignificante. Pero, dicho y hecho, no podía evitar que su cerebro buscara en todas las direcciones. Por lo tanto, en lo que su respiración acompañaba a sus erráticos movimientos durante su sueño, Carmen comenzó a analizar cómo se había sentido ella en ese techo y ahí mismo, debajo del puente. De alguna forma, Nico había logrado fascinarla aun más mientras ella llegaba a una sola conclusión de entre millones de hipótesis: él era el hombre, o adolescente, más fuerte que jamás había conocido.

Él la hacía sentir segura y protegida. Incluso en ese techo, apenas podía creer la falta de ansiedad o estrés que había sentido durante esa situación. Nico siempre había manejado ese aspecto de sus vidas desde que estaban juntos. Se dio cuenta de que dormía a gusto cada noche, aunque estaba en medio de la zona más peligrosa de la ciudad, junto a sus criminales más peligrosos. Ese simple pensamiento invitó a otras memorias mientras mantenía sus ojos fijos en él...

Ella recordaba cómo, una vez, Nico había atrapado a un *sicario* a las 3 a.m., enviado por esos prestamistas a los que a veces él golpeaba. Ella se dio cuenta cuando vio sangre en el suelo y Nico le explicó que esta había salido de la nariz del atacante. Mientras más lo veía, menos podía evitar preguntarse si había visto a Jason alguna vez con la misma fascinación. Aparte, no recordaba ninguna experiencia similar, y Jason no era un hombre como Nico. En realidad, se dio cuenta que no sabía lo que Jason hubiera hecho en una situación así. Dada la situación actual, teniendo en cuenta que él la había abandonado a su suerte y había traicionado la confianza que él, en teoría, tenía con ella, no era difícil entender la realidad. ¿Dónde estaba Jason? No podía importarle menos a Carmen en ese momento, pero no podía evitar hacer comparaciones. "Supongo que esas lecciones de pelea no serán inútiles, al menos," se susurró a sí misma con una sonrisa en la cara. En lo que estaba por ser derrotada por sus ojos cerrándose, llevándola al reino onírico, una pregunta seguía golpeando su cabeza como la campana de una iglesia al mediodía.

¿Por qué tener un arma sería tan peligroso? Un arma no era la asesina, era la gente que la empuñaba, aunque podía haber excepciones en algunos casos. Nico podría ser sabio en muchos temas, pero aún era muy inocente e idealista. Seguía siendo un adolescente, después de todo.

Carmen se limitó a sonreír ante su estupidez en lo que el reino de los sueños reclamaba sus pensamientos… ¿cómo podría ella matar a otro ser humano? Era ridículo… ¿Cómo podría pasar algo así? Se preguntó…

III

Y ASÍ ELLA SONRIÓ... mientras veía los sesos de Hoover esparciéndose por el suelo.

O'Connell no podía creer lo que veía en lo que todos sus hombres yacían muertos ante él. La impotencia comenzaba a juntarse dentro de él ya que cosas como estas eran del tipo que no quería ver nunca más. El demonio tranquilamente se dio la vuelta y comenzó a caminar de vuelta al barrio, pisando los cadáveres desmembrados como si fuesen parte de su vida diaria. Los únicos sintiendo la tormenta de angustia e ira eran los ocupantes del helicóptero que sólo podían mirar. Por lo mismo, apretando sus puños, O'Connell tenía sólo una jugada más.

"¡Hoy será el día en que caerás, Cruz Negra!" gritó el Héroe de Guerra con un megáfono. "¡Preparen la M134!" ordenó. Ryan Asprey se quedó perplejo al oír la orden. Esa era un arma de que se usaba en el ejército. ¿Qué hacía en un helicóptero de policía? La había visto antes de partir, pero había hecho la vista gorda. Sabía cómo eran las regulaciones sobre usar armas en civiles o criminales, incluyendo criminales que fuesen monstruos sin empatía, pero el miedo lo había superado. Así que, hesitando un poco, Ryan rápidamente instaló el arma en el helicóptero en lo que se posicionaban para tener a la Temible en la mira. "Sé que podemos lograrlo, hijo," dijo O'Connell calmadamente, aunque el joven oficial sabía que O'Connell apenas podía contener su ira. Si esta arma no podía destrozar al demonio, nada más podría. Claro, siempre había *esa* opción...

"¡Fuego!"

La lluvia de plomo no demoró en alcanzar a la Temible. Sin duda, O'Connell disparó furiosamente. Sin embargo, el demonio no parecía recibir daños ya que, al igual que su reciente pelea, se cubría con una de sus cruces, volviendo inútiles todos los proyectiles. O'Connell sonreía ante tal vista junto a Ryan: el mármol no aguantaría mucho tiempo más. En lo que el plomo bañaba la cruz, las caras de ambos hombres perdieron sus expresiones de confianza en lo que su éxito no parecía suceder. Era como si la cruz estuviese hecha de una especie de material indestructible, haciendo que las balas rebotaran y cayeran al suelo.

"¡Esto es ridículo!" dijo O'Connell con renovada ira. "¡¿Qué carajo es esta mujer?!"

Ryan nunca lo había oído decir palabras soeces. Estaba perdiendo el juicio. "¡Acércate!" comandó el Héroe de Guerra. El piloto miró a Ryan, confundido. "Pero señor... le estamos dando al blanco. No hay necesidad de-"

"Dije que ¡TE ACERQUES A ELLA CARAJO!" O'Connell insistió. "¡Lidiaré con ella yo mismo! ¡No podrá cubrirse por dos frentes! ¡Le disparará por atrás mientras ustedes le dan desde aquí! ¡Déjame caer en un techo y esto terminará de una vez por todas!" El piloto aún dudaba de la idea, eso era, hasta que O'Connell le apuntó a la cabeza con su arma.

El joven oficial no podía creer lo que veía. El héroe que siempre había aspirado ser se había rendido ante la desesperación. El piloto no tuvo más opción que acercarse al techo más cercano mientras Ryan seguía disparando la enorme metralleta. En lo que el helicóptero rodeaba al monstruo, esta rotaba siguiéndole el paso con su cruz, cubriéndose y evitando ser golpeada por aquel poder de fuego. El hecho de que su maldita cruz no tuviese ni rastro de todo el tiroteo sorprendía a Ryan. *Algo anda mal aquí... ¡mierda!* pensó cuando se dio cuenta de que habían caído en su trampa. Ahora estaban muy cerca.

Sin duda alguna, la Temible les lanzó la cruz que tenía libre, apuntando a la cola del helicóptero. La confianza que tenía Ryan hasta ese momento se desvaneció cuando vio cómo la cruz casi amputaba al vehículo en cuestión. ¿Qué demonios estaba pasando? Sus disparos se iban por todas partes en lo que la máquina caía de los cielos, dando vueltas como las cuchillas de una licuadora, mientras que un sonido intermitente que indicaba 'emergencia' orquestaba la tragedia. En menos de cinco segundos, se habían estrellado en la calle. Afortunadamente para el joven oficial, su memoria, fresca con respecto al entrenamiento sobre emergencias, le permitió mantener la mente fría y saltar antes de caer con el vehículo. Desafortunadamente, lo mismo no podía decirse de O'Connell quien, junto al piloto, se había quedado en la cabina. Ryan, habiendo aterrizado cerca, corrió hacia el vehículo y rápidamente abrió la puerta, tratando de ayudar al piloto, ahora inconsciente, pero el cinturón de seguridad no cedía. Con el fuego devorando al helicóptero desde la cola, Ryan consideró que, ya que la desgraciada mujer había golpeado el tanque de combustible, probablemente una chispa se había creado al hacer que el mármol chocara con el acero... nada tenía sentido.

"Ayúdame..." dijo el Héroe de Guerra, arrastrándose hacia él. "No puedo sentir las piernas..."

Las preguntas de Ryan desaparecieron en lo que su ira florecía. Por lo mismo, gracias a esta energía fortuita, tomó el brazo derecho de O'Connell, lo puso sobre sus hombros, y se alejó caminando del lugar. Fue ahí que lo sintió. El miedo, la muerte misma acercándose: la locura hecha risa. Ryan pensó por un segundo en soltar al anciano y huir, pero no podía. Sólo podía ver por encima de su hombro para ver si el demonio estaba haciendo su jugada, eso era, tirar sus armas hacia ellos y matarlos. Sin embargo, sólo vio cómo el fuego consumía el vehículo entero, quemando al piloto en lo que este recuperaba la consciencia, tratando de desabrochar su cinturón de seguridad en vano. Sus gritos de agonía sólo reforzaban el completo infierno en el que se habían metido. Mientras el piloto moría en llamas, Ryan oyó un objeto siendo extraído del ave de metal.

Apresuró el paso. Lo que sea que fuere, prohibía a Ryan

desacelerar de ninguna manera. No obstante, mientras más se alejaba, también desaparecía la risa, opacándose con la distancia. Miró sobre sus hombros una vez más y no encontró a nadie. "¿Nos... nos ha ignorado?" dijo Ryan con incredulidad. "Está yendo directamente hacia la casa de Kelvin."

O'Connell sólo podía mirar al suelo mientras era arrastrado lejos de ese maldito lugar. Finalmente había entendido por qué había fallado. Incluso con sus estrategias impecables del pasado, incluso tras sacrificar hombres que le confiaban sus vidas completamente, nada había cambiado. La Cruz Negra era un monstruo que ningún hombre podía detener. No hombres normales. No hombres como él. *He fallado en predecirlo y ahora he pagado el precio*, pensó mientras miraba el pavimento gris.

Ryan abrió la puerta de una casa cercana de una patada y entró. Afortunadamente, con toda la población del barrio, aparte de la familia de Kelvin, ya evacuada, no había resistencia para su intrusión. Ryan rápidamente puso a O'Connell encima de un sofá de cuero en la sala en lo que sacaba una radio.

"Pediré ayuda... tal vez aún podamos-" empezó a marcar llamar con su celular cuando O'Connell lo agarró por la muñeca.

"Suficiente gente ha muerto por hoy," dijo el Héroe de Guerra. "Es suficiente..."

Ryan estaba sorprendido y aliviado al mismo tiempo de que su jefe hubiera recuperado los sentidos finalmente. El anciano ni siquiera trataba de moverse, eso era, hasta que empezó a golpear lentamente el sofá con su puño derecho. Su paso se aceleró en cuestión de segundos. No tomó mucho tiempo para que lágrimas de desesperación inundaran su rostro. Observó el techo y maldijo al destino. Maldijo a la Cruz Negra, llorando como un niño que acababa de perder a su madre. Ryan comenzó a compartir sus lágrimas a su vez. De verdad quería tocar a su mentor, pero se abstuvo. Cómo ella había convertido a su héroe en un triste perdedor. No podía soportar ver a O'Connell así.

"Señor... ¡debemos salir de aquí y rápido!" rugió Ryan en lo que se acercaba a su mentor en esa sala oscura, "¡debemos sobrevivir para enviar a esa maldita perra al infierno! ¡Debemos vivir para vengar a nuestros hermanos!"

O'Connell cerró los ojos con fuerza y dejó de llorar de golpe. Entonces vio a Ryan a los ojos y vio la determinación que fluía en ellos. "Tienes razón, hijo. Lo lamento. No cometeré el mismo error otra vez," dijo él, tratando de esconder su vergüenza repentina. "Esto está lejos de acabar. Pero, una vida no vale tantas otras… si hay algo que aprendí hace mucho es que hay que saber cuándo tirar la toalla… simplemente lo había olvidado."

Ryan sonrió. "Hicimos todo lo que pudimos. Somos los únicos sobrevivientes de todo el departamento de policía. Nada más se puede esperar de nosotros," animó al anciano. "Al menos por ahora…"

Claro, Ryan nunca había dicho palabras tan pesimistas del Héroe de Guerra antes. Sin embargo, era de él de quien las había aprendido. Esas palabras lo llevaron al pasado, cuando su hermano acababa de morir sirviendo al país. Él era la razón principal por la que había entrado a la policía. "¡No te preocupes, eh! ¡Todo lo que sube tiene que bajar eventualmente!" su hermano Marcus solía decir cuando las cosas iban mal, como cuando su padre había sido diagnosticado con cáncer al páncreas. Cuando sucedió, aparte de deprimirlo, Ryan ya estaba en la academia de policía.

"¿Qué sucede, Asprey?" preguntó el instructor Newell al ver que Ryan no podía darle al blanco durante la práctica de tiro, ni una sola vez.

"Lo-lo siento. Acabo de sufrir una gran perdida y-"

"No se preocupe por eso. Tómese el día," Newell dijo con una voz comprensiva. Ryan aceptó su consejo y se fue casa, lo que terminó haciéndolo sentir aun peor. Sólo con mirar su patio trasero, memorias de días más felices invadían su mente. Jugar a los vaqueros con Marcus casi siempre terminaba en peleas a puño. Serias en ese entonces, tristes en el presente. Ryan se sentó en el pasto y miró las estrellas. La luna llena y sus cráteres hacían poco para proveerle compañía. Mientras miraba lo sublime, sonó su teléfono. "Aquí Asprey," respondió con una voz llena de frialdad y nostalgia.

"Nos llegó una amenaza de tiroteo. Parece que alguien quiere dispararle a los estudiantes de una escuela cercana a tu distrito mañana en la mañana. Estará asignado con el jefe O'Connell para esta patrulla. Debemos asegurarnos de que no pase nada," explicó Newell calmadamente. "Hay vidas en peligro. El fracaso no es una opción. ¿Estoy siendo lo suficientemente claro, Asprey?"

"¡Claro como el agua, señor!"

"Se va a graduar en una semana de todos modos, así que creo que está listo para una misión de verdad," continuó Newell. "Además, es uno de los pocos en la academia que conoce ese barrio como la palma de su mano. Podría ser útil si el atacante planea escapar… por cierto… para nuestra mala suerte, estamos faltos de personal por vacaciones y esas cosas… así que tendrá que lidiar con esto por su cuenta junto al jefe."

"Muy bien señor, así será," respondió Ryan con determinación para luego colgar. "Marcus, no permitiré que esto suceda, tienes mi palabra," juró el ante el cielo de la noche. "Nadie tiene que morir. Nadie."

Fue a la escuela en cuestión al día siguiente, a las 5 a.m., y esperó por más instrucciones en la playa de estacionamiento. "Tanta cosa para una amenaza en estos días ¿eh?" dijo una voz detrás de él, asustándolo al punto de hacerlo sacar su arma de la funda. Sin embargo, durante el proceso en que la sacaba, el hombre detrás suyo lo agarró por la muñeca y lo tiró abajo, cayendo de espaldas contra el suelo. "No hagas ese tipo de cosas por aquí, hijo. Hay niños que vienen por estas partes," avisó este mientras lo ayudaba a ponerse de pie. "Por cierto, soy O'Connell."

Asprey deseaba que el café lo despertara de una vez ya que no podía creer lo que acababa de suceder. En la academia, había oído del famoso Héroe de Guerra, Augustus O'Connell. Una leyenda y modelo a seguir de cualquier aspirante deseando servir al país. Como aprendería el joven oficial ese mismo día, O'Connell estaba en su proceso de pensamiento de ideas: garabateando algo en su pequeño cuaderno.

"¡Reportándome, señor!" Ryan dijo con cierta emoción en su voz una vez se dio cuenta de quién era. Apenas podía creer su suerte. De alguna forma, O'Connell era en lo que su hermano se hubiera convertido si hubiese sobrevivido la guerra. "¡Oficial raso Ryan Asprey!"

"Muy bien, hijo, el futuro de nuestra gran nación está en tus manos," saludó O'Connell. "Sé que no es el mejor momento para ti ahora, pero nunca lo será, especialmente en este rubro. La seguridad de cada ciudadano panteano depende de nosotros. Siempre recuerda eso."

Su corto discurso hubiera sonado como las tonterías usuales para cualquier otro recluta en la policía, pero no para Ryan, aun más en ese momento. De algún modo, sus palabras revitalizaron el pedestal dónde estaba su hermano dentro de su corazón. "Estaremos patrullando desde este momento hasta el fin de las clases. ¿Tienes preguntas, hijo?" agregó el veterano de guerra asertivamente.

"¡No, señor!"

"Muy bien, hijo. Hagamos lo que se nos ha ordenado, entonces," dijo el Héroe de Guerra de forma imponente. Subsecuentemente, en un abrir y cerrar de ojos, los niños empezaron a llegar a la escuela. No parecían estar al tanto del peligro en el que estaban. Probablemente todos eran muy frívolos durante la juventud, o al menos eso pensaba Ryan ya que no podía recordar si él había tenido que pasar por una experiencia similar. De todas maneras, no lo sorprendía ya que los tiroteos en masa habían aumentado ni bien llegó el siglo veintiuno. Muchos no sabían a qué, o a quién, culpar. Otras naciones habían logrado la estabilidad prohibiendo las armas, incluso si este proceso no siempre funcionaba. Las armas eran obtenidas ilegalmente al final. Por otro lado, aplicar esto en los Reinos Unidos sería ir en contra de la libertad de cada ciudadano, como decía el segundo decreto real de Pantea. Ryan frecuentemente consideraba que algunas personas vivían muy lejos de las fuerzas del orden como para no tener un arma para autodefensa, mientras que otros vivían muy cerca de estas y no necesitaban armas en lo absoluto. De cualquier forma, Ryan no pensaba mucho al respecto. Le encantaban las armas.

"Señor, quería saber…" Ryan preguntó, mostrando gran curiosidad mientras O'Connell seguía garabateando en su pequeño cuaderno, sólo asintiendo para reconocer que haber oído sus palabras. "Verá… Mi hermano murió en Vayaq. Murió durante un ataque enemigo. Por eso… me preguntaba… ¿cómo lidia usted con un dolor como este?"

O'Connell detuvo su garabateo y lo miró. "Es sencillo, hijo. No lo haces." Como Asprey no decía nada ante tal respuesta, el Héroe de Guerra continuó con sus garabatos. Visto más de cerca, Ryan se dio cuenta de que había dibujado un mapa de la escuela y que estaba analizando cada ruta de evacuación posible. Su concentración era bastante única en este aspecto ya que nada parecía poder romperla. Incluso, tras revisar las mochilas de cada estudiante en la entrada, O'Connell escribiría algo en su cuaderno, usualmente, si algo llamaba su atención, como un tenedor de metal que consideró peligroso y una posible arma. Sin embargo, ya que no encontraron ningún tipo de arma, se quedaron cerca como habían prometido, estacionados fuera de la escuela. Por alguna razón, O'Connell parecía ansioso sobre algo que Asprey no podía predecir. Sin duda, algo no andaba bien. Siempre era lo mismo.

Gritos agudos de terror salieron del edificio.

"¡Le está disparando a todos! ¡Ayúdennos!" dijo una niña que corría y lloraba desde la puerta principal. Sin embargo, en lo que salía del recinto, cayó muerta al piso con una bala en la cabeza. O'Connell y Ryan sacaron sus armas reglamentarias y procedieron a avanzar lentamente hacia la entrada. "¡Somos la policía! ¡Estás rodeado! ¡Sal con las manos en alto, ahora!" O'Connell ordenó de forma aparentemente calmada. Su orden fue respondida con una lluvia de balas, las cuales obligaron a ambos oficiales a cubrirse detrás del auto más cercano. Parecía que el atacante había hecho lo que había querido desde el principio y trataba de escapar. Sólo estaba creando una distracción, probablemente algo que había visto en las películas. "Es sólo un maldito niño. Si lo hubiera pensado mejor, no trataría de escapar usando la puerta principal. De alguna forma, tenemos suerte sólo por eso," analizó O'Connell.

Ryan estaba paralizado detrás de su cubierta con sus manos temblando. Era la primera vez que le habían disparado. La primera vez que había visto a alguien morir delante suyo. Rápidamente observó al Héroe de Guerra, quien parecía estar relajándose en la playa. Viendo la hesitación en Asprey hizo que lo agarrara por los hombros. "Ahora ves por qué no todos pueden hacer este trabajo. Esta es nuestra misión, hijo. Tenemos trabajo que hacer. Vamos."

El miedo aparente del oficial había hecho al chico en cuestión más confiado, lo que terminó haciéndolo salir del edificio. "¡Nadie me entiende! ¡Nadie!" renegó mientras disparaba contra el auto que usaban los oficiales para cubrirse con un rifle.

"¡Suelta tus armas ahora!" O'Connell ordenó con determinación. "¡Ríndete!"

"¡Jódete poli! ¡No tienes idea! ¡No la TIENES!"

O'Connell se echó de vientre, ahora capaz de ver bien los pies del chico por debajo del auto y, sin pensarlo mucho, abrió fuego. El chico cayó al suelo, incapaz de pararse debido a sus tobillos sangrando. Los policías rápidamente se le acercaron y alejaron su arma de una patada. "¡Estás bajo arresto! ¡Todo lo que digas puede y será usado en tu contra!" declaró el Héroe de Guerra en lo que Ryan mantenía su mira en la cabeza del chico, temblando. No obstante, una vez el chico había sido esposado y reducido, O'Connell usó su teléfono. "¡Necesito una ambulancia! ¡De inmediato!"

"¡Mierda! ¡Los niños dentro de la escuela!" Ryan exclamó con sus ojos a punto de salir de sus órbitas. Entonces, se apresuró a entrar a la escuela. La vista era horripilante. Había cadáveres por todas partes, provocando que este vomitara. Mientras lo hacía, sintió una palmadita en la espalda que lo hizo voltear.

"No te preocupes, hijo, enfréntate al miedo. Esta es sólo la primera de muchas más…" dijo él mientras seguía caminando a través de los corredores bañados de sangre de la escuela. Asprey no podía creerlo tras contar veintinueve víctimas en el edificio más tarde esa noche, veinticinco de estos confirmados muertos. Parecía que el atacante había traído el rifle pieza a pieza a su casillero para luego armarlo ese mismo día. Ryan no podía evitar sentirse culpable al ver a los padres llorando e incapaces de calmar su dolor. Él pudo haber hecho más. Si él sólo hubiera…

Ante su rostro lleno de arrepentimiento, O'Connell mencionó las palabras que se grabarían en su mente con fuego. "Hijo, hicimos lo que pudimos. Nada más puede esperarse de nosotros. Nada menos." Estas palabras aliviaron su corazón dolido, sabiendo que, si hubiese estado al lado de su hermano, tal vez este hubiera muerto de todos modos en vez de morir en un país foráneo a manos de un niño. El hecho de que el Héroe de Guerra no fuese un héroe, sino sólo un hombre más, fue algo que había comenzado a asimilarse en su mente.

Al día siguiente, el Señor del país, representado a Su Majestad, tal cual había sido elegido por los dos parlamentos, ofreció sus pensamientos y oraciones por la masacre. Los pensamientos y las oraciones se habían hecho comunes ya que este tipo de cosas se habían comenzado a repetir más rápido que la reproducción de los conejos. De haber sabido lo que era una verdadera masacre en ese entonces…

Con la brisa de la noche entrando por una ventana a la casa en la que se escondían, llevando consigo el horrible olor a muerte emanando de los numerosos cadáveres en la pista, O'Connell recordó por qué seguía con vida. Por otro lado, la Criatura se reía a carcajadas, sólo lo suficiente para no ser oído por la Temible. Las extremidades y la sangre esparcida por todas partes hacían del barrio el lugar perfecto para su venganza. Sin embargo, no se atrevía a hacer su jugada aún ya que sospechaba que ella ya estaba al tanto de su presencia en el lugar. Podía sentirlo en sus entrañas.

Simplemente observó desde lejos cómo ella bailaba entre las llamas del helicóptero, usando los gritos del piloto incinerándose como música.

Aún viendo desde el bosque, la Criatura no podía entender por qué había dejado ir al viejo policía y al novato. Ella simplemente recogió su cruz, atascada en la cola del helicóptero, se dio vuelta y caminó tranquilamente hacia una casa pintada de blanco. ¿Por qué estaba aquí en primer lugar? ¿Qué buscaba? A la Criatura le hubiera encantado verlo, pero sabía que no era un buen momento. La Temible tenía todas sus fuerzas y él no tenía ninguna forma nueva sobre cómo detenerla o matarla. Al menos no en ese momento...

Una vez llegó a dicha casa, rompió la puerta con sus desgraciadas armas y entró al edificio. Aunque estaba bastante lejos, su sonrisa maliciosa aún hacía temblar a la Criatura. Cada vez que la veía, sin importar cuándo o cómo, siempre tenía este efecto en él. Incluso cuando luchaba con ella, le costaba mirarla a la cara. Incluso si estaba ganando, su sonrisa lo perseguiría hasta en sus sueños. Lo que sea que aquel hombre, que ella buscaba, le había hecho tenía que ser importante. La Criatura deseaba poder hablar con ese hombre y descubrir los secretos del monstruo para por fin rescatar a su familia.

Su familia...

¿Qué hacían? ¿Cómo estaban? Por primera vez en su vida, comenzó a temer lo que podría sucederles a los niños dentro de los edificios. Por supuesto, sabía que la evacuación se había llevado a cabo por la policía antes del enfrentamiento, gracias a la radio de la patrulla robada, pero la posibilidad siempre estaba allí, más que nada porque no sabía quién más estaría en casa de Kelvin, aparte de su propietario. Según los reportes policiacos, el bastardo había decidido atrincherarse dentro de su casa. Si había niños allí, estos definitivamente serían aplastados por aquellas cruces malditas.

Ni siquiera yo llegué tan lejos... la Criatura recordó con cierto arrepentimiento.

Cuando tenía que lidiar con niños, durante esos días, cuando era el gran jefe, siempre los había dejado vivir ya que consideraba injusta la practica usual de eliminar a toda la familia de aquellos que se le oponían. Esa era la única situación en la que su empatía lo hacía ceder un poco. Incluso facilitaba cualquier papeleo necesario para que los recientes huérfanos fuesen aceptados en un orfanato, o fuesen adoptados por una familia aleatoria. "Y pensar que en algún punto era tan *potente* como para decidir sobre la vida de los demás," se susurró a sí mismo mientras veía la escena reproducirse frente a sus ojos. Ahora, seres fuera de su comprensión hacían exactamente eso. Tal vez ese demonio hacía todo lo que quería sólo por su poder, igual que el en el pasado. Quizás, y con suerte, su poder se acabaría y terminaría siendo una debilucha igual que él. Si recordaba algo de su antiguo jefe y mentor era que todo lo que subía tenía que bajar. Si ese demonio era humano, lo que la Criatura consideraba un hecho, entonces pronto sería su turno. Seguía sumergido en sus pensamientos cuando una fuerte voz llamó su atención desde dentro de la casa. Era la voz de una mujer.

"¡¿Qué quieres de mi esposo, monstruo?! ¡¿Por qué lo acosas?! ¡No te ha hecho nada! ¡Déjanos en paz!" dijo la mujer en cuestión con una escopeta en mano. La mirada de la mujer mostraba claramente que, asustada o no, dispararía sin dudarlo, aunque estaba claro que temblaba de miedo al igual que la Criatura en el bosque. La imagen ante ella era oscura de por sí: una mujer con piel amarillenta, sonrisa maliciosa, cabello seco y destruido, un vestido rasgado y bañado de sangre, así como cruces que chorreaban sangre. Un portarretrato usual para la Criatura para ese momento. Si esta mujer no hubiera visto al demonio con sus propios ojos, hubiera tomado a la temida Cruz Negra como un mito para hacer que los niños vayan a dormir. "¡Sal de aquí, carajo! ¡Ahora! ¡Lo digo en serio!"

"Ojos que no ven... corazón que no siente..." dijo el demonio sin ninguna emoción en lo que continuaba su avance sin una gota de remordimiento.

¿Qué quiso decir con eso? pensó la mujer con escopeta, sin ceder terreno. "¡¿Cómo puede alguien ser un monstruo tan nefasto?! ¡¿Qué eres?! ¡¿Por qué quieres herir a mi familia?!" la mujer continuó su reprimenda contra la Cruz Negra, aunque su esposo le había dicho que no interfiriese. Ella sabía que no era una movida inteligente si la muerte misma rara vez perdonaba tales molestias en su camino. La última vez que revisó su tarot, las cartas le habían dicho que esta noche sería un éxito. Estas nunca le habían fallado desde que su abuela le había en-

señado a leerlas, por lo mismo, no había posibilidad alguna de error. Este demonio sólo era una maldita mujer, nada más ni nada menos. Y, aun así, temblando de miedo como estaba, la mujer endureció sus nervios y apuntó su arma hacia el cuerpo del demonio. *¡Mis cartas nunca me han fallado!* pensó la mujer, *ellas predijeron que encontraría un hombre rolve con el que me casaría y tendría una familia... ¡No pueden estar equivocadas! ¡Hoy los salvaré a todos!*

"¡Retrocede monstruo! ¡Te mataré justo donde estás parada! ¡Lo juro!" gritó, desafiando al demonio sin una pizca de duda. "¡Es tu última advertencia!"

La Cruz Negra dirigió su mirada hacia las escaleras y procedió a caminar hacia ellas, ignorando a la mujer completamente.

"¡Tú lo pediste!" declaró la mujer, disparándole al demonio en el estómago. El demonio giró su cabeza hacia ella y la miró a los ojos en respuesta. La completa falta de empatía y locura que estos mostraban hizo que la mujer en cuestión diera un paso en retroceso. "¡Aún no!" gritó esta de nuevo, recuperando su confianza, y le disparó de nuevo. Este tiro fue por el corazón del demonio, fallando por unos milímetros. Los agujeros, producidos por los perdigones desgarrando el cuerpo del monstruo, comenzaban a sangrar y a mostrarle órganos internos a la mujer.

"¡¿Qué demonios estás haciendo allá, Jennifer?! ¡Sube ahora!" ordenó una voz masculina desde el segundo piso. "¡Ya te dije que no morirá!"

"¡Creo que la tengo! ¡Lo conseguí! ¡Confía en mí!" respondió la mujer con renovada confianza. "¡Así es! ¡No estoy sola! ¡No pasarás de mí! ¡Sangras igual que todo el mundo!"

El demonio sonrió ampliamente tras oír la voz de Kelvin, en respuesta a la sorpresa de la mujer.

"Así que... Ahí estás..."

"¡Muere! ¡Muere! ¡Muere!" exclamó la mujer mientras disparaba todas sus balas contra la Temible, empujándola más y más con cada disparo, al punto de expulsarla del edificio. La confianza en la mujer creció a su vez haciendo que dé un paso adelante con cada tiro. Una pequeña sonrisa comenzó a aparecer en su rostro en lo que ganaba terreno. Por supuesto, el demonio había sido expulsado de la casa. Esta sonrisa rápidamente se convirtió en una de esperanza y victoria cuando vio a la Temible tirada en el pasto de su jardín delantero sobre una piscina de su propia sangre, con su cuerpo lleno de agujeros. "¡Ya casi! ¡Sólo unos cuantos más! ¡Y te derrotaré!"

Sin embargo, su incesante ataque fue interrumpido por un clic que salía de su arma.

"¡Mierda!" renegó mientras recargaba su arma tan rápido como podía. No obstante, sus manos temblaban cuando se dio cuenta de que todos los perdigones estaban siendo expulsados del cuerpo de la Cruz Negra. El demonio se reincorporó como si nada hubiese pasado y le sonrió, jocosamente. Las balas en las manos de la mujer se le caían, como si sostuviese arena entre los dedos. "¡No! ¡No! ¡No!"

"El amor… el más grande descosido…"

Para cuando la mujer había conseguido jalar el guardamano para dispararle al monstruo una vez más, recibió un golpe de cruz en el pecho. Los sonidos producidos por el arma letal contra su cuerpo le dijeron que su caja torácica acababa de ser pulverizada. Cayó al suelo en lo que respirar se hacía más y más difícil, sintiendo su propia sangre llenar sus pulmones y su boca escupiendo sangre como una fuente. Ya era tarde. Levantó la mirada sólo para ver al demonio mirándola desde arriba, burlándose de su derrota con una sonrisa.

"Peter… Tim… lo… siento…" dijo la mujer en lo que sus ojos se cerraban ante la oscuridad de la muerte. "Debí haber…"

La Temible no se molestó es escuchar a la mujer en su agonía. En vez de eso, procedió a saltar sobre su cuerpo, recogiendo su arma en el proceso, y siguió su camino hacia el segundo piso de forma calmada mientras el aliento de la mujer lentamente desaparecía del mundo. Por lo visto, Kelvin estaba allí, definitivamente, esperándola. El demonio podía sentir su respiración agitada. Sin embargo, había otra respiración allí también. Tal vez la de un policía, o tal vez la de uno de *ellos*. Ambos patrones de respiración compartían una característica en común: mostraban miedo hasta un cierto punto, incluso si uno de ellos no era tan profundo como el otro. Además, de las dos pulsaciones de corazón, una no era tan ruidosa como la otra.

Algo andaba mal...

IV

ALGO ANDABA MAL, DEFINITIVAMENTE.

"¡Vamos Carmen! ¡No es tan difícil!" dijo el instructor exigentemente. Pablo solía mirarla en su doloroso esfuerzo mientras se escondía detrás de la puerta de la entrada. Después de unos minutos de tortura, estirando las piernas todo lo que podía, Carmen finalmente se dio por vencida y cayó al suelo.

"¡Muy bien! ¡Lo lograste!" felicitó el instructor. "¡La clase se ha acabado!"

El instructor, un excampeón de ballet, tomó entonces su gabardina y dejo la mansión. Usualmente venía dos veces a la semana, nunca mostrando consideración alguna, ni compasión, por nada, o, en otras palabras, no había lugar para errores. Y, aun así, de alguna forma Carmen adoraba esta disciplina sin piedad, incluso si sufría con ello, especialmente desde que la pubertad había tocado su puerta hace un año. Se sentía más confiada cada vez que obtenía su aprobación después de lo que parecían ser siglos de esfuerzos y fracasos. Sin duda alguna, muchos de sus sirvientes adoraban ver sus actuaciones y su esfuerzo y lo mostraban ofreciéndole sus más fuertes aplausos. Su padre simplemente sonreiría ante tal vista, probablemente porque, a diferencia de cómo su madre había sido alguna vez, Carmen no era del tipo rebelde. Es más, seguía el consejo favorito de su padre al pie de la letra: "Si no duele, no sirve." Hasta ahora parecía funcionar.

Su padre entonces entraría al salón de ballet dentro de la mansión, o así le gustaba llamarlo, y felicitaba a Carmen cada vez que tenía éxito. Cuando no era así, simplemente le decía que lo conseguiría la próxima vez, o que tenía que esforzarse aun más.

En lo que se reincorporaba, miró hacia la puerta, esperando a que su padre viniese a ella. Sin embargo, había alguien más en el marco de esta. Acto seguido, miró a su alrededor y se dio cuenta de que estaba sola en aquella habitación gigante.

"¿Dó-dónde están todos? ¡¿Hola?! ¡¿Papá?!" llamó con desesperación incrementándose. Además, comenzó a sentir nauseas en lo que la habitación comenzaba a dar vueltas a su alrededor. Para evitar que su cabeza perdiese el equilibrio, ella trató de rotar junto a la sala, en vano. Estaba por desmayarse cuando una mano derecha de mujer le tocó el hombro derecho.

Nuestra reunión se acerca... no puedo esperar...

Carmen abrió los ojos. Se sentó y miró a su alrededor desesperada, bañada en su propio sudor. Vio a Nico, roncando suavemente donde siempre dormía. Ya sabía que él se había dado cuenta de que estaba despierta y que fingía no saberlo.

¿Qué clase de sueño había sido ese? Se tocó la frente para ver si tenía fiebre y si dicho sueño había sido posibles alucinaciones debido a dicha fiebre. Suspiró aliviada cuando se dio cuenta de que ese no era el caso. No se había enfermado desde que había huido de Sanatorium, y prefería mantenerlo así. Entonces, se echó nuevamente y cerró los ojos. Eventualmente, y con mucho esfuerzo, principalmente debido al miedo, forcejeó para dormir de nuevo. Sin embargo, después de lo que parecía ser un segundo, sintió una mano ajena empujando su espalda suavemente. "¡Despierta! ¡Despierta!"

Era el Viejo Joe. Carmen observó a su alrededor en lo que la luz del sol bañaba su cuerpo. Nico estaba allí, sentado, en lo que parecía ser profunda concentración. ¿Cuánto tiempo había pasado? "¿Qué está pasando?" Carmen finalmente preguntó.

"*Ellos* nos encontraron. Parece que nos han seguido. La razón por la que *ellos* demoraron fue probablemente porque ni siquiera *ellos* podrían entrar a la Galera Ida sin preparación," Nico respondió con una voz baja y temperada mientras que sus ojos seguían cerrados. "Debemos irnos, ahora. Nos rodearán pronto."

"Pero cómo-"

"No te preocupes, los vimos hace un rato. Uno de los chicos y yo logramos atraer su atención un poco, pero no tomará mucho tiempo para que se den cuenta de que la información que les di estaba mal. Deben partir ahora," replicó el Viejo Joe con un rostro lleno de preocupación. Por primera vez, no parecía estar borracho.

Carmen se puso de pie y juntó todas las cosas que consideraba necesarias para este viaje, para este punto: sólo un par de blusas, uno de zapatos, unos pantalones, una camisa y la ropa interior que había conseguido comprar en un mercado de segunda mano. Juntó todo en una pequeña bolsa y se la amarró a la espalda. Le sorprendía cuán libre se sentía con lo poco que tenía. Antes, ella se hubiera sentido atada a su país, o a Friornia, sólo por la enorme cantidad de bienes que tenía que manejar. "Joe, ustedes también tienen que salir de aquí. *Esos* sujetos no-" Carmen mencionaba cuando el Viejo Joe levantó su mano izquierda, queriendo que ella se detuviese.

"De ninguna manera," declaró el anciano. "Nuestro Inmigrante aquí ya me dijo lo que esos bastardos son capaces de hacer. Lo que sea que ellos se consideren, uno no se puede quedar de brazos cruzados. Aquí, en la Galera Ida, uno paga por los favores que recibe. Desearía poder hacer algo aparte de demorarlos, pero creo que está bien."

Carmen no podía creer sus palabras. Preguntándose sobre sus suposiciones con respecto al viejo hombre frisco, y que tan diferente era el Viejo Joe sobrio del Viejo Joe regular, él explicó, "ya perdí a mi esposa e hijo por los juegos de azar. Los perdí por no hacer lo correcto a tiempo." Al ver que Carmen parecía confundida por tal aserción por cómo lo miraba, continuó. "Siempre quise sentirme útil y confiable para la gente. Al menos una vez. Por favor ¡váyanse ahora y buena suerte!"

Carmen se giró hacia Nico, pidiéndole una explicación con

los ojos, a lo que Nico simplemente respondió asintiendo. Entonces, sin ninguna respuesta, Carmen miró hacia atrás y vio al Viejo Joe sonriéndole alegremente. Por lo tanto, sin saber qué hacer después, ella inconscientemente besó al anciano en la mejilla y siguió al Inmigrante. "Saldremos de la ciudad. Es lo más seguro por ahora. De otro modo... *ellos* nos cazarán fácilmente," dijo Nico calmada y confiadamente. Carmen se sentía como si estuviese atrapada en una película de verano. Sólo tenía una pregunta, ¿quiénes rayos eran *ellos*?

En lo que Carmen y Nico se alejaban más y más, al punto donde su amado puente ya no estaba en su campo visual, varios hombres vestidos de negro llegaron a su viejo hogar. "Las lecturas indican que el espécimen estuvo aquí. Desafortunadamente, el rastro se desvanece ni bien salimos del puente," dijo uno de *ellos* en lo que los *demás* se posicionaban alrededor del lugar. *Ellos* parecían estar usando una especie de dispositivo que sonaba constantemente cuando se acercaban a donde Nico solía dormir. En lo que diez de ellos inspeccionaban el lugar, dos de ellos arrastraron al Viejo Joe hacia allí bruscamente. "Pudimos capturar a este hombre. Creemos que podría tener alguna pista sobre dónde está el espécimen," continuó el mismo sujeto. "Es el que nos dio información falsa en la autopista. ¿Qué piensa, doctor?"

Un hombre rubio con lentes oscuros redondos, y usando una bata de laboratorio, así como un sombrero negro y alto, apareció detrás de *ellos*. *Ellos*, a su vez, lo dejaron pasar sin demora. Dicho hombre caminó hacia el Viejo Joe, el cual había sido golpeado antes de ser sentado y amarrado a una silla. Parecía que *ellos* apenas se habían contenido y no le habían roto la mandíbula sólo para que pudiera hablar.

"¡Oh Kothat, Kothat! ¿Qué tenemos aquí?" dijo el sujeto de los lentes redondos. "Parece que nuestro pequeño roedor nos ha dejado unas sobras..."

Old Joe apenas podía mirarlo. Su ojo izquierdo había sido golpeado hasta el límite, mientras que a las justas podía ver con el que le quedaba dado que la inflamación era muy severa. "¿Quesh carajosh quierensh...?" murmuró el Viejo Joe. Era difícil hablar con los dientes que le quedaban. Su destino no parecía tener buen camino a ese paso.

"¡Oh, pobrecito! ¡Parece que los chicos no te trataron bien!" continuó el hombre con lentes redondos con una voz condescendiente. "¡Muy bien chicos! ¡¿Quién le hizo todo esto a este pobre hombre?!"

Esta última pregunta sorprendió al Viejo Joe. ¿Acaso este hombre se preocupaba por su bienestar realmente? ¿Era como el Inmigrante? Un pequeño rayo de esperanza apareció en su mente. Entonces, uno de los hombres de negro se acercó al hombre de lentes redondos y se presentó. "S-soy el que le hizo daño, señor. No nos daba información útil y pensé que-"

No había terminado de responder cuando el hombre de lentes redondos lo cacheteó con el reverso de la mano. No feliz con esto, le metió un puñete en el estómago y lo pateó en el pecho, de modo que este cayó de espaldas. Este trató de levantarse, pero el hombre de lentes redondos pisó su tronco firmemente. "Sabes que este hombre es un compañero frisco, ¡¿verdad?! ¡¿Qué rayos estabas pensando con tu diminuto cráneo?!" regañó. "¡No le hacemos esto a los nuestros! ¡Eso es una acción reservada para no-friscos! Si veo esta estupidez de nuevo, ya sabes cuáles son las consecuencias. ¡¿Entendido?!"

"L-lo siento… No pasará otra vez…" dijo el hombre tirado en el piso, temblando, en lo que el hombre de lentes redondos retiraba su pie. Lentamente, el agente herido se reincorporó agarrándose el pecho con su mano izquierda, jadeando. Luego, regresó a su posición original rápidamente entre el resto de los demás. ¿Acaso era el sujeto de los lentes redondos una especie de protector? Tal vez se podría confiar en él después de todo… Tal vez…

Mientras Joe pensaba en tal posibilidad, el hombre de lentes redondos volteó hacia él. "Ahora, ya que esto se acabó ¿podrías ser un amor y decirnos dónde se fue el jovenzuelo? Es muy importante que lo capturemos… un problema de seguridad nacional en realidad…" dijo este con una voz dulce, como si le hablara a un niño, junto a una gentil sonrisa, de cuclillas frente a él. El Viejo Joe no sabía cómo reaccionar, pero, aun así, la respuesta era obvia.

"Losh sientosh… nosh mencionosh dondesh ibash… tesh losh diriash sish pudierash…" respondió calmadamente el anciano. "Creosh quesh podríash estar yendosh haciash el sursh… o algosh asish…"

El hombre de los lentes redondos se paró y comenzó a alejarse mientras se arreglaba dichos lentes. "¡Kothat, Kothat! ¡Has sido muy útil! Muy bien, chicos… adelántense… nos vamos hacia el sur." El excéntrico hombre continuó su camino hacia una camioneta en la que entró. Un disparo con silenciador podía oírse no muy lejos de allí. "Odio a los friscos pobres… va en contra de toda lógica… los friscos no pueden ser pobres," murmuró para sí mismo para luego dirigirse al chofer. "Al menos los otros tampoco serán un problema." Acto seguido, el resto de *ellos* siguieron su ejemplo, dejando detrás los cadáveres del Viejo Joe y sus amigos en el suelo, justo debajo del puente.

Lejos de ese lugar, Carmen y Nico estaban a bordo de una vieja camioneta. Sentados uno al lado del otro, con Carmen al timón, esta volteó a su derecha y vio a Nico intensamente cada vez que podía, como si no entendiera por qué Nico había cubierto sus oídos con algodón cuando se subieron. Recordando el momento en que había sido rescatada, Nico había cubierto sus orejas con los dedos cuando abordaron la camioneta con la que habían huido de Sanatorium. En ese entonces, pensó que se trataba de orejas irritables. Ahora sabía que no era así, pero entonces ¿por qué? Ya que no podía responder tal pregunta y que no había tenido el valor de preguntárselo a él directamente, sólo podía pensar que, entre más raro era, más fascinada estaba con él.

"Buenas orejas…" Carmen susurró para sí misma en voz baja. Sin embargo, Nico la miró perplejo. "¿Qué pasó?" le preguntó ella, sorprendida, con sus cejas alzadas pensando en peligro inminente.

"Nada," replicó Nico. "Es bueno que sepas manejar. No me siento bien sobre… tú sabes… esto de robar autos."

Sin duda alguna, también era la primera vez para Carmen.

El Viejo Joe conocía al dueño de esa vieja camioneta, uno de esos tiburones de los que Nico tenía que defenderlo. Por lo mismo, el anciano le sacó la llave a uno de estos tiburones del bolsillo y se lo había dado a Carmen sin remordimientos. "Lo siento," dijo ella mirando el techo del auto antes de prenderlo. No tomaría mucho tiempo para que la policía viniese por el Viejo Joe y sus amigos. Carmen no podía evitar desearles un buen resultado de todo esto. Nico le había dicho al anciano que irían al norte. No obstante, sabía que el Viejo Joe no era tan confiable en cuestiones de secretos, más que nada debido a su casi-permanente estado de ebriedad, así que, aunque había dicho eso, en realidad iba hacia el este. Su aparente falta de confianza en el Viejo Joe sorprendía a Carmen, sólo un poco. Quizás el adolescente no era tan inocente como había imaginado todo este tiempo. Incluso en el peor de los casos, esta falsa información les daría tiempo más que suficiente. Además, y contrariamente a lo que Carmen creía, Nico no tenía intención de abandonar Las Esbirras aún. La información que buscaba aún estaba en la ciudad. A pesar de haber discutido con Nico sobre una decisión que parecía ser obvia para Carmen, eso era, irse de la ciudad de una vez, había algo que aún no entendía...

"Nico... allá en el tejado... tenías miedo de esos tíos... ¿estás seguro de que quieres quedarte en la ciudad?" preguntó Carmen de la nada mientras manejaba pacíficamente para no levantar sospechas. Nico la miró sonrojado.

"Es-estaba asustado ¿está bien?" dijo con una voz ligeramente temblante, la cual Carmen vio como linda. Pero, de nuevo, el sólo era un adolescente. De algún modo, este pensamiento la inquietó un poco. "Es sólo que... bueno..."

"¿Acaso el todopoderoso Inmigrante tiene vergüenza?" molestó Carmen con una sonrisa.

Nico la miró una vez más, tomó aliento profundamente, y respondió. "Fue... debido a ti."

Carmen no esperaba eso. Se quedó sin palabras durante unos segundos, tratando de pensar en lo que acababa de decir Nico mientras mantenía sus ojos sobre el camino. "Pensé que te lastimarían si nos encontraban... es por eso..." agregó él, rojo como un tomate. Entonces, miró por la ventana para evadir su mirada. Carmen sonrió para sí en lo que seguía manejando. Había pasado mucho tiempo desde que alguien se había preocupado por ella de esa forma, o tal vez él simplemente sentía alguna especie de responsabilidad que se había dado a sí mismo como su protector. O, en el peor de los casos, se podría estar enamorando de ella. Había oído historias de ese tipo en internet: mujeres maduras y hombres jóvenes, aunque no tan jóvenes como Nico. Si ese era el caso, estaba mal. Tenía que detenerlo.

"Mira Nico, soy una mujer casada y-" comenzó a hablar cuando encontró sus ojos.

"¿Y?" replicó el sin una gota de duda. Sin embargo, y tras ver la expresión de shock en la cara de Carmen, inmediatamente entendió su preocupación y se rio. "Oh no, no, no me malinterpretes. No me interesas de ese modo. Pensé que ya era obvio," continuó con una voz calmada para sorpresa de Carmen, sin una gota de ironía. "Hay alguien con quien debo regresar. Alguien especial… me está esperando..." Miró hacia el cielo en lo que murmuraba estas palabras, de nuevo, con fría honestidad. En cuanto a Carmen, sintió una ligera incomodidad en el pecho.

"¡Eso es... bonito!" replicó ella con una sonrisa forzada.

¿Decepcionada? Oh bueno, tenía que pasar tarde o temprano...

Se detuvieron por la periferia de la ciudad, en un distrito llamado Mesa Concreta. A diferencia de Galera Ida, no se le consideraba como zona roja. Irónicamente, no estar en una zona roja era en realidad más peligroso para ellos ya que cualquiera de sus perseguidores podría encontrarlos rápidamente, sin tener que preocuparse por la zona en sí. Dejaron el auto en un lote vacío y caminaron alrededor de la ciudad. ¿Dónde sería su nuevo 'hogar'? Nico ya había tenido ideas al respecto en el camino.

"Sígueme," Nico dijo. Con una pequeña piedra que había encontrado en el río cerca a su antiguo hogar, que mantuvo en su bolsillo durante el viaje entero, se acercó a la parte trasera de un edificio y quitó el candado de las escaleras de emergencia.

Estas cayeron al suelo y les permitieron subir hasta el techo del edificio. "No es el mejor escondite, pero funcionara por ahora..." declaró el Inmigrante, poniendo su pequeña bolsa de bienes una vez estaban de pie allí. Afortunadamente, el verano estaba lejos de terminar y dormir afuera no era tan malo. Era sólo que ¿durante cuánto tiempo estarían allí hasta que alguien decidiera hacer una barbacoa en el techo y encontrarlos? Al menos Nico ya lo había considerado, por lo que declaró que tenía un plan de emergencia. Carmen sabía que él simplemente se inventaría una solución cuando el problema pasara, así que no estaba preocupada al respecto. La única nostalgia que sentía era por cómo se había encariñado con su viejo hogar. La paz que sintió durante ese mes y medio, aunque fuera falsa, la había ayudado mucho. Deseaba poder recuperar aquellos días, incluso si habían sido bastante horribles, asquerosos y recientes. Ambos extendieron unos cartones que habían conseguido en camino a ese lugar, listos para dormir. Carmen se echó de espaldas, con sus manos detrás de su cabeza y miró a las estrellas.

"Nico... por favor, no olvides tu promesa..." murmuró ella.

"¿Qué promesa?" Nico replicó con ligera sorpresa.

"¡Dijiste que me enseñarías a pelear!" Carmen le refrescó la memoria. "Necesito aprender. ¡No quiero ser un estorbo!"

"Claro, claro," dijo Nico sin darle importancia en lo que se acomodaba en sus cartones.

Carmen simplemente se rindió de momento y siguió viendo las estrellas, deseando que pudieran devolverle su vida. Las estrellas estaban tan lejos, y tan cerca, que ella se sentía como una de ellas. Pocos sabían que la imagen que observaban era el estado actual de dicho objeto celestial hace millones de años luz. Ella era igual. La vida que había tenido se había perdido y se había impreso en su memoria hace millones de años luz. Al mirar a cada estrella, pensó en las personas que había conocido antes de su dilema actual. Personas como Pablo, Eliana, su padre... su hijo. Cada uno de ellos era una estrella que podía ver de lejos, en su mente, en el pasado, incapaz de alcanzarlo. Al seguir mirándolas, y encontrando más de ellas, comenzó a pensar en más personas. Personas como su antigua familia, sus sirvientes, su perro Spunky, las personas que la habían ayudado... Entonces, se dio cuenta.

Se puso de pie y corrió hacia Nico abruptamente. Empujó su hombro desesperadamente, pero sin exagerar, ya que sabía que Nico estaba, generalmente, medio dormido nada más. Ante esto, él respondió a su llamado con una voz dormilona. "¿Qué pasa ahora? Nadie está aquí. Déjame-" Nico apenas pudo terminar su oración cuando Carmen lo jaló de los brazos y lo forzó a ponerse de pie. Nico sólo podía mirarla con ojos amplios como platos. Ella mostraba la sonrisa más feliz que Nico jamás haya visto antes. Los ojos de Carmen brillaban como el sol de la mañana. En lo que Nico volvía en sí mismo, ella lo tomó de los brazos y comenzó a girar allí mismo, junto a él, como si bailaran juntos.

"¡¿Qué está pasando?! ¡Me estás mareando!" se quejó el Inmigrante en lo que Carmen continuaba, sólo para abrazarlo fuertemente una vez se detuvieron.

"¡Creo que sí puedo recuperar mi vida, Nico! ¡Creo que ahora sé cómo!" Carmen explotó en éxtasis.

"Por lo visto, perdiste el juicio... ¿de nuevo?" Nico dijo, resignado.

"¡No! ¡Escúchame!" insistió ella. "Había un doctor que me ayudó cuando iba a ser juzgada! ¡Falsificó mis papeles para que no sea ejecutada! ¡Conocía bien a Eliana! ¡Tal vez me ayude!"

Nico abrió los ojos en señal de sorpresa. "Eso es... ¡realmente una buena idea!" dijo, contagiado con su alegría. "¡Muy bien entonces! ¡Busquémoslo mañana!"

Carmen sostuvo la cara de él cerca a la suya con ambas manos, con sus ojos fijos en los del joven. "Gracias... por apoyarme," declaró, lentamente acercando su rostro aun más al rostro del mizelas. "También te ayudaré, recuérdalo."

Nico no se movió, pero tampoco se le acercó. Su cuerpo estaba duro como un ladrillo. "No me agradezcas aún... si él no puede ayudarte, no habremos conseguido nada," dijo él. Una vez más, su honestidad amenazaba a la delicada esperanza que

Carmen tenía pendiendo de un hilo. Carmen lo soltó y se fue directamente a dormir.

"Buenas noches, Nico," dijo ella. Aunque no había recibido ninguna respuesta sólida de parte del joven, ella estaba segura de que esta vez sí se había hecho escuchar. Nuevamente, miró a las estrellas. "Esta pelea aún no ha terminado."

¿Qué me pasó justo ahora? pensó.

Cerró los ojos y durmió profundamente hasta que sintió un gentil toque en su hombro izquierdo. Rápidamente abrió los ojos, habiéndose acostumbrado a estar perpetuamente en alerta mientras dormía para ese entonces. Era Nico. "Es hora… ¡entrenemos!"

Carmen se sobó los ojos mientras se sentaba sobre sus cartones. "¿Qué está pasando? Normalmente nunca nos levantamos tan temprano…" se quejó. El Inmigrante miraba al horizonte, mirando el sol aparecer en lo que la ciudad recuperaba su vida usual.

"Ya no estamos en nuestro antiguo hogar… deberemos estar siempre a un paso adelante del enemigo a partir de ahora…" explicó Nico. "Es exactamente por eso que decidí ponerme serio con tu entrenamiento. No fue fácil cuando entrené tampoco, pero es la mejor manera."

Carmen se puso de pie mientras bostezaba sin cesar. "Muy bien, 'maestro' ¿cómo hacemos esto?"

"Comenzaremos con agarramientos," dijo Nico. Sin embargo, la expresión perpleja en el rostro de Carmen lo hizo explicarse. "Lo primero que necesitas aprender es qué hacer si el enemigo te atrapa, lo cual es la mayoría de los casos."

Carmen no estaba del todo despierta. Se despertaría completamente muy pronto, pero de momento estaba escuchando al Inmigrante a medias, asintiendo ante cada pregunta que este le hacía. "Muy bien, comencemos entonces…" agregó. Carmen no estaba lista para cuando el joven la agarró en una llave donde estaba parada. El dolor en sus brazos la despertó de inmediato. "¡Au! ¡Me duele! ¡Basta!" gritó Carmen. Nico no se detenía. Yendo en contra de sus súplicas, apretó sus brazos aun más. "¡Por favor, detente! ¡Detente! ¡Te lo ruego!"

Finalmente, después de una cascada de súplicas, el Inmigrante la soltó. Carmen se quedó tirada en el suelo, respirando con dificultad y revisando su brazo, en el cual, increíblemente, no había rastros de ese ataque reciente. Por primera en una eternidad, se sintió aterrorizada de nuevo. ¿Acaso el joven disfrutaba causándole dolor? ¿Era igual que aquellos dos enfermeros en Sanatorium después de todo? Sus miedos y su dolor reciente se combinaron en una bomba de tiempo que no tardaría en explotar. Nico se le acercó, pero ella se alejó arrastrándose y cubriéndose la cara con el brazo izquierdo.

"A-aléjate de mí… ¡Gritaré! ¡Lo juro!" amenazó con los ojos a punto de salirse de sus órbitas. Nico simplemente la miró, curioso. Fue entonces que entendió lo que había hecho.

"Lamento si exageré. Quería que sintieras lo que de verdad es estar en peligro," explicó el joven, mirando al suelo. "Veo que no estás lista aún, y no te culpo. Los hombres son físicamente más fuertes que las mujeres, naturalmente."

Acto seguido, se alejó lentamente y comenzó a plegar sus cartones. En cuanto a Carmen, ella no se atrevía a moverse del lugar que consideraba seguro, vigilando todos los movimientos del Inmigrante precavidamente. Minutos más tarde, en lo que la calma volvía a ella, la voz de la razón no tardó en regresar a su mente. Él había podido usar su cuerpo como quisiera si hubiera querido en ese momento, así como matarla si hubiera querido. Era obvio para ese punto que siempre había podido hacerlo, pero ahí estaba ella, respirando con miedo, pero viva y en una pieza. Su evidente fragilidad le hizo ver que era bastante débil… y que, tal vez, sólo tal vez, Nico tenía razón en su conclusión anterior. Una vez se dio cuenta de este hecho, lentamente se puso de pie y se acercó al joven, el cual le daba la espalda. Entonces, gentilmente, ella tocó su hombro derecho. "Lo siento… Sigamos."

Nico le devolvió la mirada. El miedo que había invadido sus ojos había sido reemplazado por angustia. "Lo siento, pero no. No estás lista aún. No quier-"

Carmen podía sentir cómo sus palabras mostraban genuina preocupación por ella, lo que la motivó a detenerlo a mitad de su argumento. "Quiero poder vigilar tu espalda. Y-y-yo... lo dije antes y lo digo de nuevo. Por favor, entrenemos otra vez."

Nico simplemente caminó de vuelta a la mitad del techo en respuesta y le dio instrucciones, nuevamente, pero esta vez se aseguró de que ella estuviese consciente de lo que estaba sucediendo, especialmente por el hecho de que no tomaba un coeficiente intelectual muy alto para entender que ella había estado medio dormida durante el primer entrenamiento de hace un minuto.

Carmen se puso en guardia, o al menos lo que ella pensaba que era ponerse en guardia, y esperó a que el Inmigrante iniciara su ataque. Esta vez, se prometió a sí misma que se concentraría en algo más para impedir que el miedo tomara el control. Entonces, en lo que Nico la agarraba nuevamente para hacerle otra llave, ella no podía evitar sentir sus poderosos músculos contra su cuerpo, junto a su tacto gentil, como si estuviese midiendo su fuerza, siendo cuidadoso para usar sólo lo suficiente de su poderío para no romperla. Sin embargo, y a diferencia del doloroso ejercicio anterior, estar a la merced del adolescente no parecía ser... desagradable...

"¿Estás lista?" Nico advirtió. "Estoy por empezar la llave. Te hará doler. Así que, como un enemigo real, no me detendré, así me lo implores. Sólo haz lo que te diga cuando empecemos y estarás bien. ¿Está claro?"

"Está claro."

Subsecuentemente, Nico comenzó con la llave y, al igual que antes, también explicó qué hacer paso a paso. Carmen levantó un pie y pisó con toda su fuerza sobre uno de los pies del joven. Este evadió su ataque. No obstante, también relajó su agarre sobre ella, lo que hizo que Carmen proceda con las instrucciones que le había dado, como arañar y atacar su rostro desde atrás de su cabeza, estando él detrás de ella. En lo que hacía eso, el joven evadió sus ataques una vez más y relajó aún más su agarre. Tras unas horas de práctica, Nico decidió terminar el entrenamiento ya que estaba por ir a pedir dinero al semáforo más cercano y comprar comida en su camino de vuelta a casa.

"¿Puedo ir contigo?" preguntó Carmen con una sonrisa sólo para desmayarse encima de sus cartones un segundo después por cansancio. Una vez echada, todo se puso negro.

"Nada mal para su primer día… estoy impresionado que estuviese siquiera pensando en venir…" dijo Nico junto a una pequeña carcajada. Este entrenamiento en realidad había durado dos horas, lo cual era algo de lo cual Carmen no se había dado cuenta. Y así, continuaron con aquella rutina cada día. Con el tiempo, y mientras Carmen mejoraba, ella se dio cuenta de que había comenzado a disfrutarlo. Aunque, sin darse cuenta, también se había acostumbrado a que un hombre la tocase una vez más. Su miedo de ser traicionada había desaparecido, así como su miedo al dolor. Se dio cuenta de que ahora confiaba a Nico con su vida.

Carmen, no me digas… ¿acaso te estás…?

En lo que su cuerpo ganaba fuerza y una figura corporal perdida hace mucho tiempo, ella continuó ideando su plan para contactar al doctor Gupta. Discutía con Nico al respecto de vez en cuando después de sus prácticas, por lo que él simplemente verificaba la información que ella le daba cuando salían a pedir dinero. Sin embargo, siempre estaba *ese* otro problema.

Gupta parecía estar rodeado de guardias sin saberlo, o, probablemente, sin su consentimiento. Por lo tanto, ambos siguieron su entrenamiento teniendo en cuenta dicho problema, estudiando varias estrategias para evadir a dichos guardias. Afortunadamente, ya que Carmen ya no caía desmayada sobre sus cartones después de entrenar, ahora podía ayudar a Nico en el reconocimiento del lugar. Entonces, un día, cuando ella se dio la vuelta bruscamente para evitar ser descubierta por un policía durante una de sus 'misiones', su largo cabello la golpeó en la cara. Había crecido hasta casi la misma longitud que tenía antes de entrar a Sanatorium. Rápidamente se dio cuenta de qué tan rápido habían pasado dos meses desde su éxodo del puente. Al menos ahora, sus preparaciones estaban listas…

Tomó más tiempo hacer un plan esta vez ya que era mucho más difícil sin sus antiguos aliados. En lo que seguían con su estrategia y sus estudios del área, se enteraron pronto del destino del Viejo Joe y de los otros. Se habían descubierto varios cadáveres debajo del puente, su antiguo hogar, de acuerdo con un periódico local. Una vez de vuelta al techo, Carmen lloró de impotencia y el surgimiento de culpa la golpeó. Otra vez, había hombres muertos pesando en su consciencia. Deseó que ellos no la hubieran ayudado.

"Tranquila. Esto está lejos de terminar," dijo Nico con determinación, tratando de animarla. Para ese entonces, Carmen había aprendido a lidiar con su falta de tacto ya que, por más dolorosa que fuera, no le quitaba razón al jovenzuelo. "No dejaré que su sacrificio sea en vano. Lo último que podemos hacer es arrepentirnos de su esfuerzo. Vamos, tenemos un psiquiatra que visitar."

Habiendo aprendido todos los caminos y horarios de las patrullas de aquellos hombres misteriosos, incluyendo los de algunos policías, el par se escabulló en el jardín trasero de Gupta durante una noche elegida. Sus numerosos ornamentos de jardín les permitieron pasar la vigilancia de dichos hombres más fácilmente, escondiéndose detrás de dichas decoraciones. El doctor Gupta, sin duda, había sido escoltado a su oficina en el centro de la ciudad. Parecía no saber nada de dichas escoltas siguiéndolo todo el tiempo. El hecho de nunca se dio cuenta de ellos le recordó a Carmen de sí misma y de cómo la había absorbido el trabajo. En ese entonces, no hubiera sido una sorpresa que esos hombres la hubieran estado acechando en secreto ya que ella tampoco se hubiera dado cuenta. Tal vez eso era lo que realmente había pasado…

"Vamos," Nico susurró. Tal como habían hecho durante su escape de Sanatorium, abrieron una ventana que daba al sótano de la casa de Gupta y entraron. Una vez dentro, la larga espera dio inicio. El doctor Gupta llegaría a eso de las seis, como hacía usualmente los vernes, el quinto día de la semana. En lo que pasaban las horas, ambos no pudieron evitar merodear por el lugar. Carmen se chocó con muchas cosas en el proceso al no poder ver en tal oscuridad. Claro, prender las luces no estaba en el plan por miedo a alertar a esos hombres afuera.

Sus varios tropezones le hicieron darse cuenta de que Nico caminaba sin problemas, como si tuviese visión infrarroja. "¿Cómo lo haces?" preguntó ella en voz baja, siendo incapaz de calmar su curiosidad.

"No es muy difícil ver en la oscuridad..." respondió el joven, simplemente. Carmen frunció el ceño ante tal explicación, recordando que aún no sabía mucho de su salvador, al menos en lo que se relacionaba a esas habilidades suyas. En lo que sus ojos se acostumbraban a la oscuridad, Carmen vio cómo Nico se acercaba a unos estantes de los cuales sacó dos cajas llenas de ropa.

"¡¿Qué diablos estás haciendo?!" Carmen regañó en voz baja.

"Este tipo tiene ropa vieja aquí, para mujer y para niño. Es extraño, no recuerdo haber visto a alguien más viviendo aquí..."

"¡Deja eso!"

"Está bien, está bien... sígueme," dijo Nico en lo que tomaba la mano izquierda de su compañera. Afortunadamente, la puerta al sótano no tenía cerrojo. Nico guió a Carmen hacia el primer piso y se asomó antes de aventurarse a la sala. Ya que aquí tampoco podían prender las luces, Carmen se tropezaba aquí y allá, esta vez con los sofás. Al mismo tiempo, seguía impresionada por cómo Nico podía moverse. Era como si estuviese bañado en la luz del día en medio de toda esa oscuridad.

"Es extraño... hay un olor que nunca había sentido antes," dijo el Inmigrante mientras inspeccionaba la sala. "Es como si hubiesen limpiado este lugar a profundidad. Pero ¿por qué?"

Carmen ya había asimilado el hecho de que Nico había visto muchas películas y que, tal vez, eso lo había convertido en un sujeto paranoico. "Quizás sólo quiere que limpien bien su casa cada vez que contrata un servicio. He conocido gente como-" Carmen explicaba cuando oyeron un fuerte clic que venía de la puerta frontal. Rápidamente, regresaron al sótano en lo que Gupta ingresaba a su hogar.

"Ha lanzado su maletín sobre el sofá y se ha sentado. Creo que va a mirar la tele..." Nico lo describía ante una Carmen perpleja. ¿Cómo rayos sabía eso cuando ella sólo podía escuchar pasos? Mientras más escondía él, más la fascinaba. Frecuentemente pensaba que, incluso si supiera la respuesta, aquella fascinación se le quedaría para siempre. Para este punto, también se dio cuenta que a él le gustaba impresionarla. *Adolescentes*, asumió ella.

"Ahora iremos como planeamos," indicó Nico. "Cuando estés lista."

Carmen respiró hondamente y se acercó al hombre en cuestión tan silenciosamente como pudo. Gracias a que este estaba concentrado en la tele, las luces no habían sido un problema para que la pareja se aproximara a su presa. Nico sabía que tenía que reducir a Gupta tan pronto como este los viera ya que podría gritar por el pánico, o la sorpresa. Por lo mismo, el joven se le acercó lenta y silenciosamente desde detrás del sofá y agarró su cabeza con una llave cubriéndole la boca. Carmen se plantó frente a Gupta cuyos ojos casi se salen de sus órbitas ante lo que estaba viendo.

"Shh... cálmese. Soy sólo yo," comenzó Carmen. "No lo lastimaremos. Se lo prometo. Sólo necesitamos su ayuda." Dicho eso, Nico lentamente liberó la boca del psiquiatra, pero no su cabeza, sólo por si acaso. No obstante, para la sorpresa del Inmigrante, Gupta ni siquiera trataba de escapar de su llave. "Tenemos que hablar sobre muchas cosas..." agregó Carmen.

"Señora Wright... no me esperaba el verla de nuevo," inició él, inquietantemente calmado. Carmen supuso que estaba usando una voz inofensiva para salir de una situación tan peligrosa como aquella. *Cosas de psiquiatras*, asumió ella. "Oí de su escape, aunque, si me permite, aún podemos ayudarla y-"

"No. Desgraciadamente el sistema no puede ayudarme," lo interrumpió Carmen. "Verá, he sido inculpada por alguien más. Usted me ayudó durante el juicio. Sé que es egoísta de mi parte el pedirle esto, pero no tengo más opciones. Es el único en el que puedo confiar."

Gupta parecía estar en una especie de trance, tratando de recordar cuándo, o cómo, la había ayudado. Su excesiva tranquilidad le dio a Nico suficiente confianza como para liberar su llave completamente, aunque quedándose cerca suyo. Uno nunca podía tener la precaución suficiente en esos días...

"Está bien ¿cómo cree que puedo ayudarla?" preguntó el hombre tras su breve momento de silencio. "Le digo desde ya que bajo ninguna circunstancia arriesgaré mi carrera, reputación, o mi vida por usted," advirtió duramente. "Tengo una familia. Una hija de la cual cuidar."

"Ya veo..." replicó Carmen con ligera resignación mientras Nico fruncía el ceño ante dicha declaración.

"Sé que podrían matarme si no los ayudo... déjenme hacerles saber que, de ser ese el caso, no me importa," continuó con su advertencia. "Puede hacer lo que quieran. Mi familia siempre estará primero."

Sus palabras perforaron un hueco en la determinación de acero de Carmen. Sin embargo, ella había aprendido a contenerse gracias al entrenamiento de Nico. Aun así, no podía evitar que una pequeña lágrima saliese de su ojo izquierdo. "En... entiendo," asintió ella. "Sólo necesitamos información sobre mi esposo, el doctor Jason Wright."

Gupta la miró perplejo. "¿No habla en serio, cierto? No estará pensando que su esposo la va a ayudar con esto ¿no?" dijo incrédulo. "Vi la cara de él en el juicio. Estaba devastado. Él definitivamente no la-"

"Lo sé," Carmen dijo, interrumpiéndolo de nuevo. "Creemos que él podría ser el que está detrás de todo esto."

Nico la miró sonriente. Había sido la lógica del joven la que la había llevado a esa conclusión. Carmen nunca hubiera considerado sospechar de su esposo de otro modo. No obstante, el Inmigrante y su fría honestidad la golpearon duramente una vez más en el techo sobre el que vivían. Para él, esa explicación tenía perfecto sentido. Nada más era posible para el jovenzuelo.

"¿Qué esperas obtener de Gupta una vez lo atrapemos?" preguntó el Inmigrante hace dos meses, a la mañana siguiente del pequeño baile que Carmen le había dado la noche anterior, tras encontrar la solución a sus problemas después de ver las estrellas mientras él jugaba con una bola de jebe que había encontrado en el basurero, haciéndola rebotar contra la pared. "Ya te ayudó alguna vez, arriesgando su carrera según lo que me cuentas. No creo que te ayude de nuevo."

Carmen no podía mirarlo a los ojos ya que incluso ella sabía que lo que iba a decir sería criticado por el mizelas. "Yo... y-yo... quiero información..." Carmen apenas logró articular.

Nico dejó de jugar y la vio a los ojos, esperando una explicación. Ya que su silencio se mantenía, decidió preguntárselo, pero ella se adelantó. "Él podría ayudarnos a encontrar a mi esposo, y mi esposo me ayudará, estoy segura. Una vez lo haga, podremos-"

Nico explotó ante tal noción. "¡¿Estás loca?! ¡Te abandonó cuando más lo necesitabas! ¡Ese sinsentido me dice muchas cosas por sí solo!"

"¡¿Cómo qué?!" refutó Carmen, aparentemente herida ante su falta de tacto.

"Si de verdad te amaba, habría estado allí contigo, o al menos hubiera dudado lo que veía. Parece que se olvidó de tu existencia cuando estabas en ese lugar infernal," agregó furioso. "¡Por todo lo que puedo ver, él es el asesino!"

Carmen se puso de pie y se acercó a Nico. Levantó una mano y estaba por darle una cachetada cuando se detuvo. El joven simplemente la observó, aparentemente sin inmutarse al ver su reacción. La habría evadido de todos modos, pero esa no era la razón por la cual Carmen se había detenido. "Nunca pensé en eso..." murmuró mientras bajaba la mano. Básicamente se mentía a sí misma con esa declaración. Después de todo, sí lo había pensado antes, en Sanatorium. Debido a ese recuerdo, sus ojos indicaban que sus sentimientos estaban a punto de romperse otra vez.

Nico respiró hondamente y habló con una voz pasiva. "Mira, lo siento. Tiendo a decir cosas directas sin pensar y-"

"Puede ser que tengas razón, *pequeño*," dijo ella en lo que mantenía su mirada hacia el amanecer frente a ellos. Era la primera vez de muchas que llamaría a Nico *pequeño*, refiriéndose a tu altura. "Aunque... aunque hay una posibilidad de que esto sea verdad... no puedo simplemente aceptarlo. Necesitamos evidencia, incluso si eso rompe mi corazón para siempre..."

"Mira," continuó Nico. "Sé que es doloroso, pero es lo que tiene más sentido. Además, me consta que no estás loca, porque, si lo estuvieses, nada de esto te dolería. Aparte, te he estado vigilando todo el tiempo. Serás voluble, pero nunca matarías a una persona, y de eso estoy seguro. No tienes una personalidad escondida tampoco, a pesar de haber tenido tiempos duros en *ese* infierno. Así que, esto tuvo que haber sido un trabajo desde adentro. Cualquiera de tus sirvientes podría ser el culpable y ese esposo tuyo está involucrado de alguna forma... ¡estoy absolutamente seguro!"

Su lógica estaba lejos de ser perfecta, pero tenía sentido. Él la había vigilado, y cuidado, mucho más que cualquier otro demente de Sanatorium. No era difícil imaginar que también la veía mientras dormía. Sin embargo, también estaba *ese* pequeño detalle...

"Por cierto, sobre ese video que mencionaste... pudo haber sido creado," Nico continuó como si leyera su mente. "Las mujeres friscas de pelo negro no son difíciles de encontrar."

"P-pero ¿cómo sabes eso? ¿Cómo puedes estar tan seguro de que no soy una criminal de ese tipo?" refutó Carmen. Sus ojos mostraban que ella se sentía lejos de inocente.

"Sólo... lo sé," dijo Nico. "Puedo ver que tienes un gran corazón."

Esto era probablemente lo más dulce que había escuchado en mucho tiempo. No importaba lo cursi o estúpido que sonara, era suficiente para darle nuevas esperanzas. Incluso si tenía que detenerse temporalmente en tratar de averiguar cómo él era capaz de decir tal cosa.

No podía evitar sonreír al recordarlo cuando Gupta continuó, sonando sorprendido con sus aserciones posibles y regresándola al presente. "Esa afirmación es bastante atrevida, señora Wright. Le puedo asegurar que, si termina su tratamiento, usted estará-" Gupta murmuró de nuevo, pero Carmen lo interrumpió, de nuevo.

"Parece que no tiene ni idea de lo que está pasando," dijo

ella condescendientemente. "Sólo díganos lo que necesitamos saber y desapareceremos de su vista antes de que se dé cuenta."

"Muy bien... pero primero, permítame hacerle una pregunta. ¿Por qué yo? Pudo haber obtenido buena información de internet, señora Wright. No creo que pueda darle la ubicación exacta de su marido, de todos modos," explicó Gupta.

"Incluso una genio de las computadoras como Carmen no pudo conseguirlo," dijo Nico, haciendo que Gupta se volteara a verlo. "Toda su información está escondida, obviamente. Necesitamos cualquier pista que nos pueda dar."

No soy una genio de las computadoras, nada más lejos de la realidad... supongo que dice eso porque él sufre cuando las usa, pensó Carmen, sonrojándose ligeramente ante la afirmación.

"Soy su única esperanza ¿verdad?" dijo Gupta tras respirar hondamente. "Bueno... lo que en realidad sucedió fue que, ya que soy el psiquiatra que firmó sus papeles, quería estar informado sobre su recuperación, así que llamé al doctor Wright para hacerlo ir a Sanatorium a visitarla. Se suponía que haría esto a diario desde hace cinco meses," explicó el psiquiatra mirando a ambos a los ojos. "Pensaba que-"

"Nunca me visitó. Así que, por favor, díganos dónde está," completó Carmen.

Gupta unió sus manos y miró hacia el piso. "Ya veo... lo último que oí fue que se iba a Danan por una temporada y que volvería en unos tres meses."

"¿Dónde se quedará cuando vuelva?" Nico preguntó, ya perdiendo la paciencia.

"Ya sé dónde," Carmen dijo firmemente. "Gracias por su cooperación, doctor Gupta. Nos iremos ahora."

Ambos pasaron por la puerta que daba al sótano de la casa y desaparecieron de la vista de Gupta. Este se puso de pie lentamente y siguió su rastro. Para cuando bajó al sótano, los dos no estaban por ninguna parte. Aunque parecían fugitivos improvisados, habían cronometrado su salida con el momento donde no había muchos guardias acechando fuera. Gupta apenas podía creer sus ojos cuando fue a su patio trasero, hacia donde daba la ventana de su sótano, para no encontrarlos allí tampoco. Rascándose la cabeza en aparente confusión, el doctor volvió a casa. En cuanto a la pareja, estos caminaban rápidamente por las calles con sus nuevos disfraces de mendigo. Al menos estos no apestaban como los anteriores, sólo lo aparentaban.

"Parece que lo logramos," dijo Carmen aliviada junto a una amplia sonrisa. "Pensé por un segundo que perdíamos el tiempo."

"No sé," Nico respondió mientras miraba a su alrededor. "Había algo extraño con ese tipo…"

"¿Qué quieres decir?" Carmen preguntó sorprendida. "Era el mismo calvo que me entrevistó hace unos meses. No vi nada fuera de lugar…"

"Verás… olía como… una chica," dijo Nico. Carmen no pudo contener un torrente de carcajadas que explotó al punto en que Nico tuvo que taparle la boca con las manos y obligarla a caminar en silencio.

"¡Eso es gracioso pequeño!" dijo ella, riéndose a todo dar ni bien Nico sacó su mano de su boca. "¿Cómo podrías saberlo?"

Nico se sonrojó antes de responder. *Ahora, eso es algo que no había visto en un buen rato*, pensó Carmen mientras lo miraba intensamente.

"Las mujeres tienen un olor distinto a los hombres. De eso estoy seguro."

"Quizás nunca viste algo similar antes, pero él estaba divorciado. Es obvio que pasa sus noches con otras mujeres. Quiero decir, tal vez esa sea la razón por la cual se divorció para empezar," dijo Carmen confiadamente. "Además, era claramente un hombre. Eso fue lo que vimos ¿no?"

Nico puso su mano sobre su quijada. Carmen ahora sabía que estaba concentrado en el tema. Sin embargo, ya que se había dado cuenta de que él tenía una especie de sexto sentido, o lo que sea que fuese, que le permitía 'ver' las cosas con increíble precisión, esta confusión suya parecía fuera de lugar. Después de unos segundos, Nico simplemente alzó sus hombros.

"Está bien, tal vez sólo lo haya imaginado. Vámonos, tenemos que entrenar."

Una vez en casa, decidieron cancelar su sesión de entrenamiento debido a que ya era muy tarde en lo que la noche, y la falta de luz, lo hacían más difícil de lo necesario. De todas formas, tenían tiempo de sobra hasta que *ese* día llegase. Jason volvería a Friornia en tres meses según Gupta, y Carmen sabía exactamente dónde se hospedaría. Lo que no sabía era si estaba preparada para lidiar con el dolor de volver a ese lugar.

Aun así, había otro problema molestando a Carmen en lo que ambos desplegaban sus cartones.

"Nico…" ella murmuró en medio de la noche. "Lo siento. Sé que esto se aleja de lo que quieres, y que te estoy haciendo demorar en tus objetivos. Lo lamento y-"

"Carmen, estoy tratando de dormir," se quejó el jovenzuelo. Carmen trató de seguir con su retórica cuando Nico siguió con la suya. "Te prometí ayudarte hasta el final, y así lo haré. ¿Es tan difícil de entender?" Acto seguido, se movió en sus cartones, acomodándose. "Duerme ahora o estaremos muy cansados mañana. Este viaje está lejos de acabar…"

Carmen no podía responderle. Así que, después de todo este tiempo ¿sólo estaba cumpliendo su palabra? Siendo justos, Eliana había hecho lo mismo, con la gran diferencia que ella no sabía lo que le iba a pasar. Sin duda alguna, no le quedaba nadie más a Carmen, ni siquiera Jason.

Para ese momento, Carmen sabía que el mundo de los adultos, o el mundo real, era bastante duro. Sin importar cuánto tratara de confiar en otros, nunca podría hacerlo. Por lo mismo, ver a Nico siendo así de inocente era algo dulce de presenciar. ¿Acaso Jason no había prometido, en realidad jurado, estar a su lado hasta que la muerte los separara? ¿Acaso el sistema no le había prometido justicia? Si estuviese colgando de un hilo sobre un abismo, Nico sería el que sostendría dicho hilo. Al mismo tiempo, si él fuese a retractar su palabra, ella no podría culparlo. Esta esperanza iba en una sola dirección.

Al infierno.

Sólo espero que Gupta no revele nada sobre nosotros, pensó ella en lo que cerraba los ojos. *¿Qué ganaría con esto de todos modos?*

Lo que sea que quieras creer está bien... ya que no cambiarás nada.

A la mañana siguiente, Carmen se despertó agarrándose de sus cartones con ambas manos para el entretenimiento de Nico. La forma en que los sostenía la hacían acordar de Derzú, su osito de peluche. Se había olvidado por completo de él. Ese peluche había sido el primer regalo de Jason que consideraba importante, aparte de las toneladas de cartas de amor que le había mandado como un bandido al acecho. Al menos así le gustaba llamarlo en ese entonces.

Aquellas cartas...

Pensando en todo aquello que Jason y ella habían vivido juntos comenzó a debilitar la determinación de Carmen. Fuera de que la lógica de Nico se pudiese debatir difícilmente o no, su corazón no podía creerlo. Incluso con la evidencia presentada, probablemente no podría aceptarlo tampoco.

"¿Estás bien allí?" preguntó Nico. "Has estado agarrando esos cartones y mirándolos con tanta concentración que casi me diste envidia," agregó mientras se cambiaba de polo. Ahora había conseguido tres de ellos: gris, negro y verde. "O... ¡¿estás buscando una mina de oro?!"

"¿Q-qué?" Carmen respondió debido a su estupor. Conociendo a Nico, probablemente era una de las bromas que le gustaba hacer de vez en cuando. A veces, le mostraría hasta definiciones de cosas que nunca había oído antes. Por ejemplo, cuando le preguntó qué pensaba de ella, el joven descaradamente declaró que la veía como una mujer *aquesada*. Carmen no lo entendía al principio ya que Nico no se lo explicaba, así que se volvió una tradición el tratar de averiguar el significado. Después de un mes de intentos y fracasos, logró entenderlo. "¿Te refieres al queso de verdad?" preguntó una mañana mientras caminaban hacia un semáforo. Nico aún hacía sus acrobacias, usando lentes de sol y a una gorra de béisbol blanca que había encontrado en un basurero.

Nico la miró y frunció el ceño. "¿De nuevo con esto?"

"Te refieres a cuando se derrite ¿cierto?" continuó ella con creciente confianza y entusiasmo. "¡La forma en que soy cuando hablo de temas específicos! ¡Me gusta cubrir todo sobre cualquier tema del que hablemos! ¡Como queso derretido sobre papas! ¡Por eso dices que soy aquesada ¿verdad, pequeño?!"

Nico abrió los ojos tan ampliamente que parecían platos de sopa. "Parece que SÍ eres una genio después de todo," respondió sin una sola gota de ironía en su voz, "pero ¿por qué sobre papas?" Sin duda alguna, esta característica suya era algo que Carmen acababa de descubrir. El joven, probablemente, tenía en cuenta sus constantes miradas y consejos. Al sugerirle pequeñas mejoras en su trabajo como artista acrobático, en cómo gastar su dinero, presupuestos, y conocimientos generales, Carmen se había dado cuenta de que le gustaba estudiar todo a su alrededor y cambiarlo, para bien o para mal, al menos la mayor parte del tiempo.

Creo que yo sería más como un gusano de biblioteca, pensó tras escuchar dicha observación, ya que nunca se le había pasado por la cabeza, ni siquiera durante sus sueños, que fuese una genio. Si lo fuese, hubiera hecho las cosas mucho mejor. Quizás el adolescente también decía esto porque Carmen hablaba durante horas sobre un tema en específico, fuese dicho tema político, económico o científico, para el creciente aburrimiento de Nico. Una vez comenzaba, era difícil hacer que se callara. Lo único que no había logrado entender era aquella *quesidad* suya que decía Nico, hasta ese entonces, claro.

"Sólo recordaba algo, eso es todo," descartó Carmen mientras se ponía de pie, tras poner un pedazo de cartón que tenía entre manos en el piso y se preparaba para sus ejercicios mañaneros.

"Dijiste que sabías dónde iría tu esposo cuando volviese," dijo Nico mientras hacía planchas. "¿Podrías decirme dónde?"

"Siempre va a un solo lugar," respondió ella en lo que saltaba con ambos pies, calentando. "Nuestra- quiero decir, mi mansión."

"¿Crees que Gupta nos traicionará?"

"La posibilidad… siempre… estará… allí…" dijo Carmen en lo que se agitaba más y más. "En el peor… de los casos… él tendría que... evitarnos. No he... ido... a casa... en un buen... rato..."

Nico tenía sus dudas al respecto. El peor de los casos podría, en realidad, ser mucho peor que eso. El hecho de que *ellos* estuviesen por todas partes como moscas en la basura lo preocupaba. *Esa* gente no se detendría ante nada si quería capturar a Carmen o a él. Habiéndo*los* visto tantas veces cerca a los lugares que se suponía que Carmen y él visitarían era una advertencia en sí misma. No sería raro para el Inmigrante que este 'Jason' estuviese involucrado con *ellos,* de una forma u otra. Sin embargo, aún había un pequeño rayo de esperanza de que no fuera así, juzgando por el corazón puro de Carmen, su esposo no podía haber sido tan malo, con suerte.

Su padre una vez le dijo que las buenas personas tendían a atraer a otras cuando tenía cinco años, algo que había creído durante toda su corta vida. Era algo que le había permitido creer en esa chica especial esperándolo en su ciudad natal. Ya que no podía comunicarse con ella de ninguna manera, sólo podía ver las estrellas, las mismas que ella miraba de noche, y tener la esperanza de que ella sabría lo que él estaba pensando. *Luna...*

Él no era aquesado como Carmen, pero sabía que definitivamente era mil veces más cursi que ella. *Me pregunto si de verdad lo abandoné todo por una vida mejor*, pensó Nico en lo que evaluaba el resultado de sus acciones en su mente. Su país natal, Peruvia, era un completo desastre en tantas áreas que usualmente le era imposible saber por dónde empezar cuando quería describírselos a Carmen. Como un amigo suyo le había dicho una vez durante el almuerzo, las prioridades en esta nación subpanteana estaban de cabeza. Nico había analizado cómo arreglar al país tan pronto vio a un hombre sin extremidades tocando cinco instrumentos musicales con su boca y hombros al mismo tiempo en un mercado, y obteniendo alrededor de tres soles—la moneda de Peruvia—como pago de gente que oía su música después de un día entero. Ya que tres soles eran el equivalente a un wólar—la moneda de los Reinos Unidos— tal vez el sujeto en cuestión podría comprar un sándwich.

Nico también hacía énfasis en que, en Peruvia, los problemas importantes, y que necesitaban resolverse urgentemente, usualmente eran ignorados por razones ridículas. Su ejemplo favorito era cuando el país se metió en una competencia del deporte más popular de la Tierra, el balónmuñeca. Irónicamente, los jugadores de ese deporte rara vez usaban sus manos o muñecas. Cuando la competencia empezaba, la gente dejaba de trabajar, estudiar o producir. La nación entera se paralizaba hasta que la competencia terminase, lo que le permitía a muchos políticos y monarcas hacer lo que quisieran con todo y con todos. Por lo tanto, con dichos problemas sin ser atendidos, algunas personas sobrevivían apenas con tres wólares al mes en el norte de Peruvia, mientras que otros simplemente morirían congelados en las partes más frías del país. Un problema que había continuado durante al menos cuarenta años. Otros simplemente se apuñalarían entre sí para robar los objetos de los caídos. Los problemas en Peruvia eran varios, sin embargo, sus padres habían elegido irse por otras razones. Aunque fuese difícil de creer para Carmen cuando Nico le contó esto, la razón de su partida era, en realidad, las tarifas universitarias en Peruvia que eran por lo menos dos veces más caras que las de los Reinos Unidos.

Sus padres no podían pagarlo, lo que los obligó a crear un 'plan maestro' para establecerse en el país en el que estaba Nico ahora. Era difícil dejar el mundo que había conocido durante tanto tiempo, junto a la gente y chica que amaba, pero esa había sido su elección final. Ya no era un tema de beneficio egoísta el que lo había llevado allá, sino el de realización. Ni bien se subió en el avión que lo llevaría a los Reinos, juró que se convertiría en el nuevo rey, o al menos el nuevo primer ministro, de Peruvia y que acabaría con la emigración masiva que sufría el país al arreglarlo. Quería ver su país florecer con poder que nunca había tenido antes. Incluso Luna se reía de su idea al principio con una risa que, usualmente, podía mover cuerdas en su pecho que no sabía que existían.

De haber sabido que todo esto iba a suceder, hubiera preferido seguir el consejo de *ella* y hubiera huido a su lado al este de Peruvia. Un plan que *ella* le propuso durante los minutos antes de su partida. A veces se preguntaba si debería haber aceptado... pero, entonces, la misma conclusión aparecería en su mente, recordándole que su sueño nunca se haría realidad, que Peruvia estaba destinada a la autodestrucción gracias a la corrupción y al egoísmo general de su población. Las leyes existían, pero, al mismo tiempo, no existían. La historia le había enseñado que su plan de cambiar Peruvia nunca funcionaría y que era ya muy tarde para su país. Fue difícil para él entender la dura verdad en lo que su sueño se rompía como un vaso de vidrio barato cayendo al piso. Ahora, en vez de eso, tenía una nueva misión: salvar a sus padres. Ahora, también estaba Carmen...

La miró en lo que su sudor comenzaba a caer por su cuello al ejercitarse. *Definitivamente ha cambiado*, pensó Nico en lo que la comparaba con su yo del pasado. Ella había tenido un destino peor que el suyo, eso había entendido. Lo que no sabía era qué tan bien realmente se encontraba. Sólo se le ocurría que Carmen había sido alguna vez como su querida Luna, inocente y radiante como el resto de sus compañeros de secundaria, al igual que él.

Con Carmen concentrada en su calentamiento, Nico sacó un viejo pedazo de papel de su bolsillo izquierdo y lo observó intensamente, recordando cómo, antes de entrar a los Reinos, había recibido el último mensaje de Luna. Ella decía que prendería pequeñas velas blancas en su ventana para poder guiarlo a la victoria respecto a cualquier tarea que decidiese emprender. A su vez, dichas luces también lo guiarían de vuelta hacia ella. Nico sonreía cuando recordaba que, para el disgusto de sus padres, Luna sí las prendía cada noche y que no era *floro*, tonterías, en la jerga de Peruvia. Después de todo, sus padres no lo querían con ella tampoco por razones diferentes. Así que, ya que no había forma de comunicarse con ella, sólo podía mirar las estrellas pensando que eran las velas que ella le prendía.

¡Amor juvenil! ¡Qué increíble!

"Muy bien pequeño, ¡hagámoslo!" exclamó Carmen llena de confianza y poniéndose en guardia. Por supuesto, ella había mejorado mucho con respecto a sus habilidades de pelea. Ahora ya no era presa fácil ni para Nico, ni para un agente, algo que el Inmigrante descubrió cuando practicaba ataques sorpresa con ella. Ella prefería usar técnicas similares al judo que la favorecían usando la fuerza del atacante, algo que Nico la había animado a hacer ya que ella pelearía contra personas físicamente superiores la mayor parte del tiempo. A su vez, con práctica, fue que descubrió uno de *esos* secretos del Inmigrante.

"¿Lista?" preguntó Nico cuando estaba a punto de abalanzarse sobre Carmen en una mañana de práctica.

"¡Cuando tú lo estés, pequeño!" respondió con una sonrisa en su rostro y confianza en su cuerpo.

El Inmigrante hizo lo esperado y ella lo evadió. Aun así, ella también hizo lo inesperado al golpearlo en el estómago con un puñete. Para su sorpresa, la reacción de Nico fue extremadamente diferente a la que ella había predicho en su mente: no había evadido, por alguna razón, y yacía tirado en el suelo agarrándose el vientre mientras gritaba de dolor.

"¿Estás bien?" preguntó ella, agachándose para verlo más de cerca. Verlo al borde del llanto le provocaba una cara perpleja a Carmen. ¿La estaba jodiendo? Estaba a punto de patearlo para averiguarlo cuando vio sufrimiento verdadero en sus ojos. Después de unos minutos, él se levantó y se alejó de ella, mirando al piso.

"Lo siento, no sabía…" se disculpó Carmen mientras Nico simplemente se echaba sobre sus cartones. Lejos de lo que Carmen había pensado, el jovenzuelo no estaba enojado, pero profundamente avergonzado.

"Es mi culpa, no te preocupes," dijo él sin mirarla. "La cosa es que… no puedo recibir golpes. Uno solo podría ser mi fin," explicó con un tono grave y triste en su voz.

Carmen lo miró, confundida. "¿Qué te han hecho?" preguntó con una voz ligeramente enojada. "¿Morirás si te golpeo de nuevo?" agregó, esta vez con su voz mostrando gran preocupación. En el fondo, sabía que esta preocupación era un producto colateral de necesitarlo para recuperar su vida. Aun más en el fondo, no estaba segura de por qué estaba tan preocupada, o molesta, para empezar.

"No," dijo él, calmadamente. "Es sólo que quedaría a merced de mi atacante por un tiempo. Supongo que te subestimé
justo ahora, y ahora estoy pagando por mi error..." Acto seguido, se sentó y se quitó el polo, mostrándole a Carmen que
no había ni rastro del golpe que ella le había dado, solo músculos endurecidos. Aunque no eran los primeros abdominales
atléticos que había visto, los de Nico siempre tenían el mismo
efecto en ella: una extraña sensación que nunca había sentido
antes. Una que atravesaba su columna y que la haría perderse
en sus pensamientos hasta que Nico dijera algo que la traería
de vuelta a la realidad. Esta vez, sin embargo, no se perdió a sí
misma y estaba aliviada de ver que él estaba bien.

"Muy bien, pequeño ¡párate y sigamos!" dijo ella en lo que
jalaba a Nico para ponerlo de pie.

Durante las siguientes semanas, en lo que se preparaban
para la visita de su 'Jason', decidieron tomarse un día libre.
Una de esas ideas *aquesadas* de Carmen, como Nico solía lla-
marlas. Ya que no tenía objeciones al respecto, el adolescente le
siguió la corriente y, mientras usaban sus disfraces, pasearon
por la ciudad. A diferencia de Galera Ida, esta parte de la ciudad sí valía la pena visitar: el aire limpio, las hojas verdes comenzando a caer secas al suelo, la falta de gente. Tal vez era
todo lo que Carmen quería.

Se equivocaba.

"¡Una... heladería!" exclamó ella, emocionada, en lo que
Nico ya no estaba seguro si se trataba de una adulta o no. "¡En-
tremos! ¡Por favor!" rogó. Dado que no había hecho nada malo,
hasta ese entonces, Nico aceptó. Aunque no comía helado con
la excusa de no gustarle, seguía acompañando a Carmen en el
local, por si acaso. Ya que sus trajes, o disfraces de indigente,
no invitaban precisamente al optimismo, la mayoría de gente
simplemente los expulsaba de los lugares por su pobre apariencia, por lo tanto, simplemente se quitaron los trajes y entraron. No tenían opción.

Mientras pedían su helado y se sentaban en una mesa,
Carmen no podía evitar sentirse rara. Era como si hubieran

pasado siglos desde que había comido algo en público. Vigilando el área como locos, ambos ordenaron cosas diferentes cuando se acercó el mesero. Carmen había pedido helado de vainilla y chocolate mientras que Nico había pedido un vaso de agua sin hielo. Su rechazo a comer helado, una vez más, fascinaba a Carmen más de allá de lo imaginable. "¿Qué estás mirando?" preguntó Nico, sonrojándose ligeramente por su mirada intensa.

Su orden llegó y se veía bastante generosa. Nico pagó y Carmen sostuvo el recibo en su mano izquierda, mirándolo como si acabase de encontrar una pieza de oro. "¿Estas bien?" preguntó Nico ante tal vista, a lo que Carmen respondió guardando dicho recibo dentro de un bolsillo que había cosido en un vestido de segunda mano que había comprado. Entonces, mientras comía el helado tan rápido como podía, y sintiendo congelación cerebral, se dio cuenta de lo que estaba pasando... finalmente...

"¡Eres... sensible!" dijo ella de la nada ante un perplejo Inmigrante. "¡Así que ese es tu gran secreto! ¡Lo averigüé-hmmm!!" hubiese continuado si Nico no le hubiese tapado la boca con la mano. Carmen pronto se dio cuenta que todos a su alrededor los estaban observando. "Lo siento," dijo ella, mirando al piso. "Me emocioné con esto... así que... es... tú sabes... ¿verdad?"

Nico parecía resignarse al levantar los hombros. "Nuevamente, chica *aquesada*, la hiciste. ¿Qué me delató?"

"Está el hecho de que podías oír a esos tipos en el edificio, aunque parecía que se habían ido. También está el hecho de que te tapas la nariz cuando huele mal. Aparte está el hecho de que recibiste un puñete suave y llorabas como una niña en el suelo. Además, está el hecho de que-"

"Muy bien, ya entendí," interrumpió Nico. "¿Qué harás ahora? Ya es difícil tal y como soy."

"Bueno... sólo quería saber una cosa..." siguió ella, lamiendo su helado alegremente. "¿Cómo haces para pelear entonces? Te tirarían abajo con un solo golpe. Creo que te arriesgas demasiado al pelear con cualquier persona. ¿Cómo lo haces y por qué?"

Nico cerró los ojos esta vez, como si estuviera concentrándose. Normalmente haría esto como practica de meditación diariamente, lo que significaba que, lo que estuviese a punto de decir, tenía que ser de gran importancia. Carmen se acomodó en su silla alistándose para recibir esa sabiduría trascendental, mientras sus ojos brillaban con expectativa, esperaba ansiosamente.

"No lo sé," dijo él al final.

"¿Eh?" Carmen replicó en lo que sus expectativas morían decepcionadas.

"Sólo era una broma," dijo el Inmigrante para luego reír ante la mirada llena de decepción temporal de Carmen. "Como puedo oír bastante bien, también puedo sentir y escuchar el aire que rodea a las personas. Cuando me atacan, sé por dónde vendrán sus puñetes o patadas. Es difícil de explicar, en realidad."

"Pero… ¿Por qué tomar un riesgo así? Podrías haber usado un arma y… oh…" se detuvo Carmen, dándose cuenta de lo obvio. Un disparo le rompería los tímpanos dada su sensibilidad. "Supongo que no tienes otra opción entonces…"

"Una vez más, la hiciste, chica *aquesada*," dijo el joven mientras tomaba su vaso de agua. "A los que nos enfrentamos no les importan los inválidos como yo. Ya saben lo que acabas de descubrir. Así que, supongo que no estaban preparados para- ¡CUIDADO!"

Nico agarró la cabeza de Carmen y la empujó hacia el piso. Una bala pasó inmediatamente cerca de ellos, impactando la pared detrás suyo, haciendo que todos en el lugar entraran en pánico. "*¡Ellos* están aquí! ¡Tenemos que irnos ahora!"

Para su sorpresa, estaba asustada. Demasiado asustada. Recordando todas sus experiencias juntos, ella nunca había presenciado disparos directos. Este tipo de situación era novedosa y horripilante, así como emocionante, al mismo tiempo. Su cuerpo no respondía a sus llamados de huida.

"¡No tenemos tiempo para esto! ¡Muévete!" insistió Nico en vano. "¡Tch! Lo que sea. Si huyo, me priorizarán," dijo él mientras sacudía a Carmen por los hombros para hacerla reaccionar, también en vano. "Sólo quédate aquí hasta que no haya moros en la costa. ¡No te quedes más tiempo del necesario o serás presa fácil! ¡Nos vemos luego!"

Él sabía que ellos se acercaban, así que hizo lo mejor que se le pudo ocurrir: tirar una silla contra la ventana más cercana, provocándo*los* a disparar a la silla pensando que era él. Aprovechando esta pequeña cantidad de tiempo, corrió hacia la cocina asegurándose de ser descubierto por *ellos*. Los hombres buscándolo no perdieron ni un segundo e iniciaron la persecución. Estaba claro para Carmen, en ese momento, cómo Nico había permanecido calmado durante tal embrollo; sin embargo, era la primera vez que estaba al tanto de que le disparaban. Al menos la primera vez que sí contaba. Cuando estaba en Sanatorium, estaba demasiado débil como para que le importase y, además, también quería morir. Por alguna razón, tenía miedo de morir esta vez. Con *sus* pasos yendo tras Nico, y alejándose de ella, nuevas preguntas aparecieron en la mente de Carmen: ¿Dónde encontraría a Nico una vez saliese de allí? ¿Qué iba a hacer ahora? ¿Cómo saldría de allí? La policía vendría tarde o temprano y el que la encontraran era igual de malo que si lo hicieran *ellos*, o peor.

Para su sorpresa, los disparos empezaron a desaparecer en la distancia después de unos minutos. Nico definitivamente *los* estaba alejando. Por lo mismo, Carmen se asomó cuidadosamente sobre la mesa. No había nadie. Incluso así, *ellos* podrían estar escondiéndose y alistando sus próximos disparos hacia su cabeza. "¡¿Qué hago ahora?!" murmuró desesperada. No pasó mucho tiempo para que las sirenas comenzaran a aparecer en el horizonte. Sus piernas se pusieron a temblar en lo que las consecuencias de su posible captura aparecían en su mente, especialmente por tipos como Kelvin, mirándola con superioridad de nuevo.

Rápidamente gateó alrededor de la, ahora, vacía heladería, cortándose las palmas con vidrio roto en el piso en el proceso. Estaba muy asustada como para fijarse en tales heridas, pero también sentía vergüenza de ver cómo gente, sin ningún entrenamiento, no había tenido problemas en priorizar sus vidas, a comparación de ella, al haber huido del lugar. Lentamente miró por la puerta y, viendo que no había nadie a su alrededor, salió corriendo. Corrió, corrió y corrió por las calles en lo que una muchedumbre se acercaba a la escena. Para cuando se había alejado dos cuadras, vio llegar a la policía. Por lo tanto, mientras los observaba, escuchó a alguien cerca de su posición.

"¡Mira! ¡Es ella! ¡Alto ahí, Carmen de la Cruz!"

"¡Mi disfraz!" Carmen exclamó, dándose cuenta de que lo había dejado en la heladería en lo que dos hombres comenzaron a correr tras ella. Afortunadamente, y contrariamente a lo que había pasado la vez anterior, sus piernas no resistieron su voluntad. Salió corriendo de allí, zigzagueando para perderlos, calle tras calle, callejón tras callejón, con su fuerza comenzando a acabarse tras correr por media hora. Odiaba recordar que no había hecho los ejercicios de cardio que Nico le había asignado antes. Después de lo que parecía ser una eternidad, ya casi sin aliento, se escondió dentro de un enorme basurero en uno de dichos callejones.

"¡Maldita sea!" dijo uno de los oficiales con aparente cansancio. "La perdimos de nuevo, pero ¡no pudo haber llegado lejos! ¡Vamos! ¡Ahora!" Entonces, ambos hombres corrieron y salieron del callejón.

Después de unos segundos, el sonido de sus pasos se había vuelto silencioso, pero, aun así, Carmen no se atrevía a mostrar la cara. ¿Y si estos hombres usaban las mismas tácticas que Nico había derrotado antes? Mientras se seguía preguntando sobre todas estas amenazas posibles, una posibilidad peor aún vino a su mente. ¿Y si Nico había sido capturado? ¿Y si... estaba muerto? ¿Qué haría sin él?

Forzándose a mantener sus dudas encerradas en un compartimiento de su mente, y contraria a ir por su mejor opción, abrió la tapa del contenedor en el que estaba y se asomó, una pulgada por segundo. El silencio y el callejón vacío le dieron la respuesta que quería. Por lo mismo, y tan silenciosamente como podía, salió del basurero y avanzó hacia la calle principal mientras se cubría con todas las cosas que podía encontrar, aunque no hubiese rastro de los hombres persiguiéndola. Tengo que encontrar algo para disfrazarme, pensó mientras caminaba a paso apurado, cubriendo su rostro, fingiendo leer un periódico que había encontrado en el piso. Viendo que no había disfraces improvisados cerca de ella, sintió la tentación de robar ropa. Recordó lo que Nico le había dicho la última vez que robaron ropa de aquel sótano fuera de Sanatorium.

"Hacemos esto sólo porque tenemos que."

¿Acaso no era esta una de esas situaciones? ¿Por qué era tan difícil? Los oficiales seguían rondando cerca y podrían estar siguiéndola allí mismo. Podrían incluso estar…

Miró sobre su hombro tantas veces como podía producto de la paranoia, sólo para ver que no había nadie siguiéndola. Y así, sin darse cuenta, eventualmente llegó a 'casa'. Tan pronto como reconoció el edificio, trepó hacia techo rápidamente. Sin embargo, y a diferencia de otras veces, no podía evitar vigilar sus alrededores mientras subía. Una sonrisa apareció en su rostro en lo que se acercaba al techo. Nico estaría allí, esperándola.

"¡Nico! ¡No creerás lo que-!" había comenzado a decir cuando se dio cuenta de que no había nadie. El lugar parecía vacío de vida tal cual. Los cartones de Nico seguían ahí, debajo de una piedra, sin cambios. Con la noche acercándose, y las nubes rugiendo y anunciando una pronta lluvia, ambos ya habían decidido que abrirían la puerta que llevaba a los pisos de abajo para esos días. Además, el sonido de la lluvia, la cual rara vez aparecía, ayudaba a ocultar el sonido que hacían al abrir la puerta a la fuerza. Por lo tanto, ella abrió dicha puerta y se sentó en las escaleras, mirando las gradas desaparecer en la oscuridad del edificio, sosteniendo su cabeza con ambas manos apoyadas en sus rodillas, sintiendo que la oscuridad trataba de tomar su consciencia. Todo era distinto con Nico cerca, y ella recién acababa de darse cuenta de ello. Nico usualmente le contaría sus aventuras, riéndose de ella de vez en cuando. ¿Acaso este era el famoso síndrome de Estocolmo? Seguía pensando sobre lo que había pasado en lo que sus ojos se comenzaron a cerrar lentamente mientras que su cabeza ahora caía entre sus brazos.

Cuando abrió los ojos, el sol estaba por dar su presentación mañanera. No era la primera vez que dormía en esas escaleras, pero era la primera vez que no usaba los hombros o pecho de Nico como almohada. Al levantarse, observó sus alrededores rápidamente, buscando al Inmigrante. Nadie había venido. Al ver esto, sintió cómo el sudor frío caía por su rostro. ¿Dónde estaba? Debería haber llegado hace mucho tiempo... a menos que...

¡No! Volverá para la noche, estoy segura, pensó. Volvería, como siempre. Sin importar cuánto le tomara, en el fondo ella sabía que él volvería. Por lo mismo, espero y espero. No obstante, para el anochecer, la desesperación había empezado a invadir su mente ya que no había rastro del Inmigrante. Era obvio para ese entonces lo que había sucedido...

"Oh no... Nico... ¡no, no, no!" Carmen comenzó a desesperarse. "¿Qué voy a hacer ahora? ¡Por favor, que no te capturen! ¡Por favor!" continuó mientras miraba al cielo, rogándole a la nada. "No... soy nada sin-"

"¿A quién le estás hablando?" una voz declaró detrás de ella. Ella se dio vuelta y lo vio, apoyado sobre una pared con los brazos cruzados. "Fue difícil lograrlo, pero esos tipos están a siglos de vencer-"

Nico no pudo terminar su frase cuando Carmen se abalanzó sobre él y lo besó en los labios. El Inmigrante no podía reaccionar ante tal ataque sorpresa en lo que ella lo agarraba con fuerza, como si nunca fuese a soltarlo. Después de un minuto, aproximadamente, Carmen lo liberó en lo que el adolescente la miraba, atónito.

"No... no sé qué me sucedió... lo siento..." dijo ella sin mirarlo a la cara.

Nico se le acercó y sostuvo su quijada con su mano derecha, delicadamente. "Entiendo que estamos en una situación difícil. Si esto fue sólo una simple confusión, entonces-"

Nico fue interrumpido de nuevo por otro beso, tras el cual él no se reprimió más. Aunque su cuerpo tenía dudas sobre obedecer su voluntad al principio, eventualmente lo hizo. Y así,

Luna, el resto del mundo y sus memorias desaparecieron por esa noche. Lo mismo pasó con Carmen, cuyas malas experiencias, como la muerte de su hijo y su vida entera en ruinas, también desaparecían de su mente. Ninguno se había sentido así en siglos: dos seres humanos bajo el manto estrellado de la noche, incluso si la condición física de Nico no le permitía durar tanto como hubiese querido.

Serás normal de nuevo, lo juro, pensó Carmen con una dulce sonrisa en su cara.

De cualquier forma, una vez consumado el acto, ella sintió una resaca de remordimiento bañando su ser. ¿Acababa de cometer un crimen? ¿Con un menor de edad? ¿Cuál era la edad mínima de consentimiento en el reino de Friornia? ¿Siquiera importaba a estas alturas? Él tenía seis años menos que ella. ¿En qué demonios estaba pensando?

"Así que también te arrepientes ¿no?" dijo Nico, mirando a las estrellas en lo que Carmen lo miraba a él, sorprendida. Su cara no era muy diferente a la suya con respecto al arrepentimiento. "Supongo que ambos perdimos el control justo ahora..."

Su voz denotaba timidez, de nuevo. Temblaba como si acabara de hacer una de las peores cosas imaginables. ¡Claro! ¡Se sentía mal por la chica en Peruvia de la cual tanto hablaba! Pero ¿cuánto tiempo había pasado desde la última vez que la había visto? ¿Por qué Carmen estaba preguntándose estas cosas?

"Es normal, Nico," explicó ella con una voz que irradiaba comprensión. "Todos siguen con sus vidas con el tiempo. ¿Cuánto tiempo ha pasado desde que viste a esta... chica?"

La expresión de Nico cambió dramáticamente. "¿Qué insinúas?" dijo nerviosamente. Esta vez, era él el que no podía verla a los ojos. "Di-dices que..."

Carmen sentía que esta también era una buena oportunidad para pagarle de vuelta con fría honestidad. "Todos siguen con sus vidas," repitió. "Ella probablemente ya encontró a alguien más y es normal. Nadie espera para siempre, especialmente a un chico silencioso que nunca le responde."

La cara de Nico expresaba tristeza genuina por primera vez desde que lo había conocido. ¿Acaso era esta chica una de sus fuentes de esperanzas ilimitadas? Estaba disfrutando las reacciones que veía en el adolescente, destruyendo sus ilusiones y destruyendo lo que era, probablemente, su primer amor. Pero, aun así, no podría evitar sentir la culpa invadiendo su ser.

El mal puede venir disfrazado de varias formas... aunque el mal no existe.

Ella abrazó su cuello y besó su mejilla. "No te preocupes, pequeño. Tenías que saberlo... tarde o temprano..."

"M-me lo imaginé en algún momento... pero nunca lo di por hecho..." replicó él con una voz culpable. "So... sólo creo que ella no me haría eso... Nos conocemos desde que teníamos diez y..."

"Deduzco que tengo que contarte mi historia de nuevo ¿cierto?" respondió ella, ganando más momento y confianza. "Mira, estoy igual de horrorizada que tú, pero creo que merecemos una segunda oportunidad. Además... ahora al menos... tú eres todo lo que tengo..." dijo ella mientras sostenía la quijada del joven con su mano derecha, esta vez. "Creo que deberíamos intentarlo..."

Nico aún no podía verla a la cara en lo que Carmen se sentía muy feliz, y patética, al mismo tiempo. Esta era la primera vez que ella pedía tener una relación, un hecho del que parecía no darse cuenta en ese momento. Nico sólo se quedó callado y se echó sobre sus cartones, manteniendo su cara escondida de Carmen. *¿Está llorando?* se preguntó ella. A juzgar por las apariencias, ese era el caso. Lo que no podía saber era si el jovenzuelo lloraba por su corazón roto, o por su traición para con la muchacha. Sintiendo una mezcla de lástima y culpa, Carmen lo abrazó por la espalda.

"Has pasado por mucho, pequeño," continuó ella. "Tenías razón... definitivamente estamos en la misma situación. Pero, hay una diferencia esta vez..." Procedió a susurrar en su oído, "me di cuenta de que... mientras te tenga a mi lado, puedo lograrlo todo." Nico volteó su cabeza ligeramente hacia ella, aún escondiendo la cara. "No te preocupes, todo estará bien," agregó Carmen. "No tienes que aceptar esto ¿está bien?"

Nico permaneció en silencio. Sin importar su incomodidad, Carmen sentía que tenía que abrazarlo aun más fuerte. Él posiblemente se había mentalizado para derrotar cualquier obstáculo en su camino, con esperanzas de ver a esa chica de nuevo. Al final, y a pesar de sus increíbles hazañas y buen manejo de decisiones, seguía siendo sólo eso: un simple adolescente.

Dicho y hecho, el siguiente par de meses pasó rápidamente. Con Nico habiendo llegado a aceptar los sentimientos de Carmen y su necesidad por sus besos y caricias, ambos disfrutaron de la compañía del otro mientras el tiempo pasaba. Sin darse cuenta, el momento en el que Jason llegaría a Friornia había llegado. Entonces, para vigilar, decidieron crear un nuevo 'hogar' cerca de la vieja residencia de Carmen y observaban la mansión y sus alrededores todos los días desde allí. Al menos entrenar y apapacharse se habían convertido en una buena distracción contra la monotonía, entre *otras* actividades. Sin embargo, esta monotonía terminó tan abruptamente como había comenzado.

"¡Mira!" dijo Nico señalando la entrada principal. "Un auto con lunas polarizadas está entrando a la mansión. Supongo que..."

"Es él," Carmen afirmó con una voz llena de duda. "No sé si esté lista para esto, pequeño..."

"Lo que sea que vaya a pasar, ese auto entró completamente solo. Nada es mejor que esto, créeme. Le daremos una visita esta noche," continuó él, confiado. "Es hora de que recuperes tu vida, Carmen."

Cuando la noche llegó, treparon por la pared protegiendo el enorme jardín y se acercaron a la puerta principal. Aunque estaba en casa, Carmen se sentía como una ladrona que se escabullía en una casa de ricos. La mansión parecía estar hecha un desastre, lo que hizo que Carmen recordara varias cosas que no eran bienvenidas, especialmente en ese momento. Todos esos momentos de su pasado, agregados a su situación actual, le hacían sentir como si la ruinosa mansión se riera de ella, mostrándole que no era necesaria para que el mundo siguiese rotando; como si el edificio hubiese preparado un buen coctel a punto de explotarle en la cara una vez se activará la trampa. Miró a las puertas y las puertas la miraron de vuelta. Las aldabas colgando de ellas y su pintura descolorida las hacían ver como seres sonriendo perversamente. Acto seguido, puso su mano sobre la perilla y se preparó para abrir la puerta. La sensación de la perilla la llevó años atrás… días familiares de felicidad.

Pensándolo mejor, hubiera deseado haber conocido lo que yacía más allá de esa puerta antes de abrirla.

V

FUE ENTONCES que la sentí romper la puerta en pedazos.

Se veía como mi papá había dicho: un monstruo cubierto de sangre. Sus ojos me hicieron temblar. Su sonrisa era algo que no había visto ni en mis pesadillas. Ver a papá temblando no ayudaba. ¿Qué estaba pasando? Nunca lo había visto así antes. Eso me daba miedo, pero esto era diferente. ¿Por qué este monstruo estaba en mi cuarto? Tenía mucho miedo y no podía mirarla. Tapé mi cara con mis manos, aunque también temblaban. Esta señora también trajo un olor rancio a mi cuarto. ¡Lo odio! ¿Por qué este monstruo tenía que hacer todo esto? ¡Estaba arruinando mi cumpleaños! Peor que eso, mi papá me hacía daño al agarrarme con tanta fuerza. Me abrazaba con todo su ser. Su corazón latía como loco. Aún me preguntaba cómo había logrado ponerme detrás suyo.

"¡Parece que finalmente me alcanzaste! ¡Pero no te temo! ¡¿Me oyes?!?" dijo papá, aún temblando.

La mujer monstruo no lo estaba escuchando. Mantenía la misma sonrisa horrible que me ponía de los nervios. Espera un segundo… ese olor rancio… ¿dónde he olido esto antes?

"Ojos que no ven… corazón que no siente…" dijo ella. "El miedo cubrirá la oscuridad de la piedra solitaria…"

¿De qué estaba hablando? ¡Estaba loca de remate! Había visto gente loca por la tele, pero nunca pensé que la vería en persona. Su asqueroso hedor me comenzaba a molestar. Pero ¡¿dónde había olido esta cosa?! ¡¿Por qué no podía recordarlo?!

"¡No hice nada malo! ¡Yo soy la víctima aquí! ¡Sal de aquí, ahora!" Mi padre no sonaba asustado, aunque los latidos de su corazón me decían otra cosa. La extraña mujer se limitó a sonreír de nuevo y a levantar una de sus enormes cosas negras, que parecían ser cruces, sobre su cabeza. Ya sólo esperaba mi final cuando mi padre me puso frente a él con ambos brazos como si fuera un escudo entre él y el arma. ¡¿Qué diablos estaba haciendo?! Sólo cerré los ojos, esperando que pasara lo que había visto en películas de terror cuando mis padres no estaban en casa. En ese momento no me importaba lo que mi padre había hecho, o el cómo me usaba o no. Apreté mis ojos y puños con toda mi fuerza y quería gritar. ¿Qué más podía hacer? Unos segundos más tarde, lentamente abrí los ojos y me di cuenta de lo que había pasado.

La extraña mujer se había detenido, como si estuviese congelada por una fuerza invisible. Su brazo parecía temblar, aunque aún seguía sobre su cabeza, como si tratara de golpear la mía, pero sin poder hacerlo. La miré y suspiré aliviado ante su impotencia al no poder golpearme. Volteé a ver a mi papá que se reía sin parar en ese momento… ¿Qué rayos?

"¡Lo sabía! ¡Jajajajajajajaja!" rio él a carcajadas. "¡El monstruo más temido de la Tierra no puede herir a los niños! ¡Jajajajajajajaja!" Me hubiera girado de ojos, pero no podía. Mi papá me acercó a su pecho mientras que la extraña mujer permanecía allí, inmóvil. Parecía sorprendida por algo. "En ese caso ¡nos vamos! ¡Nos veremos… muy pronto!"

Papá me cargaba como si fuese equipaje… ahora eso era algo que nunca había visto antes… ¿Quién era el hombre que me sujetaba? Ya no estaba seguro de qué estaba sucediendo. Me rasqué la cabeza, tratando de entender, cuando finalmente recordé donde había sentido ese olor. Papá me llevó una vez a la granja de mi tío en la que había un matadero. Un hedor horrible dominaba todo el sitio. Papa me dijo que *ese* era el olor de la muerte. El olor a carne pútrida y sangre. Esta extraña mujer olía exactamente igual… oh… creo que ahora lo entiendo.

Ahora tenía aun más miedo, sobre todo cuando mi padre saltó por la ventana conmigo en brazos. Ni siquiera en mis programas favoritos de la tele había visto a mis héroes hacer tal cosa con un niño en brazos. No sabía si ver a mi papá como un tipo genial o un completo idiota. Para el momento en el que abrí los ojos, ya estábamos fuera. Papá corría rápidamente a través de nuestro jardín como si fuese un campeón de las Olimpiadas. Pensé que le habían disparado en la pierna cuando llegó a casa, pero supongo que fue sólo mi imaginación. Miré detrás de él, hacia nuestra ventana. Nos alejábamos de nuestro hogar, pero esa extraña mujer seguía sin moverse. Estaba ahí, de pie, aún dentro de mi cuarto. Era como si se hubiese dado cuenta de algo que nosotros no. Lo que la había congelado allí nos había salvado el trasero, eso era un hecho. Por alguna razón, escuché un clic que venía de las manos de mi padre y las miré.

"¡Buenas noches!" dijo él cuando vi un control remoto en sus manos que tenía un enorme botón rojo, el cual asumí acababa de apretar. Tan pronto lo hizo, escuché una explosión venir de casa. Volteé sólo para ver cómo mi casa explotaba en pedazos y cómo se caía por dentro, como una pirámide colapsando. Pero ¿qué hay de mamá? ¡¿Qué rayos estaba pasando?! Sin importar cuantas veces golpeé el hombro de mi padre buscando una explicación, no me dio ninguna. En vez de eso, se acercó rápidamente a nuestro auto y me metió en el asiento trasero. Se subió y aceleró el vehículo.

"¡¿Por qué haces esto?! ¡¿Dónde está mamá?!" pregunté, impaciente. Tras un minuto de espera, se detuvo cerca de lo que parecía ser un vehículo blindado gris estacionado al lado de la carretera. De ahí, bajó del auto, ignorando mis preguntas como si yo no existiera y, no feliz con eso, también les puso cerrojo a las puertas justo antes de que pudiera salir. Espera... ¡¿dónde rayos estaban las manijas para abrirlas?!

"Espera un segundo... ¡este no es nuestro auto!" grité mientras golpeaba la ventana tratando llamar la atención de mi papá para que me sacara de allí, o de por lo menos detener esta estúpida broma. Busqué una explicación en sus ojos cuando la vi… No era papá.

No podía creer lo que veía. Mi papá se había transformado repentinamente en una mujer frisca de pelo negro y una especie de partes metálicas alrededor de todo su cuerpo. En el medio de la carretera también estaba un hombre rubio de lentes redondos y una bata de laboratorio blanca sonriéndole. Su sonrisa era escalofriante… incluso más que la de esa extraña mujer en mi casa. Los seguí observando porque no podía escuchar lo que decían. Ella, mi antiguo padre, prendió un cigarrillo y se acercó al hombre de los lentes.

No sabía qué pensar.

"¿Qué hacemos con ese mocoso?" dijo ella. "Espero que tus ganas de salvarlo fuesen por alguna causa noble… nah, tú no harías eso."

"¡Kothat, Kothat! ¡Digamos que me estaba quedando sin chiquitines! Ya sabes el resto…" respondió él, sonriendo y mirándome. Su simple mirada me daba escalofríos. "Me hubiera gustado que nuestro nuevo prototipo ya estuviese terminado. Ahora mismo, sé que el nuevo equipo que usas tiene sus buenos kilos."

"No me digas," respondió ella mientras miraba unas piezas de metal adheridas a sus muñecas. "Ya es difícil de por sí caminar con estas extremidades extensibles, pero, como sea…"

"Eres nuestra mejor agente disfrazándose… ¿aún quieres ser llamada la Maquilladora?" continuó el hombre, siempre sonriendo de forma gentil y escalofriante. "Creo que ese apodo es algo triste."

"Seh. No me juzgues, viejo," siguió ella tras chupar su cigarrillo. "Sólo me gustaría que mis trabajos más recientes fuesen menos… excéntricos ¿sabes?"

"Ojo ¡sólo tengo 33! Como sea… no te preocupes, querida. El resto de la operación está en nuestras manos. ¡Buen trabajo!" la felicitó para luego tratar de darle una palmadita en la espalda, pero ella empujó su mano antes de que la tocase. También me di cuenta de que varios hombres habían rodeado el auto en el que estaba, apuntándome con rifles con mira láser. "Me estaba quedando sin conejillos de prueba…"

Comencé a temblar al oír eso. "Este trabajo no fue tan malo," dijo mi antiguo padre. "No hay comparación con ese trabajo de Gupta," rio un poco al decir esto. "Sólo lo acepté porque me dejaría matar a esa perra más tarde." Prendió un nuevo cigarrillo tras tirar el que había estado fumando una vez este se quemó a la mitad. "Nunca te imaginarías mi asco al tener a ese inmigrante de porquería tan cerca a mí. Aún me da cosas hasta hoy. Brrr…"

¿Inmigrante? Mi niñera era uno de ellos y era una buena persona. Ella se fue a su casa hoy, así que extrañaba su voz cuando trataba de animarme. Todo lo opuesto me pasaba cuando oía a esta mujer con sus cositas metálicas. Su voz me había comenzado a hacer enojar.

"Pero ¿sabes qué?" continuó ella, incomodándome. "Al menos me salí con la mía. Esa basura japuta morirá mientras respiramos, aunque tal vez extrañe a su vieja cómplice." Luego, comenzó a alejarse de los demás. "Ya sabes… Esa perra ha muerto finalmente…"

"¡Kothat! ¡Kothat! Lo siento, querida, pero creo que te equivocas…"

"¡¿Qué?!" ella lo miró con una cara graciosa. "No puede estar con vida con la toda la casa cayéndole encima. ¡Mucho menos con esa explosión y todas esas C4s! ¡He visto supernaturales en el pasado y hasta yo sé que una emboscada como esta es el fin para cualquiera de ellos!"

El hombre de los lentes rio un poco. "Supongo que aún tienes mucho que aprender, querida. Esta no es una supernatural cualquiera. ¡No, no!" continuó él mientras usaba extrañas muecas. "Vine específicamente a capturarla con vida… me aseguré de que no muriera con todo esto… ella es vital para nuestra investigación."

La mujer tiró su cigarrillo al piso. "¡¿Qué carajo?! ¡Esto va en contra de mi contrato! ¡Sabes muy bien que no acepto ningún trabajo que no me garantice que mataré aunque sea a una persona! ¡Lo sabes perfectamente bien!" se quejó, levantando la voz. "¿Sabes qué? ¡Jódete y a la mierda esto! ¡Me voy!"

"Entonces… ¿supongo que no quieres ir por los inmigrantes fugitivos?"

Ella se detuvo por un segundo. "Está bien, está bien, déjame pensarlo… cielos… lidiar con ustedes siempre es un dolor de cabeza…" continuó con su voz de queja. "¿Sabes qué? Hagamos eso. Aunque odie a esta mujer con toda mi alma, y más que cualquier otra cosa, fue *ese* infeliz el que me tocó en la casa de Gupta, por lo que lo odio aun más. Cuenta conmigo." Sacó un folder marrón de una moto y lo quemó con su cigarrillo. "Ese infeliz de Kelvin estaba tratando de chantajearme con esta información sobre nuestras operaciones. Tenía sus prioridades muy claras, pero ¡bam! ¡Obtuvo una oferta después de todo… una ejecución gratuita! ¡Jaja! Como sea. Nada que ver aquí…"

"Lo que aún me da curiosidad es…" la interrumpió el hombre de lentes, aparentando no escucharla mientras caminaba en círculos. "¿Cómo aprendió ella la dirección de Kelvin? Estoy seguro de que lo habíamos mantenido en secreto para no tener que matarlo innecesariamente para este proyecto," dijo, sosteniendo su quijada. "¡Estoy seguro de que no sabía su dirección y! ¡bam! Aparece de la nada. Debe de tener a alguien ayudándola con información… pero ¿quién?"

"¿Sabes qué?" replicó mi antiguo padre. "Si me lo preguntaras, te diría que son sus malditos instintos." Prendió otro cigarrillo. "No es que me importe o algo así, como sea…"

El hombre levantó una ceja. "¿Cómo así?"

La mujer lo miró con lástima. "Escondí el cadáver de Kelvin en el segundo piso, en su propia habitación…"

"¿Qué?" dije yo de la nada… quería llorar. Ahora sabía dónde estaba papá… traté de abrir la puerta de nuevo pensando que aún podía salvarlo, pero no podía. Aún seguía atrapado en este estúpido auto. Sólo podía llorar mientras que ella seguía con su historia. También me comencé a preguntar quién era el verdadero monstruo…

"Esa perra subió las escaleras sin siquiera buscar en el primer piso," continuó ella mientras botaba nubes de humo. "Los chicos esperando fuera me lo dijeron… vino directamente hacia nosotros."

"Interesante… quizás haya algunas cosas sobre ella que aún desconocemos," respondió el hombre. "¡Esta va a ser una larga noche!"

"Sólo mándame las fotos de su cuerpo faenado una vez la agarren," dijo ella mientras se alejaba caminando. "Quiero ver sufrir a esa perra..."

"¡Absolutamente!"

"Ahora, si no te importa, tengo cosas que hacer... más aun si voy a matar a esa peste inmigrante... Nos vemos ¡chico!" Acto seguido, se acercó a una moto morada detrás de otro vehículo con luces brillantes y partió.

"Nunca dejas de sorprenderme, agente Carter..." dijo el hombre de lentes. "Ahora... por favor, encárguense de nuestra invitada dentro de- quiero decir, bajo la casa ¿podrían muchachos?" continuó mientras que un grupo de hombres con rifles se dirigieron a mi casa.

El hombre se dio la vuelta y fijó su mirada en mí con una enorme sonrisa en su rostro. "¿Dónde estaba?... ¡ah sí! ¿En qué proyecto te podría usar? ¿Podrías tener la amabilidad de darme alguna sugerencia?"

Lo miré de vuelta. Estaba demasiado confundido como para articular palabra alguna. "Será mejor que te saquemos de aquí, jovencito... el espectáculo principal está por empezar..." se burló de mí.

"Nos vamos a divertir tanto..."

VI

"SÉ QUE NO ES DIVERTIDO, pero tenemos que hacerlo," dijo Nico, tratando de ayudar a Carmen en lo que ella usaba su hombro para ponerse de pie. "Esta es nuestra mejor oportunidad de recuperar tu vida, vamos. No puedes arrepentirte ahora."

Decidir a dónde ir había sido difícil de por sí. Al final, lo obvio parecía ser la mejor opción: la puerta delantera. Ya que Carmen no podía siquiera tocar la perilla de la puerta, Nico sugirió algo más. "¿Hay algún lugar que quieras visitar antes? No es como si Jason supiera donde estamos..."

Entonces, tras retirar su mano de la perilla, Carmen caminó por su derecha hacia un pequeño edificio en el jardín. "Me gustaría ver a mis padres primero, pequeño, sígueme..."

Nico la siguió sin dudar y juntos entraron en la pequeña capilla. Carmen suspiró aliviada al ver que sus padres aún seguían en el mismo lugar, cada uno con sus respectivas cruces de mármol negro encima de sus tumbas. Hace mucho tiempo, Carmen había decidido ser la primera en acabar con dicha extraña tradición, al menos cuando aprendió de ella al principio. Ahora, sin embargo, se alegraría si pudiese recibir el mismo honor. *Todo ha cambiado tanto*, pensó ella mientras acariciaba dichas cruces.

Si al menos la tumba de Juan Fernando estuviese aquí... pensó ella. En medio de la profunda oscuridad, apenas pudiendo ver algo más, aparte de aquello grabado en su memoria, Carmen no pudo evitar recordar lo que había sucedido allí unos meses atrás. ¿Dónde estaba? ¿Acaso era el golpe final de Jason en su cara? Todas esas memorias sólo aceleraron la agonía de Carmen que estalló en llanto.

Nico no intervendría esta vez. La escena entera le había traído pensamientos de sí mismo, como la enorme posibilidad de estar en los zapatos de Carmen, viendo las tumbas de sus padres en un futuro cercano. La simple posibilidad de que esto se pudiese convertir en realidad lo había afectado, aunque sólo un poco. *Si todo ya está perdido, no quiero saberlo, al menos no aún,* pensó él. En vez de eso, decidió distraerse mirando la belleza de Carmen, pensando en los días que se avecinaban. Ella usaba el vestido blanco que le había dado por su cumpleaños. Aún recordaba lo difícil que le había sido ahorrar para comprarlo. Fuera de que Carmen lo entendiese o no, era su manera de felicitarla por haber mejorado en cosas que él consideraba útiles. También estaba el hecho de que ella había comenzado a ocupar su mente en diferentes maneras. De algún modo, la fascinación que ella sentía por él se le había contagiado a él para con ella. Era tan diferente comparada con Luna que-

"Lo que sea que suceda… ¡juro que recuperaré nuestro legado! ¡Obtendré justicia de su parte y encontraré al verdadero asesino de Juan Fernando!" exclamó ella frente a las tumbas de sus padres, sacando a Nico de sus pensamientos. "C-creo que deberíamos ir ahora…" continuó tras limpiar sus lágrimas con las manos. "Volveremos una vez todo haya quedado claro. Tenemos tiempo de sobra para llorar después…"

Nico sonrió ante esa nueva confianza encontrada. No obstante, no podía evitar sentir que no estaba siendo lo suficientemente cauto. Dado que la mansión parecía vacía de vida alguna, parecía que todo era demasiado fácil. Algo definitivamente andaba mal; la experiencia se lo decía. En lo que nubes negras comenzaron a reunirse sobre sus cabezas, ambos caminaron de forma lenta, pero segura, hacia la puerta principal. Las manos de Carmen temblaban más y más mientras más se acercaban a ella. Ya estando a un metro de distancia de esta, Carmen cayó de rodillas y comenzó a vomitar.

El Inmigrante se puso de cuclillas y colocó su mano derecha sobre su espalda. *Ha estado vomitando seguido últimamente, probablemente este día la esté afectando*, pensó el joven. Podía sentir su miedo. Lo que no podía ver eran las memorias que pasaban por su mente. Memorias de manos y fuerza bruta sometiéndola a la voluntad de su destino, amarrando sus extremidades y restringiendo su libertad. Una cuchilla cortando su felicidad. De algún modo, estar frente a su antiguo hogar se sentía similar.

"¿Estás bien?" Nico preguntó, tratando de consolarla. "Mientras más esperemos, más nos demoraremos en recuperar tu vida ¿recuerdas?" Al menos la frialdad de Nico era útil esta vez. Fuese porque ella se había acostumbrado a ella, o al hecho de que tenía toda la razón en ese momento, Carmen no soltó más lágrimas. Nico la ayudó a levantarse.

"Carmen… ya no estás sola. Podemos lograrlo juntos," dijo Nico al acercarse a ella y besar sus labios. Carmen acababa de vomitar, pero cerró sus ojos. Luego recordó que Nico podía sentir el sabor de su boca tres veces más, lo que la hizo arrepentirse de haber aceptado su afecto, preguntándose cómo es que él no había vomitado también. Sin embargo, esas palabras hacían toda la diferencia. Delgadas lágrimas de alegría cayeron por su rostro en lo que recuperaba el equilibrio sobre sus pies.

¿Debería decirles lo patéticos que son ahora?

"Pequeño… gracias… mil gracias…" respondió Carmen, limpiándose las lágrimas, con una voz suave y herida. Tal vista rompió el corazón de Nico, de nuevo. No obstante, vistas como esta sólo endurecían su mirada, tratando de mostrar fuerza; mostrar cualquier debilidad estaba prohibido, aun más en ese momento crucial. Después de sobarse los ojos con la mano izquierda, la cara de Carmen había cambiado completamente. Los ojos de Carmen ahora tenían abundante esperanza y su sonrisa volvió a aparecer, irradiando alegría en el corazón de Nico. Por una vez, él comenzó a sonreír al verla. Después de todo este tiempo ¿acaso su felicidad estaba entrando en su ser?

Ojalá así fuera...

Entonces, recordó. *Espera... ese vestido...* pensó. Sin duda alguna, ella le había prometido usarlo para una ocasión especial, o sea, tras probárselo por primera vez y verse en un espejo roto que habían conseguido de los basurales. No había ocasión más especial que esa. Ese día... su vida comenzaría de nuevo junto a Nico, de eso estaba segura.

¿Podrían entrar a la mansión de una buena vez?

Se pararon frente a las puertas principales en lo que admiraban lo altas que eran y el roble con el que habían sido hechas. Nico no pudo evitar sorprenderse al pensar en lo que Carmen siempre le había insinuado: la vida que quería recuperar. El jovenzuelo se sentía pequeño ante dicha vista ya que nunca había visitado una mansión como esa, o ninguna otra en realidad. La oscuridad de la noche y la luz limitada que daban las luces eléctricas en mal estado reforzaban el contraste con sus días de gloria. Nico se preguntaba si, aparte de su propia hesitación, Carmen tenía dificultad para abrir las puertas solo por estar en mal estado, o, en otras palabras, por miedo a herirse con el metal oxidado. Entonces, recordó que ella no podía ver en la oscuridad tan bien como él.

Carmen extendió su mano izquierda, temblando a cada segundo, tratando de llegar a la perilla derecha, pero se detuvo a mitad de camino. "No te preocupes, hemos salido de peores situaciones," dijo Nico, tomando su mano y poniéndola en la perilla. Acto seguido, puso su mano derecha en la otra perilla. "¡Hagámoslo!"

Ambos dieron vuelta a ambas manijas y empujaron las puertas al unísono. Al entrar en el edificio, mientras las bisagras gemían, la oscuridad del salón principal los saludó con placer. Carmen entró al mismo instintivamente, como si una especie de fuerza mística hubiera tomado el control de su cuerpo repentinamente. Ella caminó hacia adelante, mirando a su alrededor, sumergida en un trance que Nico no podía explicar.

¿Qué veía Carmen allí? ¿O allá? ¿Y ahí? Lo que sea que fuere, él sólo podía limitarse a seguirla, sin atreverse a romper su concentración. A su vez, el adolescente no podía evitar mover las orejas constantemente. El hecho de que podía moverlas había sorprendido a Carmen al verlas por primera vez. Para ese momento, esta característica suya se uniría a la larga lista de cosas que ya la fascinaban sobre él. No podía creer que el joven había aprendido a hacer tal cosa simplemente imitando a un perro que tenía cuando niño. Fuera de que las moviese o no, no hacía diferencia para su oído dada su sensible audición. Él hubiese querido que sí. Por otra parte, la mansión no ayudaba a su sentido del olfato ya que polvo y humedad cubrían su nariz.

"Hay alguien en una habitación cercana, quemando algo..." dijo Nico en voz baja, sacando a Carmen de su trance sin darse cuenta.

"Hay sólo un lugar donde se pueden quemar cosas... el salón de caza..." respondió ella, en voz baja también. "Debe estar allí..."

Nico consideraba toda la situación más y más peligrosa. Jason Wright no podía estar solo. Era imposible. ¿Dónde estaban las otras personas? ¿No había sirvientes? ¿Ni ayudantes? ¿Sin guardaespaldas? Todo era demasiado fácil. El silencio de la mansión sólo aumentaba sus miedos, como si fuese perfecto para una emboscada de parte de cualquiera de los bandos: el de Jason o el suyo. Lo que fuera que le había pasado a Nico que lo había convertido en un fenómeno de la naturaleza, era algo que no quería que le sucediese también a Carmen. Si esta no fuese la misión que ella tenía que lograr, o su razón de existir, él habría entrado a la mansión por su cuenta, completamente solo. Y, precisamente porque era su misión, y suya solamente, el Inmigrante decidió quedarse al margen, o al menos trataría de permanecer neutral al respecto. Después de todo, incluso si Carmen había aprendido mucho y podía defenderse sola, seguía siendo una mujer normal y corriente que había visto el infierno en persona. Ya había sufrido suficiente. Él podía sufrir en su lugar. Sin embargo, no se atrevía a decírselo a Carmen ya que afirmaciones como esta eran las que hacían que Carmen le lanzara miradas de decepción cuando las mencionaba en voz alta. "No confías en mí, es eso ¿no?" diría normalmente. Entonces, Nico decidió dejar de decirlo completamente, aunque su frialdad innata lo traicionaría a veces. Trataba de explicar, como mejor podía, que esa no era la razón por la que decía esas cosas, pero ella no quería escucharlo. "Este es mi sufrimiento, no el tuyo," respondería usualmente cuando se daba el caso.

Mientras continuaban avanzando, adentrándose más en la mansión, Nico siguió a Carmen hacia lo que parecía ser el salón principal. Allí, había un piano cubierto con una gruesa capa de polvo. Ella se le acercó y lo acarició gentilmente. Nico le tocó el hombro. "Vamos," dijo, esta vez apresurándola.

"Lo siento… vamos," Carmen replicó, dejando el piano y acercándose a Nico. Luego, tomó la mano derecha del joven y juntos continuaron caminando por la mansión. Era imposible que Jason, o quien fuese que estuviese allí, no hubiera escuchado el sonido de las bisagras rechinando, o sus pasos, por último. Ambos eran demasiado ruidosos, pero, aun así, Nico no podía sentir a nadie acercándoseles. Rodeados por la oscuridad como estaban, así como por el silencio, la situación en sí empeoró los miedos de Nico de una posible emboscada.

Haciéndose camino hacia la sala de la cual venían los sonidos de cosas quemándose, pasaron por la cocina, la cual ofrecía una vista al jardín. Esta simple escena hizo que Carmen golpeara unos platos encima de una gran mesa redonda. Parecía estar por desmayarse, de nuevo. Sin embargo, Nico la atrapó entre sus brazos, así como los dos platos que se habían caído. "¿Estás bien?" dijo, comenzando a arrepentirse de su decisión de elegir ese día para hacer la 'misión'.

Carmen se paró mientras miraba hacia el jardín en cuestión, temblando. "Vamos… es sólo que… recordé algo que no debía… lo siento…" Lentamente dejó de temblar en lo que sostenía la mano del adolescente. Ya estable, guió al mizelas al salón de caza a un paso menos apurado. No obstante, la ansiedad que Nico había comenzado a sentir no había hecho más que aumentar. ¿Por qué no habían prendido las otras luces? Hasta donde sabía el Inmigrante, él era uno de los pocos que había logrado escapar de *ellos*. Pero ¿y si este Jason había pasado por un tratamiento similar? Eso sería una historia completamente diferente. Con suerte, ese no era el caso y Jason no era más que un hombre normal.

Toc, toc, Señora Obviedad llamando a tu puerta...

Nico simplemente caminó más rápido, guiando él a Carmen esta vez a través de la oscuridad hacia el salón de caza, siguiendo el sonido de la madera quemada por el fuego. Carmen lo miró confundida, sin saber cómo responder, pero dejándolo guiarla. Después de un minuto, ambos llegaron al salón en cuestión. Aunque ella no podía darle un buen vistazo, podía ver que los salones y habitaciones de la mansión no habían cambiado desde el día de su arresto, excepto por la constante decadencia afectando al edificio entero. Una vez entraron a dicho salón, Nico lo observó, impresionado por el lugar, viendo que alguna vez había estado colmado de vida. Las paredes exhibían pinturas que describían un pasado glorioso, como si hubiesen sido concebidas durante los tiempos del Renacimiento, si recordaba dicho periodo histórico correctamente.

Mientras el fuego chispeaba en la pared opuesta a ellos, dándole una luz cálida al lugar entero, varias cabezas de animales, colgando de las paredes, los miraban con asco. Un sofá de cuero rojo al final del salón volteó para saludarlos. Desde él, un hombre rubio fumando una pipa les sonrió, manteniendo sus piernas cruzadas y sus brazos descansando sobre el sofá. El fuego detrás de él producía una sombra gigante hacia Carmen y Nico, lo suficientemente grande como para cubrirlos a ambos. El hombre usaba una bata de baño rojiblanca junto una expresión condescendiente en su rostro. Entre sus brazos, sostenía al viejo compañero de Carmen, Derzú.

"Los estaba... esperando..." dijo Jason.

Tormento de la Cruz Negra

I

"LA MUERTE no se esperaba esto," dijo la Cruz Negra, erráticamente. "A diferencia de las aguas del abismo…"

La explosión había hecho su tarea ya que el monstruo tenía dificultad para levantarse, apenas pudiendo sacarse los escombros de encima. En fin, *ellos* no trataban de matarla, de eso estaba segura, a juzgar por la fuerza de la explosión y otros intentos suyos en el pasado. Tal vez nunca lo habían intentado.

Sus dedos habían sido demacrados y torcidos en diferentes direcciones, al igual que su pierna izquierda que ahora tenía una nueva articulación cerca de la rodilla. Los sonidos de sus huesos reajustándose de vuelta a sus lugares no demoró en llegar con sus crujidos, haciendo eco a través del edificio muerto. Ya había aprendido a escucharlos como una orquesta de la muerte fallando una vez más. Una orquesta destinada a nunca terminar.

Una vez pudo ponerse de pie, forcejeando mucho con el peso de algunos ladrillos encima de su pecho, se puso a mirar a su alrededor. El lugar entero era un desastre ya que parecía una enorme y vacía estructura que parecía un cadáver gigante destripado. Aún quedaban rastros de las divisiones entre los cuartos en los pisos superiores, en la pared, mientras que algunas de las estructuras de madera se incendiaban. Si el techo hubiese colapsado también, ella hubiera sufrido para despertar ya que el humo de las cercanías la hubiera afectado de gran manera, atrapado y circulando por sus pulmones. Suerte ¿tal vez? Probablemente no. Al ver que la puerta delantera—que ella había destruido hace poco—estaba justo sobre su cabeza, era obvio que ahora se encontraba en una especie de sótano. Su nariz detectó varios olores raros a su alrededor, como aquellos que sentían las moscas cuando estaban cerca a la basura. Incluso con todos los escombros bloqueando la mayoría de su vista, algo estaba claro respecto al lugar en el que había caído: era una especie de mazmorra de fetiches. Había cadenas, tapones, esposas, correas de cuero y aparatos de todos los tipos y tamaños esparcidos por doquier en el piso, sobre los escombros o debajo de los mismos. Sabía que Kelvin era una especie de pervertido, pero este nivel ya superaba sus expectativas. Sin embargo, el tiempo que tenía para admirar esta afición se acababa ya que podía escuchar pasos acelerados acercándose en las afueras del edificio muerto. *Ellos* estaban tomando posiciones en lo que *sus* patrones de movimiento únicos *los* delataban. Aunque los había enfrentado antes, con éxito, era la primera después de un buen tiempo desde su último encuentro directo con *ellos*. Simplemente miró hacia las cadenas colgando de las paredes y sonrió maliciosamente...

Por fuera, dos enormes parlantes dominaban el terreno como si fuesen robots gigantes y, cerca de estos, había un hombre usando una bata blanca de laboratorio usando unos lentes de sol redondos. Aparte de este, tres agentes tenían sus manos sobre una especie de laptops, las cuales se hallaban sobre unas mesas de plástico. El hombre sonreía de oreja a oreja mientras caminaba en círculos, tropezándose con sus propios pies. "¿Todo bien, chicos?" preguntó este con una voz sútil. "¡No me emocionaba tanto desde hace tanto tiempo! ¡Kothat! ¡Kothat! ¡No puedo esperar a verla en acción! ¡Aunque la cara del mocoso de Kelvin también era una belleza de admirar, no se compara para nada con esto!" continuó el hombre con creciente excitación en lo que acercaba un dispositivo que parecía un walkie-talkie a su sonriente cara. "¡¿Están listos para entrar, chicos?! ¡Ella no escapará!"

"¡Sí, señor! ¡Estamos en ello!" respondió una voz intimidada de dicho dispositivo. "¡Entraremos en G menos 10!"

"¡Muy bien, chicos! ¡Dejemos que comience la melodía de la muerte!" ordenó el hombre de la bata blanca mientras extendía ambos brazos a los lados, mirando al cielo, demostrando una gran paz interior. Sólo había traído cuarenta conscriptos, encima recién entrenados. *Deberían ser más que suficientes para dar batalla a este tierno demonio,* pensó él mientras admiraba el paisaje delante suyo. De todos ellos, sólo diez se atrevieron a aventurarse dentro de la antigua, y destruida, residencia de Kelvin. Diez valientes, como los llamaría este hombre. De hecho, el género o edad de estos valientes no importaba, lo que era mejor en este caso. La muerte tampoco discriminaba, después de todo.

"¡Vamos dentro!" exclamaron por el walkie-talkie e ingresaron rápidamente, o al menos lo intentaron.

Ni bien uno de ellos pisó el marco de la puerta, una enorme cruz negra apareció de las profundidades de la oscuridad, desde dentro del edificio y masacró su cabeza, separándola de su cabeza del cuerpo. El resto se detuvo en lo que cruz volvía a la oscuridad, tan rápidamente como había salido, bañada de sangre. En lo que el cadáver caía al suelo frente al resto, estos rodearon la entrada formando un círculo, manteniendo su distancia mientras apuntaban con sus armas. Sus miras láser buscaban desesperadamente al objetivo, pero no la podían encontrar por ningún lado.

Con el sudor cayendo por sus mejillas y cuellos, y sus oídos buscando la más pequeña señal de peligro, sus miras láser temblaron en las sombras detrás del marco de la puerta. "El Orden no aguanta al caos..." dijo una voz maternal y sensual, acompañada de una cara amarillenta que sonreía diabólicamente, emergiendo de la oscuridad y cubierta de venas visibles, negras y grises a simple vista. Su cabello desastroso, junto a su vestido rasgado, el cual había sido blanco en algún momento, bañado con costras por todas partes, hizo que los agentes entraran en acción. No era necesario ordenarles disparar.

El demonio frente a ellos rio a carcajadas para luego lanzar sus letales armas contra ellos. Esta vez, y a diferencia de ella misma, sus cruces emergieron desde atrás de su posición, aún bañadas por la oscuridad, dejando sin tiempo a los agentes para evadir aquellos objetos malditos, o siquiera esperarlos. Los elegidos cayeron como moscas y, unos segundos más tarde, yacían todos en el suelo al borde de la muerte, si es que no estaban muertos ya. A la distancia, el hombre de la bata blanca sonreía excitado mientras miraba el espectáculo.

"Quién se suponía que debería seguir vivo... no lo está..." balbuceó la Cruz Negra en lo que su rostro parecía exhibir un poco de ira.

"Parece que ya se dio cuenta... ¡Kothat! ¡Esto es increíble!" gritó el hombre de bata blanca mientras trotaba en su sitio, girando como un conejo drogado. "¡Vayan mis valientes! ¡Esta vez los ayudaré! ¡Pongan esa música estrafalaria!" A su señal, los parlantes gigantes comenzaron a tocar una especie de música clásica, del tipo que rara vez se oía en Pantea, aunque sí era muy común en Danan ya que la mayoría de los compositores de dicha música venían de allí, por lo que las grandes obras maestras, creadas cientos de años atrás, también venían del mismo continente. Ninguna había sido hecha en Estú.

Una vez ya habían vuelto a sus sentidos, y contrariamente a lo que se les había instruido antes de la misión, los agentes sobrevivientes se retiraron aun más lejos para mantener más distancia con el demonio. También, reiniciaron el círculo alrededor de la entrada del edificio, quedándose estáticos como estatuas. "¡¿Qué demonios están esperando?!" criticó el hombre de bata blanca. "¡O matan o mueren, idiotas! ¡¿No ven que ha agregado cadenas a sus estúpidas cruces?!" Aquellas cadenas daban la impresión de que la distancia entre los agentes y el monstruo era relativamente significativa, lo que les daba una sensación de seguridad falsa, junto al hecho de que las cadenas estaban enrolladas en los antebrazos de la Temible, lo que las hacía difícil de ver sin la iluminación adecuada. De cualquier forma, no tenían muchas opciones en lo que la Cruz Negra se les acercaba a paso apresurado, cargando contra ellos una vez más.

"¡Fuego! ¡Abran fuego ahora!" ordenó uno de ellos.

Las balas que venían de sus armas llovieron sobre el monstruo en lo que ella salía del edificio, como una enorme ola de mar a punto de golpear la costa, anunciando su presencia con gotas. Sin embargo, mientras los proyectiles golpeaban y penetraban la piel del demonio, sus ganas de matar no parecían ser afectadas en lo absoluto, esta vez, ella, aprovechando las nuevas adiciones a sus cruces, podía alcanzarlos desde diferentes distancias sin perder el control de sus armas.

"Interesante… diez metros…" murmuró el hombre de la bata blanca mientras sostenía su quijada con su mano derecha. "No tenía nada parecido cuando la casa explotó… ¿cómo agregó esas cadenas? Un sujeto de prueba interesante… muy, muy interesante…" El hombre dio unos pasos adelante, aún tropezándose con sus pies, como si tratara de tener una mejor vista de lo que sucedía. "Pensándolo mejor, debí haber entrenado a esos idiotas en toreo… así hubieran podido provocarla sin morir tanto. En fin…" Después, este hizo un salto corto y levantó su mano derecho hacia el cielo. "Ahora que lo pienso… algunos de ellos podrían ya saberlo… ¡qué tonto soy! ¡Mis agentes no son de Pantea…! ¡Jajaja!"

Entretanto, mientras él miraba cómodamente, la Cruz Negra había comenzado a desmembrar a los agentes restantes a discreción. A pesar de ver a sus camaradas ser masacrados, con la sangre corriendo por el pavimento, ellos siguieron disparando. Algunos de ellos, que ya no podían disparar más, tenían las piernas temblando, pero no se atrevían a retirarse.

"Todo va de acuerdo con el plan… está perdiendo velocidad de movimiento… ¡Esto es un éxito rotundo! ¡Sigan así, chicos!" comentó el hombre de bata blanca con una sonrisa de oreja a oreja. Unos minutos después, ya sólo quedaban nueve agentes que seguían disparando. Para su sorpresa, el monstruo había iniciado su retirada de vuelta al edificio hueco, del cual había salido.

"¡Kothat! ¡También se dio cuenta de *eso*!" gritó el hombre de bata blanca, excitado. "Bueno… ¡supongo que ya es hora de volver dentro!" Los agentes cercanos a él simplemente lo miraron y se sonrieron entre sí en lo que el sujeto acercaba el walkie-talkie a su cara. "¡Todos ustedes! ¡Prepárense a entrar! ¡Finalmente será nuestra!"

"Señor... necesitamos más munición. Los dardos para dormir y las balas se nos acaban. Incluso si parecen funcionar en el sujeto, necesitamos más suministros, es una emergen-" dijo una voz del walkie-talkie sólo para ser cortada por el hombre de bata. "¿Acaso necesitas recordar de que pasará si no obedecen mis órdenes?" replicó este con una voz gentil, sonriendo. "Nuestra estrategia está funcionando hasta ahora... no me hagan renegar..." agregó con una voz calmada. Acto seguido, sacó unos binoculares y los puso en sus ojos cuando una mano tocó su hombro derecho.

"¡¿Qué es esta locura?!" dijo una voz detrás de él, la cual el hombre simplemente ignoró. "¡¿Qué carajo cree que está haciendo?!" siguió la misma voz. Debido a su insistencia, así como un golpeteo constante sobre su hombro, el hombre de bata se volteó y miró la fuente de dicha voz. El hombre que tocaba su hombro era viejo, probablemente en sus cincuentas, acompañado de un joven. El primero usaba gabardina mientras que el joven usaba un uniforme policial. Ambos se veían en mal estado, derrotados y furiosos. La cabeza del viejo sangraba. No le tomó mucho tiempo al hombre de bata el darse cuenta de quienes se trataba.

"¡Kothat! Pensé que no quedaban sobrevivientes del departamento de policía..." dijo con una sonrisa que desaparecía rápidamente.

"¡¿Qué... qué carajos dijiste?!" replicó el viejo, furioso.

"¡Kothat! ¡Kothat! ¡Me disculpo por mi falta de tacto mi amigo! ¿Cómo puedo ayudarles?" replicó el hombre de bata, extendiendo su mano derecha para estrechar la del anciano, delicadamente. Sin embargo, este tipo de gesto fue ignorado. *Pagarás por esto*, pensó el hombre de la bata en lo que algo de asco se quedaba grabado en su cerebro.

"¡¿Quiénes carajos son ustedes y qué hacen en mi jurisdicción?!" se quejó el viejo, aunque menos enojado, tratando de controlar su ira todo lo que podía. El joven simplemente miraba su interacción en lo que, a diferencia del viejo, parecía furioso y perturbado al mismo tiempo.

"¡¿No ves que te estás metiendo con un demonio del infierno mismo?! ¡O eres muy valiente, o muy estúpido!" agregó el viejo, renegando.

El hombre de la bata blanca rio un poco. "¡Qué grosero de mi parte! ¡Lo lamento! ¡Me llamo Pietros Tatakolis y pertenecemos a una rama importante del gobierno! No se preocupe por esa mujer. Esta situación está complemente bajo control," replicó, mostrándoles un documento de identidad. *Por suerte, el experimento va de acuerdo con el plan, pensó, estos documentos falsos siempre son útiles...*

El viejo revisó el documento del extraño hombre. "Ya veo... soy Augustus O'Connell, jefe del departamento de policía de esta jurisdicción. El joven a mi lado es el oficial Ryan Asprey. Debido a esta situación, siendo 'única', incluso con sus credenciales me veo obligado a pedirle explicaciones adicionales," dijo el viejo con una voz indulgente esta vez.

"Bueno... como habrán visto, aplicamos tecnología de punta para resolver este problema tan pronto como nos es posible..." agregó el hombre de la bata blanca, sonriendo gentilmente, aunque a regañadientes. "Ahora mismo la tenemos arrinconada dentro de ese edificio... esa mujer no tiene a donde huir ahora."

Ryan caminó hacia él y lo miró fijamente a los ojos, aparentemente furioso. "¡¿Está loco?! ¡¿Cómo se atreve a considerar a ese monstruo como una mujer?!" explotó el joven mientras apuntaba a los abundantes cadáveres que yacían por todo el suelo, "¡sólo mire a su alrededor! ¡Mire cuantos de sus hombres yacen muertos ante sus ojos! ¡¿Está ciego o sólo es idiota?!"

El hombre de la bata rompió a reír en carcajadas. "Ellos sabían a lo que se apuntaban. Ahora, no quiero ser grosero, pero estamos en medio de una... emmm... operación a gran escala... este problema ya no les concierne, así que les pediré amablemente que se retiren... de una vez," agregó, "si se rehúsan, nos veremos obligados a reportarlos con nuestros superiores y serán sujetos a los castigos que esto demanda..."

"¡Mira amigo!" explotó Ryan, nuevamente, "¡esa perra ha matado a todo el departamento de policía! ¡A todos nuestros amigos y camaradas! ¡Esposos, hermanos e hijos sacrificados como ganado! ¡Me quedaré a ver cómo termina esto te guste o no! ¡No me importa quién carajos seas! ¡¿Está claro?!" Ryan lo miró directamente a los ojos en lo que su ira escapaba por las grietas de sus puños temblantes. Aunque O'Connell compartía sus sentimientos y quería unírsele en esta afrenta, tenía que ser cuidadoso ante esta situación. La experiencia le había enseñado eso.

"¡Kothat! ¡Qué actitud! En realidad… no me importaría que se queden y todo eso… siempre y cuando no interfieran con nosotros, son libres de quedarse a ver…" replicó el hombre de la bata blanca junto a una sonrisa benigna, "¡sólo siéntense y relájense, amigos! ¡La noche es joven! ¡Los voy a entretener, lo prometo!"

O'Connell agarró a Ryan por el hombro y lo jaló hacia él. Ryan se resistió al principio, pero la mano del viejo tenía un efecto tranquilizante en él, al igual que muchas veces en el pasado cuando la ansiedad y la furia tomaban el control de su mente y cuerpo. "Señor, me disculpo de parte de mi aprendiz," dijo O'Connell humildemente mientras trataba de recuperar algo de juicio él también, sobre todo con los cuerpos amputados que yacían allí y el efecto que estos tenían sobre él. "Pero debo protestar sobre sus métodos. Sus agentes son masacrados mientras hablamos y usted no parece perturbado en lo absoluto, ni preocupado. ¿A qué está jugando, señor? Si no le molestaría responderme esa pregunta." Ryan estaba sorprendido al ver cómo el jefe se controlaba a sí mismo. Podía ver que en realidad el Héroe de Guerra quería golpear a ese hombre en la cara tanto como él, o más.

El hombre de bata blanca simplemente giró la mirada y desvió su atención de vuelta a la operación en cuestión. Sus nueve agentes restantes estaban por entrar al edificio occiso. "Desafortunadamente, esta operación es secreta. Cuando el momento llegue, sabrán más detalles al respecto… pero, pueden quedarse seguros de que… le daremos a esta persona su merecido castigo."

"Deduzco entonces que es usted un agente real y todo eso, pero toda esta música y equipamiento… ¿puedo presumir que usted sabe más de este demonio de lo que aparenta?" preguntó O'Connell, con sus ojos llenos de miedo e ira, esperando lo que la respuesta podría ser, "no quiero llegar a conclusiones precipitadas, pero… ¿acaso ustedes son los responsables de su… existencia?"

"¡Te cazaré yo mismo si es así, te lo puedo prometer!" juró Ryan con los ojos llenos de furia y sus dientes apretados. Sus puños sangraban por la presión que sus uñas ejercían en sus palmas. Su postura en general lo decía todo.

"Como ya he mencionado antes, no puedo darle ninguna información a gente como ustedes… pero, les puedo decir esto. Somos… como lo digo… parcialmente responsables," dijo el hombre de la bata blanca, esta vez con una expresión calmada, "digamos que… es una larga historia… o, en resumen… que adoro la vida…"

"¡¿Y crees que eso es una explicación?! ¡Ya tuve suficiente de tus tonterías!" gritó Ryan en lo que se dirigía hacia el hombre de la bata, con sus puños listos para golpear su cara. No obstante, en lo que sus pasos se apresuraban en su cometido, O'Connell apareció frente a él y detuvo su puño en medio del aire con su mano derecha. El hombre de la bata blanca no parecía preocupado en lo más mínimo al respecto, dándoles la espalda sin inmutarse. Ryan forcejeó con su superior hasta que se tranquilizó.

"Cálmate, hijo," O'Connell dijo en una voz baja, pero tranquilizante. "¡Debemos resistir! ¡Entiendo tu furia, también quiero matarlo! Pero este no es el momento. Él podría ser nuestra última oportunidad de saldar cuentas con ese demonio. ¿Lo has entendido?"

Ryan asintió, a regañadientes.

El hombre de la bata los observaba de reojo. "Sabes… lo que acabas de hacer hace poco… es alta traición…" dijo condescendientemente. O'Connell no podía verle la cara, pero podía decir que el hombre sonreía de nuevo, "podrían ser ejecutado por esto... tómenlo como una, llamémosla, 'advertencia amigable'." El Héroe de Guerra podía decir que ese hombre disfrutaba de ese momento. También podía decir que no podría resistir su creciente furia a ese paso.

O'Connell caminó hacia el hombre de la bata blanca y se paró frente a él, interrumpiendo su vista de la operación y molestándolo en el proceso. "Sé que podría no estar directamente envuelto en todo este desastre, pero este es un desastre que no puede ser tomado a la ligera. Se han perdido muchas vidas y muchas más están en riesgo. Si nosotros, los ciudadanos de Pantea, no obtenemos un reporte divulgado sobre lo que está pasando, quiero que sepa que los denunciaré por esto. ¡Convertiré sus vidas en un infierno! ¡¿Me ha oído?!"

"Adelante," dijo el hombre de la bata calmadamente, manteniendo su concentración en su entretenimiento, "puede hacer lo que guste... no habrá ninguna diferencia. Adoro demasiado la vida como para molestarme con algo como eso..."

"Una cosa más," continuó O'Connell, "esa perra con la que se está metiendo ahora mismo... ES MÍA... ¡Y SÓLO MÍA!"

"¡Kothat! Debería calmarse oficial... uno nunca sabe lo que puede pasar cuando no sabe con quién se mete..."

Estas palabras golpearon a O'Connell. Relacionar estas palabras con lo que acababa de suceder esa misma noche y con sus, ahora difuntos, camaradas era fácil. De haber sabido con quien se estaban metiendo desde el principio, todos seguirían con vida. Por lo mismo, el Héroe de Guerra finalmente cedió.

"Nota mental... traer al menos unos veinte agentes adicionales para la próxima vez..." murmuró el hombre de la bata, perdido en sus pensamientos. "Ahora... es sólo cuestión de tiempo antes de que el sujeto de pruebas venga por mí... ya debería haberse dado cuenta del propósito de los parlantes..."

O'Connell y Ryan se miraron el uno al otro, perplejos. "¿De qué se trata todo esto?" preguntó O'Connell por curiosidad, finalmente.

El hombre de la bata blanca simplemente lo ignoró. "¡Parece que nuestro tiempo se acabó! ¡Aquí viene! Esto podría ser... más cautivador de lo que pensaba..." dijo este mientras se volteaba hacia ellos con una sonrisa maliciosa dibujada en su cara.

"¡Apenas puedo esperar!" Acto seguido, oyeron disparos de nuevo en lo que la música clásica seguía tocando a todo volumen. La Cruz Negra había emergido del edificio de vuelta al campo de batalla. A su vez, gracias a la luna y su luz natural, reforzada por los enormes proyectores de luz traídos por los agentes, los tres hombres pudieron ver sus horripilantes ojos rojos, una vez más, con perfecta claridad.

"Perra maldita..." dijo Ryan inconscientemente, producto de su miedo e ira al verla de nuevo. O'Connell simplemente miraba hacia el piso, incapaz de ver lo que estaba a punto de suceder.

"¡Tanta sed de sangre! ¡Tanta crueldad! ¡Tanta belleza sin rival!" dijo el hombre de la bata blanca, con una sonrisa de felicidad genuina grabada en su rostro, mientras que la Temible iniciaba su masacre contra los nueve agentes restantes, uno por uno. "¡¿Cuántas veces has regenerado ya tus manos, mujer?! ¡¿Cinco?! ¡¿Siete?! ¡¿Veinte?! ¡Simplemente fantástico! ¡Muéstrame la muerte misma, Cruz Negra! ¡A mí! ¡Al Biólogo!"

II

"¡¿ES TODO LO QUE TIENES QUE DECIR?!" explotó Carmen, "¡¿después de todo este tiempo?! ¡¿Después de todos estos meses?! ¡¿Dónde estabas cuando te necesitaba?! ¡¿Dónde?! ¡Dímelo!"

Jason se puso de pie lentamente y caminó unos pasos hacia Carmen, cuyos puños, cejas y espalda arqueada rebalsaban en ira y le decían a Nico todo lo que necesitaba saber. Al contrario de ella, Jason parecía tranquilo con Derzú en su mano izquierda.

Carmen lo odiaba y, al mismo tiempo, no.

¿Podrías decidirte de una maldita vez?

De repente, Nico no se sentía como parte de esta conversación ya que, aún estando nervioso sobre dejar ir a Carmen por su cuenta, tenía que forzarse a no intervenir. El Inmigrante sentía que sus pies lo desobedecerían en cualquier momento, una sensación que sólo se incrementaba en su mente, más aun al ser él el que llevaba la grabadora para atrapar a Jason con las manos en la masa. Con mirar su rostro, el joven mizelas podía ver que había algo perturbador sobre este Jason. Sus gestos condescendientes, que parecían burlarse del dolor de Carmen, le daban asco al adolescente. Para él, no había necesidad de encontrar más evidencias: él era el culpable. Él era el verdadero asesino. El cómo o el por qué un hombre podría llegar tan lejos como matar a su propio hijo era algo fuera de su comprensión. Sin embargo, el jovenzuelo sabía que, aunque personalmente él nunca había matado a nadie, esto era algo completamente diferente. Por alguna razón, sabía que no dudaría en matar a ese hombre. Dicha emoción se multiplicó aun más cuando Jason finalmente respondió a las preguntas de Carmen, luego de que encendiera su pequeña pipa marrón, la cual brillaba mucho.

"Te equivocas, y por mucho, amor mío… siempre he esperado a que volvieses a casa…" la voz amable y suave de Jason parecía haber poseído el corazón, mente y consciencia de Carmen. Nico sólo podía observar asombrado cómo la determinación de Carmen se iba en picada en lo que ella recordaba los días de antaño, los días que había estado esperando por tanto tiempo desde que se conocieron en Sanatorium. Ella se detuvo a medio camino y miró al piso…

Nico estaba por intervenir al ver la escena, pero Carmen continuó su camino hacia Jason sólo para detenerse cuando este se le acercó y la tomó entre sus brazos. La desesperanza y la traición comenzaron a inundar el corazón del Inmigrante, algo que no había sentido en mucho tiempo. ¿Para qué había hecho él todo esto? ¿Cuál había sido el punto?

No obstante, y sin que el joven lo supiese, todo lo que Carmen había experimentado durante los últimos ocho meses no era más que una horrible pesadilla en su mente. Una pesadilla que pronto acabaría. Su único sueño estaba justo allí, frente a sus ojos, esperándola para que lo tomase de vuelta. Ella miraba a Jason fijamente a los ojos, aún indecisa sobre abrazarlo en reciprocidad o no. Entonces, lenta y uniformemente, aun con la desaprobación de Nico, ella respondió al gesto de Jason.

Nico ya no podía soportarlo más. "¡¿Acaso no querías tu vida de regreso?! ¡¿No ibas a vengar a tu hijo?! ¡¿Qué diablos haces, Carmen?!"

Su voz era como una luz tenue en el océano de oscuridad dentro de la mente de Carmen. Sin embargo, este pequeño punto de luz se comenzó a agrandar en lo que las memorias de su pasado reciente resurgían. Carmen levantó la mirada y Jason vio su rostro. A diferencia de lo que él esperaba, los ojos de

Carmen habían cambiado: Ahora se hallaban llenos de ira. Acto seguido, ella se soltó de su abrazo, empujándolo, y retrocediendo unos pasos. "Dime... ¿por qué lo hiciste, Jason? Sólo dime eso... ¿por qué?"

Jason no dejó de sonreír en lo que continuó con una voz gentil. "¿Qué sucede, amor mío? Regresa a mis brazos y olvida el pasado... Lamento mi comportamiento durante estos meses... de haber sabido que-" siguió Jason, pero fue interrumpido bruscamente por el Inmigrante.

"Confiesa de una vez ¡pedazo de basura!" exclamó Nico con furia en su voz. Había visto a través de su acto mientras que, a su vez, rompía la inmersión de Carmen y su sensación de esperanzas. A pesar de haber recuperado su convicción, ella aún seguía indecisa sobre qué camino seguir. La tensión estaba en el aire y era tan espesa que, de haber sido algo sólido, les hubiera impedido respirar. Jason no esperó a que su esposa tomara su decisión.

Él se acercó a Carmen, adelantándose a Nico en ese aspecto. Sin embargo, su rostro había cambiado a uno de odio puro. Rápidamente, movió su brazo derecho hacia Carmen y, en medio segundo, la apuñaló.

Carmen inmediatamente sintió dolor y puso su mano izquierda sobre su vientre, sólo para confirmar que había sido herida al ver su palma bañada en sangre. Todas las dudas o miedos que Nico había sentido en ese momento se convirtieron en una furia bestial. Su ira era tan visible que hasta Carmen podía sentirla. Nunca lo había visto en ese estado, ni siquiera en sus días más estresantes. Aun así, el joven corrió hacia Carmen para apoyarla en lo que ella sentía como sus piernas se rendían ante la traición de Jason. La habían herido en el hígado. No moriría inmediatamente, pero eso no cambiaba el hecho de que le quedaba poco tiempo de vida.

¡Esto será tan divertido!... Tan cerca y tan lejos, al mismo tiempo... ¡de estar completo!

"¡No eres más que basura!" gritó Nico, furioso. "¡Esto no se quedará así!" Rápida y cuidadosamente, Nico echó a Carmen en el suelo, sentándola y aplicando presión a su herida con su mano derecha, para luego ir a por Jason a un paso acelerado. No obstante, Jason tiró su pipa y sacó un arma de su bolsillo trasero, con su brazo derecho, y apuntó directamente a Carmen, haciendo que el Inmigrante se detuviera de golpe.

"¡¿Cómo podría un asqueroso arrocero llamarme basura?! ¡Un violador y ladrón que ni siquiera debería estar considerado en la Declaración de los Derechos Humanos! ¡Largo de mi casa, maldito manos mojadas! ¡No toleraré ningún insulto de seres INFERIORES!"

"¡Así que ahora muestras tu verdadero rostro!" rugió Nico con una sonrisa forzada, aunque brillaba en confianza. "¡Esto significa que podré castigarte como es debido, después de todo! ¡Me alegra no haber venido aquí sin tener, aunque sea, algo de acción!"

En realidad, era poco lo que el Inmigrante podía hacer aparte de caer en las redes de Jason mientras estudiaba la habitación, buscando una salida para escapar. Por lo mismo, necesitaba ganar todo el tiempo que podía y hacerlo confesar a la vez. Una vez tuvieran lo que necesitaban, huir no sería un problema. Sin embargo, una retirada donde podría patear la cara de Jason y masacrarlo sonaba mucho mejor.

El jovenzuelo apenas podía resistir la tentación de ir con todo; no obstante, el firme agarre de Jason en, lo que parecía ser, un revolver magnum, le decía que este no dudaría en disparar si se movía. "¡Fuera de mi casa, insecto! ¡No mereces estar en este gran país! ¡Esto es un problema entre marido y mujer! ¡En esta mansión no hay lugar para ti, ni en este país! ¡SAL DE AQUÍ MALDITO ARROCERO!" continuó Jason, mostrando una ira creciente, demostrando quien era el dueño de la situación.

"Es MI mansión, Jason," interrumpió Carmen con una voz debilitada, para sorpresa de este. Ella simplemente lo miró a los ojos, aún sentada en el suelo. "¿Qué ha ocurrido contigo? No eras así..."

"Oh Carmen... ¿Cómo lo digo educadamente...? Lamento decirte que... SIEMPRE he sido así," replicó Jason con una sonrisa de oreja a oreja. "Ha sido una tarea cansada ¿sabes? Pretender ser alguien que no era... Nunca me entendiste de verdad... Bueno... nunca hubieras podido hacerlo... al menos encontré comprensión con personas maravillosas... personas que me ayudaron con tantas cosas... y hoy ¡finalmente puedo ser yo mismo!"

"¿De qué rayos estás hablando?" respondió Carmen, tratando de ignorar sus palabras previas así como el dolor que quemaba sus entrañas. "¡Por favor, dímelo!"

Jason rio suavemente. "Ha sido un infierno lidiar contigo, con tu padre y con tu maldita gente," agregó él junto a una mirada llena de frialdad. "Ha sido insoportable... pero ¡eso ya se acabó! ¡Por fin terminaré con este juego! ¡Finalmente seré libre!"

"No... Jason... no tú... ¡por favor, dime qué te sucede! ¡te puedo ayudar!" dijo Carmen con una voz que temblaba mientras lágrimas llenas de pena caían por su rostro.

"¿Quieres saber la verdad, querida? ¡Siempre te he odiado con todo mi ser! ¡Ahí esta! ¡Ya lo dije! ¡Siempre he detestado tu maldita existencia! ¡La tuya y la de tu maldito padre! ¡Tu puta vida perfecta de princesa!" respondió él alegremente, manteniendo la mira de su revólver en ella. "Afortunadamente, encontré un modo de convertirte en un ser inferior a mí..." siguió con una amplia sonrisa, "te convertí en... adivina... exacto ¡una criminal!" Jason rio salvajemente, sacudiendo a Derzú, aún en su mano junto al cuchillo, salpicando la sangre de Carmen por el piso. "Deberías alegrarte... ¡esto significa que matar a tu padre valió la pena!"

"¡Hijo de puta!" gritó Nico en lo que corría hacia él para golpearlo, pero se detiene ante un cambio de posición en el arma de Jason, esta vez apuntándole a él.

"¡Así es! ¡No necesito una puntería perfecta para matar a un infeliz como tú a esta distancia! ¡Jajaja!" siguió Jason. Fuese la vida de Nico o la de Carmen, no había forma de escapar de esto. Si el Inmigrante fuese a caer allí, Carmen sería la siguiente en la mira de Jason. Si le disparaba a Carmen primero... entonces no habría mucha diferencia en la desesperación que sentiría el joven mizelas. En ambos casos, estaba jodido.

"Tú... ¿mataste... a... mi padre? ¿por qué...?" dijo Carmen. Estaba completamente destrozada ahora. Su corazón sentía cómo un desarmador lo penetraba y giraba en la herida, reemplazando el dolor que ardía y que dominaba su tronco apuñalado.

"¿No es obvio? Tenía que destruirte... así que, el primer paso era... ¿cómo era? ¡Ah sí! Darle cianuro a tu maldito padre de a pocos. Inyección tras inyección. Sólo lo necesario para que no muriese inmediatamente. Es gracioso ¿sabes? Que ustedes confiaban en que el asombroso doctor Wright lo curase, como idiotas, cuando, en realidad... ¡era todo lo contrario!" la mirada triunfante de Jason era insoportable. Nico apenas podía restringirse. "¡Con él muerto, conquistar a la patética y última de La Cruz fue pan comido! ¿Quién podría amar a alguien como tú? ¿Alguien tan patética? ¿Tan estúpida? Cada vez que te besaba quería vomitar del asco..." él respiró hondamente y aclaró su garganta antes de seguir. "Como sea, no recordemos tiempos tan horribles... tengo que hacerles un favor a aquellos que de verdad entendieron mi dolor..."

"¿Y qué harás? ¿Desollarnos vivos como el maldito psicópata que eres?" dijo Nico, desafiante, mirando a Jason a los ojos como un tigre que estaba por matar a su presa.

Jason simplemente lo ignoró y volteó hacia Carmen. "*Ellos* están aquí y ahora. *Ellos* me dijeron que vendrían a buscarte. Muy amables, si me permiten decirlo. Estoy seguro de que ya han tenido el placer y el honor de conocer*los*, amor mío," dijo él confiadamente mientras chasqueaba los dedos de su mano izquierda. "*Ellos* te han estado buscándote amor mío, pero por el pedazo de mierda que vino contigo a la mansión."

¡¿Cómo pude ser tan estúpido?! ¡Ellos estuvieron aquí todo este tiempo! pensó Nico cuando finalmente los sintió. Seis hombres armados hasta los dientes bajaron con cuerdas del techo y los rodearon. Sus rifles de asalto con miras láser apuntaban a sus cabezas. El logo en sus brazaletes era fácil de distinguir.

El Bloque. Lo lograron... finalmente, nos capturaron... concluyó.

Ahora Nico estaba seguro de que no había escapatoria.

Tendría que rendirse como un perro si quería que Carmen sobreviviese, o que, aunque sea, le dieran la oportunidad de hacerlo. Aun así, sabía que esta posibilidad era básicamente inexistente.

"Oh Carmen, Carmen, Carmen... si tan sólo te hubieras quedado fugitiva... si tan sólo ¡HUBIERAS ACABADO CON TU PUTA EXISTENCIA EN ESE MANICOMIO QUE TANTO ESFUERZO ME COSTÓ PLANEAR...! nada de esto estaría pasando ahora... ¡es tu maldita culpa!" siguió Jason, mostrando frustración de la nada. "¡Si te hubiera ejecutado la corte, hubiera sido incluso mejor...! Como sea... uno no puede tenerlo todo..."

Los ojos de Carmen se dilataron al verlo decir esto, no pudiendo asimilar la situación. "Eso significa que... que..."

"¿Que maté a nuestro hijo? ¡Pfff! ¡Claro que lo hice! ¡No soportaba siquiera mirar a ese puto mocoso! ¡El sólo pensar que tenía mis genes y los tuyos me daba un asco inimaginable! ¡No soportaba su existencia! ¡Ese infeliz obtuvo su merecido! ¡Debiste ver su cara cuando trataba de respirar! ¡Jajajajajajaja!" Jason rio de la forma más cruel que Carmen y Nico jamás habían escuchado. Los agentes del Bloque no parecían inmutarse ya que sólo sonreían ante la escena.

Carmen no podía soportarlo más. "Por favor, détente..."

"¿Y sabes qué es aun más gracioso? ¡Cómo resistía esa perra! ¿Cómo se llamaba...?" siguió Jason jocosamente, chasqueando los dedos tratando de recordar.

"Oh no... tú... tú... mataste... a Eliana..." dijo Carmen con una voz casi inaudible, sintiendo cómo su corazón quería explotar. Acto seguido, se tapó las orejas, desesperada. "¡Por favor, para! ¡NO QUIERO ESCUCHAR NADA MÁS!"

"¡Ah sí! ¡Así se llamaba! ¡Esa perra estúpida pensaba que podía escapar a mi furia! ¡Y yo que pensaba que serruchar extremidades era un dolor de cabeza! ¡En realidad era algo muy agradable, si me permiten decirlo! ¡Deberías intentarlo algún día!"

"¡CÁLLATE! ¡CÁLLATE! ¡CÁLLATE!" exclamó Carmen, al borde de la locura, columpiando su cabeza hacia adelante y atrás.

"¡Como dice el dicho, si quieres que algo salga bien, tienes que hacerlo tú mismo! ¡Ese imbécil de Kelvin sólo tenía que cumplir UNA misión! ¡Y LA TENÍA QUE JODER!" La cara de Jason pasó de una de furia momentánea a una de paz relativa. "Supongo que ya no importa... estás acabada ahora..."

Carmen ya no podía hablar. Simplemente tapó sus orejas y mantuvo sus ojos en el suelo. Su herida seguía ahí, pero ya no podía sentirla. Los agentes se acercaron a sus presas lentamente y los esposaron sin resistencia. Ellos sabían que Carmen no tenía posibilidad de ofrecer resistencia alguna y que Nico no podía arriesgarse a hacer una movida. Carmen sólo observaba todo en silencio, desde dentro de su mente, incapaz de entender que su felicidad, el tesoro de toda su vida, no había sido más que una vil mentira. Todos esos años de su juventud perdidos en un odio que ni siquiera podía comenzar a entender. Sentía tristeza, remordimiento y derrota. El pensar en venganza ni siquiera era una sugerencia en su mente. Ya con el piso cubierto por sus lágrimas, reflejando su cara, ella pudo verse en ese espejo improvisado después de lo que parecían siglos. Su rostro mostraba arrugas prematuras por la falta de cuidado. Se veía como una anciana.

¿A quién le importa?

Ahora la regresarían a Sanatorium, o algo peor. Mientras pensaba en todo esto, miró el techo de su amado hogar por última vez en lo que los agentes terminaban de maniatarla. La amargura de su corazón era difícil de contener ante la realización de que estaba marcada por la sociedad y la ley, condenada para siempre a la ruina por un hombre que había jurado amar y proteger por sobre todas las cosas. No podía evitar gritar de dolor a todo pulmón... en silencio.

Sin embargo, no había descansos para ella ya que su vida se marchitaba con su herida descubierta, soltando su sangre por todo el piso. Por lo mismo, Jason señaló a ambos jocosamente con su índice izquierdo. "Espera un segundo... ¡¿no me digas?! ¡¿Acaso están juntos... tú y él?!"

Carmen ni siquiera lo escuchaba en este punto.

"ME PARECE O ¡¿ME ESTÁS IGNORANDO, PERRA?! ¡TE ESTOY HABLANDO, MIERDA!" gritó Jason, esta vez cerca a sus orejas, aprovechando que sus manos estaban esposadas en su espalda. Su falta de respuesta sólo hizo que Jason se enojara más, por lo que le dio una cachetada.

"¡¡¡¡¡Aaaaaaahhhhhhh!!!!!" Carmen gritó, desesperada. Jason simplemente la cacheteó una y otra vez.

"¡Ya cállate! ¡Puta criminal! ¡Perra! ¡Te estabas tirando a un menor de edad ¿no?! ¡¿NO?!" dijo Jason, disfrutando de cada gota de culpa que pudiese extraer de Carmen. "¡¿No sabes que es un maldito crimen? ¡Me das asco! ¡Me haces dar ganas de vomitar!"

Los agentes del Bloque empujaron a Nico violentamente contra el piso mientras él forcejeaba para liberarse. El mizelas nunca había sentido una emoción parecida antes... las ganas genuinas de matar a alguien.

"Jason... por favor... mátame..." rogó Carmen con una voz débil, para sorpresa de Nico. "Ya no puedo seguir viviendo en este mundo... has destruido mi vida permanentemente... robaste todas mis esperanzas... mataste a mi hijo... así que... mátame... por favor... sólo mátame... te lo ruego... o nunca te dejaré en paz..."

"¡¿Estás demente?!" se quejó Nico, sólo para recibir un puñete en la cabeza de parte del agente más cercano, aturdiéndolo ligeramente. Aun así, el joven continuó forcejeando inútilmente. En la posición en la que estaba, con su mejilla derecha pegada al suelo y uno de los agentes con su brazo izquierdo presionando su cabeza hacia abajo, sólo podía usar la mitad de su boca. "Eshtaba equivocado... tú... el infelizh rubieshito... eresh peor que bashura... no hay definishión para mierda... como tú en el dicshionario..." se atrevió a decir el Inmigrante, sólo para recibir otro golpe en la cabeza.

Jason lo miró con intensas ganas de asesinarlo, sólo para explotar de furia. "¡CIERRA LA BOCA BASURA MIZELAS INFERIOR DE MIERDA! ¡NO TIENES DERECHO A SIQUIERA RESPIRAR EL MISMO AIRE QUE GENTE DE VERDAD COMO NOSOTROS! ¡¿ACASO TU COEFICIENTE INTELEC-

TUAL TAN BAJO NO PUEDE ENTENDER ALGO TAN BÁ-SICO?! ¡¿AH?! ¡¿AH?! ¡¡¡¡SÓLO CIERRA EL HOCICO DE UNA VEZ POR TODAS, MIERDA!!!!"

Para el momento en que había terminado, estaba al lado del oído de Nico, llenándolo de saliva.

"¿Por qué no me sueltas y me obligas, entonces?" provocó el adolescente, levantando su cabeza para mirarlo a los ojos, sin perder la calma. *Si me matan, entonces, tal vez, sólo tal vez, haya una posibilidad de que dejen ir a Carmen... o si la pierden de vista al estar concentrados en mí, ella podría escapar de algún modo... nunca antes pensé que dejaría mi vida a la suerte o a la esperanza... pero, aquí estoy...* pensó el Inmigrante. *A estos imbéciles no les gusta matar friscos si pueden evitarlo... Esa es la única oportunidad que tendré... tomaré lo que sea... no importa que tan pequeña sea la posibilidad... he de mantener mi promesa... no puedo fracasar.*

Sin duda alguna, el lema del Bloque era servir y proteger a los verdaderos amos de Pantea. Los que habían derrotado a los sarcos, sus habitantes originales, y que los habían confinado a los *cercados*, dentro del país, en los que vivían actualmente. Aun así, Nico sabía que esto no siempre sucedía. Incluso para sus estándares, su plan basado en esperanza sonaba como algo completamente demente, pero era la mejor idea que se le había ocurrido. No que los golpes en la cabeza y las esposas lo ayudasen mucho.

Jason agarró a Derzú y lo tiró al suelo, usando toda su fuerza al lado de la cara de Nico. Luego, se paró sobre el peluche, con tanta furia, que el interior del mismo salió volando por todas partes. El osito de peluche terminó decapitado por el talón de Jason.

"¡Gusano insolente! Tienes mucha suerte que se te requiera vivo..." concluyó Jason, sólo para regresar su atención hacia Carmen. "A diferencia de mi querida esposa..."

Nico lo miró intensamente, con los ojos a punto de salirse de sus órbitas, habiéndose dado cuenta de su error cuando ya era tarde: ese hombre mataría a Carmen de todas maneras. Ahora, más que nunca, necesitaba ganar más tiempo para idear un nuevo plan, uno de los buenos esta vez. "Supongo que... no tienes el valor de matarme tú mismo… cobarde… no me sorprende que te unieras a una organización tan patética como el Bloque… Un montón de tristes perdedores con un complejo de superioridad… Parece que el que de verdad es patético… eres tú… ¡jajajajajajaja!" provocó Nico una vez más, levantando su cabeza lo más que podía, rebelándose contra la mano que la empujaba hacia abajo.

Jason rugió, "¡PEDAZO DE MIERDA! ¡¿CÓMO TE AREVES?! ¡DE VERDAD QUIERES MORIR ¿NO?! NO ME-" y se detuvo de golpe sin razón aparente para luego seguir calmadamente, para sorpresa de Nico. No obstante, continuó tras aclarar su garganta. "Ejem… Tienes… demasiada suerte…" Jason apretó los dedos repetidamente sobre su nariz mientras respiraba hondamente. "Además, te mereces algo de crédito por el éxito de tu propia captura… y la de mi esposa…" El jovenzuelo no podía creer cómo Jason había logrado calmarse tan rápido. Era increíblemente efectivo, al punto de incluso impresionar a los agentes del Bloque mismos. "Fue la conversación que tuvieron con Rasheed lo que nos dijo exactamente lo que planeaban, par de idiotas… es bastante irónico ¿no es así?"

"¿Qué?" Nico no podía creer lo que oía. Él había sido el que había aceptado contactar a Gupta y decirle la verdad, después de todo. *Todo es culpa mía*, pensó mientras miraba hacia el piso. Carmen ni siquiera lo observaba, ni a nadie en realidad. Aún estaba atrapada en las profundidades de su mente, tratando de asimilar toda la información que acababa de recibir. Pensándolo una y otra vez: el pasado, el presente. Mientras lo hacía, recordó algo crucial, algo tan importante, que le dio una fuerza que nunca había sentido antes. Algo que no era otra cosa que la que aún no le había dicho a Nico. Por último, miró directamente a Jason a los ojos, rogándole que parase, con los mismos, negros como el ébano, llenos de determinación que hicieron que su esposo respondiera tomando una postura.

"Oh, Carmen… si tan sólo hubieras venido a mis brazos, al menos te habría matado como lo hice con tu maldito papi… y no como ahora," siguió Jason con una voz entristecida en lo que miraba el arma que sostenía en la mano derecha agradablemente. "Sabes cuánto odio disparar esta arma y también manchar mi alfombra nueva... no que visite mucho esta propiedad muy seguido en estos días, pero me gusta mantenerla limpia y ordenada, como bien recordaras..."

Nico se dio cuenta de que su nuevo plan también era un fracaso. Si al menos tuviese otro, solo uno más, sin importar que tan malo fuese. No importaba cuánto tratara de provocar a ese hombre, este no se concentraba en él. Y Carmen, siendo el Rey que Nico tenía que defender de caer en un jaque mate, no se movía en su estado mental actual. Quizás si ese hombre siguiese sólo sus emociones, habría otra oportunidad. Sin embargo, Jason seguía órdenes, lo que evitaba que cometiera errores tontos de ese tipo, y nada de lo que Nico pudiera decir cambiaría dichas órdenes. No obstante, eso también le hizo darse cuenta de algo más...

Jason lo había dicho antes: lo quería con vida a *él*. Por lo tanto, si no podían matarlo aún, podría tratar de atacarlos para ganar tiempo para que Carmen escapase, esta vez con todas sus fuerzas. Dado que lo último que quería era ver otro de sus seres queridos morir a manos del Bloque, no le fue difícil llegar a la conclusión de que su vida ya no importaba. Por suerte para él, había aprendido a controlar su ira hace mucho tiempo, aunque esta situación ya era demasiado para él. ¡Ahora! pensó mientras que, aprovechando que los brazos de uno de los agentes que lo sostenía se habían cansado, saltó, se puso de pie y cargó contra Jason.

"¡Como si te fuese a dejar! ¡Huye Carmen! ¡Huye ahora!" gritó Nico en lo que trataba de golpear a Jason con la cabeza, pero se detuvo de golpe al recibir una bala en la pierna izquierda, cayéndose de cara. El sonido del disparo había perturbado enormemente a Nico, sumado al dolor de la herida, haciendo que el joven se tirara al suelo y gritara de dolor. Nunca antes había tenido una herida de bala y nunca imaginó que la primera vez que la tuviese la sentiría tres veces más. Jason se le acercó y pisó su herida sin mucha fuerza, haciendo que el Inmigrante gritase de dolor a todo pulmón.

¿Hay alguna sorpresa más? Esto se está poniendo aburrido...

"Como dije antes... eres bastante suertudo, basura..." dijo Jason en lo que dejaba de pisar la herida de Nico. "Incluso yo sé, siendo un doctor y todo eso, que el dolor extremo podría matarte. De otro modo... abriría aun más el regalo que te acabo de dar." Jason cambió de objetivo. "Eeeen cuanto a ti, mi querida Carmen ¿qué deberíamos hacer contigo...? Veamos.... Si sigues mirándome así podría pensar que aún me amas... qué dulce..."

Por supuesto, Carmen ahora miraba intensamente a su esposo con ojos llenos de furia. Los gritos de Nico resonaban en su cabeza. "¡Déjenlo en paz! ¡Ahora!" gritó Carmen. "¡Los mataré yo misma si no se detienen!" Sin embargo, la sonrisa jocosa de Jason, sumada al constante cambio de presión sobre la herida de Nico, le hicieron darse cuenta de lo obvio. "Por favor..." Carmen dijo, cambiando su voz para rogar por piedad. "Mátenme si eso quieren... pero déjenlo en paz..."

"Y yo que pensé que habías olvidado la posición en la que estás ahora... bueno, como sea. Estoy cansado de tu puta voz. Estoy podrido de tu maldita voz, de verte y de tu maldita EXISTENCIA," Jason alistó el martillo de su revólver con su mano derecha y apuntó directamente a Carmen. "Si eso es lo que quieres ¡lo haré con gusto! ¿Unas últimas palabras? Porque... ya sabes cómo terminará ¿está bien?" Sus palabras sonaban compasionadas, pero, al mismo tiempo, sarcásticas. "Esto... sólo... sólo no me odies por decirlo y no me guarden rancor."

Su nueva percatación le hizo darse cuenta de qué era. A Carmen le hubiera gustado haberle contado a Nico su secreto cuando aún podía... tal vez todo hubiera sido diferente. Deseaba haberlo conocido antes, en otros tiempos, en otro lugar. Ella deseaba haber recuperado las esperanzas mucho antes. Ahora, ya era tarde. Estaba a punto de mover los labios hacia Nico para que él se los leyera y decirle el secreto en silencio, pero decidió no hacerlo ya que sabía que el saberlo sólo incrementaría el dolor del Inmigrante para cuando Jason la matase. Ella podía saborear la sangre que salía de la boca, probablemente producto de su herida destruyendo sus órganos internos. Al menos, Nico aún tenía una oportunidad de escape. Era joven y habilidoso —que era lo único por lo que Carmen podía apostar. Ella aceptaría su destino con esa esperanza en mente.

Carmen miró a Nico fijamente, el cual tenía dificultad para asimilar lo que estaba a punto de pasar. "Pequeño… Gracias por todo… me enseñaste muchas cosas… pero, especialmente que… puedo ser amada de nuevo…" comenzó a hablar Carmen con una voz que temblaba y lágrimas que caían por su rostro. "Desearía que hubiésemos tenido una vida diferente… en un mundo diferente… gracias por ayudarme a ponerme de pie una vez más cuando había perdido toda esperanza… al menos ahora sé… sé que… aún tienes una oportunidad de escapar a todo esto… mi corazón siempre estará contigo… la última persona en la que fui capaz de confiar… te amo, mi pequeño…"

"¡¿De qué estas hablando?! ¡Tenemos que salir de esta vivitos y coleando! ¡No digas esas cosas!" dijo Nico, olvidando su dolor por unos segundos, tratando de levantarse sólo para ser pateado y tirado al piso por uno de los agentes. El dolor de la patada parecía ser grande ya que el Inmigrante ya no se podía parar.

"Qué conmovedor… Como sea… ¿Ya terminaron? Tengo cosas que hacer ¿saben? ¡Esto es muy desconsiderado de su parte!" dijo Jason mientras le apuntaba a Carmen en la frente, casualmente. "Chicos ¿podrían por favor mover a esta perra más cerca de mí? ¡Quiero un tiro de los buenos y de los limpios!" Dos hombres tomaron a Carmen de los brazos, la arrastraron y la pusieron a dos metros de Jason. Él sonrió ampliamente en lo que chequeaba la munición de su magnum en el tambor. Entonces, con el martillo en posición, procedió a apuntar con ambas manos, completamente concentrado en su tarea.

"¡NO! ¡POR FAVOR NO LO HAGAS! ¡HARÉ LO QUE SEA! ¡POR FAVOR! ¡SE LOS RUEGO! ¡NO LO HAGAN!" Nico gritó con todo el aire que pudo respirar en lo que Jason volteaba su cara hacia él sólo para mostrarle su sonrisa triunfante.

"¡Jódete arrocero! ¡y… adiós, amor mío!"

"¡¡¡NOOOOO!!!"

Carmen le sonrió a Nico, asintiendo su cabeza en su dirección con afecto en lo que Jason jalaba el gatillo. El sonido chocó con la esencia vital de Nico mientras Carmen caía inerte al suelo. Con las sombras comenzando a nublar sus ojos, así como el amplio agujero que atravesaba su cabeza desde su frente hasta su nuca, repleto de su cabello negro como el ébano y sangre, Carmen mantuvo su mirada fija en Nico. Ya no podía escucharlo en lo que la oscuridad tomaba el control de su cuerpo. Sólo podía recordar que Nico tenía lágrimas saliendo de sus ojos.

Muchas gracias por darme una razón para seguir viviendo... pequeño... pensó ella mientras que dejaba a la muerte tomar su curso.

Los demonios y la oscuridad no siempre se incluyen mutuamente ¿verdad?

III

Y DE LA OSCURIDAD emergió el demonio.

Matando a diestra y siniestra, los hombres y mujeres atacando a la Cruz Negra ya no podían lamentar su idiotez. Sin embargo, y contrario a las instrucciones que les habían dado, el último de ellos tiró sus armas y rogó por su vida de rodillas. En lo que este miraba al suelo, abrazándose a sí mismo, el demonio caminó calmadamente hacia él, usando su icónica sonrisa diabólica y, para su sorpresa, pasó de él.

"Por favor... no me mates..." seguía diciendo, con los ojos cerrados. Al abrirlos y darse cuenta de que estaba a salvo, el hombre arrodillado inmediatamente se levantó y comenzó a huir tan rápido como sus piernas podían llevarlo. Tal reacción sorprendió a los espectadores, especialmente al Biólogo. Él siempre se había preguntado muchas cosas sobre esa mujer, como por qué usaba ese vestido si estaba destruido más allá de su forma original, o por qué siempre sonreía... o por qué se había convertido en una psicópata para empezar. Todo lo que sabía era que su creación había sido en parte gracias al Bloque. Aunque la culpa era un concepto desconocido para él y su organización, él sí se sentía culpable... sólo porque no se suponía que debía tener tantas dificultades para capturar a una bestia salvaje. "Supongo que requeriré más que sólo balas y sedantes para vencerla..." dijo el Biólogo, confiado, ignorando al agente que huía. "Supongo que tendremos que pegarnos al plan... ahora que lo pienso... ella ya sabe nuestro plan entero... por lo visto..."

"¡¿De qué plan está hablando?! ¡¿Morir en vano es lo que usted llama un plan?!" explotó O'Connell mientras que el Biólogo puso ambas manos detrás de su espalda, sin inmutarse. Quedaban cinco agentes cerca suyo manejando el equipo de sonido...

"¿Cuáles son sus órdenes, señor?" preguntó uno de los agentes restantes con una voz titubeante a través de su walkie-talkie, "¿nos permite retirarnos?"

"No..." dijo el científico a secas, visiblemente feliz ante la situación. "Ya están muertos, igual."

Los hombres miraron a la amenaza que se acercaba corriendo hacia ellos y el pánico pronto tomó el control. "¡Debemos retirarnos señor! ¡Por favor! ¡Tenemos que-"

"Shush... shush..." replicó el Biólogo con una voz calmada y burlona, "saben qué les pasará si fallan las órdenes de sus superiores ¿cierto?" continuó mientras que tranquilamente mantenía sus manos detrás de su espalda, "ustedes sabían que este resultado estaba dentro de las probabilidades... ahora que lo pienso, sabían que era casi certero... la mayoría de las simulaciones terminaban así..."

Cansado de la crueldad e indiferencia del Biólogo, Ryan le arranchó el walkie-talkie y lo puso cerca de su boca. "¡Pueden irse! ¡Repito! ¡Pueden irse! ¡Váyanse ahora!"

El Biólogo lo observó de reojo en lo que levantaba sus hombros y manos en señal de frivolidad. "¡Kothat! ¡Kothat! Qué impaciente eres... Veamos... no hay elementos presentes aquí... debería estar bien..." murmuró el científico para sí mismo.

"¡Púdrete imbécil!" rugió Ryan en respuesta. "¡¿Qué carajo está pasando?!" gritó al darse cuenta de que nadie se había movido de sus puestos. "¡Largo, ahora! ¡Carajo! ¡Están a punto de morir!" presionó, en vano. Los últimos cinco agentes en pie no parecían querer moverse, pero, aun así, sus ojos mostraban cómo el miedo había invadido su ser. Sin embargo, mientras se mantenían en sus puestos, siguieron rogándole al Biólogo. "¡Por favor! ¡Ayúdenos! ¡Permítanos escapar de este monstruo! ¡Señor! ¡Se lo imploramos!" siguió el mismo agente, entrado en pánico absoluto.

O'Connell, quien había tratado de detener a Ryan ni bien se dio cuenta de sus intenciones, ya no era capaz de detenerlo. Sin embargo, su expresión, junto a la de Ryan, había cambiado completamente al darse cuenta de que el Biólogo se reía a todo pulmón. "¡¿Cuál es tu problema?!" gritó el Héroe de Guerra, no pudiendo creer lo que veía.

El Biólogo tenía lágrimas en los ojos en lo que su voz mostraba una creciente burla loca, "debo admitir... que eso fue... ¡lindo!... pero, están acabados... ¡ese siempre fue su destino!"

Ambos oficiales de policía miraron la escena horrorizados en lo que iba a suceder lo evidente. Era poco lo que los agentes restantes podían hacer, disparándole al demonio con sus armas sólo para terminar masacrados de igual forma, aunque algunos perdían la vida de maneras inimaginables. Uno de ellos había perdido los brazos y su cabeza había sido aplastada en lo que los cuatro agentes restantes no retrocedieron y, a diferencia de lo que Ryan les había ordenado y de lo que su propio instinto de supervivencia les decía, se quedaron peleando contra la Cruz Negra. El resultado era inevitable. Al menos su dolor no duró mucho ya que el demonio los mataba de un golpe. Para cuando sólo quedaba un agente, al contrario de lo que ordenaba el deber, este rogó de manera similar al agente que había logrado escapar antes que él.

"P-por favor... no me mates..." gritó el agente con una voz casi inaudible, con ambas palmas juntas sobre su cabeza, rezando, aparentemente, a Kothat mientras se arrodillaba, mirando al piso. "*Eu imploro*... no lo hagas... por favor..."

La Cruz Negra lo miró con intensidad, pero, aun así, no parecía querer acabar con él. Para sorpresa de O'Connell y Asprey, la Temible simplemente bajó el brazo con el que estaba por golpear al último agente y continuó, pasando de él. El hombre no levantó la mirada hasta que oyó los pasos del demonio detrás suyo. Una vez se dio cuenta de que su vida había sido perdonada, este salió corriendo.

"¡Tch! No es que esta fuese la primera vez, o algo así..." renegó el Biólogo en voz baja, siendo completamente ignorado por los dos policías a su lado.

"Lo... lo ha perdonado... pero ¡¿por qué?!" explotó Ryan sin poder creer lo que veía. No obstante, en lo que el agente perdonado huía a toda velocidad, un agujero sangrando apareció en su nuca, al mismo tiempo que en el medio de su frente. Entonces, el agente cayó al suelo. Ambos oficiales voltearon y vieron al Biólogo con una pistola humeando en su mano.

"¡Kothat! ¡Kothat! ¡Qué desafortunado suceso! ¡Parece que nadie sobrevivió el asalto!" dijo el Biólogo jocosamente junto a una pequeña risa. No tomó mucho tiempo a los oficiales darse cuenta de que el agente que había huido anteriormente también yacía en el piso, muerto. Su piel estaba cubierta de venas negras, probablemente había sido envenenado. Miraron al Biólogo sólo para encontrarse con él observando a la Cruz Negra, "¡parece que ahora sólo somos dos, querida!"

"¡¿Estás loco de remate, mierda?!" regañó el Héroe de Guerra en lo que sus venas parecían querer explotar. Ryan no podía moverse, parecía estar completamente en shock. Nunca había visto algo así en la naturaleza, o camaradería entre sus hermanos de armas. Por un momento, sintió más odio por el Biólogo que por la Temible. Y, aun así, no hacía ninguna diferencia para el monstruo ante ellos que comenzaba a acelerar su paso. En un abrir y cerrar de ojos, ya estaba corriendo a toda velocidad, cargando contra el Biólogo.

"La Muerte siempre va de la mano con aquellos que buscan la inmortalidad..." dijo calmadamente la Cruz Negra. "Ningún imperio dura para siempre..." Sin ninguna hesitación, tiró una de sus cruces hacia ellos, ahora encadenadas y amarradas alrededor de su muñeca, verticalmente, de modo que caería encima del Biólogo. Era como si un pequeño matamoscas fuese a golpear a una rata sobredesarrollada.

"¡Quédense detrás de mí!" dijo el Biólogo a ambos hombres cerca suyo con gran preocupación en su rostro. Una orden que obedecieron rápidamente. "¡Debemos mantenernos alejados de sus armas a cualquier precio! ¡Es demasiado rápida!" El Biólogo se puso en frente de ellos de forma protectora. *Se merecen lo que está a punto de pasarles… su inteligencia no está a la altura de la de un frisco*, pensó.

En lo que se les acercaba el monstruo, y la cruz en el aire caía sobre ellos, el Biólogo empujó a ambos oficiales aun más lejos mientras saltaba fuera del camino de la letal arma justo a tiempo. La cruz en cuestión cayó y se enterró en el suelo, tan profundamente, que apenas podían ver su base. El Biólogo miró hacia arriba y vio al demonio usando esa cruz enterrada como ancla, o, en otras palabras, como centro de fuerza centrífuga con la cual aceleraba su salto al jalar de la cadena en su muñeca, aumentando su velocidad en picada junto a la otra cruz en su mano derecha. Después de un segundo, ya estaba a sólo diez metros de ellos. Su amplia sonrisa la hacía parecer frívola a la muerte del hombre cuya vida acababa de perdonar; probablemente más frívola al respecto que el Biólogo.

Los ojos del Biólogo brillaban con deleite. *Ella matará a uno de nosotros, seguro… y no será a mí*, pensó en lo que planeaba su jugada. *Sea que evada la cruz a tiempo, o sea que ponga a estos idiotas detrás mío, ella podría tirar su otra cruz a una ubicación selecta… si cronometro esto… correctamente…*

"¡Aún recuerdo cómo se sintió dispararle a ese anciano!" provocó el Biólogo. "¡¿Cómo se llamaba?! Ah sí… ¡el Viejo Joe!"

Esta provocación, necesaria o no, logró lo que quería ya que el demonio en descenso jaló de su cadena con más ganas para acelerar aun más su caída contra él. Y, tal como había planeado, el Biólogo sonrió jocosamente y se movió a un lado, dejando que uno de los oficiales detrás de él recibiera el golpe letal en su lugar: al más joven. Ya que el cuerpo de este último no lo obedecía, quedándose en dicho lugar como una estatua, el Héroe de Guerra lo empujó fuera del camino, tomando su lugar en el proceso. El anciano miró a Ryan con una pequeña sonrisa antes de recibir un golpe directo en la cabeza, de forma vertical, tan potente que hundió su cabeza entre sus hombros. Entonces, su cuerpo golpeó el suelo como si fuese un ladrillo cayendo de un edificio en ruinas, salpicando sangre por todas partes.

"¡¡¡NOOO!!!" gritó Ryan desesperado.

"Otro… supernatural…" murmuró la Cruz Negra, observando al Biólogo mientras jalaba la cruz enterrada hacia ella para luego ponerse de pie y seguir sus ataques contra el científico. Aunque parecía ligeramente sorprendida ante tal descubrimiento, cualquier otra persona hubiera pensado que acababa de matar una hormiga. El Biólogo, una vez más, evadió su ataque saltando y acercándose al equipo de sonido, aún tocando música clásica. Sin cesar sus ataques, alejándose de Ryan, el monstruo acercó sus cruces hacia su cuerpo una vez más y resumió su carga. "Buscas… aquello… más allá del cielo…"

"¡Kothat! ¡Qué grosera!" replicó el Biólogo con falsa irritación. "¡¿Insinúas que mentí?! ¡Eso no es genial, nada genial!" agregó en lo que se acercaba a una caja cerca del equipo de sonido. "¡Debiste decírmelo antes! ¡¿Acaso no tienes modales?!"

Ryan sólo podía mirar lo que pasaba ante él, tirado en el suelo, incapaz, y sin interés, de entender de qué estaban hablando. Sus piernas aún se rehusaban a moverse en lo que sus ojos llorosos se rehusaban a mirar hacia otro lado, fijos en el cuerpo del Héroe de Guerra. Mientras tanto, la Cruz Negra se aproximaba al Biólogo, el cual saltó detrás de una mesa con un millón de botones en ella.

"¡Oh Kothat! ¡Ahora entiendo! Déjame decirte que… mientras que tengamos el poder… haremos lo que queramos… el futuro no será nuestro ¡pero el presente sí! ¡Querida!" declaró el Biólogo de la nada para luego sacar una extraña arma de debajo de dicha mesa, a gran velocidad, y la apuntó hacia la Temible. Ya que el demonio se encontraba en medio del aire, trató de esquivarlo, pero era inútil. "¡He estado esperando una eternidad para probarlo! ¡Toma esto!" El arma en cuestión disparó un rayo eléctrico que le dio de lleno. Ella cayó al suelo como una mosca muerta, inmóvil como una estatua, sintiendo cómo la parálisis invadía todo su cuerpo mientras forcejeaba para moverse. "¡Oh Kothat! ¡Qué desgracia! ¡Nunca es bueno recibir descargas eléctricas gratuitas! ¡Deberías saberlo!" continuó él, triunfante, con una sonrisa que era tan grande como el cielo era oscuro. "Por cierto ¿cómo te sientes, querida?"

La corriente eléctrica era bombeada a su cuerpo constantemente y no le permitía ni siquiera hablar. Ryan, viendo esto y, ahora envuelto en ira, sacó su arma reglamentaria y le disparó al demonio en la cabeza varias veces. Su cara lo decía todo. Tras trece balazos, los clics constantes de su arma, ya que seguía jalando el gatillo, sugerían que se había quedado sin balas... y que no le importaría dispararle al menos unas cien veces más con esas balas de aire.

"Bueno..." continuó el Biólogo, mirando a la Temible, "¡sí que te debo una explicación! Verás... las jeringas que te disparábamos tenían una sustancia especial... que, combinada con electricidad, debería impedir que tus habilidades se activen... lo que significa que... ¡se acabó para ti, querida! ¡Una lástima la verdad! ¡Tenía grandes planes para ti! Supongo que uno no siempre puede tenerlo todo..."

¿Dónde había oído eso ella antes?

Su cuerpo se entumecía más y más mientras su vista se ponía más y más oscura. Su falta de destreza había sido su perdición. Tal vez su voluntad de querer morir era la verdadera culpable. *La Muerte no puede terminar*, pensó en lo que el rayo eléctrico seguía golpeando su cuerpo constantemente, pareciendo nunca cesar. Sin importar cuánto lo intentara, no podía levantarse. No podía pelear. Era doloroso pensar que se hallaba en la misma situación que hace un año. Por primera vez en meses, desearía tener a Nico a su lado. Tal vez entonces, sólo tal vez, hubiera tenido una motivación de verdad para ponerse de pie.

"Pero ¿qué cara-" dijo el Biólogo al ver que el poder de su rayo eléctrico comenzaba a disminuir. Las luces del aparato se hacían más y más tenues hasta apagarse completamente. Su poder lentamente había desaparecido totalmente. Los parlantes también habían dejado de funcionar. Lo mismo podía decirse de las otras computadoras a su alrededor.

El Biólogo intentó desesperadamente reiniciar su arma, pero era inútil. La Cruz Negra pronto se reincorporó y, en unos segundos, ya había recuperado sus cruces, gracias a sus cadenas, y se preparó para cargar de nuevo.

"Creo que es hora de irnos…" le dijo el científico a Ryan.

"¡No! ¡No me iré hasta que esta perra maldita esté muerta! ¡¿Me oyes?!" dijo este último, amenazante, cegado por la ira, con los puños también apretados por la misma. Como su única arma ya no tenía balas, estaba claro que ya no le importaba su, probable, muerte.

"¡Esto es emocionante!" dijo el Biólogo mientras sacaba un control remoto de su bolsillo para luego presionar un botón rojo que se encontraba en el mismo. A su vez, un auto físicamente extraño vino desde lejos que, viéndolo de cerca, parecía un tanque en miniatura cargando hacia ellos. El vehículo en cuestión se detuvo justo antes de golpear al Biólogo. Rápidamente, este tomó al joven oficial, sin ningún esfuerzo, en hombros y lo tiró dentro del auto, ignorando sus protestas y forcejeos por liberarse. Ya que parecía ser una tarea difícil, y que la Cruz Negra podría atacar en cualquier momento, el científico noqueó a Ryan con un puñete en la nuca y procedió con su escape. Cerró la puerta con fuerza tras de sí en lo que el vehículo aceleraba, alejándose de la Temible. *Incluso yo sé con quién no debo meterme cuando se trata de combate cuerpo a cuerpo…* pensó el científico, viendo a la Cruz Negra parada donde la había dejado sonriéndole mientras la distancia entre ambos se hacía más grande.

Ese O'Connell… sabía demasiado… lástima que haya tenido que matarlo… un desperdicio de frisco… pensó el Biólogo mientras el vehículo se automanejaba, yéndose de allí. Ryan yacía en el suelo del auto, aún inconsciente. *Al menos el experimento fue un éxito…*

Entonces, el Biólogo presionó un botón en el panel del auto que hizo salir una pequeña pantalla del techo. Ni bien apareció, esta marcó un número de teléfono automáticamente y comenzó a llamar, o al menos eso parecía. "¿Cómo fue el experimento? Espero que el reporte que va a proveer sea… favorable," dijo una voz gruesa y segura desde el dispositivo en cuestión. El Biólogo sonrió, satisfecho, al ver la cara que aparecía en el monitor frente a él.

"Fue *casi* como planeábamos... parece ser que hubo interferencia exterior durante la fase final... al menos no fue un completo desperdicio... he confirmado mis sospechas... está envejeciendo más rápido que una humana normal... calculo que su cuerpo será como el de una mujer de setenta años para cuando tenga cincuenta... o tal vez aun mayor..." reportó el científico sin dejar descansar su boca de sonreír. Entonces, suspiró. "Ese es el problema con prototipos... así que le sugiero que sigamos una vigilancia de cerca con el sujeto de prueba... y, en cuanto a los agentes empleados en la operación... todos murieron a manos del sujeto de pruebas... *des*afortunadamente."

"Muy bien," respondió el hombre con una voz que emitía complacencia, "su excelente trabajo le ha otorgado completa autoridad en este proyecto, jefe de operaciones Pietros. No decepcione mi confianza en usted."

"Nunca se me ocurriría, ni siquiera soñaría, en hacer tal cosa, Herr Smith," dijo el Biólogo mientras sostenía un tubo de ensayo lleno de sangre frente a la cámara. "Por otra parte ¿ya se ha lidiado con los medios? Estamos en una fase crítica de la investigación ahora y-"

"¿Por quién me toma?" replicó el hombre, disgustado, para luego cortar la llamada.

"Parece que dudé de sus talentos innecesariamente... bueno, lo que sea..." murmuró el Biólogo a sí mismo mientras observaba el premio que había obtenido, ahora entre sus dedos. La sangre que había tomado esa misma noche de la Temible era ahora su posesión más valiosa. Cómo lo había hecho no era tan difícil de averiguar. Pequeños robots con la forma de moscas habían recogido las muestras mientras que la sangre de sus agentes y de la Temible salpicaba por todas partes debido a las excesivas heridas en el cuerpo de la misma. *No hay nada como usar recursos prescindibles en las misiones*, pensó en lo que metía el pequeño tubo de ensayo dentro de un maletín metálico. *Lo único que odio es que esos robots sean tan caros.* Aunque nunca había sabido realmente por qué le gustaba gastar en general, se controlaba cuando se trataba de estos robots mosca. Además, sin la música reproduciéndose durante la operación, las zumbadas que hacían estos robots no hubieran sido fáciles de camuflar. Las balas reales y las inyecciones silenciosas también habían sido difíciles de distinguir debido a la misma táctica. *Nunca supo lo que la golpeó... no, olvida eso, sí se dio cuenta*, concluyó el científico en lo que el joven a su lado comenzaba a despertarse de su repentino 'desmayo'. El Biólogo se le acercó con visible preocupación en su rostro.

"¿Dónde... dónde estoy?" dijo el joven, completamente confundido, mirando a su alrededor. "¡¿Qué le pasó al comandante O'Connell?! ¡¿Dónde está?!"

Parece que el golpe hizo bien su trabajo, pensó el Biólogo, sonriendo para sí. "Verás... él fue asesinado por la Cruz Negra. Fue algo horrible... lo siento de verdad, pero aún hay esperanzas... y... como quiero terminar con este infierno... y ya que quiero hacer del mundo un lugar mejor... me uní a una organización pacífica... una organización que quiere ver el fin de ese monstruo que toma vidas inocentes por doquier... Por lo que tengo... una oferta para usted, oficial Asprey," dijo el Biólogo con una cara triste y determinada. *Agárralos jóvenes y quédatelos por siempre.*

Ryan miró hacia la nada, ignorando su discurso. "No... él era como... mi padre... no... esto no puede estar pasando..."

El Biólogo tocó su hombro derecho gentilmente con el índice derecho, tras lo cual Ryan se volteó y lo miró. "¿Qué me dices, hijo? ¿Te gustaría unírtenos y destruir a ese demonio?"

El rostro del oficial lentamente cambió a uno lleno de nueva determinación. "Lo que digas... lo tomaré... ¡Lo vengaré! ¡Así sea lo último que haga! ¡Tengo que vengar todas las vidas que ha tomado! ¡Sin importar el precio!" gritó Ryan sin una pizca de hesitación.

"Muy bien... me alegra oírlo... verás... mi organización piensa que serías perfecto para un nuevo proyecto mío... lo llamo... el proyecto Torniquete," dijo el Biólogo con evidente avaricia en su voz. "Necesitamos hombres valientes como tú para combatir los males del mundo... males como la Cruz Ne-

314

gra," continuó mientras extendía su mano derecha hacia Ryan, "entonces ¿aceptas?"

El joven oficial primero tomó su mano y luego subió hasta el codo del científico, con sus ojos aún perdidos en la nada. "¡Sí carajo! ¡Es hora de tomar represalias!" exclamó el joven oficial, sonriendo ante tal oportunidad y viendo que la esperanza había vuelto a su vida. Eso era, hasta que su cara se oscureció de la nada. "¡Espera un segundo! ¡Ella irá por Kelvin! ¡Debemos detenerla! ¡Kelvin sigue en peligro!"

"¡Kothat! ¡No te preocupes! ¡Mi organización lo tiene todo pensado!" dijo el científico frívolamente mientras le daba suaves palmaditas en la espalda, "Kelvin debería saber, en estos momentos, que nosotros somos su mejor esperanza de todos modos..." *Si siguiera vivo, claro...*

Los ojos de Ryan brillaban en la oscuridad en lo que su subida de energía comenzaba a caer. Por lo mismo, este simplemente cayó de cara y se quedó dormido. Con el joven oficial tirado una vez más en el suelo del minitanque, otras pantallas salieron de las paredes del vehículo y mostraron un auto acelerando detrás de ellos a gran velocidad. "¡Es ella ¿no?! ¡Nada que no se pueda arreglar con apretar un botón!" agregó al presionar un botón cerca de la puerta trasera del vehículo. Por fuera, el vehículo blindado lanzó misiles que le dieron al auto en cuestión, incendiándolo y neutralizándolo. "¿Ves?" dijo él de forma condescendiente a un Ryan desmayado. "¡Nada de qué preocuparse!"

Sin embargo, la Cruz Negra seguía cerca a la casa de Kelvin, aún recuperándose del ataque reciente. Este la había afectado en más de una manera, definitivamente, ya que sus músculos mostraban dificultad para volver a la normalidad. Tuvo suerte de que el Biólogo hubiese sacado una conclusión precipitada de que ella estaba lista para el combate sólo con mirarla cuando se preparaba para cargar. Más aun, para que él se quedara sin energía en el momento en el que la tenía donde quería. *No, no podía ser pura suerte.*

Si había algo que la Cruz Negra había aprendido con el tiempo desde que había empezado su nueva misión, era que la suerte no existía. Algo o, más probablemente, alguien había intervenido. Quizás uno de los competidores de ellos, si había alguno, con suerte, un aliado. De todos modos, no le dedicó más pensamientos mientras caminaba de nuevo, sabiendo que alguien la observaba desde el bosque cercano. No podía decir qué, o quién, era lo que la observaba en todo momento. Aun así, dicha entidad no se atrevía a salir de las sombras. No importaba lo que se esforzara por buscarlo, no podía encontrar a dicho acosador, o acosadores. Por suerte, no importaba siempre y cuando no interfiriera con su misión.

Regresó a la casa de Kelvin y encontró el cadáver del doctor nuevamente, esta vez llevando con una expresión de irritación en su rostro. Al verlo, procedió a aplastar su cabeza con la fuerza suficiente para hacerla explotar como un globo de agua. Luego, gruñó de ira. De haber sabido que esa expresión suya sería preciada como un tesoro por el Biólogo, ella hubiera tenido más facilidad en hacer que el científico se le acercara para acabar con él de un solo golpe. Una vez terminó de dejar su 'marca' en el cadáver, salió del edificio vacío y buscó el auto más limpio que pudiese encontrar y entró en él. Al cerrar la puerta, sentada en el asiento del chofer, no pudo evitar observar a los cuerpos mutilados tirados en el suelo fuera del edificio. Gente que realmente era inocente de tal destino. Inocente porque no quería pelear con ella queriendo defender una ideología, pero por miedo a la muerte misma.

"Lo siento," dijo Carmen al partir. Su corazón aún no sentía arrepentimiento, ni remordimiento, alguno.

IV

"¡NUNCA TE LO PERDONARÉ!" explotó Nico con ira incontrolable. "¡Te mataré mierda! ¡¿Me oyes bastardo?! ¡Juro que VAS a morir! ¡LO JURO!"

Jason bostezó jocosamente ante el espectáculo. "Ahórrate tus tonterías, basura. Ladrar como el perro que eres es lo único para lo que sirves. En vez de tener esos delirios como el pedazo de mierda que eres, deberías prepararte para lo que te tenemos en espera," dijo Jason sin dejar de mostrar una sonrisa confiada y radiante.

Nico ya no podía soportarlo más. Subsecuentemente, golpeó al hombre que lo mantenía en el suelo por el hombro derecho con la cabeza, dándole en la quijada, y, aprovechando este impulso, se liberó del que sostenía su hombro izquierdo. Sin embargo, un tercer agente apareció frente a él y lo pateó en la cara, tirándolo al suelo y dejándolo inconsciente. Entonces, dicho agente se dejó caer sobre el Inmigrante, con tal fuerza, que hizo que Nico tosiera sangre, pero, aun así, sus ojos seguían fijos en Jason quien le regresó su furia con condescendencia. Teniendo más energía, el Inmigrante no dejó de forcejear, ignorando el dolor tanto como podía. El agente que había sido golpeado en la quijada, ahora furioso, sacó un cordón metálico de su cinturón de operaciones y se puso detrás de Nico. En cuestión de segundos, rodeó el cuello del adolescente con dicho cordón y comenzó a jalar. En lo que el aire se hacía más y más difícil de obtener para el mizelas, este recibió un golpe con la culata de una pistola en la nuca. "Buenas noches, gusano," dijo el agente en cuestión.

Estos tres agentes rápidamente sacaron a Nico de la mansión mientras que los tres restantes se quedaron dentro para seguir cualquier ultima instrucción que Jason pudiese darles. Estos veían la escena con ojos indiferentes ya que habían visto cosas mucho peores. Por supuesto, ellos habían hecho cosas mucho, mucho peores que esa.

Jason silenciosamente se acercó al cadáver de Carmen con evidente asco en su rostro. "¡Di algo ahora! ¡DI ALGO PUTA DE MIERDA!" gritó mientras pateaba el cuerpo sin vida repetidamente en un ataque de ira. Tras patearla unas veinte veces sin recibir respuesta alguna, se puso de cuclillas cerca de ella y chequeó su yugular con el índice. La ausencia de pulso lo puso triste. Su tristeza era tan obvia que hasta los agentes sentían lástima por él.

"Hubiese querido…" murmuró para sí mismo, "que hubieras sentido más dolor con mis patadas… es tan injusto." Luego, se puso de pie en lo que su cara mostraba extrema felicidad. "Bueno, como sea. Mis amigos, tengo otro favor que pedirles."

"¿Sí, señor Wright?" respondió uno de los agentes con una voz que mostraba cierto alivio. Se sentían tristes de que su show se hubiese acabado tan pronto, claro. Al mismo tiempo, la gentil forma en la que los agentes hablaban con Jason le hacía recordar los viejos días en los que el Bloque lo contactó por primera vez…

"Estamos dando becas a aquellos que entren a un programa adicional dentro de nuestra corporación," dijo el hombre al otro lado de la línea telefónica en ese entonces. "Lo hemos estado… observando, señor Wright. Creo firmemente que usted sería un excelente candidato para nuestro programa de becas estudiantiles. ¿Qué me dice?"

Como esta oferta significaba que su sueño estaba finalmente al alcance de sus manos, aceptó fervientemente. Una vez fue admitido en el programa, se dio cuenta de que no era más que un peón en un tablero de ajedrez gigante con el que jugaba la corporación, aunque a veces se llamaban a sí mismos organización. Gracias a ellos, logró graduarse de la prestigiosa Universidad de Juswusf, lo que también le daba la oportunidad de visitar el país que había idealizado durante tanto tiempo, los Reinos Unidos. Fue por esos años que su plan había comenzado a tomar forma y, durante los cuales, el Bloque lo ayudó a cada paso. Si tenía éxito, podría escalar dentro de los rangos del Bloque en poco tiempo y sus razones para hacerlo eran tan misteriosas como sus métodos, desde la perspectiva de sus colegas. No obstante, no todo iba de acuerdo con su plan ya que la perra maldita había logrado sobrevivir a la farsa que tanto le había costado hacer y completar. Se suponía que la ejecutaría el juzgado, no se suponía que iría a un manicomio. Aunque el Bloque se 'encargó' de aquel juez después de la sentencia, en ese entonces él sólo podía preguntarse qué más podía hacer para finalmente deshacerse de ella. Ahora, esa pregunta ya no aparecía más en su mente. *Si pudieras verme ahora, mamá*, pensó con una sonrisa de felicidad genuina en su rostro.

"¿Señor?" dijo uno de los agentes, esperando instrucciones y sacándolo de la tierra de los recuerdos.

"Necesitamos enterrar a esa perra. Sé que tenemos buenas influencias en el departamento de justicia y todo lo demás para deshacernos de ella por la vía legal… pero preferiría reservar esos recursos para algo más… útil," declaró Jason. "No me gustaría tener que usarlos para explicarles este desafortunado incidente y quedar en deuda con ellos… al menos no aún. ¡Así que tengo el lugar perfecto para su descanso eterno! Por favor, síganme afuera y, mientras lo hacen, saquen esa alfombra sucia y sangrienta de aquí. Tendría que usar toneladas de desinfectante si alguna vez quiero limpiar su vulgar sangre."

"Como desee, señor Wright."

Los tres hombres envolvieron el cadáver con dicha alfombra y lo cargaron fuera, dirigidos por Jason que silbaba para olvidar su 'dolor' con una alegre melodía. La forma casual en la que caminaban hubiera hecho pensar a cualquier otro que se iban de picnic. Tras tirar la alfombra con el cadáver en el pasto sin cuidado alguno, procedieron a cavar una tumba poco profunda. Además de la tumba que estaban haciendo, había otra presente y visible en la que el nombre de "Spunky" había sido cincelado. *Lamento hacer esto, cachorro*, pensó Jason al verla. Ya que esos tres agentes estaban ocupados con la excavación, los otros tres se alejaron de allí, cargando al Inmigrante inconsciente hacia su camioneta. La habían aparcado entre los árboles, usando arbustos para camuflarla detrás de la capilla todo el tiempo.

Aprovechando que tomaban un corto descanso, los excavadores se quitaron su equipo inhibidor de sonido. Este equipo era más evidente en sus cascos, pies y chalecos. Gracias a este, habían logrado su cometido sin ser detectados por el Inmigrante, desde el principio, también permitiéndoles emboscar al mismo y a Carmen sin problemas. *Nada como tener la mejor tecnología a tu alcance*, pensó Jason mientras que su pecho se hinchaba de orgullo. Mirando la excavación, podía ver, a la distancia, cómo el mizelas era metido en una jaula y cómo los agentes que lo habían transportado a la misma ya estaban sentados en el vehículo leyendo sus PADs.

Los agentes terminaron la fosa en cinco minutos. *No me sorprende. He oído que su entrenamiento incluye soluciones para todo tipo de situaciones. Parecían relajados todo el tiempo... ya veo por qué...* pensó Jason al darse cuenta de que la lluvia que caía era refrescante para aquellos que usaran ese equipo pesado, y que eso, mezclado con el frío del otoño, ayudaba a los agentes soltarse un poco. "La tumba está lista, señor," informó uno de ellos. Jason asintió con la cabeza y ellos metieron el cadáver en la fosa.

"¡Esperen!" ordenó Jason cuando estaban por tirar el cadáver en el hueco. "Aunque esa alfombra ya no se pueda recuperar, enterrarla con ella sería demasiado para lo que realmente merece. Ella saldrá de mi vida sin llevarse nada más que me pertenezca... incluso si se trata de basura..."

Los agentes levantaron sus hombros y obedecieron. Efectivamente, desenvolvieron a Carmen de la alfombra, mostrando enorme asco, tratando de no manchar sus guantes de combate con su sangre y tiraron la alfombra. Luego, pateando a Carmen, lograron finalmente meter el cadáver en el agujero y procedieron a enterrarlo. Jason miraba la escena con cierta impaciencia, al mismo tiempo, se sentía muy feliz de tener gente que lo entendiera. No estaba solo. Nunca más estaría solo.

"¡Adiós, mi amor!" dijo Jason con una amplia sonrisa mientras miraba el cadáver ensangrentado de Carmen dentro del agujero, cara arriba. Sus ojos muertos aún miraban de frente, ahora hacia el cielo oscuro.

"Por favor, dejen su cara para el final," pidió Jason amablemente y así lo hicieron. Acto seguido, Jason le escupió en la frente antes de terminar de echarle la última 'lampa' de tierra. "Finalmente... se acabó..." Jason sollozó en silencio. Su sufrimiento interno, que parecía ser una montaña rusa, finalmente se había detenido. Claro, este sufrimiento no causó ninguna reacción con los agentes involucrados en la escena. No que Jason esperase simpatía de alguno de ellos ya que ellos no se la tenían a él. Ya habían hecho mucho al ayudarlo de esta forma, después de todo. Subsecuentemente, los agentes recogieron su equipo y presentaron sus saludos a Jason.

"¡Muchas gracias, amigos míos! ¡Mi contribución para el Bloque aumentará de muchísimo gracias a ustedes! ¡No lo duden ni por un momento!" exclamó Jason, reflejando esperanza y orgullo en sus ojos. "¡Acabaremos con esos malditos invasores! ¡Este es sólo el comienzo!"

"¡*Munditiae et Superioritas*!" replicaron los agentes al unísono mientras mostraban sus índices y dedos del medio juntos a Jason, de forma que este pudiera ver sus pulgares, meñiques y anulares tocándose las yemas entre sí. Jason respondió recíprocamente, mostrándoles absoluto respeto. Luego, tomaron sus caminos separados. Los agentes se reunieron con sus compañeros en la camioneta en lo que el esposo de Carmen se despedía de ellos con la mano, viéndolos desaparecer en la oscuridad de la noche. Si se despedían de vuelta o no, no importaba. Lo que importaba era que cumpliría su parte del trato: Las propiedades y riquezas de los de La Cruz ahora les pertenecían. Con tal logro hinchándose en su pecho, Jason no tenía sueño, así que regresó a la sala principal. "Sabiendo que se quedarán con la mayoría, al menos hay algo para mí," murmuró en lo que sacaba su pipa y se preparaba para fumarla. Ahora, todo lo que quedaba por hacer era tomar un baño con agua caliente y relajarse. La parte más difícil había terminado: su más grande tortura y el peso más pesado sobre sus hombros se habían levantado, finalmente. Su sueño por fin se había hecho realidad, y nada cambiaría ese hecho. Aun así, y sin que lo supiese, una figura misteriosa había observado todo lo sucedido desde el techo. Una vez Jason entró a la mansión, casi bailando con cada paso que daba, la figura en cuestión descendió al jardín y miró la tumba recién hecha con gran preocupación en su rostro.

"¡*An*! ¡Llegué demasiado tarde!" dijo la figura llena de ira en Asrepian. "¡*Mn ma khwahm*!" continuó mientras caminaba hacia adelante y hacia atrás, ansiosamente. Asrepian era el lenguaje del país de Narín, en Calintia, al otro lado del mundo, como decían muchos. Mirando la tierra fresca encima de Carmen, dado que la lluvia había estado cayendo furiosamente en el suelo, así como encima suyo, el sujeto seguía caminando sin rumbo. Con los rayos arrasando los cielos en tormenta dando luz, el hombre en cuestión se hacía más fácil de discernir. Usaba lentes redondos, un polo blanco envuelto en una polera verde con capucha, así como pantalones cargo color kaky. Parecía estar en sus 20s. Seguía caminando hacia adelante y hacia atrás sin cesar, con su mano derecha sosteniendo su quijada y su mano izquierda detrás de su espalda, pensando.

"¿Qué hago? ¿Qué hago? ¡No puedo fracasar! ¡No puedo! Hay demasiado en juego..." seguía murmurando en lo que parecía ser una desesperación creciente. La lluvia había empapado su ropa, recordándole sus fracasos del pasado y ahora de su inminente derrota. Odiaba caminar bajo la lluvia por esta misma razón. Por lo mismo, tras balbucear una variedad de palabras diferentes en Asrepian, se detuvo de golpe.

"¡Espera!" gritó, chocando su puño derecho encima de su palma izquierda, ahora con sus ojos llenos de esperanza. "Tal vez... ¡aún pueda lograrlo!" Rápidamente levantó su muñeca derecha, donde tenía una especie de brazalete que parecía ser de alta tecnología, y lo acercó a su cara. "¡Perfecto! ¡Aún me quedan algunos...! Ha estado muerta durante menos de una hora... así que... emmm... si uso eso..." concluyó. Al acercarse a la tumba con su recién encontrada esperanza, su cara se puso pálida con una expresión de asco universal. "Podrá ser asqueroso, pero no veo más opciones... espero no arrepentirme... mucho."

Rápidamente desenterró la cara de Carmen y la observó sintiendo aun más asco, más que nada al ver cómo la sangre coagulada había invadido la mayoría de su rostro. Su cabello ahora era rojo carmesí por la sangre seca que descansaba en su superficie. Sin duda alguna, el calibre de la bala que había taladrado su cabeza había dejado un enorme agujero que había permitido que su cabeza entera quedara bañada con aquel fluido vital carmesí. La resignación en el rostro de Carmen, así como su dolor, se habían quedado grabados en su, ahora, estática expresión. A la figura misteriosa le costaba trabajo seguir viéndola así. De algún modo, le causaba gran dolor.

"Perdóname... tía Carmen..." continuó. "Pero es la única forma. No soy un necrófilo... por si acaso," dijo para luego besar los labios del cadáver. Al pasar un minuto, se separó de ella. "Debería ser suficiente con eso... fue asqueroso..." Rápidamente se puso de pie mientras trataba de no vomitar, tapando su boca con su mano. Una vez estos efectos desaparecieron, acercó su muñeca izquierda a su boca. "Iniciar desinfección y sutura," ordenó con una voz neutral, "proceder a descargar voltaje adecuado y con el bombeo forzado de fluidos..." Bajó dicha muñeca y observó a Carmen, quien ahora podía ver hacia la nada sin obstáculo alguno, aún muerta. "Tal vez no te mantenga con vida para siempre. Probablemente sólo vivas por unas seis u ocho horas más... pero fue lo mejor que pude hacer... ¡si ese idiota me hubiera dicho a quién salvar desde el principio! ¡Maldito sea!"

Tras decir estas palabras, la cara de Carmen comenzó a cambiar. Parecía más y más viva al recuperar su color. El hombre en cuestión suspiró, aliviado. Ver que de alguna forma había logrado su cometido le trajo una sonrisa. El hueco en la cabeza de Carmen, que permitía mirar a través del mismo, como un telescopio de vísceras, había dejado de sangrar. Le tomó un buen rato verificar esto ya que era difícil de saber si había funcionado con precisión, considerando que su cara y pelos estaban repletos de sangre. Lentamente, la respiración de Carmen regresó y su corazón empezó a latir. El dispositivo en su muñeca confirmaba lo observado.

"Lamento mucho devolverte a una vida de dolor. Una vida que yo nunca podría llevar, pero tenía que hacerlo. Tengo que salvar a alguien... espero que lo entiendas algún día," agregó mientras su ser se desvanecía de la existencia. Acto seguido, se miró las manos y se dio cuenta de lo que estaba por pasar. "Parece que lo logré a las justas... jeje... ¡lo logré! ¡Lo hice! *¡Bale!*" celebró este lanzando un puñete hacia arriba y saltando por todas partes, sin poder creer la buena suerte que le había tocado, cuando sus ojos se toparon con algo que nunca antes había visto.

"Espera un minuto... ¿es eso lo que creo que es?" dijo mientras miraba el evento desarrollándose ante él, maravillado: una sombra había aparecido en el cielo oscuro, visible para el sujeto gracias a los rayos ocasionales. Miró a Carmen por última vez en lo que apenas podía ver sus propias manos, haciéndose más y más transparente con cada segundo que pasaba. "Así que... así es cómo sucedió... fue por mi culpa..." murmuró, sorprendido. Acto seguido, se desvaneció por completo.

La sombra en cuestión nadaba por el cielo, serpenteando suavemente entre las nubes negras hasta que se posicionó exactamente sobre la tumba de Carmen. Una vez en posición, la sombra se lanzó hacia abajo a gran, y creciente, velocidad, como si compitiera con algo más, algo invisible, incluso para la misma. Después de unos segundos, había entrado en el cuerpo de Carmen...

*   *   *

Carmen despertó y miró a su alrededor. Se encontraba en un lugar que nunca había visto antes, mientras que, al mismo tiempo, sentía que conocía cada centímetro del mismo. Estaba rodeada, de alguna manera, de un ambiente rojizo y acuoso que nublaban su visión. Se sentía atada y libre al mismo tiempo. Ante ella, sus memorias se alineaban una tras otra para ser vistas, desde sus primeros pasos a sus primeras palabras, a su primera alegría, a su primera decepción. La gente que pasó por su vida también pasaba frente a ella en un desfile de recuerdos. La foto de su madre, su primera amiga, Eliana y su primer hijo. Se sentía maravilloso.

Sin embargo, este sentimiento cambió radicalmente cuando apareció el recuerdo de cuando vio a Jason Wright por primera vez. Se sentía demasiado triste al verse sonriendo en ese momento, llena de felicidad e ignorancia. No podía creer la ironía.

A regañadientes, continuó repasando los eventos de su corta vida, concentrándose en los más importantes, o al menos los que ella consideraba como tal. No obstante, se sentía más y más triste en lo que el desfile seguía, viendo cómo su vida se volvía más y más miserable con el paso del tiempo, como si una yugular herida lentamente le drenara la vida. Nada sería lo mismo nunca más. También vio los mejores momentos que había tenido con su padre. Sin embargo, su sonrisa cuando era niña ahora contrastaba con el conocimiento de que su papá había sido asesinado. También estaban sus mejores momentos con Juan Fernando. Sin embargo, su sonrisa maternal ahora contrastaba con el conocimiento de cómo su hijo realmente había muerto. Luego, estaban los mejores momentos que había vivido con Jason. Todos esos días y noches que hubiera deseado fueran eternos en ese entonces. Sin embargo, su sonrisa enamorada ahora contrastaba con el conocimiento de que su aparente felicidad y sonrisas no eran más que un disfraz cruel para esconder su enorme odio hacia ella.

Sentía que quería llorar, pero no podía. No importaba cuánto lo intentara, ni siquiera todos los momentos que llevaban a su perdición podían lograrlo. Luego, lo vio una vez más.

Su muerte a manos de Jason, sintiendo un dolor agudo dentro de sí al ver el verdadero yo de su esposo. El momento más arduo de una vida de tortura, se sentía como una montaña rusa de agonía. ¿Acaso importaba? Sabía que estaba muerta. ¿Así era como los muertos veían el mundo? ¿Sería así para siempre? ¿Es que eso era su ser? Aun así, se preguntaba dónde estaría la luz al final del túnel, si es que había una. Por lo mismo, buscando dicha luz, por más fuerte que nadara, no encontraba la salida en ningún sitio. Con sus memorias pasando a su alrededor sin parecer terminar, no demoró en sentir desesperación. Al ver que nadar con todas sus fuerzas era inútil, simplemente dejó de forcejear. ¿Acaso había algo que había dejado a medias? ¿Algo por lo que valiese la pena pelear?

¿Qué era?

Cerró los ojos y sintió sus alrededores, dejándose llevar por la corriente de ese extraño lugar. Dándose cuenta de que no se sentía cansada, decidió abrir los ojos para seguir nadando cuando lo vio. Hubiera gritado de miedo si hubiera podido sentir temor ya que justo frente a ella estaban dos enormes ojos rojos fosforescentes, mirándola fijamente desde un lugar oscuro dentro del acuoso lugar. Contrariamente a lo que ella, o cualquier otra persona normal, hubiera hecho, ella se quedó mirándolos fijamente. El ser en cuestión se hacía más y más visible en lo que ella comenzaba a discernirlo de entre el rojo que dominaba el lugar. Era un ser humanoide que tenía la piel del color del petróleo y sonreía de manera perturbadora con caninos que parecían marfil. Sus ojos se hacían más y más viciosos en lo que su forma salió a relucir, mirándola desde arriba con gran intensidad. Sus orejas puntiagudas lo hacían parecer una criatura salida de un mundo de fantasía. No tenía genitales ni ropa.

¿Qué se suponía que era esa cosa? Hacía mucho tiempo había llegado a su propia conclusión sobre dioses y lo sobrenatural, pero, aun así, tal vez la respuesta de su única y eterna duda restante estaba justo frente a ella. ¿Era este el demonio en persona que venía a reclamar su esencia? Podría serlo. Después de todo, su apariencia encajaba con lo que la iglesia del Pilarismo siempre había predicado, o quizás sólo era un dios antiguo. Cualquiera que fuese el caso, Carmen comenzó a considerar que quizás este proceso era sólo parte de una rutina que le pasaba a todos los muertos. Una rutina que este ente había hecho durante milenios. Ya que no se veía como el demonio que siempre había imaginado y que, dado que lo único y verdaderamente diabólico de este era su sonrisa y su mirada, su conclusión asumida se comenzó a convertir en confusión. Al no sentir emoción alguna por este ser, y ya no teniendo nada que perder para ese punto, se le acercó, aunque había algo más molestándola…

Había sabido de su existencia todo el tiempo. Pero ¿cómo? Supuso que había una forma de saberlo. Así que, a regañadientes, decidió romper el hielo.

"¿Quién eres? ¿Has venido a reclamar mi esencia? ¿Eres el demonio?"

Carmen de la Cruz, dijo el extraño ser con una voz que sonaba como si tuviera un millón más agregadas a esta, más fría que el hielo, haciendo fuertes ecos a través de los acuosos alrededores, *tú, la humana que lo perdió todo… vine a hacerte una oferta,* continuó el ser con una cara neutral, *ya que soy Tristeza, el espíritu silfo del dolor y del arrepentimiento.*

"Un espíritu silfo… mi conocimiento de tu raza es bastante diminuto, lamentablemente."

Desde el nacimiento de la humanidad, los espíritus silfos fueron creados y metidos en la existencia a base de pensamientos. La búsqueda constante por respuestas de la humanidad, no disponibles para el conocimiento que tenían en ese momento, permitió nuestra creación, replicó el ser, aún con voz neutral.

"Esa no es una respuesta… no entiendo nada…"

Y no tienes que… porque no es tu lugar como humana… el conocimiento absoluto no se le está permitido a tu raza porque ustedes nunca podrían comprenderlo en su totalidad…

"¿Cómo podrías saber eso…?

Te he estado observando durante toda tu vida… nunca entendí por qué hice tal cosa considerando que no eres nada especial de entre los tuyos… supongo que es similar a lo que los humanos definen como amor... *seres como yo rara vez experimentan este tipo de sentimientos porque cuando lo experimentamos... lo olvidamos... supongo que poseías un gran potencial para el sufrimiento... supongo que fue eso lo que atrajo hacia ti... seas hombre o mujer... hubiera sido el mismo resultado...*

"¿Estás enamorado... de mí?"

Supongo que siempre lo he estado... te he observado desde las sombras mientras tu vida te proveía con suficiente sufrimiento para ser digna de hacer un pacto contigo...

"Entonces, esos ojos que me seguían a todas partes... eras tú todo el tiempo... necesito saber quién eres... ¿Eres algo de lo que haya oído antes? ¿Eres un demonio o un ángel o algo así?"

Encuentro divertidas... esas invenciones que tienen los humanos del pasado y del presente. Creencias, como ustedes las llaman... invenciones que tienen a su especie como el centro de todo... Patético... Para nosotros, seres fuera de su alcance, hay cosas mejores que hacer que estar pendientes de ustedes los humanos...

"Entonces ¿de dónde vienes? ¿Por qué existes? ¿Y por qué estás pendiente de mí?"

Desgraciadamente no puedo darte una respuesta exacta respecto a mi lugar de nacimiento... pero sé que, al igual que mis hermanos, cobramos 'vida' debido a cierto individuo... En cuanto a mi existencia, existo como una fuerza de hambre por tristeza, dolor y remordimiento que nunca será satisfecha. Es lo que me alimenta, dijo el ente, ahora mirando la esencia de Carmen, *y tú tienes mucha de ella...*

"¿Has hecho este pacto del que hablas antes?"

Los humanos son una gran fuente de tristeza... la última vez que forjé un pacto similar con un humano fue en 1453... usando sus medidas humanas de tiempo, claro... En cuanto al resultado de nuestro pacto, él dejó de tener empatía y empaló a sus enemigos como decoración frente a su ciudadela, si mal no recuerdo... por lo que ves... él no podía sentir ni arrepentimiento ni tristeza tras cometer tales actos...

Carmen se dio sobre quién estaba hablando. "Quieres decir..."

Si él fuese lo que los humanos llaman 'leyendas', o no, es una historia aparte, continuó con la misma dureza en su voz, *porque no me concierne...*

"Entonces... lo único que ganaría de este pacto sería... ¿crueldad?"

Crueldad... empatía... esos son conceptos puramente humanos... ya que no hay más información que te pueda dar sobre mi existencia... y tomando en cuenta que no te queda mucho tiempo de vida... sobre el pacto que te estoy ofreciendo... ¿lo aceptarás?

"Debería sentir desesperación... debería querer desaparecer... pero no puedo sentir nada... de todas formas... no creo que me importe en este momento si eres un demonio o no... no me importa nada de lo que me estés ofreciendo..."

Como mencioné antes... tus tontas creencias son divertidas. No hay nada más allá de este momento. No hay nada más allá de la elección que harás ahora. Mi oferta es tu última oportunidad de redención antes de que mueras, su voz escaló en confianza, aunque se sentía igual para Carmen, *una última oportunidad de vengarte... y de salvar a quien más amas.*

"No quiero venganza... ya no me importa nada... sinceramente no sé de quién estás hablando..."

Oh, sí lo sabes... sólo tienes miedo de enfrentarlo... de regresar y enfrentar el dolor que te tiene derrotada... el dolor que podría aparecer frente a ti si fallas en protegerlo, como le fallaste a otros... a tu padre... a tu hijo... La responsabilidad y remordimiento de no haber podido salvarlos de un peligro que estaba frente a tus narices todo el tiempo... El miedo de sentirte igual una vez más si le fallas también a él. Incluso en este estado...

Carmen vio que el silfo tenía razón. Había un motivo por el cual pelear. Un joven que había logrado hacerla sonreír de nuevo y que la había aceptado a pesar de su horrendo pasado. La única persona en el planeta en la que podía confiar y la que la había protegido todo este tiempo...

Carmen miró a la criatura en cuestión, aún llena de dudas. Los ojos del ente parecían complacidos con la reacción de Carmen.

Su destino actual es bastante... duro, continuó el silfo, *ya que puedo ver a lo ancho y lejano... puedo decirte que amputarán sus extremidades muy pronto... Sangrará hasta la muerte sobre una mesa clínica... como ganado. Sus captores son extraordinarios con sus misiones si me lo preguntas... Vacíos de arrepentimiento con respecto a sus acciones... Los humanos menos atractivos para alimentarse...*

"Entonces... ¿cómo se supone que voy a derrotarlos? Incluso si es lo último que haga, sé que no tengo oportunidad contra esos hombres. Me pides lo imposible. Quieres que sufra de nuevo y que sienta más dolor para alimentarte... el dolor que sentiré cuando fracase y vea a otro hombre que amo morir a manos de esos demonios."

El silfo extendió su mano derecha hacia Carmen y la tocó, *entonces... mira por ti misma...*

Carmen vio un flujo de imágenes en lo que sus memorias desaparecían para dar paso a otras completamente distintas a las suyas. Los incontables huéspedes del silfo y sus memorias salieron a la vista: desde seres humanos de antiguas civilizaciones hasta seres humanos de tiempos modernos. No había escasez de tristeza dentro de ellos, pero, aun así, todos tenían el mismo elemento en común: el mismo nivel de arrepentimiento que ella. El silfo dejó de tocar a Carmen.

Así que ¿estás dispuesta a aceptar mi oferta?

"¿Qué gano? ¿Cómo lo salvaría con ese pacto tuyo? ¿Por qué debería confiar en ti? Además... estoy muerta. Podrías simplemente tomar lo que quisieras de mí. Puedes tomar mi esencia si deseas... no haría ninguna maldita diferencia... no hay nada más que pueda hacer ahora..."

Carmen miró hacia abajo, a la nada, al ver su derrota. La resignación era una píldora difícil de tragar, especialmente cuando se sentía impotente para salvar a aquellos que amaba. Sentir desesperación de nuevo, ese mismo sentimiento que ya había sentido dos veces, no estaba en sus planes. La muerte parecía una mejor, e indolora, opción.

A veces desearía ser humano para hacer lo que dices... porque... aprovecharse de los demás... es algo muy humano. Es fácil verlo cuando ves las deidades que ustedes han creado... y su actitud hacia sus propias creaciones, continuó el silfo, *seres incapaces de relacionarse con ustedes, los humanos, porque ellos son el conocimiento que ustedes no tienen... mientras que nosotros, los silfos, fuimos concebi-*

dos de esa misma búsqueda por el conocimiento…

Carmen aún miraba hacia abajo, decepcionada. "¿Qué diferencia hace? Los muertos son seres que ya no existen. Ya no hay nada que pueda hacer…"

Allí, te equivocas porque, si de verdad estuvieras muerta, yo no estaría aquí, el ente se acercó a Carmen mientras pronunciaba estas palabras, *permíteme mencionar que, aunque lo ignores, sólo te quedan unas horas de vida… lo que significa que esta es tu última oportunidad. Esto también se aplica a mí… ya que no puedo desperdiciar todo ese dolor tuyo… Toda la tristeza que posees… es demasiado atractiva para un silfo como yo… siempre lo fue…*

Carmen trató de verse sorprendida, si hubiera sabido cómo ya que estas emociones habían sido anuladas de alguna forma en ese lugar. "No puedo estar viva… morí… me dispararon en la cabeza… tal vez no sea doctora… pero hasta yo sé que la muerte me reclamó allí mismo…"

Muy bien, me dejaré de actos, dijo el silfo, cambiando su voz a una casual, *hay un tipo que te revivió de alguna forma. ¿Eso responde a tu pregunta?*

"¿Qué?" preguntó Carmen, confundida.

Ya me oíste, nena. Creo que me fui de la mano con esto… en fin… el silfo continuó para luego cambiar de vuelta a su modo monótono de hablar, *una entidad desconocida vino a ayudarte… aunque muy tarde… porque cuando yacías muerta… él uso una especie de tecnología que te dio vida… no sé cuáles son sus motivaciones o qué tecnología fue esa… Todo lo que sé es que sigues viva porque los silfos como yo no pueden interactuar con entidades muertas…*

"Incluso si estuviese viva, o lo que sea, de cualquier modo… Mi vida ha sido destruida más allá del punto de no retorno… incluso si hay alguien por quien vale la pena pelear…"

Si pudiese tomar tu cuerpo, lo haría con gusto porque perdemos tiempo valioso. No obstante, como mencioné antes, no puedo… ya que los silfos no son humanos… No podemos hacer lo que nos dé la gana. Necesitamos adherirnos a un 'huésped' para consumir, o incrementar, las emociones de ese huésped, dijo el ente, manteniendo su voz neutral, *tenemos que hacer un contrato con el humano en cuestión…*

Aunque Carmen no lo admitía inmediatamente, esta comenzaba a sentirse más ligera, como si toda la pesadez que sentía hubiese sido levantada de sus hombros, como si hubiera... esperanza.

"¿Qué me has hecho?"

Esto no es más que una pizca de lo que mi pacto te dará... Cuando un individuo acepta este pacto, él o ella obtendrán un atributo relacionado al silfo en cuestión. Si lo aceptas, me alimentaré de tu tristeza y tu arrepentimiento mientras vivas... Perderás tu empatía natural y nunca te arrepentirás de ninguno de tus actos, sean buenos o malos... lo que significa que serás imparable porque la culpa nunca te tirará abajo... También podrás elegir compañeros que consideres necesarios en tu último viaje, continuó Tristeza, acentuando su sonrisa torcida, *nunca más te sentirás triste ni culpable...*

"¿Cómo se supone que viva así...? ¿Cómo podré diferenciar amigos de enemigos?"

Es simple... usarás las otras emociones, o la lógica, en vez de la empatía... A su vez, aviso que residiré en los compañeros que elijas, conectando tu cuerpo a estos porque estos serán parte de ti... Serán tus artefactos... tus armas de venganza.

No importaba cómo lo pensara Carmen, estudiándolo o no, no podía llegar a una conclusión definitiva. ¿Acaso sería capaz de sacrificar los últimos momentos de su vida y de sus emociones naturales para hacer un intento final contra lo inevitable? ¿Podría al menos vengarse de aquellos que le habían hecho daño? ¿El silfo decía la verdad sobre la existencia del más allá?

Tantas preguntas... tan poco tiempo...

Mientras deliberaba consigo misma, la sensación de ligereza de antes había comenzado a ser una de felicidad que inundaba su corazón. Las memorias de Nico, aún presentes en dicho lugar, la rodeaban en lo que su mente comenzaba a considerar la oferta. Tras ver dichas memorias desde lejos, no le tomó mucho tiempo darse cuenta de lo obvio. Además... aún estaba ese secreto que no le había llegado a decir. El secreto que ella sabía había muerto en el momento en que Jason había destruido su cerebro y, a su vez, su cuerpo entero. Un secreto que efectivamente despertó gran odio en su corazón. Ese secreto que era su última oportunidad de recuperar una vida normal.

Mientras lo pensaba, también podía ver a Jason matando a Juan Fernando, sonriendo de oreja a oreja, estrangulándolo por el cuello. Jason matando a su padre, con una sonrisa aún más grande en su rostro, envenenándolo. Jason matando a Eliana, con su sonrisa más grande posible, prendiéndole fuego. Y, finalmente, Jason matando a Nico en un estallar de carcajadas con el mismo revólver con el que le había disparado a ella.

El odio despertó dentro de ella, rápidamente convirtiéndose en una bola de nieve, creciendo más y más con el paso de las memorias. No dejaría que esto se quedara así. Definitivamente no lo permitiría. La vergüenza de siquiera haber pensado en rendirse se acercaba en el horizonte, al igual que el arrepentimiento de haber pensado en abandonar a Nico, creció más y más en ella hasta salirse de sus límites. Para cuando su corazón estaba por estallar, ya había tomado una decisión. "Acepto tu oferta, Tristeza," dijo Carmen, extendiendo su brazo derecho hacia el silfo, "acepto ser tu huésped. A cambio, préstame tu fuerza para vengar a mi padre, a mi hijo, a mi secreto… y para salvar a Nico."

Te advierto… si alguna vez fallas en alimentarme, tomaré el control de tu cuerpo y voluntad… si es que sigues viva, claro está… A partir de ahora, todo el arrepentimiento y dolor que sentirías normalmente por cualquier acción o evento que provocaría dichos sentimientos serán consumidos por mí… ya que soy, a partir de ahora, parte de ti, Carmen de la Cruz… te acompañaré hasta que tu último viaje termine… Puedes levantarte una vez más, dijo Tristeza, tomando la mano de Carmen.

Inmediatamente, ella sintió cómo absorbía al ser dentro de su esencia. Tristeza se dirigía al centro de su ser. Entonces, cerró los ojos.

*   *   *

Carmen abrió los ojos. No podía dejar de toser en lo que respiraba todo el aire que podía, sacándose el barro de encima y mirando al cielo oscuro, sintiendo la incesante lluvia. Se tocó la frente tratando de usar toda la negación que pudiese, tratando de pensar que todo había sido sólo una terrible pesadilla. Sin embargo, ni bien se tocó el agujero que atravesaba su cabeza, se dio cuenta de que no era el caso. Tras confirmar que esta pesadilla definitivamente era la realidad, miró sus muslos. Estaban cubiertos de sangre.

"Supongo que era de esperarse... lamento no haber podido traerte a la vida..." murmuró con una voz neutral en lo que sus ganas de venganza y odio incrementaban diez veces. Acto seguido, trató de pararse, pero cayó instantáneamente ya que su cerebro, aún dañado severamente, parecía tener problemas en lo que concernía la locomoción. Ya que podía pararse a duras penas, comenzó a caminar cuidadosa, y torpemente, teniendo dificultad con cada paso que daba, tropezándose una y otra vez en el pasto y cayéndose de cara. Eventualmente, logró caminar sin problemas apoyándose con la pared más cercana de la mansión. Su cerebro se sentía entumecido y pesado, al igual que su cuerpo. No obstante, sentía que había una fuerza desconocida moviendo su cuerpo ayudándola, apoyándola a mantenerse cerca de la pared. Por lo mismo, moviéndose lentamente como un caracol, su cuerpo era lo que la guiaba hacia la pequeña capilla que había visitado no hace mucho.

"Supongo que... ahora sé por qué voy hacia allá..." balbuceó.

Viendo la capilla de La Cruz, tétrica y llena de diseños estuanos, Carmen se dio cuenta de que se hubiera quedado a admirarla de haber tenido más tiempo con vida. A pesar de que la que tenía en frente no era más que una simple réplica de la original, lo que representaba era lo único que tenía en mente. Sus padres, devotos a lo que predicaba la iglesia del Pilarismo, la habían construido para las oraciones ocasionales originalmente. Después de la muerte de su madre, era su padre quien usaba la capilla frecuentemente y quien se quedaba rezando durante dos horas al día mientras visitaba a su difunta esposa. Ante tal memoria, Carmen deseaba haber prestado más atención cuando su padre rezaba. Recordaba cómo, cuando era niña, a veces su padre la llevaba a la capilla para enseñarle a rezar. Dado que ella nunca se esforzó para aprenderlas y que no sabía por qué las pronunciaba, prefería simplemente saber si rezar era útil o no. Aun así, su padre nunca la forzó a imitarlo ya que decía que sólo quería que ella lo observara y que escuchara sus palabras.

Las paredes blancas de la capilla, porosas como las de Estú, le recordaban tiempos alegres cuando Spunky solía esconderse allí cuando jugaban y se pasaba tres horas buscándolo. A veces, Eliana también la elegiría como escondite. Mientras sus ojos paseaban por la edificación, sumergidos en la oscuridad, esperaba que la capilla sólo le trajera buenas memorias ya que sus más recientes visitas habían sido de luto. Sus padres aún deberían seguir enterrados allí, o al menos así debía ser. Hasta ella sabía que Jason no los sacaría si no necesitaba hacerlo, aun más sabiendo que moverlos de por sí era muy caro. Estas asunciones la llevaron a preguntarse si su odio por su familia podía superar ese hecho. También se preguntó si alguien más había visitado la capilla recientemente ya que, comparada con la mansión, su degrado era casi inexistente…

A diferencia de su primera visita, la oscuridad dentro de la capilla no parecía ser un gran problema ya que los rayos ocasionales servían como una linterna natural. Esta fuente de luz, a su vez, también respondía a una pregunta que había tenido en mente desde su aprisionamiento en Sanatorium. Sin duda alguna, con los rayos dando sus luces, encontró un nombre que no había notado cuando visitó la capilla unos momentos antes: Juan Fernando.

Ahí estaba, entre las tumbas de sus padres. Carmen simplemente lo miró en shock, pero, aun así, no le salían lágrimas. *Supongo que Tristeza decía la verdad*, concluyó al no sentir nostalgia ni tristeza al ver la tumba. Por lo mismo, siguió caminando, pasando de esta, hasta alcanzar la pared al fondo del edificio.

Parecido al sello de la familia de la Cruz, de pie allí por generaciones, una cruz de mármol negro de cincuenta kilos se erigía sobre cada una de las tumbas de sus padres. Carmen puso sus manos sobre ambas cruces, tocándolas y sintiendo los ataúdes de piedra fría, apenas manteniéndose de pie con estos.

Eventualmente se puso entre las cabezas de las tumbas y puso una mano en cada una de sus respectivas cruces: su mano derecha sobre la de su padre y la izquierda sobre la de su madre...

"Papá... mamá... por favor, acompáñenme en este viaje... mi último viaje... para vengar a mi hijo... para proteger a la última persona que alguna vez amaré..." dijo Carmen, cerrando los ojos y sintiendo cómo el frío mármol negro debajo de sus manos la llevaba de vuelta al pasado...

"¡¡¡Puaj!!! ¡¡¡Esto es muy asqueroso!!!" exclamó Carmen mientras escupía el vino que acababa de tomar mientras que su padre reía a todo pulmón.

"Carmencita, nosotros, la familia de la Cruz ¡somos los mejores catadores de vino que existen! ¡Algún día todo esto será tuyo!" dijo su padre sin reservas.

"¡Sólo tengo once!" protestó Carmen.

Esto se había convertido en algo normal desde que había cumplido diez, para desgracia de su paladar. Cada día aprendía a cómo diferenciar y analizar la calidad de un buen vino. Aunque lo odiaba al principio, empezó a agarrarle el gusto con el tiempo. Sin embargo, su padre nunca la dejaba tomar más de un sorbo hasta que cumplió los dieciséis. Después, una vez se había acabado la tortura del vino, Carmen iba a hablar con su madre donde siempre estaba, encima de un altar blanco en el salón de la mansión, o, en otras palabras, con su retrato.

"Hola mamá ¿cómo estás hoy?" dijo Carmen con ambas manos juntas, mirándola fijamente a los ojos. "Si... si me pudieras decir quién es quien me mira todo el tiempo... tal vez dormiría mejor por las noches... Ya sabes, papá no es exactamente mi modelo a seguir, pero siempre es bueno y me cuida mucho. Supongo que no sabe de qué estoy hablando porque siempre dice que algún día lo entenderé... que el peso de ser una de La Cruz está en relación a la negrura del mármol. Ya sabes... sólo desearía poder conocerte algún día..." Al estar completamente concentrada con esa tarea, saltó y se detuvo al oír a Margarita, una de sus sirvientas, llamándola. "Señorita Carmen, su amiga Eliana acaba de llegar y la está esperando en el salón principal."

Eliana había llegado tarde, como siempre, algo que nunca cambiaba incluso cuando estudiaba en la universidad y había acordado ver a Carmen a una hora específica. Una vez llegaba, normalmente diría la misma historia: el cómo había tenido que copiar las notas de sus compañeros de clase ya que no las había visto en la pizarra debido a su tardanza innata. Cada vez que venía, Carmen iba corriendo a verla sabiendo que usualmente traería sus muñecas favoritas, entre otros juguetes. Sin embargo, esta no era la razón principal por la que se apresuraba en ver a su amiga ya que nunca sabía el porqué las compraba, en primer lugar. Rara vez tocaban dichas muñecas. Carmen simplemente veía sus visitas como un descanso de su confinamiento, pero no estaba segura. En vez de eso, pasaban la mayor parte del tiempo jugando juegos como las escondidas, y ánimos para que Carmen jugara cosas más físicamente activas no faltaban, especialmente desde que su padre comenzó a participar en sus juegos cuando podía. De estos juegos al aire libre, su favorito era "el cuenta uvas" que consistía en cosechar tantas uvas como pudieran. Eliana casi siempre ganaba, lo que no era siempre bien recibido por Carmen. No obstante, esto la fascinaba ya que no podía entender por qué perdía, ni se podía enojar con su amiga probablemente debido al enorme optimismo de la misma que era muy contagioso, haciendo que Carmen se sintiese como una ganadora a pesar de perder. Esto nunca cambió, ni siquiera cuando Juan Fernando nació…

"Perdona tía…" dijo Eliana, jadeando y cubierta en sudor. Sin duda alguna, había sido un día caliente en Friornia. "¡Te juro que pensaba que el bautizo de Juan era al mediodía! ¡Te lo juro!"

Carmen sonrió en respuesta con su hijo en sus brazos. "No te preocupes, ya te conozco…"

"Como sea…" dijo Eliana, respirando hondamente. "¡Te traje esto!"

Eliana entonces procedió a darle un aro de hierro, lo suficientemente amplio como para que Carmen metiera ambas manos en él. Carmen la miró sorprendida al no entender que sucedía. "¿Gracias?"

"¡Vamos chica! ¡No me mires así! ¡Esto representa la futura relación que tendrás con tu hijo!" dijo Eliana entusiasmada. "¡Créeme!"

Carmen nunca entendió realmente por qué Eliana le había dado ese aro de hierro, pero lo guardó en la habitación de Juan Fernando. Siempre había asumido que lo había comprado camino al bautizo de forma improvisada como regalo. De todas formas, ahí estaba ese regalo, mirándola de vuelta encima de la tumba de Juan Fernando. Reflejaba algo de luz gracias, nuevamente, a los rayos ocasionales. Pero ¿quién lo había puesto allí?

Asumió que había sido, posiblemente, Eliana cuando visitó la tumba mientras que Carmen estaba por ser juzgada. Carmen nunca lo sabría, pero sonrió ligeramente ante la escena. Entonces, agarrando firmemente las cabezas de las cruces de mármol negro, las empujó. Extraordinariamente, ambas cruces cayeron fácilmente al suelo, aunque habían sido parte de la estructura de las tumbas de sus padres habiendo sido cinceladas como parte del ataúd. Ambas cruces cayeron contra el prístino piso de cerámica, provocándole grietas a este, pero sin sufrir daño alguno. Carmen se hubiera divertido con todo esto si su cerebro hubiera tenido la energía para ello. El mármol no era el material más fuerte, después de todo. Con ambas cruces ya estables, y con sus bases a simple vista, fue a la tumba de su hijo.

"Eliana… mi mejor amiga… mi hijo… el que más amé… por favor vengan conmigo para vengar sus muertes… préstenme su fuerza para esta batalla final… los necesito…" continuó Carmen mientras cogía el aro de hierro con ambas manos. Luego, usando poca fuerza, lo partió a la mitad. Se volteó y las puso cada mitad en las bases de las cruces negras. "Muchas gracias… los amo con todo mi corazón…" Una vez en posición, empujó ambas mitades del aro en el mármol. Sorprendentemente, no le tomó ningún esfuerzo enterrar estas 'asas' y penetrar la roca con ellas. El mármol se sentía como mantequilla en lo que el acero se abría camino dentro de las cruces.

"*A partir de ahora, habitaré dentro de estos objetos cuando los toques. Serán parte de tú. A partir de ahora, todo tu dolor y arrepentimiento irán allí. Buena suerte, Carmen de la Cruz,"* dijo el silfo una vez desde dentro de su pecho. Tristeza entonces procedió a entrar en las cruces a través de las manos de Carmen en lo que ella levantaba sus nuevas compañeras. A pesar de que pesaban cerca de cincuenta kilogramos cada una, las sentía tan ligeras como plumas. Al mismo tiempo, podía sentir cómo su tristeza y arrepentimiento escapaban por sus manos. Con dichos sentimientos fuera de su cuerpo, la expresión en su rostro cambió para siempre.

Una pequeña sonrisa apareció en su cara...

"Soy la risa final... la tristeza eterna... soy... la Cruz Negra."

V

LA CRUZ NEGRA nunca antes había experimentado nada similar.

Su cuerpo había demorado mucho en recuperarse, eso era demasiado fuera de lo usual. No pudo dejar de temblar por unos quince minutos en lo que el auto del Biólogo se perdía en la distancia. Mientras sus espasmos seguían, trató de recordar si había sentido algo similar en el pasado, pero no podía. Su memoria se nublaba fácilmente cuando se trataba de sentir dolor ya que había dejar de importarle el sentirlo desde hace mucho. No podía recordar cuándo había comenzado a disfrutarlo tampoco...

Al estirar su cuerpo, tratando de deshacerse de esa sensación, la fría brisa de la noche le recordó que había alguien observando todos sus movimientos. No era aquel que se hacía llamar la Criatura, de eso estaba segura, ya que el olor que despedía no era el mismo. No es que saber quién era importara en algo dado que se mostraría tarde o temprano, algo que la experiencia le decía iba a suceder seguramente, por lo que decidió simplemente ignorarlo.

Kelvin estaba muerto, pero ¿por qué había fallado en matarlo? Obviamente, alguien se le había adelantado. ¿Por qué lo matarían? Podría haber fallado su misión con el Bloque, pero eso no necesariamente lo hacía merecedor de la pena capital, o al menos de eso estaba segura. ¿Siquiera era parte de ellos? Nunca se le había pasado por la cabeza que no lo fuera. Tampoco era como si su mente hubiera funcionado de maravilla durante los seis meses pasados. De cualquier forma, esto merecía una investigación más exhaustiva.

Por lo tanto, siguió preguntándose sobre la razón por el asesinato de Kelvin y, en el proceso, cambió de opinión, por lo que detuvo el auto y caminó de vuelta a la casa de Kelvin para, posiblemente, encontrar más pistas de todo ese desastre. En el camino se topó con uno de los agentes muertos en el suelo. Era ese último hombre al que le había perdonado la vida, ahora mirando hacia la nada con una herida visible en la frente. Tales heridas eran difíciles de olvidar.

Levantó la muñeca del cadáver y miró el reloj que tenía puesto. Para ese momento, sabía que no eran relojes ordinarios ya que Nico le había dicho una vez cómo el Bloque mantenía un ojo sobre sus agentes. Sólo podía recordar la mitad de sus explicaciones inventadas. Sin duda, él era otro hombre al que le hubiera gustado haberle prestado más atención en el pasado. El reloj en cuestión hacía más que dar la hora ya que mostraba el pulso y la ubicación GPS del sujeto. Al mismo tiempo, estaba profundamente incrustado en la piel del agente, casi soldado a su hueso. No hacía mucho había intentado sacar uno de estos de la muñeca de un agente, pero sólo terminó sacando el hueso entero del cadáver, riéndose ante la sorpresa que le había dado. Simplemente quería estudiarlo con la esperanza de encontrar más pistas sobre *su* paradero, o sobre la situación actual de Nico. Más que nada, quería ver qué tan cerca estaban *ellos* de él. Realmente no necesitaba información de un agente aleatorio.

En cuanto al Inmigrante, en realidad no lo había visto en mucho tiempo ya que no estaba segura de cuánto tiempo había pasado desde *ese* día en la cueva. Al menos sabía que estaba vivo y que, con suerte, también iba bien. Eso era suficiente para ella, al menos en ese momento. A pesar de que quería verlo de nuevo, no podía hacerlo debido a varias... razones. Más que nada cuando la misma pregunta aparecía en su mente: ¿Podría Nico perdonarla?

Luego, la misma respuesta aparecía: probablemente no.

Dado que era inútil hacerse más preguntas al respecto, sus pensamientos frecuentemente vagaban hacia un análisis de lo que le había dado siempre la victoria en sus encuentros con el Bloque y contra otros enemigos: su factor de impredecibilidad. Sin embargo, a pesar de que sus enemigos siempre habían sido tomados por sorpresa por sus acciones, estos sabían, mejor que nadie, que eventualmente iría a reencontrarse con el Inmigrante. Sólo era cuestión de tiempo. Sin embargo, hasta que sucediera, la forma en que su cerebro funcionaba la había ayudado a conseguir la victoria ya que *ellos* tendían a ser muy metódicos y se pegaban al plan que habían creado. Para este punto, ella también había aprendido a predecir *sus* decisiones. Por lo mismo, sus encuentros normalmente terminaban igual: con su victoria. Recordaba cómo una vez la habían acorralado en un callejón sin salida en la ciudad de San Justiniano, al norte de Friornia. Esperaban que ella haga lo evidente: masacrar a los agentes frente a ella y salir corriendo por donde había entrado, terminando de vuelta en la calle. Si hubiera hecho eso, la habrían capturado final y fácilmente. Al mismo tiempo, *su* política con respecto a *sus* agentes era la misma: la de no importarles su destino, probablemente por estas mismas razones mostradas no hace mucho. Sin duda alguna, estaban listos para su salida, esperando y esperando…

Ella nunca salió.

Para cuando *ellos* decidieron revisar qué había sucedido, descubrieron que ella había, efectivamente, matado a todos los agentes que habían entrado y que había hecho un agujero en la pared con sus cruces para escapar. Y, en un abrir y cerrar de ojos, se había ido a través del edificio alto que había bloqueado su acceso inicialmente. Gracias a las cámaras de la ciudad, *ellos* descubrieron que ella había escapado metiéndose en un camión cuyo conductor nunca se dio cuenta de su presencia. Cuando algo parecía imposible de lograr, ella recordaba que ella misma era una un concepto en existencia imposible de por sí, funcionaba de maravilla. Sólo deseaba poder hablar correctamente para variar…

Mientras tomaba bocanadas de aire fresco, relajó sus hombros y comenzó a sacudir sus extremidades. El viento que golpeaba su rostro, viniendo del camino en la que estaba por ir le indicaba que no había enemigos acercándose, al menos no desde esa dirección. Sin embargo, sabía que estaría rodeada por un enjambre adicional de agentes si les daba el tiempo necesario. Ya que arriesgarse a otra pelea con *ellos*, especialmente si tenían las mismas armas que acababan de usar contra ella hace poco, la pondrían en una situación delicada, terminó sus 'apuntes' rápidamente e inició su camino de vuelta al vehículo que había elegido. Acto seguid, salió del lugar a toda velocidad.

Ya de vuelta en el auto, notó que el vehículo le pertenecía a uno de los oficiales de alto rango, probablemente de los que no entraban en una pelea inmediatamente porque tenían que dar órdenes y todas esas cosas importantes. Normalmente los mataría al último ya que los cobardes merecían sentir todo el horror que ella fuese capaz de producirles en el corazón. Aunque, a veces, podría llegar a respetar a aquellos que entraban a la batalla junto a sus hombres. Todos morían, de todos modos, pero Carmen tenía la gentileza de recordar sus rostros.

"Incluso antes de que la Muerte merodee... la calamidad prepara una bienvenida..." murmuró, admirando cómo el barrio de por sí se había convertido en el perfecto campo de batalla, ya vacío de sus residentes y lleno de destrucción y llamas. Parecía como si de verdad pensaban que podían detenerla de una vez por todas. A veces, ella deseaba que sí pudiesen...

Tal como había hecho anteriormente, puso sus letales armas en el asiento del copiloto y encendió el motor. Ver el timón siempre le hacía recordar la primera vez que había manejado. Dado que no quería llamar la atención, sólo usó los controles de siempre. Cualquier otro botón, o computadora, en el auto que no conocía no se tocaba. Su actitud, aunque sabia desde su punto de vista, a veces traicionaba su intención de mantenerse escondida ya que las luces del patrullero, rojas y azules, casi siempre estaban prendidas cuando manejaba estos vehículos. Aunque no sonaban las sirenas, era un espectáculo de luces que atraía más atención que un árbol de natividad en medio del verano, y esto no difería mucho.

"La Muerte habrá de perseguir su esencia exclusivamente…"

Encontraría al asesino de Kelvin junto a todas las respuestas que necesitaba tarde o temprano ya que, dicho asesino, no podía haber llegado muy lejos. Por lo mismo, la Cruz Negra aceleró hacia el este. *Sé exactamente dónde te escondes…* pensó, *sólo sigue pensando que te encuentras a salvo… y te llevarás una hermosa sorpresa.* Yendo por la autopista, sentía algo de confort con la fría brisa de la noche que bañaba su rostro por la ventana que estaba abierta, o destruida para ser precisos. Se sentía más refrescante y fría de lo usual. Ella deseaba ser igual de fría o más. Este simple hecho le recordaba muy bien cuán frías debían ser sus acciones cuando matara a Kelvin, o cuando matara a ese niño en ese cuarto. Su contrato con Tristeza tenía que haberle hecho perder esa estúpida debilidad, por lo que no debía haber hesitado tanto con lo que tenía en riesgo. No debería haber sentido pena alguna en matar al maldito mocoso, ningún remordimiento, pero, aun así, no pudo hacerlo. Trató, con toda su fuerza, de golpear al mocoso junto con 'Kelvin', pero su cuerpo no la obedecía. Se odiaba a sí misma por haberse quedado como una estatua justo en ese momento. Si al menos esa no fuera la peor parte…

Ahora *ellos* sabían que tenía una debilidad, y cualquier debilidad que pudieran explotar eran malas noticias. Si al menos pudiese saber el porqué no pudo matarlo. Era la primera vez que quería hablar con Tristeza de nuevo y preguntarle cuál era el problema. ¿Era su culpa? Era por este tipo de situaciones que se alegraba de no poder sentir ningún arrepentimiento. Cualquier remordimiento no hubiera sido más que una pérdida de tiempo en ese punto. ¿No se suponía que era un monstruo en todo sentido de la palabra? Parecía que tendría que encontrar la respuesta a esa pregunta por sí misma ya que el silfo le había dejado de hablar desde aquella fatídica noche. Había intentado comunicarse con él varias veces, fuese golpeando sus cruces contra su oreja, sólo lo suficientemente fuerte como para no decapitarse, o golpeteando o sobando sus dedos contra la superficie de las mismas, en caso funcionase como un genio de la lámpara. Ante la falta de respuesta, también las limpiaba con agua y jabón, quitándole algunas manchas de sangre en el proceso, pero sin éxito. Frecuentemente les hablaba, pensando en sus padres, pero eso tampoco hacía que se presentase el silfo. Su prolongada ausencia la hizo preguntarse si esa era la naturaleza de todos los silfos, o sólo la de Tristeza. Tal vez esa era la razón por la cual nadie sabía de ellos.

De cualquier forma, ya que buscar una respuesta de Tristeza era un callejón sin salida, había otra pregunta en su mente que quizás podía ser respondida. ¿Había alguna otra persona que ella no pudiese lastimar? Nico venía a su mente inmediatamente. Aunque no era la primera vez que se preguntaba ese dilema, esta era la primera vez que *verdaderamente* se preguntaba ese dilema. No era difícil imaginar un millón de situaciones diferentes en su mente hiriendo, o matando, al Inmigrante mientras reflexionaba cómo serían sus reacciones en estos escenarios. Sin embargo, poco importaba porque el resultado siempre era el mismo en su cabeza: se dio cuenta de que si el mizelas fuese a atacarla, o a traicionarla, ella no le respondería. Sabía perfectamente bien que preferiría morir antes de atacar a Nico.

Sólo podía asumir que no había perdido la noción del amor. Sus sentimientos por él eran uno de los motores que hacían que su vida siguiera teniendo algún sentido, aparte de la venganza. Su vida hubiera estado condenada de no ser por Nico. Además, él no merecía lo que le había pasado a él y a su familia, al menos de eso estaba segura. Incluso si siempre había asumido toda la responsabilidad por sus errores, incluyendo acciones ilegales, el joven nunca había declarado que merecía tal castigo y no se equivocaba. Sin embargo, rara vez se había quejado, o ni lo había mencionado. Quizás era por esa razón por la que estaba casi siempre de buen humor. Tal vez se había conformado a su horrible realidad por su propio bien, a diferencia de ella. Era esta misma maldición autoinfligida suya que le había enseñado a ella cómo sonreír de nuevo. Una deuda que sentía nunca podría pagarle de verdad, si es que realmente quería pagársela. Sin importar cuantas veces podría salvar la vida del mizelas, como la Cruz Negra, no importaría ya que esta era una deuda que ella quería seguir teniendo con él. ¿Por qué? No lo sabía con certeza.

Al ver las estrellas, con la patrulla yendo a ochenta kilómetros por hora, se dio cuenta de algo. Para ese momento, sabía que matar al Inmigrante, fuese por accidente o no, no le causaría remordimiento ni culpa alguna. No obstante, como el amor no había dejado su corazón, Nico seguía siendo una estrella para ella, congelada en el tiempo a sus ojos al estar rodeada del oscuro cielo y, al mismo tiempo, ella sería indiferente si fuese a desaparecer en aquella vasta oscuridad a la noche siguiente. Frecuentemente se preguntaba si tal vez la razón por la que quería seguir teniendo esa deuda era debido a que la perdición del mizelas, realísticamente, sólo era cuestión de tiempo. A lo mejor quería seguir teniendo esta deuda para mantenerlo con vida en su mundo interior mientras que, al mismo tiempo, negaba el futuro condenado de Nico, o simplemente lo hacía para mantener su propósito también con vida. También había la posibilidad de que no lo atacaría porque, en su corazón, no sería justo para con la deuda que tenía con él. El hecho de que él había hecho tanto por ella le impedía pagarle así, por suerte. Al recordar cómo había perdonado la vida de O'Connell y la de su compañero, así como de aquellos agentes del Bloque en ese momento, se dio cuenta de lo obvio una vez más… Había estado frente a sus narices todo el tiempo.

Se sintió muy estúpida por un momento en lo que el motor rugía por la pista. Incluso si esos hombres la habían atacado, ella sabía que no representaban una amenaza y que ni tratarían de meterse en su camino. Quizás, parecido a lo que sentía por el Inmigrante, esto también era debido a su sentido de justicia. Probablemente el hijo de Kelvin tenía la misma 'propiedad', o quizás la razón por la que no pudo matarlo era por su perspectiva sobre los niños. Incluso antes del nacimiento de Juan Fernando, a sus ojos, cada niño en existencia era completamente inocente del pútrido mundo que habitaba, por lo tanto, los niños no representaban una amenaza ni merecían ser asesinados.

También estaba la posibilidad de que, tal vez, sólo tal vez, las memorias de su hijo muerto eran lo que le impedía matar niños, en general. Quizás los niños eran los únicos que podían invalidar su contrato con Tristeza sobre sus sentimientos de culpa. No estaba segura y, de momento, no había forma de saberlo con certeza. Al seguir desenvolviendo sus pensamientos, sus ojos comenzaron a cerrarse…

No había dormido en siglos…

Al abrir los ojos, Nico aparecía dentro de la mansión de La Cruz, rodeado de agentes, amarrado y arrodillado, amordazado y mirándola fijamente con ojos brillosos.

"¡Preparen!" ordenó uno de los hombres en lo que los demás preparaban sus armas, o rifles de asalto para ser precisos, revisando si estas estaban cargadas. Todos ellos rodeaban al joven como los pétalos de un girasol.

"¡No los dejaré! ¡Pequeño!" gritó Carmen mientras comenzaba a magullar a los agentes con sus compañeras en lo que *ellos* no parecían notarla, aún concentrados en la preparación de sus armas. Todos *ellos* se movían más y más lejos de ella en lo que el mismo hombre seguía dando órdenes. "¡Apunten!"

"¡Malditos! ¡Deténganse!" amenazó Carmen en lo que continuaba matándolos en masa. Con *ellos* muriendo de diferentes maneras y la Cruz Negra aún masacrándolos en su camino, los hombres cerca a Nico le apuntaron a la cabeza.

"¡No! ¡No! ¡No!" rugió la Cruz Negra en lo que Nico seguía alejándose junto a sus captores, adentrándose más en la mansión. Carmen ahora estaba bañada en sangre en lo que más agentes continuaban tirándosele encima como hormigas, impidiéndole acercarse.

"¡Fuego!"

"¡¡¡¡Noooooo!!!!"

La cabeza de Nico explotó en mil pedazos por el disparo de todas las armas al unísono. Carmen sólo podía verlo sorprendida mientras que los mismos hombres seguían disparándole al jovenzuelo hasta quedarse sin balas. La Cruz Negra *les* sonrió con locura en lo que su furia visible quemaba la poca confianza que *ellos* aún tenían.

"La Muerte es una recompensa muy dulce para basura como ustedes..." dijo ella mientras cargaba hacia *ellos*, envuelta en sed de sangre...

Entonces, abrió los ojos de nuevo, justo a tiempo antes de chocarse con un árbol. Al voltear a la derecha, logró evadir el choque, sobre todo por el bien del auto. Dicha acción provocó que el vehículo se gire sobre sí en el pavimento hasta que eventualmente se detuvo en medio de agudos chirridos provocados por neumáticos y su fricción contra el asfalto. Carmen salió del vehículo para revisarlo y buscar daños. Para su suerte, no había nada de gravedad aparte del desgaste de los neumáticos reflejado en las marcas oscuras que habían dejado sobre la pista. Aliviada, regresó hacia el auto; sin embargo, mientras abría la puerta para resumir su viaje, se detuvo de golpe. La misma presencia que había estado vigilándola donde Kelvin estaba allí, y a diferencia de la última vez, se le estaba acercando. Ya que el viento enviaba su aroma hacia ella, miró hacia la dirección de dónde venía. Efectivamente, no les tomó mucho tiempo a sus ojos ver que algo se movía entre los árboles. Dos cosas que parecían fuegos fatuos dentro del bosque a su izquierda aparecieron de la nada. Su perseguidor se estaba dejando ver a propósito, claramente era una invitación. Ahora Carmen podía entender a Nico y cómo había tenido razón todo el tiempo cuando fueron al departamento de Gupta: ella sabía, sólo con el olor, que este acechador era un hombre. Encima, a pesar de que la oscuridad de la noche la rodeaba, casi sin luz de luna, podía ver la figura de un hombre entre las sombras. Este se detuvo a un lado de la carretera sin abandonar la seguridad del bosque, vigilándola, esperándola. No era un viajero fortuito, eso era seguro. Estaba allí por ella y, incluso a la distancia, ella podía ver que no era un humano ordinario con el mismo método. Su aroma era... curioso...

Ella había olido algo similar en el pasado, aunque no podía recordar dónde exactamente. Sin embargo, tras unos segundos de forzarse a recordar, se acordó. Cuando combatió a la Criatura, el olor de este se hizo más fuerte cuando crujió sus huesos y lo destripó. Era diferente al de un hombre normal, teniendo en cuenta los innumerables agentes que ella había masacrado. Incluso en ese caso el olor de la Criatura no se comparaba con el del Biólogo y, a su vez, el olor del Biólogo no era nada fuera de lo ordinario comparado con el de este sujeto en particular. Se trataba claramente de un supernatural. Esto de por sí explicaba fácilmente cómo la había alcanzado cuando ella había usado un auto. Una velocidad de ese calibre no era algo normal.

Lo que sea que quiera tendrá que esperar, pensó ella mientras continuaba su camino hacia el auto, con las cruces en mano y lista para atacar. Había aprendido de los errores del pasado que, incluso si su oponente no emitía ninguna intención de matar o de intimidación subliminal, no debía bajar la guardia. Lo miró a los ojos en lo que su paso se mantenía igual. Los ojos del sujeto eran penetrantes y describían una vida de dolor y decepción. Al ver a la Cruz Negra hacer su movida, este respondió saltando fuera de los árboles y aterrizando en medio de la pista, cayendo a sólo unos metros de ella. Al mostrar una parte de su poder, Carmen había entendido el mensaje subliminal. Sin duda alguna, su farol funcionó de maravilla ya que ella sabía que no podía arriesgarse a que este sujeto destruyera su único medio de transporte y su única forma de atrapar al asesino de Kelvin a tiempo. Por lo tanto, la Temible se detuvo donde estaba y ambos se pusieron en guardia.

"Bonita noche tenemos hoy ¿eh *laska*?" dijo con un fuerte acento unskeviano. La expresión de su rostro no mostraba amabilidad alguna, ni ira de ningún tipo: una cara neutral, como lo llamaba la Temible. También mostraba una enorme cicatriz a través de la cara junto a un poderoso cuerpo musculoso.

"¿Acaso la Guerra busca la Paz?" respondió con frialdad la Cruz Negra, "¿o es el sinsajo el que busca el cielo?"

"Oh no, no. Este *stary druhu* sólo quiere platicar contigo," respondió el sujeto, quieto como un roble, con sus manos en su delante y con su cabello rubio brillando con la luz de la luna. "Si tienes algo de tiempo, *laska*..."

La Cruz Negra bajó sus manos, que habían estado tensas hasta ese momento, pero sólo lo suficiente para no ser tomada por sorpresa. Acto seguido, echó un vistazo a sus propias manos rápidamente, revisando cómo los moretones y heridas causadas por el aro de hierro oxidado se curaban en cuestión de segundos. Siempre le salían cada vez que cogía a sus compañeras, constantemente recordándole el camino que había elegido. Siempre disfrutaba al verlos desaparecer.

"La Muerte no ve implicación en tus palabras," dijo ella como si caminara sobre nubes. "La leña no va bien con la lluvia..." Habiendo dicho eso, se dio la vuelta y continuó su camino de regreso hacia la patrulla. Ella sabía que si él fuese a atacar, ya lo habría hecho. Él sabía perfectamente lo que ella era capaz de hacer, si es que era un observador ávido, claro. Aparte de eso, con la posibilidad de que él sólo fuese una carnada para que agentes del Bloque vinieran a ayudarlo se incrementaba exponencialmente, ella sabía que no podía quedarse más tiempo del necesario.

"Podría decir que tengo información que te podría interesar," dijo él, confiado. "¿Y si te dijera que hay una cierta persona que aún sigue viva, eh *laska*?"

Carmen se detuvo a mitad del camino y lo miró por encima del hombro.

"Ya que pareces interesada en el tema, permíteme presentarme..."

351

VI

"JASON…" Carmen susurró para sí misma en lo que logró llegar a la entrada de la mansión con pasos tambaleantes. Por lo mismo, ya que sus pies presentaban un problema de mala coordinación, al igual que su cuerpo entero, usó a sus más recientes compañeras, que no pesaban nada, como muletas improvisadas poniéndolas en el suelo antes de dar un paso, a veces tropezándose con estas también en el proceso. Debido a sus constantes caídas, que comenzaban a hacer efecto en su cuerpo, se pegó a las paredes externas y siguió su superficie hacia su objetivo.

"¿Por qué… tenía que ser… tan… difícil…?" balbuceó en lo que vida se escapaba de su ser con cada paso que daba. Tenía que apurarse y aprovechar todo lo que pudiese antes de que lo inevitable sucediese ya que, hasta donde sabía, no tenía idea de cuánto tiempo de vida le quedaba exactamente. La presión que hacía la muerte esperándola justo a la vuelta de la esquina era pesada, más aun con su cuerpo haciéndose más pesado con cada respiro que daba mientras sus pulmones le dolían más y más con cada suspiro.

"Jason… Jason… Jason…" Carmen repetía sin parar con una voz casi inaudible, una y otra vez, mientras se acercaba a las puertas que había conocido por tanto tiempo. Afortunadamente para ella, habían dejado las puertas abiertas. De haberlas tenido que abrir ella, posiblemente hubiera sido demasiado débil como para empujarlas, sobre todo teniendo en cuenta que usar sus armas para destruirlas no se le pasaba por la cabeza. Pensar con un hueco en el cerebro no lo hacía más sencillo. "Tristeza nunca… mencionó que consumiría… ese tipo de dolor," murmuró mientras seguía su camino, sintiendo cómo el dolor físico había comenzado una lenta, pero efectiva, invasión de su cuerpo.

"Jason… Jason…" seguía susurrando mientras caminaba dentro del salón de la mansión sin darse cuenta, ni importarle, dónde estaba en ese momento. Su corazón era lo que la guiaba hacia su objetivo. Sus ojos, apenas funcionando en la oscuridad de la mansión, no eran su principal fuente de dirección ya que confiaba en el mapa de la casa grabado en su cerebro, o en lo que quedaba de este. Al voltear a la izquierda, y luego a la derecha, ahí estaba: "el Gran Salón." Ni bien entró en él, sus pies tocaron un charco frío en el piso sin pensar que era su propia sangre. Parecía que su querido esposo no había limpiado aún. Para su suerte, estaba lo suficientemente seco como para no resbalarse. Por lo mismo, siguió su camino y, eventualmente, sintió la sensación cálida de una fogata.

Sin duda alguna, allí estaba: Jason, fumando con su confiable pipa marrón. Era evidente que era él al ver la pequeña torre de humo saliendo de su sofá de cuero rojo, estando de espaldas a Carmen. Podía sentir lo relajado y cómodo que estaba su esposo. Quizás era porque las puertas principales seguían abiertas, algo que él nunca había hecho antes. Un dicho decía que felicidad en exceso te hacía descuidado y Jason no parecía ser la excepción. Él quería disfrutar de su nueva libertad todo lo que podía. Claro, se había librado de sus actos y de ella… Una libertad que ella estaba determinada a acabar.

Carmen se quedó parada allí por un segundo tratando de recuperar el aliento, embelesada por la torre de humo. *Se me acaba el tiempo*, pensó al iniciar su aproximamiento a su marido. Al estar descalza, ya que los agentes le habían quitado los zapatos al enterrarla, sus pasos casi no se escuchaban. Además, Jason estaba demasiado feliz como para notarla, lleno de confianza. Carmen podía ver, literalmente, el corazón feliz de Jason, como si latiera dentro de su cuerpo. No recordaba que Tristeza le hubiera dado esa habilidad, aun así, lo que sea que fuese, era sorprendentemente placentera. Si sus suposiciones eran correctas, parecía que ahora podía sentir lo que cualquier otro corazón humano sentía, pero, aun más importante, también la ubicación de dicho ser humano. Al llegar a esta realización, la presión de su inminente muerte acosaba su mente sin cesar. Para escapar de dicho acoso, se atrevió a decir su nombre en voz alta una vez estuvo a unos metros de él.

"¡JASON!"

Jason saltó de su sillón y volteó tan rápido como pudo. No podía creer lo que veía. Estaba mudo y paralizado por lo desconocido. La expresión en su rostro lo decía todo, aunque completa incredulidad quedaba mejor como descripción. Abrió la boca, pero no salía ningún sonido, aunque parecía deletrear "imposible" una y otra vez en silencio.

Al quedarse en estado de shock, Carmen continuó su camino hacia él lo más rápido que podía, lo que no era mucho, arrastrando los pies con su mirada clavada en él, vigilando lo que podía hacer. Ella sabía que, a pesar de la oscuridad de la mansión ayudándola a esconder sus nuevas compañeras, estando ligeramente Iluminada por la fogata cerca de Jason, su esposo eventualmente las descubriría y saldría corriendo. Ese era un resultado para el que Carmen no estaba preparada.

"Lo… lo… mataste… tú lo mataste…" continuó Carmen con creciente ira en su voz. "Sólo… lo hiciste… lo… hiciste…"

Lentamente, Jason comenzó a recuperar el control de su cuerpo mientras retrocedía, alejándose de Carmen. Casi se tropieza con el sofá del que acababa de pararse en lo que trataba de ordenar sus pensamientos. ¿Qué era lo que estaba viendo? Era imposible. El sonido de esa voz… no podía ser…

"¡¿Quién mierda eres?! ¡¿Acaso esto es una broma enferma?! ¡No te está saliendo bien!" finalmente gritó con una subida de rabia, con su cuerpo tenso por el miedo.

"Parece… que…" dijo Carmen, acercándose a la luz, "te has olvidado… de mí… amor mío…"

Jason observó horrorizado al ser delante suyo, sobre todo el agujero en su cabeza junto a la sangre seca en su cabello. Su piel era más pálida que el mármol blanco y sus ojos negros estaban vacíos de cualquier voluntad de querer vivir. En ninguna de las experiencias por las que había pasado como doctor había presenciado nada parecido, ni había pensado que llegaría a ser posible. Los pasos tambaleantes y el horrible aspecto de la mujer lo hicieron titiritar en lo que sudor frío caía por su rostro. ¿Qué estaba pasando? ¿Qué debería hacer? Cualquier opción que tenía en mente se reemplazaba rápidamente por su incapacidad de entender la situación en la que estaba. Todo esto era imposible... como si lo acabaran de tirar dentro de una película de terror...

Espera... peli de terror... ¡eso es! pensó Jason. En lo que su esposa caminaba lentamente hacia él como un cadáver viviente, un punto de claridad iluminó su mente. Había visto algo así en el pasado. Cuando estudiaba cadáveres, los cuales venían en su mayoría de la morgue, fue que desarrolló un enorme interés por heridas de bala y sus efectos en el cuerpo humano. Por lo mismo, era evidente que esta mujer no tenía mucho tiempo más de vida ya que su locomoción no funcionaba como debía y su daño cerebral era masivo. Basado en ese diagnóstico, era obvio que era inofensiva. Además, era obvio, también, que este cadáver viviente no podía ser Carmen.

"Oh bueno... puede ser que me haya olvidado sólo un poquito y-" dijo él, aliviado y a punto de sonreír cuando su mirada se topó con algo: ella cargaba dos cruces de mármol negro gigantes y que parecían extremadamente pesadas. Las había visto antes en algún lugar, pero no se acordaba dónde. Pero ¿cómo hacía para levantarlas? ¿Acaso esto era obra del Bloque y de sus trillados experimentos de los que tanto había oído? O tal vez... ¿estaban probando su determinación con uno de esos experimentos? ¡Eso era! ¡Tenía que serlo! ¡Habían hecho un clon parecido a Carmen y querían estudiar su reacción! ¡Eso lo explicaba todo! ¡Incluso cómo una mujer tan delgada como Carmen era capaz de levantar esas malditas cosas en su estado! ¡Esos zorros bastardos se la habían hecho bien!

Sin tardar mucho más, Jason aclaró su garganta y, aunque hesitaba al principio, continuó. "¡H-hola!" dijo alegremente, saludándola energéticamente con su mano derecha.

Si están haciendo todo esto sólo para probarme, significa que me toman en serio, pensó, *¡si paso esta prueba, seré parte de la familia de seguro! ¡Nunca los decepcionaré! ¡Les daré mi mejor actuación!*

"No sé en qué estás pensando, querida," continuó Jason confiadamente en lo que ponía sus manos en su cadera, mirándola directamente a los ojos mientras Carmen continuaba su crecientemente lento caminar. Su voz y cara mostraban una burla subliminal. Su cuerpo estaba recto ahora y sus piernas sólidas como una roca, manteniendo su terreno. Levantó la cara un poco, sólo lo suficiente, para mirar a Carmen con merecida superioridad. Entonces, le dio la espalda a su esposa y caminó casualmente hacia su escritorio, al final del gran salón cerca a la fogata, sin ninguna preocupación. *Es hora de demostrar que tan serio es mi compromiso para con mi nueva familia,* pensó, *es hora de ponerle un punto final al ataúd andante parado frente a mí.*

"Pero tengo que admitirlo... casi me agarraste por un segundo," siguió Jason mientras caminaba tranquilamente. "Puedes dejar de actuar ahora... sé exactamente lo que quieres... y qué eres."

Carmen seguía caminando, casi vacía de vida, sin detener su ritmo errático. Para Jason, ella parecía empalar sus propios pies con clavos afilados e invisibles en el piso.

"Como dije antes... antes de que, tú sabes... terminaras así, pudimos haber sido felices de nuevo. Es tu culpa que las cosas escalaran hasta este punto y tan rápido, pero... soy un hombre razonable. Podría perdonarte."

Jason se volteó a mirar a Carmen, pero no recibió respuesta alguna. Quizás la inteligencia artificial integrada en esa cosa no podía procesar algo tan avanzado, así que supuso que la actuación debía seguir hasta que todo llegara a la conclusión que esperaban de él. "Ahora, como muestra de mi indulgencia, déjame sacarte un nuevo regalo, mi amor. Un regalo que te llevaras por la eternidad esta vez."

"¿Quién dice... que estoy actuando... amor mío...?" dijo

Carmen en respuesta para sorpresa de Jason. "Esta vez... tú eres el que... tendrá un regalo..." agregó en lo que levantaba su cruz derecha a la altura de su cabeza. "Tu muerte..."

Jason miró sobre su hombro. La ira en la voz de Carmen era demasiado vívida para ser un simple acto. Fuese una muñeca o no, sentía que había gato encerrado. Sus reacciones eran muy realistas para ser imitadas. Aunque sabía de los grandes avances tecnológicos del Bloque, también sabía que no estaban en *ese* nivel aún, menos aun en el departamento de clonación y robótica. De otro modo, no necesitarían tantos 'manos mojadas' para esos estúpidos experimentos. Algo no andaba bien, pero no podía entender qué era. Ya que la posibilidad de que esta fuese una prueba del Bloque comenzaba a disminuir, su mente comenzó a lentamente darse cuenta de lo obvio. Sus intenciones de matar se sentían muy personales, irradiando de ella como los rayos del sol. Con sus nervios de punta, rápidamente examinó su apariencia una y otra vez, con miradas rápidas, hasta que notó un detalle que había ignorado completamente debido a la oscuridad que la bañaba. Ahora lo recordaba. Esas cruces... ¡definitivamente las había visto antes!

"Son... ¡son de la capilla...! entonces eres la verdadera..." concluyó Jason, nerviosamente, en lo que su cerebro lentamente hacía las conexiones. "La verdadera Carmen..."

¿Acaso Carmen se había convertido en uno de esos que el Bloque llamaba "supernatural"? Si así era ¿cómo? Cualquiera que perteneciese al Bloque sabía perfectamente bien que un supernatural no tenía que ser creado en un laboratorio, necesariamente. Sabía muy bien que su esposa no había pasado ningún procedimiento de ese tipo, así que esto no tenía sentido. Sus movimientos, aunque eran torpes y erráticos, agregados a la forma en la que hablaba, la delataba. *Tengo que terminar con esto rápido*, pensó. *Si fuera un experimento del Bloque para estudiar mis reacciones, sé que ya les di mi mejor actuación y una respuesta ideal a esta amenaza, no tengo nada que perder.*

Aunque no se había decidido, seguía mirando sobre su hombro, tratando de encontrar otra característica que refutara su más reciente conclusión. Ya que la sangre había invadido el, ahora rasgado, vestido blanco de la mujer en la zona de la ingle, Jason se dio cuenta de que estas sangraban sin ninguna herida. Sin duda alguna, no recordaba haberle disparado allí. ¿Fue por las repetidas patadas? ¿Acaso importaba? Jason se preguntaba muchas cosas mientras, inconscientemente, corría hacia su escritorio con todas sus fuerzas. Sin embargo, cuando su mano estaba por tocar la refinada madera de roble del mueble en cuestión, se cayó de cara. Trató de levantarse y continuar, pero no podía.

Fue entonces que lo sintió.

Sentía un dolor agudo en su pierna izquierda. Al echar un vistazo, abrió la boca horrorizado. Sus ojos casi se salen de sus órbitas al ver su pierna clavada y destrozada en el piso debajo de una de las cruces de Carmen. ¿Había tirado un objeto tan pesado a través del cuarto a *esa* velocidad?

Es imposible… ¡Está por morirse! ¡No debería tener la energía o la fuerza para hacer algo así! ¡¿Qué rayos estaba pasando?! pensó mientras trataba de ignorar el extenuante dolor. Acto seguido, puso sus manos sobre el desgraciado objeto y trató de jalarlo en vano. La única sensación que lograba incrementar era su miseria. Con el dolor volviéndose más difícil de ignorar, así como el sonido de los pasos de Carmen acercándosele, Jason jaló de la cruz con aun más desesperación sin resultados. Esa maldita cruz era demasiado pesada.

¡¿Por qué se me ocurrió despedirme de los agentes?! ¡¿Por qué me está pasando eso?! se lamentó. *¡¿Por qué se me ocurrió dejar mi maldito revólver en el escritorio?! ¡Maldita sea!*

Estaba claro que sin importar las veces que lo intentara, la cruz no se movería. Empujarla tampoco funcionaba. Aunque la cruz que lo había atrapado apretaba su piel, más que nada, ya que sus músculos y huesos habían sido pulverizados, no podía escapar. Era como una enorme trampa para osos rehusándose a liberar a su víctima.

En lo que los pasos de Carmen se acercaban, Jason simplemente retiró sus manos de la cruz. *Estoy acabado ¿no?* pensó. Estaba a merced de Carmen le gustara o no. Probablemente era por eso que ella caminaba hacia él como si el resto del mundo no existiese. Tal vez se había convertido en el centro del mundo para ella una vez más, aunque de otra manera. El recipiente de su enorme rabia, el contenedor de su dolor, el combustible de su venganza... cualquier equivalente funcionaba. Cualquiera que fuese el caso, sabía que no era la Carmen que había conocido y con quien se había casado. En lo que ella continuaba su camino, pisó a Derzú, que ya estaba partido a la mitad. Pero, por alguna razón, Jason no podía evitar sentirse identificado con el peluche. Sin embargo, aun así, su indiferencia hacia el osito, mientras que sus ojos seguían fijos en él, llevaron a Jason a pensar que a ella aún le importaba. Claro, le importaba el sufrimiento que estaba experimentando.

En cuanto a Carmen, ella se dio cuenta de que se había acostumbrado a su 'nuevo cuerpo' ya que se había hecho más fácil de controlar mientras más pasos daba y más ganas demostraba de querer acercársele. Sintiendo que se desmayaría en cualquier momento, mostrando espasmos que la hacían voltear la cabeza sin motivo aparente, Carmen mantuvo su avance uniforme. Jason no se iría a ninguna parte, después de todo.

"El juicio de los correctos siempre es hecho por monstruos..." dijo ella. "No soy nadie para juzgarte... no soy nada más que una sombra en este mundo... y como tal, he de concederte tu verdadero deseo... mi amor..."

Para el momento en que ella había mencionado esas palabras, estaba a un metro de él. Consecuentemente, levantó su cruz izquierda sobre su cabeza, mirando a Jason quien había levantado las manos, en vano, para tratar de protegerse del castigo que se le venía.

"¡Espera! ¡Espera! ¡Estaba equivocado! ¡Puedo cambiar! ¡Lo juro! ¡Puedo ver que el error de mis decisiones! ¡Veo cuán equivocado he estado! ¡Perdóname la vida, Carmen! ¡Por el amor que tuvimos el uno por el otro! ¡Por el pasado que tenemos en común! ¡Por la vida que alguna vez compartimos! ¡No dejes que la venganza te consuma! ¡Siempre te he amado! ¡Te compensaré por esto! ¡Te lo juro por lo que considero más sagrado!"

Ver a Jason rogar sonaba patético, pero Carmen se detuvo

de golpe. Se quedó quieta, escuchando sus palabras de súplica. Al ver que no atacaba, Jason lentamente abrió los ojos y se descubrió la cara. Aliviado, sonrió dulcemente a Carmen. "¡Sabía que eras razonable querida! ¡Tú no eres así! ¡Carmen de la Cruz siempre muestra piedad y comprensión a aquellos que la necesitan! ¡Así es cómo debería ser un héroe de la justicia! ¡Todos te verán con admiración en el futuro cuando sepan cómo perdonaste a un hombre como yo!" continuó Jason, ahora lleno de confianza a pesar del intenso dolor que sentía. "¡Estaremos juntos de nuevo! ¡Como siempre debió ser! ¡Como siempre estuvimos destinados!"

Jason la miró a los ojos lleno de esperanza. Sin embargo, los ojos de Carmen no mostraban tales emociones. No mostraba reacciones. No mostraban nada en lo que Jason pudiera poner sus esperanzas. En vez de eso, ella seguía mirando a Jason con una mirada vacía, tan fría, que lo hacía sentir escalofríos. ¿Había habido esperanza alguna para empezar? "Lo siento amor mío… lo siento tanto…" dijo Carmen con preocupación aparente tras una corta pausa. ¡Su plan había funcionado! ¡Se había salvado gracias a su intelecto superior! ¡Lo había logrado!

"Pero… te equivocas enormemente…"

La sonrisa de Jason se desvaneció de su rostro ni bien su esperanza y confianza, ambas minúsculas, se habían derretido como nieve en primavera. Por lo mismo, dándose cuenta de lo inevitable, volvió a tratar de sacar la cruz de su pierna y liberarse.

"¡Maldita sea! ¡Escúchame, Carmen! ¡No maté a nuestro hijo! ¡Te lo juro!" Jason seguía con sus súplicas, rehusándose a aceptar su destino. Todos sus esfuerzos, todo su dolor… ¿Acaso habían sido para nada? Nunca permitiría algo así. ¡Nunca!

"Tú me transformaste… en esto…"

Mientras Jason seguía haciendo intentos inútiles para salvarse, Carmen puso la cruz que le quedaba sobre su esposo. Ante tal vista, él alejó su tronco, tanto como podía. "¡No! ¡No! ¡Por favor!" rogó en lo que su esposa dejaba caer su arma letal sobre sus ingles, masacrando sus genitales y su coxis de un golpe. El sonido de sus huesos rompiéndose, así como del dolor subsecuente, casi hacen que este se desmayase, apenas manteniéndose consciente. "¡¡¡Aaarrrggghhh!!!" consiguió gritar, apenas manteniendo el control mientras que evitaba la muerte que podría causarle el dolor por sí solo. Sus ojos, ahora brillosos con lágrimas de derrota, miraron a Carmen una vez más.

"¡¿Por qué...?! ¡¿Por qué no te mueres…?! ¡¿Por qué no me dejas en paz...?! ¡Sólo quería ser feliz! ¡¿Acaso es un crimen?! ¡¿ACASO ES UN MALDITO CRIMEN?! ¡No tienes derecho a quitarme esta felicidad!" se quejó Jason en una mezcla de dolor y rabia, con su cara roja como un tomate. "¡MERECÍA SER FELIZ! ¡MERECÍA SER LIBRE! ¡NO SOY CULPABLE DE NADA! ¡¿POR QUÉ ME ESTA PASANDO ESTO?!"

"Tch, tch, tch," descartó Carmen gentilmente, como si tratara de calmar a un niño. A continuación, se puso de cuclillas torpemente, quedando a su altura, casi cayéndose al suelo, y susurró en su oreja con una voz dulce y maternal. "Encontrarás felicidad… te lo aseguro… una vez tu dolor se haya ido… una vez te llegue la muerte…"

"¡ESTÁS LOCA! ¡¿QUIÉN MIERDA TE CREES QUE ERES?! ¡ERES UN MALDITO MONSTRUO! ¡DÉJAME EN PAZ! ¡ERES UN ABORTO DE LA NATURALEZA QUE NUNCA DEBIÓ HABER NACIDO!" respondió Jason, ganando más esperanzas y fuerza con cada palabra que decía mientras que su voz se hacía más y más exigente con cada respiro que daba. "¡¡¡¡ALÉJATE DE MÍ!!!!"

Carmen se puso de pie, casi cayéndose de espaldas en el proceso. "Shhh… todo se acabará muy pronto…"

Luego, levantó su cruz derecha sobre su cabeza y la dejó caer sobre la entrepierna ya destrozada de Jason, haciendo que este apriete los dientes al oír el sonido de sus huesos rotos moviéndose. Sin perder más tiempo, también levantó su cruz izquierda, revelando la pierna destrozada de Jason también poniéndola sobre su cabeza.

"Hasta que la muerte nos separe… mi amor…"

"¡MALDITA PERRA! ¡JÓDETE! ¡PAGARÁS POR ESTO, PEDAZO DE MIERDA! ¡VAS A PAGAR! ¡LO JURO POR LA MADRE PATRIA QUE ME DIO LA VIDA!" Jason rugió tanto como pudo, sintiendo la desesperación como parte de los contenidos de su voz sin rastro de miedo o culpa. Él la miraba con ojos llenos de furia, esperando, sacando el pecho todo lo que podía como si tratara de ser ejecutado con honores.

Carmen simplemente se quedó allí, con la cruz sobre ella y observó su resistencia. Entonces, después de lo que se sentía como una vida entera, Carmen le sonrió ampliamente. Le sonreía de una forma inesperada y retorcida que él nunca había visto antes. Una sonrisa que tenía algo que hizo que Jason detuviese su acto de valentía, haciéndolo temblar. *Así que... así es como se siente la verdadera derrota...* pensó.

"Adiós... mi amor..."

La mujer en agonía procedió entonces a crujir a Jason contra el piso con ambas cruces repetidamente y con mucha fuerza bruta. No se contuvo ni en lo más mínimo, como si una chispa de vida hubiera reavivado su ser. Crujió su cuerpo, carne y hueso de una forma tan viciosa que desconocía podía hacer en lo que los gritos de agonía de Jason llenaban el salón, con su cuerpo siendo mutilado una y otra vez. Sus entrañas explotaron y se derramaron por doquier, manchando su vestido. Ella podía sentir la sustancia caliente sobre su piel, disfrutando de tomar ese baño de sangre así como un baño de sus gritos y su terror. Una vez crujió su caja torácica completamente, los gritos de Jason finalmente terminaron. No obstante, no podía parar, ni aunque lo intentara. Eventualmente, sus movimientos se volvieron más lentos hasta que cesó del todo. Había dejado la cabeza para el final. El resto de su cuerpo podía considerarse como una alfombra, una que serviría como un recuerdo de lo que había sucedido allí. Carmen lo miró orgullosa mientras se detenía.

"Hasta luego... mi amor..." dijo mientras daba su toque final al aplastar el lado derecho de su cabeza con su cruz derecha. Luego, levantó su arma y admiró su trabajo una vez más.

Era perturbador ver las entrañas de Jason.

Era molesto.

Era... interesante.

En su vida pasada, hubiera sentido repulsión ante tal paisaje. Ahora era totalmente diferente. Ella sonreía, por primera vez en siglos, reía y reía a todo pulmón, tanto que ya no podía respirar. Sin embargo, ya que su cuerpo decadente la obligaba a parar con sus burlas, miró el cadáver de Jason por última vez para luego darse la vuelta y caminar hacia la salida del edificio.

Jason simplemente yacía ahí, irreconocible, ya que su cuerpo ya no parecía humano. Aun así, el ojo que le quedaba ahora miraba hacia el vacío. No obstante, su pupila restante giró hacia Carmen mientras esta se alejaba cojeando…

Tormento de Amor

I

ENTONCES, el hombre en cuestión se levantó del suelo y evadió un ataque directo de la Cruz Negra.

Golpe tras golpe, él no había mostrado problemas aparentes para evadir las letales compañeras de la temida mujer. No
eran sus poderes o habilidades lo que se lo permitía, las cuales
eran desconocidas para la Temible, pero algo completamente
diferente. El suelo había comenzado a tener una superficie parecida a la de la luna ya que las cruces habían penetrado en
este, con fuerza mediana, tras fallar sus ataques. Además del
hecho de que el hombre en cuestión no parecía impresionado
en lo más mínimo por la fuerza de las cruces, la Temible notó
que mientras más ataques evadía, más molesta le resultaba la
situación a él, juzgando por la irritación que mostraba en su
rostro. Tal vez era su actitud lo que lo molestaba, a diferencia
del olor de él que molestaba a Carmen en diversas.

Sumado a sus fantásticas maniobras, su velocidad lo ayudaba aun más ya que, sin importar si ella incrementaba su velocidad de ataque o no, él podría seguirle el ritmo y continuar
sus evasiones. Al mismo tiempo, ella no lo dejaría dar el primer
golpe, manteniendo su distancia. Debido a la falta de ofensiva
de este hombre, probablemente buscando desgastarla, Carmen
pensaba que él esperaba el momento en que ella se cansara lo
suficiente como para mantener su ráfaga de ataques para, posi-

blemente, contraatacar y acabar con ella fácilmente. Lo que sea que fuese, parecía estar funcionando. Sin duda alguna, su éxito era sólo cuestión de tiempo ya que ella misma notaba cómo sus movimientos se habían vuelto más lentos y más torpes. ¿A quién se le hubiera ocurrido que la Cruz Negra de verdad podía cansarse?

Por lo tanto, debía averiguar qué impedía su victoria. ¿Cómo podría vencer a este hombre? Por ahora, lo único que podía hacer era evitar que su estrategia funcionara. Por lo mismo, cesó todos sus ataques de golpe y se puso en guardia, de modo que descansaba al no moverse.

"¿Me dejas terminar?" se quejó el hombre, también deteniéndose dónde estaba. Entonces, aclaró su garganta, "como estaba diciendo antes de ser groseramente interrumpido, mi nombre es Rikkard Kaplan. Puedes llamarme el *Rozbiórka*, o el Demoledor." Pausó por un momento, como si esperase una reacción de ella. Con el viento soplando a través de él y hacia la Cruz Negra, él podía ver que algo andaba en la cabeza de la Temible. *Tal vez esta laska ni siquiera me estuvo escuchando todo este tiempo*, pensó. Dado que el demonio seguía en silencio, mirándolo, él continuó con una voz amigable. "No estoy aquí para pelear contigo. Estoy aquí para advertirte."

La Temible le respondió con una mirada confundida, pero sin bajar la guardia. En respuesta, el Demoledor, ya que Carmen se hubiera reído de su apodo si recordara cómo funcionaba el humor, puso sus manos en sus bolsillos y siguió su camino. "Aunque me duela admitirlo, trabajo para el Bloque. Sin embargo-"

El hombre tuvo que hacer otra pausa al tener que evitar una de las armas de la Cruz Negra apuntando a sus pies. Saltó y rotó en el aire en lo que la otra cruz apuntándole a la cabeza pasó cerca suyo. La Temible había usado el elemento sorpresa cuando ya era tarde. En consecuencia, el hombre en cuestión aterrizó de pie en lo que la temida mujer recuperaba a sus compañeras, gracias a sus cadenas, y regresó a una posición defensiva. Él aclaró su garganta mientras mostraba una expresión de decepción. "Como estaba diciendo..." suspiró y continuó. "No puedo decir que me gusten las cosas que hacen *ellos*..."

La Cruz Negra bajó la guardia por medio segundo. El Demoledor no parecía haberlo notado, o quizás no le había dado importancia simplemente.

"En términos simples, te ayudaré."

Ella regresó a su posición de ataque en respuesta mientras lo miraba intensamente. ¿Qué trataba de conseguir este sujeto? Aun así, tenía que admitir que era la primera vez que había visto a un agente del Bloque hablar de traicionar a su organización. Todos los que había enfrentado antes prefirieron la muerte antes que revelar cualquier tipo de información, o de arrepentimiento. La situación siempre se había mantenido igual, sin importar cuánto los mutilara o torturara. Esta era la razón principal por la cual los mataba sin hesitar, claro, también estaba sentir éxtasis cuando lo hacía.

Entonces, Carmen decidió seguirle el juego ya que aún tenía que averiguar cómo golpearlo efectivamente si quería derrotarlo en un futuro cercano. "¿Cómo es que la caída reconocerá tu legitimidad...? Aun si ese fuese el caso... la Muerte podría obedecer antes de que la fe sea lograda..." dijo la Cruz Negra, sonriéndole maliciosamente, con sus palabras resonando en la cabeza del hombre. "Aquellos que juegan con fuego nunca aprenden..."

Esta vez, sin embargo, era él el que la miraba con intensidad. Luego, él suspiró y le dio la espalda. Ella estaba por atacarlo de nuevo, aprovechando la oportunidad, pero se detuvo de golpe una vez escuchó las palabras que salieron de la boca del sujeto a continuación.

"Aquellos que crees muertos... no lo están."

La Cruz Negra se había quedado perpleja una vez más, indecisa sobre cómo responder o reaccionar.

"Mi trabajo está hecho, *laska*," continuó él en lo que comenzaba a retirarse caminando. "Dicho sea de paso, sólo para que sepas, fui yo el que desconectó la electricidad que te había inmovilizado no hace mucho. Y también, sólo para que sepas, puedo, y dalo por hecho, derrotarte si lo necesito... de eso, puedes estar segura."

La Temible bajó su guardia una vez él se había alejado lo suficiente, como para estar fuera de su alcance y ella fuera del suyo. Pero, aun así, a la distancia él agregó con una voz llena de autoridad, "compartimos un origen en común, si no me equivoco, *laska*... te he estado observando y lo seguiré haciendo..."

La Cruz Negra lo miró con asco mientras este seguía su camino de vuelta al bosque. "Trabajo para la bestia negra es suficiente para que la Muerte se comprometa..." dijo ella con una voz neutral y baja.

El Demoledor simplemente la ignoró y salió corriendo. Al observarlo correr, apropiadamente bajo la luz de la luna, y sin árboles tapando su visión, ella pudo ver que su velocidad era impresionante. Parecía poder correr tan rápido como un auto deportivo. Esto también le recordó de artículos periodísticos que había leído alguna vez... un hombre que había sido visto haciendo exactamente lo mismo en Fiutic. ¿Era ese mismo hombre o alguien más?

En lo que el misterioso hombre se desvanecía en la distancia, ella tranquilamente regresó al auto que había estado manejando. Lo encendió e investigó el techo del mismo. Sus compañeras ahora descansaban, como era usual, en el asiento del copiloto a su lado. Sin importar la cantidad de sangre seca y el olor que estas emanaban todo el tiempo, el olor de ese hombre aún se sentía cercano, como si estuviese sentado a su costado. Su hedor se había filtrado, probablemente, por el sistema de ventilación debido al aire que soplaba hacia ella. Por lo mismo, apretó los dientes ligeramente al notarlo.

"La Muerte podrá ser infinita... pero no posee tiempo..." concluyó mientras miraba de vuelta a la pista y aceleraba al mismo tiempo, raspando el asfalto en el proceso. Escuchar las pequeñas explosiones del motor, mientras sentía pequeñas vibraciones en el vehículo, hicieron que un momento de su vida pasara por su mente. Extrañamente, no podía definir qué momento había sido ese. Sin poder descifrar lo que sus memorias trataban de mostrarle, miró a las estrellas mientras el motor rugía en medio de la noche. *Tan lejos y tan... ¡obvio!* pensó.

Frenó inmediatamente, marcando el pavimento con sus llantas, mientras que sus ojos se ampliaban al ver que sus memorias le mostraban el camino finalmente. Ese olor, ese maldito olor a su lado... era similar al de alguien que ella había llegado a admirar... alguien amado para ella.

Antes de conocer a este hombre, ella había asumido que los supernaturales, en general, tenían un olor en particular. Teniendo en cuenta este olor, ella podía decir que habría enfrentado a tres supernaturales hasta ese momento, incluyéndolo: dos siendo el Biólogo y el hombre que la perseguía todo tiempo y que se hacía llamar la Criatura. Ambos tenían un olor similar al plástico. Por ejemplo, cuando destripó a la Criatura con sus cruces, sentía como si inhalara lejía. Quizás el Biólogo compartiría una característica similar a la Criatura si lo destripaba. No obstante, el Demoledor desafiaba toda esta noción de golpe. Su olor se sentía como si le metieran polvo en la nariz. No tenía a nadie más con quien compararlo aparte de sí misma. Y eso hubiera funcionado bien... si no estuviese cubierta con la sangre de sus víctimas casi todo el tiempo y si su nariz no se hubiera acostumbrado a ese olor. De todos modos, esa sensación polvorienta era algo que nunca había sentido antes, aunque fuese casi imperceptible. Este olor... era...

Las palabras del Demoledor resonaron en su mente: '*Aquellos que crees muertos... no lo están*'.

Sostuvo su cabeza con una mano en lo que su deducción finalmente brindaba frutos, con su sudor cayendo por sus mejillas por primera vez en siglos. ¿Acaso *él* había sobrevivido a su ira en aquella fatídica noche? Si *él* era un supernatural, ese era el caso posiblemente. No importaba si era verdad o no, pensándolo bien, era muy posible. Ella era básicamente un cadáver andante *esa* noche. Su cerebro estaba entumecido, así como su cuerpo entero, durante esos momentos de agonía. Recordando aquellos pasos que tanto le costaron, otra memoria vino a su mente.

Recordaba cuántas veces había derrotado y destripado a la Criatura, pero, aun así, ahí estaba, persiguiéndola cada vez que podía con su cuerpo completamente restaurado, como si nada le hubiera pasado. Por eso mismo, algo no tenía sentido. Si *él* estaba de verdad vivito y coleando ¿por qué no la perseguía como la Criatura? ¿Acaso no estaría *él* también consumido por sed de venganza? Incluso si así era el caso, no importaba. Si el Demoledor tenía razón, entonces sólo significaba que tendría que matar a su *querido* esposo... otra vez.

Y pensar que su vieja yo se hubiera sentido muy culpable para hacerlo... En ese entonces, habría pensado que *él* había aprendido la lección tras morir y que ahora era digno de su perdón y piedad. Sin duda alguna y a pesar de todo el daño que él le había hecho, su vieja yo lo hubiera perdonado eventualmente, algo que el Inmigrante le había enseñado en el pasado con sus acciones. Era obvio que ese ya no era el caso. Sin embargo, ir tras ese hombre significaría que tendría que olvidar su misión actual, en especial porque *él* probablemente se encontraba muy lejos. Tal desvío era innecesario ya que *él* no parecía querer aparecer en un futuro cercano, o en querer ser un obstáculo en su camino. Al final, a quien ella perseguía trabajaba para *ellos*, al igual que Jason. *Me lo encontraré... eventualmente*, pensó.

Ya recuperada de su revelación, siguió su persecución acelerando a todo motor una vez más. La única pista que tenía era ese maldito niño, el que no había podido matar. No hesitaría esta vez, o al menos eso se decía a sí misma.

Compañía... ¿de nuevo? pensó en lo que, con su auto rugiendo por la ruta 13, notó que el ambiente estaba lejos de ser silencioso. Aunque no le era raro para este punto ver a otro auto pisándole los talones, sabía que nadie debería saber su posición actual, o al menos aún no. Así que revisó su espejo retrovisor. Tal como había predicho, era el mismo perseguidor que había 'matado' hace dos horas. Sus ojos se encontraron a través de dichos espejos: la mirada jocosa de la Cruz Negra se enfrentaba a la furiosa de la Criatura. Ver sus manos, sosteniendo el timón con tanta fuerza, así como sus dientes apretados, era algo interesante de presenciar. La Temible nunca lo había visto así de molesto. Sabiendo que para ese momento él se enojaba aun más con cada derrota, ella disfrutaba sentir su ira desde su auto.

A los ojos de la Criatura, la humillación de ser derrotado por ella, ya tres veces, lo habían hecho olvidar momentáneamente el porqué la estaba persiguiendo para empezar. Por lo tanto, cuando descubrió al hombre rubio de la bata blanca peleando con ella y huyendo cerca a la casa de Kelvin, el antiguo Rey de Nueva Zesl cambió de objetivo y lo eligió a él. Sin embargo, poco sabía que un montón de misiles lo tirarían abajo, obligándolo a regresar al barrio destrozado y obtener un nuevo auto.

Aún no he perdido todo mi orgullo ¡cagna maledetta! Pensó en lo que auto se acercaba al de la Cruz Negra. El plan era simple: él trataría de chocarla para hacerle perder el equilibrio a alta velocidad cuando se acercara a una curva. Ambos perderían sus vehículos lo que, a su vez, la demoraría lo suficiente como para que llegaran refuerzos a su posición una vez hubiera hecho el ruido suficiente. No importaba si dichos refuerzos venían del Bloque o de las autoridades del condado. Él podría derrotarla fácilmente en ese entonces. Aun así, no los esperaría, tuviese éxito o no. Para ese momento, había olvidado que había sido esta misma característica suya la que le había permitido gobernar con tiranía. Por ejemplo, cuando sus hombres fallaban una misión, sin importar que tan insignificante, ellos sabían que morirían de hecho. Lo que muchos no sabían era que esta era una lección de su mentor que él había seguido al pie de la letra: Gobernar con tiranía nunca fue suficiente para dominar el bajo mundo de la ciudad, sin embargo, tomar decisiones rápida y correctamente sí. Ser rápido era la clave, y algo con lo que su impaciencia era bastante compatible. Gracias a esta característica suya, una por la que siempre se aseguraba de agradecer en cada cena al altísimo, siempre había tenido ventaja sobre sus competidores y había mantenido el control de la ciudad por tanto tiempo. Al mismo tiempo, era precisamente esa característica que tanto apreciaba la que lo había traicionado más. De haberse tomado el tiempo para decidir si traicionar el acuerdo con su antiguo y actual 'asociado', no estaría viviendo ese fiasco desde el principio. Cuando vino ese fatídico día y su vida como un hombre libre básicamente había terminado, le rezó al bien y al mal en un esfuerzo de recuperarlo todo, prometiendo todo lo que se le ocurriese. Claro, no funcionó. Aun así, eso no impedía que rezara de nuevo, siempre diciéndose a sí mismo que si no funcionaba en esa vez, funcionaria en la próxima.

"*Madonna mia...* ¡permíteme matar a este maldito demonio!"

Y tal cual, en lo que aceleraba por la pista, comenzó a sentirlo en su pecho... ese sentimiento que había sentido tantas veces en el pasado... que todo saldría bien... Estaba ahí... ¡tenía que serlo!

¡Su suerte había regresado! ¡Era hora de vengarse! ¡Finalmente! ¡El final de la Cruz Negra había llegado!

"¡Por Viellentus!" gritó, encendido, mientras cargaba a toda velocidad contra su enemiga.

II

ELLA PODÍA SENTIRLO. El latir de su corazón le indicaba que
él sentía rabia y tristeza.

Recuerda, lo que no te mata, te hace más fuerte, solía decirle él
a ella todo el tiempo y no era más cierto que en ese momento.
Tan débil como se encontraba, se alegraba de que una emoción
no pudiera monopolizar todo su ser: Miedo. En vez de eso, otra
emoción totalmente diferente había dominado su consciencia.
Afortunadamente, no era arrepentimiento. En consecuencia,
Carmen caminó tan rápido como podía, lo cual no era mucha
velocidad, cayéndose y experimentando un dolor creciente en
su cuerpo casi muerto. Sintiéndose más pesada cada vez que se
levantaba mientras que sus heridas por todo el cuerpo le recordaban su presencia, incinerando su cuerpo a su vez, al menos
sentía que seguía viva.

No puedo rendirme… aún.

Se le acababa el tiempo, no por su muerte inminente, pero
porque el Inmigrante no viviría por mucho más tiempo. Para el
momento en el que cayó por sexta vez, entendió lo impotente
que realmente era. Sin tomar en cuenta las promesas hechas
por Tristeza, estaba lejos de ser alguien imparable. Su propio
cuerpo, en su entumecimiento, trataba de obligarla a olvidar su
voluntad y descansar… para siempre.

Pudiéndose parar apenas, apoyándose con sus nuevas

compañeras manchadas de sangre, notó cuán cobarde había sido todo este tiempo. Había aceptado la muerte sin pensar, sin mencionar que sólo tenía esperanzas que Nico podía escapar por su cuenta y seguir con su vida. Su desesperación antes de que le dispararan en la cabeza la había hecho sobrestimar las capacidades de Nico más allá de las de un humano normal, lo que cual era lo único que era ese adolescente. Tal vez se debía a que él era una especie de héroe ante sus ojos y eso la había llevado a tener esa conclusión. Irónicamente, había sido esta misma admiración por él la razón por la que lo había abandonado durante sus últimos momentos con vida.

Pequeño...

Tratando de hacer lo mejor que podía para que sus piernas no colapsaran mientras caminaba hacia la entrada principal, su mente sólo podía preguntarse sobre la desgracia que estaba por caerle al Inmigrante. No podría perdonarse a sí misma, incluso si esa emoción ya no tenía ningún significado en su corazón. Amar a ese hombre, a pesar de no sentir culpa o arrepentimiento, de alguna forma tenía sentido. Tristeza no había dicho nada sobre el amor. Carmen sonrió un poco ante este descubrimiento tras deducir que el combustible que la hacía querer vivir seguía intacto. Por lo mismo, usando sus armas como muletas una vez más, sintiendo su cuerpo frío y tambaleante a punto de desplomarse, seguía forcejeando para avanzar, notando que su visión se había nublado aun más mientras que sus respiraciones ahora eran arrítmicas. Incluso sus ardientes heridas comenzaban a sentirse como inexistentes ya que su cuerpo se entumecía más.

Te salvaré... incluso si mi vida agonizante se reduce a nada... esta es... mi última misión... El éxito es la única opción... ningún otro resultado satisfará a mi corazón.

"Nico... espérame... estaré... allá..." murmuró Carmen vagamente en lo que lluvia gradualmente se detenía. Se sentía aliviada de poder sentir cada charco de agua con sus pies descalzos, contrastándolo con el no poder entender por qué su cuerpo se movía hacia el este sin razón aparente.

Al pisar el asfalto cerca a la entrada principal, vio el auto deportivo de Jason. Luego, caminó hacia este mientras pedía clemencia a los cielos de que las llaves se encontraran dentro. No pudiendo abrir la puerta, la rompió en dos con dos ataques débiles, cada uno con una cruz diferente. Entonces, tras la caída de la puerta, su debilidad la hizo caerse de cara, pero sus manos y cabeza cayeron sobre el asiento del conductor. Arrastrándose lentamente dentro del vehículo, se posicionó a sus compañeras y a sí misma en los asientos delanteros. Después, cerró los ojos...

...

...

...

"Ah..." jadeó al despertar. No sabía cuánto tiempo había pasado, pero, juzgando por la sangre que goteaba de sus cruces sobre el asiento de cuero, podía decir que cerca de una hora. Con ambas manos, logró alejarse del timón, terminando echada sobre el asiento. Tenía suerte—las llaves estaban en la ignición. Jason probablemente había pensado en irse esta misma noche una vez su trabajo, y relajo, estuvieran terminados. No era la primera vez. Vivir en la mansión le había permitido darse esos hábitos. *Ese hombre... siempre manejando un Corvetta*, pensó al manejar el auto. Ella podía recordar cómo él siempre mencionaba que su auto nunca lo había decepcionado y ella podía confirmarlo ya que el vehículo le recordaba innumerables viajes que habían hecho como familia, junto a Juan Fernando. Y pensar que esa memoria por sí sola la hubiera hecho llorar dos horas antes...

Con mucho esfuerzo logró prender el motor, sintiendo como si sus dedos estuvieran por romperse por el forcejeo. Los rugidos del vehículo la hicieron sentir como si hubieran pasado milenios desde que había manejado un carro. Adicionalmente, sentir la comodidad del asiento de cuero y su olor le trajo memorias felices—viajes y aventuras que ahora yacían enterradas en el pasado. Hubiera sonreído si Nico y su destino no estuviesen en su cabeza constantemente.

Tengo que lograrlo... tengo que... por favor... por favor... per-

míteme conseguirlo… por favor…

Al sentir que se podía desmayar en cualquier momento, otra vez, pisó el acelerador y manejó a la velocidad que aún pudiese controlar, claro, en línea recta. Por lo tanto, se aventuró en la ciudad tras embestir contra las puertas del jardín de la mansión. Para su buena suerte, casi no había curvas para llegar al centro de la ciudad. Además, la madrugada le dejaba mantener su camino sin atropellar peatones, entre otras cosas. Nada como manejar a las 4 a.m. en un marnes, el segundo día de la semana.

Viendo la ciudad vacía, la cual aún tenía algo de vida, algunos bares aquí y allá, Carmen notó que había salido pocas veces de su hogar en el pasado. Aun así, las luces de la ciudad comenzaban a desvanecerse en lo que sus ojos comenzaban a mostrarle una creciente oscuridad, respirando con más y más dificultad. Ya que su velocidad era muy inusual para la hora, eventualmente un patrullero la descubrió.

"Parece que tenemos a una, Josh," dijo uno de los oficiales al verla pasar. "¡Vamos a agarrarla!"

El par había estado estacionado por un buen rato sin nada que hacer, en especial con un día tan poco popular para salir a divertirse de noche. Dado que la mayoría de gente solía trabajar hasta tarde y muchos pubs y discotecas no daban ningún descuento o especiales ese día, era complicado encontrar choferes borrachos. Por lo tanto, atrapar a choferes imprudentes era más difícil de lo usual y hacía que patrullar fuese aburrido, en general.

"No lo sé, Mark, me siento un poco indulgente hoy…" dijo el otro mientras tomaba un batido de fresa con un sorbete. "Ella podría estar aprendiendo a manejar. No sería la primera en pensar en manejar a esta hora para practicar."

"¡Como sea, Josh! Está manejando de forma peligrosa. ¿Sabes qué? ¡La voy a seguir por si acaso!" respondió Mark prendiendo el motor.

"No pude verla bien. Creo que no usaba cinturón de seguridad. Aparte de eso, ella SÍ está manejando a una velocidad de locos ahora que la veo más de cerca… muy bien Mark, tú ganas. Sigámosla. Como última opción, vamos a hacerla parar." Sin embargo, su relajada actitud se convirtió en incredulidad cuando vieron cómo Carmen casi atropellaba a un indigente mientras volteaba por una esquina, llevándose consigo un buzón. "¡Vamos a por ella!"

Al hacerse notar por Carmen a través de sus espejos laterales y la canción de su sirena, acompañados por luces rojas y azules, se dieron cuenta de que ella no mostraba señal de querer detenerse o de reducir la velocidad. Con más heridos con el tiempo, dado que la gente no podía salir de su camino a tiempo, los oficiales mantuvieron su persecución a más velocidad al punto de casi tocar el vehículo. Incluso si eso significaba que atropellarían a algunas de las víctimas, su prioridad era clara.

"¡DETÉNGASE AHORA MISMO!" ordenó Josh con su megáfono, provocando que algunas luces se prendieron dentro de los edificios por los que pasaban. "¡DETÉNGASE AHORA MISMO O LA OBLIGAREMOS A HACERLO!"

"¿Adónde va esta ruta? ¿Adónde diablos está yendo esta chica?" dijo Mark mientras se concentraba en perseguir a la fugitiva. Josh, quien había tirado su batido por la ventana para usar el megáfono, simplemente lo ignoró.

"¡No se está deteniendo! ¡Va a estrellarse contra el Centro de Cuidados e Infecciones Alboeida! ¡Está loca!" exclamó Josh, haciendo que Mark detuviera la patrulla.

"¡¿Qué hay de los guardias en la entrada?! ¡Hay que avisarles!" ordenó Mark mientras detenía el auto lo suficientemente cerca para que los oyera. "¡Usa el maldito megáfono ahora!"

"¡QUÍTENSE DEL CAMINO! ¡LOS VA A ATROPELLAR!" Uno de los guardias se dio cuenta a tiempo y saltó a un lado. El otro terminó destrozado contra la entrada barricada ya que el carro las había abierto con el choque, sacándolas de sus bisagras en el proceso. Al mismo tiempo, estas puertas sirvieron como un freno improvisado, raspándose contra el pavimento junto al auto y deteniendo el vehículo antes de que entrara por la puerta principal de vidrio del edificio. El cadáver del guardia fue lanzado por la inercia dentro de dichas puertas, rompiéndolas en pedazos. Debido a la hora, la mayoría del personal activo no estaba en las instalaciones. No obstante, había un contingente de guardias rodeando el lugar tan rápido como podía. Poco sabían que Carmen y sus cruces también habían sido lanzadas dentro del edificio a través del parabrisas, aterrizando sobre el cadáver del guardia. Al levantarse, con su cuerpo al borde de la perdición, sintiendo el dolor del vidrio empalando su piel y las plantas de sus pies, las alarmas comenzaron a sonar con un mensaje dicho por los parlantes del edificio: "¡Todo personal disponible y especímenes deben ser evacuados de las instalaciones! ¡Alerta! ¡Alerta! ¡Todo personal disponible y especímenes deben ser evacuados de las instalaciones...!"

Nico... se lo están llevando... puedo sentirlo... no lo lograré... a las justas puedo respirar...

"¡Alto ahí!! ¡Tire sus armas ahora mismo!" ordenó uno de los guardias dentro del edificio, apuntándole con su pistola junto a dos más que hicieron lo mismo. Sin embargo, su confianza cayó cuando vieron el agujero en cabeza. Esto, a su vez, los petrificó al no saber qué pensar. Parecía que no habían sido entrenados para esto.

Carmen sintió proyectiles penetrar su cuerpo en la pierna y en el tronco, con una bala que se alojado en su estómago. Ellos estaban gritándole más cosas mientras le disparaban, pero ella no podía diferenciar, ni entender, sus palabras. Con su última capacidad de visión, logró atacar con sus cruces y decapitar a dos de ellos, más que nada siguiendo el sonido de sus voces. El último guardia simplemente huyó despavorido y era obvio cuando escuchó su voz llena de desesperación alejarse más y más de ella. Sus oídos eran los únicos que podían darle información, de todas formas, ya que sus ojos eran casi inútiles a estas alturas. Debido a esto, sólo sentía voces hablando y luces tenues viniendo de una habitación que llamó su atención. Como perdía aun más sangre de sus heridas más recientes, y a punto de quedar inconsciente, simplemente siguió estas señales.

Con cada paso que daba, podía sentir que Nico se alejaba aun más del edificio. ¿Qué más podía hacer ella? ¿Había revivido para nada? Su vida estaba casi acabada y había fallado una vez más.

Me gustaría poder sentir remordimiento...

Su única esperanza era repetir el mismo error de antes ya que, aunque le irritara mucho, no tenía más opciones. Quizás si pudiese crear alguna distracción en ese lugar, lo cual era definitivamente parte de *sus* instalaciones, dejarían de lado *su* vigilancia sobre Nico y tal vez... tal vez...

Aun así, incluso si sus sentidos habían muerto prácticamente, aún había la remota posibilidad de que hubiese más personal en las instalaciones. Quizás podría tomarlos como rehenes mientras que la muerte venía por ella.

"*Esas luces*... guíenme... por favor... se los ruego..." dijo Carmen, acercándose a la única habitación con luces en el pabellón.

Una estrella en un mar de oscuridad.

III

COMO LO ESPERABA, sus faros se habían vuelto más visibles para ella.

La Criatura debía saber que era una mala idea. Aunque su vida pasada hubiera hecho asumir a cualquiera que él era bueno manejando, era todo lo opuesto. Su mal temperamento usualmente lo superaba, como cuando pasó a otro auto con una maniobra peligrosa, contra el tráfico, simplemente porque quería estar adelante de ese auto porque el conductor no lo había dejado pasar dos calles antes. *Sciocco*, pensó con una sonrisa presumida, sintiéndose como si acabara de ganar un millón de wólares una vez escuchó al hombre ese tocándole el claxon mientras continuaba su camino al banco. Lo que nunca había podido notar era que nunca hubiera podido hacer tales maniobras, con éxito, si no fuera porque los otros conductores lo habían dejado pasar, no por su propio talento.

¡Questa diavolessa è mia! pensó en lo que se aproximaba al auto de Carmen, incapaz de contener su excitación. Mientras seguía la persecución, la Cruz Negra cambió de carriles, manejando en contra del sentido para luego cambiar al correcto, para luego volver en contra del sentido, para luego ir al correcto y así consecutivamente. *¡No puedes escapar de mí, cagna! ¡Morirás hoy!*

Él podía verla sonreír a través del espejo retrovisor. Quizás su sed de sangre se había vuelto tan obvia que ella se divertía sintiéndola, o tal vez simplemente se burlaba de él recordándole sus fracasos del pasado. En cualquier caso, él fue a toda velocidad y finalmente golpeó su auto contra la parte posterior del de ella, sonriendo ante su logro ya que, al tocar al monstruo, era como si hubiera tocado una extensión de su cuerpo.

Sin embargo, la Temible cambió al carril correcto. Cuando la Criatura comenzó a cambiar también, notó dos enormes y deslumbrantes luces. *Maledetta puttana*, pensó justo antes de ser arrollado por un camión de carga.

La Cruz Negra sonrió ante la escena en lo que aceleraba y se alejaba del lugar. La Criatura había, efectivamente, destruido su propio vehículo, su cuerpo y la cara del camión. Su vehículo era ahora irreconocible al igual que él. Sólo quedaban un montón de palos de acero entreverados entre sí con su cuerpo empalado entre estos, aunque parecía más una pulpa deforme de carne.

"... oh... mi cabeza... ¿qué carajo fue eso...?" susurró el chofer al salir de su vehículo con un brazo roto, arrastrándose fuera de la cabina por la ventana. Sin duda alguna, el camión se había dado una vuelta al tratar de frenar a tan alta velocidad. No podía creer su buena suerte ya que nunca había visto a nadie sobrevivir un choque de cien kilómetros por hora. Sacó un celular de su bolsillo izquierdo y llamó a la policía mientras verificaba la mercancía de su contenedor. Al ver que su carga de papas había sobrevivido la debacle, este sonrió ligeramente. *Gracias, Kothat...* pensó. No obstante, mientras oraba con estas palabras, vio con horror el destino del otro conductor. El hombre en cuestión no pudo evitar vomitar por todas partes al verlo.

"Oh por Kothat... ¿qué he hecho?" se lamentó en voz alta, mirando hacia el cielo nocturno a punto de soltar lágrimas de sus ojos. Sin embargo, respiró hondamente y se calmó. "Quizás tenga alguna identificación o algo," continuó mientras se acercaba al hombre destripado. "Debo... contactar a su familia... es lo menos... que puedo hacer..." No obstante, se detuvo de golpe al oír el sonido de unos huesos moviéndose dentro del auto mutilado.

Mientras tanto, tras perderlos de vista, la Cruz Negra comenzó a tararear una canción de cuna. *¿Habrías hecho lo mismo, pequeño?* se preguntó. Una pregunta que siempre aparecía en su mente cada vez que hacía algo alocado. Entonces, la respuesta vendría inmediatamente a su mente y siempre era la misma: un rotundo no.

Sin importar la conclusión que pudiera sacar, se alegraba de saber que *él* no se encontraba en peligros que no pudiese manejar, al menos hasta donde podía saber, o sentir. Y pensar que en ese entonces reirían juntos todo el tiempo. Ahora, él ni siquiera le daría una sonrisa de regalo ya que no podría entenderla, o al menos eso pensaba ella. Claramente, una sonrisa, tan dulce que de por sí podría dar diabetes, apareció en el rostro de Carmen cada vez que lo recordaba. Sus memorias con respecto a él eran varias, pero siempre tenían el mismo efecto en ella... el de una esperanza irremediable.

"Donde sea que la luz esté... la Muerte quiere que esté a salvo..." murmuró Carmen al seguir su camino. "Lo que sea el camino... la Muerte quiere que sea doloroso," siguió ni bien descubrió que, justo adelante, la ruta se dividía en tres caminos. Sonriendo diabólicamente al verlo, tuvo que frenar violentamente al punto de casi darle la vuelta al auto y salirse de la pista.

Ese maldito mocoso está a la derecha... pero...

El latir de su corazón se había vuelto repentinamente agitado, como si acabara de correr una maratón. Cada latido emanaba desesperación... como si estuviese en grave peligro. Ella se tocó el pecho, recordando las veces cuando había sentido una sensación similar... una de ansiedad que tomaba el control de su mente. Sin duda alguna, ya había sentido este latido en particular en numerosas ocasiones desde que convirtió en la Cruz Negra. Sin embargo, este latido era único y contenía miedo total.

¿Debería ir por la izquierda?

Sus manos tomaron el timón con evidente desasosiego mientras sus ojos se perdían en el horizonte delante suyo. Sus manos trataron de girar a la izquierda, pero no podían. Sin importar cuánto tiempo había pasado, aún se petrificaba ante un simple pensamiento...

¿Me habrá olvidado?

Usualmente temblaría con sólo sugerirse la idea y esta vez no era una excepción. Claro, con la calma de sus latidos, su sonrisa presumida se desvaneció de su cara. Apretó los dientes y manejó el auto de vuelta al camino de la derecha. Cuando estaba por acelerar, sus latidos aceleraron a una velocidad que nunca había sentido antes, demasiado rápidos comparados con el latido único que acababa de sentir hace unos minutos. Entonces, este cayó completamente al punto de ser casi silencioso. Rápidamente le echó un vistazo al camino de la izquierda.

Ese horrible lugar... si dejo que ese mocoso escape, el Bloque siempre tendrá ventaja sobre mí por esta estúpida debilidad... pero si no tomo el otro camino... mi existencia perderá su significado...

Mientras lo pensaba, las memorias del pasado aparecían frente a ella, así como la promesa que había mantenido toda su vida que algún día se haría realidad... el camino de la izquierda tendría que esperar...

Sin embargo, al pisar el acelerador y hacer que el carro avanzara por la ruta de la derecha, su incomodidad creció aún más. Algo que nunca había sentido antes crecía junto a la distancia entre ella y la bifurcación de caminos. *¿Qué está pasando?* pensó en lo que su irritación se hizo tan fuerte que tuvo que detener el vehículo nuevamente. Al notar dos autos detrás suyo, que no parecían ser perseguidores o agentes del Bloque, ella decidió estacionar el auto en el carril de emergencia de la derecha. Los otros autos, pensando que era una policía escondida vigilando los límites de la velocidad, manejaron cuidadosamente y pasaron con el límite exacto. Uno de ellos parecía estar ebrio, pero de todas formas logró cruzar la línea sin levantar sospechas. En cuanto a la Cruz Negra, prefería mantenerse en guardia por si acaso, al menos hasta que hubiera pasado el conductor ebrio y se desvaneciese en la distancia. Tras revisar si había más viajeros indeseados, ella cerró los ojos y se concentró en aquel sentimiento reciente. Con el mundo a su alrededor desapareciendo en la nada, podría ver con claridad qué era a lo que su corazón apuntaba. Y así, después de unos segundos, ahí estaba…

¿Lo logrará…?

Era la primera vez que se preguntaba tal cosa. ¿Cómo podía haber sido tan ciega? Siguió forcejeando por un rato con su decisión actual al ver varios resultados inundando su mente. De entre estos, al no poder elegir el más probable, una frase apareció desde sus memorias.

'Ya sabes, siempre puedes usar tu corazón'

Aunque me da miedo que me odies… me da aun más miedo el verte muerto… pensó. Entonces, renegando contra el timón, manejó en retroceso hasta el inicio de la bifurcación y tomó la izquierda esta vez. *Además, incluso si logro destruir esta debilidad, ellos eventualmente encontrarán otra… ese maldito mocoso vivirá… por ahora.*

Mientras aceleraba por dicho camino, comenzó a sentir algo de reminiscencia. El camino le era más y más familiar mientras más lo recorría. Claro, tenía que serlo. La noche aún era joven… tal como en *esa* noche. Los árboles, las señales… todo llevaba a la misma conclusión…

Después de un largo tiempo, volvía a casa.

En ese entonces, nada la hubiera hecho más feliz. Ahora, le hacía sentir escalofríos por la columna. *¿Por qué estás aquí de todos los lugares? Hay mejores escondites que este… a menos que…* pensó mientras aceleraba. *Supongo que es exactamente como aquella vez… hace siete meses…*

"¡No lo lograremos, pequeño! ¡Rindámonos!" dijo Carmen cuando fueron sorprendidos por agentes del Bloque por todas partes en ese entonces. Estaban en un edificio abandonado de cinco pisos y, al no tener adonde huir, no tenían otra opción que derrotar a los agentes si querían salir. Por supuesto, hasta Nico sabía que no era posible, al menos no enfrentándolos de golpe.

"Tranquila ¿recuerdas la regla de tres?" Nico dijo mientras subía corriendo por las escaleras, tomando a Carmen de la mano. Estaba increíblemente calmado y hasta sonriendo ante la situación.

"¡¿Qué tiene que ver eso ahora?!" replicó Carmen con desesperación en su voz. "¡Estamos acabados! ¡Correr es inútil!"

"Si la única opción que tenemos es correr ¡hagámoslo de forma inteligente!" dijo Nico, aún sonriendo. Entonces, de la nada, empujó a Carmen dentro de un cuarto oscuro, cerró la puerta y siguió corriendo por el pasillo del edificio. Carmen cayó de espaldas sin poder asimilar lo que acababa de pasar, por lo que rápidamente se levantó y fue directamente hacia la puerta para seguir a Nico, pero se detuvo de golpe al oír a la manada de agentes corriendo detrás de esta.

"Oh no..." susurró Carmen al darse cuenta de lo que había sucedido. Nico le había explicado su llamada "regla de tres" antes. Si él iba a entablar pelea con alguien, sería mejor si ese alguien estaba solo y desarmado, lo cual casi nunca pasaba. Si iba a derrotar a dos oponentes, aún era posible si tenía el elemento sorpresa de su favor. En el techo, su hogar, Nico había explicado que el elemento sorpresa contra los enfermeros de Sanatorium había sido el que subestimaran al jovenzuelo por su apariencia ya que ellos eran más grandes y fuertes que él, no tomando en cuenta que el adolescente era un artista marcial. Si iba a derrotar tres oponentes, era preferible huir y encontrar una forma de separarlos. Por lo tanto, a menos que no tuviera otra opción, no se metería contra tres agentes a la vez ya que las posibilidades de ganar eran básicamente inexistentes, sin mencionar que un cuarto agente podría meterse a la danza sin el menor aviso y en cualquier momento. No obstante, Nico no podría aplicar su regla en ese lugar ya que los agentes que lo perseguían iban en fila. Estando en contacto visual constante entre ellos también complicaba las cosas para el Inmigrante.

Conociendo a Nico, él se escondería en uno de los pisos y haría ruidos en varias áreas, tirando objetos, para confundir*los* y obligar*los* a separarse. Él le había explicado esta estrategia mientras subía por las escaleras del edificio. Sin embargo, hasta Carmen sabía que no sería suficiente esta vez. Había demasiados agentes. Tras oír su estampida, Carmen podía decir que había al menos diez agentes, si es que no doce. *Te ayudaré, pe-*

queño, pensó ella al abrir la puerta, lentamente, ni bien había dejado de escuchar los pasos de esos hombres. Miró a su alrededor y, tras asegurarse de que nadie estuviese cerca, subió las escaleras de la forma más silenciosa que pudiera ejecutar. *Sé lo que tienes en mente, pequeño... sé que me empujaste en ese cuarto para protegerme... sé que estás desesperado contra estas posibilidades... al mencionarme tu regla, quisiste decir que había que reforzarla... y sé que no hay forma en que puedas lograrlo... ¡pero ya no estás solo!*

Normalmente, el Inmigrante hubiera sido extremadamente cuidadoso, pero ahora parecía una persona totalmente diferente. Incluso si lograra separar a los agentes de alguna forma, todos *ellos* lo buscarían en el mismo piso, impidiendo que escapase a un piso superior o inferior mientras estuviesen cerca entre sí. Ni siquiera la baja iluminación del edificio lo salvaría esta vez. Simplemente no había forma de que esto funcionara.

Al poner su pie en la primera grada de las escaleras que iban hacia arriba, Carmen se detuvo, temblando con todo su ser. *Esto no es lo que él quería que haga... pero entonces ¿qué rayos hago? Si cometo un error, su sacrificio habrá sido en vano... pero estoy harta de ser la damisela en peligro...* pensó mientras veía a su alrededor cuando encontró un balde debajo de la escalera. *¡Tengo una idea!*

...

"¿Qué fue eso?" dijo uno de los agentes. "¿De dónde viene ese ruido? ¿Acaso el bastardo no estaba en este piso?"

"¡También hay un ruido en este piso! ¡Tal vez haya más personas en este maldito lugar! ¡Podría ser una emboscada!" dijo otro agente.

"Cálmense todos. ¡Probablemente sea esa maldita mujer que lo acompaña! ¡No se preocupen, no es peligrosa! ¡Sólo dos de nosotros deberíamos ser más que suficientes para atraparla!" dijo otro agente para luego elegir a dos de sus compañeros con sus dedos. "¡Ustedes dos, bajen ahora!"

Como se les había ordenado, esos dos agentes bajaron las

escaleras y comenzaron a buscar a Carmen. Para cubrir más terreno, se separaron una vez llegaron a ese piso, caminando con mucho cuidado, casi en silencio. Ya que Carmen nunca había lidiado con ellos directamente, viéndolos de lejos, o no mirándolos para nada, sólo podía referirse a las tardes de práctica que había tenido con el Inmigrante en el techo.

"Siempre busca los puntos débiles," Nico siempre decía mientras le mostraba a Carmen a apuntar a la garganta, ojos y entrepierna de sus oponentes. "Mucha gente espera peleas justas, incluso si son agentes entrenados. Siempre es bueno tener al menos un elemento sorpresa sin importar que tan pequeño sea." Carmen nunca sabía si el adolescente hablaba en serio cuando decía estas cosas o no ya que sonaba como una estrella de cine. A su vez, ella se aguantaría la risa para no hacerlo enojar. Ahora, atrapada en ese edificio agonizante, tenía que contener su respiración para no ser descubierta por sus perseguidores. Aunque sabía que estos agentes conocían las artimañas de Nico, no conocían las suyas.

Al oír sus pasos acercándose, Carmen se preparó. Por lo mismo, y de la forma más silenciosa que podía, se paró sobre un par de cajas de madera dentro de un cuarto vacío, al lado del marco de la puerta, quedando así fuera de vista desde el pasillo. Aun así, el pequeño ruido que había hecho al subirse allí atraería, pronto, al menos a uno de sus perseguidores lo cual era parte del plan. Mientras tanto, también había puesto un montón de ladrillos en un estado delicado de equilibrio, uno sobre el otro dentro de otro cuarto. Era un truco que había practicado cuando pasaba sus días encerrada en la bodega de vinos, viendo cuanta vibración podrían aguantar ciertos objetos antes de caerse. Sin duda alguna, los simples pasos de los agentes fueron más que suficientes para hacerlos caer y, muy pronto, la trampa funcionó como se suponía ya que se habían separado: uno iba hacia Carmen mientras que el otro iba a la sala vacía con los ladrillos caídos, tal como había planeado. Y así, esperó y esperó... y entonces, antes de que se diese cuenta, ahí estaba.

El agente en cuestión entró al cuarto sosteniendo su arma

con ambas manos, apuntando a todas partes a un ángulo de ciento ochenta grados, horizontalmente, alrededor de él. Para mantener sus ojos en el piso, Carmen había tirado un pequeño pedazo de madera al suelo de ese mismo cuarto, haciendo que el agente apuntara su arma a la esquina más lejana de su ser. Una vez él ya estaba en posición, Carmen dejó caer un ladrillo en su cabeza. El agente quedó noqueado instantáneamente.

"Uff… no está muerto," susurró ella al descender al suelo y tocar su yugular. "Nada por lo que sentirse culpable." Sin embargo, no le tomó mucho tiempo al otro agente darse cuenta del problema por lo que avanzó hacia el cuarto. Al oír sus pasos acercarse, Carmen tomó el arma del agente desmayado y disparó a su atacante sin apuntar. Ya que nunca había disparado un arma de fuego antes, el arma casi se le escapa de la mano, haciéndola pensar que se había roto los dedos por un segundo. Afortunadamente para ella, el agente no le había disparado de vuelta antes de cubrirse mientras ella se había quedado donde estaba, como una estatua, lidiando con el dolor.

"¿Q-qué acabo de hacer?" se preguntó ella sólo para sentir una bala pasar cerca de su cabeza. Rápidamente se dio cuenta de lo que iba a pasar y se cubrió dentro del cuarto.

"¡Está armada! ¡Repito! ¡Está armada!" dijo el agente con su walkie-talkie. "¡Necesito refuerzos!"

Tres agentes más descendieron a su piso y rodearon la entrada al cuarto en el que estaba. Entonces, lentamente comenzaron su avance. Conociendo sus tácticas, Carmen dio un disparo de advertencia por la puerta, haciéndolos detenerse de golpe. *Ellos no me están pidiendo que me rinda… supongo que no están interesados en hacerme prisionera… pero si me toman prisionera, ese sería el fin de todo*, pensó, disparando dos veces más al oír sus pasos avanzar de nuevo. Rápidamente miró a su alrededor buscando una salida, inútilmente, sabiendo que era un cuarto de despensa sin ventanas ni salidas adicionales. Por lo mismo, había dos resultados posibles: o se quedaría sin balas antes de que entraran al cuarto y la atraparan, o entrarían sin importar el riesgo y la atraparían. Era sólo cuestión de tiempo…

Por supuesto, ya que los disparos de ella se habían hecho

menos frecuentes, los pasos de los agentes sonaban aun más cerca, con más ansias. El arma tenía un contador en la misma que había ido bajando desde doce cada vez que había disparado. Sus manos habían comenzado a temblar al ver que le quedaba una bala. Miró el arma intensamente mientras lloraba en silencio...

"Gracias por todo pequeño... lo siento tanto..." se lamentó mientras ponía el arma en su boca. Se preparó para jalar el gatillo en lo que oía unos pasos apresurándose en entrar al cuarto. Cerró los ojos y estaba por jalar el gatillo cuando una fuerte mano tomó las suyas y le quitó el arma. Carmen se quedó de pie en silencio, sin poder ver quien lo había hecho por miedo.

"¡¿Estás loca?!" la regañó Nico con furia evidente en su voz. "¡¿En qué carajo estabas pensando?!"

Carmen no podía creer lo que veía. Era el rostro de Nico, rojo como un tomate debido a que le sangraba la cabeza. "¿C-cómo?" Carmen logró balbucear en shock.

"Bueno... tenía que-" Nico no pudo terminar su oración cuando Carmen lo abrazó con todas sus fuerzas, haciendo que Nico se quejara en respuesta. "Tenemos que irnos... ahora..." dijo tras alejarla de él y tomarla de la mano una vez más para guiarla hacia al piso de abajo.

Cuando ya hubieron vuelto a la seguridad relativa de su amada azotea, Nico explicó que, tras oír los sonidos en el piso de abajo, llegó a dos conclusiones: la primera era que Carmen había producido esos sonidos por accidente; la segunda era que Carmen los había hecho a propósito para alejar a los agentes de él. En ambos casos, la matarían. Sin embargo, el mizelas empleó una táctica similar gracias a su idea, haciendo varios ruidos en diferentes cuartos al lanzar objetos dentro de los mismos y subiendo las escaleras, aprovechando el no tener tantos agentes buscándolo en el piso en el que estaba. Entonces, mientras seguía con su improvisado concierto, esto tuvo el efecto deseado y los agentes se esparcieron como hormigas en una colonia y como hormigas eran más fáciles de derrotar.

Aun así, uno de los agentes había logrado darle un golpe en la cabeza con la culata de su arma. Nico apenas mantuvo el dolor al mínimo y bloqueó una patada que iba a su estómago. Entonces tiró a ese hombre al suelo con una llave y lo asfixió con un brazo alrededor del cuello hasta dejarlo inconsciente. Para el final, el Inmigrante había logrado vencer a quince agentes, un nuevo récord personal. En cuanto a los que le disparaban a Carmen, estos se habían concentrado tanto en ella que no se dieron cuenta de que se les acercaba el adolescente desde atrás, permitiéndole hacerles llaves por el cuello y repitiendo la misma técnica uno por uno. Una vez había lidiado con *ellos*, corrió al cuarto y encontró a Carmen, deteniéndola a tiempo.

"Problemas locos requieren soluciones locas," dijo él, confiadamente, mientras Carmen vendaba su cabeza con un pedazo de tela que había 'pedido prestada' de la ropa que el vecino había tendido para secar. "Pero... ¿en qué estabas pensando?"

"N-no lo sé..." replicó Carmen tímidamente. Ni siquiera el pensar que sería capturada se le cruzó por la mente en ese momento. *¿Por qué?* Mientras se preguntaba sobre ello, vio un puñete venir a su cara y detenerse a unos milímetros de la misma. Ella había mantenido los ojos abiertos sin parpadear ni una sola vez. Sin duda alguna, eso había sido parte de su entrenamiento bajo el Inmigrante: asumir que la golpearían tarde o temprano.

Nico retiró su puño. "Parece que te has acostumbrado a ser golpeada... pero no a que te disparen."

Carmen abrió los ojos ampliamente en asombro. Quizás era por eso que Nico podía crear estrategias tan locas en momentos tan complicados. Quizás le habían disparado tantas veces que no hacía ninguna diferencia para él. Sin embargo, esta explicación suya no la convencía completamente...

El entrenamiento para conseguir su falta de miedo contra los golpes había sido arduo y de algún modo doloroso. Para lograrlo, Nico le había lanzado puñetes todos los días, siempre deteniéndose a unos milímetros de su cara o estómago. Carmen tenía que suprimir su reacción natural, o, en otras palabras, no debía cerrar los ojos o cubrir su cuerpo ante esta amenaza. Cuando Carmen se quejaba de lo inútil que era este entrenamiento, Nico simplemente mencionaba cómo esas reacciones naturales limitaban la cantidad de opciones disponibles que alguien tenía al combatir y no se equivocaba. Se aseguró de probárselo miles de veces, especialmente cuando no la golpeaba de verdad hasta que considerase que estaba lista, y aun entonces, lo hizo de modo que no la lastimara. Este simple hecho molestaba a Carmen a veces, o sea, el no ser tomada en serio como oponente. Aun así, nunca cuestionaba a Nico al respecto. El Inmigrante lograba leer su mente, o probablemente sólo miraba su cara enojada y respondía la pregunta dibujada en esta. "Sólo recuerda por qué no puedo hacerte daño... quiero decir, herirte en serio, al menos," diría de la nada. "Te has vuelto impredecible Carmen," le diría como consejo justo después, repitiéndole este mensaje tanto como podía.

De nuevo con las líneas de película de acción, pensó ella mientras giraba los ojos.

"Supongo que no estoy siendo lo suficientemente serio con todo esto. La cosa es que, la única ventaja que tenemos sobre *ellos* es nuestra imprevisibilidad. Nadie es invencible."

"Hablas demasiado ¿lo sabes?" Carmen dijo apáticamente.

"Muéstrame que me equivoco entonces," provocó él.

"¿Cómo se supone que voy a derrotar al 'todopoderoso Inmigrante'? Lo que sea, estaría probando que te equivocas de todas formas."

Cuando no discutían sobre sus filosofías o planes para el futuro, Nico la desafiaba de vez en cuando, fuese física o mentalmente, siempre animándola a que lo cuestione a cada paso. Se había vuelto monótono y cansado, de modo que Carmen se quejaba a menudo sobre estos desafíos incesantes y por lo visto inútiles. Él aún era un adolescente insufrible, después de todo...

"Pruébame," la provocó una vez más.

Carmen, ya harta, cambió su postura a la de ofensa y lo atacó. Como era usual, Nico no la dejaba golpearlo, evadiendo o bloqueando todos sus golpes. Entonces, ella siempre terminaba entre sus brazos con una llave que normalmente significaba que había perdido. No obstante, esta vez ella, teniéndolo a él detrás suyo, trató de golpearlo en la entrepierna. Nico la evadió, aunque no por mucho. Luego, la soltó.

"¿Ahora? ¿Estás feliz? Eres invencible al final... ¡como siempre!" dijo Carmen sarcásticamente.

"La cosa es que... casi lo consigues," Nico dijo con una sonrisa gentil.

"¿Y?"

"Crees que puedes lograrlo, y eso es lo que importa."

Carmen lo miró perpleja. "¿Qué?"

"Ya me oíste. Al igual que tú, otros podrían derrotarme eventualmente," dijo el jovenzuelo con calma mientras se sentaba sobre sus cartones, a punto de iniciar su meditación usual. "Es por eso que nunca volveré a Sanatorium a salvar a más personas, o a alguien más, que sea perseguido por el Bloque," dijo mientras respiraba hondamente. Antes de que Carmen pudiese responder, este continuó. "Te hice una promesa que voy a cumplir, así me cueste la vida, pero eso no quiere decir que no sea egoísta. Sólo soy un ser humano, nada más ni nada menos. No soy un héroe."

No serás un héroe... pero eres mi héroe.

"Y es por esa razón por la que la Muerte volvió a casa," dijo la Cruz Negra al acercarse a la mansión de la Cruz. "La Muerte también es incierta..."

Unas luces en el cielo hicieron su aparición en lo que todo comenzaba a tener sentido. Había un helicóptero militar en el área mientras que agentes, armados hasta los dientes, rodeaban su antigua residencia en medio de la oscuridad. Algo se estaba cocinando en el edificio y no era bonito de ver. Ni bien sus ojos se toparon con uno de los agentes, supo inmediatamente quienes eran *ellos*. Nada extravagante esta vez. *Ellos* probablemente la estaban esperando en otro sitio, tal vez aún buscando el paradero del Biólogo.

"La Muerte reclamará los escombros... más allá de su invención..."

Ella estacionó su vehículo cerca de la cerca limítrofe de su antiguo terreno y la atravesó de un salto, cayendo dentro del jardín. Dado que las luces de su patrulla seguían prendidas, la Cruz Negra sabía que había alertado al Bloque de que tenían compañía ya que podía oírlos dándose órdenes para verificar quién había llegado a la escena. No tomó mucho tiempo para que dos agentes se acercasen al patrullero en el que había venido con linternas y rifles sólo para encontrar rastros de sangre en los asientos delanteros.

"¡Podría haber un oficial herido cerca! ¡Cuidado!" dijo uno de los agentes en cuestión.

Mientras más se alejaba la Temible de su auto, menos podía evitar recordar su viejo hogar. El jardín no había cambiado mucho, excepto por una que otra planta sin cortar aquí y allá. Su jardín delantero siempre había sido enorme, después de todo, y su aire fresco penetraba sus pulmones junto al olor de tierra húmeda que le recordaba los viñedos de primavera. Y como los viñedos, estas nuevas adiciones botánicas en el jardín significaban que sería más fácil hacer ataques sigilosos. La noche aún era joven, sin duda alguna, y le sonreía en su misión en especial desde que, como en *aquella* fatídica noche, la luz de la luna era casi inexistente. Aun así, los agentes usaban visión infrarroja, no que la Cruz Negra esperase menos. *Al menos ellos no saben que puedo ver perfectamente en la oscuridad*, pensó mientras se les acercaba, gateando entre los arbustos. *Su respiración me dice que se sienten muy confiados en tener éxito... interesante...*

"Todo el perímetro ha sido asegurado. Repito, todo el perímetro ha sido asegurado. No tenemos hostiles. La basura ha sido atrapada en el edificio con éxito. Repito, la basura ha sido atrapada en el edificio con éxito. ¿Cuáles son sus órdenes, señor?" dijo uno de los agentes a través de la radio pegada a su pecho, con un rifle con mira láser. "¿No combatir? Con todo el debido respeto señor, creo que- entiendo señor. Muy bien. Entendido..."

Era claro a quienes se referían con 'basura'. La única cuestión que rodeaba la cabeza de Carmen era: ¿por qué no combatirían? Por la forma en que hablaba, era evidente que tenían una increíble ventaja numérica y tenían armas, que hacía que la presa no pudiese escapar de la mansión.

El proceso de derrotar*los* era casi siempre el mismo, como Nico le había enseñado hace mucho tiempo. El primer paso era crucial: encontrar a cada enemigo cercano. *Veintisiete latidos,* contó ella. *Esto sobrepasa la regla de tres... no que importe mucho.* Al acercarse silenciosamente a la mansión, comenzó a tener dificultades para discernir algo en particular dentro de esta aunque sabía que había varias personas allí. *Los latidos de sus corazones describen miedo y desesperación... no pueden ser agentes del Bloque,* concluyó ella. *Debo apresurarme.*

"¡¡¡Aaahhhh!!!" gritó un agente de la nada, llamando la atención de sus compañeros cercanos. En pocos minutos, dos agentes habían ido a su posición mientras apuntaban a su alrededor con sus armas.

"¡Hombre herido! ¡Repito! ¡Hombre herido!" dijo el primer agente en llegar a la escena.

"¡¿Qué mierda pasó allí?! ¡¿Hay basura en las afueras también?!" dijo Alexander Pustakios, el oficial al mando que lideraba la operación desde el helicóptero con su walkie-talkie. "¡Todos ustedes tienen órdenes de disparar a matar! ¡Esto es inconcebible para friscos como nosotros!"

"Señor... su cabeza ha sido crujida contra el suelo..." replicó el agente con una voz llena de preocupación. "Podría tratarse de..."

"Hmmm... podría ser *ella* de todo el mundo..." respondió el comandante, más que nada para sí mismo. "Si es así, entonces estén todos alertas. ¡No debe escapar! Y-" se detuvo al oír los gritos de agonía al otro lado de la línea, seguido de una risa aguda. "Oh mierda... ¡Definitivamente es ella! ¡Rodeen esta ubicación y disparen a matar!"

Contrariamente a lo que esperaba, los gritos de agonía sólo se multiplicaron por el jardín. Algunos de ellos ni siquiera llegaron a gritar o sólo comenzaban a hacerlo.

"¡¿Qué carajo está pasando?!" se enfureció el comandante. "¡No se supone que caigamos como moscas! ¡Todos los agentes restantes! ¡La Cruz Negra está merodeando! ¡Repito! ¡La maldita Cruz Negra está aquí! ¡Usen la maniobra B-12!"

Los agentes rápidamente formaron círculos, espalda contra espalda, como las formaciones defensivas que los hombres usaban cuando peleaban con lanzas y escudos, apuntando sus miras láser a su alrededor en grupos de cinco. Sólo quedaban tres grupos ahora...

"¡No hay señales del objetivo! ¡Repito! ¡No hay señales del objetivo!" dijo uno de los agentes al mando mientras se movía hacia adelante y rotaba junto a su grupo, tratando de salir del jardín. La maniobra B-12 era muy precisa, creada en caso de supernaturales con altas capacidades físicas. Nunca había fallado hasta ese entonces.

"¡No tenemos señal del objetivo aquí tampoco! ¡Repito! ¡No tenemos- aaaahhhh!!!"

"Imposible... ¡¿sólo quedan dos malditos grupos?!" rugió el comandante ante la escena. "¡Mi nombre no es Alexander Pustakios si ese monstruo no es capturado o destruido hoy!"

Los grupos restantes simplemente se habían dejado de mover, incapaces de saber por dónde vendría el demonio que reclamaría sus vidas. Y, aun así, su disciplina seguía vigente ya que sus piernas no temblaban, sus miradas seguían calmadas y sus latidos no hesitaban. Sus manos se mantenían firmes en sus armas mientras buscaban al monstruo, disparando en la dirección en la que escucharan cualquier sonido, pero había un problema: había sonidos por todas partes en el jardín, como si hubiese un montón de gente invisible caminando por aquí y allá. "Si este maldito jardín no fuese tan grande ¡ya te habríamos encontrado perra!" exclamó uno de ellos con una voz tambaleante. "¡No eres más que una cobarde aprovechándose de su pequeño bosque!" siguió el mismo mientras le disparaba a todo sonido que oyera. "¡No moriremos en vano! ¡Ven y muéstranos que nos equivocamos! ¡Ahora!"

El resto de los agentes, inspirados por su muestra de valía, siguieron buscando a la Temible con creciente entusiasmo, caminando hacia la salida de la mansión y ya casi fuera del jardín. "¡Lo logramos! ¡Lo logra-"

Estas palabras, viniendo de ese mismo agente, murieron junto a él y su grupo cuando el último grupo, inmóvil cerca de ellos, miraba con desesperación cómo la Cruz Negra caía de las copas de los árboles sobre él y su escuadrón, crujiendo a un agente más a su lado con sus desgraciadas armas y bailando de una forma que parecía ser ballet. Luego, decapitó a los otros tres rotando en medio de ellos, aprovechando su formación y usando la fuerza centrífuga en sus compañeras.

"¡Mátenla a tiros! ¡¡¡Ahora!!!" exclamó uno de los agentes en ese último grupo. "¡No podrá huir a nuestra potencia de fuego! ¡La venceremos y viviremos para contarlo! ¡Venguemos a nuestros camaradas!" continuó este para alentar al resto de sus compañeros que comenzaban a mostrar esperanzas en sus ojos. "¡Derrotaremos a este malvado monstruo y siempre seremos recordados! ¡Por Pantea!"

"¡Muere, puta de mierda! ¡Aquí es donde conocerás tu fin!" respondieron los otros. "¡Te venceremos!"

O al menos eso se decían a sí mismos.

Una vez el grupo que la Cruz Negra había estado atacando había sido completamente aniquilado, ella recibió de lleno los proyectiles del grupo aledaño mientras cargaba contra ellos con toda su velocidad, sin inmutarse por las enormes heridas que tomaban lugar en su cuerpo, riendo con locura. Eventualmente, sólo salían clics de las armas que habían usado al no tener balas… y ella ya estaba a un metro de ellos.

"¡¡¡Nooo!!! ¡Qué alguien nos ayude! ¡Por favor! ¡Por favor!! ¡¡¡¡Arghhhhh!!!!" fueron las últimas palabras del último agente que quedaba en ese grupo.

Pustakios no podía creer lo que veía, quedándose sin palabras ante la masacre que acababa de presenciar. De entre los árboles, bajo la luz directa del helicóptero, ahí estaba ella, con sus cruces chorreando sangre fresca de sus más recientes víctimas, mirándolo con una sonrisa burlona. Tal vista sólo llenó al comandante de ira.

"¡Ríndete, Cruz Negra! ¡No tienes manera de derrotar al poderoso Bloque!" la desafió con un megáfono. Tras presenciar la masacre, el piloto también puso al helicóptero fuera del alcance del monstruo, sólo lo suficiente para que no pudiera ser atacado. Sabían con quién estaban lidiando después de todo, a diferencia de la policía. Esto era más que razón suficiente para considerar tal masacre de friscos como una humillación.

La Cruz Negra sonrió maliciosamente en respuesta ya que todos esos ladridos sólo podían significar que ellos no serían más un problema para ella... o que los agarraría luego.

El comandante continuó con sus amenazas a través de su dispositivo mientras que la Temible simplemente lo ignoró y corrió hacia las puertas principales de la mansión. Esperando que le dispararan por la espalda desde arriba, puso una de sus cruces para cubrirse, como un enorme caparazón de tortuga. Sin embargo, ellos no hicieron nada.

Mientras se acercaba a la entrada, no podía evitar oler algo... algo similar al jabón...

IV

"¡AÚN no me acostumbro a ese maldito olor!" dijo el doctor mientras preparaba la jeringa en cuestión. Sin duda alguna, el doctor Rupert Stein, como siempre quería que todos ante él lo llamasen diciendo su nombre completo cuando le hablasen por primera vez cada mañana, tenía un muy mal hábito que Martens siempre describía como 'problemático'.

"Doctor Rupert Stein, señor ¿podría por favor grabar los pasos y componentes de este experimento esta vez? ¿Por favor?" rogó Martens mientras frotaba sus manos y veía a su mentor mezclando diferentes sustancias y calentándolas en un tubo de ensayo. "Sabe que va en contra de la política de la organización."

"Martens... ¿recuerdas quién está a cargo aquí?" Stein respondió prepotentemente y la respuesta era siempre la misma. "Usted, señor," replicó Martens, resignada.

"¡Así es, maldita sea! ¡Y nunca lo olvides!" continuó Stein sin dejar de mirar el tubo de ensayo. "Ya sabes por qué mantengo mi propia política, asistente Martens."

Martens recordó entonces cuánto sufrimiento había visto en Stein cuando este tuvo que matar animales de laboratorio, fuesen ratas o monos, a veces llevándolo al borde del llanto. A veces se podía deprimir mucho como para presumir de ser el jefe del departamento de investigaciones del Bloque, lo cual era, en realidad, su pasatiempo favorito. Por lo tanto, como había mencionado el doctor unas setecientas cuarenta y siete veces, "esto es pura venganza contra la organización por obligarme a hacerlo," o al menos así le gustaba explicarlo. Por más patética que fuese su 'venganza' para Martens, ella nunca podría siquiera soñar en hacer nada parecido. Ser expulsada de la organización no tomaría más que un pequeño error de su parte. Era claro que, a diferencia de ella, Stein podía darse esos caprichos ya que genetistas de su calibre eran difíciles de encontrar.

Me gustaría volverme una gran genetista, pensaba ella a menudo. *Sólo desearía poder serlo pronto...*

"¡¿Ves todo esto, Martens?!" dijo él, tocándole la espalda suavemente la primera vez que ella entró al laboratorio como su nueva aprendiz-asistente. "¡Algún día este enorme laboratorio será tuyo!"

Los ojos de Martens brillaron con deleite ante la presentación: las instalaciones eran lo último en tecnología y estaría al alcance de sus manos, sin mencionar que su salario ya era de por sí bastante generoso. "¡Un día seré conocido en el mundo entero como el Salvador de Pantea! Ni bien limpiemos el país... ¡limpiaremos el mundo!" continuaba él con una gran sonrisa en su rostro.

Después, él hablaría de su familia a menudo y lo orgullosa que esta estaba de él, en especial sus nietos Matthew, Judith y Michelle. Martens había memorizado sus nombres en una semana ya que Stein pasaba tardes enteras hablando sobre cualquier cosa nueva que ellos hicieran, desde germinar un frijol en algodón o de sus clases de física cuántica en el jardín de niños. Por más aburrida que estaba de sus historias, se limitaba a sonreírle en respuesta.

Así que esto es lo que significa tener orgullo verdadero de frisco, pensaba ella a su vez.

"Sabes... ¡Michelle me prometió que hará un castillo de macarrones para mí si consigo un logro científico hoy!" dijo Stein entusiásticamente con una sonrisa mientras ponía el contenido del tubo de ensayo con el que había estado trabajando en una jeringa.

"¡Entonces tendrá que comprar toneladas de macarrones, señor!" lo animó Martens, sonriéndole de vuelta como siempre, al menos hasta que su estómago comenzó a gruñir. Trabajar con el doctor solía tomar mucho tiempo, sin mencionar que él en sí trabajaba durante mucho tiempo, algo que Stein no notaba ya que podía trabajar durante doce horas seguidas.

"Voy a comprar un sándwich ¿desea algo, señor?" dijo ella mientras abría la puerta del laboratorio.

"No... gracias... estoy a punto de conseguir el logro que había prometido..." respondió Stein, concentrado en su microscopio con la jeringa al lado. Si Martens no lo hubiera escuchado unas seiscientas cuarenta y cuatro veces, le hubiera creído. En realidad, sí le había creído las primeras veinte veces. Luego, se convirtió en un hábito. Esta vez, sin embargo, el doctor estaba especialmente emocionado ya que iban a recibir un nuevo espécimen muy pronto: un adolescente que había escapado de un domo cercano a la frontera y que acababa de ser recapturado. Ese jovenzuelo ya había sido inspeccionado y estaba siendo transportado a su laboratorio en ese momento. *¡Todo sería tan divertido!*

Martens escaneó sus credenciales y abrió las masivas puertas blindadas, el único acceso que tenían al laboratorio. Sólo el supervisor de las instalaciones, Gerard Jones, aparte de ellos, podía ir y venir a voluntad. Martens podía decir, con facilidad, que, si había alguien con mucha paciencia, ese sería el señor Jones ya que nunca cuestionaba los métodos del doctor, algo que ella consideraba una mala idea en general. Aun así, estaba segura de que la investigación que hacían sería vital para los planes del Bloque en un futuro cercano. Por supuesto lo más urgente era la mejora de los soldados participando en la invasión del Occidente Medio, la cual estaba siendo muy difícil para las tropas estacionadas allí. Por lo tanto, el gobierno de los Reinos Unidos de Pantea y su Majestad, la reina Anabela III, requerían una mejora urgente de los militares. Una nueva raza de humanos empoderados, o como a Stein le gustaba llamarlos, *supernaturales.*

No obstante, Martens estaba segura de que esos seres habían existido desde antes de que Stein les diera un nombre, ya que había habido muchos reportes en el pasado que describían su presencia. La mayoría de ellos, si no todos, eran considerados como conspiraciones por la gente ordinaria, incluida ella. Esto, sin embargo, cambiaría una vez se unió al Bloque. Los supernaturales eran ahora bastante comunes en su día a día, incluso si aún no lo eran para el resto del mundo.

Mientras las puertas blindadas se cerraban detrás de Martens, Stein presionaba el émbolo de la jeringa ligeramente para deshacerse del aire dentro y miró al sujeto de pruebas en cuestión con una emoción de anticipación nunca antes vista. Aún podía recordar la felicidad que había sentido el día en que le dieron el permiso para hacer experimentos. No podía agradecer lo suficiente al hombre que lo había hecho posible: el general John Jacob Smith. Era un verdadero patriota y un ejemplo a seguir para cualquier panteano.

Para cumplir con las altas expectativas del general, Stein tenía que lograr algo simple: un suero capaz de producir una regeneración que les permitiría a las tropas, sobre todo a las de Occidente Medio, tener más facilidad en zonas de combate y mayores oportunidades de sobrevivir los crecientes ataques terroristas. Aunque esta era la primera y principal motivación de Stein, había otra razón para su fervor en este proyecto: siempre había lamentado no haber podido salvar a su perrita, Candy, a quien el cáncer de seno le había destrozado la columna. Dicha enfermedad la llevó a no poder caminar y a su eventual sacrificio en manos de un veterinario. Si él hubiera creado el suero antes, ella aún estaría sana y salva. Nunca se había perdonado por eso, al punto de nunca más tener una mascota. A su vez, se había prometido a sí mismo que esta vez lo lograría. En consecuencia, crearía algo que cambiaría al mundo, no sólo para las mascotas, pero para todos, para siempre.

Sin duda alguna, él siempre había imaginado un suero que le daría a su sujeto de pruebas una regeneración, tan poderosa, que lo haría casi invencible. Para lograrlo, había intentado diferentes combinaciones de virus distintos con cerca de tres mil sujetos de prueba. Mientras que algunos morían rápidamente, otros desarrollaron extrañas mutilaciones o protuberancias. Otros no sufrieron ningún efecto, lo que los hacía, a su vez, sujetos de prueba de diversos experimentos adicionales en otros laboratorios en otras divisiones. Ya que Stein nunca se había molestado en saber cuántas divisiones de investigación había en el Bloque, el destino final de estos sobrevivientes le era desconocido. Nadie trabajando como personal lo sabía tampoco.

"Aquí vamos, amiguito... ¡esperemos lo mejor!" dijo Stein mientras le inyectaba una sustancia azulezca a una rata en una jaula. "¡Aquí vamos a cambiar el mundo!"

Su nuevo suero, gracias a la reciente cepa del virus C81, creada por él mismo, había logrado, con éxito y de forma permanente, modificar el código genético de otros sujetos de prueba. Sin embargo, esta cepa de por sí no daba resultados estables. Por ejemplo, uno de los sujetos ahora podía crecer extremidades de cualquier parte de su cuerpo mientras que otro había perdido la vista. Los resultados nunca eran los mismos, incluso si la regeneración estaba ahí en diversos grados. Adicionalmente, dicha regeneración era muy lenta, haciendo que el sujeto en cuestión fuese fácilmente capturado por un enemigo durante las simulaciones de combate, lo cual no era nada cercano a la invencibilidad que estaba buscando crear. Por lo mismo, trataría sin cesar metiendo un nuevo elemento a la formula a diario, o substrayendo otro, con resultados similares. *Estoy tan cerca y tan lejos al mismo tiempo*, pensaba a menudo tras presenciar los resultados. Las ratas de laboratorio, similarmente a los humanos, también habían mostrado diferentes características con los mismos procedimientos, lo cual odiaba mucho. Le provocaba gran dolor el tener que sacrificar a tan finos animales antes de intentarlo con humanos cuando tenían a todos esos asquerosos no-friscos por todas partes. Incluso si esta era una política con la que Stein no estaba de acuerdo, hasta él entendía que obtener ratas era mucho más fácil que no-friscos. Además, sus superiores argumentaban que hacer pruebas en ratas era un paso económico necesario ya que sus pequeños cuerpos requerían menos sustancia para cualquier experimento, comparadas con humanos. Eso era si esa 'gente' podía considerarse humana...

El poder entender la logística de este problema era la única razón por la que su 'venganza' era tan pequeña en escala. Después de todo, Stein sabía perfectamente bien que los materiales y recursos usados en sus experimentos eran escasos y muy caros, además del simple hecho de justificar los fondos para su investigación, lo cual era un tema totalmente aparte, era algo que nunca podía dejar de agradecer.

"¡Limpiaré Pantea! ¡Hoy es el día en el que empezaremos a recuperarla!" exclamó en lo que la formula entraba en el pequeño cuerpo de la rata. Una frase que ya había repetido unas seiscientas cuarenta y cuatro veces.

Su más reciente intento era completamente diferente a los que había pensado en el pasado. Esta vez había combinado el virus C81, no solo con varios componentes, sino que también con el virus E49, uno que probaba ser exactamente lo que necesitaba dado que podía modificar el código genético entero de su huésped y, a su vez, hacía que dicho huésped envejeciera mucho más rápido de lo que debería naturalmente. Poder trabajar con ese virus, desenterrado de las entrañas de la Tierra durante la Edad de Hielo, era una de las razones por las que Stein se sentía tan privilegiado, después de todo, sólo había un ejemplar en todo el mundo. Crearlo y producirlo de un esqueleto de mamut que lo tenía, tras miles de años, le había costado a la organización miles de millones de wólares.

¡Tenía que funcionar! O sería como una montaña rusa de emociones...

Absorbido como estaba en su tarea, Stein no se había dado cuenta de que Martens aún no había regresado, aunque ya había pasado media hora. Si bien nunca lo admitía, se había acostumbrado a tenerla a su lado cuando trabajaba en un experimento, terminara este en éxito o fracaso—generalmente fracaso. Así que simplemente se sentía raro no tenerla alrededor durante un momento tan importante.

"¡¿Q-qué tenemos aquí?!" dijo, sorprendido.

Sus ojos habían captado algo dentro de la jaula. La rata en cuestión ahora tenía ojos rojos y su piel rosada se había vuelto marrón. Su pelaje hacía difícil discernir sus características ya que se había vuelto como el de un puercoespín. Una sonrisa apareció en la cara de Stein.

"Ahora… ¡es hora de probar esto!" dijo Stein con sus ojos brillantes por las luces del laboratorio. "¡Esta vez no fallaré! ¡Lo juro!"

Con una pistolita, del tamaño de su pulgar, Stein le disparó al animal en la cabeza. Sus ojos se ampliaron con una gran sonrisa al ver el resultado: la pequeña bala había salido del cuerpo del animal mientras que la herida se había cerrado completamente sin dejar rastro y a gran velocidad. ¡Era demasiado bueno para ser verdad! ¡Lo había intentado por veinte años sin éxito! ¿Cómo es que algo tan estúpidamente obvio había sido la respuesta todo ese tiempo? ¿Cuántos hombres se habían sentido igual tras hacer los más grandes descubrimientos de todos los tiempos? ¡Ahora era su momento de brillar! ¡El Salvador de Pantea finalmente había despertado!

Estaba por escribir los pasos necesarios para reproducir el suero, ya que odiaba tipear, cuando la alarma se encendió. El sonido era demasiado para sus oídos, así que se puso sus audífonos de cancelación de ruido. Entonces, miró el monitor en el laboratorio el cual le mostraba las afueras cercanas donde había un carro estrellado en la entrada.

"¡¿Qué diablos está pasando allá afuera?!" se quejó Stein furiosamente por el teléfono de emergencia en la pared.

"¡Tenemos un intruso, señor! ¡No abra las puertas bajo ninguna circunstancia! ¡Prepárese para combatir de ser necesario! ¡Las instalaciones han sido comprometidas!" respondió el oficial de seguridad a cargo. "¡Un vehículo civil ha entrado en el complejo y ha roto nuestras puertas! ¡Tenemos cinco heridos hasta ahora y el intruso está entrando en las instalaciones! ¡Por favor, quédese en calma, no abra las puertas y no salga sin los escoltas apropiados!"

"Muy bien… gracias…" respondió el científico calmadamente antes de colgar el teléfono. Entonces, lo recordó. *¡Mar-*

tens!

¡Ya se había ido por cuarenta y dos minutos y diecisiete segundos! ¡Tal vez le había pasado algo! Podría ser sólo una aprendiz, pero también era una hermana frisca. No podría soportar el verla morir, así que decidió esperar cerca de la puerta con su mano derecha lista para apretar el botón de 'abrir'.

"¡Esa idiota! ¡Olvidó sus credenciales de nuevo!" se quejó Stein, agarrando su tarjeta de identificación de la mesa al lado de las puertas. Probablemente ella la había puesto ahí tras escanearla para salir, era evidente que no podía entrar sin ella. Era la onceava vez que lo había hecho. Cómo es que una frisca era tan estúpida estaba más allá de su comprensión. Imperdonable, en realidad. Aun así, una hermana frisca mejoraría algún día y sólo eso le daba el derecho de seguir con vida. Por lo mismo, él escuchó con atención, con la oreja derecha pegada a la superficie fría y metálica de las puertas. Entonces, los oyó. Débiles y arrítmicos golpeteos en la puerta. Era todo muy extraño...

Nunca había escuchado golpeteos en la puerta antes. Posiblemente era porque nadie había necesitado hacer tal cosa en el pasado. Subsecuentemente, siguió revisando los monitores los cuales le mostraban que no había nadie afuera. Quizás Martens estaba en una situación difícil y era posible que se estuviese escondiendo del intruso y buscando un escondite. Quizás ella era la que había estado golpeteando la puerta tan 'silenciosamente' como podía para no revelar su ubicación a este intruso, lo que explicaba porque no salía en los monitores. O, más probable, Martens estaba justo debajo de la cámara encima del marco de la puerta, haciendo que él no pudiese verla. Ya que Stein se había comenzado a relajar al considerar tales posibilidades, a pesar del agudo sonido de la alarma, el golpeteo reapareció una vez más.

Stein tenía dos opciones: una, obedecer al oficial de seguridad y dejar, potencialmente, morir a Martens ahí afuera; o dos, abrir la puerta y arriesgarse, salvando a Martens en el proceso. Ya que los friscos nunca abandonaban a los suyos, la elección era obvia. Ellos no eran como esos asquerosos invasores, claro. Por lo mismo, como se le había instruido durante su entrenamiento para casos de emergencia, Stein cargó su arma reglamentaria. Si era Martens, su disparo no la mataría, pero la heriría ligeramente en el brazo. Si era el intruso, el enemigo no esperaría tal ataque, lo que significaba que las posibilidades de poder dispararle dos veces y matarlo eran altas. *Está decidido entonces*, pensó mientras escaneaba su identificación y abría las puertas blindadas gigantes.

"¿Quién anda ahí?" preguntó Stein, apuntando su arma a la entrada ni bien las puertas habían terminado su ruidosa apertura. Al no encontrar a nadie allí, se dio cuenta de que podía ser una trampa y rápidamente comenzó a cerrarlas. Sin embargo, estas se rehusaban a cerrarse. Una enorme cruz de mármol negro había aparecido de la nada y ahora estaba atorada en medio de ambas puertas. Stein encontró este evento interesante ya que esas puertas tenían una presión de 200 MQu. Lo que sea que cayera ahí tendría que estar hecho añicos.

"Un supernatural..." concluyó el científico con una voz sorprendida mientras retrocedía, manteniendo su arma a la altura de sus ojos. El entrenamiento de tiro dado por el Bloque no era el más eficiente, pero lo suficiente para una autodefensa precaria. Stein estaba al tanto de eso, así que revisó el pasillo detrás de las puertas apuntando su arma, pero nadie aparecía detrás de las gruesas y frías puertas de titanio.

"¡¿Quién diablos tiró esta basura?!" Stein ordenó en voz alta mientras que su sudor caía por su rostro. ¿Dónde estaba todo el mundo? ¿Dónde estaban los agentes que debían defenderlo? Los escoltas deberían haber llegado en ese momento. Nada tenía sentido. ¿Dónde estaba Martens? ¿Estaba bien?

Aun más importante ¿estaría bien él?

No podía perdonarse por cometer un error tan tonto. Los friscos no hacían esas cosas. Por lo tanto, cuidadosamente se movió hasta el objeto bloqueando las puertas. El plan era patearlo fuera del camino y permitir que las puertas terminaran su curso, lo cual debería funcionar sin problemas.

Se acercó al objeto y lo empujó con su pie derecho con todas sus fuerzas, en vano. La presión que las puertas ejercían sobre el objeto era muy poderosa, agregado al enorme peso del objeto en cuestión era sin duda un gran problema. Stein estaba perplejo. Para levantar y lanzar ese objecto pesado con la velocidad suficiente para evitar que las puertas se cerraran no era humanamente posible. ¿Acaso este intruso era un experimento que se había escapado de otra instalación?

Los sueros para fuerza sobrehumana no eran una novedad para el Bloque, después de todo, ya que los resultados demostraban que eran muy estables a diferencia de los de regeneración. Él sólo había visto un espécimen con el que había experimentado ese tratamiento. El chico en cuestión había logrado sobrevivir, pero había terminado con una condición física que dejaba mucho que desear. En cuanto a resultados exitosos que dejaban al sujeto de pruebas con buena salud, sólo los había visto en reportes, pero nunca los había visto en persona. De modo que esta era una posibilidad alarmante ahora.

"Supongo que no hay de otra... tendré que quedarme a mantener mi terreno y esperar refuerzos mientras apunto a la puerta," concluyó Stein en lo que la cruz atorada daba espacio para que una persona esbelta entrara fácilmente. Incluso si fuese a abrir las puertas y a cerrarlas de nuevo, dudaba mucho que pudiera mover el maldito objeto fuera del camino. Por lo tanto, siguió mirando a las puertas y a su nueva entrada... y ahí estaba ella.

Una mujer de piel pálida con varias heridas, en la forma de huecos de bala, en sus piernas y torso, que apenas podía caminar y no parecía saber adónde iba. También llevaba una cruz idéntica a la que estaba en medio de las puertas en su mano izquierda. ¿Acaso era este intruso peligroso el que había activado las alarmas? Imposible...

"¡Hey! ¡Tú ahí! ¡Sal de aquí ahora!" advirtió Stein mientras le seguía apuntando. "¡Y saca tu maldita cosa de mi maldita puerta!"

La mujer se dio la vuelta, como si fuese guiada por su voz y lanzó la cruz que le quedaba hacia él, verticalmente, de modo que entraba entre ambas puertas, rotando en medio del aire hacia el científico. Stein quería moverse, pero sus piernas no lo obedecían. Probablemente no había anticipado esta reacción de un enemigo debilitado. Sin embargo, en lo que la cruz volaba en su dirección, él logró dispararle a la mujer en cuestión dándole en el lado izquierdo del pecho. Por la forma en la que la bala había entrado en su cuerpo, él sabía que había penetrado su pulmón.

Caerás, pensó él mientras que la cruz se estrellaba contra su cuerpo, tirándolo al suelo. A su vez, la mujer caminó lentamente hacia él a través de las puertas medio abiertas. Mientras lo hacía, casualmente pateó la cruz atorada entre estas. Contrariamente a las expectativas de Stein, la cruz se movió fácilmente, como si fuese tan ligera como un grano de polvo. Una vez dentro, las puertas resumieron su clausura, justo a tiempo antes de que llegaran los agentes que esperaba Stein, dejándolos fuera. Ya que Stein sabía que era el final de ella, sonrió ante su primera víctima y trató de ponerse de pie…

Entonces, lo entendió.

La cruz había crujido su pelvis, al punto de casi amputar su pierna derecha. Él viviría durante unos minutos más en lo que su sangre escapaba por su vientre, el cual estaba bloqueado por la misma arma. Un derrame cerebral también podría suceder pronto, o simplemente su muerte. Sólo podía controlar sus brazos y cuello, así como su cabeza.

En silencio, el doctor se arrepintió de sus tontas protestas contra la organización. Su maldito método. Su descubrimiento estaba ahora sólo dentro de su mente ya que, aunque Martens sabía las bases del mismo, no sabía cuál había sido la última adición a la formula. La adición que lo había convertido en un éxito y del cual sólo quedaba un ejemplar en el planeta entero.

Lloró en silencio.

"¿Dónde estoy…?" dijo la mujer mientras seguía su avance. Su cara parecía haber venido directamente del inframundo. Su cabello y ropa estaban bañados con sangre al igual que sus cruces. Se veía temible, como un demonio que se acababa de escapar del infierno mismo. El agujero en medio de su frente hacía que se viera más interesante ya que Stein nunca había visto a alguien con ese tipo de heridas que pudiera seguir caminando. ¿Era un cadáver viviente? Aunque no lo fuera, algo era seguro: ella era una supernatural.

"Tú… la de ahí… ¿qué has hecho?" dijo Stein, tratando de liberarse en vano.

"Soy-" la mujer no pudo terminar su oración. Cayó de rodillas violentamente, chocándose con el escritorio cercano donde estaba el suero más reciente de Stein, para luego caerse completamente de cara. La rata, enfurecida y encerrada en su jaula, cayó al suelo junto al suero que estaba en una jeringa de plástico. Mientras que la jaula rebotaba en el suelo, alejándose de la mujer, la jeringa cayó cerca de ella.

La mujer trató de levantarse, pero su cuerpo no se lo permitía. Su falta de oxígeno, como producto de su más reciente herida, estaba surtiendo su efecto en ella. Era claro para Stein que ella estaba en sus últimos momentos y que moriría allí, al igual que él.

Al menos… es una frisca… como yo… morir en su compañía… no será una bendición… no obstante… es aceptable…

Por otro lado, él sentía que le faltaba algo. Algo que tenía que probar antes de morir. Los sonidos que hacía la rata dentro de su jaula le dieron la respuesta: nunca podría probar su logro en un cuerpo humano. Incluso si eso significaba que ese cuerpo le perteneciese a aquello que llamaba 'basura', le hubiera gustado saber si había tenido éxito. Ahora moriría sin saber si todos sus esfuerzos habían sido en vano o no. No podía soportarlo…

Frecuentemente pensaba que había sacrificado a su familia para completar su trabajo. Su esposa y sus dos hijos lo habían abandonado ya que no soportaban tener a un padre cuya única prioridad era el trabajo. Pero eso no era lo peor de todo: en la situación actual, también decepcionaría a sus nietos. Sintió su pecho comenzar a cerrarse al sólo pensar en algo remotamente similar ya que no viviría su logro. Al final, moriría como un don nadie… como un maldito no-frisco. Su llanto silencioso comenzó a resonar con las paredes del laboratorio. ¿Por qué tenía que terminar así? Si pudiera al menos…

Entonces, la idea lo golpeó.

Tenía un sujeto de pruebas, después de todo, más cerca de lo que hubiera podido soñar en un momento como ese. Si esta mujer frisca muriese o no, no importaba, tenía que ver su experimento completo ya que nadie podría replicar su fórmula con las cosas como estaban. Tal vez había esperanzas a pesar de todo...

"Tú... te estás muriendo... ¿no...? señorita..." susurró Stein, tratando de mantenerse consciente, "te puedo ayudar... a... desafiar toda lógica... podrías incluso... desafiar esto... también..."

No hubo respuesta. La mujer prácticamente se había desmayado mientras que la jeringa estaba al lado de sus brazos. Tal vista era suficiente para provocar desesperación en el agonizante corazón del científico. Este sacó un bolígrafo del bolsillo de su camisa y se lo tiró a la mujer. Ya que el bolígrafo le dio en el hombro derecho, ella movió su cabeza alrededor para verlo a los ojos, pero estaba posiblemente ciega para ese punto. Él podía decir que ella no sabía dónde estaba él dado que miraba hacia arriba buscándolo. ¿Acaso su ataque con la cruz había sido pura suerte? Probablemente. Él se había posicionado exactamente en frente de las puertas cuando ella tiró su maldita cruz. No importaba. Ella estaba muy débil como para responderle de todos modos.

"Esa jeringa al lado de tu brazo izquierdo... es mi mejor trabajo... úsalo... incluso si somos enemigos... al menos eres una frisca... no eres basura... puedo morir con eso... úsalo... quiero verlo... dar fruto... permíteme disfrutar de mi... sacrificio... por favor..."

Además... el Bloque podrá capturarla con creces si mi suero es un éxito... y alguien podría descubrir mi maldita formula... sólo puedo esperar eso en este punto... no tengo nada que perder.

La mujer movió sus brazos lentamente, arrastrándolos por el piso torpemente, como si su cuerpo se rehusara a obedecerla. Una vez sintió la jeringa cerca de su brazo izquierdo, la empujó de modo que esta penetró su antebrazo. Entonces, se detuvo de golpe, o en realidad, estaba hesitando.

Stein odiaba esto. Convencer a la gente no era uno de sus

fuertes. "Es un gen de regeneración... que modifica el ADN... te curará... úsalo..." continuó el científico, sintiendo cómo su aliento era capturado por la muerte con cada segundo que pasaba. No obstante, a pesar de su posible éxito en humanos nunca sabría si los efectos colaterales observados en el pasado también estarían presentes en su nueva creación, tales como esterilidad, locura, entre otros que habían aparecido cuando experimentaba con *basura*. Él sabía que dichos efectos sucedían más que nada por la degradación del cerebro que causaba el virus C81, el cual no había sido completamente cancelado por su fórmula. En el caso del nuevo suero, los ojos rojos y el cambio del color de piel habían aparecido en la rata... cambios que tampoco había visto antes...

Ya que no le quedaba mucho tiempo con vida y como sentía su cerebro entumecerse, al igual que su boca, comenzó a golpetear el piso con la poca fuerza que le quedaba en los dedos, queriendo gritar, pero sin poder hacerlo debido a la falta de aire. Esta desesperación era más dolorosa que la cruz crujiendo su pelvis. Él la odiaba con todas sus fuerzas, pero, aun así, hasta él sabía cuándo odiar a alguien. Y pensar que el simple hecho de tener que darle su obra maestra a su enemigo lo hubiera hecho suicidarse en otras condiciones...

Este no es momento para pensamientos infantiles... sólo la basura se puede permitir conflictos tan lamentables como esos... no nosotros, los friscos.

Entonces, siguió insistiendo con una voz menos audible. "Hasta alguien con baja inteligencia... podría decir que... estos son tus últimos momentos con vida... no creo que tengas otras opciones... viéndote como... mi último experimento con éxito... me dejará... morir en paz... así que... adelante... úsalo... muéstrale... al mundo... cuán superiores... somos... realmente... ¡los friscos!"

Carmen no podía evitar sentir asco, aunque sus palabras sonaban como sonidos aleatorios en su estado debilitado. El simple hecho de que tendría que depender y aceptar cualquier ayuda del Bloque la hubiera hecho vomitar, si su cuerpo y mente hubieran estado en un estado decente. Esa sustancia cerca de su brazo era el producto de incontables víctimas humanas. Numerosas vidas que habían sido tomadas a la fuerza de todo el mundo. Aunque ya no sintiera ninguna culpa, aún podía imaginarlo. Aceptarlo también significaría que ellos habían tenido razón todo el tiempo, que la barbarie que habían hecho había sido correcta porque ella perseguía una causa noble... la de salvar a Nico.

Sin embargo, y por más asquerosa que fuese su decisión, Nico pesaba más en la balanza de su corazón. Con su mente apenas en estado consciente, pensó en tomar el maldito suero de forma que todas esas muertes tuvieran sentido, de alguna forma. Dejar que sus esencias descansaran en paz llevando sus voluntades en vez de un agente del Bloque, pero ella sabía que eso sólo servía para adulzar la decisión que había tomado. Además, incluso si fuese una trampa, iba a morir pronto de todas formas así que ambas opciones, aceptarlo o rechazarlo, sonaban igual de mal en su mente.

Tampoco... tengo nada que perder...

Aun así, el asco de no tener más opciones era irritante para ella. Sin embargo, lo que era más irritante era el hecho de que no podía tomar la jeringa en cuestión, siendo incapaz de cerrar sus dedos sobre esta sin importar cuantas veces lo intentara. La aguja simplemente cambiaba de lugar, o se deslizaba por el suelo escapando de sus manos a cada rato. Era imposible.

No obstante, Carmen tuvo un momento de claridad y, aprovechándolo, procedió con su idea. Stein no podía creer lo que veía al verla usar la pata de una silla como superficie opuesta a ella que serviría como soporte para el émbolo de la jeringa. Era como si hubiese algo, o alguien, guiando sus movimientos agonizantes. Entonces, presionó su brazo contra la aguja, ahora en posición, y fácilmente penetró su piel. Incluso si se hubiera dañado un nervio, apenas podía sentir algo. Moviendo su brazo contra la jeringa con todas las fuerzas que le quedaban, logró inyectarse todo el suero.

"Lo... hiciste... eres... una... supernatural... pese de todo..." rio y tosió Stein, sintiéndose victorioso. "Una humana... con habilidades... más allá... de lo ordinario... podríamos ser... enemigos... podrás... haber... ganado... pero... yo soy quien... ríe al último... hiciste... lo que yo quer-"

Antes de darse cuenta, su ser había dejado de existir...

Mientras su vida se desvanecía, Carmen sentía su sangre convertirse en fuego. Su dolor físico, el cual había comenzado a sentir repentinamente de nuevo y a gran escala, podía ser observado desde fuera ya que convulsionaba en el suelo, gritando con toda la energía que le quedaba. El dolor era insoportable. Su cuerpo siguió castigándola por unos minutos hasta que se desmayó.

¿Qué es esto...? ¿qué me está pasando...?

...

"¡Finalmente!" exclamó Roger una vez la titánica puerta cedió ante su cortadora de diamante. "¡Pensé que nunca entraríamos! ¡No creí que nos tomaría una maldita hora!"

"No me digas..." replicó Alex, su compañero, también sudando como su triunfante amigo. "¿Qué carajo pasó aquí?"

"Me temo que esa es información clasificada," dijo una voz imponente detrás de ellos.

"¡Comandante Jones!" dijeron ambos en unísono.

"Prepárense para entrar. ¡Alisten sus armas!"

"¡Sí, señor!"

Martens se quedó a su lado en silencio, al parecer demasiado asustada para siquiera echar un vistazo a la escena. *Si tan sólo hubiera estado prestando más atención a su gran logro... todo hubiera sido diferente... ¡mierda!*

"¡¿Por qué tuvo que seguir con su maldita protesta, señor?!" preguntó ella a la nada frente a sí en lo que sus lágrimas de tristeza caían al suelo.

"No te culpes por esto, Martens," dijo Jones mientras prendía un cigarro. "Esto no es más que un ejemplo de lo lejos que estamos de la perfección que buscamos como friscos. Tener esto como parte de nuestra realidad sólo significa que necesitamos investigar más que nunca... esto no debe volver a suceder."

"S-sí, señor... ¡no lo voy a decepcionar!" respondió Martens, limpiándose las lágrimas con la manga de su saco de laboratorio. "¡Tomaremos a esa maldita mujer y la usaremos para más experimentos!" continuó ella con furia en su voz y renovada motivación. "¡El Bloque será la fuente de luz que todo frisco buscará!"

Jones sonrió ante su resolución. "Eso espero..." dijo para luego mirar a sus hombres. "Sabemos, gracias a las cámaras de vigilancia, que la intrusa fue quien mató al doctor Stein y que se inyectó con su más reciente creación. De acuerdo con la asistente lugarteniente Martens, sabemos que este suero concedía, supuestamente, gran regeneración en el sujeto de prueba. Efectos colaterales adicionales aún nos son desconocidos. Ahora, entren y vigilen a la intrusa para ver si hace cualquier movimiento. De momento esta se encuentra inconsciente en el suelo, según las cámaras. Nuestros sensores vitales indican que no ha muerto. Sólo recuerden, si ven que parpadea, o cualquier cosa, le meten un tiro en la cabeza. ¿Está claro?"

"¡Sí, señor!"

Entonces, los hombres armados entraron al laboratorio en caos y se posicionaron cerca de Carmen, presionando sus armas contra su cabeza. Martens intentó entrar, en vano, deteniéndose justo en el marco de la puerta, mientras que Jones entró detrás de sus agentes. "¿Quién rayos es esta mujer?" preguntó, esperando que alguien supiese la respuesta, tranquilamente sacudiendo la mitad restante de su cigarro.

"No lo sabemos, señor. No parece tener ningún tipo de identificación consigo," respondió Roger tras una búsqueda rápida, confundido como los otros. "Déjenme ver en la base de datos... tal vez sea un sujeto de pruebas que se ha escapado..."

Gerard Jones nunca había visto una escena similar en toda su vida. La mujer yacía allí, acostada en su lado derecho, acuclillada con sus brazos abrazando sus piernas y sus rodillas pegadas a su quijada. Su piel se había vuelto amarillenta y sus venas eran negras y visibles. Su cabello estaba bañado en sangre seca al igual que su vestido, el cual había sido blanco alguna vez. No tenía zapatos ni heridas visibles. ¿Qué rayos estaba sucediendo? Stein también yacía allí, muerto, con una sonrisa en el rostro. La rata de laboratorio, por otra parte, no estaba allí. Viendo las grabaciones de seguridad, sabían que la jaula se había caído al suelo y que se había roto. Después de todo, las jaulas de vidrio eran la norma en las instalaciones. De todos modos, era raro...

Se suponía que era vidrio reforzado...

"¡Hasta que sepamos quién mierda es ella, nadie sale de esta habitación!" ordenó Jones mientras caminaba fuera del laboratorio. "¡Dejen que el equipo de contención se haga cargo de esto! ¡Hasta entonces, no le quiten el ojo de encima ¿me oyeron?!"

"¡Sí, señor!" respondieron los hombres, Alex y Roger, con un saludo del Bloque sin dejar de apuntar sus armas a la cabeza de Carmen. Un saludo del Bloque se veía como estuviesen a punto de cortar el aire con sus manos derechas, verticalmente. Tal como Jones había oído tantas veces cuando entrenaba nuevos reclutas, simbolizaba el ascenso de los friscos en el mundo y cuán difícil era mantener ese ascenso.

Me pregunto cómo operarían nuestros agentes friscos si tuvieran a sus familias amenazadas de muerte... como los agentes basura... pensó Jones en lo que se reunía con Martens y la acompañaba fuera del edificio, viendo su rostro lleno de lágrimas. *El equipo de contención debería llegar pronto... lo extrañaremos doctor Stein... de eso estoy seguro.*

Una vez Jones se había retirado, Alex comenzó a ponerse ansioso. "Espera... creo que la conozco..." se agachó para ver la cara de Carmen más de cerca. "Oh Kothat... ¡es Carmen de la Cruz! ¡La que se escapó de ese manicomio con esa basura que los chicos capturaron ayer! ¿No estaba con él durante nuestra misión en la mansión?"

"No tengo ni idea... no que importe mucho ahora," respondió Roger, mostrando unas ganas crecientes de jalar del gatillo.

"Mira hombre, sé cómo te sientes, pero tenemos que respetar las órdenes del comandante. Debemos esperar a que venga el equipo de contención a hacerse cargo de ella," respondió

Alex, tocando la espalda de su compañero suavemente. "O sea… no es que no comparta tus ganas de matarla ¿sabes? Ella ha matado a un montón de gente buena, de la nuestra, antes de llegar aquí. Tengo las mismas razones que tú para matar a esta… perra. Pero, tenemos que ser profesionales. Somos friscos, una raza superior. No podemos actuar como salvajes. Harías bien en recordarlo."

"¿Sabes qué…? No me importa. ¡Siempre podemos estudiar su maldito cadáver! ¡Esta puta debe pagar por atreverse a ir a la guerra con el Bloque! ¡¿Sabes qué?! ¡Digamos que ella se levantó y nos atacó! ¡Eso es!" replicó Roger, mostrando excitación en sus ojos brillosos. "¡Tuvimos que matarla en autodefensa!"

Alex lo pensó por un segundo. "Quiero decir… si ella fuese basura, te apoyaría… pero ella es uno de los nuestros…"

Roger presionó el cañón de su arma contra la sien izquierda de Carmen con entusiasmo. "¡Una traidora a la raza frisca es peor que basura!"

"Lo que sea. No voy a tomar responsabilidad por esto…" dijo Alex mientras se daba vuelta para pretender no ver nada. Jones había apagado las cámaras después del ataque, así que no había nada que temer. Por lo mismo, el entusiasta agente quitó el seguro de su arma en lo que una enorme sonrisa aparecía en su rostro. Vengaría a tantos hermanos y hermanas caídos. ¡Impondría un alto estándar para el Bloque! ¡Sería un modelo a seguir!

"¡Toma esto, puta!"

En lo que su arma automáticamente alistaba el martillo, el sonido del mismo fue directamente al oído izquierdo de Carmen. Era tan agudo, tan frío, que le recordaba a algo más… algo horrible y aterrador…

Su sueño había terminado, finalmente.

El agente disparó su arma, pero la bala sólo se encontró con el piso de cerámica del laboratorio. La mujer movió su cabeza a un lado, justo a tiempo y rápidamente recogió unas extrañas cruces que yacían en el suelo. El agente en cuestión estaba confundido.

"¿Ya terminaste? Tenemos otras cosas que-" dijo Alex ni bien escuchó el disparo, sólo para detenerse de golpe al ver lo que pasaba. La mujer ahora estaba de pie frente a ellos con dos enormes cruces de mármol negro, una en cada mano, mirándolos con gran intensidad. Una intensidad asesina. Les sonreía. Sus ojos rojos sólo mostraban una locura sin fondo. Su piel inhumana la hacía ver como una criatura que sólo habían visto en películas de horror, cubierta en sangre seca y un vestido casi destruido. De alguna forma, se veía completamente diferente a cuando dormía pacíficamente en el suelo.

"Jaja... jajajajajaja... ¡JAJAJAJAJAJA!" rio como una loca la desgraciada mujer mientras que los dos agentes no podían moverse, tratando de asimilar lo que estaba sucediendo.

"¡Es por el suero con el que se inyectó!" dijo Roger, apuntándole. "¡Es una maldita supernatural! ¡No debe escapar! ¡Dispara a matar!"

"¡Al final ni siquiera necesitábamos una maldita excusa! ¡Amo mi trabajo!"

Su intenso entrenamiento había sido efectivo ya que sus disparos le dieron en la cabeza al mismo tiempo. "¡Oh sí! ¡Te tenemos puta! Jaja-" Roger tuvo que parar su risa triunfal, uniéndose a la expresión de asombro de su compañero cuando se dio cuenta de que la mujer seguía de pie allí.

Como si nada hubiera pasado, ambos miraron con horror cómo las balas que le habían metido en la cabeza salían de esta, y cómo una increíble regeneración tomaba lugar. Esto, a su vez, realzaba su sonrisa maliciosa, con la cual ella caminó hacia ellos, tranquilamente, tomándose su tiempo, disfrutando de su miedo.

"Como la vida... la Muerte también se adapta..." dijo la Cruz Negra sin desacelerar su paso. "Mientras que los escombros han de desaparecer..."

"¡Fuego a discreción! ¡Fuego a discreción!" ordenó el compañero de Roger como si estuviera al mando. Si bien ya habían lidiado con supernaturales más veces de las que podían contar, nunca se habían enfrentado a nada similar. Era algo muy aterrador y aun más dado que no tenían idea de cómo derrotar a alguien con ese tipo de regeneración.

"¡¿Qué hacemos ahora?! ¡Se regenera muy rápido!" gritó Roger temblando hasta los huesos.

"¡Haremos lo que debamos! ¡Lo que siempre hemos hecho!" dijo Alex. "¡La mandamos de vuelta al infierno a balazos!"

Estas palabras levantaron los ánimos de ambos mientras que le disparaban a la mujer. Sin embargo, una y otra vez, sus balas salían del cuerpo de esta junto a la sangre que salía de sus heridas. Dichas heridas ya no existían medio segundo después. Por lo mismo, ella mantuvo un avance uniforme hacia ellos.

Sin darse cuenta, ellos habían estado retrocediendo mientras le disparaban. Para cuando se habían quedado sin balas, sus piernas ya nos los obedecían y sus manos no se movían para recargar sus armas.

"Por favor… ¡no nos mates!" rogó Roger, tirando su arma y, para su sorpresa, la mujer se detuvo a un metro frente a ellos.

"¡Podemos lograrlo!" dijo Alex en un momento de lucidez mientras sacaba un walkie-talkie de uno de sus bolsillos. "¡Necesitamos refuerzos! ¡Necesitamos-"

Sin embargo, él no pudo seguir con su llamada de auxilio ya que la Temible lo había golpeado con una de sus cruces en el pecho, crujiendo sus costillas y pulmones en el proceso de un solo golpe. Tal escena despertó a Roger, cuyas piernas finalmente le obedecieron y comenzó a huir por su vida. Entonces, cayó al suelo.

"¡¡¡Aaaahhh!!!" gritó Roger de dolor, no pudiendo sentir su pierna izquierda. "¡¡¡MIERDA!!!"

"Jajajajaja… ¡JAJAJAJAJAJAJAJAJAJAJA!"

El demonio no paraba de reír ante la matanza que hacía mientras procedía a desmembrar a Roger. Con el cadáver de Stein sonriendo eternamente ante la escena, el monstruo miró sus manos una vez hubo terminado. Se veían perfectas y puras ya que no tenían ni una cicatriz o moretón. Podía ver sus venas resaltando entre su piel, como una caravana de autos negros contrastando con asfalto amarillo.

Subsecuentemente, el demonio caminó alrededor de las instalaciones como si fuese la dueña del lugar. Mientras se acercaba a la salida, se topó con un espejo en la pared cuyo solo propósito era esconder escáneres de rayos X por cuestiones de seguridad, aunque a veces también tenían propósitos experimentales. El esbirro se detuvo y se miró en dicho espejo. Parecía estar admirando su cuerpo, mirándolo de pies de cabeza. Dado que su sonrisa nunca desaparecía, uno podría asumir que disfrutaba de su nueva apariencia. Le quedaba a su nuevo ser, después de todo. Le quedaba bien a la Cruz Negra.

En el horizonte, más allá de la entrada a las instalaciones, aparecieron los refuerzos del Bloque, armados hasta los dientes, yendo hacia ella. Ella les sonrió amplia y diabólicamente. Estos hombres, dirigidos por el lugarteniente Alphonse Havok, se detuvieron frente a la entrada y le apuntaron con sus armas. Al ver el triste estado del edificio, estos tomaron posiciones y se cubrieron cautelosamente.

"¡Tú allí! ¡Levanta las manos donde pueda verlas!" gritó el lugarteniente. "¡Tira tus armas ahora!"

La bestia simplemente rio, rio y rio ante *ellos*. Entonces, cargó contra *ellos* como nunca había podido antes... por primera vez en su vida.

"¡Abran fuego! ¡Fuego a discreción! ¡Ahora!" ordenó Havok. "¡No dejen que se les acerque! ¡Mátenla!" continuó este, tratando de quitarle el miedo a sus hombres en esa situación. En toda su experiencia, nunca había visto nada similar. Nadie, en realidad, había sido capaz de entrar y correr a sus anchas en instalaciones del Bloque en el pasado. "¡Este es tu fin!"

Y pensar que simplemente respondían a una llamada de auxilio viniendo de la sala de monitores de seguridad, sin mucha explicación era algo imperdonable. No obstante, con lo que la experiencia le había enseñado, mantener a los 'raritos' lejos, tanto como fuese posible, era la mejor apuesta que podía hacer así como evitar todo tipo de contacto físico con el enemigo. Sin duda alguna, odiaba ese tipo de situaciones, de las inesperadas. Por lo mismo, los hombres dispararon contra la Cruz Negra mientras que esta danzaba hacia ellos, moviéndose rápida e impredeciblemente, como si bailara ballet mientras avanzaba firmemente con una enorme sonrisa en su rostro. En lo que las balas iban hacia ella, fallando o dando en el blanco, los hombres no sabían si quedarse o huir al ver que las crecientes heridas no la afectaban en lo absoluto. Aun así, sus armas rugían en lo que el sol de la mañana irrumpía en el cielo nocturno. Un rugido que sólo podía rivalizar con la risa de la muerte en persona frente a ellos.

"¡¿Qué carajo es esto?! ¡No le hacemos nada!" exclamó uno de los agentes dándose cuenta de lo obvio. Sin duda alguna, su desesperación gradualmente se incrementó en lo que cien balas entraban en el cuerpo del monstruo y las mismas cien salían medio segundo luego. Sus dientes habían sido pulverizados por los proyectiles de plomo, al igual que sus ojos y dedos. Pero, aun así, ella seguía bailando tranquilamente mientras que estas partes de su cuerpo crecían de vuelta como si nada les hubiera pasado.

Parecía estar disfrutando de esa orquesta de la muerte ya que los sonidos combinados de ambas fuentes, sus voces gritando de desesperación y disparos, eran un espectáculo para uno de los más grandes placeres que ella hubiera sentido antes.

"¡No se muere! ¡NO SE MUERE! ¡¿QUÉ HACEMOS?!" urgió uno de los agentes en lo que el pánico tomaba el control de sus mentes. En cuestión de segundos, sus disparos precisos habían comenzado a mostrar evidentes desviaciones hacia el blanco, dándole a las paredes detrás de ella. Dado que las heridas se habían hecho menos consistentes, la Cruz Negra dejó de bailar y corrió hacia ellos.

"¡JAJAJAJAJAJAJAJAJAJAJA!"

Algunos de los hombres tiraron sus armas y huyeron como si no hubiera un mañana. Los que se quedaban, incluyendo al lugarteniente, seguían con su ataque en vano. Uno por uno, con la carne arrancada de sus huesos, siendo mutilados o destrozados, fueron muriendo a manos de la Temible. Sus tendones se despegaban de sus cuerpos en frente de sus ojos. Algunos de ellos, habiendo sobrevivido los viciosos ataques iniciales, trataban de huir arrastrándose aunque sus piernas fuesen ahora parte del pavimento. Sin embargo, la Cruz Negra no mostraba piedad ya que, una vez veía a uno de ellos con vida, uniría sus cabezas a sus extremidades como parte del suelo a punta de golpes.

"La vida se extingue bajo las campanadas..." dijo la Cruz Negra pacíficamente mientras caminaba entre los numerosos cadáveres, acercándose al último sobreviviente que no hubiera podido huir así hubiera querido. Había algo que la Temible quería probar... Poco sabía que esta oportunidad se repetiría muchas veces en el futuro.

"Por favor... perdóname la vida... no tengo a dónde ir... ¡POR FAVOR!" rogó Havok. Su brazo y pierna izquierda habían sido aplastados. Él rápidamente miró a su alrededor, esperando que hubiera ayuda disponible cerca... pero era el último agente con vida.

"Reconoce diferencias en las características," dijo ella con una voz neutral, parándose frente a él.

Havok se quedó en silencio, confundido, ya que no podía entender lo que había dicho. La sonrisa jocosa del monstruo se lo hizo entender, manifestando la actual inferioridad de sentía sobre sí mismo. Entonces, la forma en que ella lo miraba le dio una pista.

"¿Me estas... pidiendo que... a-admita que soy... lo mismo... lo mismo que los no-friscos...?" dijo, incrédulo, como si esperara estar equivocado. ¿Por qué le preguntaba eso en vez de información más valiosa? ¿A qué estaba jugando ella? Pero, más importante ¿cuál era la respuesta correcta?

No estaba seguro sobre la respuesta que iba a dar. Sin poder llegar a ninguna conclusión clara, Havok optó por lo obvio. Su voz temblaba mientras pronunciaba su respuesta. "T-tú eres una supernatural-..." Entonces, la respuesta apareció en su mente al recordar a quien había capturado el Bloque hace unas horas. "¿H-hablas de... ese chico que a-acabamos de capturar?" Su cara nunca pudo quitarse de encima su expresión de terror total. Sus ojos, abiertos como platos, sólo podían mirar las cruces del demonio.

"El zagal de la muerte... con los alabastros se burlan de los sábalos… ¿es desvariante de ellos?" dijo la Cruz Negra tranquilamente.

Ante tal declaración, su rostro lleno de terror sufrió un cambio radical: fue reemplazado por la mirada de una bestia furiosa. Había perdido el miedo a la muerte que tenía hace un segundo. Tal cambio en su personalidad sorprendió a la Temible.

Ella había visto esta actitud antes… pero no podía recordar cuando ni donde…

"¡¿ESTÁS LOCA, MIERDA?! ¡¿CÓMO TE ATREVES A SI QUIERA INSINUAR QUE SOMOS IGUALES?! ¡PODRÁS SER EL MONSTRUO MÁS HORRIBLE QUE HAYA ENFRENTADO, PERO LO QUE DIJISTE ES PEOR QUE LA MUERTE! ¡PREFIERO MIL VECES MORIR E IRME AL INFIERNO ANTES DE TENER QUE ADMITIR QUE SOY LO MISMO QUE BASURA!"

"La Muerte te concederá tal deseo…" Con un movimiento rápido, la Temible decapitó a Havok golpeándolo horizontalmente con su cruz derecha. La ira del agente se quedó para siempre grabada en su rostro mientras su cabeza rodaba por el pavimento.

"Liberar a la luz será siempre el trabajo de la Muerte…"

V

O ESO PENSABA ELLA.

Había varios olores dentro, tantos que no podía definir cuántos eran. Aun así, el simple pensar que hubiera tantos supernaturales cerca al que le brindaba un poco de felicidad la asustaba sin cesar, agregado al hecho de que *esa* señal cardiaca se hacía más débil con cada segundo que pasaba, hizo que la Cruz Negra localizara con exactitud su débil latido tan rápido como podía. Ya no se daba el lujo de caminar casualmente. En vez de eso, corrió hacia la entrada y entró en el edificio sin resistencias ni obstáculos: las puertas principales habían sido destruidas por algo, o alguien.

"¡La Cruz Negra ha entrado en el edificio! ¡Repito! ¡La Cruz Negra-!" advirtió el comandante en el helicóptero con su walkie-talkie, sin embargo, no terminó su oración cuando fue bruscamente interrumpido.

"Bien," dijo una voz gruesa del otro lado de la línea.

"Siempre con tantas ganas..." concluyó el comandante con una sonrisa en lo que indicaba al piloto ir hacia el norte. "Tendremos refuerzos. No te loquees aún, la necesitamos con vida..." agregó. El silencio al otro lado de la línea decía todo lo que el comandante necesitaba oír. Entonces, el helicóptero desapareció en la distancia.

En cuanto a la Cruz Negra, esta continuó su camino hacia

el grupo dentro de la mansión. Sin embargo, nada tenía sentido pasado ese punto ya que los salones de la mansión casi la cegaron con su luz majestuosa y suprema limpieza. No podía creer lo que veía en lo que viajaba a un tiempo diferente, uno más alegre. Los sirvientes corrían por todas partes, trabajando en todo momento. Las paredes se veían pulidas, brillando en su limpieza. Las pinturas estallaban de color. Los tapices estaban aspirados e inmaculados mientras que los ricos adornos exhibían su gran belleza. Carmen no podía evitar caminar con lentitud para apreciar el esplendor que estaba presenciando. Y así, en lo que llegaba al gran salón, no podía evitar admirar las dos majestuosas escaleras cubiertas con una alfombra roja, magnifica e impecable, y entre ellas el orgulloso sello de los de la Cruz. Un sello que ella nunca había dejado de admirar, ni siquiera en sus días más jóvenes.

El sello contaba una historia por sí solo, una de victoria, una de tragedia. Carmen se quedó frente a él, embelesada, cuando el sonido de un piano robó su concentración. Rápidamente se dio vuelta y lo vio. Su viejo piano estaba ahí, mirándola brillante y elegante, invitándola a tocarlo.

Carmen se le acercó tranquilamente, dejando que su mano derecha acaricie sus teclas, haciéndolas sonar como antaño. Antes de darse cuenta, estaba sentada en su banco lista para tocarlo por un rato. Tocaría la favorita de su padre, *Para Elsa*, la primera canción que había logrado tocar a la perfección, también con la que más había practicado ballet. Mientras sus manos se deslizaban por las teclas, el sonido del piano inundaba sus oídos mientras que su padre sonreía ante la escena.

La vida es buena de nuevo, pensó ella con una genuina sonrisa de felicidad.

Pablo la miraba, cautivado por su belleza y talento, mientras que Carmen continuaba y más sirvientes venían a admirar a su pequeña flor en acción, escuchándola en completo silencio y asombro. Tomándose su tiempo, ella lentamente presionó las teclas que terminaban la canción, esperando lo que sabía sería la reacción estándar de su familia postiza.

"¡De nuevo! ¡De nuevo! ¡De nuevo!"

Carolina estaba entre ellos, sonriéndole a Carmen, aprobándola, y abrazando a su padre, hablando alegremente con él y haciendo que el corazón de Carmen salte de júbilo. Poder tocar el piano para Carolina la hacía muy feliz.

Aún concentrada en la música, miró sus manos. Estas eran jóvenes, pequeñas, del color del mármol blanco. ¡El mundo era un lugar magnifico! ¡No podía detenerse! ¡Si el cielo existía, de hecho que estaba en él! ¡Era demasiado bueno para ser verdad!

Entonces, lo escuchó.

"Ayuda… me…" dijo un niño débilmente, detrás de ella. Carmen se detuvo de golpe y miró sobre su hombro. Era un niño que había sido apuñalado con un cuchillo profundamente en el vientre. La sangre había inundado su ropa. Su cara buscaba ayuda con desesperación.

Carmen sintió temblar todo su cuerpo, dejando el piano y corriendo hacia él, empujando a la pequeña muchedumbre de sirvientes para pasar y sostener al niño en brazos. Él la miró y, tras ver su rostro, le sonrió débilmente. Entonces, sus ojos comenzaron a cerrarse lentamente.

"Estoy feliz… de que estés aquí… conmigo…"

"¡Todo va a estar bien! ¡Te lo juro! ¡Por favor, no te vayas! ¡No soy nada sin ti!"

"Atrapemos mariposas mañana… mamá…"

"¡Juan Fernando! No…"

En cuestión de segundos, el chico colapsó en sus brazos mientras Carmen lloraba desconsoladamente, sintiendo los latidos de su corazón desvaneciéndose en silencio y su calidez lentamente escapando y dejando frío absoluto en su lugar. No contento con eso, su cuerpo comenzó a disolverse y a convertirse en nada.

"¡¿Por qué… por qué me está pasando esto?! ¡No puedo soportarlo más!" gritó ella en lo que sus manos sostenían más y más vacío. Cerró los ojos y lloró en silencio. Un dolor que sólo podía venir de la memoria, tan profundo, que la hacía sentirse apuñalada en el corazón. Al mismo tiempo, Carmen no podía entender lo que estaba pasando al ver sus manos, ahora más grandes y viejas—bañadas en sangre.

"Ayúdanos…" oyó decir a alguien.

Se dio la vuelta sólo para ver que todos sus sirvientes se habían ido. En su lugar, estaba su padre y Eliana: él a su derecha, ella a su izquierda. Mientras que su padre no parecía estar herido, Eliana tenía una gran herida en el estómago. Parecía un disparo de escopeta que había atravesado su tronco, de modo que el otro lado era visible. A su vez, llamas envolvían su cuerpo, derritiendo su piel y su carne lentamente. Y, a pesar de que su padre no tenía heridas, no le iba tan bien ya que Carmen podía sentir cómo su vida se desvanecía. Ambos, tratando de alcanzar a Carmen con sus manos, sin poder moverse hacia adelante, pegados al suelo donde sus piernas se derretían como mercurio caliente.

Carmen corrió hacia ellos sólo para darse cuenta de que no se les acercaba en lo absoluto. Esto sólo hizo que corriera más rápido, en vano, mientras que sus seres amados seguían su derretimiento hasta que desaparecieron completamente en un suelo oscurecido.

"No… ¡¿Por qué me están haciendo esto?!" Carmen susurró con una voz casi inaudible. "Hice lo que pude para ayudarlos… para protegerlos… he fallado… lo siento… no merecían nada de esto …"

Mientras Carmen trataba de entender lo que sucedía, escuchó una voz más.

"Ayúdame…"

La de un joven. Carmen lo vio aterrorizada ya que le faltaban las extremidades y sangraba como ganado en un matadero. "*Ellos*… me mataron… ¿por qué… me has… abandonado…

Carmen…?"

"Nico… no… no… ¡NOOO!"

Entonces, Carmen abrió los ojos. Aún estaba sentada en el banco del piano. Rápidamente miró a su alrededor y se vio sola en el gran salón, bañada por las sombras. Mirándolo de cerca, se dio cuenta de que el salón estaba destruido en realidad, a tal grado que no se veía como antaño. No tenía ningún sentido. Todo el lugar estaba podrido. El piano también era un pedazo de madera pútrida ahora, como si la humedad excesiva hubiera hecho un buen trabajo destruyendo lo que había sido alguna vez un bello mueble. Ningún sonido salía de sus teclas sin importar cuánto las presionara. *¿Qué rayos está pasando?* se preguntó, sorprendida. Para que esto pasara, la mansión tendría que haber estado abandonada por al menos cinco años e inundada con mucha humedad. Aun así, Carmen no recordaba que el clima fuese tan húmedo para empezar. Había hasta plantas y hongos trepando por las planchas de madera carmesí, las cuales ella misma había elegido en un punto para embellecer su hogar durante su construcción. No tenía sentido que su antiguo hogar se encontrara en un estado tan lamentable tan rápido, a menos que…

"¡¡Aaaarrgghhh!!!"

Un extraño grito bestial vino de la sala. La Cruz Negra saltó e instintivamente lo siguió hacia su fuente. Su corazón se había acelerado al sentir la vida desvaneciente de Nico. El que había gritado era alguien que no conocía.

"¡La Muerte prevalecerá!" dijo ella mientras sus pies la llevaban lo más rápido que podían, lo cual se sentía como una eternidad. La oscuridad en los pasillos y salones de la mansión, así como el crujiente sonido del piso, aumentaba su desesperación mientras buscaba a la víctima. Tras visitar cuarto tras cuarto, finalmente llegó a la escena en cuestión. Entonces, lo vio.

Un hombre alto, probablemente de dos metros, con aspecto de fisicoculturista se encontraba pisando a Nico en el pecho. El Inmigrante, como ella temía, yacía inconsciente bajo su bota, apenas respirando y con sangre saliéndole de la boca. El gigante encima de él sonreía con gran satisfacción, confiado en el poder que tenía sobre el adolescente.

Aunque su ira estaba tomando su ser, con el gigante pisando la caja torácica de Nico con fuerza, ella decidió ir con cautela. Había otras personas a su alrededor. Un joven rolve con una cabeza anormalmente grande yacía en el suelo, lleno de heridas, sosteniendo una pistola apuntándole al gigante. Este temblaba de terror. El gigante ni siquiera le prestaba atención ya que su atención estaba, en realidad, con una chica mizelas. Aunque esta chica, también adolescente, era invisible a simple vista, la Temible podía decir que ella había sido incinerada en algún punto de su vida debido a su constante olor a carne quemada. Además, podía verla, aunque no con todo detalle, pero podía ver fácilmente dónde estaban su cabeza, tronco y extremidades dentro del cuarto. La Cruz Negra también podía escuchar sus pasos rodeando al hombre en cuestión, a gran velocidad, corriendo en círculos. Posiblemente buscaba una apertura en la defensa de este para cargar contra él. Pero, aun así, aunque el hombre ni siquiera estaba en guardia, o en una postura defensiva, la chica mizelas no se atrevía a atacarlo. Siguiendo su camino, la mirada de Carmen se topó con otra figura extraña.

En la parte trasera del salón, echado contra una pared, había otro jovenzuelo que tocaba su pierna derecha mientras miraba la escena, furioso; su pierna estaba rota, probablemente. Tenía escamas verdes cubriéndolo de pies a cabeza, así como una cola y una cara hecha de una mezcla de humano y cocodrilo. Quizás era él que había gritado hace un minuto.

A su lado, había una chica de pelo negro como el ébano desmayada en el suelo que tenía características de una asan. La gente asan y los friscos eran vagamente diferentes a los ojos de la Temible, excepto por lo que ella percibía como ojos ligeramente más grandes que los de los friscos y, generalmente, tenían pelo negro. No parecía estar lastimada.

Tras haber hecho un buen reconocimiento del 'campo de batalla', los ojos de la Cruz Negra regresaron a observar a la chica mizelas corriendo en círculos. Claro, no le tomó mucho tiempo a esta adolescente darse cuenta de que era observada.

Al notarlo, esta se detuvo bruscamente. Sin duda alguna, en lo que la mirada de Carmen se encontró con la de la chica, esta comenzó a tambalear. Al mismo tiempo, la Temible notó que los ojos de la chica invisible estaban fijos en sus temibles armas en vez de sus ojos, no sabiendo si atacarla o no. Una cosa estaba clara: ella y el resto no eran enemigos de Nico. Todos compartían un sentimiento en común cuando miraban al gigante, uno de miedo total. Sus ojos tenían la misma expresión que las víctimas que habían caído ante la Cruz Negra, mientras que ese gigante parecía disfrutar de su miedo. Ella había visto esa expresión en alguna parte antes... esa expresión llena de malicia...

Tal mezcla de alivio y miedo puro... pensó la Cruz Negra ante el descubrimiento. *Hay otro monstruo... aparte de mí...*

Había otra cosa única sobre ese monstruo: un olor que nunca había sentido antes. Ninguno de los jóvenes en la mansión tenía un olor similar al de cera derretida. Teniendo en cuenta que el olor a sangre y entrañas que no le disgustaba, le parecía extraño que este olor sí lo hiciera.

"¡Sométanse basura! ¡Sométanse y les prometo que no sufrirán... mucho!" dijo el gigante mientras reía a carcajadas, lleno de confianza en su victoria. "¡Acepten su lugar como la mierda que son! ¡Jajajajajaja!"

El hombre sonrió maliciosamente en lo que quitaba su pie del pecho de Nico. Se agachó y lo tomó por el cuello, levantándolo con su mano derecha. El Gigante claramente lo hacía de forma cuidadosa y, juzgando por sus movimientos, se contenía para no romper el cuello que tenía en mano.

"¡Preferimos morir!" exclamó la chica invisible con una voz desafiante y unos ojos que emitían furia como el magma de un volcán en erupción. Aun así, siendo cautelosa, la Cruz Negra no se había movido de donde estaba, en la entrada del salón, viendo la espalda del Gigante. Seguía observando mientras la chica mizelas había decidido ignorar sus cruces y concentrarse en el Gigante, siguiendo su correr en círculos y preparándose para atacar. Parecía que el hombre aún no había detectado a la muerte en persona.

"¡Esperaba que dijeras eso, basura! ¡Jajajajaja!" respondió este sin cambiar de posición, aún con el cuello de Nico a su merced. "¡Ven a mí de una vez! ¡Me estoy aburriendo!" provocó mientras ponía un poco de presión en el cuello de Nico, visible por cuán profundo habían penetrado sus dedos en su carne. Por lo mismo, tras cambiar sus patrones de movimiento rápidamente, la chica invisible se puso a la espalda del Gigante y lanzó un puño hacia su cara sólo para ser tomada del cuello al igual que el Inmigrante.

"¡¡Aaagghhh!!" gritó la chica en lo que su invisibilidad la abandonaba mientras más presión hacía el Gigante sobre su cuello.

"¡Bien! ¡Bien! ¡Así que la basura como tú puede activar su poder a voluntad! ¡Jajajajajaja! ¡La primera vez que veo algo así! ¡Definitivamente no puedo capturarte muerta!" siguió el hombre jocosamente mientras tenía a ambos jóvenes en el aire. "¡Juguemos a algo!" El rostro del hombre mostraba mucho entusiasmo mientras chocaba las cabezas de ambos adolescentes, sólo lo suficiente para hacer que la chica se desmayase — sólo lo suficiente para no romper sus cráneos. Era un monstruo después de todo, incluso en sus consideraciones para con su presa.

"¡Ahí va!" dijo mientras lanzaba a sus víctimas contra la pared más cercana. Ambos adolescentes se estrellaron contra dicha pared y cayeron al lado del joven rolve. Ambos quedaron inertes sobre el suelo con sus huesos sonando por el trauma. Los latidos del corazón de Nico estaban casi extintos ahora mientras que los latidos de la chica también comenzaban a desaparecer.

Carmen apenas podía resistirse a atacarlo. Agarraba sus cruces con tanta fuerza que sus manos sangraban. Antes, atacar al Gigante hubiera significado que este podría haberla evadido y, como estaba parado sobre el pecho de Nico, hubiera podido destrozar las costillas del Inmigrante en el proceso. Fuese por accidente o no, era un riesgo demasiado grande. Cuando tenía a Nico por el cuello, un resultado similar hubiera sido posible: si él la hubiera detectado antes de que pudiera conectar un golpe, o si lo golpeaba con éxito con sus armas, él podría haber roto el cuello de Nico como acto reflejo. Ambos resultados no eran favorables. Ahora, con Nico relativamente fuera de su alcance, era el turno de la Temible.

Manteniéndose a su espalda, la Cruz Negra cargó contra él a toda velocidad, tan silenciosamente como podía, aprovechándose del hecho de que el Gigante había comenzado a caminar hacia el Inmigrante como si el mundo entero no existiera. Una vez estuvo a medio metro de él, ella se agachó y juntó toda la fuerza que podía usar en su brazo izquierdo. En lo que iba a atacar, vio su cara.

Él estaba sonriendo y la veía por el rabillo del ojo.

Por lo mismo, rápidamente lo golpeó en la quijada con su cruz izquierda con todas sus fuerzas, hacia arriba, como un jugador de beisbol que acababa de anotar un jonrón. El ataque parecía ser exitoso ya que el Gigante salió volando contra la pared opuesta a donde Nico se había estrellado y cayó al suelo. Su cuello se había alargado ligeramente mientras que su mandíbula había sido pulverizada.

Estaba inconsciente y la Cruz Negra debía aprovecharlo. Juzgando por experiencias pasadas, él se levantaría y estaría bien muy pronto. Pero, aun así, eso no era lo que más la preocupaba.

¿Por qué me sonrió? pensó. *Supongo que eso puede esperar... hay algo más importante ahora mismo.*

Ella miró de nuevo al cabezón rolve a los ojos. Él aún temblaba de miedo, apuntándole con su arma, aparentemente incapaz de saber si ella era un enemigo o un aliado.

"¡No te acerques!" gritó él con sus manos apenas manteniendo su puntería hacia la Cruz Negra. "¡T-te arrepentirás! ¡Lo juro!"

Nico apenas respiraba en lo que su vida pendía de un hilo. Carmen sintió sudor correr por su rostro al sentir cómo los huesos del Gigante se habían comenzado a reacomodar. Sonidos muy familiares para ella en ese momento. Atacarlo de nuevo, donde estaba, sólo lo demoraría un poco más, sin embargo, ella no tenía idea de qué otras habilidades tenía ese hombre. De haber estado sola, la precaución hubiera sido la última de sus preocupaciones. Por lo que sabía, el Bloque podría haber programado a ese gigante para explotar.

Debo sacar a Nico de aquí...

"Sólo la Muerte puede pagar por lo que alguna vez se cumplió..." dijo mientras observaba una vieja araña de luz eléctrica que colgaba sobre su cabeza, recordando que esa era una pieza de decoración que ella había logrado traer desde Estú y que había pertenecido a su antiguo hogar. Era un tesoro del cual presumía su padre. Aún estaba intacto, lustroso y hermoso. Sus veinte focos aún estaban en su sitio, brillando de dorado. Una vez sus ojos terminaron de admirarla por última vez, Carmen lanzó su cruz derecha hacia arriba, haciéndola caer del techo y rompiéndola en un millón de pedazos. De estos, rompió un foco, de modo que tenía la mitad de este en su mano derecha y, para sorpresa de todos, se cortó el brazo izquierdo con esta mitad de foco, como si fuese una microsierra, pelando su piel y cortando sus tendones. Al hacerlo, se sacó sangre y lo dejó en este recipiente improvisado.

"Ten mi esencia... usa la ofrenda de la Muerte... desaparezcan de la guarida de la Muerte..." dijo Carmen mientras lanzaba el foco roto a las manos del rolve, quien lo atrapó por instinto y que, a su vez, dejó caer su arma.

"Supongo q-que dices que d-deberíamos salir de a-aquí ¿cierto?" respondió el jovenzuelo rolve, aún inseguro sobre lo que ella quería decir. No obstante, Carmen podía decir que él sí había entendido su mensaje, no sólo su intención, lo cual era al revés usualmente. "Muy bien, así será," dijo este más confiadamente en lo que recogía su pistola del piso y la ponía en una funda en sus pantalones. Entonces, se puso de pie y fue donde Nico, siendo extremadamente cuidadoso de no derramar ni una gota de sangre de Carmen.

El jovenzuelo que parecía un reptil también se puso de pie, sufriendo con su pierna izquierda, y se alejó cojeando junto a las chicas asan y mizelas en su espalda mientras que el rolve se llevaba a Nico en la suya.

"Gracias," dijo la Temible, sonriendo gentilmente al jovenzuelo cabezón.

"Adiós... pequeño," luego agregó al ver cómo Nico y sus compañeros desaparecían de su vista por una ventana rota. *Por suerte, estamos en el primer piso*, pensó ella mientras se posicionaba entre los adolescentes fugitivos y el Gigante, quien ya se encontraba caminando hacia ella.

"Esa fue una buena exhibición... Cruz Negra..." dijo él mientras movía su cuello para ponerlo de vuelta a su posición original en lo que parecía un arreglo en sus huesos. "Nunca imaginé que la tan llamada Temible fuese tan... hermosa..."

El Gigante caminó alrededor de ella como si tratara de pasar hacia la ventana por las cuales los jóvenes habían escapado y seguir su cacería. No obstante, la Cruz Negra hacía lo mismo, manteniéndose frente a él y bloqueando su paso.

"Deberías unírtenos... somos una mejor raza... ¡los vencedores finales!" propuso él, mostrando entusiasmo e ilusión en su rostro. Parecía estar totalmente convencido de que lo que decía era verdad. "¡Eres una de nosotros! ¡Fue la naturaleza la que decidió que la infame Cruz Negra fuese también una frisca! ¡Jajajajajaja!"

"La Muerte no existe actuando como matadero," respondió la Cruz Negra mientras seguía caminando frente a él, preparándose para la batalla, tensionando sus brazos y piernas.

"No sé si hablas así por diversión o por daño cerebral, pero eso no cambia el hecho de que siempre quise conocerte. Pensé que sería más fácil hacerte entender tu digno lugar entre nosotros. Supongo que necesitas más persuasión," replicó él al terminar de acomodar su cuello y detenerse. "Me sorprende que hayas logrado hacerle todo este daño a mi cuerpo. Olvida eso, estoy más que sorprendido... estoy impresionado," siguió mientras le sonreía jocosamente.

Estuvo al tanto de mi presencia desde que entré a la mansión... sabía que iba a atacarlo... recibió mi ataque a propósito para medir mi fuerza... concluyó la Cruz Negra en lo que el gigante seguía sonriéndole, como si disfrutara de sus dudas internas.

"Aún te preguntas cómo sobreviví, por lo que parece. No debe suceder a menudo... ¿cierto?" dijo él para sorpresa de la Temible mientras caminaba tranquilamente hacia ella. "La mirada en tu rostro lo dice todo... tal vez sobreestimé tu proeza... de todos modos, mi nombre es Ian Griffin, un placer conocerte. Pero para ti, puedes llamarme del mismo modo en que me llaman aquellos que acaban de huir con la cola entre las piernas... puedes llamarme Masacre."

Su excesiva tranquilidad era irritante para Carmen de alguna forma. Era el primero, aparte del Biólogo, en no mostrar miedo alguno: hasta se rascaba la nariz y bostezaba por lo que ella podía describir como verdadero aburrimiento.

"Mi trabajo consiste en cazar basura... como la que acabas de dejar escapar... y eliminarla... en todos los sentidos de la palabra..." agregó con una voz en completa calma, casualmente sacándose conejos de los nudillos. "Es verdaderamente desafortunado que tuvieras que hacer esto más difícil para ti... no estarás de acuerdo con nosotros... pero eso es cuestión de tiempo..."

La Cruz Negra lo miró a los ojos y sonrió maliciosamente en respuesta. "La masacre habrá traído la tormenta... dos veces será cortante..." respondió mientras levantaba sus cruces a la altura de sus hombros, con gotas de sangre cayendo de estas. "La crueldad del arrepentido rara vez es aplastada... después de todo... es la Muerte quien debe revertir eso."

Masacre rio a carcajadas. "¿Así? Sí que eres algo más," se burló mientras posicionaba su cuerpo en una pose lista para correr, tocando el piso con su mano derecha y su rodilla izquierda. "Empecemos, Cruz Negra. ¡Muéstrame qué más puedes hacer!"

Su actitud era irritante, pero también le había dado información. Su comportamiento, su enorme tamaño y la fuerza que había mostrado cuando abusaba de los jovenzuelos, sin heridas ni marcas visibles de haber sido atacado, sólo podían significar una cosa...

No podré vencerlo... ¿cierto?

Por el bien de Nico, tendría que intentarlo. Además, el simple hecho de que este hombre la derrotaría para continuar su cacería era algo que iba a suceder sí o sí. Ganar tiempo para Nico era todo lo que podía hacer.

Perderé ¿cierto?

En lo que él se acercaba más y más, con sus pasos haciendo temblar toda la habitación, la Cruz Negra comenzó a hacerse preguntas que nunca se le habían cruzado por la mente antes. *¿Cuántas veces puedo regenerarme?*

Masacre simplemente le sonrió mientras cubría su cuerpo entero con escamas que le salían de los poros. Escamas similares a las que tenían los cocodrilos... similares a las que había visto en el chico que parecía reptil...

A estas alturas, ya nada importa... ¡vamos!

Para sorpresa de Masacre, la Temible dejó caer su cruz izquierda encima de su pie derecho, aplastándolo y convirtiéndolo en una masa de sangre. El dolor reflejado en su rostro produjo una amplia sonrisa diabólica en vez de un grito. Esto, a su vez, cambió cómo se veía el rostro de Carmen completamente, provocando a Masacre y haciéndolo sonreír también.

"¡¡¡Jajajajajajajajajaja!!!" rio ella mientras levantaba su cruz, dejando que su pie sanara.

"Ya entendí lo que acabas de hacer... borraste las dudas que tenías sobre esta pelea... fascinante..." mencionó él al observarla poniendo ambas cruces a la altura de sus hombros nuevamente. Su pie había sanado después de medio segundo de un estado completamente destrozado, sacando un suspiro sarcástico del Gigante. "¿Quién hubiera pensado que cuando dicen que una vez vas a Friornia, tu vida cambia para siempre...? ¡tenían razón!"

"Que las dudas de la masacre sean apostadas rápidamente..."

VI

"NO LO CREO," dijo Mark cuando finalmente llegaron al destino final de la orate mujer. "N-no es posible…"

"Bueno… lo estás viendo con tus propios ojos, compañero," dijo Josh mientras abría la puerta y caminaba cerca del risco, apenas visible por la oscuridad de la noche. "¡Es por estas cosas que nunca perseguimos a un sospechoso durante mucho tiempo! ¡Sólo mira, terminamos en el Gran Abismo!"

"Un hueco enorme ¿no?" dijo Mark, uniéndose a su compañero a mirar el risco. "Pero ¿por qué vendría hasta aquí? Nada de esto tiene sentido…"

"Por una vez, desearía que esto fuese tráfico de drogas o algo así," replicó Josh, volviendo al auto. "No creo que haya mucho más que podamos hacer, compañero."

"¿Quién hubiera dicho que se tiraría por el risco sin pensarlo dos veces? Su auto… quiero decir, el que robó de esa institución, está ahí abajo, pero ella no," continuó Mark, también regresando a su auto. "Debemos reportarlo. Esto no es algo que podamos manejar nosotros, compañero."

"Quiero decir… esta ni siquiera es nuestra jurisdicción," agregó Josh en lo que agarraba el timón. "Los rangers a cargo de santuarios nacionales tienen esta jurisdicción… y estoy muy seguro de que esos chicos requerirán refuerzos…"

Ambos oficiales cerraron sus puertas respectivas y dejaron

el lugar. Tan pronto como reportaron lo que habían visto, recibieron la orden de ir a la escena de un accidente por la radio. Parecía que otro vehículo llevando seres vivos, del tipo que no había sido especificado, había tenido un problema con los frenos y se había caído al Abismo. Dado que podría haber sobrevivientes, los oficiales se apuraron hacia dicho lugar. Ambos oficiales cerraron sus puertas respectivas y dejaron el lugar.

"¡¿Qué demonios?!" exclamó Mark ni bien llegaron. La camioneta de carga blindada en cuestión iba por la misma ruta que ellos. Sin embargo, y a diferencia de lo que reportaban los informes, esta no se había caído en el Abismo, pero sí se había dado vueltas y estaba de costado en el pavimento. Ya que sus puertas traseras estaban abiertas y no había nadie alrededor para explicar las cosas, o presentar documentación pertinente, ambos oficiales sólo podían hacer deducciones. No había cadáveres tampoco y parecía que el vehículo había sido abierto desde dentro, dado que las puertas no mostraban señales de haber sido forzadas o dañadas. Quien fuera que lo haya hecho tenía acceso a las llaves respectivas.

Tras presenciar la escena, Mark regresó a la patrulla y dio la vuelta, seguido por un escéptico Josh. "¡¿Qué rayos estás haciendo, compañero?!" protestó este. "Es nuestro deber–"

"No me importa, compañero..." replicó Mark mientras aceleraba, alejándose de la camioneta varada. "Viste lo que hizo esa mujer con esos chicos en ese edificio... primero eso, luego esto... ya no puedo más con esta mierda..."

"Debemos volver al sitio del accidente o–"

"Mi esposa me ha estado molestando todo el año para sacar los fondos para Christie, tú sabes... está por entrar a la preparatoria... quiero verla crecer... no puedo morir aquí, hombre... ¡¿lo entiendes?!" se quejó Mark en una subida de furia y tristeza que sorprendió a Josh. Él podía ver una lágrima saliendo de su ojo izquierdo. "Nos vamos ¿está claro?"

"E-está bien, compañero, lo que sea que digas..." concluyó Josh mientras regresaban a la ciudad.

Con los oficiales desapareciendo entre los bosques cerca al Gran Abismo, varios agentes del Bloque descendían por el ca-

ñón y exploraban su fondo. Todos ellos usaban visores infrarrojos y rifles de asalto, su equipo estándar.

"¡Esa maldita basura no puede haber llegado lejos! ¡Tiene
una herida de bala en la pierna, maldita sea! ¡Encuéntrenlo
ahora!" ordenó William Styler en lo que sus hombres y mujeres
se dispersaban por todas partes como hormigas. "¡Hernández!
¡Venga aquí!"

"¡Sí, señor!" Hernández saludó con el gesto usual del Bloque y sus ojos temblando ante el comandante.

"Oí que fuiste tú quién dejó que esa basura escape... los
detalles son muy... interesantes... ¡¿en qué mierda estabas
pensando, eh basura?!"

"¡N-n-n-no pu-pude de-detenerlo! ¡Lo juro por mi madre!"

Styler sacó una pistola y le apuntó en la frente. "Puedes
decírselo a tu madre tú mismo." Luego, abrió fuego y atravesó
su cráneo. "¡Hey! ¡Patel! ¡Llévate a esta basura fuera de mi vista!"

"¡Sí, señor!"

Styler guardó su arma y miró el cadáver de Hernández.
"Con suerte, tu hermanito hará un mejor trabajo que tú. Odio
estar a cargo de un montón de adefesios... tanto fracaso que se
podría evitar... lo que sea." Mientras suspiraba, escuchó sonidos de su walkie-talkie. "¿Noticias? Cambio."

"¡Sí, señor! ¡Lo encontramos! ¡Está cojeando hacia el sur!
¡Lo atraparemos pronto!" informó el hombre al otro lado de la
línea. "¡Es sólo cuestión de tiempo! Cambio."

"¡Muy bien, Westley! Cambio y fuera," felicitó Styler. "¡Por
supuesto que tenía que ser un frisco el que lo conseguiría!"

Entonces, otra voz vino de su walkie-talkie. "¿Westley?
¿Tienes más novedades? ¿Qué-"

"Ayúdennos... por favor..."

"¿Swanton? ¡¿Qué mierda está pasando allá?! Cambio."

"Un demonio... nos... está matando... ayúdennos... no...
nooo... ¡¡¡noooooooooo!!!"

La voz de Swanton se quedó en silencio totalmente, siendo
reemplazada por el zumbido del walkie-talkie. Styler guardó
su walkie-talkie y sacó su arma, revisando si tenía suficiente

munición. "Parece que nos han seguido… sólo un supernatural podría hacerle esto a nuestros agentes…"

Entonces, como efecto dominó, los escuadrones cercanos a Swanton comenzaron a enviar mensajes similares a Styler de la misma forma. Esos escuadrones debían estar patrullando el norte del Abismo. "¡Compañeros y basura! ¡Vengan aquí!" ordenó Styler a sus unidades más cercanas. "Tenemos a un supernatural atacándonos desde el norte. Aún no tenemos detalles sobre sus habilidades u orígenes. Hasta entonces, todos deberán tomar la formación de Rho. ¡Ahora!"

Los agentes lo obedecieron, poniendo a los agentes friscos en el centro rodeado de un círculo de agentes no-friscos. Cuatro agentes friscos, usualmente, protegidos por diez no-friscos. Entonces, esperaron. Ninguno de ellos estaba nervioso en lo absoluto. En otras palabras, no sabían realmente qué estaba sucediendo, o si el enemigo era un supernatural o no, o si este enemigo era más de una persona.

"Afortunadamente logré entrenar a estos idiotas en manejo de tensión… parece que valió la pena… en fin…" murmuró Styler a sí mismo mientras observaba sus alrededores. Era sólo cuestión de segundos ahora. Él había calculado mentalmente qué tan lejos se hallaba este enemigo y cuánto tiempo le tomaría alcanzarlos. "¡No puedo esperar a ver quién mierda es!" mencionó, cerrando los ojos con satisfacción, cuando oyó los primeros gritos de horror de un escuadrón cercano. "¡Está aquí!"

No obstante, estos gritos de agonía tenían un efecto completamente diferente en el resto de los agentes.

"N-n-no…" dijo uno de ellos, temblando al punto de soltar su arma. "¿Q-qué está pasand-?" No pudo terminar su frase cuando Styler le disparó en el corazón.

"¿Alguien más?" provocó Styler. "¿Nadie? Bien… ¡Alístense! ¡Aquí viene!"

Una risa aguda y jocosa hacía eco por todo el Abismo. Era la de una mujer. A Styler le pareció interesante que sonara maternal y loca al mismo tiempo. En respuesta, apuntó su arma hacia la dirección de la que venía dicha risa.

"¡Vamos! ¡No te demores tanto!" pidió el comandante sarcásticamente en lo que él y sus fuerzas se preparaban para el asalto. La mayoría de ellos temblaba a pesar de su advertencia. Sin embargo, la agonía de los gritos terminó y un pesado silencio apareció. "Ahora… ¿adónde pudo haber ido-?"

Styler fue bruscamente interrumpido cuando una cruz de mármol negro cayó encima de los agentes friscos en medio de una formación cercana, crujiendo las costillas de un agente y haciendo escapar a los agentes que lo rodeaban. La cruz había caído con tal fuerza que se había hundido en el suelo, junto a algunas extremidades. El resto de los agentes miraron a sus alrededores con sus miras láser.

"¡Encontramos al enemigo! ¡Dispárenle ahora!"

No obstante, con el sol saliendo en el horizonte junto al demonio en cuestión, Styler la vio sosteniendo otra cruz en su mano derecha. Este sonrió al ver que, con ella corriendo con el sol a sus espaldas, sus agentes tenían que quitarse los visores infrarrojos lo cual le daba tiempo adicional al monstruo sin que le disparasen con precisión. Esta hazaña también escondía sus características físicas. De todas formas, no había mucho que pensar sobre el curso de acción a seguir.

"¡Fuego!" ordenó Styler, uniéndose a sus agentes y haciendo llover balas sobre la mujer en cuestión. Las carcajadas del demonio y la falta de progreso visible, con respecto al daño que le hacían, hizo que algunos agentes tiraran sus armas y escaparan. Estos fueron muertos por el comandante mismo rápidamente. "¡Maldita basura! ¡No la dejen acercarse!"

Aun así, esta actitud sólo empeoraba la situación ya que la Temible había comenzado su danza de ballet en medio de la balacera, como si usara las balas como método para ajustar el ritmo de sus pasos al punto de hacer una *fouette* al acercárseles.

"¡Esto es ridículo!" concluyó Styler al ver la escena. "¡Dispárenle en las manos! ¡Sus cruces son su fuente de poder! ¡Ya perdió una! ¡Vamos, vamos, vamos!" ordenó él mientras hacía exactamente eso. *Si ella tiene otros poderes aparte, los habría masacrado con sus propias manos, o con movimientos distintos… ¡esas malditas cosas deben ser lo único letal de su maldito ser!* analizó

Styler. Sin embargo, dispararle en las manos era difícil ya que la Temible giraba su cuerpo y les impedía apuntar apropiadamente a sus pequeñas manos. Styler se dio cuenta de que ella había descubierto que burlarse de los agentes no mejoraba su asalto en ningún aspecto, lo que la hizo incrementar su velocidad de acercamiento, dejando de bailar y acelerando hacia ellos.

"¡Aquí viene! ¡Dispárenle en la cara! ¡Ahora!" insistió Styler, prediciendo que el demonio los atacaría de grupo en grupo, con su voz comenzando a tambalear. "¡Claramente no tiene idea de tácticas militares! ¡Esta batalla es nuestra! ¡¿Me oyeron?! Ahora dispárenle en-"

Styler no pudo terminar sus palabras.

Él simplemente miró hacia abajo, dándose cuenta de que el demonio le había lanzado su cruz restante, aprovechando la fuerza cinética que había creado al correr, matándolo junto a muchos otros que se hallaban entre ambos. La fuerza que había usado había sido lo suficientemente potente como para separar su cuerpo en dos, así como los de sus otras víctimas. Sólo las piernas y las entrañas que salían de los abdómenes de los agentes desafortunados eran visibles al resto. Algunos de ellos habían sido golpeados por uno de los lados de la cruz, teniendo como resultado sólo sus hígados o estómagos arrancados de sus seres, muriendo en el proceso.

"¡¿Comandante… comandante?!" gritó uno de los agentes a lo lejos, sin poder entender qué había pasado con su líder. "¡¿Qué hacemos ahora?!"

En lo que la confusión tomaba las riendas de las filas del Bloque, el monstruo corrió a través del camino de cadáveres que había creado y recuperó su arma, ahora más roja que antes. Ya que el resto de los agentes no sabían qué hacer, o quién seguía en la línea de mando, huyeron en masa. Sin embargo, su retirada no fue lo suficientemente rápida ya que el demonio había comenzado a cazar a todos y cada uno de ellos, recogiendo la cruz que había lanzado en el proceso. Un proceso que acababa de perfeccionar.

Ahora era el eco de sus víctimas aterrorizadas que se propagaba por el Abismo en vez de sus carcajadas. Con su frenesí descarriado, el último de los agentes murió cuando su cruz derecha le cayó en la espalda y crujió su columna vertebral horizontalmente. Acto seguido, su risa maniática se detuvo cuando oyó una voz viniendo de uno de los walkie-talkies que le pertenecía al desmembrado cadáver de Styler.

"¡Atrapamos al bastardo, señor! ¡No caminará por lo pronto! ¡Jaja...! ¿señor?"

La mujer en cuestión crujió el walkie-talkie con su cruz izquierda, aunque este seguía en el cuerpo amputado de Styler. Entonces, corrió tan rápido como pudo hacia el sur. En el camino, y para tener una mejor vista del lugar al que la guiaba su corazón, se trepó al punto más alto que encontró. Fue entonces que lo vio.

Estaba acabado.

"¡¿Adónde mierda crees que vas, basura?!" dijo uno de los agentes pateando al Inmigrante en la pierna derecha. Dado que el adolescente había recibido un disparo en la otra pierna, el dolor que aguantaba apenas le permitía mantenerse consciente. "¡Vamos! ¡Levántate, hijo de puta!"

El Inmigrante trató de levantarse, inútilmente. Sus piernas le ardían. El dolor era extenuante tanto física como mentalmente. Sus pantalones, normalmente blancos, estaban bañados del rojo de su propia sangre. Y así, los agentes se reían ante cada intento que este hacía por ponerse de pie, aun más cuando veían su cara llena de impotencia e ira. Sin duda alguna, el chico mizelas había sido rodeado por seis agentes, todos ellos apuntándole con sus rifles de asalto e insultándolo. Incluso si lograba levantarse un poco, un agente venía a patearlo en la cara para tirarlo de vuelta al piso. Sus amplias sonrisas describían cuánto disfrutaban de ese momento.

"¿Qué sucede, basura?" provocaba uno de ellos, empujando al adolescente con su talón izquierdo en la espalda. "¡¿Tratas de escapar de tus amos superiores?! ¡Jajajajaja!" siguió este en lo que se aproximaba al Inmigrante caído y seguía sus ataques golpeándolo en la cara. "Si ustedes, lombrices de mierda, entendieran nuestros sueños... si pudieran entender, aunque sea algo ¡se rendirían simplemente! ¡Se someterían como los seres inferiores que son!"

El Inmigrante se limpió la sangre que le había salido de la boca, deduciendo que los agentes lo habían pateado en el estómago repetidamente. Apenas podía mantener los ojos abiertos, pero, aun así, no le importaba. Él era, como siempre, un adolescente insufrible.

"¿Acaso es todo lo que pueden decir unos imbéciles como ustedes?" provocó Nico de vuelta mientras trataba de levantarse una vez más, apoyándose de la pared de roca más cercana. "¿Por qué no se acercan y me lo dicen de nuevo… en la cara…? ¿O acaso hablar… es todo lo que ustedes, cabezas de cubo, pueden hacer bien?"

Si muero aquí… al menos quiero elegir cómo… y no dejárselo a ellos… sólo desearía… haberte podido… ver… de nuevo… pensó, mostrándoles una sonrisa llena de confianza a sus atacantes.

En respuesta, los agentes se le acercaron y comenzaron a pegarle al unísono, pateándolo más que nada. Nico sólo podía apretar los dientes y los puños en respuesta, ni siquiera tratando de cubrirse de los golpes que le caían. Su consciencia parecía desvanecerse en lo que el dolor tomaba más y más territorio en su cuerpo. Hasta había intentado golpear los pies que impactaban contra su cabeza en vano. Incluso si su golpe le daba, era tan débil que parecía la patada de un bebé. Cuando trataba de agarrar sus tobillos, simplemente recibía más patadas en la cara, así como pisotones en las manos. No sabía cuántos huesos seguían intactos, si es que aún había alguno. Apenas siendo capaz de usar la vista, por la sangre que salía de su cabeza que nublaba su vista, se dio cuenta de que algunos de sus dedos estaban doblados hacia atrás.

Lo siento… papá… mamá… no podré rescatarlos… les he fallado… y Carmen… aunque fue por poco tiempo… desearía haberte dicho cuánto te amaba… tantas veces más… desearía haber aprovechado la oportunidad que me diste al sacrificar tu vida… te he fallado también… no importa lo que me pase ahora… al menos sé que… nuestro destino es el mismo…

El jovenzuelo notó cómo su corazón había comenzado a

desacelerar sus latidos. Pronto se uniría a Carmen en la muerte. Ya podía ver su rostro cuando cerró los ojos y hasta oír su voz. Ella parecía estar gritando su nombre, tratando de tomar su mano.

"¿Qué carajo?" dijo uno de los agentes. "¡¿Quién anda ahí?!"

De algún modo, el sonido de su voz hizo que la paliza se detuviese ya que no sentía más golpes. Apenas abriendo los ojos, se dio cuenta de que los agentes parecían estar buscando por todas partes la fuente de dicha voz, la cual él había asumido había salido de su mente. Los agentes apuntaban sus armas a la derecha y a la izquierda, arriba y abajo, mientras que la ansiedad crecía en sus corazones. Hasta el agonizante Inmigrante se daba cuenta de ello.

Después, el sonido de una roca cayendo desde arriba y golpeando el suelo perturbó sus existencias. El Inmigrante no podía entender lo que estaba sucediendo ya que sus sentidos ya no funcionaban como deberían. Por lo tanto, no sabía que lo que había caído no era una roca. Claramente, uno de los agentes había sido aplastado contra el suelo por un enorme objeto negro, de forma que su cabeza de había unido a sus pies de forma anormal. Su tronco, piernas y brazos habían sido arrancados de modo que parecía como si el objeto caído lo había cortado a la mitad.

Nunca supo lo que lo golpeó.

"¡¿Qué carajo está pasando?! ¡¿Quién carajo es ella?!" gritó uno de los agentes. Mientras que Nico lentamente perdía la consciencia y, ya que no podía abrir los ojos, aún podía oír a los agentes, aunque cada vez más distantes. Sus voces temblorosas y palabras cubiertas de horror. Con sus oídos dejando de funcionar también, sólo podía llegar a una conclusión. *Lo que sea que sea esta cosa... por más horrenda que sea... se lo ganaron...*

Una risa aguda había apagado todas sus voces al mismo tiempo, agregada a un gruñido de ira humano. Entonces, todo se volvió negro.

Cuando abrió los ojos, estaba en un lugar extraño. Tras sobárselos, tratando de estar seguro de que estaba viendo bien, se dio cuenta de que ese lugar parecía una cueva hecha de carne donde podía flotar a voluntad. Estaba desnudo y su cuerpo no se sentía pesado, como siempre. Sin saber qué hacer, siguió sus instintos y nadó hacia una luz que brillaba al fondo de la cueva. Notando que no sentía dolor allí, ni desesperación, se alivió. Era como… los viejos tiempos…

"Se siente tan cálido… y cómodo… quiero quedarme aquí…" dijo mientras se dejaba llevar flotando en la nada.

"¡Nico! ¡Nico! ¡No te vayas pequeño… por favor, no…!" dijo una voz desde la luz. "Te amo tanto… tanto… tanto…" siguió dicha voz, llamándolo hacia ella.

"Me siento… muy bien… no me quiero ir…" replicó Nico, somnoliento.

"¡Te lo ruego! ¡Por favor vuelve! ¡Vuelve a mí!"

Con el sonido vibrando por toda la cámara, las memorias del Inmigrante pasaron frente a sus ojos. De estas, una mujer sonriente apareció junto a dos personas ancianas. Entonces, lo recordó.

"¡Por favor funciona! ¡Por favor! ¡Por favor!" dijo la voz desesperada, ahora más distante.

"Aún… aún tengo algo que hacer…" Nico se dio cuenta y siguió nadando hacia la luz. Sin embargo, al acercarse a la salida, un líquido rojo salió de esta, bañándolo y entrando en su boca, arrastrándolo de vuelta al fondo de la cueva.

Aun así, el jovenzuelo no se rindió, nadando contra la corriente con todas sus fuerzas. Sin importar cuán cansado y desesperanzado se sentía, la voz seguía dándole fuerzas. Cuando menos lo esperaba, había logrado de ese lugar.

¡Lo logré! pensó mientras era expulsado de la cueva.

Lentamente se puso de pie y miró a su alrededor. Al mirar detrás suyo, se dio cuenta que la cueva había desaparecido y un campo de flores, de todos los colores y tamaños, infinito había tomado su lugar. A diferencia de lo que había predicho, pisarlas con los pies descalzos no le causaba ningún dolor. Entonces, viendo hacia al horizonte, preguntándose sobre qué estaba pasando… escuchó una voz detrás de él.

"Pequeño…"

Nico se dio vuelta con una sonrisa en su rostro al verla. Estaba allí, aún usando su inmaculado vestido blanco, sonriéndole de vuelta. No tenía heridas ni señales de violencia. Sus ojos brillaban de alegría.

Nico saltó hacia ella y la abrazó con todas las fuerzas que le quedaban. No le importaba si la lastimaba, sólo quería asegurarse de que esto nunca acabaría, que finalmente la estaba viendo en el otro mundo, en el más allá.

"Carmen... te extrañé tanto... lo siento mucho... perdóname... no cumplí mi promesa de protegerte..." dijo con una voz que contenía una mezcla de alegría y tristeza, mientras lloraba incesantemente. "¡Nunca te dejaré sola! Nosotros-"

Estaba por besarla cuando se detuvo de golpe.

La cara de Carmen había cambiado repentinamente. Su piel se había vuelto amarilla. Sus venas se habían hecho visibles, negras como el petróleo bajo su piel. Su cabello se había vuelto desordenado y sucio, cubierto de costras de sangre. Su impecable vestido blanco estaba rasgado, manchado con barro y sangre. Sus ojos eran rojos carmesí. Sin embargo, eso no era lo que aterrorizaba más a Nico.

Su sonrisa.

No sabía qué era, pero había algo perturbador en ella. Sentía como si esa sonrisa escondiese algo horripilante, algo que él no quería saber...

"Carmen... ¿eres tú?" dijo, hesitando, mientras retrocedía. "¿De verdad eres... tú?"

Carmen simplemente lo miró mientras las flores a su alrededor comenzaban a marchitarse y el cielo se oscurecía con nubes negras. Todo lo que quedaba era una tierra ceniza de pesadilla donde la vida nunca podría nacer.

"¡¿Q-qué está pasando?! ¡¿Quién eres?!" demandó Nico nerviosamente mientras miraba toda la muerte sucediendo a su alrededor, retrocediendo aun más.

"Pequeño..." dijo Carmen mientras se acercaba a Nico. "So-soy yo... Carmen..."

"No... ¡¿qué hiciste con ella?! ¡Tú no puedes ser ella! ¡Monstruo!"

Carmen lo miró y comenzó a caminar hacia él, no pudiendo verlo a los ojos en lo que el joven seguía retrocediendo, escapando de ella, mientras que sangre salía de cada pisada que ella daba. Era como si produjera heridas con sólo existir en ese campo. Nico se tapó la nariz al sentir el olor a muerte, mezclado con sangre y carne, que se había hecho insoportable. Sin embargo, el olor más fuerte venía de Carmen misma. Nico, ya no pudiendo más, vomitó de asco.

"¡Aléjate de mí!" ordenó Nico, furioso, en lo que la sangre saliendo del suelo había comenzado a tomar la forma de cadáveres mutilados germinando por todas partes. Aun así, Carmen insistía y seguía yendo hacia él.

"No… no… ¡¡¡ALÉJATE DE MÍ!!!"

La sonrisa diabólica de Carmen desapareció. Ahora mostraba una expresión de shock, con su brazo derecho extendido hacia Nico, tratando de alcanzarlo, viéndolo a los ojos mientras se detenía dónde estaba. Parecía que finalmente había decidido obedecer sus órdenes.

Nico también dejó de retroceder, mirándola fijamente, aparentemente menos perturbado. Ella bajó su brazo y miró al suelo de nuevo. Si no fuese por la expresión neutral en su rostro, Nico hubiera pensado que ella sentía remordimiento o culpa. No obstante, podía oír los latidos de su corazón, diciéndole que la carne y sangre a su alrededor no la afectaban en lo más mínimo.

"Sólo quiero saber… ¿quién eres?" Nico insistió, quedándose donde estaba.

Dos cruces de mármol cayeron del cielo, cerca de las manos de Carmen, también estando estas bañadas con sangre.

"No sé quién seas… y no quiero saberlo… ¡pero me rehúso a aceptar que seas Carmen! ¡No puedes ser ella! ¡Un monstruo nunca será ella!"

La mujer en cuestión recogió sus cruces y se dio la vuelta. Sin decir una palabra más, desapareció en la distancia. Nico sólo podía observar cómo los montes de carne y ríos de sangre la seguían adonde fuese que iba, también desvaneciéndose en el proceso. Cuando ella había desaparecido por completo, él cerró los ojos y se concentró en mantener la mente en blanco.

Varios pensamientos y memorias vinieron a su mente mientras sentía cómo sus venas lentamente se incendiaban. A diferencia de antes, comenzó a sentir dolor de nuevo con el correr de su sangre. La vida volvía a él de una forma en la que nunca había imaginado.

Entonces, abrió los ojos.

"¿Dónde... estoy?" se preguntó al levantarse lentamente. "Esto parece ser una cueva... ¿qué sucedió?"

Una vez ya reincorporado, se dio cuenta de que se sentía como nuevo. ¿Acaso la paliza que le habían dado los agentes del Bloque había sido sólo una pesadilla? Quería creerlo al ver que sus heridas habían desaparecido. No tenía moretones, ni el más mínimo rastro de haber sufrido violencia. No tenía ningún sentido. Sin embargo, sus pantalones tenían dos agujeros, un balazo en cada pierna, y seguían manchados de sangre.

Al ver esto, rápidamente probó su cuerpo ya que no estaba convencido, dando puñetazos al aire y hasta golpeándose en la pierna, donde estaban los huecos de bala. El dolor que le producían los golpes era el estándar de tres veces más. "Pero... ¿cómo?"

Nico podía formular varias teorías sobre cómo había pasado esto mientras se alistaba para dejar la cueva. "Quizás esto es un experimento también, pero lo dudo. El terreno es muy grande y podría escapar. No es su estilo... entonces ¿cómo?" se dijo a sí mismo mientras caminaba hacia la luz del sol que iluminaba la salida. Ya que el sol casi lo ciega al salir, tuvo que cubrirse los ojos con el brazo derecho. Ya con sus ojos acostumbrados a su luz, observó sus alrededores y se dio cuenta de que aún seguía en el Abismo. Todo parecía tan pacífico, con pájaros cantando cerca y una fresca brisa llenándole los pulmones... hasta que el agudo sonido de unas sirenas a la distancia entró a sus oídos.

Varias luces también hicieron su aparición a lo lejos. "El Bloque debe haber enviado refuerzos, tengo que irme de aquí o me atraparán," susurró al acelerar hacia la dirección opuesta a dichas luces. Al mismo tiempo, podía juzgar, por la posición del sol, que estaba en la parte sur del Abismo. "Nunca sabrán que me voy hacia el este... o al menos espero que sea así."

Con el tiempo, y tras trepar por un rato, Nico eventualmente salió del Abismo y se detuvo en medio de la pista para buscar transporte tirando dedo. Ya que nadie lo recogía, decidió caminar de vuelta al bosque. *No puedo quedarme al aire libre por mucho tiempo*, pensó. Con los árboles haciéndose más frecuentes y numerosos a su alrededor, Nico pudo descansar un poco finalmente, sentándose sobre un tronco caído. Mientras recuperaba el aliento, sintió frío en las manos y las puso en sus bolsillos. "¿Qué es esto?"

De su bolsillo derecho, sacó un papelito doblado. Era bastante pequeño. Lo desdobló y vio, en uno de sus lados, los gastos que él y Carmen habían tenido cuando comieron en la heladería de Las Esbirras. "Este recibo... nunca hubiera adivinado que estaba aquí..." dijo con una sonrisa en su rostro. Tras el momento de reminiscencia, volteó el papelito y encontró un mensaje escrito con tinta roja que le hizo sentir escalofríos, llevándolo a sollozar en silencio brevemente.

Lo siento pequeño
Nos veremos de nuevo
Algún día
Lo prometo

Nico dobló el recibo y lo puso de vuelta en su bolsillo derecho. Entonces se limpió una lágrima que salía de su ojo izquierdo, con su mano derecha, y procedió a seguir su camino. No sabía cuándo había escrito este mensaje. Tal vez Carmen lo había hecho cuando se separaron durante el tiroteo de la heladería, pero eso no tenía sentido. Ella no había tenido el tiempo, ni las ganas, de hacerlo en un momento así. Esa memoria era confusa y no lo ayudaba.

"Este mensaje... ¿por qué me prometería esto en ese entonces? Además, huele a sangre fresca... A menos que... no... es imposible..." concluyó, levantando sus hombros y respirando profundamente. De todos modos, su mente aún vagaba en la nada y mientras lo hacía, se tropezó y cayó de cara. Afortunadamente para él, logró poner sus manos en el suelo antes de hacer impacto, evitando así heridas mayores. Acto seguido, se puso de pie y, mientras lo hacía, se dio cuenta que algo había caído de su cabello. "¿Qué demonios? ¿Qué es esto?" dijo al levantar una especie de partícula roja con su mano izquierda y darle un vistazo.

"¿Costras secas? ¿Qué...?" se preguntó.

Entonces, sonrió.

Epílogo

Y así hizo Masacre.

"¿De verdad es todo?" dijo él jocosamente. "¿Mantenerme a distancia rotando tu cruz como una maldita hélice de helicóptero? Esperaba más..."

Efectivamente, la Cruz Negra sólo lo mantenía a un pequeño radio de distancia, con la otra cruz pegada a su pecho lista para atacarlo si él lograba acercarse, siempre sonriendo.

"Muy bien, entonces, practiquemos algo..." se burló el Gigante. Acto seguido, desapareció sólo para reaparecer detrás de la Temible. "¡Bu!"

La Cruz Negra se dio vuelta y lo golpeó en la cara, lo cual lo mandó a volar y a estrellarse contra una pared. Aun así, en vez de seguir su ataque, la Temible mantuvo su postura defensiva mientras Masacre se levantaba una vez más con una amplia sonrisa en la cara, mostrando que su brazo derecho había recibido la mayor fuerza del ataque. Ahora tenía una articulación en el antebrazo.

"Tal como sospechaba..." el Gigante concluyó mientras su brazo se regeneraba, con sus huesos sonando mucho y haciendo eco en la mansión decadente. "Tal como yo, tus ojos son lo suficientemente sensibles para detectar invisibilidad. ¡Esta noche promete!"

Por lo tanto, Masacre reinició su acercamiento, esta vez sin volverse invisible y simplemente evadiendo a la cruz rotante, junto a su cadena, y siguió con su maniobra mientras la Temible bajaba el brazo, así como su rotación, para golpearlo. Una vez fuera del alcance de la cruz, él se abalanzó sobre ella con el hombro izquierdo, a su vez lanzándola contra una pared y enterrando su cuerpo en esta.

Entonces, el Gigante se acercó a la Cruz Negra, de forma extremadamente lenta, en lo que los huesos de ella regresaban a su sitio y sus heridas desaparecían bajo músculos y piel renovados. Al verlo aproximarse, ella forcejeó con los ladrillos en los que se había atorado hasta salir de la pared. Por supuesto, nunca dejó de sonreírle diabólicamente al hombre. Luego, acercó sus cruces hacia sí misma, gracias a sus cadenas, y las lanzó contra Masacre quien las evadió fácilmente otra vez.

"Desafortunadamente no puedo esconder mi decepción... eres... ¡demasiado débil!" dijo él mientras se rascaba la nuca y evadía sus ataques al mismo tiempo. "Tal vez es mi culpa por tener expectativas tan altas..."

Con eso dicho, Masacre corrió hacia ella y la atrapó en cuestión de segundos, sin darle espacio a defenderse, y le metió un puñete en la cara. Esto la enterró de vuelta en la misma pared al punto de atravesar esta y terminar en la habitación adyacente: el salón principal. La Temible cayó de espaldas entre los escombros, con el sello de su familia observando su paliza desde la derecha. El Gigante hizo su aparición, entrando por el mismo agujero que había hecho con ella y lo agrandó.

"Al final, esto es todo lo que eres... sólo una maldita mujer," continuó este con creciente decepción en su voz. Acto seguido, la tomó de la cabeza con su mano derecha y la apretó ligeramente, sacándole algo de sangre en la forma de un torrente que cascadeaba sobre el piso en lo que su cráneo comenzaba a romperse. "Jugar contigo ni siquiera es divertido sin un desafío ¡¿sabes?!"

Viendo su falta de respuesta, suspiró. "Lo que sea, aún eres de gran interés para nosotros, así que te capturaré con vida. Es una lástima que ese juego tuyo de hacerte la muerta no funcione conmigo."

Mientras el Gigante destrozaba su cabeza lentamente, ella seguía sonriéndole maliciosamente con los dientes que le quedaban detrás de la mano que la sostenía. Masacre bostezó, llegando al límite del aburrimiento, para luego lanzarla contra la pared más lejana como un lanzador de bola de béisbol, haciendo que su cabeza casi explote en el impacto y sus clavículas se dislocasen de forma visible. Sus brazos colgaban como trapos usados.

"¡Vamos! ¡Haz algo, mujer! ¡Quiero poder contar una historia épica de cómo te derroté!"

El cuerpo de la Cruz Negra se arregló por su cuenta en lo que ella se ponía de pie nuevamente, aún sonriendo diabólicamente con sus dientes regenerados. "Losh que vi-vienen son p-paralelos a la r-raza de l-la mashacre… los escombrosh shon secundariosh…" dijo ella mientras su mandíbula volvía a su sitio.

Como lo esperaba, la cara del Gigante cambió de una pacífica a una llena de furia. La Temible alzó a sus compañeras a la altura de sus hombros, esperando que su oponente cargase. Sin embargo, su cara regresó a la normalidad tan rápido como había mostrado ira para sorpresa de la Cruz Negra.

"¡Buena broma!" dijo él mientras le guiñaba el ojo izquierdo y le apuntaba con ambos dedos índices. "¿Sabes? A diferencia del resto de mis hermanos, yo no me enojo… sé que nuestra superioridad es un hecho."

Al oírlo, fue la Cruz Negra la que decidió cargar contra él para su sorpresa. En respuesta, Masacre evadió sus ataques nuevamente, incluso si estos habían aumentado su velocidad.

"Esto es tan fácil…" mencionó con una voz aun más decepcionada cuando contraatacó metiéndole un puñete en el estómago en lo que ella saltaba sobre él, con sus cruces sobre su cabeza. Este acto de por sí la hizo vomitar sangre mientras salía volando contra uno de los grandes pilares del gran salón. Dicho pilar explotó en mil pedazos con el impacto.

La Temible se puso de pie ni bien su columna regresó a su sitio. Esta vez, su sonrisa no emanaba sólo locura, pero también una gran confianza. "La masacre no logra inducir la cesación de la Muerte…" dijo ella con una voz neutral.

Masacre no perdió más tiempo y cargó nuevamente. No obstante, la Cruz Negra lanzó a una de sus compañeras hacia el pilar al otro lado de la habitación, atascándola allí, y jalando de la cadena. Esto, a su vez, la sacó de donde estaba justo a tiempo para evadir al Gigante, quien terminó estrellándose contra las escaleras centrales. De la misma forma, Masacre rápidamente se quitó los escombros de encima y se apresuró contra el pilar al que ella había llegado y se lanzó contra ella a toda velocidad. La Temible saltó fuera de su camino de modo que él atravesó el pilar, destruyéndolo en el proceso.

"¡Olé!" dijo ella jocosamente mientras caía de espaldas al suelo.

"¿Por qué no te rindes? Debería ser obvio a estas alturas que no hay manera en que me derrotes, Cruz Negra," protestó Masacre tras sacudirse el polvo de los hombros, sin la más mínima señal de irritación. El Gigante miró por la ventana por la cual los jóvenes habían escapado a través el hueco en la pared que él había creado. "Sabes que esa basura ya escapó hace mucho. Incluso si fuese a perseguirlos ahora, ya están fuera de mi alcance... Sólo me estás haciendo perder el tiempo."

Masacre se tocó la nariz, mostrando una ligera molestia, mientras que la Cruz Negra se levantaba nuevamente y se ponía en una posición defensiva. "Si posees las mismas habilidades que yo, deberías saber cuán lejos han llegado ahora. Perdemos el tiempo aquí y ni siquiera me entretienes. Si no fueses una frisca, te hubiera hecho desaparecer de la realidad hace mucho tiempo. No tientes tu suerte."

"La Muerte y la masacre son Xenox... *lusus naturae*..." dijo ella con una voz más cansada, ya no pudiendo levantar sus cruces a la misma altura que antes con sus manos temblando. "La Muerte preferiría no serlo más..."

"Monstruos ¿eh?" se burló Masacre mientras se acercaba a ella a paso lento esta vez. "Lo que sea que funcione contigo. No me importa. Te llevaré conmigo ahora. Se acabó el tiempo y esa basura no se va a cazar sola ¿sabes?"

A diferencia de antes, la Cruz Negra corrió a través del gran salón hacia el centro del mismo, cerca de las escaleras destruidas y lejos del alcance de Masacre.

"Lo que sea que estés planeando, no va a funcionar... ahora sé una buena mascota y quédate-"

La Temible rotó ambas cruces ni bien llegó al medio del salón mientras reía con locura. "Deléitate en el retozar de la Muerte…"

Masacre no pudo evitar mirar embelesado el espectáculo frente a él, con sus ojos brillosos de admiración. Y así, después de dos rotaciones, ella chocó a sus dos compañeras con los dos pilares que quedaban y que servían de soporte al gran salón, destruyéndolos en el proceso. Ni bien lo hizo, todo el techo comenzó a agrietarse y a caer sobre ellos.

Ahora veo que… nunca estuve completa…

"Así que este era tu plan todo el tiempo… ¡je…! muy lista," dijo Masacre mientras ponía su palma sobre su cara, sonriendo con complicidad, cuando fue interrumpido por los escombros que le cayeron encima en lo que toda la estructura los aplastaba.

···

"¡Eso fue… estimulante!" exclamó Masacre cuando emergió de las ruinas de la mansión, sobándose los ojos al acostumbrarse a la luz del sol de un nuevo día. A su lado, había unos veinte agentes del Bloque apuntándole sin saber lo que estaban viendo. Una vez lo reconocieron a él y a su armadura de escamas, bajaron sus armas. El Gigante se sacudió el polvo de la cabeza y hombros y caminó hacia ellos en lo que sus escamas desaparecían en su piel.

"¡¿Dónde está?!" demandó de sus compañeros. "¡¿Dónde está la Cruz Negra?!"

"¡Sargento Griffin, señor! ¡No pudimos encontrar al sujeto! ¡El cadáver no aparece en nuestros escáneres o radares! ¡No sabemos cómo escapó! Nos disculpamos por nuestro fraca-" el agente no pudo terminar su explicación cuando Masacre le rompió el cuello con la mano derecha.

"¡MIERDA!" dijo él mientras caminaba entre el resto de los agentes que le daban el saludo del Bloque. "¡¿Por qué no enviaron agentes friscos a esta operación?! ¡MIERDA!"

"En realidad, de acuerdo con los planos de la mansión, ella podría seguir allí," dijo Anthony Mascherano, otro agente que se le había acercado, mostrándole una ubicación en un documento similar a un mapa a Masacre. "Asumo que tomará al menos unas cinco horas para cavar y alcanzarla."

"Interesante... pero ¿cinco horas? ¿En serio? Qué lástima. ¡En fin, buen trabajo! ¡Nos vamos entonces!" dijo Masacre tras darle palmaditas en la cabeza. "¡Por supuesto, tenía que ser un frisco el que se diera cuenta de un detalle tan importante!" El Gigante simplemente caminó hacia el helicóptero que habían traído.

"Señor ¿no vamos a cazarla?" preguntó Mascherano, sorprendido.

Masacre se subió al helicóptero, sentándose en la puerta y dejando sus piernas colgando, ignorando la pregunta.

"¡Muy bien, todos! ¡Retirada!" ordenó Pustakios ya a bordo con su confiable megáfono. "¡La basura invasora se ha ido al sur de acuerdo con nuestros rastreadores! ¡Tenemos trabajo que hacer ¿me oyeron?! ¡Esta vez tenemos al sargento Griffin para ayudarnos en esta misión! ¡Esos bastardos no llegarán lejos!"

Te dejaré ir esta vez, Cruz Negra... tienes suerte de que no tenga tiempo que perder contigo... la basura que dejaste escapar tiene mayor prioridad que tú, de todas maneras... además, dejándote a solas con mis hombres te garantiza muertes gratis, pensó Masacre mientras observaba la mansión colapsada, alejándose y elevándose junto al helicóptero. *Aún no ha terminado tu utilidad.*

Entonces, sonrió con satisfacción. *Aparecerás tarde o temprano, igual... espero que temprano...*

En lo que el helicóptero se alejaba en el horizonte y los agentes manejaban sus vehículos, saliendo de la mansión de La Cruz, una mano derecha amarillenta emergió del suelo de la capilla cercana...

PRÓLOGO DE

La Cruz Negra II

Por Omar D. Rios

Segundo libro de la trilogía de la Cruz Negra

Próximamente...

Siempre he querido conocerla…

He oído historias… o me las inventé.

Cuando encontré esa vieja caja en el ático, mientras tiraba mis figuras de acción a la basura, algunas memorias vinieron a mí. Memorias que pensaba había olvidado. Felicidad en todo su esplendor, brillando tanto con luz cegadora. Al igual que el día, termina cuando llega la oscuridad.

Nunca olvidé su rostro… lleno de energía.

Desearía que me observara, y no… esa cosa…

Lo que sea en lo que me haya convertido…

Dónde ella esté…

En el fondo de mi corazón, estoy seguro.

A pesar de todos aquellos que dijeron que sería imposible, mi esperanza nunca se marchitó. Todo lo contrario...

Estoy seguro de que te veré de nuevo, madre.

Sobre el autor

Omar D. Rios

Después de más de 20 años de escribir por diversión, y de estudiar diversos campos, Omar decidió presentar su universo a la esfera pública. Esta no es más que la primera de muchas entradas en lo que será conocido como el Magnaverso Kallpa. Él dice que tendría que vivir al menos 150 años para completar su catálogo de personajes.